Jeanne Kalogridis

DIE KINDER DES PAPSTES

Roman

Aus dem Amerikanischen von
Marion Balkenhol

List

Die Originalausgabe erscheint unter dem Titel
The Borgia Bride bei St.Martin's Griffin, New York.

List ist ein Verlag der Ullstein Buchverlage GmbH

ISBN 3-471-79508-1

Gesetzt aus der Aldus
bei Pinkuin Satz und Datentechnik, Berlin
Druck und Bindung: Pustet Grafischer Großbetrieb, Regensburg
Printed in Germany

Jeanne Kalogridis
Die Kinder des Papstes

Prolog

Es heißt *canterella*: ein Giftpulver, das auch in geringster Menge verabreicht innerhalb weniger Tage unausweichlich zum Tode führt. Die Wirkung ist grauenvoll. Der Kopf schmerzt, als stecke er im Schraubstock; der Blick trübt sich; der Körper schüttelt sich im Fieber. Die Gedärme setzen blutigen Durchfall frei, und das Opfer kann unter quälenden Magenkrämpfen nur noch aufheulen.

Gerüchten zufolge kennen nur die Borgias das Geheimnis des Gifts: wie man es zusammensetzt, lagert und so dosiert, dass man es nicht schmeckt. Rodrigo Borgia – besser gesagt, Seine Heiligkeit Alexander VI. – erfuhr das Geheimnis von seiner Lieblingsmätresse, der rothaarigen Vannozza Cattanei, als er noch Kardinal war. Rodrigos älterer Bruder, Pedro Luis, wäre ganz ohne Zweifel zum Papst gewählt worden ... hätte man ihm nicht peu à peu und wohl dosiert *canterella* verabreicht.

Rodrigo und Vannozza gaben als großzügige Eltern ihren Nachkömmlingen das Rezept weiter – zumindest ihrer schönen Tochter Lucrezia. Wer könnte argwöhnische Menschen auch besser in Sorglosigkeit wiegen als sie, die Frau mit dem sittsamen Lächeln und der sanften Stimme? Wer könnte besser morden und betrügen als sie, der als Roms Unschuld schlechthin gehuldigt wird?

Das »Borgia-Fieber« hat in Rom gewütet wie die Pest, hat die Schicht der Prälaten so lange ausgedünnt, bis jeder Kardinal mit Benefizien und Pfründen in Angst und Schrecken lebt. Schließlich fällt der Besitz eines Kardinals gleich nach seinem Tod an die Kirche.

Um einen Krieg zu finanzieren, bedarf es schon eines ansehnlichen Vermögens; man muss Reichtümer besitzen, um eine Armee aufzustellen, die groß genug ist, jeden Stadtstaat in ganz Italien zu erobern, und um sich als tonangebend nicht nur in geistlichen, sondern auch in weltlichen Belangen zu erklären. Dieser Papst und sein illegitimer Sohn Cesare greifen nach mehr als nur dem Himmel; sie wollen auch die Erde haben.

Unterdessen sitze ich mit den anderen Frauen im Castel Sant'Angelo. Vom Fenster meines Gemachs aus sehe ich den Vatikan, die päpstlichen Wohnräume und den Palazzo Santa Maria, in dem ich einst mit meinem Mann lebte. Ich darf über das Grundstück schlendern, man begegnet mir höflich, doch ich besitze keinen Status mehr und stehe unter Bewachung; ich bin eine Gefangene. Ich verfluche den Tag, an dem mir der Name Borgia zum ersten Mal zu Ohren kam; ich bete für den Tag, an dem ich die Glocken höre, die den Tod des Alten verkünden.

Doch die Freiheit ist zum Greifen nah. In diesem Augenblick halte ich die Phiole in die helle römische Sonne, die in meine großzügig eingerichtete Wohnung strömt. Das Behältnis ist aus smaragdgrünem venezianischem Glas, das wie Edelstein schimmert: Das Pulver darin ist bläulich grün, stumpf.

Canterella, flüstere ich, *wunder-, wunderschönes canterella, rette mich …*

Herbst 1488

1

Ich bin Sancha von Aragon, die leibliche Tochter des Mannes, der ein Jahr und einen Tag lang Alfonso II. König von Neapel, war. Meine Familie kam ebenso wie die Borgias über Spanien nach Italien, und wie sie habe ich zu Hause Spanisch, in der Öffentlichkeit Italienisch gesprochen.

Die lebhafteste Erinnerung an meine Kindheit stammt aus der Zeit kurz vor meinem zwölften Geburtstag. Es war der neunzehnte September im Jahre des Herrn 1488, der Festtag des heiligen Gennaro, des Schutzpatrons von Neapel. Mein Großvater, König Ferrante, hatte dieses besondere Datum auserwählt, den dreißigsten Jahrestag seiner Thronbesteigung zu begehen.

Für gewöhnlich nahmen wir als Königsfamilie nicht an der Veranstaltung im großen Duomo St. Gennaro teil, der Kathedrale, die ihm zu Ehren errichtet worden war. Wir zogen es vor, in der behaglichen Chiesa Santa Barbara zu feiern, der Kirche innerhalb des prächtigen, ummauerten Geländes des königlichen Palastes, des Castel Nuovo. In jenem Jahr aber hielt es mein Großvater in Anbetracht des Thronjubiläums für diplomatisch, der öffentlichen Zeremonie beizuwohnen. Somit zog unser großer Hofstaat in einer Prozession zum Duomo, aus gebührendem Abstand bewacht von den *zie*, den Tanten, *di San Gennaro*, jenen jammernden, schwarz gekleideten Frauen, die den Heiligen anflehten, Neapel zu beschützen und zu segnen.

Neapel brauchte den Segen. Es war Schauplatz vieler Kriege gewesen; meine Familie, das Königshaus Aragon, hatte die Stadt erst vor sechsundvierzig Jahren in einer blutigen Schlacht erobert. Obwohl der Thron von meinem Urgroßvater, dem allseits verehrten Alfonso dem Großherzigen, an meinen Großvater friedlich weitergegeben wurde, hatte er selbst die Stadt den Plantagenets mit Gewalt abgerungen, die den Franzosen Charles von Plantagenet unterstützten. König Alfonso war beliebt, weil er die Stadt wieder aufgebaut, große Paläste und Plätze angelegt, die Mauern verstärkt und die königliche Bibliothek wieder aufgefüllt hatte. Mein Großvater war weniger beliebt. Er war stärker daran interessiert, die ortsansässigen Adligen unter Kuratel zu halten, in deren Adern das Blut des Hauses Anjou floss. Jahrelang führte er Kleinkriege gegen verschiedene Barone und brachte es nie über sich, seinem Volk zu trauen, das im Gegenzug ihm kein Vertrauen entgegenbrachte.

Neapel war auch von Erdbeben heimgesucht worden, darunter eins im Jahre 1343, das der Dichter Petrarca miterlebt hatte; die halbe Stadt wurde ausradiert, im sonst ruhigen Hafenbecken versanken alle Schiffe. Und dann gab es da noch den Vesuv, der immer wieder gern ausbrach.

Aus diesen Gründen waren wir an besagtem Tag gekommen, San Gennaro anzuflehen und, wenn wir Glück hatten, Augenzeugen eines Wunders zu werden.

Die Prozession in den Duomo war grandios. Wir Frauen und Kinder des Königshauses traten als Erste ein, eskortiert von der Leibwache, und gingen an den schwarz gekleideten Bürgern vorbei, die sich wie Weizen im Wind vor uns verneigten, bis kurz vor den Altar der heiligen Stätte. Ferrantes Königin, die attraktive Juana von Aragon, führte uns an, dahinter folgten meine Tanten Beatriz und Leonora. Dann kam meine damals noch unverheiratete Halbschwester Isabella, die mich und meinen achtjährigen Bruder Alfonso sowie Ferrantes jüngste Tochter, meine im selben Jahr wie ich geborene Tante Giovanna, unter ihre Obhut zu nehmen hatte.

Die älteren Frauen trugen die traditionelle Kleidung neapolitanischer Adliger: schwarze Gewänder mit weitem Rock, eng anliegendem Mieder und an den Schultern schmalen Ärmeln, die sich bis zum Handgelenk wie Kirchenglocken weiteten, so dass sie bis über die Hüfte hinab fielen. Uns Kindern war farbige Kleidung gestattet: Ich trug ein Gewand aus hellgrüner Seide mit einem Brokatmieder, das sich eng an nicht vorhandene Brüste schmiegte. Meinen Hals zierten Perlen aus dem Meer und ein kleines Goldkreuz; auf dem Kopf hatte ich einen Schleier aus schwarzer Gaze. Alfonso steckte in einer blassblauen Samttunika und einer Kniehose.

Mein Bruder und ich gingen Hand in Hand direkt hinter meiner Halbschwester her und gaben Acht, nicht auf ihre ausufernden Röcke zu treten. Ich bemühte mich nach Kräften, stolz und selbstbewusst aufzutreten, hielt den Blick starr auf Isabellas Rücken gerichtet, während sich mein Bruder freimütig umschaute. Ich gestattete mir einen Seitenblick auf die großen Risse in einem Bogengang zwischen zwei hohen Marmorsäulen; darüber war ein Rundporträt des heiligen Dominik, mitten durch sein Gesicht verlief ein weiterer Riss. Ein Gerüst direkt darunter wies auf die letzten Renovierungsarbeiten nach einem Erdbeben hin, das den Duomo zwei Jahre vor Ferrantes Machtübernahme verwüstet hatte.

Ich war enttäuscht, dass man mich in Isabellas Obhut, nicht in die meiner Mutter gegeben hatte. Für gewöhnlich lud mein Vater meine Mutter, Madonna Trusia Gazullo, eine hinreißende, goldgelockte Adlige, zu allen Anlässen ein. Ihre Gesellschaft genoss er besonders. Ich glaube, mein Vater war unfähig zu lieben, doch in den Armen meiner zärtlichen Mutter muss er diesem Gefühl sehr nahe gekommen sein.

König Ferrante jedoch erklärte es für unziemlich, die Mätresse meines Vaters als Teil des königlichen Hofstaats mit in eine Kirche zu nehmen. Ebenso hartnäckig bestand mein Großvater darauf, dass mein Bruder und ich mitkamen. Wir seien Kinder und nicht für den Zufall unserer Abstammung verantwortlich. Schließlich war Ferrante selbst unehelich geboren.

Aus diesem Grund waren mein Bruder und ich als Königskinder im Castel Nuovo, dem Königspalast, aufgewachsen, mit allen Rechten und Privilegien. Meiner Mutter stand es frei, zu kommen und zu gehen, wie mein Vater es wünschte, und sie blieb oft bei ihm im Palast. Nur zweideutige Bemerkungen unserer Halbgeschwister und eindeutigere Hinweise unseres Vaters riefen uns ins Gedächtnis, dass wir minderwertige Geschöpfe waren. Mit den ehelichen Kindern meines Vaters spielte ich nicht, da sie ein paar Jahre älter waren, ebenso wenig mit meiner Tante Giovanna oder Onkel Carlo, die etwa so alt waren wie ich. Stattdessen waren mein kleiner Bruder Alfonso und ich unzertrennliche Spielkameraden. Obwohl er denselben Namen wie mein Vater trug, war er das genaue Gegenteil: goldgelockt, mit hübschem Gesicht, gutmütig, mit scharfem Verstand und dabei bemerkenswert aufrichtig. Er hatte die hellblauen Augen von Madonna Trusia, während ich unserem Vater so verblüffend ähnlich sah, dass wir, wäre ich ein Junge gewesen, durch eine Generation getrennte Zwillinge hätten sein können.

Isabella führte uns in ein Seitenschiff vor dem Heiligtum, das mit einem Seil abgetrennt war; auch nachdem wir unsere Plätze im Duomo eingenommen hatten, hielten mein Bruder und ich uns an den Händen. In der großen Kathedrale kamen wir uns winzig vor. Hoch über uns, himmelweit entfernt, wölbte sich die riesige Kuppel, deren Vergoldung im Sonnenlicht, das durch die Bogenfenster herein drang, die Augen blendete.

Als Nächstes kamen die männlichen Mitglieder des Königshauses. Ganz vorn mein Vater – Alfonso, Herzog von Kalabrien, dieser weiten, ländlichen Region an der Ostküste tief im Süden. Er als der Thronerbe war bekannt für seine Grausamkeit in der Schlacht; in seiner Jugend hatte er den Türken die Straße von Otranto abgerungen. Dieser Sieg brachte ihm Ruhm ein, nicht jedoch die Liebe des Volkes. Seine Bewegungen, jeder Blick und jede Geste waren herrschsüchtig und bedrohlich, was durch seine strenge, in schwarz und rot gehaltene Kleidung noch betont wurde. Er sah besser aus als manche anwesende Frau, hatte eine gerade, schmale Nase und hohe, nach oben geschwungene Wangenknochen. Seine vollen Lippen waren rot, sinnlich unter dem dünnen Schnurrbart, die dunkelblauen Augen groß und fesselnd unter dichtem, pechschwarzem Haar.

Etwas allerdings beeinträchtigte sein gutes Aussehen: die Kälte in seinen Gesichtszügen und seinen Augen. Vier Jahre zuvor war seine Frau Hippolyta Sforza gestorben; die Dienerschaft und unsere weiblichen Verwandten flüsterten, sie habe aufgegeben, um der Grausamkeit ihres Gatten zu entfliehen. Ich hatte nur noch ein verschwommenes Bild von ihr im Gedächtnis – eine unglückliche, zerbrechliche Frau mit hervortretenden Augen; mein Vater ließ keine Gelegenheit aus, sie auf ihre Mängel hinzuweisen oder sie immer wieder daran zu erinnern, dass ihre Ehe eine reine Vernunftehe sei, weil sie einer der ältesten und mächtigsten Familien Italiens entstamme. Er versicherte der bedauernswerten Hippolyta auch, er fühle sich in den Armen meiner Mutter viel wohler als bei ihr.

Er stellte sich vor uns Frauen und Kinder und bildete somit eine Reihe direkt vor dem Altar neben dem Thron, der für seinen Vater, den König, bereitstand.

Hinter ihm kamen meine Onkel: Frederico und Francesco. Ihnen folgte der älteste Sohn meines Vaters, der den Namen seines Großvaters trug, jedoch liebevoll Ferrandino genannt wurde, »der kleine Ferrante«. Damals war er neunzehn und stand in der Thronfolge an zweiter Stelle; er war der zweithübscheste Mann von Neapel, aber der attraktivste, denn er besaß eine warmherzige, offene Art. Als er an den Gläubigen vorbeischritt, ging ein allgemeines Aufseufzen durch die Reihen der weiblichen Gemeindemitglieder. Nach ihm kam sein jüngerer Bruder Piero, der das Pech hatte, seiner Mutter zu gleichen.

Als Letzter betrat König Ferrante die Kathedrale; er trug eine Kniehose, einen Umhang aus schwarzem Samt und eine Tunika aus Silberbrokat, mit feinen Goldfäden verziert. An der Hüfte hing die Scheide mit dem juwelenbesetzten Schwert, das er bei seiner Krönung erhalten hatte. Obwohl ich ihn als alten, von Gicht geplagten und humpelnden Mann kannte, bewegte er sich an diesem Tag anmutig, ohne ein Bein nachzuziehen. Alter und ein Leben in Saus und Braus hatten sein gutes Aussehen abgetragen. Er hatte weißes, schütteres Haar und eine von der Sonne rosa gebrannte Glatze; unter dem gestutzten Bart quoll ein Doppelkinn hervor. Seine Augenbrauen waren dunkel und buschig, was vor allem im Profil kurios aussah, da jedes dicke Haar versuchte, in eine andere Richtung zu wachsen. Sie standen über Augen, die eine auffallende Ähnlichkeit mit meinen und denen meines Vaters hatten – ein kräftiges Blau mit einer Spur Grün, die je nach Licht und Farbton der Umgebung changierten. Seine Nase war rot und pockennarbig, die Wangen mit einem Netz aus geplatzten Adern überzogen. Doch seine Haltung war aufrecht, und er vermochte nach wie vor allein durch sein Auftreten die Menge zum Schweigen zu bringen.

Seine würdevolle und ernste Miene beim Betreten des Duomo San Gennaro sandte einen Ruck durch die Anwesenden. Man duckte sich noch tiefer in den Kniestand und wartete darauf, dass der König sich auf dem Thron neben dem Altar niederließ.

Dann erst wagte man sich zu erheben; dann erst hub der Chor an zu singen.

Ich reckte den Hals, um einen kurzen Blick auf den Altar zu erhaschen, auf dem man eine Silberbüste des Heiligen Gennaro mit Bischofsmitra vor brennende Kerzen platziert hatte. Daneben stand eine Marmorstatue, etwas mehr als lebensgroß, die Gennaro in vollem Ornat darstellte, zwei Finger einer Hand zum Segen erhoben, einen Bischofsstab gegen die Armbeuge gelehnt.

Sobald der König seinen Platz eingenommen hatte und der

Chor verstummt war, tauchte der Bischof von Neapel auf und stimmte das Bittgebet an; dann erschien sein priesterlicher Gehilfe mit einer silbernen Reliquie in Form einer Laterne. Hinter dem Glas befand sich etwas Kleines, Dunkles: Ich konnte es nicht genau erkennen, denn ich war zu klein – meine in schwarze Seide gekleideten Tanten und die Samtumhänge der Männer versperrten mir die Sicht, doch ich spähte zwischen ihnen hindurch. Ich wusste, es war eine Phiole, die das getrocknete Blut des Märtyrers San Gennaro enthielt, der mehr als tausend Jahre zuvor auf Befehl des Kaisers Diokletian gefoltert und dann grausam enthauptet worden war.

Unser Bischof und der Priester beteten. Die *zie di San Gennaro* stießen volltönende Klagelaute aus, mit denen sie den Heiligen anflehten. Behutsam, ohne das Glas zu berühren, drehte der Priester die Reliquie herum, erst einmal, dann zweimal.

Es dauerte eine Ewigkeit. Isabella neben mir hielt den Kopf gesenkt, die Augen geschlossen und bewegte die Lippen in stillem Gebet. Der kleine Alfonso auf der anderen Seite hatte den Kopf ebenfalls feierlich gesenkt, blinzelte jedoch durch seine Locken hindurch fasziniert den Priester an.

Ich glaubte inbrünstig an die Macht Gottes und der Heiligen, sich in die Angelegenheiten der Menschen einzumischen. Da ich es für ratsamer hielt, Isabellas Beispiel zu folgen, neigte ich den Kopf, kniff die Augen zu und sprach flüsternd ein Gebet an den Schutzpatron von Neapel: *Segne unsere geliebte Stadt und bewahre sie vor Gefahr. Beschütze den König und meinen Vater, meine Mutter und Alfonso. Amen.*

Ein ehrfürchtiges Raunen ging durch die Menge. Ich warf einen flüchtigen Blick auf den Altar und den Priester, der stolz die silberne Reliquie für alle sichtbar in die Höhe hielt. »Il miraculo e fatto«, verkündete er.

Das Wunder ist geschehen.

Der Chor stimmte für die Gemeinde das *Te Deum* an und pries Gott, dass er diesen Segen gewährt hatte.

Von meinem Platz aus konnte ich nicht sehen, was

geschehen war, doch Isabella flüsterte mir ins Ohr: Die dunkle, eingetrocknete Substanz in der Phiole hatte zu schmelzen begonnen, dann Blasen geworfen, als das uralte Blut wieder flüssig wurde. San Gennaro gab uns damit zu verstehen, dass er unsere Gebete erhört hatte und zufrieden war; er würde die Stadt beschützen, der er zu Lebzeiten als Bischof gedient hatte.

Es sei ein gutes Omen, flüsterte sie, besonders für den König an seinem Thronjubiläum. San Gennaro würde ihn vor allen Feinden beschützen.

Der amtierende Bischof von Neapel nahm die Reliquie vom Priester entgegen und trat vom Altar herab an den Thron. Er hielt das rechteckige Behältnis aus Silber und Glas vor König Ferrante und wartete darauf, dass der Monarch sich erhebe und näher treten würde.

Mein Großvater dachte allerdings nicht daran, angesichts eines solchen Wunders aufzustehen oder gar niederzuknien. Er blieb stoisch auf seinem Thron sitzen und zwang so den Bischof, ihm die Reliquie zu bringen. Dann erst fügte Ferrante sich dem alten Brauch und drückte die Lippen an das Glas, unter dem das heilige Blut war.

Der Bischof ging zum Altar zurück, und die Männer des Königshauses von Aragon traten hinzu, allen voran mein Vater, und küssten ihrerseits die heilige Reliquie. Anschließend kamen wir Frauen und Kinder – mein Bruder und ich hielten uns noch immer fest an den Händen. Mit gespitzten Lippen berührte ich das vom Atem meiner Verwandtschaft angewärmte Glas und starrte auf die dunkle Flüssigkeit, die sich darin befand. Ich hatte schon von Wundern gehört, doch noch nie eins gesehen; ich war bass erstaunt.

Ich stand neben Alfonso, als er an der Reihe war; danach gingen wir hintereinander an unsere Plätze.

Der Bischof gab die Reliquie wieder dem Priester und vollzog den Segen, mit zwei Fingern der rechten Hand ein Kreuz in die Luft zeichnend, zunächst über meinem Großvater, dann über der versammelten Königsfamilie.

Der Chor stimmte ein Lied an. Der alte Monarch erhob sich, ein wenig steif. Die Wachen verließen ihre Plätze um den Thron und gingen ihm voran aus der Kirche, wo bereits Kutschen warteten. Wie üblich folgten wir.

Der Brauch schrieb vor, dass die gesamte Gemeinde, einschließlich des Königshauses, während der Zeremonie an ihrem Platz blieb, bis jeder Einzelne vorgetreten war, um die Reliquie zu küssen – Ferrante aber war zu ungeduldig, um auf die Bürgerlichen zu warten.

Wir kehrten auf direktem Weg ins Castel Nuovo zurück, den trapezförmigen Koloss aus gelbem Ziegelstein, den sich Charles von Anjou zweihundert Jahre zuvor als Palast hatte bauen lassen. Zunächst hatte er die dem Verfall anheim gegebenen Überreste eines der Jungfrau Maria geweihten Franziskanerklosters entfernt. Charles war Schutz wichtiger als Eleganz gewesen: Jede Ecke der Burg, der er den Namen *Maschio Angiono* gab, Bergfried der Anjou, wurde von riesigen Rundtürmen verstärkt, die ihre gezackten Zinnen in den Himmel reckten.

Der Palast stand direkt an der Bucht, und zwar so nah am Strand, dass ich als Kind oft einen Arm aus dem Fenster hielt und mir vorstellte, ich liebkoste das Meer. An jenem Morgen wehte eine Brise vom Wasser her, und als ich in der offenen Kutsche zwischen Alfonso und Isabella saß, atmete ich glücklich die Salzluft ein. In Neapel konnte man nicht leben, ohne ständig das Meer vor Augen zu haben; man musste es einfach lieben. Die alten Griechen hatten die Stadt Parthenope genannt, nach der antiken Sirene, halb Frau, halb Vogel, die sich ins Meer stürzte, weil Odysseus ihre Liebe nicht erwiderte. Der Legende zufolge war sie in Neapel an Land gespült worden; selbst als Mädchen wusste ich schon, dass sie sich nicht aus Liebe zu einem Mann in die Fluten hatte locken lassen.

Ich zog mir den Schleier vom Kopf, um die Luft ungehindert zu genießen. Um einen besseren Blick zu haben – über die mondsichelförmige Küstenlinie mit dem von violettem

Dunst verhangenen Vesuv im Osten und der ovalen Festung, Castell dell'Ovo, direkt im Westen –, stand ich auf und drehte mich um. Mit einem unsanften Ruck setzte Isabella mich wieder hin, wenngleich sie nach außen hin eine ruhige, königliche Haltung wahrte.

Unsere Kutsche rumpelte durch das Haupttor der Burg zwischen Wachturm und Mittlerem Turm. Verbunden waren die beiden durch den weißen Marmortriumphbogen Alfonsos des Großherzigen, den mein Urgroßvater als Denkmal zur Erinnerung an seinen siegreichen Einzug in Neapel und den Beginn seiner Herrschaft hatte errichten lassen. Es war die erste von vielen Renovierungen, die er in dem zerfallenden Palast vornehmen ließ, und nachdem der Bogen an Ort und Stelle war, taufte er seine neue Residenz in Castel Nuovo um.

Ich fuhr unter dem niedrigeren der beiden Bögen hindurch und schaute zum Flachrelief empor, das Alfonso in seiner Kutsche darstellte, daneben Edelleute, die ihn begrüßten. Hoch oben, die Hand noch über die Türme hinaus erhebend, zeigte eine prächtige, überlebensgroße Statue Alfonsos gen Himmel. Auch ich fühlte mich prächtig. Ich war in Neapel, mit der Sonne und dem Meer und meinem Bruder, und ich war glücklich.

Es kam mir gar nicht in den Sinn, dass man mir dieses Glück je nehmen könnte.

Sobald wir den Innenhof erreicht hatten und das Haupttor geschlossen war, stiegen wir aus den Kutschen und betraten die Große Halle. Dort, auf dem längsten Tisch der Welt, stand ein Festmahl bereit: Schüsseln mit Oliven und Obst, alle möglichen Brotsorten, zwei gebratene Wildschweine, deren Kiefer mit Orangen auseinander gehalten wurden, gesottenes, gefülltes Huhn und Meeresfrüchte, darunter saftige kleine Langusten. Es gab auch viel Wein – *Lacrimal Christi*, die Tränen Jesu, hergestellt aus griechischen Trauben, die auf den fruchtbaren Hängen des Vesuv angebaut wurden. Alfonso und ich tranken ihn mit Wasser verdünnt. Die Halle war mit den verschiedensten Blüten geschmückt; die mächtigen Marmorsäulen zierten Girlanden aus Goldbrokat, umsäumt mit blauem Samt, an den wiederum Kränze aus blutroten Rosen befestigt waren.

Unsere Mutter, Madonna Trusia, hieß uns dort willkommen; wir liefen zu ihr. Der alte Ferrante mochte sie und scherte sich nicht die Bohne darum, dass sie meinem Vater zwei Kinder geboren hatte, ohne mit ihm verheiratet zu sein. Sie begrüßte uns wie immer mit einem Kuss auf den Mund und einer liebevollen Umarmung; ich hielt sie für die schönste Frau von allen. Sie strahlte – eine unschuldige Göttin mit goldenem Haar, inmitten eines Schwarms Ränke schmiedender Raben. Wie auch ihr Sohn war sie einfach nur gutherzig und fragte sich nie, welchen politischen Vorteil sie ziehen, sondern wie viel Liebe und Trost sie spenden könnte. Sie hatte den Platz zwischen Alfonso und mir inne, während Isabella zu meiner Rechten saß.

Ferrante hatte am Kopf der Tafel Platz genommen. Weit hinter ihm wölbte sich ein Bogengang, der zu seinem Thronsaal, von da weiter in seine Privatgemächer führte. Darüber hing ein riesiger Gobelin mit den Königsinsignien von Neapel: goldene Lilien auf dunkelblauem Grund, *fleurs-de-lis,* ein Erbe aus der Zeit der Herrschaft des Hauses Anjou.

Der Bogengang interessierte mich an jenem Tag besonders; durch diesen Bogengang sollte ich auf Entdeckungsreise gehen.

Als das Festmahl beendet war, kamen Musikanten herein und spielten zum Tanz auf, dem der König vom Thron aus zuschaute. Ohne uns Kinder auch nur eines Blickes zu würdigen, nahm mein Vater meine Mutter bei der Hand und führte sie zum Tanz. Die allgemeine Fröhlichkeit ausnutzend, entschlüpfte ich Isabellas unaufmerksamem Blick und zog meinen Bruder ins Vertrauen.

»Ich will mich auf die Suche nach Ferrantes Toten begeben«, sagte ich ihm. Ich hatte die Absicht, ohne die Erlaubnis des Königs in seine Privatgemächer einzudringen, was selbst für ein Mitglied der Familie eine unverzeihliche Verletzung des höfischen Protokolls war. Bei einem Fremden wäre es ein verräterischer Akt.

Alfonso schaute mich über seinen Kelch hinweg mit weit aufgerissenen Augen an. »Sancha, tu das nicht. Wenn sie dich kriegen – nicht auszudenken, was Vater dann macht.«

Doch seit Tagen schon quälte mich unerträgliche Neugier, die ich nicht länger zähmen konnte. Ich hatte gehört, wie eine Dienerin zu Donna Esmeralda – meiner Kinderfrau und eifrigen Sammlerin von Klatsch im Königshaus – gesagt hatte, es sei wahr: der alte Mann habe ein geheimes »Zimmer der Toten«, das er regelmäßig aufsuche. Man hatte der Dienerin aufgetragen, die Leichen abzustauben und den Boden zu wischen. Bis dahin hatte ich es, ebenso wie der Rest meiner Familie, für ein von Feinden meines Großvaters genährtes Gerücht gehalten.

Ich war für meinen Wagemut bekannt. Im Gegensatz zu meinem Bruder, der die Erwachsenen nur zufrieden stellen wollte, hatte ich zahlreiche Kinderstreiche begangen. Ich war auf Bäume geklettert, um Verwandte beim ehelichen Akt auszuspionieren – einmal, beim Vollzug einer adligen Ehe, bei dem König und Bischof als Zeugen zugegen waren, hatten sie mich durch das Fenster gesehen. Im Mieder hatte ich Kröten herein geschmuggelt und beim königlichen Bankett auf den Tisch gesetzt. Und ich hatte als Vergeltung für vorangegangene Strafen einen Krug Olivenöl aus der Küche gestohlen und den Inhalt auf die Türschwelle meines Vaters gegossen. Nicht das Olivenöl machte meinen Eltern zu schaffen, sondern die Tatsache, dass ich im Alter von zehn Jahren den Wachhabenden mit meinem wertvollsten Schmuck bestochen hatte, damit er seinen Platz vor der Tür verließ.

Jedes Mal bekam ich eine Strafpredigt zu hören und wurde je nach Schwere der Missetat auf längere Zeit ins Kinderzimmer verbannt. Es machte mir nichts aus. Alfonso gesellte sich stets bereitwillig als Mitgefangener zu mir, um mir Trost zu spenden und mich zu unterhalten. Das Wissen darum machte mich unverbesserlich. Die stattliche Donna Esmeralda war zwar Hofdame, doch sie hatte weder Angst noch Respekt vor mir. Königliches Geblüt imponierte ihr nicht. Obwohl sie eine Bürgerliche war, hatten sowohl ihr Vater als auch ihre Mutter zunächst im Haushalt Alfonsos des Großherzigen gedient, später dann auch unter Ferrante. Vor meiner Geburt hatte sie für meinen Vater gesorgt.

Damals war sie Mitte Vierzig, eine eindrucksvolle Gestalt: starker Knochenbau, stämmige Figur, ausladende Hüften und breiter Kiefer. Ihr rabenschwarzes, von grauen Strähnen durchzogenes Haar war unter einem dunklen Schleier stramm nach hinten gekämmt; sie trug die schwarze Kleidung immerwährender Trauer, obwohl ihr Mann fast ein Vierteljahrhundert zuvor bereits gestorben war – als junger Soldat in Ferrantes Armee. Danach hatte sich Donna Esmeralda der Religion verschrieben; auf ihrem üppigen Busen ruhte ein goldenes Kruzifix.

Sie hatte nie eigene Kinder gehabt. Während sie meinem Vater nie sonderlich zugetan war – tatsächlich konnte sie kaum ihre Verachtung für ihn verbergen –, benahm sich Esmeralda, als Trusia mich zur Welt brachte, als wäre ich ihre Tochter.

Obwohl sie mich liebte und sich nach Kräften bemühte, mich zu beschützen, zog mein Verhalten unweigerlich Vorwürfe ihrerseits nach sich. Sie kniff die Augen zusammen, zog die Mundwinkel missbilligend nach unten und schüttelte den Kopf. »Warum kannst du dich nicht benehmen wie dein Bruder?«

Die Frage verletzte mich nie; ich liebte meinen Bruder. Eigentlich wollte ich ihm und meiner Mutter sogar ähnlicher sein, doch ich kam gegen mein Wesen einfach nicht an. Dann traf Esmeralda die Feststellung, die wirklich saß.

»So schlimm wie dein Vater in dem Alter …«

In der großen Festhalle schaute ich mich zu meinem kleinen Bruder um und sagte: »Vater wird das nie erfahren. Schau sie dir doch nur an …« Ich zeigte auf die Erwachsenen, die lachten und tanzten. »Niemandem wird auffallen, dass ich nicht da bin.« Ich hielt kurz inne. »Wie *hältst* du das nur aus, Alfonso? Willst du denn gar nicht wissen, ob es stimmt?«

»Nein«, antwortete er nüchtern.

»Warum nicht?«

»Weil es wahr sein könnte.«

Erst später verstand ich, was er damit meinte. Stattdessen schenkte ich ihm einen enttäuschten Blick, dann drehte ich mich abrupt mit rauschenden grünen Seidenröcken um und schlängelte mich durch die Menge.

Ohne gesehen zu werden, schlüpfte ich hinter den Gobelin vor dem Bogengang. Ich glaubte die Einzige zu sein, die dem Fest entkommen war; das war ein Irrtum.

Zu meiner Überraschung war die riesige holzgetäfelte Tür zum Thronsaal des Königs nur angelehnt, als hätte sie jemand schließen wollen, es aber nicht ganz geschafft. Ich zog sie gerade so weit auf, dass ich hineinhuschen konnte. Dann machte ich sie leise hinter mir zu.

Das Zimmer war leer, da die Wachen damit beschäftigt waren, ihre Schutzbefohlenen drüben in der Großen Halle im Auge zu behalten. Obwohl der Raum von der Größe her nicht ganz so beeindruckend war wie die Halle, flößte er einem doch Respekt ein: Vor der mittleren Wand stand Ferrantes Thron; das Gebilde aus massivem, geschnitztem dunklem Holz, mit scharlachrotem Samt gepolstert, stand auf einem kleinen Podest, zu dem zwei Stufen hinaufführten. Ein Gobelin darüber zeigte Neapels Lilienwappen, und auf der anderen Seite boten vom Boden bis zur Decke reichende Bogenfenster einen herrlichen Blick über die Bucht. Sonnenlicht strömte ungehindert durch die Fenster herein und spiegelte sich auf dem weißen Marmorfußboden und den getünchten Wänden. Ich war wie geblendet von diesem luftigen Raum.

Er erschien mir zu offen, zu hell, um irgendwelche Geheimnisse zu bergen. Ich blieb eine Weile stehen und schaute mich prüfend um, wobei meine aufgekratzte Stimmung und meine Angst gleichermaßen zunahmen. Ich hatte Angst – doch wie immer war meine Neugier stärker als die Furcht.

Ich stand vor der Tür, die in die Privatgemächer meines Großvaters führte.

Diese hatte ich erst einmal betreten, ein paar Jahre zuvor, als Ferrante an einem gefährlichen Fieber erkrankt war. Davon überzeugt, dass der König sterben würde, riefen die Ärzte die Familie zusammen, damit sie Abschied nahm. Ich war nicht sicher, ob der König sich überhaupt an mich erinnern würde – doch er legte mir eine Hand auf den Kopf und beehrte mich mit einem Lächeln.

Ich war erstaunt. Mein Leben lang hatte er meinen Bruder und mich nur flüchtig gegrüßt und sich dann mit zerstreutem Blick von uns abgewandt, da er sich um Wichtigeres zu kümmern hatte. Er war nicht unbedingt gesellig, doch ich erwischte ihn hin und wieder, wenn er seine Kinder und Enkel durchdringend beobachtete, hier ein Urteil fällte, dort eine Wertung vornahm, wobei ihm keine Einzelheit entging. Sein Auftreten war weder unfreundlich noch grob, vielmehr schien er immer in Gedanken. Wenn er redete, selbst bei den geselligsten familiären Zusammenkünften, dann für gewöhnlich mit meinem Vater, und dann auch nur über Politik. Seine späte Heirat mit Juana von Aragon, seiner dritten Frau, war eine Liebesheirat gewesen – er bedurfte keiner politischen Förderung mehr und musste keine weiteren Erben zeugen. Seine Lust indes hatte sich längst verflüchtigt; König und Königin bewegten sich in getrennten Kreisen und redeten nur noch miteinander, wenn es der Anlass gebot.

Als er damals angeblich auf dem Sterbebett gelegen und mir mit einem Lächeln über den Kopf gestrichen hatte, war ich zu dem Entschluss gekommen, er sei nett.

Mich auf die Gegenwart konzentrierend, atmete ich einmal tief durch, um mir Mut zu machen, und ging mit raschen Schritten auf Ferrantes Privatgemächer zu. Ich rechnete nicht damit, Tote vorzufinden; meine Angst entsprang dem Gedanken an die Konsequenzen, die mich erwarteten, sollte man mich erwischen.

Die Geräusche der Feiernden und die Musik auf der anderen Seite der schweren Tür des Thronsaals wurden leiser; ich hörte das Rascheln meines Seidenrocks, der über den Marmorboden schleifte.

Vorsichtig öffnete ich die Tür, die in das Vorzimmer des Königs führte. Ich erkannte den Raum wieder, war ich doch schon hier gewesen, als Ferrante erkrankt war. Es war ein Arbeitszimmer mit vier Stühlen, einem großen Schreibtisch, vielen Wandleuchtern, einer Karte von Neapel und den päpstlichen Staaten an der Wand. Außerdem gab es ein Porträt meines Urgroßvaters Alfonso mit dem juwelenbesetzten Schwert, das er aus Spanien mitgebracht und das Ferrante zuvor bei den Feierlichkeiten im Duomo getragen hatte.

Wagemutig pochte ich an Wände, hinter denen ich Geheimfächer oder verborgene Gänge vermutete; ich suchte den Marmorboden nach Rissen ab, die auf Treppen in unterirdische Verliese hindeuteten, fand jedoch nichts.

Ich ging weiter durch einen Bogengang in einen zweiten Raum, der für Mahlzeiten in vertraulicher Runde eingerichtet war; auch hier war nichts Bemerkenswertes.

Nun blieb nur noch Ferrantes Schlafzimmer. Es war von einer schweren Tür versperrt. Jegliche Gedanken an Gefangennahme und Strafen beiseite schiebend, stieß ich sie kühn auf und betrat das innerste und geheimste königliche Gemach. Im Gegensatz zu den anderen hellen, freundlichen Räumen war dieser erdrückend und dunkel. Die Fenster waren mit dunkelgrünem Samt verhängt, die Sonne und Luft aussperrten. Eine große Tagesdecke im selben Grün lag zurückgeschlagen auf dem Bett, daneben zahlreiche Felldecken; offensichtlich litt Ferrante unter Frösteln.

In Anbetracht der hohen Stellung seines Bewohners war der Raum nur spärlich eingerichtet. Die einzigen Anzeichen von Pracht waren eine Goldbüste von König Alfonso auf dem Kaminsims und goldene Kandelaber zu beiden Seiten des Bettes.

Mein Blick wurde von einer inneren Wand angezogen, in der eine weitere Tür weit offen stand. Dahinter befand sich ein kleines, fensterloses Geheimzimmer, ausgestattet mit einem Holzaltar, Kerzen, Rosenkranz, einer kleinen Statue des heiligen Gennaro und einem gepolsterten Gebetsstuhl.

Am Ende dieser winzigen Kammer, hinter dem bescheidenen Altar, gab es einen weiteren Durchgang – dieser indes war verschlossen. Er führte noch weiter hinein; an seinen Rändern spielte ein schwacher, flackernder Lichtschein.

Aufregung, vermischt mit Angst, bemächtigte sich meiner. Hatte die Dienerin am Ende die Wahrheit gesagt? Ich hatte den Tod schon gesehen. Die vielköpfige Königsfamilie hatte Verluste erlitten, und man hatte mich an den bleichen, aufgebahrten Leichen von Kleinkindern, Kindern und Erwachsenen vorbeidefilieren lassen. Doch der Gedanke daran, was hinter dieser innen liegenden Tür sein mochte, ging über mein Vorstellungsvermögen. Würde ich übereinander gestapelte Skelette finden? Haufen verwesenden Fleisches? Reihenweise Särge?

Oder hatte die Dienerin meine Kinderfrau nur deshalb eingeweiht, weil sie die Gerüchte am Leben erhalten wollte?

Meine Vorahnung war schier nicht mehr zu ertragen. Rasch durchquerte ich den schmalen Altarraum und legte unsicher die Finger auf die Bronzeklinke der Tür ins Ungewisse. Anders als alle anderen Türen, die zehnmal so breit und viermal so hoch waren wie ich, passte durch diese nur schwerlich ein erwachsener Mann. Ich zog sie auf.

Allein die Kaltschnäuzigkeit und Arroganz, die ich von meinem Vater geerbt hatte, halfen mir, einen Entsetzensschrei zu unterdrücken.

Der Raum war in Finsternis gehüllt und gab seine Ausmaße nicht so bald preis. In meinen kindlichen Augen war er riesig, grenzenlos, was zum Teil an dem dunklen, rohen Gestein lag. Die fensterlosen Wände waren nur von drei Kerzen erhellt: die eine ein Stück von mir entfernt, die beiden anderen auf zwei großen Eisenständern flankierten den Eingang.

Direkt hinter ihnen, das Gesicht vom flackernden goldenen Licht erhellt, stand mein Gastgeber, der mich willkommen hieß. Besser gesagt, er stand nicht, sondern war aufrecht an einen Pfosten gelehnt, der knapp über seinen Kopf hinaus ragte. Er trug ein blaues Cape, das mit *fleurs-de-lis*-Medaillons an den Schultern seiner Goldtunika befestigt war. Seile über Brust und Hüfte banden ihn an den stützenden Balken. Ein Arm war mit Hilfe eines Drahtes angehoben, am Ellenbogen leicht abgeknickt, die Handfläche zu einer bittenden Geste nach oben geöffnet.

Tretet ein, Eure Majestät.

Seine Haut wirkte wie sienafarben lackiertes Pergament, das im Lichtschein glänzte. Sie spannte sich straff über den Wangenknochen, wodurch seine braun verfärbten Zähne zu einem grauenvollen Grinsen entblößt wurden. Sein Haar, zu Lebzeiten womöglich üppig, bestand aus ein paar mattbraunen Büscheln, die an dem verschrumpelten Schädel hingen. Und die Augen …

Ach, seine Augen. Die übrigen Gesichtszüge hatte man grässlich schrumpfen lassen: Die Lippen waren gänzlich verschwunden, die Ohren waren angeschwollen und standen wie winzige Klappen vom Schädel ab. Die Nase, halb so dünn wie mein kleiner Finger, hatte die fleischigen Nasenflügel eingebüßt und endete nun in zwei klaffenden Löchern, was seine skelettartige Erscheinung noch verstärkte. Die Augen aber hatte man nicht verschwinden lassen: in den Höhlen steckten zwei gut sitzende, auf Hochglanz polierte weiße Marmorkugeln, sorgfältig mit grüner Iris und schwarzen Pupillen bemalt. Der Marmor schimmerte im Licht und löste bei mir das Gefühl aus, beobachtet zu werden.

Ich schluckte und begann zu zittern. Bis zu jenem Augenblick war ich ein Kind auf einer albernen Entdeckungsreise gewesen, hatte alles für ein großes Abenteuer, ein Spiel gehalten. Dieser Fund indes brachte kein Prickeln mit sich, kein frühreifes Vergnügen, keine Schadenfreude – einzig und allein das Wissen, dass ich in etwas sehr Erwachsenes und Schreckliches hineingestolpert war.

In der Hoffnung, dass das, was ich da vor mir sah, eine

Fälschung und nie ein Mensch gewesen war, trat ich auf die Gestalt zu. Vorsichtig drückte ich einen Finger auf den in einer Satinkniehose steckenden Oberschenkel und spürte Haut über Knochen. Die dürren Beine mündeten in Strümpfen und feinen, mit Troddeln besetzten Seidenschuhen, die kein Gewicht zu tragen hatten.

Ich zog die Hand weg; nun wusste ich es.

Wie hältst du das nur aus, Alfonso? Willst du denn gar nicht wissen, ob es stimmt?

Nein, weil es wahr sein könnte.

Wie klug mein kleiner Bruder doch war: Liebend gern hätte ich vergessen, was ich soeben erfahren hatte. Alles, was ich bis dahin von meinem Großvater gehalten hatte, veränderte sich mit einem Schlag. Ich hatte geglaubt, er sei ein freundlicher alter Mann, ernst, doch von der Last der Herrschaft dazu gezwungen. Ich hatte geglaubt, die Barone, die sich gegen ihn erhoben, seien schlechte Menschen und liebten die Gewalt, einzig und allein weil sie Franzosen waren. Ich hatte die Diener, die behaupteten, das Volk verachte Ferrante, für Lügner gehalten. Ich hatte gehört, wie Ferrantes Kammerzofe Donna Esmeralda zugeflüstert hatte, der König werde wahnsinnig, und ich hatte sie verlacht.

Angesichts dieser unvorstellbaren Monstrosität war mir nun das Lachen vergangen. Ich zitterte, nicht etwa vor dem grausigen Fund, vielmehr vor der Erkenntnis, dass Ferrantes Blut in meinen Adern floss.

Im Zwielicht stolperte ich am Wachposten vorbei tiefer in die Kammer hinein und erblickte etwa zehn weitere düstere Leichen, allesamt aufgestellt und festgebunden, reglos und mit Augen aus Marmor. Alle bis auf eine Gestalt.

Mit einer Kerze in der Hand stand sie ungefähr auf Höhe des sechsten Toten und drehte sich zu mir um. Ich erkannte meinen Großvater; das Antlitz mit dem weißen Bart wirkte im flackernden Lichtschein gespenstisch bleich.

»Sancha, bist du das?« Er lächelte matt. »So, so. Wir beide haben uns also den Trubel zunutze gemacht, um uns von den

Festgästen davonzustehlen. Willkommen in meinem Museum der Toten.«

Ich rechnete damit, dass er einen Wutausbruch bekam, doch er verhielt sich wie ein Gastgeber, der seine Gäste zu einer Feier im engsten Kreis begrüßt. »Das hast du gut gemacht«, sagte er. »Kein Pieps, und den alten Robert hast du sogar berührt.« Er deutete mit dem Kinn auf die Leiche neben dem Eingang. »Sehr kühn. Dein Vater war viel älter als du, als er zum ersten Mal hierher kam; er hat geschrien und ist dann wie ein kleines Mädchen in Tränen ausgebrochen.«

»Wer sind diese Leute?«, fragte ich. Ich war angewidert, doch meine Neugier war erst gestillt, wenn ich die ganze Wahrheit wusste.

Verächtlich spuckte Ferrante auf den Boden. »Aus dem Hause Anjou«, antwortete er. »Feinde. Der hier« – er zeigte auf Robert – »war ein Graf, ein entfernter Cousin von Charles d'Anjou. Er schwor mir, er werde meinen Thron bekommen.« Mein Großvater lachte zufrieden in sich hinein. »Du siehst, wer hier jetzt was hat.« Ferrante ging steif zu seinem früheren Rivalen. »Was, Robert? Wer lacht jetzt?« Mit einer weit ausholenden Geste deutete er auf die Versammelten, wobei sein Tonfall plötzlich hitzig wurde. »Grafen und Marquis, sogar Herzöge. Verräter, alle miteinander. Sie alle hätten mich am liebsten tot gesehen.« Er hielt inne, um ruhiger zu werden. »Ich komme hierher, wenn ich mir meine Siege in Erinnerung rufen muss. Wenn ich mir ins Gedächtnis rufen muss, dass ich stärker bin als meine Feinde.«

Ich ließ meinen Blick über die Männer schweifen. Offenbar war das Museum über einen längeren Zeitraum hinweg eingerichtet worden. Manche Leichen hatten noch volles, dichtes Haar und feste Bärte; andere, wie Robert, wirkten etwas klapprig. Alle waren jedoch gemäß ihrem Adelsstand in feines Tuch gekleidet, in Samt, Seide und Brokat. Manchen hing ein Schwert mit goldenem Griff an der Hüfte, andere trugen ein mit Hermelin gesäumtes Cape und kostbare Juwelen. Einer hatte eine schwarze Samtkappe mit Straußenfedern keck auf dem Kopf sitzen. Manche standen aufrecht da, andere wiederum hatten bestimmte Posen eingenommen: Einer stemmte die Hand in die Seite, ein anderer langte nach dem Schwertgriff, ein dritter zeigte mit ausgestreckter Hand auf die anderen.

Alle starrten mit leerem Blick vor sich hin.

»Die Augen«, sagte ich. Es war eine Frage.

Ferrante zwinkerte mir zu. »Schade, dass du ein Mädchen bist. Du wärst ein guter König. Von all seinen Kindern gleichst du deinem Vater am meisten. Du besitzt Stolz und Härte – viel mehr als er. Im Gegensatz zu ihm hättest du aber den Mut, alles für das Königreich Notwendige zu tun.« Er seufzte. »Nicht so wie der Narr Ferrandino. Der will doch nur von hübschen Mädchen bewundert werden und sich in ein weiches Bett legen. Kein Rückgrat, kein Grips.«

»Die Augen«, wiederholte ich. Sie machten mir zu schaffen; sie hatten etwas Abartiges, das ich verstehen musste. Ich hatte seine Worte vernommen – Worte, die ich nicht hören wollte. Ich wollte mich ablenken, sie vergessen. Ich wollte nicht so sein wie der König oder wie mein Vater.

»Hartnäckiges kleines Ding«, sagte er. »Die Augen zerfallen, wenn ein Körper verdorrt – daran kommt man nicht vorbei. Die ersten hatten geschlossene Augenlider über leeren Höhlen. Das sah aus, als schliefen sie. Ich aber wollte, dass sie hörten, was ich ihnen zu sagen hatte. Ich wollte sehen, wie sie mir zuhörten.« Er lachte wieder. »Im Übrigen war es so viel wirkungsvoller. Mein letzter ›Gast‹ – wie entsetzt war er, als seine vermissten Landsleute ihn anstarrten!«

Naiv wie ich war, versuchte ich, dem Ganzen einen Sinn abzugewinnen. »Gott hat Euch zum König gemacht. Wenn diese Männer also Verräter waren, dann haben sie gegen Gott gehandelt. Es war keine Sünde, sie umzubringen.«

Meine Bemerkung entrüstete ihn. »So etwas wie Sünde gibt es nicht!« Er hielt inne; sein Tonfall wurde belehrend. »Sancha, das Wunder von San Gennaro … es geschieht fast immer im Mai und im September. Doch wenn der Priester im

Dezember mit der Reliquie auftaucht, misslingt das Wunder häufig. Warum, was denkst du?«

Die Frage traf mich unvorbereitet. Ich hatte keine Ahnung.

»Denk nach, Mädel!«

»Ich weiß nicht, Eure Majestät …«

»Weil es im Mai und im September wärmer ist.«

Ich verstand es noch immer nicht. Meine Verwirrung stand mir ins Gesicht geschrieben.

»Höchste Zeit, dass du aufhörst, an diesen Unsinn über Gott und die Heiligen zu glauben. Auf Erden gibt es nur eine Macht – die Macht über Leben und Tod. Vorläufig habe ich sie inne, zumindest in Neapel.« Noch einmal spornte er mich an. »Jetzt denk nach. Die Substanz in der Phiole ist zunächst fest. Stell dir das Fett an einem Schwein oder einem Lamm vor. Was passiert mit dem Fett, wenn du das Tier am Spieß brätst – das heißt, es der Wärme aussetzt?«

»Es tropft ins Feuer.«

»Hitze verwandelt Festes in Flüssiges. Wenn du also an einem warmen, sonnigen Tag die Reliquie des heiligen Gennaro aus ihrer kühlen, dunklen Kammer in den Duomo hinausträgst und eine Weile wartest … *il miracolo e fatto*. Festes wird flüssig.«

Ich war bereits schockiert; die Gotteslästerung meines Großvaters machte alles noch viel schlimmer. Mir fiel ein, dass Ferrante alles, was mit Religion zu tun hatte, zu verfluchen pflegte, dass er stets bestrebt war, entweder gar nicht an einer Messe teilzunehmen, oder sie so schnell wie möglich hinter sich zu bringen. Ich war unschlüssig, ob er je vor dem kleinen Altar in dem Raum niederkniete, der zu der Heimstatt seiner wahren Überzeugungen führte.

Zugleich aber faszinierte mich seine Erklärung des Wunders. Mein Glaube war erschüttert, von Zweifeln durchsetzt. Dennoch war die Gewohnheit mächtig. Rasch betete ich insgeheim, Gott möge dem König vergeben, und der heilige Gennaro möge ihn trotz seiner Sünden beschützen. Zum zweiten Mal an jenem Tag betete ich zu Gennaro, er möge Neapel beschützen – wenn auch nicht unbedingt vor Naturkatastrophen oder verräterischen Baronen und ihren Verbrechen.

Mit seiner knochigen, von blauen Adern durchzogenen Hand griff Ferrante nach meiner kleinen und drückte sie mit einer Heftigkeit, die keinen Widerstand zuließ. »Komm, Kind. Sie werden sich schon fragen, wo wir sind. Im Übrigen hast du genug gesehen.«

Ich dachte an jeden einzelnen Mann im Museum der Toten – wie mein Großvater sie hämisch mit dem Schicksal bekannt gemacht hatte, das sie erwartete, wie die Schwächeren unter ihnen wohl geweint und darum gefleht hatten, er möge sie verschonen. Ich fragte mich, wie man sie umgebracht hatte; bestimmt auf eine Weise, die keine Spuren hinterließ.

Ferrante hielt die Kerze hoch und führte mich aus seiner seelenlosen Galerie hinaus. Während ich im Altarzimmer wartete, bis er die kleine Tür zugemacht hatte, dachte ich darüber nach, welche offensichtliche Freude ihm die Gesellschaft seiner Opfer bereitete. Er war imstande, ohne Gewissensbisse zu töten, konnte die Tat sogar genießen. Vielleicht hätte ich, die ich ein unnützes weibliches Wesen war, um mein Leben fürchten sollen, doch es gelang mir nicht. Er war mein Großvater. Ich betrachtete sein Gesicht im goldenen Licht: es waren dieselben gütigen Züge, die rötlichen Wangen mit dem Netzwerk geplatzter, winziger Adern, wie ich sie schon immer gekannt hatte. Ich suchte in seinen blauen, den meinen so ähnlichen Augen nach Spuren der Grausamkeit und des Wahnsinns, die das Museum ins Leben gerufen hatten.

Jene Augen wiederum unterzogen mich einer Prüfung, durchbohrend, erschreckend hell. Er blies die Kerze aus und stellte sie auf den kleinen Altar. Dann nahm er mich wieder an die Hand.

»Ich werde niemandem etwas davon sagen, Eure Majestät.« Ich stieß die Worte nicht etwa aus Angst hervor oder weil ich mich schützen wollte, vielmehr war es mir ein Bedürfnis, Ferrante wissen zu lassen, dass ich voll und ganz hinter meiner Familie stand.

Er lachte leise auf. »Das ist mir einerlei, Liebes. Wenn du es verrätst, umso besser. Dann werden meine Feinde mich noch mehr fürchten.«

Wir gingen zurück durch das Schlafzimmer des Königs, durch den Wohnraum, das äußere Arbeitszimmer, dann schließlich durch den Thronsaal. Ehe er die an einigen Stellen gesprungene Holztür aufdrückte, wandte er sich an mich. »Wir haben es nicht leicht, als Stärkere, nicht wahr?«

Ich hob das Kinn, um ihn anzuschauen.

»Ich bin alt, und es gibt Menschen, die dir sagen werden, dass ich schwachsinnig werde. Doch das meiste bekomme ich noch sehr genau mit. Ich weiß, wie sehr du deinen Bruder liebst.« Sein Blick richtete sich nach innen. »Ich habe Juana geliebt, weil sie gutmütig und treu war. Ich wusste, sie würde mich nie betrügen. Deine Mutter mag ich aus demselben Grund – eine wunderbare Frau.« Dann wandte er seine Aufmerksamkeit wieder mir zu. »Dein kleiner Bruder ist nach ihr geraten, eine großmütige Seele. Ohne Wert, wenn es um Politik geht. Ich habe gesehen, wie sehr du an ihm hängst. Wenn du ihn liebst, gib auf ihn Acht. Wir Starken müssen uns der Schwachen annehmen, weißt du. Sie haben nicht den Mut, das zu tun, was notwendig ist, um zu überleben.«

»Ich werde mich um ihn kümmern«, sagte ich tapfer. Doch ich würde mich niemals der Meinung meines Großvaters anschließen, dass Töten und Grausamkeit notwendig seien, um Alfonso zu beschützen.

Ferrante stieß die Tür auf. Hand in Hand gingen wir zurück in die Große Halle, in der die Musikanten spielten. Ich suchte in der Menge nach Alfonso und entdeckte ihn in einer entlegenen Ecke. Er starrte uns aus Eulenaugen an. Meine Mutter und Isabella tanzten und hatten uns Kinder für einen Moment vollkommen vergessen.

Meinem Vater aber, dem Herzog von Kalabrien, war die Abwesenheit des Königs offenbar aufgefallen. Ich schaute verblüfft auf, als er sich uns in den Weg stellte und mit einer einzigen Frage am Weitergehen hinderte.

»Eure Majestät, fällt das Kind Euch zur Last?« In meinem kurzen Leben hatte ich noch nie gehört, dass der Herzog seinen Vater anders angeredet hätte. Er sah mit feindseliger, misstrauischer Miene auf mich herab. Ich versuchte, mir den Anschein reiner Unschuld zu geben, doch nach dem, was ich gesehen hatte, konnte ich nicht verbergen, dass ich bis ins Mark erschüttert war.

»Nicht im Geringsten«, erwiderte Ferrante gut gelaunt. »Wir waren nur gerade auf Entdeckungsreise.«

In den schönen, herzlosen Augen meines Vaters blitzte zunächst Erkenntnis, dann Wut auf. Er wusste genau, wo mein Großvater und ich gewesen waren – und angesichts meines schlechten Rufes war ihm klar, dass ich eigenmächtig gehandelt hatte.

»Ich kümmere mich um sie«, sagte der Herzog mit äußerst bedrohlichem Unterton. Es war allgemein bekannt, wie grausam er mit seinen Feinden, den Türken, umgegangen war. Er hatte darauf bestanden, höchstpersönlich alle Gefangenen aus der Schlacht von Otranto zu foltern und zu töten, wobei er derart unmenschliche Methoden angewandt hatte, dass sie uns Kindern nicht zu Ohren kommen durften. Ich redete mir ein, keine Angst zu haben. Es gehörte sich nicht, dass er mich, ein Mitglied des Königshauses, verdrosch. Ihm war nicht klar, dass er mir bereits die schlimmste aller Strafen aufgebürdet hatte: Er liebte mich nicht und machte auch keinen Hehl daraus.

Und ich, die ich ebenso stolz war wie er, würde nie zugeben, dass ich verzweifelt um seine Zuneigung buhlte.

»Bestrafe sie nicht, Alfonso«, sagte Ferrante. »Sie hat Mut, das ist alles.«

»Mädchen sollen keinen Mut haben«, entgegnete mein Vater. »Dieses hier am allerwenigsten. Meine anderen Kinder sind erträglich, aber mit *ihr* habe ich seit dem Tag ihrer Geburt nichts als Ärger – ein Tag, den ich am liebsten ungeschehen machen würde.« Er funkelte mich wütend an. »Geh.

Seine Majestät und ich haben etwas zu bereden. Und wir beide sprechen uns noch.«

Ferrante ließ meine Hand los. Ich machte einen leichten Knicks und sagte: »Majestät.« Ich wäre gleich losgewetzt, wenn die Halle nicht voller Erwachsener gewesen wäre, die sich alle zu mir umgedreht und mehr Anstand von mir gefordert hätten. Unter den gegebenen Umständen ging ich so rasch wie möglich zu meinem wartenden Bruder.

Er schaute mich nur einmal kurz an und schlang dann beide Arme um mich. »O Sancha! Dann stimmt es also … Es tut mir so Leid, dass du es sehen musstest. Hast du dich gefürchtet?«

Mein Herz, das in der Gegenwart meiner beiden Altvorderen so eisig geworden war, taute in Alfonsos Gesellschaft wieder auf. Er wollte nicht im Einzelnen wissen, was ich gesehen hatte; er erkundigte sich lediglich danach, wie es mir ergangen war. Ich war ein wenig überrascht, dass mein kleiner Bruder nicht schockierter war, als er hörte, dass die Gerüchte stimmten. Vielleicht verstand er den König besser als ich.

Ich löste mich aus seiner Umarmung, hielt die Arme aber noch mit den seinen verschränkt. »Es war nicht so schlimm«, log ich.

»Vater hat wütend ausgesehen; ich fürchte, er wird dich bestrafen.«

Ich zuckte mit den Schultern. »Vielleicht auch nicht. Ferrante hat es nicht im Geringsten gestört.« Ich hielt kurz inne und fügte dann mit kindischer Tapferkeit hinzu: »Im Übrigen, was will Vater denn schon machen? Mich in mein Zimmer einsperren? Mir das Abendessen streichen?«

»Wenn er das macht«, flüsterte Alfonso, »dann komm ich zu dir, und wir können leise spielen. Wenn du Hunger hast, hole ich dir was zu essen.«

Ich lächelte und legte ihm eine Hand an die Wange. »Du musst dir wirklich keine Gedanken machen. Es gibt nichts, womit Vater mich richtig verletzen könnte.«

Da irrte ich mich gewaltig.

Donna Esmeralda wartete vor der Großen Halle, um uns ins Kinderzimmer zu bringen. Alfonso und ich waren in ausgelassener Stimmung, besonders, als wir am Klassenzimmer vorüberkamen, in dem wir, wenn nicht gerade ein Feiertag gewesen wäre, unter der schwunglosen Anleitung von Fra Guiseppe Maria Latein gelernt hätten. Fra Giuseppe war ein Dominikanermönch mit Trauermiene aus dem nahe gelegenen Kloster San Domenico Maggiore, das berühmt dafür war, dass zwei Jahrhunderte zuvor ein Kruzifix zu Thomas von Aquin gesprochen hatte. Fra Giuseppe war so außerordentlich dickleibig, dass Alfonso und ich ihn *Fra Cena* getauft hatten, Bruder Essen. Als wir am Klassenzimmer vorbeigingen, begann ich feierlich, unser Lieblingsverb zu deklinieren. »*Ceno*«, sagte ich. Ich esse.

Alfonso führte es *sotto voce* zu Ende. »*Cenare*«, sagte er. »*Cenavi. Cenatus.*«

Donna Esmeralda verdrehte die Augen, sagte aber nichts.

Ich kicherte über den Spaß auf Kosten von Fra Giuseppe, zugleich jedoch fiel mir ein Satz ein, den er in der letzten Stunde verwendet hatte, um uns den Dativ beizubringen. *Deo et hominibus peccavit.*

Er hat gegen Gott und die Menschen gesündigt.

Ich dachte an Roberts Marmoraugen, die mich angestarrt hatten. *Ich wollte wissen, ob sie mir zuhörten.*

Im Kinderzimmer zogen Donna Esmeralda und die Kammerzofe uns vorsichtig die guten Kleider aus, während wir ungeduldig zappelten. Dann kleidete man uns in bequemere Sachen – ein lockeres graubraunes Gewand für mich, eine schlichte Tunika und eine Kniehose für Alfonso.

Die Tür des Kinderzimmers ging auf, und herein kam unsere Mutter, Madonna Trusia, in Begleitung ihrer Hofdame Donna Elena, einer spanischen Edelfrau. Letztere hatte ihren Sohn mitgebracht, mit dem wir am liebsten spielten: Arturo, ein schlaksiger, langgliedriger Bengel, der auf Jagden und beim Klettern auf Bäume brillierte – beides Sportarten, die mir Spaß machten. Meine Mutter hatte ihr förmliches schwarzes Gewand gegen ein hellgelbes getauscht; bei einem Blick in ihr lächelndes Gesicht musste ich an die neapolitanische Sonne denken.

»Kinder«, verkündete sie, »ich habe eine Überraschung für euch. Wir machen einen Ausflug.«

Alfonso und ich brachen in Jubelrufe aus. Wir ließen uns von Madonna Trusia an die Hand nehmen. Sie führte uns vom Kinderzimmer durch die Korridore der Burg, Donna Elena mit Arturo im Schlepptau.

Doch noch ehe wir die Freiheit erreichten, hatten wir eine unglückselige Begegnung.

Wir trafen auf meinen Vater. Seine Lippen unter dem blauschwarzen Schnurrbart waren grimmig zusammengepresst, die Stirn gefurcht. Ich vermutete, er war unterwegs zum Kinderzimmer, um mir meine Strafe aufzuerlegen. Unter den gegebenen Umständen konnte ich auch erraten, worin sie bestehen würde.

Wir blieben abrupt stehen.

»Eure Hoheit«, flötete meine Mutter und verneigte sich. Donna Elena tat es ihr gleich.

Anstelle eines Grußes nahm er Trusia mit einer knappen Frage zur Kenntnis: »Wohin geht Ihr?«

»Ich mache einen Ausflug mit den Kindern.«

Der unstete Blick des Herzogs huschte über unsere kleine Gruppe und blieb an mir hängen. Ich reckte die Schultern und hob trotzig das Kinn, wild entschlossen, mir bei seiner nächsten Äußerung keine Enttäuschung anmerken zu lassen.

»Aber ohne *sie*.«

»Eure Hoheit, heute ist doch ein Feiertag ...«

»Nicht für *sie*. Sie hat sich heute abscheulich daneben benommen. Das muss unverzüglich geahndet werden.« Er hielt inne und schenkte meiner Mutter einen Blick, unter dem sie dahinwelkte wie eine Blüte in sengender Hitze. »Und jetzt *geht*.«

Madonna Trusia und Elena verneigten sich noch einmal vor

dem Herzog; meine Mutter und Alfonso warfen mir flüchtig besorgte Blicke zu, ehe sie weiterliefen.

»Komm mit«, sagte mein Vater.

Schweigend gingen wir ins Kinderzimmer. Dort ließ er Donna Esmeralda kommen, damit sie Zeugin seiner förmlichen Ansprache wurde.

»Ich sollte mich nicht gezwungen sehen, meine Aufmerksamkeit auch nur einen Augenblick lang auf ein nutzloses Mädchen zu richten, das keinerlei Aussicht auf ein Thronerbe hat – noch weniger, wenn es ein uneheliches Kind ist.«

Er war noch nicht fertig, doch sein herablassendes Gebaren versetzte mir einen solchen Stich, dass ich mir die Gelegenheit der Vergeltung nicht entgehen lassen konnte. »Wo liegt da der Unterschied? Der König ist auch unehelich«, unterbrach ich ihn rasch, »womit Ihr der Sohn eines unehelichen Vaters seid.«

Er schlug mir so hart auf die Wange, dass mir Tränen in die Augen stiegen, doch ich unterdrückte sie. Donna Esmeralda zuckte leicht zusammen, als er zuschlug, brachte es aber fertig, sich zu beherrschen.

»Du bist unverbesserlich«, sagte er. »Aber ich kann nicht zulassen, dass du weiterhin meine Zeit vergeudest. Du bist es nicht wert, dass ich dir überhaupt Aufmerksamkeit schenke. Disziplin gehört in den Aufgabenbereich von Kindermädchen, nicht von Prinzen. Ich habe dir das Essen gestrichen, habe dich in dein Zimmer eingeschlossen – doch nichts hat genützt, du bist nicht zu bändigen. Dabei bist du fast alt genug, um verheiratet zu werden. Wie soll ich aus dir eine ordentliche junge Frau machen?«

Er verstummte und dachte lange nach. Nach geraumer Zeit verengten sich seine Augen zu Schlitzen, um dann, nachdem ihm offenbar eine Erleuchtung gekommen war, aufzublitzen. Ein vages, kaltes Lächeln umspielte seine Lippen. »Ich habe dir die falschen Dinge entzogen, nicht wahr? Du bist ein starrköpfiges Kind. Du kommst eine Zeit lang ohne Essen oder Aufenthalt im Freien aus, denn obwohl dir diese Dinge *gefallen*, hängt dein Herz nicht daran.« Er nickte, seine Pläne sagten ihm immer mehr zu. »Genau das muss ich tun. Du wirst dich erst ändern, wenn man dir das eine nimmt, das dir mehr als alles andere am Herzen liegt.«

Da packte mich echte, lähmende Angst.

»Zwei Wochen«, sagte er, dann wandte er sich an Donna Esmeralda. »Sie soll in den nächsten beiden Wochen keinen Kontakt zu ihrem Bruder haben. Sie dürfen weder gemeinsam essen, noch spielen, noch miteinander reden – sie dürfen sich nicht einmal kurz zu Gesicht bekommen. Davon hängt Eure Zukunft ab. Verstanden?«

»Ja, Eure Hoheit«, erwiderte Donna Esmeralda angespannt, die Augen niedergeschlagen, den Blick abgewandt. Ich begann zu jammern.

»Du kannst mir Alfonso nicht nehmen!«

»Schon passiert.« In den harten, herzlosen Zügen meines Vaters erblickte ich Anzeichen von Zufriedenheit. *Filius Patri similis est.* Der Sohn ist wie der Vater.

Krampfhaft suchte ich nach Gegenargumenten; die Tränen, die sich in meinen Augen gesammelt hatten, liefen jetzt Gefahr, mir über die Wangen zu kullern. »Aber … aber Alfonso liebt mich doch! *Ihn* wird es treffen, wenn er mich nicht sehen kann, und er ist ein guter Sohn, ein vorbildlicher Sohn. Es ist ungerecht – Ihr straft Alfonso für etwas, was er nicht getan hat!«

»Wie fühlt es sich an, Sancha?«, spottete mein Vater leise. »Wie fühlt es sich an, zu wissen, man ist verantwortlich dafür, dass der Mensch verletzt wird, den man am meisten liebt?«

Ich schaute den Mann an, der mich gezeugt hatte – dem es grausamen Spaß bereitete, ein Kind zu verletzen. Wäre ich ein Mann gewesen und kein kleines Mädchen, hätte ich ein Schwert getragen, dann hätte mich die Wut gepackt und ich hätte ihm auf der Stelle die Kehle aufgeschlitzt. In jenem Augenblick wusste ich, wie es war, unendlichen, unwiderruflichen Hass auf jemanden zu empfinden, den man hoffnungslos liebte. Ich wollte ihm wehtun, so wie er es mit mir gemacht hatte, und mich daran ergötzen.

Als er ging, ließ ich meinen Tränen endlich freien Lauf; doch selbst dabei schwor ich mir, mich nie wieder von einem Mann, am wenigsten vom Herzog von Kalabrien, zum Weinen bringen zu lassen.

Die nächsten beiden Wochen waren die reine Qual. Die einzigen Menschen, die ich zu sehen bekam, waren die Dienerinnen. Obwohl ich zum Spielen hinausgehen durfte, wenn ich wollte, lehnte ich es ab, so wie ich die meisten Mahlzeiten verweigerte. Ich schlief schlecht und träumte von Ferrantes gespenstischer Galerie.

Meine Stimmung war so düster, mein Benehmen so schlecht, dass Donna Esmeralda, die nie die Hand gegen mich erhoben hatte, mich zweimal vor Wut schlug. Ich grübelte weiter darüber nach, dass ich meinen Vater im ersten Moment am liebsten umgebracht hätte; das hatte mich zutiefst erschreckt. In mir wuchs die Überzeugung, dass aus mir ohne Alfonsos liebevollen Einfluss eine grausame, halb wahnsinnige Tyrannin würde, ganz wie der Vater und der Großvater, denen ich so ähnlich war.

Als die beiden Wochen schließlich vorbei waren, packte ich meinen Bruder und umarmte ihn so heftig, dass wir beide keine Luft mehr bekamen.

Endlich konnte ich reden: »Alfonso, wir müssen uns gegenseitig feierlich schwören, uns nie wieder trennen zu lassen. Auch wenn wir verheiratet sind, müssen wir in Neapel bleiben, nah beieinander, denn ohne dich werde ich verrückt.«

»Ich schwöre«, sagte Alfonso. »Aber Sancha, du bist geistig vollkommen gesund. Ob mit mir oder ohne mich, du brauchst den Wahnsinn nicht zu fürchten.«

Mit bebender Unterlippe antwortete ich: »Ich bin viel zu sehr wie Vater – kalt und grausam. Selbst Großvater hat das behauptet – ich sei gefühllos, wie er.«

Zum ersten Mal sah ich echte Wut in den Augen meines

Bruders aufflammen. »Du bist alles andere als grausam; du bist freundlich und gut. Und der König irrt sich. Du bist nicht gefühllos, nur … stur.«

»Ich will so sein wie du«, sagte ich. »Du bist der Einzige, der mich glücklich macht.«

Von diesem Zeitpunkt an gab ich meinem Vater nie wieder einen Grund, mich zu bestrafen.

Ausgehendes Frühjahr 1492

2

Gut drei Jahre zogen ins Land. Mit dem Jahre 1492 kam ein neuer Papst: Rodrigo Borgia, der den Namen Alexander VI. annahm. Ferrante legte großen Wert darauf, gute Beziehungen zu ihm zu pflegen, besonders seit die letzten Päpste das Haus Aragon nicht mit wohlwollendem Blick betrachtet hatten.

Alfonso und ich wurden zu alt für ein gemeinsames Kinderzimmer und zogen jeder in einen getrennten Raum um, doch wir waren nur dann getrennt, wenn die Nachtruhe und unsere abweichende Erziehung es erforderlich machten. Ich lernte Poesie und Tanz, während Alfonso seine Schwertkunst perfektionierte. Nie sprachen wir über unsere größte Sorge – dass ich mit fünfzehn im heiratsfähigen Alter war und schon bald in einen anderen Haushalt umziehen würde. Ich tröstete mich mit dem Gedanken, dass Alfonso sich rasch mit meinem zukünftigen Gatten anfreunden und täglich zu Besuch kommen würde.

Schließlich zog ein Morgen herauf, an dem ich in den Thronsaal des Königs gerufen wurde. Donna Esmeralda konnte ihre Erregung nicht ganz verbergen. Sie streifte mir ein bescheidenes, elegant geschnittenes schwarzes Seidenkleid mit einem Mieder aus Satinbrokat über, so eng, dass ich nach Luft schnappte.

Donna Esmeralda, Madonna Trusia und Donna Elena nahmen mich in ihre Mitte und führten mich über den Palasthof. Die Sonne war hinter einer dichten Dunstschicht verschwunden; der Nebel tröpfelte wie weicher, zäher Regen auf uns hernieder, benetzte mein Kleid, bedeckte mein Gesicht und die sorgfältig gekämmten Haare mit Feuchtigkeit.

Als wir endlich in Ferrantes Flügel gelangten und die Türen zum Thronsaal sich öffneten, sah ich meinen Großvater in königlicher Haltung auf seinen purpurroten Polstern sitzen; an seiner Seite war ein Fremder – ein annehmbar aussehender Mann von stämmiger, muskulöser Gestalt. Neben diesem stand mein Vater.

Die Zeit hatte Alfonso, den Herzog von Kalabrien, nicht zu einem besseren Menschen werden lassen. Wenn überhaupt, dann war mein Vater noch launischer geworden – ja, geradezu bösartig. Vor kurzem hatte er nach einer Peitsche verlangt und eine Köchin verprügelt, weil sie ihm die Suppe kalt serviert hatte. Er drosch so lange auf die arme Frau ein, bis sie so viel Blut verloren hatte, dass sie ohnmächtig wurde. Nur Ferrante konnte sich zurückhalten. Auch er hatte unter viel Fluchen und Geschrei eine ältere Dienerin entlassen, weil sie seine Stiefel nicht ordentlich geputzt hatte. Um es mit den Worten meines Großvaters auszudrücken: »Wohin mein ältester Sohn auch geht, verzieht sich die Sonne aus Angst hinter den Wolken.«

Obwohl er noch immer gut aussah, war sein Gesicht ein Abbild des Elends; der Mund war vor kaum unterdrückter blinder Wut verzogen, die Augen strahlten ein Unglück aus, das er gern mit anderen teilte. Kinderlachen konnte er nicht mehr ertragen; Alfonso und ich mussten in seiner Gegenwart leise sein. Eines Tages vergaß ich mich und kicherte los. Er holte aus und schlug mich mit solcher Wucht, dass ich ins Taumeln geriet und beinahe gestürzt wäre. Dabei war es nicht der Schlag selbst, der mich verletzte, vielmehr die Erkenntnis, dass er noch nie die Hand gegen eines seiner Kinder erhoben hatte – nur gegen mich.

Einmal, als Trusia glaubte, ich sei mit anderen Dingen beschäftigt, hatte sie Esmeralda vertraulich erzählt, eines Abends sei sie in die Gemächer meines Vaters gegangen, die in völliger Dunkelheit dalagen. Als sie nach einer Kerze gesucht habe, sei aus der Finsternis die Stimme meines Vaters gekommen: »Lass es so.« Als meine Mutter zur Tür gegangen sei, habe er befohlen: »Setz dich!« Sie war gezwungen, sich vor ihn auf den Boden zu setzen. Als sie dann mit ihrer weichen, freundlichen Stimme zu sprechen begonnen habe, schrie er: »Halt den Mund!«

Er wollte nur Stille und Dunkelheit und wissen, dass sie da war.

Anmutig verbeugte ich mich vor dem König, wusste ich doch, dass jede Bewegung von dem gewöhnlich aussehenden, braunhaarigen Fremden neben dem Thron taxiert wurde. Ich war jetzt eine Frau und hatte gelernt, meine kindliche Sturheit und jeglichen Schabernack in Stolz umzumünzen. Andere hätten es vielleicht als Arroganz bezeichnet – doch an dem Tag, an dem mein Vater mich verletzt hat, habe ich mir geschworen, nie wieder ein Zeichen von Schwäche zu zeigen. Ich trat stets sicher auf, gab mich unerschütterlich, stark.

»Prinzessin Sancha von Aragon«, sagte Ferrante förmlich. »Darf ich Graf Onorato Caetani vorstellen, einen Edelmann ohne Fehl und Tadel. Er hat um Eure Hand angehalten, und Euer Vater und ich waren einverstanden.«

Sittsam schaute ich zu Boden und warf unter halb geschlossenen Augenlidern einen zweiten kurzen Blick auf den Grafen. Ein gewöhnlicher Mann in den Dreißigern, und dann auch nur ein Graf – und das mir, einer Prinzessin. Ich war darauf vorbereitet, Alfonso wegen eines Gatten zu verlassen – nicht jedoch wegen eines solchen Durchschnittsmenschen. Ich war zu verstört, als dass mir rasch eine entsprechend anmutige Antwort über die Lippen gekommen wäre. Zum Glück ergriff Onorato als Erster das Wort.

»Ihr habt mir die Unwahrheit gesagt, Majestät«, sagte er mit tiefer, klarer Stimme.

Ferrante drehte sich überrascht zu ihm um; mein Vater sah aus, als wollte er den Grafen erwürgen. Die Höflinge hielten angesichts seiner Kühnheit die Luft an, bis er wieder redete.

»Ihr sagtet, Eure Enkelin sei schön. Doch das Wort wird dem außergewöhnlichen Geschöpf nicht gerecht, das hier vor uns steht. Ich hatte gedacht, ich könne mich glücklich schätzen, die Hand einer Prinzessin des Reiches zu bekommen; mir war nicht klar gewesen, dass ich zugleich das kostbarste Kunstwerk Neapels erhielte.« Er legte die Hand an die Brust, um sie dann auszustrecken und mir in die Augen zu schauen. »Eure Hoheit«, sagte er, »mein Herz gehört Euch. Ich bitte Euch, nehmt dieses bescheidene Geschenk an, obwohl es Eurer unwürdig ist.«

Vielleicht, überlegte ich mir, *ist dieser Caetani am Ende doch keine so schlechte Partie.*

Wie ich erfuhr, war Onorato recht wohlhabend und lobte meine Schönheit auch weiterhin in den höchsten Tönen. Sein Verhalten gegenüber Alfonso war warmherzig und freundlich, und ich zweifelte nicht daran, dass er meinen Bruder in unserem Hause willkommen heißen würde, wann immer ich es wünschte. Während die Brautwerbung einen raschen Verlauf nahm, überraschte er mich mit Geschenken. Eines Morgens, als wir auf dem Balkon standen und über die ruhige, spiegelglatte Bucht schauten, legte er mir mit einer Bewegung, als wollte er mich umarmen, eine Kette um den Hals.

Ich wich zurück, begierig, das neue Schmuckstück in Augenschein zu nehmen; es war ein geschliffener Rubin, halb so groß wie meine Faust, der an einem Satinband hing.

»Für das Feuer in deiner Seele«, sagte er und küsste mich. Sollte ich je Widerstand empfunden haben, in jenem Augenblick schmolz er dahin. Ich hatte genug Reichtümer gesehen, nahm sie schon lange genug als selbstverständlich hin, um unbeeindruckt zu bleiben. Doch es war nicht der Edelstein, sondern die Geste.

Die erste Umarmung gefiel mir. Onoratos gestutzter, goldbrauner Bart strich zärtlich über meine Wange und roch nach Rosmarinwasser und Wein, und ich reagierte auf die Leidenschaft, mit der er sich an mich presste.

Er wusste einer Frau Freude zu bereiten. Wir waren verlobt, und es wurde erwartet, dass wir der Natur nachgaben, wenn wir allein waren. Nach einem Monat des Werbens geschah es. Mit geübten Händen fand er seinen Weg unter meinen Überrock, mein Kleid, mein Hemd. Zunächst benutzte er die Finger, dann den Daumen, schlüpfte zwischen meine Beine und rieb einen Punkt, worauf ich zu meiner eigenen Überraschung schließlich mit einem Zucken von erstaunlicher Wonne reagierte; dann zeigte er mir, wie ich ihn erfreuen könnte. Ich empfand weder Verlegenheit noch Scham; nein, ich kam zu dem Schluss, dass es sich um eine der größten Lebensfreuden schlechthin handelte. Mein Glaube an die Lehren der Priester geriet ins Wanken. Wie konnte man ein solches Wunder als Sünde bezeichnen?

Das machten wir noch ein paar Mal so, bis er sich am Ende auf mich legte und in mich eindrang. Darauf vorbereitet, spürte ich keinen Schmerz, nur reinen Genuss, und nachdem er sich ergossen hatte, achtete er sorgsam darauf, auch mir Vergnügen zu bereiten. Der Akt machte mir so viel Spaß, und ich verlangte so häufig nach ihm, dass Onorato lachte und mich unersättlich nannte.

Vermutlich bin ich nicht die einzige Heranwachsende, die Lust mit Liebe verwechselt, aber ich war so entzückt von meinem Zukünftigen, dass ich ein paar Monate nach Bekanntgabe unserer Verlobung aus einer Laune heraus eine Frau aufsuchte, die die Zukunft voraussagte. Eine *strega*, wie man munkelte, eine Hexe. Doch obwohl sie sich Respekt verschafft hatte und bis zu einem gewissen Grad Furcht verbreitete, war sie nie des Bösen beschuldigt worden und hatte gelegentlich Gutes getan.

Flankiert von zwei Reitern zum Schutz, fuhr ich in einer offenen Kutsche vom Castel Nuovo aus mit meinen drei liebsten Hofdamen los: Donna Esmeralda, verwitwet, Donna Maria, verheiratet, und Donna Inez, Jungfrau. Donna Maria und ich scherzten über den Liebesakt und lachten auf der gesamten Fahrt, während Donna Esmeralda bei derart skandalösen Worten die Lippen schürzte. Wir fuhren unter dem glitzernden weißen Triumphbogen des Castel Nuovo hindurch und sahen im Hintergrund zum Landinnern hin *Pizzofalcone*, den Falkengipfel. Die Luft war feucht und kalt und roch nach Meer; die unverhüllte Sonne war warm. Wir kamen am Hafen vorbei, fuhren weiter an der Bucht von Neapel entlang, die den Himmel in hellem Blau widerspiegelte, so dass der Horizont nur als verschwommene Linie zu erkennen war. Wir steuerten den Monte Vesuvio im Osten an. Hinter uns im Westen stand die Festung Castel dell'Ovo über dem Wasser Wache.

Um nicht durch die Stadttore zu fahren und das Aufsehen der Bürger zu erregen, wies ich den Kutscher an, uns durch das Waffenarsenal mit seinen großen Kanonen zu fahren, dann an den alten Stadtmauern der Anjous entlang, die parallel zum Ufer verliefen.

Ich war wie berauscht vor Liebe, schwindelig vor Glück, so dass mir meine Geburtsstadt Neapel schöner denn je vorkam: Sonnenlicht wurde von den weißen Burgen und den kleineren, stuckverzierten Häusern auf den Hügeln reflektiert. Obwohl der genaue Zeitpunkt für die Hochzeit noch nicht festgelegt war, träumte ich bereits von diesem großen Tag, von mir als der Herrin im Hause meines Gatten, den ich über einen üppig gedeckten Tisch hinweg anlächelte, umgeben von Gästen und von zu erwartenden Kindern, die nach ihrem Onkel Alfonso rufen würden. Das war alles, was ich von der *strega* wollte – sie sollte mir meine Wünsche bestätigen, mir die Namen meiner Söhne nennen und mir und meinen Damen neuen Stoff liefern, über den wir lachen und tratschen konnten. Ich war glücklich, denn Onorato schien ein freundlicher, friedfertiger Mann zu sein. Dem Einflussbereich meines Großvaters und Vaters entkommen, in Gesellschaft von Onorato und meinem Bruder würde ich nie wie die Männer werden, denen ich so ähnlich war, sondern eher wie die Männer, die ich liebte.

Noch immer albern kichernd, warf ich zufällig einen Blick auf den Vesuv, den Zerstörer von Zivilisationen. Massiv, friedlich, grauviolett vor dem Blau des Himmels, schien er stets gutartig und war schön anzusehen gewesen. Doch an jenem Tag wurde sein Schatten immer dunkler, je näher wir uns auf ihn zubewegten.

Die Brise wurde kühler. Ich verstummte, und mit mir meine Begleiterinnen. Wir entfernten uns von der eigentlichen Stadt, kamen an Weinbergen und Olivenhainen vorbei in leicht welliges Hügelland.

Als wir beim Haus der *strega* anlangten – eine verfallene Ruine, vor eine Höhle gebaut –, hatte uns Trübsinn heimgesucht. Einer der Wachmänner stieg ab und rief laut durch die offene Eingangstür, um mich anzukündigen, während der andere mir und meinen Gefährtinnen aus der Kutsche half. Hühner gackerten, ein an einen Türpfosten gebundener Esel schrie.

Aus dem Innern rief eine Frauenstimme: »Schickt sie herein.« Ich war überrascht, wie stark sie klang, nicht gebrechlich und krächzend, wie ich es erwartet hatte.

Meine Damen schnappten nach Luft. Empört zückte der erste Wächter sein Schwert und trat über die Schwelle des Höhlenhauses.

»Unverschämtes Weib! Komm her und bitte Ihre Hoheit Sancha von Aragon um Vergebung! Du wirst sie empfangen, wie es sich gehört.«

Ich gab dem Mann ein Zeichen, er solle das Schwert sinken lassen, und trat neben ihn. So sehr ich mich auch anstrengte, ich sah nichts als Schatten hinter der Schwelle.

Wieder sprach die Frau, die nicht zu sehen war. »Sie muss allein hereinkommen.«

Erneut hob mein Wächter instinktiv das Schwert; ich riss einen Arm hoch und hielt ihn an der Brust zurück. Eine merkwürdige Furcht ergriff mich, ein Prickeln im Nacken, doch ich gab den ruhigen Befehl: »Geht zurück zur Kutsche und wartet auf mich. Ich gehe ohne Begleitung hinein.«

Missbilligend kniff er die Augen zusammen, allein ich war die Tochter des zukünftigen Königs, und er wagte nicht, mir zu widersprechen. Die Damen hinter mir raunten sich entsetzt etwas zu, ich aber überhörte es geflissentlich und betrat die Höhle der *strega*.

Für eine Prinzessin war es undenkbar, allein irgendwohin zu gehen. Andauernd war ich von meinen Damen oder von Wachen umsorgt, außer in jenen seltenen Augenblicken, in denen ich mit Onorato allein war – und er war ein Edelmann, der meiner Familie bekannt war. Ich aß im Kreise meiner Familie und Hofdamen, ich schlief, überwacht von meinen Hofdamen; als ich noch klein war, teilte ich ein Bett mit Alfonso. Ich wusste nicht, was es hieß, allein zu sein.

Doch die anmaßende Aufforderung der *strega* kränkte mich nicht. Vielleicht begriff ich instinktiv, dass sie mir nichts Gutes zu sagen hatte, und nur meine Ohren es hören sollten.

Ich weiß noch, was ich an jenem Tag trug: einen dunkelblauen Überwurf, da es kühl war, darunter ein Mieder und ein Unterkleid aus heller, taubenblauer Seide, mit silbernem Band verziert und bedeckt mit einem vorn offenen Überrock aus demselben blauen Samt wie der Überwurf. Ich raffte meine Kleider so gut es ging, atmete tief ein und betrat das Haus der Seherin.

Ein beklemmendes Gefühl beschlich mich. Ich war noch nie in einem Bauernhaus gewesen, bestimmt nicht in einer so trostlosen Behausung wie dieser. Die Decke war niedrig, die Wände zerfallen und mit Dreck verschmiert; der Lehmboden stank nach Hühnerdung. Da lag die Vermutung nahe, dass ich mir meine Seidenpantoffeln und die Säume ruinieren würde. Das ganze Haus bestand aus einem winzigen Raum, der nur durch das Sonnenlicht erhellt wurde, das durch die Fenster ohne Fensterläden herein strömte. Möbliert war er mit einem kleinen, unbearbeiteten Tisch, einem Hocker, einem Krug, einem Herd mit einem Kessel und einem Haufen Stroh in einer Ecke.

Dennoch war niemand da.

»Komm«, sagte die *strega* mit einer Stimme, die so schön

und melodiös klang, als hätte eine der Sirenen gesprochen. Da sah ich sie in einer hinteren, dunklen Ecke der Behausung in einem schmalen Durchgang, hinter dem absolute Finsternis herrschte. Sie war ganz in Schwarz gekleidet, das Gesicht hinter einem dunklen Schleier verhüllt. Sie war groß für eine Frau, aufrecht und schlank, und sie hob anmutig winkend einen Arm.

Ich folgte ihr, zu gebannt, um den Mangel an Ehrbezeigung gegenüber einem Mitglied des Königshauses zu bemerken. Ich hatte ein buckliges, zahnloses Weib erwartet, nicht diese Frau, die sich bewegte, als wäre sie selbst von höchsten Gnaden. Ich trat in den dunklen Durchgang und gelangte am anderen Ende mit der *strega* in eine weite Höhle mit hoher Decke. Die Luft war feucht, und ich war dankbar für meinen Überwurf; hier gab es keinen Herd, keinen Platz für eine Feuerstelle. An der Wand hing eine einzige Fackel – ein in Olivenöl getauchter Lappen –, der kaum genug Licht spendete, um zu sehen, wohin man trat. Die Hexe blieb an der Fackel kurz stehen und entzündete eine Lampe, dann gingen wir weiter, vorbei an einem mit grünem Samt ausstaffierten Federbett, einem feinen Polstersessel und einem Schrein mit einer großen, bemalten Statue der Jungfrau Maria auf einem mit Wildblumen geschmückten Altar.

Sie bedeutete mir, an einem Tisch Platz zu nehmen, der viel einladender wirkte als der im vorderen Raum. Darauf lag ein großes, quadratisches Tuch aus schwarzer Seide. Ich setzte mich auf einen stabilen Holzstuhl – von einem Künstler schön gestaltet, nicht für einen Bürgerlichen gemacht – und breitete vorsichtig meine Röcke aus. Die *strega* stellte die Öllampe neben uns ab und nahm dann mir gegenüber Platz. Ihr Gesicht war noch immer schwarz verhüllt, doch ich konnte ihre Züge mehr schlecht als recht erkennen. Sie war eine Dame in den Vierzigern, mit dunklem Haar und Teint; das Alter hatte ihrer Schönheit nichts anhaben können. Wenn sie redete, waren der hübsche Amorbogen der Oberlippe und die sinnlich volle Unterlippe zu erkennen.

»Sancha«, sagte sie vertraulich; es kam einer Beleidigung gleich, mich ohne Titel anzureden, etwas zu sagen, ohne angesprochen zu sein, sich ohne Erlaubnis zu setzen, keinen Knicks zu machen. Dennoch war ich geschmeichelt; sie sprach meinen Namen wie eine Liebkosung aus. Sie redete nicht mit mir, vielmehr stieß sie meinen Namen in den Äther aus und spürte den Wirkungen nach, die er erzeugte. Sie kostete ihn, prüfte seinen Geschmack, das Gesicht dabei nach oben gerichtet, als beobachte sie, wie sich der Laut in der Luft über uns auflöste.

Dann schaute sie mich wieder an; ihre bernsteinfarbenen Augen unter dem Schleier spiegelten das Licht der Lampe wider. »Eure Hoheit«, richtete sie schließlich das Wort an mich. »Ihr seid gekommen, um etwas über Eure Zukunft zu erfahren.«

»Ja«, antwortete ich eifrig.

Sie nickte einmal bedächtig. Aus einem Fach unter dem Tisch holte sie ein Kartenspiel hervor. Sie legte es auf die schwarze Seide zwischen uns, drückte die Handflächen darauf und betete leise in einer Sprache, die ich nicht verstand; mit geübtem Handgriff fächerte sie die Karten auf.

»Junge Sancha, wählt Euer Schicksal.«

In meine Gelassenheit mischte sich Beklemmung. Bebend betrachtete ich die Karten und fuhr mit unsicherer Hand darüber – dann berührte ich eine mit dem Zeigefinger, den ich sogleich zurückzog, als hätte ich mich verbrüht.

Ich wollte diese Karte nicht, wusste aber zugleich, dass das Schicksal sie für mich ausgesucht hatte. Ich ließ die Hand noch eine Weile über den Karten in der Schwebe, schließlich gab ich nach, zog die Karte heraus und drehte sie um.

Der Anblick erfüllte mich mit Grauen: Ich wollte die Augen schließen, das Bild auslöschen, doch ich konnte den Blick nicht davon lösen. Es war ein Herz, von zwei Klingen durchbohrt, die zusammen ein großes silbernes X ergaben.

Die Hexe betrachtete die Karte in aller Ruhe. »Das von zwei Schwertern durchbohrte Herz.«

Ich begann zu zittern.

Sie nahm die Karte auf, sammelte das Spiel ein und legte es wieder in sein Versteck unter dem Tisch. »Gebt mir Eure Hand«, sagte sie. »Nein, die Linke; sie ist näher an Eurem Herzen.«

Sie nahm meine Hand in ihre beiden Hände. Trotz der Kälte waren sie warm, und ich entspannte mich langsam. Sie summte eine unmelodische Weise vor sich hin, den Blick hielt sie starr auf meine Handfläche gerichtet.

Abrupt setzte sie sich aufrecht hin, hielt meine Hand fest und schaute mir durchdringend in die Augen. »Die meisten Menschen sind größtenteils gut oder größtenteils schlecht, doch Ihr habt beides in Euch. Ihr wollt mit mir über Belanglosigkeiten reden, über Heirat und Kinder. Ich aber spreche jetzt über viel Größeres. Denn in Euren Händen liegen die Schicksale von Menschen und Nationen. Diese Waffen in Euch – das Gute und das Böse – müssen beide geschwungen werden, und zur rechten Zeit, denn sie werden den Lauf der Dinge verändern.«

Während sie das sagte, wurde ich von entsetzlichen Bildern heimgesucht: mein Vater, allein im Dunkeln sitzend. Ich sah den alten Ferrante, der den Anjous in seinem Museum in die verschrumpelten Ohren flüsterte und in die blicklosen Augen starrte … und sein Gesicht, seine Gestalt verwandelte sich in die meine. Ich stand auf Zehenspitzen, mein festes Fleisch an mumifiziertes Leder gepresst, und flüsterte …

Ich dachte an den Augenblick, an dem ich mich nach einem Schwert gesehnt hatte, um meinem Vater die Kehle aufzuschlitzen. Ich fürchtete mich davor, was ich damit anstellen könnte.

»Ich werde nie auf das Böse zurückgreifen!«, wandte ich ein.

Ihre Stimme hatte einen harten Unterton. »Dann verurteilt Ihr jene zum Tode, die Ihr am meisten liebt.«

Ich weigerte mich, die entsetzliche Bemerkung aufzunehmen. Stattdessen blieb ich an meinem naiven kleinen Traum hängen. »Aber was ist mit der Ehe? Werde ich mit meinem Gatten Onorato glücklich werden?«

»Ihr werdet Euren Onorato nie heiraten.«

Als sie meine bebende Unterlippe sah, fügte sie hinzu: »Ihr werdet mit dem Sohn des mächtigsten Mannes Italiens vermählt.«

Meine Gedanken überschlugen sich. Wer mochte das sein? Italien hatte keinen König; das Land war zigfach aufgeteilt, und niemand herrschte über alle Stadtstaaten. Venedig? Mailand? Florenz, das seinesgleichen suchte? Verbindungen zwischen solchen Staaten und Neapel schienen unwahrscheinlich …

»Aber werde ich ihn denn lieben?«, drängte ich sie. »Werden wir viele Kinder haben?«

»Zweimal nein«, erwiderte sie mit einer Heftigkeit, die an Grausamkeit grenzte. »Gebt Acht, Sancha, sonst wird Euer Herz alle vernichten, die Ihr liebt.«

Ich fuhr still zur Burg zurück, erstarrt, schockiert und zum Schweigen gebracht wie ein ahnungsloses Opfer, das der Vesuv in Sekundenschnelle unter seiner Asche begrub.

Sommer 1492 – Winter 1494

3

Eine Woche nach meinem Besuch bei der *strega* wurde ich vom Frühstück zu einer Audienz beim König abberufen. Der dringende Befehl kam derart überraschend, dass Donna Esmeralda mich hastig ankleidete. Ich beharrte allerdings darauf, Onoratos Rubin am Hals zu tragen – ein Hauch Grandezza trotz meines unordentlichen Äußeren. Wir beide erschienen allein vor meinem Großvater. Die aufgehende Sonne strömte durch die Bogenfenster zu beiden Seiten des Throns herein, auf dem Ferrante saß; das Licht auf dem Marmorboden blendete mich so stark, dass ich meinen Vater erst sah, als er einen Schritt vortrat. Nur er war anwesend, ansonsten war der Saal leer.

Ferrantes Gesundheit hatte in letzter Zeit zu wünschen übrig gelassen. Seine normalerweise rötliche Gesichtsfarbe hatte einen dunkelvioletten Ton angenommen, und er war ständig übel gelaunt. Doch an diesem Morgen lächelte er, als ich einen Knicks machte.

»Sancha, ich habe wunderbare Neuigkeiten für dich.« Seine Worte hallten unter der Gewölbedecke wider. »Du weißt, dein Vater und ich versuchen seit geraumer Zeit, Neapels Bindungen an das Papsttum zu verstärken …«

Das wusste ich. Seit meiner Kindheit hatte man mir gesagt, das Papsttum sei unser bester Schutz vor den Franzosen, die meinem Urgroßvater nie verziehen hatten, dass er Charles von Anjou eine Niederlage beigebracht hatte.

»Das Problem war, dass Seine Heiligkeit, Papst Alexander,

seine beiden Söhne dem Priesteramt überantwortet hat … äh, wie heißen sie doch gleich?« Ferrante zog die Stirn kraus und wandte sich an meinen Vater. Ich wusste, wie sie hießen, noch ehe der Herzog die Gelegenheit hatte, zu antworten; ich kannte sogar den richtigen Namen des Papstes, der vor seiner Wahl Kardinal Rodrigo Borgia gewesen war.

»Cesare, sechzehn, und Jofre, elf.«

»Ja, Cesare und Jofre.« Die Miene des Königs hellte sich auf. »Nun, schließlich und endlich ist es uns gelungen, Seine Heiligkeit davon zu überzeugen, dass es klug wäre, sich an Neapel zu binden.« Er strahlte voll Stolz. »Du bist jetzt mit dem Sohn des Papstes verlobt.«

Ich wurde bleich; der Mund blieb mir offen stehen. Während ich noch versuchte, mich zu beherrschen, bemerkte mein Vater mit teuflischem Vergnügen: »Sieh an, sie ist ja ganz durcheinander. Sie glaubt, sie hat Gefühle für diesen Caetani.«

»Sancha, Sancha«, sagte mein Großvater nicht unfreundlich. »Wir haben Caetani bereits über die Vorkehrungen in Kenntnis gesetzt; wir haben eine geeignete Frau für ihn ausgesucht. Doch du musst tun, was für die Krone am besten ist. Und das hier ist eine viel bessere Partie. Der Reichtum der Borgias übertrifft alles, was du bislang gesehen hast. Das Beste ist, der Heiratsvertrag legt fest, dass ihr beide in Neapel leben werdet.« Er zwinkerte mir zu, um zu zeigen, dass er das mir zuliebe gemacht hatte; er hatte meine Anhänglichkeit an Alfonso nicht vergessen.

Ich starrte meinen Vater an, und mein Herzeleid kochte in Form von Wut über. »Das ist *Euer* Werk«, klagte ich ihn an, »weil Ihr wusstet, dass ich Onorato liebe. Ihr habt es nicht ertragen, mich glücklich zu sehen. Ich werde Euren Cesare Borgia nicht heiraten; ich spucke auf den Namen.«

Ferrante, dem der Zorn Würde verliehen hatte, erhob sich mit der Geschwindigkeit eines Falken, der auf eine Beute herabstößt. »Sancha von Aragon! Du wirst nicht in diesem Ton mit dem Herzog von Kalabrien reden!«

Mit hochroten Wangen senkte ich den Kopf und schaute wütend zu Boden.

Mein Vater lachte.

»Spuck auf den Namen Cesare Borgia, so viel du willst«, sagte er. »Du wirst mit dem Jüngeren, mit Jofre, vermählt.«

Unfähig, mich zu beherrschen, rauschte ich aus dem Thronsaal des Königs und machte mich auf den Weg in meine Gemächer. Ich lief so schnell, dass Donna Esmeralda, die vor der Tür auf mich gewartet hatte, zurückfiel.

Das hatte ich beabsichtigt. Denn als ich den Balkon erreichte, auf dem Onorato mir den Rubin geschenkt hatte, riss ich mir den großen Edelstein vom Hals. Kurz hielt ich ihn in die Höhe; für den Bruchteil einer Sekunde war meine Welt in Rot getaucht.

Dann schloss ich die Faust über dem Edelstein und warf ihn in die ruhige Bucht hinab.

Donna Esmeralda ließ hinter mir einen Entsetzensschrei los. »*Madonna*!«

Es war mir einerlei. Herrisch, gepeinigt, schritt ich von dannen. Ich konnte nur an Onorato denken, der allzu rasch einer anderen Braut zugestimmt hatte. Ich hatte mir erlaubt, ihn zu lieben, einem anderen Mann außer meinem Bruder zu vertrauen – dennoch war mein Herz ihm, Ferrante, und meinem Vater gleichgültig. Für sie war ich bewegliches Eigentum, ein Bauer, der für politische Zwecke hin und her geschoben wurde.

Erst als ich in meinem Schlafgemach war und alle Zofen ausgesperrt hatte, warf ich mich auf meine Kissen. Doch ich gestattete mir nicht, zu weinen.

Alfonso kam, sobald sein Unterricht beendet war. Donna Esmeralda ließ ihn schweigend ein, denn sie wusste, dass er allein mich zu besänftigen vermochte. Mürrisch und vor Selbstmitleid zergehend, hatte ich das Gesicht zur Wand gekehrt.

In dem Augenblick, in dem ich Alfonsos sanfte Hand auf der Schulter spürte, drehte ich mich um.

Mit seinen zwölf Jahren war er noch ein Junge, zeigte aber bereits erste Spuren des zukünftigen Erwachsenen. Im Laufe der vergangenen dreieinhalb Jahre war er um die Länge eines Unterarms in die Höhe geschossen; nun war er etwas größer als ich. Seine Stimme hatte sich nicht vollkommen verändert, doch sie hatte nichts mehr von einer kindlichen Fistelstimme. Sein Gesicht vereinigte die attraktivsten Züge des Vaters und der Mutter: Er würde zu einem umwerfend gut aussehenden Mann heranwachsen.

Obwohl er in zunehmendem Maße mit seinem Vater zusammen war und politische Bildung genoss, waren seine Augen noch immer freundlich, ohne Egoismus oder Arglist. Ich schaute zu ihm auf.

»Die Pflicht ist eine schwere Sache«, sagte er leise. »Es tut mir so Leid, Sancha.«

»Ich liebe Onorato«, murmelte ich.

»Ich weiß. Da kann man nichts machen. Der König hat entschieden. Er hat Recht, dass es für Neapel nur von Vorteil ist.« Die Worte aus dem Munde meines Bruders zu hören, war nicht so schlimm, wie von Ferrante. Alfonso würde mir nur die Wahrheit sagen, und noch dazu liebevoll. Er hielt inne. »Das haben sie nicht gemacht, um dir absichtlich wehzutun, Sancha.«

Demnach war mein hitziger Ausfall gegen meinen Vater kein Geheimnis. Ich blickte ihn finster an, mein Groll war zu stark, um seine letzte Bemerkung zu schlucken. »Aber Jofre ist erst elf Jahre alt, Alfonso! Ein *Kind*!«

»Nur ein Jahr jünger als ich«, sagte Alfonso leichthin. »Er *wird* älter.«

»Onorato war ein *Mann*. Er wusste mit Frauen umzugehen.«

Mein kleiner Bruder wurde tatsächlich rot; vermutlich war ihm die Vorstellung unangenehm, mich in ehelicher Umarmung zu sehen. Doch er nahm sich zusammen und antwortete: »Jofre mag zwar jung sein – aber man kann ihm etwas beibringen. Und soweit dir bekannt ist, sieht er ja ganz gut aus.

Vielleicht gefällt er dir ja. Ich werde bestimmt alles in meiner Macht Stehende tun, um mich mit ihm anzufreunden.«

Ich spottete. »Wie soll ich ihn leiden können? Er ist ein Borgia!« Sein Vater, Rodrigo Borgia, hatte die Stellung des Pontifex angeblich nicht aufgrund seiner Frömmigkeit erlangt, sondern mit Hilfe von Arglist und Bestechung. Seine Bemühungen, den Papsttitel zu kaufen, waren Gerüchten zufolge derart eklatant, dass gewisse Mitglieder des Kardinalskollegiums nach seiner Wahl eine Untersuchung verlangten. Ihre Einwände verstummten bald auf rätselhafte Weise, und der Mann, der sich selbst Papst Alexander VI. taufte, genoss inzwischen die volle Unterstützung des Kollegiums. Es hieß sogar, Rodrigo habe den aussichtsreichsten Konkurrenten auf die päpstliche Tiara umgebracht: seinen eigenen Bruder.

Alfonso beäugte mich mit ernster Miene. »Wir haben die Borgias nie kennen gelernt, deshalb können wir sie nicht beurteilen. Doch selbst wenn jedes Gerücht über Seine Heiligkeit Wort für Wort stimmt, bist du Jofre gegenüber ungerecht. Söhne sind nicht immer wie ihre Väter.«

Seine letzte Bemerkung brachte meine Einwände zum Erliegen. Dennoch musste ich im wehleidigsten Ton fragen: »Warum muss es denn eine Heirat sein? Es führt uns nur von denen fort, die wir lieben.«

Doch Alfonso zuliebe schwor ich mir, nicht selbstsüchtig zu sein. Ich würde versuchen, Jofre zu mögen und meinem Bruder nachzueifern – tapfer und gut zu sein, und bereit, zu tun, was für das Königreich am besten war.

Monate vergingen. Je mehr ich über die Ehe mit einem Borgia nachdachte, umso stärker wurden meine Bedenken. König Ferrante konnte darauf bestehen und schriftlich festhalten lassen, dass Jofre und ich einen Haushalt in Neapel unterhielten. Doch das Wort eines Papstes war gewichtiger als das eines Königs. Wenn Alexander nun seine Meinung änderte und seinen Sohn nach Rom zurückrief? Wenn er anderswo ein eigenes Königreich für Jofre forderte? Ich wäre gezwungen, meinem Mann zu folgen. Ein Mann aus Neapel würde reichen, einer, der keinen Grund hätte, mich aus meiner Heimatstadt fortzubringen.

Seit dem Tag, an dem ich Ferrantes schäbig grinsende Mumien entdeckt hatte, war mein Glaube an Gott arg ins Wanken geraten. Nun widmete ich mich ihm noch einmal aus ganzem Herzen, wollte einen letzten verzweifelten Versuch unternehmen. Eines Morgens ließ ich daher heimlich eine Kutsche kommen und entwischte, begleitet nur von einer einzelnen Wache und dem Kutscher.

Ich steuerte den Duomo an und sorgte bei den vereinzelten Gläubigen im Innern für Aufsehen, die abrupt von meiner Leibwache hinausgescheucht wurden.

An dem Altar, an dem das Wunder geschehen war, kniete ich nieder. Dort betete ich in aller Ernsthaftigkeit zu San Gennaro. Ich bat ihn, mich aus meiner Verlobung mit Jofre Borgia zu lösen und mir einen guten Mann aus Neapel zu suchen. Gemeinsam, so versprach ich ihm, würden wir riesige Summen für die Erhaltung des Duomo und für die Armenfürsorge von Neapel spenden.

Als ich zur Burg zurückkehrte, verlangte ich ein Bild des Heiligen, das ich auch bekam. In meinem Schlafgemach errichtete ich einen kleinen Schrein für Gennaro, vor dem ich jeden Morgen und jeden Abend mein Versprechen wiederholte. Einmal in der Woche veranstaltete ich einen Ausflug in kleinstem Kreis zum Duomo. Esmeralda war hoch erfreut.

Wie schön, sagten alle, *dass sie zur Ruhe kommt und fromm wird. Das macht sie ohne Zweifel, weil sie nächstes Jahr den Sohn des Papstes heiraten soll.*

Zwei Monate lang setzte ich meine regelmäßigen Andachten fort und bemühte mich nach Kräften, mich nicht entmutigen zu lassen. Das schlichte Gebet allein brachte mir vorübergehend Frieden, und ich bezog in meine anfangs selbstsüchtigen Bitten in zunehmendem Maße andere mit ein. Ich bat um immerwährende Gesundheit für Alfonso, für meine

Mutter und Donna Esmeralda; ich bat, der alte Ferrante, der immer schwächer wurde, möge wieder genesen. Ich bat sogar um ein Wunder, das ich selbst nicht für möglich hielt: dass meines Vaters Herz aufgehen möge, auf dass er glücklich und freundlich würde.

Eines Nachmittags kam ein königlicher Kammerdiener und geleitete mich in Ferrantes Gemächer. Ich war verstört und wandte mich an Donna Esmeralda um Hilfe. Ich hatte in letzter Zeit nichts getan, um das Missfallen meiner Altvorderen zu erregen; wenn überhaupt, dann hatte ich mich sehr umsichtig verhalten. Ich hielt sogar eine lateinische Übersetzung der Psalmen in der Hand; bevor der Diener kam, hatte ich gerade den letzten gelesen:

Wem ein tugendsam Weib beschert ist, die ist viel edler denn die köstlichsten Perlen.

Ihres Mannes Herz darf sich auf sie verlassen, und Nahrung wird ihm nicht mangeln.

Sie tut ihm Liebes und kein Leides ihr Leben lang.

San Gennaro, hatte ich gebetet, *entsprich meiner Bitte, und ich will so werden.*

Ich hatte das schwarze, langärmelige Kleid der Adligen aus dem Süden an; seit der Ankündigung meiner zweiten Verlobung hatte ich keine Farbe mehr getragen. Bevor ich ging, legte ich das kleine Buch beiseite, berührte das goldene Kruzifix an meinem Hals und folgte dann dem Kammerdiener des Königs. Esmeralda blieb dicht an meiner Seite.

Die Tür zum Thronsaal wurde aufgerissen; der Raum selbst war leer. Doch als wir den Marmorboden überquerten, vernahm ich erregte, wütende Stimmen aus dem Arbeitszimmer des Königs.

Der Kammerdiener machte die Tür auf und geleitete uns hinein.

Ferrante saß mit hochrotem Gesicht an seinem Schreibtisch. Neben ihm saß Königin Juana und versuchte, ihn zu besänftigen, wobei es ihr nur gelegentlich gelang, eine seiner wild gestikulierenden Hände zu ergreifen und beschwichtigend zu streicheln. Ihr Raunen ging im Gebrüll meines Großvaters unter. Neben den beiden stand mein Vater mit grimmigem Blick.

»Römischer Schweinepriester!« Ferrante erblickte mich und wedelte als Erklärung mit einem Brief. »Der Mistkerl hat sein neues Kardinalskollegium benannt. Nicht eine Seele aus Neapel ist darunter, obwohl wir verschiedene qualifizierte Kandidaten dabei hatten. Dazu noch die beiden Franzosen! Er macht sich über mich lustig!« Mein Großvater schlug mit der Faust auf den Tisch; Juana versuchte, sie zu umfassen, doch er entzog sie ihr. »Der falsche Hurensohn verspottet mich!«

Plötzlich atmete er keuchend ein und legte eine Hand an die Stirn, als wäre ihm schwindelig.

»Du musst dich beruhigen«, sagte Juana mit für sie untypischer Bestimmtheit, »sonst lasse ich den Arzt holen.«

Ferrante schwieg einen Augenblick und zwang sich, langsamer zu atmen. Als er erneut zu sprechen anhob, geschah es mit mehr Überlegung. »Ich werde noch etwas Besseres tun.« Er schaute zu mir auf. »Sancha, ich werde eine Hochzeit erst dann zulassen, wenn diese Situation richtiggestellt ist. Ich werde nicht erlauben, dass eine Prinzessin des Königreichs mit dem Sohn eines Mannes verheiratet wird, der sich über uns lustig macht.« Er warf einen wütenden Blick auf den Brief. »Alexander muss lernen, dass er uns nicht eine Hand reichen kann, um uns mit der anderen zu verraten.«

Mein Großvater hatte das Verbrechen nicht vergessen, das Alexanders Onkel Alonso, bekannt auch als Papst Callixtus III., Jahrzehnte zuvor gegen ihn begangen hatte. Callixtus war nicht damit einverstanden, dass ein unehelicher Bürgerlicher wie Ferrante den Thron von Neapel bestieg, und hatte das Haus Anjou unterstützt.

Sosehr Ferrante auch die Hilfe des neuen Papstes brauchte, er hatte den Borgias nie ganz verziehen.

»Majestät, Ihr macht einen großen Fehler«, sagte mein

Vater eindringlich. »Einige Kardinäle sind alt. Sie werden bald sterben, und dann können wir darauf hinarbeiten, dass sie durch loyale Neapolitaner ersetzt werden. Die Tatsache aber, dass die Franzosen jetzt eine Stimme im Vatikan haben, macht ein Bündnis mit dem Papsttum umso erforderlicher.«

Ferrante wandte sich an ihn und sagte mit einer Offenheit, die einem schlechten Gesundheitszustand und hohem Alter entspringt: »Du warst schon immer ein Feigling, Alfonso. Ich habe dich nie leiden können.«

Ein unangenehmes Schweigen trat ein. Schließlich schaute mein Großvater wieder zu mir und fuhr mich an: »Das ist alles. Du kannst jetzt gehen.«

Ich machte einen Knicks und ging, ehe ein Lächeln meine Freude verriet.

Vier Monate lang, von Anfang Herbst bis tief in den Winter hinein, war ich selig. Ich erweiterte meine täglichen Gebete um Danksagungen. Ich war überzeugt, San Gennaro hatte entschieden, dass mein frommes Verhalten mir das Recht einräumte, bei meinem Bruder zu bleiben.

Doch dann geschah etwas, womit alle außer mir gerechnet hatten.

Die Winter in Neapel sind für gewöhnlich mild, doch in einer Januarnacht wurde es so bitterkalt wie selten, dass ich mir Donna Esmeralda und eine andere Hofdame in mein Bett holte. Wir stapelten Felldecken über uns, bibberten aber dennoch.

Angesichts der Kälte schlief ich unruhig; vielleicht aber spürte ich auch das bevorstehende Unheil, denn ich war nicht so überrascht, wie ich hätte sein sollen, als es laut an der Tür zu meinem Vorzimmer klopfte. Eine männliche Stimme rief: »Eure Hoheit! Eure Hoheit, es ist dringend!«

Donna Esmeralda stand auf. Die weichen, hängenden Rundungen ihres Körpers, der in einem weißen Wollnachthemd steckte, schimmerten vor dem Kamin wie Korallen. Vor Kälte zitternd, hängte sie sich eine Felldecke um; ein dicker Zopf fiel ihr auf die Schulter, über die Brust bis über die üppige Taille. Sie wirkte beunruhigt. Eine Störung zu dieser Stunde konnte nichts Gutes bedeuten.

Ich stieg aus dem Bett und zündete eine Kerze an, während aus dem Vorzimmer leise Stimmen zu mir drangen. Esmeralda kam beinahe umgehend zurück; ihr Blick war so verzweifelt, dass ich wusste, was sie sagen würde, noch ehe sie den Mund aufmachte.

»Seine Majestät ist schwer krank. Er hat nach Euch gefragt.«

Mir blieb keine Zeit, mich anständig anzuziehen. Donna Esmeralda holte einen schwarzen Wollüberwurf und hielt ihn mir auf, damit ich mit den Armen in die Öffnung schlüpfen konnte; dann zog ich das fließende Gewand nach vorn über die Schultern und befestigte es mit einer Brosche vor der Brust. Das musste über meinem seidenen Hemd reichen. Ich wartete, bis sie mir den Zopf im Nacken zusammenrollte und mit einer Nadel feststeckte.

Ich ging hinaus und folgte dem finster dreinschauenden jungen Leibwächter, der uns den Weg mit einer Laterne leuchtete. Schweigend führte er mich ins Schlafgemach des Königs.

Die Tür stand sperrangelweit offen. Trotz der nächtlichen Stunde und obwohl die schweren Vorhänge zugezogen waren, hatte ich den Raum noch nie so hell gesehen. Jede Kerze auf den großen Kandelabern brannte, und auf dem Nachttisch standen drei Öllampen. Unter dem vergoldeten Kaminsims loderte ein Feuer, das enorme Hitze ausstrahlte und dessen Schein sich auf der Goldbüste des Königs Alfonso brach. Etwas abseits in einer Ecke besprachen sich zwei junge Ärzte mit ruhiger, ernster Miene. Ich erkannte in ihnen Doktor Galeano und Doktor Clemente, bekannt als die Besten in Neapel.

Die Bettvorhänge waren zurückgezogen, und in der Mitte des Bettes lag mein Großvater. Dunkelrote Flecken in der Farbe des Weins *Lacrimae Christi* hatten sich auf seinem Gesicht gebildet. Er hatte die Augen fest geschlossen, der Mund stand offen; der Atem kam in kurzen, heftigen Stößen.

Neben ihm auf dem Bett saß Juana, barfuß und ohne Scham, nur mit ihrem Nachthemd bekleidet; das Haar hing ihr offen herab, eine dunkle, wellige Strähne war ihr ins Gesicht gefallen. Sie schaute so zärtlich und mitfühlend auf ihren Mann herab, wie ich es nur bei Statuen und Gemälden von Heiligen gesehen hatte. Die linke Hand des Königs hielt sie mit beiden Händen umfasst. Ich wunderte mich, wie dieser Mann, der so vieler Greueltaten fähig war, eine solche Liebe zu entfachen vermochte.

Ein Stück vom Bett abgerückt, saß mein Vater auf einem Stuhl. Er beugte sich vor, ließ Ferrante nicht aus den Augen, hatte die gespreizten Hände an Stirn und Schläfen gepresst: Er machte keinen Hehl aus seiner Bestürzung. In den Augen glitzerten unvergossene Tränen und spiegelten unzählige kleine Flammen wider. Er schaute auf, als ich eintrat, um sich dann rasch abzuwenden.

Neben ihm standen die anderen Söhne des Königs: Federico und Francesco, die beide offen trauerten; Federico schluchzte hemmungslos.

Endlich nahmen die Ärzte mich zur Kenntnis. »Eure Hoheit«, sagte Clemente. »Wir glauben, Seine Majestät leidet an unkontrollierter Hirnblutung.«

»Kann man denn nichts tun?«, fragte ich.

Doktor Clemente schüttelte zögernd den Kopf. »Tut mir Leid, Eure Hoheit.« Er hielt kurz inne. »Bevor er die Sprache verlor, hat er Euren Namen gerufen.«

Ich war zu betäubt, um zu wissen, wie ich darauf reagieren sollte, sogar zu betäubt, um angesichts der Erkenntnis, dass der König im Sterben lag, Tränen zu vergießen.

Juana hob den Kopf und blickte mich ruhig an. »Komm her«, sagte sie, »er wollte dich sehen. Setz dich neben ihn.«

Ich trat ans Bett und stieg mit Hilfe eines der Doktoren hinauf, so dass ich zur Rechten meines Großvaters saß.

Sanft hob ich Ferrantes kraftlose Hand und drückte sie.

Und hielt die Luft an, als seine knochigen Finger sich wie Krallen um meine schlossen.

»Siehst du«, flüsterte Juana, »er erkennt dich. Er weiß, dass du gekommen bist.«

Die nächsten Stunden verbrachten Juana und ich neben meinem Großvater. Die Stille wurde nur dann und wann von Federicos Aufschluchzen unterbrochen. Ich begriff, warum Ferrante im Sterben seine Frau ganz nah bei sich haben wollte; ihre wohltuende Güte verschaffte ihm sichtlich Trost. Doch in jenem Augenblick war mir nicht klar, warum er nach mir gerufen hatte.

Der Atem des Königs wurde allmählich schwächer und unregelmäßiger. Er hatte minutenlang ganz aufgehört, ehe Juana merkte, dass er seit geraumer Zeit nicht mehr Luft geholt hatte, und nach den Ärzten rief, um den Befund festzustellen.

Selbst im Tod hing er an uns; ich musste die Hand gewaltsam aus seinem Griff lösen.

Ich rutschte halb vom Bett und sah mich mit einem Mal meinem Vater gegenüber. Kummer und Angst waren gänzlich von ihm abgefallen; er stand vor mir, gefasst, gebieterisch, königlich.

Nun war er König.

Mein Großvater lag einen einzigen Tag lang in der Kathedrale von Santa Chiara aufgebahrt, der wir, die königliche Familie, angesichts ihrer Größe und Pracht für offizielle Anlässe den Vorrang gaben. Sie war schon immer für Beisetzungen genutzt worden, da ihre Kapellen und Kirchenschiffe die Krypten des neapolitanischen Königshauses beherbergten. Hinter dem Altar befand sich die Grabstätte Roberts des Weisen, des ersten neapolitanischen Herrschers aus dem Geschlecht der Anjou; die Grabstätte überragte ein Monument, auf dessen oberem Teil der lebende König Robert auf seinem Thron zu sehen war, gekrönt und triumphierend. Darunter lag eine Skulptur, die den König in der Ruhestellung nach dem Tode zeigte, die Hände fromm über einem Zepter gefaltet. Rechts vom Altar war das Grab des Herzogs von Kalabrien, Roberts einzigem Sohn Charles.

In den frühen Stunden vor der Morgendämmerung, noch ehe der Rest der Stadt nach dem Aufwachen die Neuigkeit erfuhr, defilierte unsere Familie an Ferrantes gewaschener und behutsam in den Sarg eingebetteter Leiche vorbei.

Auf seinem spitzen Gesicht lag ein ernster Ausdruck, sein Körper war eingefallen und zerbrechlich, ohne eine Spur des Löwengeists, der ihn einst beherrscht hatte. Am Ende war er wie die Männer in seinem Museum: absolut machtlos.

Die ganze Nacht über hatte ich nachgedacht, warum mein Großvater mich zu seinen Lebzeiten gemocht hatte, warum er kurz vor seinem Tod nach mir gerufen hatte. *Hart und kalt*, hatte er mich stolz genannt, als ob es sich dabei um bewundernswerte Eigenschaften handelte.

Vielleicht hatte er Trost in Juanas Güte und Liebenswürdigkeit gesucht; womöglich hatte er aber auch meiner Stärke bedurft.

Mir war sogleich klar, dass meine Heirat mit Jofre Borgia nunmehr unausweichlich war. Mein Vater hatte seine Meinung darüber vehement vertreten – wann die Ehe geschlossen wurde, war nur eine Frage der Zeit. Es hatte keinen Sinn, sich wie ein Kind aufzuführen und wütend über mein Schicksal zu sein. Es war höchste Zeit, es anzunehmen und stark zu sein. Ich konnte mich auf niemanden verlassen, es sei denn, auf mich selbst: Falls Gott und die Heiligen existierten, gaben sie sich nicht mit den unbedeutenden Wünschen junger, liebeskranker Frauen ab.

Nachdem die Familie Abschied von Ferrante genommen hatte, wurde in der Großen Halle ein Festmahl ausgerichtet. An jenem Tag gab es weder Musik noch Tanz, aber viel Gerede und Zerstreuung.

Allein und unbemerkt, suchte ich Ferrantes Schlafgemach auf. Die Bettvorhänge waren noch zurückgezogen, und der Baldachin schwarz verhüllt; die grünen Samtvorhänge waren in ähnlicher Weise in der Farbe der Trauer drapiert.

Eine Öllampe auf dem Nachttisch brannte noch schwach mit blauer Flamme. Ich nahm sie an mich, öffnete die Tür zum schmalen Altarzimmer und ging von dort aus weiter in das Königreich der Toten.

Es war fast alles noch so, wie ich es in Erinnerung hatte; der verstorbene Anjou, genannt Robert, begrüßte mich noch immer mit einer Berührung seines knochigen Arms. Diesmal erschrak ich nicht. Hier gab es nichts Beängstigendes, sagte ich mir, nur eine Ansammlung dunkler Haut und Knochen, die an eisernen Pfosten lehnten.

Doch seit meinem letzten Besuch vor über vier Jahren waren zwei neue Leichen hinzugekommen. Ich trat zu der, die mir am nächsten war, und hielt die Lampe vor das Gesicht der Mumie. Auf seine Marmoraugen war eine dunkelbraune Iris gemalt; er hatte einen dichten Vollbart und eine üppige, schwarz glänzende Lockenpracht. Es war kein Anjou mit hellem Haar, sondern ein Spanier oder Italiener. Seine Züge waren noch nicht eingefallen, was dafür sprach, dass er erst vor kurzem verschieden war. Zu Lebzeiten war er zweifelsohne ein gut aussehender Mann gewesen, der gelacht und geweint hatte und vielleicht in der Liebe enttäuscht worden war; auch er hatte gewusst, wie es war, das Opfer gnadenloser Grausamkeit zu sein.

Furchtlos drückte ich meine Finger an die schimmernde, lackierte braune Wange.

Sie war kalt und hart, wie mein Großvater und mein Vater.

Und ich.

Winter – Frühjahr 1494

4

Das angespannte Verhältnis zwischen Neapel und dem Papsttum wieder zu verbessern erforderte Zeit. Ich war nicht überrascht, dass ein ganzer Monat verging, ehe mein Vater mich wie erwartet zu sich rufen ließ.

Ich hatte mich auf die Begegnung vorbereitet und mich in Gedanken damit abgefunden, mit Jofre Borgia verheiratet zu werden. Es erfüllte mich mit eigenartigem Stolz; mein Vater würde damit rechnen, dass mich die Ankündigung verletzte, und wäre enttäuscht, wenn dies nicht einträte.

Die Leibwache holte mich ab und führte mich in die Gemächer des Königs. Über den Thron hatte man schwarzen Stoff drapiert; mein Vater würde ihn erst nach der formellen Krönung in ein paar Monaten besteigen.

Ferrantes früherem Arbeitszimmer indes hatte mein Vater bereits seinen persönlichen Stempel aufgedrückt: ein feiner Teppich, Beutegut aus der Schlacht von Otranto, bedeckte den Marmorboden; an den Wänden hingen maurische Fliesen. Ich hatte gehört, dass mein Vater viele Türken enthauptet hatte; ich fragte mich, wie viele er wohl eigenhändig umgebracht hatte, um diese besonderen Trophäen zu bekommen. Ich suchte Blutspuren auf dem rot-gold gemusterten Teppich, wollte ich mich doch unbedingt mit absonderlichen Gedanken zerstreuen, um während des unerfreulichen Gesprächs Haltung zu wahren.

Der neue König war gerade sehr beschäftigt und von Ratgebern umringt; als ich eintrat, schielte er auf ein paar Dokumente, die auf dem dunklen Holzschreibtisch verstreut lagen. In jenem Augenblick wurde mir klar, dass wir Neapolitaner nicht mehr einfach »König Alfonso« sagen konnten, wenn wir den Großherzigen meinten. Es gab jetzt die Könige Alfonso I. und Alfonso II.

Über die Schultern Alfonsos II. hinweg spähte ich durch die Fenster, die nach Westen auf das Castel dell'Ovo und das Meer hinaus gingen. Es hieß, die große Festung, vermutlich von Vergil erbaut, ruhe auf einem riesigen magischen Ei, das auf dem Grund des Meeres verborgen sei. Sollte das Ei je kaputtgehen, würde ganz Neapel zerfallen und im Meer versinken.

Schweigend wartete ich, bis mein Vater den Kopf hob und mir einen zerstreuten, finsteren Blick zuwarf; ich war mitten an einem arbeitsreichen Nachmittag kaum eines Gedankens wert. Sein Sohn Ferrandino, nunmehr *de facto* Herzog von Kalabrien, beugte sich über die Schulter meines Vaters, eine Hand auf den Schreibtisch gestützt. Ferrandino schaute zur gleichen Zeit auf und schenkte mir zur Begrüßung ein höfliches, aber distanziertes Nicken, dessen Bedeutung klar war: *Ich bin der Nächste in der Thronfolge, ein legitimer Erbe, und du nicht.*

»Du sollst Anfang Mai mit Jofre Borgia verheiratet werden«, sagte mein Vater kurz angebunden.

Ich verneigte mich anmutig und richtete im Stillen einen einzigen Gedanken an ihn: *Ihr könnt mich nicht verletzen.*

Der König wandte seine Aufmerksamkeit wieder Ferrandino und einem seiner Ratgeber zu. Nachdem er ihnen ein paar Sätze zugeraunt hatte, schaute er wieder auf, als wäre er erstaunt, mich noch dort zu sehen.

»Das ist alles«, sagte er.

Ich machte einen Knicks, triumphierend über meine Selbstbeherrschung, zugleich aber auch etwas enttäuscht, dass mein Vater offenbar zu beschäftigt war, um es zur Kenntnis zu nehmen. Ich drehte mich um und wollte schon gehen, doch ehe die Leibwache mich durch die Tür geleitete, ergriff der König noch einmal das Wort.

»Ach ja, um Seine Heiligkeit zu besänftigen, habe ich mich einverstanden erklärt, seinen Sohn Jofre zum Prinzen zu machen – was nur angemessen ist in Anbetracht deiner Stellung. Deshalb werdet ihr beide über das Fürstentum Squillace herrschen, wo ihr auch leben werdet.« Mit kurzem Kopfnicken entließ er mich, um sich wieder seiner Arbeit zuzuwenden.

Ich eilte im Sturmschritt hinaus, blind vor Schmerz.

Squillace lag ein paar Tagesreisen südlich von Neapel an der gegenüberliegenden Küste. Die Reise von Neapel nach Squillace war viel weiter als von Neapel nach Rom.

Als ich in meine Gemächer zurückkehrte, riss ich das Porträt des heiligen Gennaro von seinem Ehrenplatz und schleuderte es an die Wand. Es zerschmetterte auf dem Boden, und Donna Esmeralda schrie auf und bekreuzigte sich, wirbelte herum und folgte mir auf den Balkon hinaus, wo sich mein Kummer in Zorn verwandelte und ich vor Wut schäumte.

»Wie könnt Ihr es wagen! Für ein solches Sakrileg gibt es keine Entschuldigung!«, schimpfte sie, unerbittlich und mit finsterer Miene.

»Ihr habt ja keine Ahnung!«, fuhr ich sie an. »Jofre Borgia und ich sollen in Squillace leben!«

Im Nu wurden ihre Züge weich. Einen Moment lang schwieg sie, dann fragte sie: »Meint Ihr, das fällt Alfonso leichter als Euch? Wollt Ihr ihn aufs Neue zwingen, Euch zu trösten, wenn ihm selbst das Herz bricht? Mag sein, dass es Euch eher zu Gesicht steht, Eure Laune zu zeigen, Donna Sancha – doch lasst Euch nicht täuschen. Er ist der Empfindsamere.«

Ich drehte mich um und schaute in Esmeraldas kluges, zerfurchtes Gesicht. Ich schlang die Arme um mich, atmete schaudernd aus und zwang meinen inneren Sturm zur Ruhe.

»Ich muss meine Gefühle in den Griff bekommen«, sagte ich, »bevor Alfonso davon erfährt.«

An jenem Abend speiste ich allein mit meinem Bruder. Er erzählte angeregt von seiner Ausbildung in der Schwertkunst und von dem schönen Pferd, das Vater vor kurzem für ihn gekauft hatte. Lächelnd hörte ich ihm zu und trug nur wenig zur Unterhaltung bei. Danach gingen wir im Palasthof spazieren; von fern beobachtete uns eine Leibwache. Es war Anfang März, und die Abendluft war frisch, aber angenehm.

Alfonso ergriff als Erster das Wort. »Du bist so still heute Abend, Sancha. Was beschäftigt dich?«

Ich zögerte, ehe ich antwortete. »Ich frage mich, ob du es schon gehört hast …«

Mein Bruder nahm Haltung an und sagte schließlich mit gespielter Beiläufigkeit: »Dann ist es also beschlossene Sache, du wirst Jofre Borgia zur Frau gegeben.« Und mit einem Mal bekam seine Stimme einen besänftigenden Klang. »Das muss so schlecht nicht sein, Sancha. Wie ich schon sagte, es kann ja durchaus sein, dass Jofre ein anständiger junger Mann ist. Wenigstens werdet ihr in Neapel leben; wir werden uns sehen können …«

Ich blieb wie angewurzelt stehen, wandte mich zu ihm um und legte ihm sanft die Fingerspitzen auf den Mund. »Mein lieber Bruder.« Ich bemühte mich um eine feste Stimme und einen leichten Tonfall. »Papst Alexander wünscht sich für seinen Sohn nicht nur eine Prinzessin; er will, dass sein Sohn ein Prinz ist. Jofre und ich werden nach Squillace gehen, um dort zu herrschen.«

Alfonso blinzelte erschrocken. »Aber der Vertrag …«, begann er und hielt inne. »Aber Vater …« Er verstummte. Zum ersten Mal konzentrierte ich mich nicht auf meine, sondern auf seine Gefühle. Als ich sah, wie eine Woge des Schmerzes über seine hellen jungen Gesichtszüge huschte, zerriss es mir schier das Herz.

Ich legte einen Arm um ihn und setzte mich wieder in Bewegung. »Ich kann immer zu Besuch nach Neapel kommen. Und du kannst mich in Squillace besuchen.«

Sonst war Alfonso immer derjenige, der Trost spendete; er war es gar nicht gewöhnt, getröstet zu werden. »Du wirst mir fehlen.«

»Und du mir.« Ich rang mir ein Lächeln ab. »Du hast mir einmal gesagt, dass die Pflicht nicht immer angenehm ist. Das stimmt, aber wir werden mit Besuchen und Briefen das Beste daraus machen.«

Alfonso blieb stehen und drückte mich an sich. »Sancha«, sagte er. »Ach, Sancha ...« Er war größer als ich und musste den Kopf neigen, um seine Wange an meine zu legen.

Ich strich ihm über das Haar. »Wir werden es schon schaffen, kleiner Bruder«, sagte ich. Ich hielt ihn fest und versagte mir jede Träne. Ferrante, dachte ich, wäre stolz gewesen.

Der Monat Mai kam nur allzu schnell und mit ihm Jofre Borgia. Er traf mit großem Gefolge in Neapel ein und wurde von meinem Onkel, Prinz Federico, und meinem Bruder Alfonso in die Große Halle des Castel Nuovo geleitet. Sobald die Männer da waren, hatte ich meinen großen Auftritt; ich schritt in einem Gewand aus meergrünem Brokat und mit einer smaragdbesetzten Halskette die Treppe hinunter.

Sogleich merkte ich an der Reaktion meines Bräutigams, dem der Mund offen stehen blieb, dass ich einen fabelhaften Eindruck machte; was umgekehrt gewiss nicht der Fall war.

Man hatte mir gesagt, Jofre Borgia sei »fast dreizehn« – und ich rechnete damit, einem jungen Mann zu begegnen, der meinem Bruder ähnlich war. Selbst innerhalb der kurzen Zeitspanne, seitdem ich Alfonso von meiner Verlobung berichtet hatte, war seine Stimme noch tiefer geworden, die Schultern breiter, so wie er insgesamt muskulöser war. Nun überragte er mich um eine Handbreit.

Jofre aber war ein Kind. Seit meiner Begegnung mit der *strega* war ich sechzehn geworden und nun eine Frau mit voll entwickelten Brüsten und Hüften. Ich hatte unter den

Händen eines erfahrenen Mannes körperliche Lust kennen gelernt.

Der jüngste Borgia wiederum war einen ganzen Kopf kleiner als ich. Sein Gesicht war noch pausbäckig, seine Stimme höher als meine, und seine Gestalt war so zart, dass ich ihn mit Leichtigkeit hätte anheben können. Der Gipfel war, dass er sein kupferblondes Haar wie ein Mädchen trug: lange Locken, die ihm bis auf die Schultern reichten.

Wie alle, die Ohren hatten in Italien, hatte auch ich gehört, dass Papst Alexander eine zügellose Leidenschaft für schöne Frauen hatte. Als junger Kardinal hatte Rodrigo Borgia seinen betagten Onkel, Papst Callixtus, damit schockiert, dass er nach einer Taufe alle Frauen im Gefolge in den ummauerten Kirchhof führte, die Tür abschloss und die aufgebrachten Männer somit aussperrte, die sich stundenlang das Kichern und Stöhnen anhören mussten. Selbst jetzt, da er Papst war, hatte Alexander seine neueste Gespielin, die sechzehnjährige Giulia Orsini, in den Vatikan eingeführt – und stellte seine Zuneigung zu ihr gern offen zur Schau. Gerüchten zufolge war keine Frau vor seinen Nachstellungen sicher.

Kaum zu glauben, dass Jofre der Sohn dieses Mannes sein sollte.

Ich dachte an Onoratos starke Hände, die über meinen Körper glitten; ich dachte daran, wie er auf mir gelegen und ich seinen kräftigen Rücken dabei umschlungen hatte, wie er mich zum Höhepunkt führte.

Dann schaute ich auf dieses dürre Kind herab und krümmte mich innerlich bei dem Gedanken an die Hochzeitsnacht. Onorato hatte meinen Körper besser gekannt als ich; wie sollte ich diesem weibischen Geschöpf nur beibringen, was ein Mann über die Kunst der Liebe zu wissen hatte?

Mein Herz verzagte. Die nächsten Tage verlebte ich in lähmendem Elend und spielte die Rolle der glücklichen Braut, so gut es ging. Jofre verbrachte die Zeit in Gesellschaft seines Gefolges und gab sich keine Mühe, mich zu umwerben; er war kein Onorato, dem meine Gefühle am Herzen lagen. Er war nur aus einem Grund nach Neapel gekommen: die Prinzenkrone zu bekommen.

Zunächst fand die staatliche Trauung im Castel Nuovo statt – unter der Leitung des Bischofs von Tropea und bezeugt von meinem Vater und Prinz Federico. Vor lauter Eifer rief der kleine Jofre allzu hastig seine Antwort auf die Frage des Bischofs aus – noch ehe der alte Mann sie zu Ende gestellt hatte –, was eine Welle der Belustigung unter den Anwesenden hervorrief. Mir wollte es nicht gelingen zu lächeln.

Danach überreichte mir mein neuer Gatte Geschenke: Rubine, Perlen, Diamanten, mit echtem Gold durchwirkter Brokatstoff sowie Samt und Seide, dazu gedacht, in Schmuckstücke und Kleider für mich umgearbeitet zu werden.

Doch unsere Verbindung hatte noch nicht den Segen der Kirche und konnte demnach nicht physisch vollzogen werden; mir blieb noch eine Frist von vier Tagen vor der Messe.

Am nächsten Tag war Himmelfahrt und das Fest der Erscheinung des Erzengels Michael; dieser Tag war zugleich zum Feiertag des Königreichs Neapel erklärt worden.

Der dunkle Morgenhimmel setzte einen heftigen Regenguss und Windböen frei. Trotz des unheilvollen Wetters folgte unsere Familie meinem Vater und seinen Baronen in die große Kathedrale Santa Chiara, in der noch wenige Monate zuvor Ferrante aufgebahrt war. Der Altar war sorgfältig von Alexanders Zeremonienmeister vorbereitet worden: Alle Symbole neapolitanischer Herrschaft waren dort in der Reihenfolge ausgelegt, in der sie dem neuen König zu überreichen waren – die mit Edelsteinen und Perlen besetzte Krone, das königliche Schwert in einer juwelengeschmückten Scheide, das silberne Zepter mit der goldenen Lilie des Hauses Anjou an der Spitze und schließlich der Reichsapfel.

Mein Vater ging uns voran in die Kirche. Noch nie hatte er so stattlich, so königlich ausgesehen wie in jenem Augenblick. Er trug eine eng anliegende, prächtige Tunika zu

Kniehosen aus schwarzem Satin, darüber eine Robe aus glänzendem, karmesinrotem Brokat, umsäumt mit weißem Hermelin. Unsere Familie und die Höflinge blieben an den ihnen zugewiesenen Plätzen stehen, mein Vater indes schritt allein durch das breite Kirchenschiff.

Ich stand neben meinem Bruder und drückte fest seine Hand. Wir schauten uns nicht an; ich wusste, wenn ich Alfonsos Blick begegnete, würde ich zu einem Zeitpunkt mein Elend verraten, an dem ich genau das Gegenteil hätte empfinden sollen.

Kurz nachdem meine Verlobung mit Jofre erneuert worden war, hatte ich erfahren, was der neue König mit Papst Alexander ausgehandelt hatte. Alfonso II. würde Jofre Borgia das Fürstentum Squillace abtreten; im Gegenzug dafür würde Seine Heiligkeit einen päpstlichen Legaten schicken (in diesem Fall einen mächtigen Kardinal aus seiner eigenen Familie), um den König zu krönen. Somit erteilte Alexander seinen direkten, unwiderruflichen Segen, mit dem er Alfonsos Herrschaft anerkannte.

Der Tausch war die Idee des Königs gewesen – nicht die des Papstes, wie mein Vater mir gesagt hatte.

Er hatte sein Glück absichtlich auf meine Kosten erkauft.

Der Mann, der bald unter dem Namen Alfonso II. auftreten würde, blieb vor dem Chor der Stiftsherren stehen, wo ihn der Erzbischof von Neapel und der Patriarch von Antiochia in Empfang nahmen. Sie führten ihn an seinen Sitz vor dem Altar, wo er mit allen Anwesenden gemeinsam zuhörte, als die päpstliche Bulle verlesen wurde, die ihn zum unbestrittenen Herrscher über Neapel erklärte.

Mein Vater kniete auf einem Kissen vor Kardinal Giovanni Borgia nieder, dem päpstlichen Legaten, und sprach ihm feierlich den Eid nach.

Ich hörte zu und dachte gleichzeitig über mein Schicksal nach.

Warum nur hasste mein Vater mich so? Seine anderen Kinder waren ihm gleichgültig, bis auf den Kronprinzen Ferrandino – allerdings schenkte er seinem ältesten Sohn nur insoweit Aufmerksamkeit, da dieser als sein Thronerbe auf seine Zukunft vorbereitet werden musste. War es, weil ich ihm mehr Ärger gemacht hatte als die anderen?

Schon möglich. Vielleicht lag die Antwort aber auch in Ferrantes Worten: *Von all seinen Kindern gleichst du deinem Vater am meisten.*

Mein Vater hatte jedoch aufgeschrien, als er die Mumien der Anjou gesehen hatte; ich nicht.

Du warst schon immer ein Feigling, Alfonso.

Konnte es sein, dass die Grausamkeit meines Vaters auf Angst beruhte? Verachtete er mich, weil ich eine Eigenschaft besaß, die er nicht hatte – Mut?

Mein Vater hatte seinen Eid geleistet. Der Kardinal überreichte ihm ein Stück Pergament, mit dem er ihn als König einsetzte, und sagte: »Kraft der apostolischen Autorität.«

Jofre Borgia, nunmehr aufgrund der Eheschließung ein Prinz des Königreichs, trat vor, schmächtig und mit feierlicher Miene, die Krone in den Händen. Der Kardinal nahm sie von ihm entgegen und setzte sie meinem Vater auf. Sie war schwer und verrutschte ein wenig; der Prälat richtete sie mit einer Hand gerade, während er gemeinsam mit dem Erzbischof das Band, mit dem sie festgehalten wurde, unter dem Kinn meines Vaters zuknöpfte.

Dem frisch gekrönten König wurden die Herrschaftsinsignien überreicht: das Schwert, das Zepter, der Reichsapfel. Die Zeremonie schrieb vor, dass nun alle Prälaten des Papstes einen Halbkreis hinter meinem Vater bildeten, doch seine Brüder, Söhne und die lehnstreuen Barone drängten in einer abrupten, ungestümen Bewegung nach vorn, um meinem Vater ihrer Unterstützung zu versichern.

Lachend setzte sich mein Vater auf seinen Thron, während die Versammelten jubelten.

»*Viva Re Alfonso! Viva Re Alfonso!*«

Trotz meiner Wut und meiner Verbitterung darüber, dass er mich als Bauernopfer einsetzte, schaute ich zu ihm auf, wie er dort in all seiner königlichen Pracht saß, und war erstaunt, dass plötzlich Stolz und ein Gefühl der Loyalität in mir aufstiegen. Mit brüchiger Stimme schloss ich mich den Hochrufen der anderen an.

»*Viva Re Alfonso!*«

An den drei folgenden Tagen wurde mir ein herrliches Hochzeitskleid angepasst. Das Mieder war aus dem Goldbrokat, den mein Gatte mir geschenkt hatte, das Kleid selbst bestand aus schwarzem Samt mit Satinstreifen und einem Unterhemd aus goldener Seide. Kleid und Mieder waren mit Jofres Perlen bestickt, weitere Diamanten und Perlen waren in eine Kopfbedeckung aus feinstem Goldfaden gewebt. Die am Mieder ansitzenden Ärmel waren auch aus schwarzem Samt mit Satinstreifen und so weit, dass ich meinen neuen Gatten in einen hätte hineinstecken können. Es gab eine Zeit, da hätte mich das Gewand mit Stolz erfüllt, und ich hätte alles darangesetzt, mich zu schmücken, um meine Schönheit noch besser zur Geltung zu bringen. Diese Zeit war allerdings vorbei. Ich betrachtete das Gewand wie ein Gefangener seine Ketten.

An meinem Hochzeitstag war der Morgenhimmel tiefrot, die Sonne hinter dunklen Wolken verschwunden. Ich sah von meinem Balkon im Castel Nuovo zu, wie der Tag anbrach; die lange Nacht davor hatte ich nicht schlafen können, wusste ich doch, dass ich mein Zuhause und alle, die ich kannte, aufgeben musste, um in einer fremden Stadt zu leben. Ich genoss die kalte Seeluft und sog sie tief in die Lunge ein; würde es in Squillace auch so gut riechen? Unverwandt schaute ich über die blaugrüne Bucht, überragt vom dunklen Vesuv, und wusste gleichzeitig, dass die Erinnerung an diesen Augenblick nie ausreichen würde, mich aufrechtzuerhalten. Mein Leben drehte sich um meinen Bruder, und sein Leben um mich; ich unterhielt mich jeden Morgen mit ihm, nahm jeden Tag gemeinsam mit ihm das Abendessen ein, redete den ganzen Tag über mit ihm. Er kannte mich besser und liebte mich mehr als meine Mutter. Jofre war offenbar ein netter Kerl, doch er war ein Fremder. Wie sollte ich einem Leben ohne Alfonso fröhlich entgegensehen?

Eine Sache indes bereitete mir noch größere Sorge: zu wissen, dass mein Bruder genauso unter der Einsamkeit leiden würde – womöglich sogar noch mehr, da Donna Esmeralda gesagt hatte, er sei empfindsamer als ich. Das war am schwersten zu ertragen.

Schließlich ging ich hinein zu meinen Zofen, damit sie mit den Vorbereitungen für die Hochzeitszeremonie beginnen konnten, die am späten Vormittag stattfinden sollte.

Im Laufe des Morgens zog sich der Himmel immer weiter zu, die perfekte Spiegelung meiner Stimmung. Alfonso zuliebe verbarg ich meinen Kummer; ich blieb anmutig und gelassen.

Ich war in meinem Brautgewand prächtig anzuschauen; als ich die Königskapelle der Burg betrat, ging ein ehrfürchtiges Raunen durch die wartende Menge. Diese Anerkennung konnte mir jedoch keine Freude bereiten. Ich war zu sehr damit beschäftigt, dem Blick meines Bruders auszuweichen und erlaubte mir im Vorbeigehen nur einen kurzen Seitenblick auf ihn. Er wirkte in einer dunkelblauen Tunika königlich und erwachsen, ein Schwert mit goldenem Griff hing ihm an der Hüfte. Seine Miene war angespannt, ernst, ohne eine Spur des Strahlens, das er von unserer Mutter geerbt hatte. Wohlweislich schaute er unverwandt auf den Altar.

Von der religiösen Zeremonie kann ich nur berichten, dass sie unendlich lange dauerte und dass der arme Jofre sich mit aller Macht einen königlichen Anschein zu geben versuchte. Doch als der Zeitpunkt kam, dass er den Kuss des Bischofs an mich weitergeben sollte, sah er sich gezwungen, sich auf Zehenspitzen zu stellen, und seine Lippen bebten.

Anschließend gab es ein Konzert, dann ein Mittagsmahl, das wieder mehrere Stunden dauerte und bei dem viel Wein auf das Wohl der neuen Braut und ihres Bräutigams getrunken wurde. Als der Abend heraufdämmerte, zog Jofre sich in einen nahe gelegenen Palazzo zurück, den man für uns hergerichtet hatte. Die untergehende Sonne war vollkommen von den großen, dunklen Gewitterwolken verhüllt, die sich über der Bucht zusammengeballt hatten.

Ich kam mit Einbruch der Nacht und dem ersten gedämpften Donnergrollen an, begleitet von meinem Vater, dem König, und dem Kardinal von Monreale, Giovanni Borgia. Der Kardinal war ein einfacher Mann in mittleren Jahren mit wulstigen Lippen und ungehobeltem Verhalten. Sein Haar war zu einer Tonsur geschoren, seine Glatze mit einem roten Satinkäppchen bedeckt; seine feiste Gestalt steckte in einer weißen Satinsoutane unter dunkelroter Samtrobe, an seinen dicken Fingern glitzerten Diamanten und Rubine.

Ich ließ die Männer im Korridor stehen und trat ins Schlafgemach, das meine Zofen für uns hergerichtet hatten. Donna Esmeralda entkleidete mich und trug nicht nur das herrliche Hochzeitskleid davon, sondern auch mein seidenes Unterhemd. Nackt führte man mich ans Hochzeitsbett, in dem Jofre wartete. Als er mich erblickte, riss er die Augen weit auf; er starrte mich mit naivem Mangel an Zurückhaltung an, während eine meiner Zofen die Decke für mich zurückschlug und darauf wartete, dass ich mich neben meinen neuen Gatten legte. Dann deckte sie mich wieder bis zur Hüfte zu. Dort lag ich nun, meine vollen Brüste für jedermann sichtbar.

Jofre war zu schüchtern und ich zu entmutigt, um bei diesem peinlichen Ritual noch unverbindlich miteinander zu plaudern – eine höchst unangenehme Begleiterscheinung, die Adel und Macht mit sich bringen, und nichts konnte uns davor retten.

Als der König und Kardinal Borgia, deren Aufgabe es war, Zeugen des Vollzugs der Ehe zu sein, das Gemach betraten, begrüßte Jofre sie mit anmutigem Lächeln.

Es war deutlich, dass Kardinal Borgia jüngere Frauen ebenso schätzte wie sein Vetter Rodrigo, denn er gaffte anzüglich auf meinen Busen und seufzte. »Wie schön sie sind. Wie Rosen.«

Ich unterdrückte den Impuls, die Decke hochzuziehen. Ich kochte vor Wut, dass dieser alte Mann sich auf meine Kosten sinnlich ergötzen sollte; auch dass mein Vater mich unbekleidet sah, war mir sehr unangenehm.

Der König ließ einen flackernden, unbeteiligten Blick über meine Nacktheit schweifen, der mir einen Schauder über den Rücken jagte; er lächelte kalt. »Wie alle Blumen werden auch sie schnell genug welken.« Seine Augen waren nicht mehr bekümmert; an jenem Abend strahlten sie. Er hatte alles erreicht, was er wollte – er war König mit dem Segen des Papstes, und das war umso schöner, da er auch alsbald seine schwierige Tochter los sein würde. Das war der Augenblick seines größten Triumphs über mich; es war meine größte Niederlage.

Nie loderte der Hass auf meinen Vater in mir so grell wie in jenem Moment; nie war meine Demütigung vollkommener. Ich wandte das Gesicht ab, damit Jofre und der Kardinal den Abscheu in meinen Augen nicht sahen. Aus lauter Verzweiflung wollte ich die Laken um mich ziehen, fluchtartig das Bett verlassen und aus dem Gemach stürmen, doch die Vehemenz meiner Wut lähmte mich.

Jofre durchbrach die eingetretene Stille mit entwaffnender Ehrlichkeit. »Verzeiht, Eure Majestät, Eure Heiligkeit, wenn mir meine Nerven einen Strich durch die Rechnung machen.«

Der Kardinal lachte lüstern auf. »Ihr seid jung – in Eurem Alter, mein Junge, können alle Nerven von Neapel Eure Leistung nicht schmälern!«

»Nicht mein Alter lässt mich auf Erfolg hoffen«, entgegnete Jofre, »sondern die blendende Schönheit meiner Braut.«

Aus jedem anderen Mund – außer vielleicht aus dem meines Bruders Alfonso – wären solche Worte ein hübsches Beispiel für höfischen Geist gewesen. Jofre jedoch brachte sie vollen Ernstes und mit schüchternem Seitenblick hervor.

Die beiden Männer lachten – mein Vater hämisch, der Kardinal zustimmend. Letzterer klopfte sich auf den Schenkel.

»Dann nehmt sie, Junge. Nehmt sie! Ich sehe an der Erhebung des Lakens, dass Ihr bereit seid!«

Ungeschickt drehte Jofre sich zu mir um. Jetzt war seine Aufmerksamkeit bei mir: Er konnte unsere beiden Zeugen nicht sehen, wie sie sich auf ihren Stühlen vorbeugten und begierig jede seiner Bewegungen beobachteten.

Mit meiner Hilfe gelang es ihm, auf mich zu steigen; er war schlanker und kleiner als ich, und als er mir seine geschürzten Lippen auf den Mund drückte, bohrte sich sein Glied daher hart in meinen Bauch. Wieder zitterte er, diesmal jedoch nicht, weil ihm die Nerven Schwierigkeiten machten. Angesichts seines weibischen Auftretens hatte ich schon befürchtet, Jofre gehöre zu jenen, die Männern den Vorzug vor Frauen gaben, doch das war offensichtlich nicht der Fall.

Mit Mühe sah ich über das schiere Elend der Lage hinweg, richtete ihn gerade und spreizte die Beine, während er nach unten an sein Ziel glitt. Leider stieß er zu früh zu, in meinen Oberschenkel. Im Gegensatz zu den älteren Borgias war dieser Jüngste vollkommen unerfahren, was den Liebesakt betrifft. Ich griff zu in der Absicht, ihn zu führen – doch kaum hatte ich ihn berührt, schrie er auf, und meine Hand füllte sich mit seinem Samen.

Instinktiv zog ich den Beweis unter den Laken hervor und enthüllte das Missgeschick somit unabsichtlich unseren Zeugen. Jofre stöhnte noch einmal auf, diesmal in der Erkenntnis, versagt zu haben, und rollte sich auf den Rücken.

Mein Vater grinste so breit wie noch nie. Er streckte eine Hand aus, wandte sich an den kichernden Kardinal und forderte: »Eure Geldbörse, Heiligkeit.«

Gut gelaunt schüttelte der Kardinal den Kopf und zog einen kleinen roten Samtbeutel voller Münzen aus der Satinsoutane. Er ließ ihn in die offene Hand des Königs fallen. »Reines Glück, Eure Majestät. Das reine Glück, weiter nichts.«

Als eine meiner Zofen ins Gemach eilte und mir die Hand mit einem feuchten Tuch abwischte, stützte sich Jofre auf den Ellenbogen und schaute die beiden Männer an. Seine Wangen liefen rot an, als er erkannte, dass seine Leistung Gegenstand einer Wette war.

Der Kardinal bemerkte sein Unbehagen und lachte. »Seid nicht verlegen, mein Junge. Ich habe verloren, weil ich nicht dachte, dass Ihr so weit kommen würdet. Ihr habt länger durchgehalten als die meisten anderen in Eurem Alter. Jetzt können wir uns getrost dem eigentlichen Geschäft zuwenden.«

Doch in den Augen meines Gemahls standen Tränen der Demütigung; er rückte von mir ab und rollte sich auf seiner Bettseite ein.

Sein Leid ließ mich meine eigene Scham überwinden. Was ich nun machte, entsprang nicht etwa dem Wunsch, dieses schmutzige Geschäft so schnell wie möglich hinter mich zu bringen, sondern dem Bedürfnis, Jofre von seinem Unglück zu erlösen. Er war offensichtlich ein freundlicher Mensch und hatte eine solche Grausamkeit nicht verdient.

Ich rollte mich zu ihm herum und flüsterte ihm ins Ohr: »Sie machen sich über uns lustig, weil sie neidisch sind, Jofre. Sieh sie dir doch nur an: Sie sind alt. Ihre Zeit ist abgelaufen. Aber wir sind jung.« Ich legte seine Hände auf meine Brüste. »Niemand außer uns ist hier im Raum. Nur du und ich in unserem Hochzeitsbett.«

In Gottes Namen küsste ich ihn auch – sanft, mit zärtlicher Leidenschaft, so wie Onorato mich einst geküsst hatte. Ich schloss die Augen und sperrte den Anblick unserer Folterknechte aus, stellte mir vor, ich sei mit meinem früheren Liebhaber zusammen. Ich ließ die Hände über Jofres schmalen, knochigen Rücken gleiten, dann zwischen die Oberschenkel. Er schauderte und stöhnte auf, als ich seine Männlichkeit liebkoste, so wie ich es gelernt hatte; bald war er fest genug, um ihn in mich zu führen, diesmal mit Erfolg.

Ich hielt die Augen geschlossen. Vor meinem geistigen Auge gab es auf der Welt nichts außer mir, meinem neuen Gatten und dem sich nähernden Gewitter.

Jofre war nicht Onorato. Er war klein, und ich wurde nicht

sehr erregt; hätte er nicht so fest zugestoßen und hätte ich ihm nicht geholfen, dann hätte ich kaum gemerkt, dass er in mich eingedrungen war.

Dennoch hielt ich an ihm fest; in Anbetracht des Drucks auf meiner Brust musste ich unwillkürlich keuchen. Ich hoffte nur, dass sie es als Ausdruck der Lust auslegten.

Nach etwa einer Minute versteiften sich die Muskeln seiner Beine; er heulte auf und warf den Oberkörper nach hinten. Ich schlug die Augen auf und sah, wie die seinen vor Erstaunen groß wurden und sich verdrehten; da wusste ich, dass wir zum Erfolg gekommen waren.

Keuchend brach er über mir zusammen. Vage nur spürte ich, wie sein männliches Organ in mir schrumpelte und dann mit einem Schwall warmer Flüssigkeit ganz hinaus glitt.

Ich wusste, dass es diesmal kein sinnliches Vergnügen für mich geben würde. Onorato mochte Wert darauf gelegt haben, mich zu befriedigen, doch das war in jener Nacht für die drei Männer nicht von Belang.

»Gut gemacht, gut, gut«, sagte der Kardinal mit einer Spur Enttäuschung darüber, dass seine Aufgabe so rasch erledigt war. Er segnete uns und das Bett.

Dicht hinter ihm stand mein Vater. Jofre lag noch auf mir, als ich mit kaltem, herzlosem Blick zu dem Mann aufschaute, der mich verraten hatte. Ich wollte ihm nicht die Freude machen, das Unglück zu sehen, das er über mich gebracht hatte.

Ein dünnes, siegreiches Lächeln huschte über sein Gesicht; es war ihm gleichgültig, dass ich ihn hasste. Er war froh, mich los zu sein, umso mehr, als er dafür etwas wirklich Wertvolles bekommen hatte.

Die beiden Männer gingen hinaus, und mein neuer Gatte und ich waren endlich allein. Meine Zofen würden uns bis zum Morgen nicht behelligen, wenn sie die Laken als zusätzlichen Beweis unserer Vertragserfüllung einsammeln würden.

Eine ganze Weile lag Jofre schweigend auf mir. Ich machte nichts, denn schließlich war er jetzt mein Herr und Meister, und es wäre unhöflich gewesen, ihn zu stören. Dann schob er mir die Haare hinter das Ohr und flüsterte: »Du bist so schön. Sie haben dich beschrieben, doch Worte können dir nicht gerecht werden. Du bist die schönste Frau, die ich je gesehen habe.«

»Du bist lieb, Jofre«, erwiderte ich allen Ernstes. Er mochte ein Junge sein, aber er war liebenswert, absolut arglos, wenn es ihm auch an Intelligenz mangelte. Schon möglich, dass ich etwas für ihn übrig haben könnte, doch lieben würde ich ihn nie. Nicht so, wie ich Onorato geliebt hatte.

»Verzeih«, sagte er mit plötzlicher Heftigkeit. »Tut mir Leid ... Ich – ich ...« Mit einem Mal brach er in Tränen aus.

»O Jofre«, ich schlang beide Arme um ihn. »Tut mir Leid, dass sie so gemein zu dir waren. Was sie gemacht haben, war unsäglich. Und was du gemacht hast, war – es war ganz normal.«

»Nein«, beharrte er, »es ist nicht die Wette. Das war nicht nett von ihnen, stimmt, aber ich bin ein schrecklicher Liebhaber. Ich weiß nicht, wie man Frauen befriedigt. Ich wusste, ich würde dich enttäuschen.«

»Sch«, sagte ich. Er versuchte, sich von mir zu lösen, stützte sich auf die Ellenbogen, doch ich drückte ihn wieder an meine Brüste. »Du bist einfach nur jung. Wir alle fangen unerfahren an ... und dann lernen wir.«

»Dann werde ich lernen, Sancha«, versprach er. »Dir zuliebe werde ich lernen.«

»Sch«, sagte ich, hielt ihn fest wie ein Kind, das er ja auch war, und begann, sein langes, weiches Haar zu streicheln.

Draußen ging schließlich das Gewitter nieder, und es goss in Strömen.

Sommer 1494 – Winter 1495

5

Am nächsten Morgen brachen Jofre und ich in aller Frühe zu unserer Reise auf, die uns in unsere neue Heimat am südlichsten Rand von Kalabrien führen sollte. Ich hielt meinen stillen Schwur, tapfer zu sein: Ich umarmte meinen Bruder und meine Mutter und küsste sie beide zum Abschied, ohne auch nur eine Träne zu vergießen; wir versprachen uns gegenseitig, uns zu besuchen und zu schreiben.

Natürlich erachtete es König Alfonso II. als unter seiner Würde, sich zu verabschieden.

Ganz Squillace war ein von der Sonne kahl gebranntes Felsgestein. Die Stadt selbst stand auf einem steilen Vorgebirge. Unser Palast, für neapolitanische Verhältnisse quälend rustikal, lag weit vom Meer entfernt; teilweise war der Blick durch das alte, von dem Gelehrten Cassiodorus errichtete Kloster verbaut. Die Küste war gerade und spärlich bewachsen, hatte nicht die üppige Vegetation und den anmutigen Bogen von Neapel – die blassen Blätter knorriger, armseliger Olivenbäume waren das einzige Grün. Was diese Region an Kunst hervorbrachte, war rotbraune Keramik.

Der Palast war eine einzige Katastrophe; Möbel und Fensterläden waren kaputt, Kissen und Wandbehänge fadenscheinig, Wände und Decken wiesen Risse auf. Groß war die Versuchung, mich in Selbstmitleid zu ergehen und meinen Vater zu verfluchen, weil er mich an einen so widerwärtigen Ort geschickt hatte. Stattdessen machte ich es mir zur Aufgabe, den Palast in einen für Angehörige des Königshauses angemessenen Wohnsitz zu verwandeln. Ich bestellte feinen Samt als Ersatz für den von Motten zerfressenen Brokat auf den bejahrten Thronsesseln, ließ das abgenutzte Holz aufarbeiten und besten Marmor für den ausgetretenen Terrakottaboden im Thronsaal herbeischaffen. Die Privatgemächer des königlichen Paares – die des Prinzen direkt rechts neben dem Thronsaal, die der Prinzessin zur Linken – waren in noch schlechterem baulichem Zustand, so dass ich mich gezwungen sah, noch mehr Stoffe anzufordern und noch mehr Handwerker zu beschäftigen, die alles in Ordnung brachten.

Jofre verbrachte seine Tage auf ganz andere Weise. Er war jung und zum ersten Mal weit entfernt von seiner alles beherrschenden Familie; nun, da er Herr seines eigenen Königreichs war, hatte er keine Ahnung, wie er sich richtig zu verhalten hatte – deshalb unterließ er es. Bald nach unserer Ankunft in Squillace wurden wir von ein paar Freunden Jofres aus Rom überfallen, die alle darauf brannten, das Glück des neuen Prinzen zu feiern.

An den ersten Tagen nach unserer Hochzeit – dazu gehörte auch die Zeit, die wir in unserer bequemen Kutsche auf der Reise in den Süden verbrachten – versuchte Jofre noch halbherzig, sein Versprechen, ein besserer Liebhaber zu werden, einzulösen. Doch er neigte zu Ungeschicklichkeit und Ungeduld; sein Verlangen überwältigte ihn rasch, und er befriedigte für gewöhnlich seine Bedürfnisse, ohne an meine zu denken. Nach der Zärtlichkeit und den Tränen, die er in unserer Hochzeitsnacht zuwege brachte, hatte ich gehofft, einen Menschen gefunden zu haben, der so freundlich wie mein Bruder war. Ich sollte bald lernen, dass Jofres nette Worte nicht so sehr dem Mitgefühl, als vielmehr einer gewissen Gefallsucht entsprangen. Zwischen Güte und Schwäche war ein großer Unterschied, und Jofres entgegenkommendes Wesen resultierte aus Letzterer.

Das wurde nur allzu deutlich, nachdem Jofres Freunde

eine Woche nach unserer Ankunft in Squillace eingetroffen waren. Es waren ausnahmslos junge Edelleute, einige verheiratet, die meisten jedoch nicht, und keiner war älter als ich. Darunter waren auch zwei Verwandte, die beide erst vor kurzem nach Rom gekommen waren, um ihre Beziehungen zu Seiner Heiligkeit nach Kräften auszunutzen: ein gewisser Graf Ippolito Borja aus Spanien, der noch nicht dazu übergegangen war, seinen Namen auf Italienisch zu schreiben, und der junge Kardinal Luis Borgia, fünfzehn Jahre alt, dessen blasierte Wichtigtuerei sogleich mein Missfallen erregte. Im Palast herrschte das reinste Durcheinander – überall waren Gerüste aufgestellt, und die Böden bestanden noch immer aus rissigen Terrakottaplatten; der Marmor für den Thronsaal war noch nicht verlegt worden. Don Luis ließ keine Gelegenheit aus, über die Armseligkeit unserer Behausung und unseres Fürstentums herzuziehen, besonders im Vergleich zu der Pracht Roms.

Als die Gruppe eintraf, spielte ich in Anbetracht unserer rustikalen Umgebung die Rolle der Gastgeberin so anständig wie möglich. Ich veranstaltete ein Festessen und schenkte ihnen unseren besten *Lacrimae Christi* aus, den wir aus Neapel mitgebracht hatten, da der Wein aus der Gegend ungenießbar war. Ich kleidete mich in bescheidenes Schwarz, wie es sich für eine gute Gattin gehörte, und beim Festmahl prahlte Jofre stolz mit mir; die Männer schmeichelten mir mit unzähligen Trinksprüchen auf meine Schönheit.

Ich lächelte, ich strahlte und ließ meinen Charme spielen, lauschte aufmerksam den Männern, die mit Berichten über ihre Tapferkeit und ihren Wohlstand Eindruck schinden wollten. Als es spät wurde und alle außer mir betrunken waren, zog ich mich in meine Gemächer zurück und ließ meinem Gemahl und seinen Gästen freie Bahn.

Kurz vor dem Morgengrauen wurde ich von den gedämpften Schreien eines Kindes wach. Donna Esmeralda, die neben mir schlief, hatte es auch gehört: Beunruhigt schauten wir uns nur kurz an, dann schnappten wir uns unsere Morgenröcke und eilten zur Quelle des Lärms. Niemand mit gesundem Menschenverstand hätte ein solch herzzerreißendes und erbärmliches Geschrei überhört.

Wir hatten es nicht weit. In dem Augenblick, in dem ich die Tür aufriss, die von meinem Vorzimmer in den Thronsaal führte, bot sich mir eine bacchantische Szene, die ihresgleichen suchte.

Der unfertige Boden war übersät von ineinander verschlungenen Leibern, manche wanden sich in trunkener Leidenschaft, andere wiederum lagen nach übermäßigem Weingenuss regungslos herum und schnarchten. Das also waren Jofres Freunde und Huren, stellte ich mit Widerwillen fest, obwohl es mir als Frau nicht zustand, Kritik an den Kavaliersdelikten der Gäste meines Gatten zu üben.

Doch als ich einen Blick auf die beiden Thronsessel warf, kochte eine Wut in mir hoch, die nicht zu übersehen war.

Auf dem Thron des Prinzen saß Jofre in leicht schräger Haltung; von der Taille an abwärts war er nackt, und seine Schuhe, Strümpfe und die Kniehose lagen in einem Haufen auf den Stufen, die zu seinem Thron führten. Seine bleichen, nackten Beine hatte er fest um die einer Frau geschlungen, die auf seinem Schoß saß. Keine Kurtisane von edlem Geblüt, nein, sie war von der derbsten, gewöhnlichsten Sorte ortsansässiger Huren, vielleicht doppelt so alt wie Jofre. Ihre Lippen hatten ein unnatürliches, grelles Rot, die Augen waren dick mit Kajal nachgezogen; sie war mager, arm, reizlos. Ihr billiges rotes Satinkleid war bis zur Taille hochgezogen, darunter trug sie keine Unterwäsche, und ihre kleinen, hängenden Brüste waren aus dem Mieder gehoben, sodass mein junger Gatte sie mit den Händen packen konnte.

Er war so betrunken, dass er nicht merkte, wie ich hereinkam, und sie weiter ritt, wobei sie bei jedem Stoß übertriebene Schreie ausstieß.

Liebeleien waren unter Königen nicht unüblich; ich hatte nicht das Recht zur Klage, es sei denn über die Respektlosigkeit, mit der Jofre dem Herrschaftssymbol begegnete.

Obwohl ich versucht hatte, mich darauf vorzubereiten, dass Jofres Untreue unausweichlich war, spürte ich doch bohrende Eifersucht.

Doch das Sakrileg, das neben meinem Gatten begangen wurde, wollte ich nicht hinnehmen.

Ausgerechnet Kardinal Luis Borgia, der alles, was römisch war, so sehr schätzte, saß auf *meinem* Thron – vollkommen entblößt, die rote Robe und den Kardinalshut hatte er irgendwo in der lüsternen Gesellschaft verloren. Auf seinem Schoß balancierte der neunjährige Matteo, einer unserer Küchenjungen, dessen Hose nachlässig bis zu den Knien heruntergezogen war. Tränen liefen ihm über die Wangen; er war es, der geschrien hatte, nun stöhnte er nur noch vor Schmerz, während der junge Kardinal kraftvoll, brutal in ihn eindrang und ihn dabei fest um die Taille gepackt hielt, damit das Kind nicht zu Boden fiel. Der Junge seinerseits kämpfte gegen die Vorwärtsbewegung an, indem er sich an den vor kurzem aufgearbeiteten Holzlehnen des Throns festklammerte.

»Haltet ein!«, rief ich. Durch die Grausamkeit und Respektlosigkeit des Kardinals aufgebracht, vergaß ich jegliche Scham und ließ meinen Morgenrock los, der zu Boden fiel. Nur in Unterwäsche schritt ich geradewegs auf Matteo zu und versuchte, ihn wegzuziehen.

Das Gesicht vor Trunkenheit und Wut verzogen, hielt der Kardinal das Kind fest. »Soll er doch schreien! Ich habe den kleinen Bastard bezahlt!«

Es war mir einerlei; der Junge war zu jung und unerfahren. Ich zog noch einmal, fester diesmal; meine Nüchternheit verlieh mir eine Entschlossenheit, an der es Luis mangelte. Sein Griff lockerte sich, und ich führte den schluchzenden Jungen zu einer empörten Donna Esmeralda. Sie nahm ihn mit hinaus, damit sich jemand seiner annahm.

Luis Borgia erhob sich entrüstet – zu rasch für seine Trunkenheit. Er brach zusammen und setzte sich schnell auf die Stufe vor meinem Thron, legte dann einen Arm und den Kopf auf das neue Samtpolster, das nun mit Matteos Blut befleckt war.

»Wie könnt Ihr es wagen«, meine Stimme bebte vor Wut, »einem Kind etwas zuleide zu tun, bezahlt oder nicht, und wie könnt Ihr es wagen, so respektlos zu sein, das auf meinem Thron zu treiben! Ihr seid als Gast in diesem Palast nicht mehr willkommen. Sobald der Morgen anbricht, reist Ihr ab.«

»Ich bin zu Gast bei Eurem Gatten«, lallte er, »nicht bei Euch, und es stünde Euch gut an, zu bedenken, dass *er* hier herrscht.« Er wandte sich an meinen Mann. Jofre hielt die Augen noch immer fest geschlossen, der Mund stand offen, während er sich an der Hure abarbeitete. »Jofre! Eure Hoheit, gebt Acht! Eure neue Gattin ist ein keifender Drache!«

Jofre blinzelte und stellte seine Leibesübungen ein. »Sancha?« Er betrachtete mich unsicher; er war viel zu berauscht, um die kompromittierende Lage zu erfassen und Scham zu empfinden.

»Diese Männer müssen abreisen«, sagte ich mit klarer, deutlicher Stimme, damit alle mich hörten. »Alle, morgen früh, und die Huren müssen auf der Stelle verschwinden.«

»Elendes Weibsbild«, sagte der Kardinal, beugte sich dann über mein neues Thronpolster und entleerte seinen Mageninhalt.

Da ich darauf bestand, fuhren Jofres Gäste am nächsten Nachmittag tatsächlich ab. Mein Gatte war fast den ganzen Tag indisponiert; erst am Abend sprach ich mit ihm über die Vorkommnisse in der vorangegangenen Nacht. Er konnte sich nur bruchstückhaft erinnern. Er wusste gerade noch, dass seine Freunde ihn gedrängt hatten zu trinken. An die Huren erinnere er sich gar nicht, behauptete er, und bestimmt würde er niemals die Ehre des Throns aus freien Stücken durch einen solchen Akt besudeln – seine Freunde mussten ihn wohl herausgefordert haben.

»Ist ein solches Verhalten alltäglich in Rom?«, wollte ich

wissen. »Hier jedenfalls geht es nicht – im Übrigen an keinem Ort, an dem ich wohne.«

»Nein, nein«, versicherte Jofre mir. »Es war Luis' Schuld; mein Vetter ist ein lasterhafter Mensch, aber ich hätte mich niemals derart betrinken dürfen, dass ich den Verstand verlor.« Er schwieg einen Moment. »Sancha … Ich weiß nicht, warum ich Trost in den Armen einer Hure gesucht habe, obwohl ich doch die reizendste Frau in ganz Italien habe. Du musst wissen … Du bist die Liebe meines Lebens. Ich weiß, ich bin ungeschickt und gedankenlos; ich weiß, ich bin nicht der Klügste. Ich erwarte nicht, dass du meine Liebe erwiderst. Sei mir nur gnädig …«

Dann bat er mich um Vergebung, so erbärmlich, dass ich sie ihm gewährte, denn es hatte keinen Sinn, unser Leben mit Groll zu verderben.

Allerdings merkte ich mir seine Schwäche sowie die Tatsache, dass mein Mann leicht zu beeinflussen war und man sich auf ihn nicht verlassen konnte.

Knapp zwei Wochen danach empfingen wir einen neuen Besucher, den Seine Heiligkeit persönlich geschickt hatte, den Grafen von Marigliano. Er war schon älter, formell und vornehm, hatte silbergraues Haar und war bescheiden, aber elegant gekleidet. Ich hieß ihn mit einem guten Essen willkommen, erleichtert darüber, dass er im Gegensatz zu Jofres Freunden offenbar nicht im Geringsten an Gelagen interessiert war.

Woran er tatsächlich interessiert war, schockierte mich.

»Madonna Sancha«, sagte er mit ernster Miene, als wir nach dem Essen die letzten Tropfen *Lacrimae Christi* genossen (Jofres Freunde hatten fast den gesamten Vorrat geleert, den wir von Neapel mitgebracht hatten). »Ich muss nun ein sehr schwieriges Thema ansprechen. Es tut mir Leid, dass ich über diese Dinge in Gegenwart Eures Gatten reden muss, doch sollt Ihr beide darüber in Kenntnis gesetzt werden, wessen man Euch beschuldigt.«

»Beschuldigt?« Ich betrachtete den Mann ungläubig; auch Jofre war verdutzt. »Das verstehe ich nicht.«

Der Graf wusste seinen Tonfall genau zwischen Entschlossenheit und Takt anzusiedeln. »Gewisse ... Besucher Eures Palastes haben berichtet, sie seien Zeugen unziemlichen Verhaltens geworden.«

Ich warf meinem Mann einen Blick zu; der beugte sich schuldbewusst über seinen Kelch, den er in den Händen drehte, so dass die eingearbeiteten Edelsteine im Licht funkelten.

»Ja, es hat unziemliches Verhalten gegeben«, sagte ich, »doch das hatte nichts mit mir zu tun.« Ich hatte weder die Absicht, Jofre mit hineinzuziehen, noch zuzulassen, dass mein Ankläger Rache nahm. »Sagt, war einer dieser Zeugen der Kardinal Luis Borgia?«

Der Graf nickte kaum merklich. »Darf ich fragen, woher Ihr das wisst?«

»Ich habe den Grafen in einer kompromittierenden Situation erwischt«, erwiderte ich. »Es war so schlimm, dass ich ihn aufforderte, den Palast so schnell als möglich zu verlassen. Er war darüber nicht gerade erfreut.«

Auch diese Information nahm der alte Mann mit leichtem Kopfnicken zur Kenntnis.

Jofre war unterdessen vor Zorn und Verlegenheit, wie es schien, rot angelaufen. »Meine Gemahlin hat nichts falsch gemacht. Sie ist eine Frau von untadeligem Charakter. Was wirft ihr die Anklage vor?«

Der Graf schaute zu Boden, um Widerstreben und Schamgefühl zum Ausdruck zu bringen. »Dass sie nicht nur einen, sondern mehrere Männer zu unterschiedlichen Zeiten in ihren Privatgemächern empfangen habe.«

Ich lachte ungläubig auf. »Das ist doch absurd!«

Marigliano zuckte mit den Schultern. »Nichtsdestoweniger ist Seine Heiligkeit ob der Angelegenheit beunruhigt, so sehr, dass er Euch beide nach Rom beordert.«

So unglücklich ich auch in Squillace war, ich hatte nicht das Bedürfnis, bei den Borgias zu leben. Wenigstens war ich in Squillace nahe am Meer. Auch Jofre blickte bei dem Gedanken, wieder in seine Heimatstadt zurückzukehren, finster drein. Er sprach nur flüchtig über seine Familie, nie ließ er sich des Längeren darüber aus; doch aus dem Wenigen, was er gesagt hatte, schloss ich, dass sie ihn einschüchterten.

»Wie können wir diese Anschuldigungen widerlegen?«, fragte ich.

»Ich habe den Auftrag, eine offizielle Untersuchung durchzuführen«, sagte Marigliano. Obwohl mir alles andere als wohl zumute war bei dem Gedanken, von einem päpstlichen Repräsentanten unter die Lupe genommen zu werden, gefiel mir die Offenheit des Grafen. Er war gütig, aber gerade heraus, ein rechtschaffener Mann. »Ich wünsche Zugang zu allen Bediensteten des Haushalts, damit ich sie befragen kann.«

»Ihr könnt mit allen reden«, sagte Jofre sogleich. »Sie werden froh sein, Euch die Wahrheit über meine Gemahlin zu sagen.« Dankbar für seine Unterstützung, schenkte ich meinem Gatten ein Lächeln.

Der Graf fuhr fort. »Außerdem erhebt sich die Frage der Verschwendung. Seine Heiligkeit ist nicht erfreut über die Höhe des Geldbetrages, der für den Palast ausgegeben wurde.«

»Ich glaube, diese Frage könnt Ihr mit eigenen Augen beantworten«, sagte ich. »Schaut Euch einfach nur um und bildet Euch ein Urteil, ob wir in Saus und Braus leben.«

Bei dieser Bemerkung musste selbst Marigliano schmunzeln.

Die Untersuchung war nach zwei Tagen abgeschlossen. Doch bis dahin hatte der Graf jeden Diener, jede Dienerin, jeden Kammerherrn und jede Zofe befragt; ich sorgte auch dafür, dass er unter vier Augen mit dem kleinen Matteo sprechen konnte. Unser gesamtes Gefolge war klug genug, Jofre bei allen Missetaten außen vor zu lassen.

Ich geleitete Marigliano persönlich zur wartenden Kutsche.

Er zögerte einen Augenblick und ließ seinen Diener vorgehen, so dass er vertraulich mit mir reden konnte.

»Madonna Sancha«, sagte er. »In Anbetracht dessen, was ich über Luis Borgia weiß, hatte ich keinen Zweifel, als ich mit dieser Untersuchung begann, dass die Anschuldigungen nicht gerechtfertigt waren. Jetzt weiß ich, dass Ihr nicht nur unschuldig, sondern vielmehr eine Frau seid, die in ihrer Umgebung große Zuneigung und Loyalität genießt.« Er blickte sich verstohlen um. »Ihr verdient es, die ganze Wahrheit zu erfahren. Ich wurde nicht wegen der Anschuldigungen des Kardinals hierher geschickt.«

Mir war nicht klar, worauf er hinaus wollte. »Sondern?«

»Weil die Zeugen auch von Eurer überragenden Schönheit sprachen. Euer Gatte hat sie in seinen Briefen in überaus lyrischen Tönen gelobt, was das Interesse Seiner Heiligkeit geweckt hat. Doch nun hat es geheißen, Ihr wärt noch schöner als La Bella.«

La Bella, die Schöne; das war der Spitzname für Giulia Orsini, der neuesten Gespielin des Papstes, denn angeblich war sie die schönste Frau Roms, vielleicht sogar von ganz Italien.

»Und was werdet Ihr Seiner Heiligkeit berichten?«

»Ich will ehrlich sein, Madonna. Ich muss ihm sagen, dass es stimmt. Doch ich werde ihm auch sagen, dass Ihr zu den Frauen gehört, die ihrem Mann treu bleiben.« Er machte eine Pause. »Offen gestanden, Eure Hoheit, glaube ich nicht, dass Letzteres an der Sache etwas ändert.«

Zum ersten Mal gefiel es mir nicht, dass man mir schmeichelte. Ich hatte Jofre Borgia nicht heiraten wollen, weil ich einen anderen Mann liebte, weil ich in Neapel bei meinem Bruder hatte bleiben wollen und weil Jofre noch ein Kind war. Jetzt hatte ich einen weiteren Grund, die Verbindung zu bereuen: ein Schwiegervater mit schlüpfrigen Absichten, der zufällig der gesamten Christenheit vorstand.

»Möge der Herr Euch segnen und behüten, Eure Hoheit«, sagte Marigliano und stieg in seine Kutsche, die ihn nach Rom bringen sollte.

Schon bald hatte ich größere Sorgen als einen liebestollen Schwiegervater, einen Papst, der davon träumte, mich zu seiner neuen Geliebten zu machen.

Nur einen Monat nach meiner Hochzeit sickerten Gerüchte nach Squillace durch: Charles VIII., der König von Frankreich, wolle Neapel einnehmen.

Re Petito, »Kleiner König«, so nannte ihn das Volk, denn er war mit zu kurzer, verkrümmter Wirbelsäule und verkrüppelten Gliedmaßen zur Welt gekommen; er sah eher wie ein Monstrum denn wie ein Mensch aus. Außerdem war ihm der Hang zu Eroberungen mit in die Wiege gelegt worden, und seine Ratgeber hatten leichtes Spiel, ihn davon zu überzeugen, dass die dem Hause Anjou Getreuen in Neapel sich nach einem französischen König sehnten.

Seine Königin, die liebreizende Anna von Bretagne, versuchte ihn mit aller Macht von seinen Invasionsträumen abzubringen. Sie war wie der Rest Frankreichs streng katholisch und dem Papst treu ergeben, den ein feindliches Eindringen in Italien empören würde.

Beunruhigt schrieb ich an meinen Bruder Alfonso, um zu erfahren, wie es in der Sache wirklich stand. Es dauerte Wochen, bis ich eine Antwort erhielt, die nur wenig Trost spendete.

Hab keine Angst, liebste Schwester,
König Charles giert zwar nach einer Eroberung – doch just in diesem Augenblick trifft sich unser Vater mit Seiner Heiligkeit Alexander in Vicovaro. Sie haben ein militärisches Bündnis geschmiedet und in aller Sorgfalt eine Strategie ausgearbeitet; sobald Charles davon Kenntnis erhält, werden ihn Zweifel überkommen, und er wird den dummen Gedanken an eine Invasion fallen lassen. Im Übrigen wird das französische Volk niemals einen Angriff auf Neapel unterstützen, wenn es den Papst so unverbrüchlich an unserer Seite weiß.

Alfonso blieb nichts anderes übrig, als mir alles in positivem Licht darzustellen, doch ich verstand seinen Brief nur allzu gut. Die Bedrohung durch Frankreich war real – so sehr, dass mein Vater und der Papst an einem Zufluchtsort außerhalb Roms Schlachtpläne schmiedeten.

Ich las Donna Esmeralda den Brief laut vor. »Es ist genau so, wie der Priester Savonarola es vorausgesagt hat«, konstatierte sie düster. »Das Ende der Welt ist nahe.«

Ich lächelte spöttisch. Ich hatte weder Verständnis für den Narren aus Florenz, der sich einbildete, von Gott gesandt zu sein, noch für die Massen, die sich zusammenfanden, um seine apokalyptische Botschaft zu vernehmen. Girolama Savonarola wetterte von seiner sicheren Kanzel im Norden herab auf Alexander und verunglimpfte die königliche Familie seiner Stadt, die Medicis. Der Dominikanerpriester war tatsächlich bei König Charles vorstellig geworden und hatte behauptet, er, Savonarola, sei der Bote Gottes, von Ihm auserwählt, die Kirche zu reformieren und die vergnügungssüchtigen Heiden zu vertreiben, die sie überschwemmt hätten. »Savonarola ist ein tobsüchtiger Wahnsinniger«, sagte ich. »Er glaubt, König Charles sei ein von Gott gesandtes Urteil. Er glaubt, der heilige Johannes habe in der Apokalypse die Invasion von Italien vorausgesehen.«

Angesichts meiner mangelnden Ehrerbietung bekreuzigte sie sich hastig. »Wie könnt Ihr Euch so sicher sein, dass er sich irrt, Madonna?« Sie senkte die Stimme, als befürchte sie, Jofre könne sie am anderen Ende des Palastes hören. »Die Sündhaftigkeit des Papstes Alexander und die Bestechlichkeit seiner Kardinäle hat uns das alles eingebrockt. Wenn sie keine Reue zeigen, haben wir keine Hoffnung mehr …«

»Warum sollte Gott ausgerechnet Neapel für die Sünden Alexanders büßen lassen?«, fragte ich.

Darauf hatte sie keine Antwort.

Dennoch flüchtete sich Donna Esmeralda in Gebete an San Gennaro, während meine Verärgerung zunahm. Nicht nur, dass der Thron unserer Familie bedroht war; mein kleiner

Bruder war nun nicht mehr zu jung, um zu kämpfen. Er wurde in der Schwertkunst ausgebildet. Sollte es notwendig sein, würde man ihn auffordern, zur Waffe zu greifen.

Bis Ende des Sommers nahm das Leben in Squillace seinen Lauf. Ich war freundlich zu Jofre, obwohl ich mich angesichts seines schwachen Charakters nicht dazu durchringen konnte, ihn zu lieben. In der Öffentlichkeit waren wir einander zugetan, auch wenn er mich immer seltener in meinem Schlafgemach aufsuchte und immer häufiger die Nächte in Gesellschaft von ortsansässigen Huren verbrachte. Ich gab mir alle Mühe, keine Spur von Schmerz oder Eifersucht zu zeigen.

Dann kam der September und mit ihm schlechte Nachrichten.

Liebste Schwester, schrieb Alfonso,

vielleicht hast du es bereits vernommen: König Charles hat seine Truppen über die Alpen geführt. Französische Soldaten haben den Fuß auf italienischen Boden gesetzt. Die Venezianer haben einen Handel mit ihnen abgeschlossen und somit dafür gesorgt, dass ihre Stadt unangetastet blieb, doch Charles hat jetzt ein Auge auf Florenz geworfen.

Du darfst dir keine Sorgen machen. Unter dem Kommando des Kronprinzen Ferrandino haben wir eine ansehnliche Armee zusammengestellt. Er wird diese Männer nach Norden führen, um dem Feind Einhalt zu gebieten, noch ehe er überhaupt nach Neapel kommt. Ich bleibe hier bei Vater, also musst du dir um mich keine Gedanken machen. Wenn sich die päpstlichen Truppen dann erst einmal unserem Heer angeschlossen haben, sind wir unschlagbar. Es besteht kein Grund zur Angst, denn Seine Heiligkeit Alexander hat öffentlich erklärt: ›Wir würden eher unsere Mitra, unsere Ländereien und unser Leben geben, bevor wir König Alfonso in seiner Not im Stich ließen‹.

Ich konnte meinen Kummer nicht länger verbergen. Jofre versuchte mit allen Mitteln, mich zu trösten. »Sie werden nicht über Rom hinaus gelangen«, versprach er. »Die Armee meines Vaters wird sie aufhalten.«

Unterdessen kamen die Franzosen gut voran. Sie plünderten Florenz, das Zentrum für Kultur und Kunsthandwerk, und drangen unaufhaltsam gen Süden vor.

Unsere Truppen gewinnen an Boden, schrieb Alfonso. *Sie werden sich bald mit der päpstlichen Armee zusammentun und Charles' Mannen Einhalt gebieten.*

Am letzten Dezembertag des Jahres 1494 wurde die Prophezeiung meines Bruders auf die Probe gestellt. Schwer beladen mit gestohlenen Gegenständen von unschätzbarem Wert, rückten die Franzosen in Rom ein.

Jofre erfuhr von der Invasion durch einen hastig geschriebenen Brief seiner älteren Schwester Lucrezia. Nun musste ich ihn trösten, während wir uns beide vorstellten, wie auf den großen Plätzen der Heiligen Stadt blutige Schlachten ausgefochten wurden. Tagelang litten wir, ohne etwas zu hören.

An einem schicksalhaften Nachmittag saß ich auf meinem Balkon und verfasste ein langes Schreiben an meinen Bruder – nur so vermochte ich meine Nerven zu beruhigen. Plötzlich vernahm ich das Donnern von Hufen. Ich lief ans Geländer und sah einen einsamen Reiter zum Eingang der Burg emporreiten und absteigen.

Seine Kleidung wies ihn als Neapolitaner aus; ich ließ die Feder fallen, lief die Treppe hinunter und rief Donna Esmeralda dabei zu, sie solle Jofre holen lassen.

Ich eilte in die Große Halle, wo der Reiter bereits wartete. Er war jung, seine Haare, der Bart und die Augen waren schwarz, und er trug die feine Kleidung eines Edelmanns in kräftigem Braun; er war über und über mit Staub bedeckt und vom schnellen Ritt erschöpft. Er trug keinen Brief bei sich, wie ich gehofft hatte; die Botschaft, die er zu überbringen hatte, war zu heikel, um sie schriftlich festzulegen.

Ich ließ Wein und etwas zu essen auftragen, und er trank und aß gierig, während ich voll Ungeduld auf meinen Gatten wartete. Endlich trat Jofre ein; wir erteilten dem armen Mann die Erlaubnis, sich zu setzen, und nahmen selbst Platz, während wir ihm zuhörten.

»Ich komme auf Bitten Eures Onkels, Prinz Federico«, sagte der Reiter zu mir. »Er hat von Kronprinz Ferrandino persönlich eine Nachricht erhalten, der, wie Ihr ja wisst, in Rom unsere Truppen kommandiert hat.«

Das Wort *hat* ließ mich sogleich aufhorchen.

»Was gibt es Neues aus Rom?« fragte Jofre, der sich nicht zurückhalten konnte. »Mein Vater – Seine Heiligkeit Alexander, meine Schwester und mein Bruder – geht es ihnen gut?«

»Ja«, sagte der Bote, und Jofre lehnte sich mit einem Seufzer zurück. »Soweit mir bekannt ist, sind sie hinter den Mauern der Engelsburg in Sicherheit. Jetzt ist die Lage in Neapel selbst kritisch.«

»Redet«, befahl ich.

»Prinz Federico hat mich gebeten, Folgendes weiterzugeben: Die Armee des Kronprinzen Ferrandino ist nach Rom gekommen und hat das französische Heer dort in Kämpfe verwickelt. Doch König Charles' Truppen sind denen aus Neapel an Zahl weit überlegen, und deshalb hat Ferrandino sich auf die versprochene Hilfe durch Seine Heiligkeit verlassen.

Ohne Wissen des Papstes hat die Familie der Orsini sich zuvor an einer Verschwörung mit den Franzosen beteiligt und Giulia gefangen, die als *La Bella* bekannt ist, Alexanders Lieblingsmätresse. Als Seine Heiligkeit erfuhr, dass Madonna Giulia in Gefahr sei, ordnete er seiner Armee an, die Kämpfe einzustellen, und erteilte Prinz Ferrandino den Befehl, sich aus der Stadt zurückzuziehen.

Prinz Ferrandino, der gewisse Verluste zu verzeichnen hatte, war gezwungen, zu gehorchen. Er marschiert jetzt Richtung Heimat, wo er sich darauf vorbereiten wird, erneut die französische Armee anzugreifen.

Unterdessen hat Seine Heiligkeit König Charles im Vatikan empfangen und dort mit ihm verhandelt. Im Austausch gegen Madonna Giulia hat er seinen Sohn, Don Cesare – Euren Bruder, Prinz Jofre –, als Geisel angeboten, welche die Franzosen mitnehmen konnten. Auf diese Weise hat er *Re Petito* freien Durchzug nach Neapel gewährt.«

Ich starrte den Boten lange sprachlos an, bevor ich flüsterte: »Er hat uns verraten. Einer Frau zuliebe hat er uns verraten …« Ich war so empört, dass ich nicht imstande war, mich zu rühren; ich konnte nur dasitzen und den jungen Edelmann ungläubig anstarren. Trotz seines großspurigen Versprechens, seine Mitra, seine Ländereien und sein Leben opfern zu wollen, hatte Alexander in Wirklichkeit König Alfonso im Stich gelassen, ohne auf irgendetwas zu verzichten.

Der erschöpfte Edelmann trank einen kräftigen Schluck Wein, ehe er weiter berichtete: »Auch in Rom steht nicht alles zum Besten, Eure Hoheit. Die Franzosen haben die Stadt geplündert.« Er wandte sich an Jofre. »Eure Mutter, Vannozza Cattanei – ihr Palast wurde ausgeraubt, und es heißt …« Er schlug verlegen die Augen nieder. »Verzeiht, Hoheit. Es heißt, man habe sich mehrfach an ihr vergangen.«

Jofre schlug die Hand vor den Mund.

Der Reiter fuhr fort. »Madonna Sancha, Euer Onkel, Prinz Federico, schickt folgende dringende Botschaft: Neapel braucht die Hilfe all seiner Bürger. Es steht zu befürchten, dass der Anmarsch der Franzosen einen Aufstand unter den Baronen auslöst, die dem Hause Anjou nahe stehen. Der Prinz bittet darum, dass Ihr und Euer Gatte alle Männer unter Waffen nach Neapel schafft, die Squillace aufbringen kann.«

»Warum hat mein Onkel und nicht mein Vater, der König, Euch geschickt?«, wollte ich wissen. Ich war davon überzeugt, dass mein Vater sich nicht die Mühe gemacht hatte, mich auf dem Laufenden zu halten, um mich erneut zu kränken.

Doch die Antwort des Boten überraschte mich. »Dem Gebot der Stunde gehorchend, hat Prinz Federico sich der alltäglichen Angelegenheiten des Königreiches angenommen. Es tut mir Leid, es Euch sagen zu müssen, Euer Hoheit. Seiner Majestät geht es nicht gut.«

»Nicht gut?« Ich stand auf, überrascht, wie sehr diese Nachricht mir zusetzte. »Was ist los mit ihm?«

Der junge Mann wich meinem Blick aus. »Es ist keine *körperliche* Krankheit, Eure Hoheit. Nichts, woran die Ärzte etwas ändern können. Er … Die Bedrohung durch die Franzosen hat ihn zutiefst erschüttert. Er ist nicht mehr er selbst.«

Langsam sank ich wieder auf meinen Stuhl und achtete nicht auf den durchdringenden Blick, den mein Gatte mir zuwarf. Das Bild des Reiters vor mir verschwand: Ich sah nur noch das Gesicht meines Vaters. Zum ersten Mal konzentrierte ich mich nicht auf seine Boshaftigkeit oder auf den Hohn, der mir galt. Stattdessen sah ich etwas Dunkles, Gehetztes in seinen Augen, und mir wurde klar, dass mich die Nachricht über seine geistige Verwirrung nicht hätte verwundern sollen. Schließlich war er der Sohn Ferrantes, der seine Feinde nicht nur umgebracht, sondern ihre braun gebrannte Haut auch noch in prächtige Kleidung gesteckt und mit ihnen wie mit Lebenden gesprochen hatte.

Nichts hätte mich überraschen sollen: Ich hätte von Anfang an erkennen müssen, dass mein Vater wahnsinnig war, mein Schwiegervater ein Verräter. Und die Franzosen waren, trotz der Bemühungen Alfonsos, mich vom Gegenteil zu überzeugen, auf dem Weg nach Neapel.

Ich erhob mich und blieb diesmal stehen. »Ihr könnt essen und Euch ausruhen, solange Ihr wollt«, sagte ich dem Boten. »Wenn Ihr dann wieder vor Prinz Federico steht, sagt ihm, dass Sancha von Aragon seinem Ruf Folge leistet. Ich werde ihm kurz nach Eurer Ankunft leibhaftig gegenüberstehen.«

»Sancha!«, wandte Jofre ein. »Hast du denn nicht richtig hingehört? Charles führt seine Armee nach Neapel. Es ist zu gefährlich! Es ist viel sinnvoller, hier in Squillace zu bleiben; die Franzosen haben kaum einen Grund, uns anzugreifen. Selbst wenn sie tatsächlich beschließen, unser Fürstentum zu erobern, wird es Monate dauern …«

Mit wehenden Röcken fuhr ich zu ihm herum. »Mein lieber Gemahl«, entgegnete ich mit kalter, eiserner Stimme, »hast *du* denn nicht richtig hingehört? Onkel Federico hat um Hilfe gebeten, und die werde ich ihm nicht versagen. Hast du so schnell vergessen, dass du, dank deiner Heirat mit mir, selbst Prinz von Neapel bist? Du solltest nicht nur Truppen bereitstellen, nein, dein eigenes Schwert solltest du zur Verteidigung dieser Stadt erheben. Und wenn du nicht gehen willst, werde ich dein Schwert nehmen und damit kämpfen.«

Jofre fehlten die Worte; er starrte mich an, blass und eine Spur verlegen, da er vor einem Fremden der Feigheit bezichtigt worden war.

Ich hingegen rauschte aus dem Raum, begab mich in meine Gemächer und sagte meinen Zofen, sie sollten unverzüglich packen.

Ich kehrte nach Hause zurück.

Winter 1495

6

Die Kutsche, die mich und meinen neuen Gemahl nach Squillace gebracht hatte, wurde für die Rückreise nach Neapel ausstaffiert. Diesmal ritten wir mit einem größeren Kontingent an Wachen, die zum Kampf gerüstet waren, und durchquerten Italien diagonal Richtung Nordwesten von einer Küste zur anderen. In Anbetracht der Größe unseres Gefolges – drei Wagen beförderten unsere Dienerschaft und das Gepäck – dauerte die Reise mehrere Tage.

In dieser Zeit dachte ich mit Schrecken an das Wiedersehen mit meinem Vater. *Zutiefst erschüttert,* waren die Worte des Boten gewesen. *Es geht ihm nicht gut. Nicht mehr er selbst.* Er hatte Federico die Geschäfte des Königreichs überlassen. Erlag er demselben Wahn wie Ferrante? Wie auch immer, ich schwor mir, meine persönliche Kränkung und meine Abneigung außen vor zu lassen. Mein Vater war der König und brauchte in diesen Zeiten eines drohenden Krieges unbedingte Lehnstreue. Sollte er in der Lage sein, mich zu verstehen, würde ich mich dazu verpflichten.

Am letzten Morgen unserer Reise, als wir den Vesuv über der Landschaft aufragen sahen, ergriff ich aufgeregt Donna Esmeraldas Hand. Welche Freude war es, sich endlich der Stadt zu nähern, die große Kuppel des Duomo zu sehen, den dunklen Stein des Castel Nuovo, die massive Festung des Castel dell'Ovo; eine solche Freude, begleitet von dem Kummer zu wissen, dass meine geliebte Stadt in Gefahr war.

Schließlich fuhr unsere Kutsche durch den Triumphbogen Alfonsos des Großmütigen hindurch in den Innenhof des Königspalasts. Beobachtungsposten hatten unsere Ankunft gemeldet, und mein Bruder wartete bereits, als man Jofre und mir aus der Kutsche half. Ich strahlte: Alfonso war vierzehn; die Sonne Neapels glitzerte im ersten blonden Flaum auf seinen Wangen.

»Bruder!«, rief ich. »Sieh mal einer an; du bist ein Mann!«

Er erwiderte mein Lächeln mit blitzenden weißen Zähnen; wir umarmten uns. »Sancha«, sagte er; seine Stimme war noch tiefer geworden. »Wie habe ich dich vermisst!«

Nur ungern lösten wir uns voneinander. Jofre stand abwartend neben uns; Alfonso reichte ihm die Hand. »Bruder, ich bin dankbar, dass du gekommen bist.«

»Wir konnten gar nicht anders«, erwiderte Jofre großmütig – eine zutreffende Bemerkung, wenn er sie auch nur angebracht hatte, weil ich zuhörte.

Während die Diener mit dem Gepäck und unserer anderen Habe beschäftigt waren, führte uns Alfonso zum Palast. Als die Wiedersehensfreude abebbte, bemerkte ich die Anspannung auf dem Gesicht meines Bruders, in seinem Verhalten, seinem Gang. Etwas Schlimmes war gerade geschehen, etwas so Schreckliches, dass Alfonso nur auf den geeigneten Moment wartete, es uns mitzuteilen. »Wir haben Räume für euch beide hergerichtet«, sagte er. »Ihr werdet euch erfrischen wollen, ehe ihr Prinz Federico begrüßt.«

»Aber was ist mit Vater?«, fragte ich. »Sollte ich nicht zuerst zu ihm gehen? Trotz seiner Probleme ist er immer noch der König.«

Alfonso zögerte. Unterschiedliche Gefühle wühlten ihn sichtbar auf, ehe er sie zu unterdrücken vermochte. »Vater ist nicht da.« Er schaute mich und meinen Gemahl an; so ernst hatte ich ihn noch nie reden hören. »Er ist diese Nacht geflohen. Offensichtlich hat er es schon seit längerem geplant; er hat seine Kleidung und seine Habe größtenteils mitgenommen, und viele Juwelen.« Gedemütigt senkte er den Kopf und wurde rot. »Das hätten wir ihm nicht zugetraut. Er hatte sich in sein Bett geflüchtet. Wir haben es erst vor ein paar Stunden entdeckt, Sancha. Du wirst verstehen, dass alle Brüder, besonders Federico, im Augenblick beschäftigt sind.«

»*Geflohen?*« Ich war entgeistert, zutiefst beschämt. Bis zu jenem Augenblick hatte ich den Papst für den größten Verräter der Christenheit gehalten, weil er Neapel in der Stunde der größten Not im Stich gelassen hatte – doch mein eigener Vater hatte sich eines noch bedeutenderen Verrats fähig erwiesen.

»Einer seiner Berater fehlt«, fügte mein Bruder traurig hinzu. »Wir vermuten, dass er in den Plan mit einbezogen war. Wir sind nicht sicher, wohin Vater gegangen ist. Im Augenblick wird gerade eine Untersuchung durchgeführt.«

Eine qualvolle Stunde verging, in der ich in dem eleganten Gästezimmer auf und ab schritt; Giovanna wohnte nun in meinem früheren Raum. Ich trat auf den Balkon hinaus; jetzt hatte ich einen Blick nach Osten auf den Vesuv und das Waffenarsenal. Ich hielt inne und schaute auf das Meer. Mir fiel ein, wie ich vor langer, langer Zeit auf meinem alten Balkon gestanden und Onoratos Rubin ins Wasser geworfen hatte. Nun hätte ich mein kindisches Verhalten am liebsten rückgängig gemacht. Mit einem solchen Edelstein hätte man Verpflegung für unzählige Soldaten oder Dutzende Kanonen aus Spanien kaufen können.

Schließlich holte Alfonso mich ab, Jofre an seiner Seite. Gemeinsam gingen wir ins Arbeitszimmer des Königs, in dem Onkel Federico niedergeschlagen am dunklen Holzschreibtisch saß. Seitdem ich ihn zuletzt gesehen hatte, war er merklich gealtert; das schwarze Haar wurde allmählich grau, und die Schatten, die ich auf dem Gesicht meines Vaters registriert hatte, verdichteten sich nun unter Federicos braunen Augen. Seine Gesichtszüge waren rund, und er sah lange nicht mehr so gut aus. Sein Verhalten war streng wie das des alten Ferrante, wenn auch immer noch freundlich. Ihm gegenüber saßen sein jüngerer Bruder Francesco und seine noch jüngere Halbschwester Giovanna.

Als sie uns sahen, erhoben sie sich. Federico hatte eindeutig die Führung übernommen; er trat als Erster vor und umarmte Jofre, dann mich. »Du hast das treue Herz deiner Mutter, Sancha«, sagte er. »Und Jofre, Ihr seid ein wahrer Ritter des Königreichs und Neapel zu Hilfe gekommen. Als Protonotar und Prinz heißen wir Euch willkommen.«

»Ich habe ihnen die Neuigkeiten über Seine Majestät erzählt«, erklärte mein Bruder.

Federico nickte. »Ich will die Wahrheit nicht beschönigen. Neapel ist bedroht wie nie zuvor. Die Barone rebellieren – offen gesagt, haben sie auch allen Grund dazu. Allen guten Ratschlägen zuwider hat der König sie mit Steuern jenseits aller Vernunft belastet, hat sich unrechtmäßig Land für den eigenen Gebrauch angeeignet, dann öffentlich alle foltern und hinrichten lassen, die zu protestieren wagten. Jetzt, da sie wissen, dass die Franzosen im Anmarsch sind, haben die Barone sich ein Herz gefasst. Sie werden mit Charles kämpfen, um uns zu besiegen.«

»Aber Ferrandino kommt doch mit unserer Armee«, sagte ich.

Prinz Federico schaute mich aus traurigen Augen an. »Ja, Ferrandino kommt … die Franzosen dicht auf den Fersen. Charles hat viermal so viel Männer wie wir; ohne die päpstliche Armee sind wir dem Untergang geweiht.« Dies sagte er, ohne sich zu entschuldigen, obwohl Jofre bei seinen Worten unangenehm berührt von einem Fuß auf den anderen trat. »Das ist einer der Gründe, weshalb ich nach Euch geschickt habe, Jofre. Wir brauchen Eure Hilfe wie nie zuvor; Ihr müsst Eure Verbindungen zu unserem Königreich ausbauen und Seine Heiligkeit dazu überreden, so schnell wie möglich militärische Verstärkung zu schicken. Mir ist sehr wohl bewusst, dass die Sicherheit Eures Bruders Cesare aufs Spiel gesetzt wird, aber vielleicht kann dafür eine Lösung gefunden werden.« Er hielt kurz inne. »Wir haben Spanien um Hilfe gebeten – doch selbst wenn sie gewährt wird, kann sie unmöglich rechtzeitig eintreffen.« Er ließ einen Stoßseufzer los. »Und jetzt stehen wir auch noch ohne König da.«

»Ihr habt einen König«, entgegnete mein Bruder rasch. »Alfonso II. hat deutlich zugunsten seines Sohnes Ferrandino auf den Thron verzichtet. Das muss man den Baronen und dem Volk sagen.«

Federico schaute ihn bewundernd an. »Gerissen. Äußerst gerissen. Sie haben keinen Grund, Ferrandino zu hassen. Er ist viel beliebter, als Euer Vater es je war.« Er nickte, und man merkte ihm an, wie er sich nach und nach für diese Idee erwärmte. »Zum Teufel mit Alfonso. Du hast Recht, wir sollten sein Verschwinden als Abdankung auslegen. Natürlich wird es nicht leicht. Die Barone trauen uns nicht … Kann sein, dass sie trotzdem kämpfen, wenn sie glauben, es sei ein taktisches Manöver unsererseits. Doch mit Ferrandino haben wir eine größere Chance, die Unterstützung der Öffentlichkeit zu bekommen.«

Schließlich meldete sich mein Onkel Francesco zu Wort. »Ferrandino, dazu noch Söldner. Wir haben einfach keine andere Wahl, als Männer anzuheuern, und zwar schnell, noch ehe die Franzosen hier sind. Alles schön und gut, wenn Prinz Jofre den Papst überreden will, seine Truppen zu schicken, doch uns bleibt keine Zeit für ein derart diplomatisches Vorgehen. Im Übrigen sind Alexanders Truppen zu weit im Norden, um zur rechten Zeit hier zu sein.«

Federico blickte finster drein. »Unsere finanzielle Lage ist ohnehin angespannt. Wir können kaum unsere eigene Armee unterhalten, nachdem Alfonso so viel für die Erneuerung des Palasts und diese unnützen Kunstwerke ausgegeben hat …«

»Wir haben keine andere Wahl«, insistierte Francesco erneut. »Entweder so, oder wir unterliegen den Franzosen. Wir können nach dem Krieg immer noch Geld von Spanien leihen.«

Federicos Miene hatte sich nicht aufgehellt; er machte

schon den Mund auf, um etwas zu entgegnen, unterließ es dann aber, als heftig an die Tür geklopft wurde. »Herein«, befahl er.

Ich erkannte den weißhaarigen Mann mit der Hakennase, der im Türrahmen stand; es war der Seneschall, der Mann, der für den königlichen Haushalt verantwortlich war – einschließlich der Juwelen und Finanzen. Er machte einen verzweifelten Eindruck; Federico warf nur einen kurzen Blick auf ihn, vergaß das Protokoll bei Hofe und eilte auf ihn zu. Er neigte den Kopf, damit der alte Mann ihm ins Ohr flüstern konnte.

Federico riss die Augen weit auf, die dann einen verwirrten Ausdruck annahmen. Schließlich zog sich der Seneschall zurück, und die Tür fiel ins Schloss. Mein Onkel machte ein paar unsichere Schritte und ließ sich dann schwer auf seinen Stuhl fallen, neigte das Haupt und presste eine Hand auf sein Herz. Ein erstickter Laut drang aus seiner Kehle.

Im ersten Moment dachte ich erschrocken, er würde sterben.

Sogleich erhob sich Onkel Francesco und trat neben seinen Bruder. Er kniete nieder und legte eine Hand auf den Arm des leidenden Mannes. »Federico! Federico, was ist los?«

»Er hat ihn mitgenommen«, keuchte Federico. »Den Kronschatz. *Alles* hat er genommen …« Neapels Reichtum bestand zum größten Teil aus den Kronjuwelen.

Es dauerte eine Weile, ehe mir klar wurde, dass mit dem Wort »er« mein Vater gemeint war.

Ich hatte mir immer vorgestellt, dass meine Rückkehr in die Heimat, um meinen Bruder zu besuchen, zu den glücklicheren Augenblicken in meinem Leben gehören würde, doch in den nächsten Tagen im Castel Nuovo hatte uns alle eine besondere Art von Trübsal heimgesucht. Mein Gatte und ich verbrachten viel Zeit mit Alfonso, leider waren es keine frohen Stunden; der Schaden, den unser Vater dem Königreich zugefügt hatte, legte sich wie ein Schatten über uns. Uns blieb nichts anderes übrig, als zu warten und zu hoffen, dass Ferrandino und seine Truppen vor den Franzosen in Neapel einträfen.

Noch schmerzvoller war die Erkenntnis, dass auch meine Mutter verschwunden war. Das war nur schwer zu ertragen: *Du hast das treue Herz deiner Mutter*, hatte Onkel Federico gesagt, doch ich konnte mich nicht damit abfinden, dass Trusias Loyalität gegenüber ihrem Geliebten stärker war als die zu Neapel und ihren Kindern. Der Gedanke war so grässlich, dass mein Bruder und ich es nicht über uns brachten, darüber zu reden; daher wurde der Verrat meiner Mutter mit keinem Wort erwähnt.

Am Morgen nach unserer Ankunft ließ Donna Esmeralda meinen Bruder in meine Gemächer. Ich lächelte schwach zur Begrüßung – mein Bruder lächelte nicht. Er hatte eine Holzschachtel in der Hand, die etwas länger war als meine Hand und nur halb so breit; er überreichte sie mir als Geschenk.

»Zu deinem Schutz«, sagte er todernst. »Wir wissen nicht, was noch auf uns zukommt, und ich bin erst dann beruhigt, wenn ich weiß, dass du dich selbst verteidigen kannst.«

Ich lachte – zum Teil deshalb, weil ich dieses Thema am liebsten ausgespart hätte.

»Spotte nicht«, sagte Alfonso eindringlich. »Das ist kein Scherz: Die Franzosen sind auf dem Weg nach Neapel. Mach es auf.«

Zögernd tat ich, wie mir geheißen. In der Schachtel lag auf schwarzem Samt ein kleiner, langer Dolch mit schmalem Silbergriff.

»Ein Stilett«, erklärte mein Bruder, als ich es aus der kleinen Scheide zog. Der Griff war recht kurz; der größte Teil der Waffe bestand aus der dreikantigen Klinge aus feinem, poliertem Stahl, die gefährlich spitz zulief. Ich wagte nicht einmal, die Spitze mit dem Finger zu berühren, um die Schärfe zu prüfen; ich wusste, es würde auf der Stelle bluten.

»Ich habe es für dich ausgesucht, weil du es leicht in deinem Gewand verbergen kannst«, sagte Alfonso. »Wir haben

Näherinnen, die sich sofort an die Arbeit setzen können. Ich bin heute Morgen gekommen, weil wir keine Zeit zu verlieren haben. Ich werde dich jetzt im Gebrauch unterweisen.«

Zweifelnd schnalzte ich mit der Zunge. »Ich weiß deine Achtsamkeit zu schätzen, Bruder, aber das hier kann gegen ein Schwert kaum etwas ausrichten.«

»Nein«, gab Alfonso zu, »und gerade darin liegt seine Schönheit. Ein Soldat wird annehmen, dass du unbewaffnet bist und sich dir deshalb ohne Furcht nähern. Wenn dein Feind nahe genug an dich herantritt, dann ist der Augenblick gekommen, an dem du ihn überraschst. So.« Er nahm mir die Waffe aus der Hand und zeigte mir, wie ich sie richtig zu halten hatte. »Einen solchen Dolch setzt man am besten verstohlen ein, um die größte Wirkung zu erzielen, und stößt von unten nach oben zu.« Er zeigte es mir und schlitzte einen imaginären Gegner vom Bauch bis an die Kehle auf. Dann gab er mir die kleine Waffe. »Nimm ihn und probier es aus.«

Ich ahmte seine Bewegungen haargenau nach.

»Gut, gut«, murmelte er anerkennend. »Du bist eine geborene Kämpferin.«

»Ich bin eine Tochter des Hauses Aragon.«

Endlich lächelte er matt, was ich beabsichtigt hatte.

Ich untersuchte den Stahl in meiner Hand. »Das mag gegen einen Anjou geeignet sein«, merkte ich an, »aber kaum die Rüstung eines Franzosen durchbohren.«

»Ah, Sancha, genau darin liegt seine Macht. Das Stilett ist schlank genug, um Kettenhemden zu durchbohren und in die Zwischenräume einer Rüstung zu gleiten – und scharf und fest genug, um in leichtes Metall einzudringen, wenn man es mit genügend Kraft handhabt. Ich weiß es; es hat mir gehört.« Er machte eine kurze Pause. »Ich bete nur, dass du es nie wirst benutzen müssen.«

Ihm zuliebe gab ich vor, seine Befürchtungen nicht zu teilen. »Es ist hübsch«, sagte ich und hielt das Stilett gegen das Sonnenlicht. »Wie ein Schmuckstück. Ich werde es immer als Andenken bei mir tragen.«

Doch in den darauf folgenden Tagen, nachdem kleine Taschen direkt oberhalb der Röcke in mein Mieder eingenäht worden waren, übte ich allein: zog den Dolch schnell, verstohlen hervor, stieß immer wieder von unten nach oben zu und tötete unsichtbare Feinde.

Zwei weitere Tage vergingen, in denen die königlichen Brüder sich ständig trafen, um ihre Strategie festzulegen. In den Straßen der Stadt wurde ein Edikt verkündet, in dem es hieß, König Alfonso II. habe zugunsten seines Sohnes Ferrandino abgedankt. Wir hofften, das würde die Barone beschwichtigen und davon abhalten, mit den Franzosen gegen die Krone zu kämpfen. Unterdessen schrieb Jofre einen leidenschaftlichen Brief an seinen Vater, Papst Alexander, in dem er die offizielle Erklärung der Abdankung weitergab und um päpstlichen Beistand bat; Prinz Federico nahm starke Kürzungen vor und ließ ihn dann per Boten nach Rom bringen.

An einem strahlenden Wintermorgen im Februar speiste ich gerade mit Jofre und Alfonso, als unser ruhiges, etwas lustloses Gespräch von fernem Donnergrollen unterbrochen wurde. Gleichzeitig kamen mir drei widerstreitende Gedanken:

Es ist nichts, nur ein Gewitter, das vorüber zieht.

Der Vesuv ist ausgebrochen?

Mein Gott, die Franzosen sind da.

Mit weit aufgerissenen Augen sah ich abwechselnd meinen Bruder, dann meinen Gatten an, als es erneut donnerte – diesmal unmissverständlich im Nordwesten. Das Geräusch hallte vom nahen Pizzofalcone wider. Zweifelsohne teilten wir alle den letzten Gedanken, denn wir standen zeitgleich auf und liefen ins nächste Stockwerk über uns, wo wir von einem Balkon aus den westlichen Horizont der Stadt sehen konnten. Es dauerte nicht lange, da gesellte sich auch Donna Esmeralda zu uns und deutete in Richtung Vesuv, die äußerste Grenze von Neapel. Dort waren in der Ferne kleine schwarze Rauchwolken zu sehen. Wieder Donnergrollen.

»Kanonen«, sagte Donna Esmeralda überzeugt. »Den Lärm

werde ich nie vergessen. Seit dem Aufstand der Barone gegen Ferrante, als ich noch eine junge Frau war, habe ich ihn in meinen Träumen gehört.«

Wie gebannt starrten wir auf den Horizont und wagten nicht zu sprechen, während uns nur die eine Frage beschäftigte: War es Ferrandino, der freudig begrüßt wurde, oder kündigten sich die Franzosen an?

Leicht fuhr ich mit der Hand über das in meinem Mieder verborgene Stilett und vergewisserte mich, dass es noch da war.

»Seht!«, rief Jofre so unvermutet aus, dass ich zusammenzuckte. »Da drüben! Soldaten!«

In lockerer Formation marschierten kleine, dunkle Gestalten über die sanften Hügel auf die Stadt zu. Man konnte die Farbe der Uniformen nicht erkennen, um festzustellen, ob es sich um Neapolitaner oder Franzosen handelte.

Alfonso kam wieder zu sich. »Federico muss sofort Bescheid wissen!«, sagte er und wollte schon davoneilen, als Esmeralda ihm nachrief: »Don Alfonso, ich glaube, er weiß es bereits!« Sie zeigte auf die Mauern außerhalb unseres Palasts, an denen bewaffnete Wachen Verteidigungsstellung einnahmen. Dennoch verließ mein Bruder uns, um sicherzugehen.

Schreckliche Minuten vergingen, in denen wir in die Ferne blinzelten, ohne zu wissen, ob wir jene, die unaufhaltsam auf die Stadt und den königlichen Palast zukamen, willkommen heißen oder bekämpfen sollten.

Plötzlich sah ich das Banner hoch über den herannahenden Truppen: goldene Lilien auf blauem Grund.

»Ferrandino!«, schrie ich, dann packte ich meinen Mann und bedeckte sein Gesicht mit Küssen. »Sieh nur, es ist unsere Flagge!«

Ferrandinos Einzug in Neapel war alles andere als freudig. Die Kanonenschüsse, von den ich fälschlicherweise angenommen hatte, sie seien von unseren Soldaten abgefeuert worden, um ihre Ankunft zu signalisieren, stammten in Wirklichkeit von wütenden Baronen, die im Hinterhalt lagen, den Prinzen anzugreifen. Obwohl es unseren aufständischen Edelleuten an Männern und Waffen fehlte, um einen eigenen Feldzug in Gang zu setzen, gelang es ihnen, einige unserer Leute zu töten. Ein Kanonendonner erschreckte Ferrandinos Pferd, so dass er beinahe abgeworfen wurde.

Die Familie erwartete ihn in der Großen Halle. An diesem Tag gab es keine Blumen, keine Gobelins oder anderen Schmuck; alles Wertvolle war verpackt worden für den Fall einer überstürzten Flucht.

Ferrandino war so ganz anders als der hochmütige junge Mann, den ich aus meiner Jugend kannte. Er sah noch immer gut aus, war aber erschöpft, ausgemergelt und niedergeschlagen; die große Verantwortung, Krieg und Enttäuschung hatten ihn altern lassen. *Er will doch nur hübsche Mädchen, die ihn bewundern, und ein weiches Bett,* hatte der alte Ferrante vor Jahren gesagt, aber es war ganz offensichtlich, dass der Prinz seit langer Zeit keins von beiden gehabt hatte.

Er trat ein. Er hatte zwar den Rock gewechselt und den Staub von der Reise abgewaschen, doch sein Gesicht war von der Sonne gebräunt, das dunkle Haar und der Bart ungekämmt und nicht gestutzt. Ferrantes Tochter Giovanna, damals siebzehn, dunkelhaarig und sinnlich, schlang die Arme um ihn, und sie küssten sich leidenschaftlich. Obwohl sie seine Tante war, hatten die beiden sich vor langer Zeit ineinander verliebt; sie waren verlobt.

»Mein Junge.« Federico war der Erste der Brüder, der ihn herzlich in die Arme schloss.

Ferrandino erwiderte seine und Francescos Umarmungen und Küsse nur zögerlich und überflog dann mit einem Blick die Anwesenden. »Wo ist Vater?«

»Setzt Euch, Hoheit«, sagte Federico mit einer Stimme, aus der Zuneigung und Sorge sprachen.

Ferrandino schaute ihn bestürzt an. »Sagt mir nicht, dass er tot ist.« Giovanna, die auf der anderen Seite neben ihm stand, legte ihm tröstend eine Hand auf den Arm.

Federico presste die Lippen zu einer dünnen, geraden Linie zusammen. »Nein.« Und während der junge Prinz Platz nahm, murmelte der Ältere: »Leider nicht.«

»Erzählt«, forderte Ferrandino ihn auf. Er warf uns anderen, die wir um den Tisch herum standen, einen Blick zu und sagte: »Setzt Euch. Onkel Federico, Ihr habt das Wort.«

Tief aufseufzend ließ sich Federico auf dem Stuhl neben seinem Neffen nieder. »Dein Vater ist verschwunden, mein Junge. Auf und davon nach Sizilien, soweit uns bekannt ist, und die Kronjuwelen hat er mitgenommen.«

»Er ist weg?« Der Prinz starrte ihn mit halb offenem Mund ungläubig an. »Was soll das heißen? Um sich in Sicherheit zu bringen?« Er schaute in unsere ernsten Gesichter, als bäte er um ein Wort nur, ein Zeichen, das ihm helfen würde zu verstehen.

»Nein, um zu desertieren. Er ist bei Nacht und Nebel verschwunden, ohne jemandem etwas zu sagen. Und er hat das Königreich mittellos zurückgelassen.«

Ferrandino erstarrte; eine ganze Weile sprach er nicht und stierte ausdruckslos vor sich hin. In seiner Wange begann ein Muskel zu zucken.

Federico brach schließlich das Schweigen. »Wir haben dem Volk erzählt, König Alfonso habe zu Euren Gunsten auf den Thron verzichtet. Nur so können wir das Vertrauen der Barone wiedererlangen.«

»Heute haben sie jedenfalls kein Vertrauen gezeigt«, sagte Ferrandino angespannt. »Sie haben auf uns geschossen und Männer und Pferde zu Fall gebracht. Ein paar Narren mit Schwertern haben sogar unsere Infanterie angegriffen.« Nach kurzer Pause fuhr er fort: »Meine Männer brauchen etwas zu essen und frische Vorräte. Mit leerem Bauch können sie nicht kämpfen. Sie haben genug durchgemacht. Wenn sie erfahren …«

Er verstummte, bedeckte das Gesicht mit beiden Händen und beugte sich vor, bis die Stirn den Tisch berührte. Alle schwiegen.

»Sie werden erfahren, dass Ihr der König seid«, sagte ich, selbst überrascht über die Heftigkeit, mit der ich diese Worte vorbrachte. »Und Ihr werdet ein viel besserer König sein, als mein Vater es je war. Ihr seid ein guter Mann, Ferrandino. Ihr werdet das Volk nicht schlecht behandeln.«

Ferrandino richtete sich auf und fuhr sich mit den Händen über das Gesicht, als wollte er den Kummer abwischen; Prinz Federico schenkte mir einen anerkennenden Blick.

»Sancha hat Recht«, sagte Federico und wandte sich wieder an seinen Neffen. »Mag sein, dass die Barone uns jetzt misstrauen. Doch Ihr seid der Einzige, der ihr Vertrauen gewinnen kann. Sie werden sehen, dass Ihr gerecht seid, im Gegensatz zu Alfonso.«

»Wir haben keine Zeit«, sagte Ferrandino matt. »Bald schon werden die Franzosen mit einer Armee hier sein, die dreimal so groß ist wie unsere. Und jetzt ist kein Geld da.«

»Die Franzosen werden kommen«, stimmte Federico ihm finster zu. »Und dann müssen wir das Beste daraus machen. Doch Jofre Borgia hat seinem Vater, dem Papst, geschrieben; wir werden Euch noch mehr Truppen besorgen, Hoheit. Und wenn ich mit diesen müden alten Armen noch nach Sizilien schwimmen muss« – er streckte sie in einer dramatischen Geste von sich –, »ich werde Euch das Geld besorgen. Das schwöre ich. Jetzt müssen wir nur eine Möglichkeit finden, zu überleben.«

Instinktiv erhob ich mich, trat neben Ferrandino und kniete nieder. »Majestät«, sagte ich. »Ich gelobe Euch Lehnspflicht, Euch, meinem Herrn und Gebieter. Was mein ist, gehört Euch; ich stehe Euch voll und ganz zur Verfügung.«

»Liebe Schwester«, flüsterte er und ergriff meine Hand; er zog mich in die Höhe, gerade als der alte Federico niederkniete und ebenso seine Loyalität bekundete. Alle Familienmitglieder taten es uns nach. Wir waren eine kleine Gruppe, zerrissen von Furcht und Zweifel darüber, was uns in den folgenden Tagen bevorstünde; unsere Stimmen klangen eine Spur unsicher, als wir ausriefen:

Viva Re Ferrante!

Doch wir meinten es nie ernster.

So kam König Ferrante II. von Neapel an die Macht, ohne Zeremonie, ohne Krone oder Juwelen.

7

Sobald Ferrandino eingetroffen war, wurde Neapel von Soldaten geradezu überschwemmt. Das Waffenarsenal lag gleich im Osten neben der Burg am Ufer, geschützt hinter den Mauern der Anjou und neueren, festeren Mauern, die Ferrante und mein Vater hatten errichten lassen. Vom Balkon vor meinem Schlafgemach hatte ich einen direkten Blick darauf: Noch nie hatte ich so viel Artillerie gesehen, so viele aufgehäufte Eisenkugeln, eine jede so groß wie ein Kopf. Solange ich hier gelebt hatte, war das Waffenarsenal stets ein verlassener Ort gewesen, angefüllt mit schweigenden Kanonen, die von der salzigen Gischt verrosteten; jetzt ging es dort geschäftig zu – Soldaten arbeiteten an der Ausrüstung, exerzierten und brüllten sich an.

Auch unser Palast war von Militär umzingelt. An Wintertagen, an denen es nicht zu kühl war und die Sonne schien, nahm ich meine Mahlzeiten gern auf dem Balkon ein – doch diese Angewohnheit hatte ich mittlerweile aufgegeben, denn der Anblick der Soldaten mit schussbereiten Waffen entlang der Burgmauern war bedrückend.

Jeden Morgen kamen die Kommandeure zu Ferrandino. Er verbrachte die Tage hinter verschlossenen Türen im Arbeitszimmer, das seinem Großvater, dann seinem Vater gehört hatte, und besprach das strategische Vorgehen mit seinen Generälen und seinen Brüdern. Er war erst achtundzwanzig, die Furchen auf seiner Stirn hingegen waren die eines viel älteren Mannes.

Von unseren militärischen Plänen hatte ich nur Kenntnis, insoweit Alfonso, der an den Besprechungen häufig teilnahm, sie mir weitergab: Ferrandino hatte mehrere königliche Dekrete herausgegeben, in denen die Steuern für den Adel gesenkt wurden und er all jenen eine Belohnung und die Rückgabe von Land versprach, die der Krone treu blieben und mit uns gegen die Franzosen kämpften. Das Gerücht wurde verbreitet, unser Vater habe freiwillig zugunsten seines Sohnes abgedankt und sei in ein Kloster außerhalb von Neapel gegangen, um für seine vielen Sünden Buße zu tun. Unterdessen warteten wir auf eine Antwort vom Papst und vom spanischen König in der Hoffnung, sie würden uns zusätzliche Truppen zusagen; Ferrandino und die Brüder hofften, die Barone ließen sich durch die Dekrete umstimmen und schickten uns einen Vertreter, der Unterstützung verspräche. Dass diese Erwartungen tiefster Verzweiflung entsprangen, sagte Alfonso nicht, doch mir war es klar.

Mit jedem Tag wirkte der junge König gehetzter.

Alfonso und Jofre versuchten die nervliche Anspannung, unter der alle litten, im spielerischen Schwertkampf aufzulösen. Alfonso war der bessere Schwertkämpfer, da er die spanische Schule genossen hatte und von Natur aus anmutiger war als mein kleiner Gatte; Jofre war sofort beeindruckt und freundete sich mit ihm an. Jofre, der stets den Wunsch hatte, es allen in seiner Umgebung recht zu machen – das schloss auch meinen Bruder mit ein –, behandelte mich mit größerem Respekt und stellte seine Besuche bei Kurtisanen ein. Wir drei – Alfonso, Jofre und ich – wurden unzertrennlich; ich sah zu, wenn die beiden Männer in meinem Leben mit blanken Schwertern parierten und spornte sie an.

In die kurze angenehme Zeit im Castel Nuovo schlich sich auch eine Spur Bitterkeit, wusste ich doch, dass sie nicht lange anhalten würde.

Das Ende kam in der Morgendämmerung mit einem ohrenbetäubenden Lärm, der den Boden unter meinem Bett erzittern und mich aus dem Schlaf hochfahren ließ. Ich warf die Decke beiseite, riss die Türen auf und lief auf den Balkon hinaus, wobei mir nur am Rande bewusst war, dass Donna Esmeralda neben mir stand.

In die Mauer des Waffenarsenals war ein Loch gerissen worden. Im fahlgrauen Licht lagen Männer halb unter den Trümmern begraben, andere rannten schreiend umher. Eine Menschenmenge – darunter Soldaten in unserer Uniform, andere wiederum Bürgerliche – stürmte durch die Bresche in der Mauer und begann, mit Schwertern auf die verblüfften Opfer einzuhacken.

Sogleich schweifte mein Blick an den Horizont in der Erwartung, dort Franzosen zu sehen. Doch dort waren keine einmarschierenden Armeen, keine dunklen Gestalten, die über die Hügel in die Stadt kamen, keine Pferde.

»Seht!« Donna Esmeralda packte meinen Arm und zeigte hinab.

Direkt unter uns, an den Mauern des Castel Nuovo, zückten die Soldaten, die uns so lange bewacht hatten, nun die Schwerter. Die Straßen vor dem Palast belebten sich mit Männern, die hinter jeder Mauer hervor und von überall her kamen. Sie schwärmten auf die Soldaten zu und griffen sie an; unter uns erschallte das durchdringende, scharfe Geräusch, wenn Metall auf Metall trifft.

Schlimmer noch, einige Soldaten schlossen sich den Bürgerlichen an und kämpften gegen die eigenen Kameraden.

»Herr, hilf!«, flüsterte Esmeralda und bekreuzigte sich.

»Hilf du mir!«, forderte ich sie auf. Ich zog sie ins Schlafgemach zurück. Rasch warf ich mir ein Kleid über und zwang sie, es zuzuschnüren; ich machte mir nicht die Mühe, Ärmel anzubinden, sondern griff stattdessen nach dem Stilett und barg es sorgfältig in der kleinen Scheide an meiner rechten Seite. Gegen jede Anstandsregel verstoßend, half ich Esmeralda beim Ankleiden, dann nahm ich einen Samtbeutel und steckte alle Juwelen hinein, die ich mitgebracht hatte.

Da kam Alfonso hereingestürmt; die Haare standen ihm

zu Berge, auch er hatte sich offenbar in aller Eile angezogen. »Sieht nicht so aus, als wären es die Franzosen«, sagte er atemlos. »Ich gehe sofort zum König, um Befehle entgegenzunehmen. Packt weiter; ihr Frauen müsst an einen sicheren Ort gebracht werden.«

Ich schaute ihn an. »Du bist unbewaffnet.«

»Ich werde mein Schwert holen. Zuerst muss ich aber mit dem König reden.«

»Ich komme mit. Ich habe alles gepackt, was ich brauche.«

Er ließ sich auf keine Diskussion ein, wir hatten keine Zeit. Gemeinsam liefen wir durch die Korridore, als draußen wieder eine Kanone donnerte, dicht gefolgt von Geschrei und Wehklagen. Ich stellte mir vor, dass das Waffenarsenal noch einmal getroffen worden war und wie sich Männer unter Bergen von Steinen wanden. Während ich an den weiß getünchten Wänden entlangging, deren weite Fläche hier und da von dem Porträt eines Vorfahren unterbrochen wurde, erschien mir das Castel Nuovo, das ich immer für mächtig und uneinnehmbar gehalten hatte, von dem ich angenommen hatte, es sei für die Ewigkeit gebaut, mit einem Mal zerbrechlich und vergänglich. Die hohen Gewölbe, die schönen, mit dunklem spanischem Holz vergitterten Bogenfenster, die Marmorböden – alles, was ich als selbstverständlich erachtet hatte, konnte unter der Wucht einer Kanone zu Staub zerfallen.

Wir steuerten Ferrandinos Gemächer an. Er hatte es bislang nicht über sich gebracht, im königlichen Schlafgemach unseres Vaters zu übernachten, und zog seine eigenen Räume vor. Doch noch ehe wir dort ankamen, trafen wir auf den jungen König, das Nachthemd in die Kniehose gesteckt, wie er mit finsterem Gesichtsausdruck auf Prinz Federico in einem Alkoven vor dem Thronsaal herabblickte. Offenbar hatten die beiden Männer gerade einen unerfreulichen Wortwechsel hinter sich.

Federico, mit nackten Beinen, ohne Schuhe und noch im Nachthemd, griff nach einem prächtig aussehenden maurischen Krummsäbel. Zwischen den beiden stand Ferrandinos Erster Hauptmann, Don Inaco d'Avalos, ein untersetzter, glutäugiger Mann, dem der Ruf der Tapferkeit weit voraus eilte; der König selbst war von zwei bewaffneten Wachen flankiert.

»In den Garnisonen kämpfen sie gegeneinander«, sagte Don Inaco gerade, als Alfonso und ich uns näherten. »Die Barone haben ein paar von ihnen auf ihre Seite gezogen – Bestechung, vermute ich. Ich weiß nicht mehr, welchen Männern ich noch vertrauen kann. Ich schlage vor, Ihr brecht sofort auf, Majestät.«

Ferrandinos Miene war starr und kalt wie Marmor: Er war auf diese Situation vorbereitet, doch seine dunklen Augen verrieten einen Hauch von Schmerz. »Lasst die Burg von denen, die Ihr für loyal haltet, um jeden Preis verteidigen. Schindet so viel Zeit wie möglich. Ich brauche Eure besten Männer, um die Familie ins Castel dell'Ovo zu eskortieren. Von dort aus brauchen wir ein Schiff. Sobald wir fort sind, gebt den Befehl zum Rückzug.«

Don Inaco nickte und trat sogleich ab, um dem Geheiß des Königs nachzukommen.

Währenddessen erhob Federico den Krummsäbel und zeigte mit der Spitze anklagend auf seinen Neffen; ich hatte den alten Prinzen noch nie dermaßen empört gesehen. »Du überlässt die Stadt kampflos den Franzosen!«, schrie er mit hochrotem Gesicht. »Wie können wir Neapel in der Stunde seiner größten Not verlassen? Die Stadt wurde bereits einmal im Stich gelassen!«

Ferrandino trat vor, bis die gekrümmte Spitze der Waffe an seiner Brust anlag, als wollte er seinen Onkel herausfordern, doch zuzustoßen. Die Wachen des Königs tauschten einen nervösen Blick aus, unsicher, ob sie einschreiten sollten.

»Wollt Ihr uns denn alle hier behalten, alter Mann, und das Haus Aragon sterben lassen?«, fragte Ferrandino leidenschaftlich. »Wollt Ihr unsere Armee hinter Euch lassen, damit sie abgeschlachtet wird und wir nie wieder die Möglichkeit haben, den Thron zu beanspruchen? Denkt mit dem Kopf, nicht mit dem Herzen! Wir haben keine Chance, zu gewinnen – nicht ohne Hilfe. Und wenn wir uns zurückziehen und auf diese Hilfe warten müssen, dann tun wir das. Wir verlassen Neapel nur für eine gewisse Zeit; wir werden die Stadt niemals im Stich lassen. Ich bin nicht mein Vater, Federico. Du solltest mich inzwischen besser kennen.«

Mürrisch ließ Federico die Waffe sinken; seine Lippen bebten mit einer unsagbaren Mischung aus Gefühlen.

»Bin ich Euer König?«, drängte Ferrandino ihn mit wildem, ja sogar bedrohlichem Blick.

»Ihr seid mein König«, gab Federico mit belegter Stimme zu.

»Dann sagt es Euren Brüdern. Packt zusammen, was Ihr könnt. Wir müssen so schnell wie möglich von hier weg.«

Der alte Prinz nickte nur einmal zustimmend und eilte dann durch den Korridor zurück.

Ferrandino drehte sich zu Alfonso und mir um. »Sagt dem Rest der Familie Bescheid. Nehmt alles mit, was wertvoll ist, aber beeilt Euch.«

Ich verneigte mich. Unterdessen zog die Wache, die mir am nächsten stand, das Schwert und stieß es so schnell, dass ihn niemand daran hindern konnte, seinem Kameraden in den Bauch.

Der verwundete junge Soldat war zu verblüfft, um nach der eigenen Waffe zu greifen. Aus großen Augen schaute er seinen Angreifer an, dann auf die Klinge, die ihn durchbohrt hatte; die Spitze trat im Rücken unterhalb der Rippen wieder aus.

Der Angreifer riss das Schwert ebenso schnell wieder heraus; der Sterbende sank mit tiefem Seufzer zu Boden und rollte auf die Seite. Hellrotes Blut breitete sich auf dem weißen Marmorboden aus.

Alfonso reagierte sofort. Er packte Ferrandino und versetzte ihm einen kräftigen Stoß, wobei er sich zwischen ihn und den Mörder schob. Unglücklicherweise hatte der Wachmann dafür gesorgt, dass wir für ihn günstig standen: Ferrandino und Alfonso waren nun in den Alkoven zurückgetreten und hatten somit keine Fluchtmöglichkeit.

Ich warf dem König rasch einen Blick zu, dann meinem Bruder, und erkannte voller Entsetzen, dass beide unbewaffnet waren. Einzig der Soldat trug ein Schwert – und er hatte ohne Zweifel nur darauf gewartet, dass Don Inaco und Federico mit seinem Krummsäbel den Raum verließen.

Die Wache – ein blonder junger Mann mit zottigem Bart und entschlossenem, gehetztem Blick – trat noch einen Schritt auf meinen Bruder zu. Ich schob mich schnell zwischen sie, um eine weitere Schutzschicht zu bilden, und stand nun direkt vor dem Mörder.

»Geht jetzt«, sagte die Wache. Drohend hob er das Schwert und bemüßigte sich eines barschen Tonfalls, doch seine Stimme schwankte. »Ich habe nicht vor, eine Frau zu verletzen.«

»Das werdet Ihr schon müssen«, erwiderte ich, »sonst werde ich Euch nämlich töten.« *Er ist noch ein Junge,* dachte ich, *und er hat Angst*. Diese Erkenntnis ließ mich innerlich plötzlich Abstand nehmen. Meine Furcht schwand; ich war nur verärgert, dass wir uns in einer solch aussichtslosen Lage befinden sollten, in der einer von uns leben und einer sterben sollte, einzig und allein der Politik wegen. Zugleich war ich fest entschlossen, treu zur Krone zu stehen. Wenn es unbedingt nötig sein sollte, würde ich mein Leben für Ferrandino geben.

Der Soldat lachte über meine Bemerkung, wenn auch nervös; ich war eine kleine Frau und er ein großer Kerl. Ich stellte schwerlich eine Bedrohung dar. Er trat noch einen Schritt vor, ließ das Schwert ein Stück sinken und langte nach mir, da er mich zu sich hin ziehen und zur Seite schleudern wollte.

In mir stieg etwas Kaltes, Hartes hoch, eher einem Instinkt gehorchend, denn dem Willen. Ich trat auf ihn zu, als wollte ich ihn umarmen – so nah, dass er mich mit seiner langen Klinge nicht hätte schlagen können, so nah, dass er nicht sehen konnte, wie ich mein Stilett hervorzog.

Unsere Körper berührten sich beinahe, was mich daran hinderte, verdeckt unter der Hand zuzustoßen. Stattdessen hob ich das Stilett in die Höhe und stieß von oben herab über ein Auge und die Wange zu, so dass ich die Brust nur anritzte.

»Lauft!«, schrie ich den Männern hinter mir zu.

Der Soldat vor mir brüllte vor Schmerz, während er eine Hand auf das Auge drückte; Blut sickerte zwischen seinen Fingern hervor. Halb erblindet hob er sein Schwert und machte einen Schritt zurück in der Absicht, mir den Schädel zu spalten.

Ich nutzte den Abstand zwischen uns aus, um seine Kehle anzuvisieren. Für Zimperlichkeiten war keine Zeit: Ich stellte mich auf die Zehenspitzen und versenkte den Dolch mit aller Kraft von der Seite her in seinen Hals. Ich drückte so fest, bis ich die Mitte erreichte, wo mir Knochen und Knorpel schließlich Einhalt geboten.

Warmes Blut strömte mir über die Haare, übers Gesicht und über die Brust; mit dem Handrücken fuhr ich mir über die Augen, um besser sehen zu können. Das Schwert des jungen Mörders fiel laut klirrend auf den Marmorboden; mit den Armen rudernd taumelte er rückwärts. Mein Dolch steckte ihm noch im Hals. Die Laute, die er von sich gab – das verzweifelte Keuchen, das wilde Saugen von Fleisch gegen Fleisch, vermischt mit dem Gurgeln von Blut, die vergebliche Anstrengung, einen Schrei auszustoßen –, waren die schrecklichsten, die ich je vernommen hatte.

Am Ende fiel er hart auf den Rücken, die Hände um die Waffe geklammert, die fest in seinem Hals steckte. Die Hacken seiner Stiefel schlugen auf dem Boden auf, dann glitten sie auf und ab, als versuchte er, zu laufen. Schließlich würgte er laut und erbrach einen Schwall von Blut, das zu beiden Seiten seines klaffenden Mundes herausfloss, und blieb still liegen.

Ich kniete neben ihm nieder. Sein Gesicht war auf die entsetzlichste Weise verzerrt, die weit aufgerissenen Augen – das eine angeritzt, rot und voller Blut – traten aus den Höhlen.

Mit Mühe zog ich die Waffe aus dem zerfetzten Hals, wischte sie am Rocksaum ab und steckte sie wieder ins Mieder.

»Ihr habt mir das Leben gerettet«, sagte Ferrandino; er hatte sich mir gegenüber an die andere Seite des Soldaten gekniet, und sein Gesicht drückte sowohl Schock als auch Bewunderung aus. »Das werde ich nie vergessen, Sancha.«

Neben ihm kauerte mein Bruder – bleich und still. Die Blässe und die Schweigsamkeit rührten nicht vom Schreck über das Vorkommnis, das wusste ich; vielmehr von dem, was er gerade eben mitbekommen hatte: wie ich das Stilett aus dem Hals des Opfers gezogen und danach beiläufig das Blut an meinem Kleid abgewischt hatte.

Es war mir so leicht gefallen, zu töten.

Ich sah meinem Bruder lange in die Augen – was für ein abscheulicher Anblick muss ich gewesen sein: Kopf, Wangen und Brust blutüberströmt – und schaute dann wieder auf den gescheiterten Mörder, der blind zur Decke starrte. »Verzeiht«, flüsterte ich, obwohl ich wusste, dass er mich nicht hörte. Doch Ferrante hatte Recht gehabt: Es half, wenn die Augen offen waren. »Ich musste den König beschützen.«

Hierauf legte ich ihm sanft eine Hand auf die Wange, auf der mein Stilett seine Spur hinterlassen hatte. Seine Haut war weich und noch sehr warm.

Alfonso und der König bewaffneten sich mit Schwertern aus Ferrandinos Gemächern, dann geleiteten sie mich zurück in meine Räume, obwohl ich bewiesen hatte, dass ich mich sehr wohl selbst schützen konnte.

Als Donna Esmeralda mich sah – vom Kopf bis zur Taille mit gerinnendem Blut besudelt –, schrie sie auf und wäre umgefallen, hätte Alfonso sie nicht aufgefangen. Sobald ihr dämmerte, dass ich nicht verletzt war, erholte sie sich merklich. Auch Jofre war da, denn er war auf der Suche nach mir gewesen. Er rief mich derart furchtsam und beunruhigt beim Namen, dass ich es zufrieden war. Selbst nachdem er erfahren hatte, dass ich keinen Schaden davongetragen hatte, ergriff er meine Hand – unbeeindruckt von der klebrigen Schicht – und wich nicht von meiner Seite, bis der König es befahl.

Kaum waren die Männer hinausgegangen – mit dem Versprechen, mit genauen Anweisungen zurückzukehren –, holte Donna Esmeralda einen Bottich Wasser und machte sich daran, mich zu säubern.

Als sie ein Tuch ins Wasser tauchte, das vom Blut meines Opfers rötlich eingefärbt war, flüsterte sie: »Ihr seid so tapfer, Madonna! Seine Majestät sollte Euch einen Orden verleihen. Wie war es denn, jemanden umzubringen?«

»Es war …« Ich verstummte und suchte nach den richtigen Worten, um meinen Gefühlen Ausdruck zu verleihen. »Notwendig. Einfach etwas, was man macht, weil es sein muss.« In Wirklichkeit war es bemerkenswert einfach gewesen. Ich begann zu zittern, nicht, weil ich einem Mann das Leben genommen hatte, sondern weil es mir so leicht gefallen war.

»Na, na.« Donna Esmeralda legte mir einen Schal um die nackten Schultern; ich hatte das feuchte Kleid zu Boden geworfen und ließ es für einen Verräter der Anjou oder einen Franzosen zurück, damit sie es später fänden und darüber rätseln konnten. »Ich weiß, Ihr seid kühn, aber es muss dennoch ein großer Schock gewesen sein.«

Ich hatte jedoch nicht die Geduld, mich verhätscheln zu lassen. Ich zog mich rasch wieder an, spülte meine Klinge im blutigen Wasser ab, wischte sie sorgfältig trocken und steckte sie unter das saubere Mieder. Erst dann half ich Esmeralda, alles, was wir zum Leben brauchten, in einer Truhe zu verstauen. Die kostbarsten Juwelen versteckte ich am Körper, band sie mir unter dem Rock eng um die Taille. Viele schöne Sachen – Felldecken, Teppiche, Seidengobelins und Wandbehänge aus Brokat, schwere Kandelaber aus Silber und Gold sowie Gemälde alter Meister – mussten wir unseren Feinden zurücklassen.

Danach konnten wir nur noch abwarten und uns jedes Mal gegenseitig beruhigen, wenn erneut Kanonenschläge donnerten.

Kurz vor Mittag kam Jofre mit Dienern, die unsere Truhe zur Kutsche tragen sollten, und zwei bewaffneten Wachen. Wie gewohnt, wenn ich in die Öffentlichkeit trat, fuhr ich mir glättend über die Haare – und musste feststellen, dass sie noch steif von getrocknetem Blut waren.

Wieder einmal huschte ich schnellen Schrittes durch die Korridore des Castel Nuovo: Diesmal erlaubte ich mir nicht den Luxus, Wände und Möbel zu betrachten oder mich dem Kummer hinzugeben über alles, was ich hinter mir ließ. Ich trennte den Verstand von den Gefühlen, wobei Ersterer die Oberhand gewann. Wir gaben uns zwar geschlagen – doch ich glaubte, dass Ferrandino Recht hatte und es nur vorübergehend war. Mit Mühe verlieh ich mir den Anschein von Würde und Selbstsicherheit, denn nie zuvor hatte das Haus Aragon es dringender gebraucht. Zu Jofres Gunsten muss gesagt werden, dass er an meiner Seite schritt, ernst und konzentriert, doch ohne Furcht zu zeigen.

Schließlich gelangte unsere kleine Gruppe an die Doppeltüren, die in den Innenhof hinaus führten, und blieb wartend stehen, damit die Leibwachen sie öffneten.

Donna Esmeralda neben mir brach in lautes Schluchzen aus.

Sogleich maßregelte ich sie. »Hebt Euch die Tränen auf, bis wir allein sind«, befahl ich. »Geht stolz erhobenen Hauptes. Wir sind nicht besiegt; wir kommen wieder. Ganz Neapel wird uns dann willkommen heißen.«

Sie gehorchte und wischte sich die Augen mit dem weiten Ärmel ab.

Die Türen öffneten sich und gaben den Blick auf eine Szene heillosen Durcheinanders frei. Der Hof war überfüllt von Menschen: entfernte Verwandte und befreundete Edelleute, denen es gelungen war, innerhalb der Burgmauern Unterschlupf zu finden, als die Kämpfe begannen, sowie aufgebrachte Diener und Beschäftigte, die ihren Posten verlassen hatten und nun merkten, dass man sie zurücklassen und auf Gedeih und Verderb den Rebellen aussetzen wollte. Diese beiden Gruppen waren zusammengetrieben worden und wurden nun von einigen Soldaten mit angelegten Waffen bewacht, um sie von den Kutschen fern zu halten, die für unsere Flucht bereitstanden.

Es gab noch mehr Soldaten – manche gerade erst verstorben und in Ecken geschleift, andere verwundet und vor Schmerzen stöhnend. Die Unverletzten stellten sich um die vier geschlossenen Kutschen auf, wie man sie für Fahrten durch die Stadt verwendete; diese Fahrzeuge wurden zunächst von Reitern, je zwei nebeneinander, dann von Fußsoldaten umringt. Unsere Männer waren für den Kampf gerüstet, trugen spanische Helme mit blauen und goldenen Federn und ziselierte Plattenpanzer auf Brust und Rücken.

Die Pflanzen waren samt und sonders niedergetrampelt worden, darunter auch die ersten Frühlingsblumen. Selbst die einst so wohlriechende Luft war mit Rauch aus brennenden Palazzos und dem beißenden Schwefelgestank der Artilleriefeuer durchsetzt. Im Chor menschlicher, verzweifelter, entsetzter Stimmen, gingen alle Geräusche außer dem Donner der Kanonen unter.

Die Wachen beugten die Knie, und ich schritt in vollendet königlicher Haltung in den Wahnsinn hinaus.

»Platz da!«, riefen sie. »Macht Platz für den Prinz und die Prinzessin von Squillace!«

Ein Raunen lief durch die Menge. Soldaten in meiner Nähe drehten sich um und verbeugten sich mit einer Ernsthaftigkeit und Bewunderung, die ich nicht verstand. »Macht Platz für Prinzessin Sancha!«

Die Menge stand dicht gedrängt, Schulter an Schulter; dennoch wurde ich nicht einmal angestoßen, geschweige denn auch nur berührt.

Ein Hauptmann tauchte vor mir auf. »Hoheit«, sagte er. »Seine Majestät bittet Euch, ihn zu begleiten.«

Der Hauptmann führte uns persönlich an zwei Kutschen vorbei. Onkel Federico schob seinen Neffen, den König, gerade in die erste hinein – ebenso grimmig, wie er am Morgen noch den Krummsäbel gegen ihn erhoben hatte. Die Waffe steckte nun in der Scheide an seiner Hüfte; jeder Mann, ob zur königlichen Familie gehörig oder nicht, trug eine Waffe.

Die Fußsoldaten an der Kutsche des Königs bildeten ein Spalier und ließen uns durch, und die Reiter direkt daneben zügelten ihre Pferde, so dass wir einsteigen konnten. Als eine der Wachen mir einen Arm bot, damit ich in die Kutsche klettern konnte, sagte er, als ich ihn leicht berührte: »Es ist mir eine Ehre, Eure Hoheit. Ihr seid die größte Heldin von Neapel.«

In der Kutsche warteten Alfonso, Giovanna und Ferrandino auf uns. So entsetzlich die Situation für ihn gewesen sein musste, der junge König brachte ein schwaches Lächeln zustande; er hatte die Bemerkung der Wache mitbekommen. »Kommt, setzt Euch neben mich, Sancha. Dann fühle ich mich sicherer. Wie Euch nicht entgangen sein wird, seid Ihr heute für Euren Mut berühmt geworden.«

Angesichts einer solchen Bemerkung geriet meine Haltung ins Wanken: Ich hatte meine Tat nicht als heroisch empfunden, vielmehr als verstörenden Fingerzeig auf mein Erbe. Ich schlug die Augen nieder und stammelte, während Jofre und Esmeralda hinter mir einstiegen: »Es war reiner Zufall, dass ich als Einzige eine Waffe bei mir hatte, Majestät. Wäre mein Bruder bewaffnet gewesen, hätte er Euch als Erster verteidigt; und hättet Ihr selbst eine Waffe getragen, dann hätten wir in Anbetracht Eurer Schwertkunst keine Angst haben müssen.« Ich ließ mich neben dem König nieder; zu seiner Linken hatte Giovanna bereits Platz genommen. Ihr gegenüber saß Alfonso, dann kam Jofre und zuletzt, mir gegenüber, Esmeralda.

»Zufall oder nicht, Euch ist es zu verdanken, dass wir hier sind«, entgegnete Ferrandino, »und wir sind dankbar dafür. Ihr seid jetzt meine Glücksbringerin, Sancha.«

Er verstummte, als die Kutsche einen Satz nach vorn machte. Sobald wir uns in Bewegung setzten, ertönten die Rufe der Beobachtungsposten von den Türmen hoch über uns, die den Soldaten unten im Hof über die Verhältnisse vor den Burgtoren Bericht erstatteten. Offenbar hatten die feindlichen Truppen unsere Flucht aus dem Castel Nuovo vorhergesehen, denn eine große Gruppe Fußsoldaten eilte zur Verstärkung unseres Begleitschutzes herbei.

Verschiedene Wachen liefen zu den Toren und schoben die Riegel zurück; die Flügel gingen auf, und uns erwartete ein heilloses Durcheinander.

Draußen kämpften unsere Männer gegen Verräter in den eigenen Reihen sowie gegen Bürgerliche und Edelleute. Sobald die Tore offen waren, stürzte sich unsere Verstärkung mit furchterregendem Gebrüll ins Getümmel – und war bald schon in Schwertkämpfe verwickelt, die so schnell ausgetragen wurden, dass meine Augen ihnen kaum zu folgen vermochten.

Die Räder unserer Kutsche rollten ein Stück vor, gerade durch den Torbogen, und blieben dann quietschend unter dem Triumphbogen Alfonsos I. stehen. Wir saßen im offenen Hof richtig in der Falle, während unsere Beschützer versuchten, den Weg durch die feindlichen Linien vor den Toren frei zu schlagen.

Ich lugte durch das Fenster der Kutsche.

»Nicht hinausschauen!«, warnte Jofre mich, und Ferrandino wiederholte seine Ermahnung.

»Seht nicht hinaus! Es tut mir so Leid, dass ihr Frauen den Grausamkeiten des Krieges ausgesetzt seid.«

Doch ich war ebenso fasziniert wie damals in Ferrantes Museum der mumifizierten Leichen. Ein Edelmann des Hauses Anjou, dessen feiner Brokatrock mit Schweiß und Blut durchtränkt und dessen Gesicht von Ruß überzogen war, schwang sein Schwert gnadenlos über dem Infanteristen ganz zu meiner Rechten. Der Edelmann war in mittleren Jahren und hervorragend ausgebildet; unser Soldat war jung und zu Tode verängstigt, und kurz nachdem er angegangen wurde, stolperte er leicht. Das reichte dem Älteren, den Todesstoß anzubringen, was ihm wirkungsvoll gelang: ein, zwei Streiche, und der junge Fußsoldat drehte sich schreiend um und starrte entsetzt auf seinen rechten Arm, der nun kein Schwert mehr hielt, keine Hand, ja, keinen Ellenbogen mehr hatte. Geblieben war nur noch ein blutender Stumpf, und der junge Mann fiel in Ohnmacht.

Der Edelmann parierte einen zweiten Infanteristen, dann einen dritten. Unterdessen vernahm ich seinen Siegesruf: »Tod dem Hause Aragon! Tod Ferrandino!«

Seine Lippen formten noch das letzte »o«, als einer unserer Reiter – beängstigend nah am Fenster der Kutsche – sich mit seinem Säbel vorbeugte und die breite Klinge sauber am Schultergürtel des Anjou-Anhängers entlangführte, und somit den Kopf vom Körper trennte.

Der Kopf fiel zu Boden, prallte von der Flanke des Pferdes ab, rollte dann zwischen die Hufe, und das Pferd trat ihn unter unsere Kutsche; ein rascher Blutschwall quoll aus dem Hals des Enthaupteten, dann kippten seine in Brokat gewandeten Schultern nach hinten und waren nicht mehr zu sehen. Unsere Kutsche versuchte, vorwärts zu rollen, wurde aber wie von einem dicken Stein blockiert; der Kutscher trieb seine Pferde mit der Peitsche an, bis sie mit aller Kraft anzogen. Mit einem Hüpfer schoss die Kutsche schließlich über das Hindernis aus dem Hause Anjou hinweg. Zum Glück ging das Geräusch in der Kakophonie der Schlacht unter.

Mir gegenüber hob Donna Esmeralda zu einem ängstlichen, inbrünstigen Bittgebet an San Gennaro um unsere Sicherheit an; die bleiche Giovanna packte Ferrandinos Arm und klammerte sich an ihn.

Weitere Schwerter blitzten silbern in der Sonne auf. Ein Bürgerlicher forderte unsere Männer heraus und wurde dafür aufgespießt; einer unserer Fußsoldaten wurde am Oberschenkel verwundet. Er kämpfte, solange er konnte, dann sank er aufgrund des hohen Blutverlusts zu Boden. Obwohl ich in Anbetracht der hohen Kutsche und der Soldaten, die mir die Sicht versperrten, nicht sehen konnte, wie er starb, sah ich den Rebellen, der immer wieder das Schwert hob und auf den Gestürzten einhackte.

Nach einer Weile setzten wir uns tatsächlich in Bewegung und fuhren auf die Straße hinaus. Ich drehte mich für einen letzten Blick auf Castel Nuovo um. Die Tore standen noch immer weit offen, obwohl auch die letzte königliche Kutsche sie passiert hatte; Anhänger des Hauses Anjou und Bürgerliche schwärmten unter dem Triumphbogen aus. Vergeblich suchte ich nach Helmen mit goldenen und blauen Federn.

Ich reckte den Hals noch weiter: Das Waffenarsenal hinter uns brannte lichterloh, die Steinmauern waren zerklüftet und durchlöchert. Noch weiter im Hintergrund erhob sich grauer Dunst von den Feuern, die über die Landschaft um den Vesuv verstreut waren. Man hätte meinen können, der Vulkan habe Rauch und Flammen auf die Stadt gespuckt, doch diesmal wurde er unschuldiger, stiller Zeuge der Zerstörung durch Menschenhand.

Noch ehe ich mehr in mich aufnehmen konnte, sprach Alfonso mit fester Stimme: »Lass es gut sein, Sancha. Es hat keinen Sinn …«

Er hatte natürlich Recht. Ich zwang mich, nach vorn zu schauen und die Gedanken zu unterdrücken, die mir in den Kopf kommen wollten: an die bedauernswerten Menschen, die wir im Innenhof zurückgelassen hatten, an das Zuhause meiner Kindheit, das nunmehr dem Feind ausgeliefert war.

Ratternd fuhren wir über die Pflasterstraßen. Der Weg führte uns direkt an der Küste entlang. Zu meiner Linken lag die friedliche Bucht; zu meiner Rechten erstreckten sich die äußeren Gärten des Königspalasts, die nun ein einziges Schlachtfeld waren, und dann kam der Pizzofalcone, an dessen Hängen die Paläste der Aragonesen brannten. Die Stadt lag hinter mir.

Wir kamen stetig, wenn auch in Anbetracht unserer umfangreichen Eskorte beileibe nicht schnell voran. Doch unser Ziel, die alte Festung Castel dell'Ovo, die den Hafen von Santa Lucia bewachte, rückte immer näher. Nun, da wir das Zentrum der Kämpfe verlassen hatten, überlegte ich zum ersten Mal nicht, was unsere Familie hinter sich ließ, sondern wohin wir gingen. Ferrandino hatte ein Schiff angefordert: Hatte er ein bestimmtes Ziel im Sinn?

Wäre ich Königin einer vom Krieg heimgesuchten Nation, die ihres gesamten Reichtums beraubt worden wäre, gäbe es für mich nur einen Ort, den ich aufsuchen würde. Der Gedanke flößte mir Angst ein – doch sogleich lenkte mich ein Anblick ab, der mich empörte: Zwei Bürgerliche liefen aus dem Königspalast und trugen den aufgerollten türkischen Teppich zwischen sich, der den Boden des Arbeitszimmers meines Vaters verziert hatte. Schlimmer noch: ein Dritter begleitete sie und hielt die goldene Büste Alfonsos I. vom Kaminsims meines Großvaters mit beiden Armen umschlungen.

Meine Empörung währte nicht lange. Ein brausender, sengender Windstoß drang mir in beide Ohren, und im selben Augenblick machte die Kutsche einen Satz nach links. Ich wurde gegen Ferrandino geschleudert, er wiederum gegen Giovanna; ebenso wurde Esmeralda gegen meinen Mann und meinen Bruder geworfen. Unwillkürlich schrie ich vor Schreck auf, meine Ohren waren fast taub, und ich konnte meine eigene Stimme oder die Schreie der anderen kaum hören.

Zur gleichen Zeit wurde ich mit Blut besudelt, das zum Fenster herein spritzte. Einen atemberaubenden Moment lang balancierten wir nur auf zwei Rädern, abgestützt an schreiende Männer und Pferde. Als wir alle in der Kutsche nach einem Halt suchten, eilten Soldaten herbei, um sie zu stabilisieren – am Ende richtete sich das Gefährt mit einem Ruck wieder auf.

Nachdem wir uns gesammelt hatten, schaute ich aus dem Fenster auf den Quell des Tumults: eine Kanonenkugel. Nun lag sie harmlos auf dem Pflaster, doch sie hatte einen grässlichen Tribut gefordert. Neben ihr lag einer unserer Reiter, sein Oberschenkel und der Bauch seines unglücklichen Pferdes waren beinahe mitten entzwei gerissen; Blut, Knochen und Fleisch von Mann und Tier vermengten sich und waren nicht mehr zu unterscheiden.

Nur eine Gnade war ihnen gewährt: Beide waren dem Anschein nach auf der Stelle tot gewesen, denn die offenen Augen des Soldaten und sein gefasster Ausdruck zeigten zwar Anspannung, aber keine Spur von Erstaunen oder gar Angst; er hielt die Zügel noch immer fest in einer Hand. Der große, schöne Kopf des Pferdes war nach oben gestreckt, es hatte die Trense noch im Maul, die Augen waren hell und wach; es hatte einen Vorderhuf anmutig angehoben, um zum nächsten stolzen Schritt anzusetzen. Bis auf ihre schrecklichen, klaffenden Wunden waren die beiden ein Sinnbild für Jugend und Kraft.

Den anderen zuliebe hatte ich stark, vollkommen und tapfer sein wollen, doch nun ließ ich den Kopf hängen, unfähig, noch mehr zu ertragen. Auf diese Weise legte ich den Rest der Strecke zum Castel dell'Ovo zurück. Das Bild des jungen Reiters und seines Pferdes begleitete mich; ja, es verfolgt mich sogar noch heute.

Ich war zwar in Neapel aufgewachsen, hatte indes noch nie eine Veranlassung gehabt, den hässlichen Bergfried aufzusuchen, der nach Vergils Ei benannt ist. Es war kaum der geeignete Ort für eine Prinzessin, an dem sie Unterhaltung fand: ein großes Steinquadrat, am Fuße breiter als oben, keine Möbel außer militärischem Waffengut. Er war als Beobachtungsposten und erste Abwehr gegen Invasoren errichtet worden, die sich von der Meerseite her näherten, sowie als letzte Zuflucht und Verteidigung gegen eindringende Feinde von Land. Der Geruch im Innern war abschreckend; die ausgetretenen, schiefen Ziegelstufen waren glitschig von Moos und Schimmel.

Statt im unteren Bereich in Sicherheit zu bleiben, bestand ich darauf, nach oben zu steigen, wo Soldaten Wache hielten. An jedem Turm standen neben Stapeln von Eisenkugeln ein paar Kanonen bereit, in die Stadt zu feuern. Alle, die in den Kutschen hierher gekommen waren – darunter auch alle Familienangehörigen, die uns vorausgeeilt oder gefolgt waren –, hatte nicht nur die Schande des erzwungenen Rückzugs zutiefst erschüttert, sondern auch das Leid, das wir hatten mit ansehen müssen. Ich konnte es nicht ertragen, neben Donna Esmeralda zu sitzen und zu trauern, während wir auf Rettung warteten; stattdessen lenkte ich mich ab und hielt Ausschau nach dem Schiff, das uns abholen sollte.

Es war keine Spur zu sehen. Stundenlang gab es nicht das leiseste Anzeichen, und ich schritt ruhelos auf den alten Ziegeln der Terrasse auf und ab, während hin und wieder Alfonso von unten auftauchte und fragte, ob das Boot schon gesichtet sei.

Mitnichten, lautete meine gleichbleibende Antwort, und jedes Mal kehrte er wieder in die unteren Gemächer zurück, in denen der König und sein General über die Strategie debattierten. Ich schaute unverwandt gen Westen, nicht willens, mir die Zerstörung der Stadt hinter mir anzusehen. Langsam näherte sich die Sonne dem Horizont.

Als er sich zum letzten Mal nach dem Schiff erkundigte, fragte ich: »Wohin fahren wir?«

Er beugte sich vor und flüsterte mir ins Ohr, als gäbe er ein Staatsgeheimnis weiter, das die Soldaten nicht hören sollten, obwohl seine Antwort für mich so vorhersehbar war und auf der Hand lag, dass er sie ebenso gut in die Straßen hinunter hätte rufen können. »Nach Sizilien. Es heißt, der dortige König habe Vater Zuflucht in Messina gewährt.«

Ich nickte kurz.

Bald setzte die Abenddämmerung ein, und ich begab mich hinunter zur Familie. In Anbetracht der Verspätung fragten wir uns alle nervös, ob der General sein Wort gehalten hatte und das Schiff tatsächlich hierher unterwegs war. Doch kaum war die Sonne untergegangen, ertönte ein Ruf von einer der Wachen.

Ohne Rangordnung, ohne Eleganz, ohne Fanfarenklänge eilten wir hinunter ans Schiff. Es war klein und flink, auf hohe Geschwindigkeiten ausgerichtet, nicht auf Bequemlichkeit; aus Sicherheitsgründen fuhr es unter der gelbroten spanischen Flagge.

Donna Esmeralda drängte mich, nach unten zu kommen, doch ich blieb an Deck stehen, als wir im Hafen von Santa Lucia ablegten. Obwohl die Nacht hereingebrochen war, leuchtete die Stadt unter den gelegten Bränden, und die Kanonen erhellten den Himmel wie plötzlich aufzuckende Blitze, weshalb ich Orientierungspunkte ausmachen konnte: Das Waffenarsenal und Santa Chiara, in der mein Vater gekrönt worden war, standen in Flammen; der Poggio Reale, ein prächtiger Palast, den mein Vater noch als Herzog hatte errichten lassen, war fast völlig zerstört. Erleichtert stellte ich fest, dass der Duomo zumindest vorerst noch standgehalten hatte.

Das Castel Nuovo hingegen loderte am hellsten. Unwillkürlich fragte ich mich, wie die Menschen wohl reagiert hatten, als sie Ferrantes Museum entdeckten.

Lange Zeit stand ich an Deck und hörte auf das Klatschen der Wellen, während Neapel als glitzernder, zornroter Edelstein den Blicken entschwand.

Frühjahr – Sommer 1495

8

Wir segelten durch das warme Wasser des Tyrrhenischen Meeres direkt nach Süden und kamen in wenigen Tagen in Messina an, einst von den Griechen wegen des sensenförmigen Hafens *Zancle,* Sichel, genannt. Ich war dankbar, wieder Land zu sehen; die Seefahrt bekam mir nicht, und es war die längste Reise gewesen, die ich auf einem Segelschiff unternommen hatte. Die ersten beiden Tage war mir elend zumute gewesen.

Sizilien war in den vergangenen zwanzig Jahren von König Ferdinand von Aragon regiert worden, der sein Königreich mit dem seiner Frau, Isabella von Kastilien, verbunden hatte und damit die Absicht verfolgte, Spanien zu einen. Über die Blutsverwandtschaft hinaus hatte Ferdinand auch sonst allen Grund, freundlich zu den Borgias zu sein. Wie Jofre erklärte, habe Ferdinand zu der Zeit, als Jofres Vater Rodrigo noch Kardinal von Valencia war, bei Papst Sixtus IV. um formale Sanktion einer Inquisition nachgesucht, mit der er und Isabella ihr Königreich von allen Mauren und Juden zu befreien gedachten, ob getauft oder nicht.

Sixtus hatte rundheraus abgelehnt. Nur nach langer, intensiver Fürsprache durch den mächtigen Überredungskünstler Kardinal Rodrigo Borgia ließ der Papst sich erweichen und gestattete die Inquisition, allerdings ausschließlich in Kastilien.

»König Ferdinand war meinem Vater so dankbar für seine Hilfe«, sagte Jofre mit einer Naivität, die rührend hätte sein können, wenn sie mich nicht bis ins Mark erschüttert hätte, »dass er die Wahl meines Vaters zum Papst voll unterstützte.«

Ferdinand der Katholik hatte Rodrigo Borgia den spanischen König danach stets genannt.

Nachdem wir an Land gegangen waren und die Nachricht von unserer Flucht aus Neapel die Runde gemacht hatte, hieß uns der spanische Botschafter Don Jorge Zuniga willkommen. Wir hatten in einer Villa Unterschlupf gefunden, die unseren Ansprüchen kaum genügte; wir lebten so gedrängt, dass die Brüder sich ein Schlafgemach teilen mussten, Alfonso und Jofre ein zweites, und Giovanna, Esmeralda und ich ein drittes, damit Ferrandino die einem Monarchen zustehende Intimsphäre hatte.

Don Jorge kam am Abend unserer Ankunft zu uns. In Cape und dazu passender, hellroter Tunika gab er eine schneidige Figur ab und zeigte unter dem hängenden Schnurrbart gern ein bereitwilliges Lächeln. Ich glaube, er hatte erwartet, unsere Familie würde ihn herzlich empfangen und unterwürfig um Hilfe bitten; mit Sicherheit hatte er nicht damit gerechnet, was auf ihn zukam.

»Hoheiten«, sagte er, sich vor uns allen tief verbeugend und den samtenen, mit Federn geschmückten Hut mit weit ausholender Geste ziehend, »mit großem Kummer habe ich von den Umständen erfahren, die Eure Reise zu unserer schönen Insel notwendig machten.« Nach kurzer Überlegung fuhr er fort: »Unsere Mittelsmänner haben uns über den Aufstand der Barone in Kenntnis gesetzt; wir nehmen an, dass sie durch die Ereignisse bei Capua ermutigt wurden.« Capua lag im Landesinneren, ein Stück weiter nördlich von Neapel. »Die Bürger dort waren allein von der Größe der französischen Armee derart in Angst und Schrecken versetzt, dass sie die Stadttore öffneten und Charles ungehindert einmarschieren ließen.« Wieder legte er eine Pause ein. »Seine Majestät König Ferdinand heißt Euch willkommen und ist bereit, Euch jede Hilfe zu gewähren, die Ihr benötigt.«

Ferrandino saß in unserer Mitte an einem Ehrenplatz, während wir anderen aus Achtung vor seinem Rang stehen geblieben waren. Don Jorge jedoch entging die Bedeutung dieses Umstands, weshalb Onkel Federico ihn sogleich anknurrte:

»Ihr werdet Ferrandino nicht mehr als Seine Hoheit anreden. Er ist jetzt König Ferrante II. von Neapel.«

Don Jorge war zutiefst verstört und hob an: »Aber König Alfonso …« Dann spürte er, der geborene Diplomat, unsere Missbilligung und verbeugte sich ein zweites Mal, diesmal direkt vor Ferrandino. »Eure Majestät. Ich bitte untertänigst um Vergebung.«

»Sie sei Euch gewährt«, sagte Ferrandino. Er war erschöpft wie wir alle, verbreitete aber eine bewundernswerte Aura der Autorität. Trotzdem konnte auch eine noch so königliche Haltung die Furchen auf seiner Stirn und die Verzweiflung in seinen Augen nicht auslöschen. Er aß nur wenig, obwohl Giovanna ihm gut zuredete, und die Wangenknochen traten im Profil verblüffend deutlich hervor. »Ich weiß nicht, unter welchem Vorwand mein Vater hierher nach Messina gekommen ist; ich kann nur annehmen, dass er in Bezug auf die Umstände nicht sehr mitteilsam war. Ich bin mir auch sicher, dass Ihr diskret seid und man Euch die Wahrheit anvertrauen kann.«

»Selbstverständlich«, erwiderte der Botschafter aalglatt.

»Mein Vater hat uns in der Stunde der größten Not im Stich gelassen«, fuhr Ferrandino fort, »und dem Staat eine beträchtliche Geldsumme gestohlen. Wir sind gekommen, sie uns zu holen.«

Onkel Federico, dessen Empörung sich allmählich gesteigert hatte, konnte nicht länger an sich halten. »Ihr habt einen Verbrecher bei Euch aufgenommen! Nicht genug, dass Euer König uns nicht rechtzeitig Truppen geschickt hat …«

Mein Halbbruder drehte sich zu ihm um und wies ihn zurecht. »Das reicht, Onkel. Du wirst unsere Unterhaltung nicht noch einmal unterbrechen.«

Federico schmollte.

»Wir müssen zutiefst um Vergebung bitten«, sagte Don Jorge. »Wir nahmen an, als Seine Majestät – als Seine Hoheit Alfonso hier eintraf, hätten ihn gesundheitliche Gründe hergeführt, und er wolle unser mildes Klima nutzen. Wir gingen irrtümlich davon aus, seine Familie wisse über seinen Verbleib Bescheid.« Er hielt inne, neigte den Kopf etwas zur Seite und betrachtete uns der Reihe nach. »Ihr alle gehört der königlichen Familie an; ich bezweifle nicht, dass ich Euch höchst vertrauliche Dinge preisgeben kann.«

»Gewiss«, versicherte Ferrandino ihm.

»Ich bringe Euch sehr gute Nachrichten für das Haus Aragon. Eure Hilferufe sind nicht auf taube Ohren gestoßen, Eure Majestät. Der Papst, der Kaiser, König Ferdinand, Mailand, Venedig und Florenz haben sich zu einer Heiligen Liga zusammengeschlossen. Verzeiht, dass wir nicht in der Lage waren, Euch früher darüber in Kenntnis zu setzen; zu groß war die Gefahr, dass die Franzosen eine Botschaft abgefangen und von unseren Plänen erfahren hätten. Doch eine Armee, größer als die des Königs Charles, wird in Kürze von Rom aus nach Süden marschieren und sich ihm stellen.«

Ferrandinos Gesichtsausdruck wurde im Nu weich, als betrachte er etwas unsäglich Zartes, einen neugeborenen Sohn oder eine Geliebte; im ersten Augenblick dachte ich, er würde in Tränen ausbrechen. Trotz seiner Rührung fasste er sich so weit, dass er mit leiser Stimme sagen konnte: »Der Herr segne den Papst und den Kaiser; und der Herr segne König Ferdinand.«

Don Jorge besorgte uns am nächsten Morgen Kutschen, die uns zur Zufluchtstätte meines Vaters brachten. Federico schlug jedoch vor, Ferrandino solle nicht mitkommen – »Denn«, so sagte er, »es ziemt sich nicht für den König, um etwas zu bitten, das ihm ohnehin gehört«. Der Plan bestand darin, meinen Vater derart zu beschämen – und, falls notwendig, zu bedrohen –, dass er zu seinem neuen Monarchen ging, ihm die Lehnstreue schwor, um Vergebung bat und, das Wichtigste überhaupt, die Kronjuwelen herausgab, die noch immer gebraucht wurden, falls unsere Truppen an der Seite der Heiligen Liga kämpfen sollten. Ganz gewiss aber wären sie notwendig für die Alltagsgeschäfte des Königreichs – eine Aussicht, auf die wir nun wieder hoffen konnten.

Ferrandino – der nach der vermutlich ersten ruhigen Nacht innerhalb eines Jahres frischer und jünger aussah – war mit Federicos Plan einverstanden. Unsere beiden Onkel wollten diese Aufgabe allein übernehmen, doch mein Bruder überzeugte sie vom Gegenteil. »Sancha und ich müssen Euch begleiten«, beharrte Alfonso. »Wir haben ein Recht darauf, unseren Vater und unsere Mutter zu sehen und sie persönlich nach den Gründen für ihr Handeln zu fragen.«

So kam es, dass wir zu dem Palazzo hinabfuhren, in dem der frühere Alfonso II. nun residierte – ein großes Gebäude an einem leichten Hang oberhalb des Hafens. Merkwürdigerweise stand keine einzige Wache am unverriegelten Tor; unser Kutscher stieg vom Bock und öffnete es, lenkte die Kutsche in den Innenhof und schloss wieder hinter uns.

Auch wurden wir am Eingang nicht von Dienern in Empfang genommen. Don Federico machte die Tür auf und rief laut, bis sich zwei weibliche Stimmen aus dem Innern meldeten: »Wer ist da?«

Die eine Stimme gehörte zu Donna Elena, der langjährigen Hofdame meiner Mutter; die andere zu Madonna Trusia selbst.

Onkel Federico trat hinein und donnerte los: »Kein Geringerer als das Haus Aragon! Wir sind gekommen, um die Dinge richtigzustellen!«

Trusia erschien im Korridor. Sie hatte sich gut gehalten; sie war jünger als mein Vater und hatte inzwischen das Alter weiblicher Blüte erreicht, mit vollen Lippen und wohlgeformten Wangen unter großen Augen. Kaum hörbar sog ich die Luft ein; nach der langen Zeit der Trennung war ich erstaunt, wie schön meine Mutter war.

Sobald sie uns im Türrahmen erblickte, hellte sich ihre Miene auf, und sie verfiel beinahe in einen Laufschritt, um uns willkommen zu heißen.

Auf ihrem Antlitz stand nichts als Freude, die erst dann etwas gedämpft wurde, als ihr unser düsteres – und bei Federico offen feindseliges – Verhalten auffiel.

»Eure Hoheiten«, begrüßte sie die Brüder mit einem Knicks. Dann schaute sie an ihnen vorbei auf Alfonso und mich. »Und meine Kinder! Wie habe ich euch vermisst! Sancha – wie lange haben wir uns nicht gesehen!«

Sie breitete die Arme aus. Trotz meines Schmerzes und meines Missmuts trat ich auf sie zu, ließ mich von ihr umarmen und auf beide Wangen küssen – doch ich konnte die Umarmung nicht erwidern. »Wie nur?«, fragte ich verbittert. »Wie konntet Ihr Euch nur auf etwas so Entsetzliches einlassen?«

Verstört machte sie einen Schritt zurück. »Dein Vater ist krank. Hätte ich ihn denn im Stich lassen sollen? Im Übrigen hat mich sein Leibwächter gezwungen, ihn zu begleiten.«

Ehe ich ihr noch weiter zusetzen konnte, ließ Alfonso sich von ihr umarmen. Er reagierte etwas inniger als ich, wenngleich ebenfalls noch zurückhaltend. Es war deutlich, dass er ihr keine Missetaten zutraute und auf eine Antwort wartete.

Onkel Federico war angewidert. »Wir sind nicht hier, um ein Familientreffen abzuhalten. Ein Verbrechen gegen das Königreich ist begangen worden – ein Verbrechen, Madonna, an dem Ihr beteiligt seid.«

Meine Mutter wurde bleich und legte eine Hand an die Kehle. »Es stimmt, Alfonso hat den Thron im Stich gelassen – doch er wusste nicht, was er tat. Ich schwöre vor Gott dem Allmächtigen, Eure Hoheit, ich wusste nichts von seinen Fluchtplänen bis zu dem Abend, an dem man mich mit Waffengewalt zwang, ihn zu begleiten.« Sie hielt inne, richtete sich auf und nahm eine leicht trotzige Haltung ein. »Sein einziges Verbrechen ist der Wahnsinn. Er braucht meine Hilfe, Don Federico. Rückblickend muss ich sagen, ich wäre auch aus freien Stücken mitgegangen. Wenn ein Verbrechen vorliegt, dann habe ich es begangen, weil ich Euch nicht geschrieben habe, um die näheren Umstände zu erläutern. Doch bis heute Morgen, als die Wachen flohen, war es mir nicht gestattet.«

Federico starrte sie lange mit dem Blick eines Falken an. Er hatte Trusia stets gemocht; sie hatte bei Hofe eigentlich nie Misstrauen erregt. Schließlich ergriff er das Wort, ernst und ruhig. »Donna Trusia, lasst uns hineingehen und ungestört miteinander reden.«

»Aber gern.« Sie führte uns in einen Raum, wo sie sich zu uns setzen durfte. Prinz Federico erzählte ihr die ganze traurige Geschichte – von der leeren Schatzkammer, von Ferrandino, der bei seiner Rückkehr nach Neapel feststellen musste, dass weder König noch Geldmittel für seine Soldaten vorhanden waren, von unserer gefährlichen Flucht vor den Rebellen.

Trusia war schockiert. Als sie sich wieder gefasst hatte, sagte sie: »Ihr alle wisst, dass ich nicht zur Falschheit neige. Einen solch abscheulichen Diebstahl würde ich niemals unterstützen. Vielleicht bin ich eine Närrin und die Einzige, die von nichts weiß; heute Morgen war ich überrascht, als ich feststellte, dass alle Diener mit Ausnahme von Donna Elena gegangen waren. Gestern Abend kam uns das Gerücht zu Ohren, dass Ihr in Messina eingetroffen seid.«

»Sie wussten es«, sagte mein Bruder, »und hatten Angst vor Vergeltungsmaßnahmen.«

»Zu Recht«, schaltete sich Federico aufbrausend ein, »wenn ich sie aufspüre, werde ich dafür sorgen, dass sie wegen Verrats gehängt werden.« Er beruhigte sich nur zögerlich. »Vorerst müssen wir den Kronschatz wiederfinden. Wir können nur hoffen, dass sich niemand damit aus dem Staub gemacht hat. Er ist unsere letzte Hoffnung; ohne den Schatz hat Ferrandino keine Chance, den Thron wiederzuerlangen und zu halten.«

Die Antwort meiner Mutter war schlicht: »Sagt mir, was ich zu tun habe.«

Man führte uns in den Raum, in dem mein Vater nunmehr seinen Tag verbrachte – allein, sagte Trusia, bis auf die wenigen Minuten, in denen er nach einem Diener rief oder nach seiner Geliebten verlangte. An der Tür drehte sich meine Mutter flehentlich zu Federico und Francesco um. »Ihr wisst noch, wie er war, ehe wir fort gingen …«

»Ja«, erwiderte Francesco. Er verhielt sich freundlicher und entgegenkommender als Federico. »Bettlägerig. Verwirrt. Doch es hat Augenblicke gegeben, in denen wir ihn in bestimmten Angelegenheiten um Rat fragen konnten, in denen er einigermaßen bei Verstand war.«

»Das ist längst vorbei«, antwortete meine Mutter traurig. »Er weiß nicht mehr, wie er hierher gekommen ist; er begreift seine Lage nicht. Ihr braucht viel Diplomatie und Geduld, wenn Ihr den Schatz finden wollt.«

Sie öffnete die Tür.

Dahinter lag ein spärlich möblierter Raum. Auffallend war ein breites Bogenfenster, das von der Decke bis zum Boden reichte und einen herrlichen Blick über Messinas Hafen bot.

An der gegenüberliegenden Wand stand ein großer, kunstvoll geschnitzter Holzstuhl; darüber hing ein mächtiger, schmiedeeiserner Kandelaber, in dem mindestens vierzig Kerzen steckten. Das Ensemble wirkte wie ein Thron unter einem Baldachin; auf dem Stuhl saß mein Vater.

Beim Anblick seines Gesichts erschrak ich. Die ehemals schwarzen Haare waren fast grau geworden, und sein Teint hatte die aschfahle Farbe eines Menschen angenommen, der keinen Lichtstrahl an sich herankommen lässt. Er hatte deutlich an Gewicht verloren, und sein königliches Gewand – eine blaue, golddurchwirkte Seidentunika und eine mit Otranto-Orden geschmückte Schärpe – hing lose an seinen schmalen Schultern herab.

Mit leerem Ausdruck hatte er aus dem Fenster gestarrt; als wir eintraten, warf er uns nur einen flüchtigen Blick zu, als sähe er uns ohnehin jeden Tag, als hätte er Neapel nie bei Nacht und Nebel verlassen.

»Was gibt's?«, fragte er herrisch; und als wir – selbst der sonst lautstarke Federico – auch nach einer Pause sprachlos blieben, stampfte er wütend mit dem Fuß auf. »Steht da nicht rum und gafft! Verneigt Euch und begrüßt mich, wie es sich gehört!«

Wut flammte in Federicos Augen auf. Er achtete nicht auf Trusias warnenden Blick, sondern trat vor. »Ich werde mich nicht verbeugen. Aber ich werde Euch angemessen anreden – Eure Hoheit. Denn das seid Ihr: ein Prinz, der das Recht verwirkt hat, König zu sein.«

Mein Vater lief vor Zorn rot an; er zeigte anklagend auf seinen Bruder und ermahnte den Rest von uns: »Ergreift den Mann und bestraft ihn ob seiner Dreistigkeit!«

Wieder trat ein kurzes Schweigen ein; Federico betrachtete meinen Vater mit ungnädigem Lächeln. »Eure Befehle taugen hier nicht viel, Alfonso. Wisst Ihr es denn nicht mehr? Ihr habt Euren Thron aufgegeben. Ihr habt uns zurückgelassen, damit wir uns den Franzosen allein stellten, und seid mit Trusia hierher gefahren. Ihr habt Euer Anrecht auf den Thron verwirkt, als Ihr feige geflohen seid und das Geld gestohlen habt, das Ferrandino für unsere Truppen brauchte.«

Mein Vater erhob sich mit einem Funkeln in den Augen. »Ich bin König über zwei Sizilien, und Ihr werdet mir den gebührenden Respekt erweisen!«

»Hört auf, den Wahnsinnigen zu spielen! Neapel und Sizilien sind seit Generationen getrennte Reiche«, entgegnete Federico hitzig. »Euer *Sohn* ist jetzt König, und es stünde Euch gut an, wenn Ihr ihn auf Knien um Euer Leben anflehen würdet, denn Ihr habt immerhin Verrat begangen!«

Mein Vater verzerrte das Gesicht. »Lügner!«, schrie er, rasend vor Wut. »Wachen …!« Empört wandte er sich an Trusia. »Wo sind die Wachen? Lasst diesen Mann ergreifen!«

»Die Wachen sind alle fort«, antwortete Trusia leise.

»Hört mir gut zu«, sagte Federico. »Es gibt nur eine Möglichkeit, wie Ihr Euren Kopf retten könnt. Sagt uns, wo der Kronschatz ist, dann lassen wir Euch in Ruhe.«

»Nicht nur ein Lügner, sondern auch ein Dieb«, schnaubte mein Vater. »Du willst mir die Krone stehlen. Mein Schwert! Trusia, hol mir mein Schwert!« In seiner Erregung trat er einen Schritt vor und schlug mit der Faust nach Federico; Letzterer duckte sich und wich dem Schlag aus, doch sein Blut war in Wallung geraten. Die beiden Brüder verhakten sich ineinander und begannen zu ringen, funkelten sich an und versuchten beide keuchend, sich dem Griff des anderen zu entziehen.

»Du bist so wahnsinnig wie Vater!«, rief Federico. »Schlimmer noch!«

»Ich werde dich eigenhändig umbringen!«, kreischte mein Vater.

Mein Bruder Alfonso schritt ein; mit Francescos Hilfe gelang es ihm, die beiden Streithähne zu trennen.

»Schafft ihn mir aus den Augen!«, schrie mein Vater und nahm seinen vermeintlichen Thron wieder ein. Madonna Trusia eilte zu ihm, flüsterte ihm etwas ins Ohr und kam dann zu Alfonso und den beiden jüngeren Brüdern, die den noch immer aufgebrachten Federico zu beruhigen versuchten.

»Er ist jetzt zu erregt«, sagte sie. »Wir müssen es anders angehen.« Sie bedeutete uns mit einer Geste, den Raum zu verlassen, dann kehrte sie an die Seite meines Vaters zurück und strich ihm besänftigend über den Arm.

Mürrisch ließ Federico sich hinaus führen, und wir überlegten uns, was als Nächstes zu tun war.

»Mit Logik kommen wir hier nicht weiter«, sagte Alfonso. »Man kann mit ihm nicht vernünftig reden. Um zu bekommen, was wir wollen, müssen wir sein Spiel mitmachen.«

»Er ist schwach«, entgegnete Federico. »Klagt ihn wegen Verrats an, zeigt ihm das Seil, und er wird klein beigeben.«

Alfonso schüttelte den Kopf. »Ihr habt ihn gesehen – Ihr beide werdet nur wieder aufeinander losgehen. Man muss die Sache anders anpacken.«

»Das stimmt, Federico.« Francesco meldete sich zu Wort,

ausnahmsweise einmal anderer Meinung als sein älterer Bruder. »Er versucht nicht, uns zu täuschen oder hinzuhalten – er ist dem Wahnsinn verfallen.«

In diesem Augenblick trat Madonna Trusia aus dem Raum und schloss leise die Tür hinter sich. »Don Francesco hat Recht. Ich habe ihn hinlänglich beruhigt, doch ich glaube, es wäre klüger, wenn Ihr beiden Brüder draußen bliebet.« Sie schaute meinen Bruder und mich an. »Alfonso, Sancha … Wenn ihr vor euren Vater tretet und ihm sagt, der Schatz sei notwendig, um das Königreich zu retten – das Königreich, von dem er noch glaubt, dass er es beherrscht –, dann wird er ihn euch vielleicht überlassen. Er vertraut euch.«

Ich schüttelte den Kopf. »Lasst Alfonso gehen. Ihm vertraut Vater – mir hingegen wird er gar nicht zuhören. Er verachtet mich.«

Sie zuckte kaum merklich zusammen, als hätten meine Worte sie wie ein Schlag ins Gesicht getroffen, dann sah sie mich mit einer Fassungslosigkeit an, welche die meine noch übertraf. »Dein Vater hat dich stets bewundert. Er hat mir immer gesagt, wenn du als Junge zur Welt gekommen wärst, dann wärst du der Mann gewesen, der er hatte werden wollen.«

Eine Mischung aus Sehnsucht und Wut stieg in mir hoch. *Warum hat er es mir dann nie gesagt? Warum hat er mich immer mit der größten Verachtung behandelt? Warum hat er seinen Spaß daran gehabt, mich zu verletzen?*

Meine innere Zerrissenheit muss man mir angesehen haben, denn meine Mutter kam zu mir und nahm mich sanft an die Hand. »Komm«, sagte sie in einem Tonfall, der tröstete und mir zugleich Mut zusprach. »Ich werde dich und Alfonso hineinbringen. Überlass das Reden hauptsächlich deinem Bruder, und alles wird gut gehen.«

Zu dritt betraten wir den Raum.

»Majestät«, sagte meine Mutter, ohne sich an meinem Unbehagen, dass sie diesen Titel benutzte, weiter zu stören. »Seht her, Eure Kinder kommen Euch besuchen.«

Der frühere König Alfonso II. war königlich und beherrscht gewesen, als wir alle gemeinsam eingetreten waren. Doch nun, da er auf seinem eingebildeten Thron saß und über den Hafen von Messina schaute, waren seine einst so geraden Schultern leicht gekrümmt, und in seinen Augen lag eine beunruhigende Leere.

»Vesuv«, sagte er stirnrunzelnd. »Dieses Fenster hat eine entsetzliche Aussicht; ich kann den Vesuv nicht sehen. Wir werden einen Architekten einstellen, um es zu ändern.«

»Gewiss«, sagte Donna Trusia. »Majestät, Don Alfonso und Donna Sancha sind zu Euch gekommen.« Damit trat sie zurück und nickte meinem Bruder zu.

»Majestät«, hob Alfonso mit deutlicher, lauter Stimme an. »Ich muss in einer dringlichen Angelegenheit mit Euch reden.«

Mein Vater brummte, löste schließlich den Blick vom Fenster und richtete ihn auf sein jüngstes Kind. »Alfonso. Du scheinst ein Mann geworden zu sein.«

»Ja, Herr.«

»Hast du schon geheiratet?«

»Nein.« Mein Bruder hielt kurz inne. »Neapel steckt in großen Schwierigkeiten, Vater. Die Barone revoltieren, und die Franzosen sind in die Stadt eingedrungen. Unseren Truppen fehlt es an Geld; wir müssen den Kronschatz beleihen. Nur so kann der Thron gerettet werden.«

Der Blick meines Vaters streifte mich. »Und Sancha. Du hast den kleinen Bastard des Papstes geheiratet. Sag, hat er schon einen Bart?«

Zorn wallte in mir auf, doch ich hütete meine Zunge, denn zugleich bekümmerte mich der Verfall dieses Mannes. Die kalte, unnachgiebige Grausamkeit meines Vaters hatte sein Königreich zerstört und ihn seiner Familie und seiner geistigen Gesundheit beraubt. Meine Mutter war die Einzige, die noch zu ihm hielt.

»Er ist älter«, erwiderte ich leise.

Mein Vater nickte und starrte dann wieder zum Fenster

hinaus auf den fremden Küstenstrich. »Wie viel wird denn gebraucht?«, fragte er plötzlich.

»Sehr viel«, erwiderte mein Bruder. »Aber ich werde nur nehmen, was unbedingt notwendig ist.«

»Da wäre die Sache mit dem Schlüssel …«, murmelte mein Vater. Er winkte Alfonso zu sich heran – dann fiel ihm auf, dass meine Mutter und ich zugegen waren. »Die Frauen müssen gehen«, befahl er.

Meine Mutter verneigte sich; ich folgte ihrem Beispiel und ging dann mit ihr hinaus zu den besorgten Brüdern.

»Er vertraut Alfonso«, sagte Trusia. »Ich glaube, wir werden Erfolg haben.«

Sie sollte mit ihrem Gefühl Recht behalten. Kurz darauf kam mein Bruder bereits aus dem Raum. Er war allein und lächelte. In der Hand hielt er einen goldenen Schlüssel.

Der Schlüssel passte tatsächlich in das Schloss der Kammer, in der mein Vater den Schatz versteckt hatte; und ich dachte darüber nach, dass die Freundlichkeit und Geduld meiner Mutter und meines Bruders zu unserer Rettung geführt hatten, wohingegen Wut und Forderungen fehlgeschlagen waren. Wieder einmal nahm ich mir vor, weniger starrköpfig zu sein, sondern eher gutmütig wie mein Bruder.

Ferrandino und Onkel Federico debattierten darüber, ob sie ausreichende Mittel zurücklassen sollten, damit mein Vater in seinem Wahnsinn versorgt sei; Federico wollte ihnen gar nichts zugestehen, doch am Ende kam man den Wünschen des Königs nach. Ferrandino übergab meiner Mutter eine beträchtliche Summe mit der Anweisung, sparsam damit zu haushalten.

Wir verbrachten nur ein paar ruhelose Wochen in Messina. In dieser Zeit brachte uns der spanische Botschafter drei erstaunliche Nachrichten. Die erste, die wir zugleich erwartet und befürchtet hatten, war, dass unsere erschöpften Truppen im Castel dell'Ovo sich am Ende den Franzosen ergeben hatten: Vergils Ei war kaputtgegangen.

Die zweite Enthüllung wurde von Jofre mit großer Erleichterung aufgenommen und versetzte uns andere in gute Laune. Ich hatte Papst Alexander nie verziehen, dass er vor König Charles ohne weiteres kapituliert hatte, dass er den Franzosen gar seinen Sohn Cesare als Geisel mitgegeben hatte. Cesare und Alexander waren jedoch gerissen; noch ehe die Armee überhaupt in Neapel einmarschierte, entkam Cesare eines Nachts der französischen Armee und nahm möglichst viel Kriegsbeute mit. Das gelang ihm, weil er zahlreiche Soldaten Charles' bestochen hatte.

Die dritte Botschaft folgte der zweiten überraschend schnell. Nachdem er von der Bildung der Heiligen Liga erfahren hatte – deren großartige Armee der seinen zahlenmäßig weit überlegen war – bekam Charles VIII. es mit der Angst zu tun und trat wenige Tage nach dem Einmarsch wieder den Rückzug aus Neapel an. Er ließ nur eine Garnison vor Ort. (Diese Nachricht offenbarte noch deutlicher, wie scharfsinnig der Papst und Cesare waren; Letzterer hatte sich aus dem Staube gemacht, bevor König Charles von der Liga erfuhr.) Ferrandino freute es ungemein zu hören, dass *il Re Petito* ein böser kleiner Mann war, der unsere aufständischen Barone so schlecht behandelte, dass sie ihr Schwert gegen die Franzosen erhoben und nun nach der Rückkehr des Hauses Aragon riefen.

Das spornte Ferrandino an, Pläne zu schmieden, sich seinen auf der Insel Ischia in der Bucht von Neapel lagernden Truppen unter dem Kommando von Hauptmann Don Inaco d'Avalos anzuschließen. Ischia lag nicht weit von der Küste entfernt, so dass der König gut Angriffe auf das Festland in die Wege leiten konnte.

Ich war wild entschlossen, mich ihm anzuschließen, und Jofre wagte nicht zu widersprechen – ich steckte voller Optimismus und ging davon aus, dass wir innerhalb weniger Tage im Triumph nach Hause zurückkehren würden. Alfonso und der jüngste Bruder Carlo beschlossen ebenfalls, nach Ischia zu gehen, falls ihr Können als ausgebildete Kämpfer vonnöten wäre; die Älteren, Francesco und Federico, wollten in Sizilien bleiben, bis Neapel befreit war.

Am Abend, ehe wir in See stechen sollten, schaute ich bei Madonna Trusia vorbei. Wir saßen in ihrem kleinen Vorzimmer, während mein Vater in seinem eingebildeten Thronsaal im Dunkeln auf die Lichter starrte, die sich auf dem dunklen Wasser im Hafen von Messina spiegelten.

»Kommt mit uns«, drängte ich sie. »Alfonso und ich haben Euch schmerzlich vermisst. Hier gibt es nichts mehr für Euch; Vater weiß nicht einmal mehr, wer bei ihm ist. Wir können Diener einstellen, die sich um ihn kümmern.«

Wehmütig schüttelte sie den Kopf, dann schaute sie auf ihre blassen, anmutigen Hände, die sie im Schoß übereinander gelegt hatte. »Auch ihr fehlt mir. Doch ich kann ihn nicht verlassen. Das verstehst du nicht, Sancha.«

»Ihr habt Recht«, sagte ich kurz angebunden. Ich war wütend auf meinen Vater, weil er sie in seinen Bann gezogen hatte, weil es ihm, auch wenn er wahnsinnig und anscheinend hilflos war, gelang, einen so guten Menschen unglücklich zu machen. »Ich verstehe es nicht. Er hat seine Familie und sein Volk verraten, trotzdem bleibt Ihr ihm treu ergeben. Eure Kinder bewundern Euch und werden alles tun, um Euch glücklich zu machen; er kann Euch nur Schmerz zufügen.« Ich zögerte, um dann tief bewegt die Frage zu stellen, die mich mein Leben lang beschäftigt hatte: »Wie konntet Ihr jemals einen so grausamen Mann lieben?«

Bei diesen Worten hob Trusia den Kopf und schaute mich durchdringend an; ihrer Stimme war Empörung anzumerken, und ich begriff, dass ihre innige Liebe zu meinem Vater stärker war als alles andere. »Du redest, als hätte ich eine Wahl gehabt«, sagte sie.

Mitten im Frühling kamen wir nach Ischia. Es war eine runde, zerklüftete Insel, überall standen Olivenbäume und duftende Kiefern; ihre üppige Flora hatte ihr den Spitznamen »Die grüne Insel« eingetragen. Überragt wurde die Landschaft von

Monte Epomeo, der alle paar Jahrhunderte einmal ausbrach und dunkle, fruchtbare Erde hervorbrachte.

Jofre, Alfonso und ich blieben bei Ferrandino im getrennten großen Castello, das durch eine von meinem Urgroßvater Alfonso dem Großherzigen errichtete Brücke mit dem Festland verbunden war. Es gab wenig zu tun, während der April in den Mai, der Mai in den Juni überging. Ich begann mit der Skepsis einer Ungläubigen für unsere Armee zu beten, wenn sie auf dem Festland zu Felde zog. Die Schlachten liefen gut: Wir hatten nur geringe Verluste zu verzeichnen, denn nun hatten wir die Unterstützung der Barone und die der Heiligen Liga. Die Franzosen waren entmutigt.

Weder Jofre noch Alfonso mussten in den Kampf hinaus – zu ihrer Enttäuschung, vermute ich, und zu meiner großen Erleichterung. Wir drei waren erneut unzertrennlich; wir speisten zusammen, besuchten die kleinen Ortschaften – Ischia und Sant'Angelo – sowie die heißen Quellen, die für ihre wohltuende Wirkung berühmt waren.

Jeden Morgen aber unternahm ich allein einen Spaziergang hinunter an den feinen Sandstrand und schaute über das ruhige Wasser der Bucht. An klaren Tagen war die geschwungene Küstenlinie von Neapel sichtbar; der Vesuv stand wie ein Leuchtturm, und ich konnte das Castel dell'Ovo gerade eben als kleinen, dunklen Punkt ausmachen. Ich blieb so lange stehen, dass ich von der Sonne braun wurde; Donna Esmeralda kam oft schimpfend hinter mir her und legte mir einen Schal über den Kopf.

Auch an nebligen Tagen ging ich hinaus und suchte vergeblich, wie mein Vater, einen Blick auf den Vesuv zu erhaschen.

In Squillace hatte ich geglaubt, Heimweh zu haben – doch damals war ich einer Heimat sicher gewesen, in die ich zurückkehren konnte. Nun wusste ich nicht, ob der Palast, in dem ich meine Kindheit verlebt hatte, überhaupt noch stand. Ich sehnte mich nach Santa Chiara und nach dem Duomo, als wären es geliebte Wesen, und hatte Angst um ihre Sicherheit.

Ich dachte an die anmutigen Schiffe im Hafen mit ihren hellen Segeln, an die Gärten im Innenhof, die jetzt – wären sie nicht zerstört worden – in voller Blüte gestanden hätten, und mir brach das Herz.

Ferrandino besprach sich ständig mit seinen militärischen Beratern. Bis Juli bekamen wir ihn fast nie zu Gesicht, dann wurden mein Gatte, mein Bruder und ich zu ihm gerufen.

Er saß an seinem Schreibtisch; neben ihm stand sein Hauptmann Don Inaco, und ich las ihren strahlenden, zufriedenen Mienen ab, was der König uns mitteilen würde.

Ferrandino konnte kaum an sich halten; noch ehe wir unsere Verneigung zu Ende gebracht hatten, platzte er mit einer Unbeschwertheit mit den Neuigkeiten heraus, wie ich es noch nie von ihm gehört hatte. »Packt Eure Truhen, Eure Hoheiten.«

»Meine habe ich nie ausgepackt«, erwiderte ich.

Sommer 1495 – Ende Frühjahr 1496

9

Die Fahrt über die Bucht von Neapel ging schnell. Tatsächlich dauerte es sogar länger, bis die Dienerschaft unser Schiff mit Vorräten und Habseligkeiten beladen hatte, als die Überfahrt von Ischia in den Hafen von Santa Lucia selbst.

Unsere Hofgesellschaft, bestehend aus Seiner Majestät Ferrandino, seiner Verlobten Giovanna, Jofre, Alfonso und mir, ging in bester Laune an Bord. Als das Schiff ablegte, ließ Alfonso Wein und Kelche bringen, und wir sprachen wiederholt einen Trinkspruch auf den König, das Haus Aragon und die Stadt aus, in die wir zurückkehrten. Das waren die freudigsten Momente meines Lebens; ich glaube, auch für Ferrandino, denn seine Augen waren nie so strahlend, sein Lächeln nie so breit gewesen. Einem ungestümen Impuls folgend, packte er Giovanna um die Taille, zog sie zu sich heran und küsste sie leidenschaftlich – sehr zum Entzücken unserer jubelnden Versammlung.

Jofre spottete über den Prediger Savonarola und seine Prophezeiungen, Charles VIII. werde das Ende der Welt herbeiführen. »Seine Heiligkeit, mein Vater, hat Savonarola aufgefordert, nach Rom zu kommen und seine Sicht der Apokalypse zu rechtfertigen – die wohl ein wenig zu voreilig war. Savonarola, feige wie er ist, schiebt Krankheit vor und sagt, er kann die Reise nicht unternehmen.«

Wir brüllten vor Lachen, als Jofre einen neuen Trinkspruch anbrachte: »Möge der schlechte Gesundheitszustand Savonarolas noch lange anhalten!« Ich war froh, dass Esmeralda unter Deck war, so dass sie nicht mitbekam, wie ihr verehrter Priester verunglimpft wurde.

Als wir uns der neapolitanischen Küste näherten, versanken wir in Schweigen. Der Vesuv, der während unseres Exils für mich zu einem Leuchtfeuer der Hoffnung geworden war, hielt noch immer über der Stadt Wache: doch sein dunkles Purpurrot war der einzige Farbfleck in einer einst grünen Landschaft, die nun völlig verbrannt war. Die Felder, auf denen das Korn hätte reifen und die Hänge, die in voller Blüte hätten stehen sollen – sie waren schwarz, als wäre der große Berg erneut ausgebrochen.

Nur Ferrandino lächelte noch; er hatte die Zerstörung bereits bei den Angriffen mit seinen Hauptmännern gesehen. »Seid getrost«, sagte er, »die Franzosen mögen zwar dafür gesorgt haben, dass in diesem Jahr keine Ernte zu erwarten ist, doch die Brände, die sie gelegt haben, geben dem Boden neue Nahrung, so dass wir im nächsten Jahr reichlichen Ertrag haben werden.«

Trotzdem blieben wir anderen stumm und verstört. Als wir in den Hafen einliefen und an den verkohlten Skeletten der Schiffe entlangfuhren, war das Castel dell'Ovo, dessen solide Mauern unbeschädigt waren, ein tröstlicher Anblick. Ängstlich und mit großen Augen starrte ich auf die eigentliche Stadt, vorbei an den vom Krieg zertrümmerten Mauern, und packte Alfonso aufgeregt am Arm.

»Sieh nur!«, rief ich laut, »die Kirche Santa Chiara steht noch! Und der Duomo!« Es stimmte: Trotz der Flammen, die ich darin hatte lodern sehen, war das Äußere von Santa Chiara bis auf ein paar Rußspuren nahezu unversehrt. Der Duomo wirkte unberührt.

Doch als unsere kleine Familie in einer Kutsche zum Castel Nuovo fuhr, hatte ich Mühe, meinen Hass zu verbergen – und das ging nicht nur mir so. Selbst Ferrandinos Miene hatte sich verfinstert; Giovanna kämpfte mit den Tränen, und Alfonso schaute angestrengt zum Fenster hinaus.

Die Fahrt vom Hafen zu unserem Ziel war nicht lang, aber selbst diese kurze Entfernung vermittelte einen Eindruck von der Zerstörung durch die Franzosen. Ein Palast nach dem anderen sowie bürgerliche Häuser waren niedergebrannt oder durch Kanonenhagel in Schutt und Asche gelegt worden. Das Waffenarsenal, einst mit Artillerie und Soldaten angefüllt und doppelt geschützt von zwei Mauern, war nur noch ein Haufen geschwärzter Steine und eingeklemmter, verwesender Leichen.

Giovanna hielt sich die Nase zu. Mir blieb nicht verborgen, dass aus der Bucht neben dem Duft von Salzwasser, den ich so liebte, ein feiner, aber grässlicher Verwesungsgestank aufstieg. Allem Anschein nach wurde man mit den Toten leichter fertig, wenn man sie den Wellen übergab, statt sie zu beerdigen.

Die Mauern um Castel Nuovo wirkten wie das Zahnlückenlächeln eines Wahnsinnigen. »Einerlei«, sagte Ferrandino und zeigte nach oben. »Schaut, wer uns willkommen heißt.« Ich blickte auf und musste zum ersten Mal seit unserem Eintreffen in Neapel lächeln; der Triumphbogen Alfonsos I. stand noch immer stolz und unversehrt da, und unsere Kutsche rollte hindurch, vorbei an den wartenden Wachen, die uns die Tore offen hielten.

Im Innenhof, der nun ein Haufen zertrampelter Erde war, bar jeglicher Gartenanlagen, trat ein Hauptmann aus den Reihen seiner Soldaten vor und lief zur Kutsche, machte die Tür auf und verneigte sich. »Seid willkommen, Majestät«, sagte er und half Ferrandino beim Aussteigen. »Wir müssen uns für den Zustand des königlichen Palasts entschuldigen. Wir hatten gehofft, ihn für Eure Ankunft am heutigen Tage fertig zu haben, doch unglücklicherweise sind die meisten Diener, die hier gearbeitet haben, umgekommen. Wir waren gezwungen, unerfahrene Bürger anzustellen und verarmte Edelleute, und die haben die Schäden nicht schnell genug beheben können.«

»Es spielt keine Rolle«, erwiderte Ferrandino großmütig. »Wir sind froh, wieder zu Hause zu sein.«

Doch das Glücksgefühl, das mich bei der Durchfahrt durch die großen Tore befallen hatte, ebbte bald ab. Der Hauptmann führte uns in den Thronsaal, wo der Seneschall mit dem König über Pläne zur Wiederherstellung des Palasts und den Umgang mit der Hungersnot in der Stadt sprechen sollte. Wir kamen durch Korridore, die Spuren von Schwerthieben davongetragen hatten und mit Blutspritzern bedeckt waren. Porträts unserer Ahnen waren aus den Rahmen herausgeschnitten und vernichtet worden; die goldenen Rahmen hatte man gestohlen, die Fetzen bemalter Leinwand auf dem Boden liegen lassen. Statuen, Teppiche, Wandbehänge, Kerzenleuchter – alles, was ich seit meiner Kindheit gekannt und für dauerhaft gehalten hatte, dem ich denselben Ewigkeitswert beigemessen hatte wie dem Anrecht meiner Familie auf den Thron, war gestohlen. Wir gingen über nackte Böden an nackten Wänden vorbei.

»Sie haben alles mitgenommen«, sagte Giovanna verbittert. »Restlos.«

Ferrandinos Ton war überraschend hart. »So ist es nun mal im Krieg. Dagegen kann man nichts machen; Klagen haben keinen Wert.«

Sie verstummte, doch der Hass in ihren Augen ließ nicht nach.

In dem Alkoven, in dem ich den verräterischen Wachhabenden umgebracht hatte, waren Blutflecken auf dem Boden und an den Wänden zu sehen; die Spuren meiner mörderischen Tat waren noch zu beseitigen.

Der Anblick des Thronsaals verstärkte nur meinen Groll. Die Fenster zum Hafen hinaus waren bis auf wenige Glasscheiben zertrümmert; in allen Ecken lagen zerbrochene Weinflaschen. Bäuerinnen fegten in aller Eile die Scherben mit Besen zusammen.

»Seine Majestät, König Ferrandino«, verkündete der Hauptmann. Die Frauen hielten bei der Arbeit inne; sie waren vom Anblick des Königs mit seinem Hofstaat derart überwältigt, dass eine von ihnen sich bekreuzigte, statt einen Knicks zu machen. Eine andere Magd kniete auf der oberen Stufe unterhalb des Throns und schrubbte den blanken Sitz heftig mit einem Lappen; sie drehte sich aus der Hüfte heraus um und verbeugte sich so gut es ging. Dem großen Stuhl war man mit Beilen zuleibe gerückt; tiefe Kerben in Armlehnen und Stuhlbeinen hatten die Schnitzereien beschädigt.

Das Thronkissen lag daneben auf dem Boden; es war aufgeschlitzt und mit einer dunklen Flüssigkeit besudelt, die ich anfangs für Blut hielt. Ich trat hinzu, schaute es mir genauer an und prallte vor dem Gestank nach Urin zurück.

»Eure Majestät, Eure Hoheiten!«, schrie die Magd. »Verzeiht. Es war so vieles sauber zu machen – die Franzosen haben überall im Palast Unsägliches angerichtet, ehe sie die Flucht ergriffen. Sie haben sogar den Thron befleckt.«

»Die einzige Art und Weise, wie die Franzosen unseren Thron beflecken könnten«, entgegnete ich rasch, »wäre die, König Charles' verkrüppelten kleinen Arsch darauf zu setzen.«

Daraufhin brachen alle in Gelächter aus, das allerdings nicht unbedingt fröhlich klang.

Die Türen zum Arbeitszimmer des Königs standen offen; Ferrantes großer Schreibtisch war zu einem Haufen Brennholz zerhackt worden, die nicht benutzten Scheite hatte man neben dem Kamin aufgestapelt. Ein paar rustikale Stühle, im Haus eines Bürgerlichen beschlagnahmt, ersetzten die feineren Möbelstücke, die einst den Raum geziert hatten. Der Seneschall erwartete uns.

»Verzeiht den Zustand, Majestät«, sagte er. »Es wird eine Weile dauern, bis wir angemessene Möbel einführen können.«

»Das spielt keine Rolle«, erwiderte Ferrandino und trat ein.

Wir anderen kehrten in unsere früheren Gemächer zurück, um das Auspacken unserer Habe zu beaufsichtigen. Ich hatte nicht damit gerechnet, noch eigene Möbel vorzufinden, doch ich hatte auch nicht erwartet, Donna Esmeralda – die auf demselben Schiff wie wir gekommen, jedoch mit der restlichen Dienerschaft in einer anderen Kutsche gefahren war – in meinem Schlafgemach auf dem Boden vorzufinden, die Röcke um sich herum aufgebauscht, das Gesicht von Hass verzerrt.

»Euer Bett«, sagte sie, kochend vor Wut, »Euer schönes Bett. Die Bastarde haben es in Brand gesteckt; überall an der Decke sind Rauchspuren.«

Ich war erschüttert; solche Worte hatte ich noch nie aus ihrem Mund gehört. Doch ihr Mann war im Kampf gegen das Haus Anjou ums Leben gekommen – gegen Männer französischer Abstammung und in ihren Augen wahrscheinlich nicht anders als diejenigen, die mit Charles marschiert waren.

»Es spielt keine Rolle«, wiederholte ich Ferrandinos Worte. »Es ist einerlei, weil die Mistkerle weg und wir hier sind.«

Und ich blieb in Neapel. Die ersten beiden Monate waren schwer. Es gab nicht genug zu essen und angesichts der Kosten für den Wiederaufbau gestattete uns der Seneschall nicht, Wein oder Nahrungsmittel zu importieren; wir waren größtenteils von den wenigen ortsansässigen Jägern und Fischern abhängig, die den Krieg überlebt hatten. Wir tranken Wasser und behalfen uns ohne das übliche Gefolge; oft ging ich Donna Esmeralda, die jetzt meine einzige Hilfe war, bei niederen Arbeiten zur Hand.

Dennoch wurde es von Tag zu Tag besser, und Optimismus machte sich unter uns breit, vor allem, seitdem Ferrandino vom Volk unterstützt wurde.

Dann sagte Jofre in einem unbedachten Moment der Enttäuschung, als er der Entbehrungen überdrüssig war, in Squillace hätten wir es besser. Umgehend bat ich bei Ferrandino um eine Audienz, die mir rasch gewährt wurde.

Inszwischen hatte er einen Schreibtisch – nicht so groß wie der seines Vorgängers – und einen richtigen Stuhl. Er war in Geberlaune; jetzt, da sich das Königreich stabilisiert hatte und die hin und wieder aufflackernden Kämpfe immer seltener wurden, hatte er das Datum für eine offizielle Krönungszeremonie und seine Hochzeit mit Giovanna festgelegt. Er hörte mir zu.

»Ihr habt mir einmal gesagt, meine Gegenwart brächte Euch Glück. Glaubt Ihr das?«

Er lächelte und erwiderte mit einer Spur Ironie: »Ja.«

»Dann lasst mich und meinen Gatten in Neapel bleiben. Gebt es als offizielles Dekret heraus, dass ich erst dann wieder nach Squillace zurückkehren muss, wenn die Not es gebietet.«

Seine Miene wurde ernst. »Ich habe Euch einmal gesagt, Donna Sancha, dass Ihr alles von mir haben könnt. Ihr bittet um einen kleinen Gefallen, den ich Euch ohne Zögern erfüllen will.«

»Danke.« Ich küsste ihm die Hand. Damals glaubte ich, die herzlose List meines Vaters ein für alle Mal rückgängig gemacht zu haben und endlich für immer zu Hause zu sein.

Meinem Gatten missfiel das Versprechen, das ich Ferrandino abgenommen hatte, doch ihm fehlte der Mut, Einwände zu erheben. Der Herbst kam – und mit ihm, wie Jofre mitteilte, ein päpstliches Breve, das dem Unheil verkündenden Savonarola untersagte, weiterhin zu predigen; eine Schrift, die der glutäugige Prediger nicht beachtete. Der Winter brach herein. Gegen Weihnachten sah Castel Nuovo fast wieder so aus wie früher. Wir halfen nach Kräften den Armen und allen, die durch die Vernichtung der Ernte Hunger leiden mussten; was das Königshaus betraf, so erfreuten wir uns an dem ersten anständigen Festmahl zur Feier der Geburt Christi.

Inzwischen schliefen Donna Esmeralda und ich in einem richtigen Bett, und die Fenster im Palast waren instand gesetzt oder mit schweren Stoffen verhängt worden, um die Kälte zu vertreiben. Ich hatte mich nach unserem Festessen schläfrig hingelegt, als Esmeralda mich aus dem Vorzimmer rief.

»Donna Sancha! Madonna Trusia ist da!«

»Wie?« Ich richtete mich auf, vom Schlaf umnebelt. Im

ersten Moment erschien mir die Ankündigung nur natürlich; schließlich war Weihnachten, und meine Mutter war hier, um ihre Kinder zu besuchen, wie an allen Festtagen. Mir war ganz entfallen, dass sie nach Sizilien gegangen war; ich hatte sogar den Aufstand und die Franzosen vergessen.

»Wie bitte?«, wiederholte ich, diesmal wirklich verstört, während ich vollends wach wurde. Ich zog mir einen Morgenmantel über und lief ins Vorzimmer.

Kurz bevor ich meine Mutter zu Gesicht bekam, hoffte ich, sie wäre zur Vernunft gekommen und habe mein Angebot, nach Neapel zu ziehen, angenommen. Mir brach schier das Herz, wenn ich mir vorstellte, dass sie von der Welt abgeschnitten war, gefangen mit einem Mann, der sie auf seine gequälte Weise wohl geliebt haben mochte, es jedoch nie fertig gebracht hatte, diese Liebe zu zeigen. Jetzt, da er dem Wahnsinn verfallen war, vermochte er nicht einmal mehr ihre Anwesenheit anzuerkennen.

Ein Blick auf Madonna Trusia ließ mich entsetzt nach Luft schnappen. Ich hatte eine lächelnde, strahlende Schönheit erwartet; stattdessen stand eine gebeugte alte Frau in Schwarz neben Donna Esmeralda im Türrahmen. Selbst ihr blondes Haar war verschleiert, wie die Sonne, wenn sie hinter Sturmwolken verschwindet. Sie war zerbrechlich, dürr, aschfahl und hatte dunkle Schatten unter den Augen. Es war, als wäre das ganze Elend und der Schmerz meines Vaters auf sie übergegangen und habe die ihr eigene Freude und Schönheit aus ihr herausgesaugt.

Meine Mutter sank in den nächstbesten Sessel und sagte zu Esmeralda, ohne uns anzusehen: »Holt meinen Sohn.«

Mehr sagte sie nicht; es war auch nicht nötig, denn ich wusste sofort, was geschehen war. Ich zog einen Stuhl neben sie und nahm ihre Hand; sie senkte den Kopf, nicht willens, meinem Blick zu begegnen. Still saßen wir nebeneinander und warteten. Schmerzhaft zog sich meine Kehle zu, doch ich erlaubte mir nicht zu weinen.

Nach einer Weile tauchte Alfonso auf. Auch er warf nur

einen Blick auf unsere Mutter und wusste sofort, was sich ereignet hatte. »Er ist tot?«, flüsterte er.

Trusia nickte. Mein Bruder ging vor ihr in die Hocke, umfasste ihre Knie und legte den Kopf in ihren Schoß. Sie strich ihm über die Haare; ich sah zu – als Außenseiterin, denn mein größter Kummer war nicht der Tod meines Vaters, sondern das Leid, das er in den Menschen hervorrief, die ich am meisten liebte.

Schließlich hob Alfonso den Kopf. »War er krank?«

Meine Mutter legte eine Hand auf den Mund und schüttelte den Kopf; eine geraume Weile vermochte sie nicht zu sprechen. Als sie sich am Ende leidlich beherrschen konnte, ließ sie die Hand sinken und begann wie einstudiert zu erzählen.

»Es war vor acht Tagen … Es sah ganz danach aus, als wäre er in der letzten Zeit zu sich gekommen und hätte erkannt, was geschehen war – doch dann schlief er überhaupt nicht mehr, und der Wahnsinn kehrte zurück, schlimmer denn je. Er war wütend, unruhig, lief oft schreiend auf und ab, auch wenn er allein in seinem Lieblingszimmer war. Ihr erinnert euch an den Raum – der mit dem großen Stuhl und dem Kerzenleuchter darüber.«

Es fiel ihr zunehmend schwerer, fortzufahren: »In jener Nacht wurde ich durch lautes Stöhnen und Scharren geweckt, das aus Alfonsos Gemach drang. Ich befürchtete, er hätte sich verletzt und eilte sofort zu ihm … Ich nahm eine Kerze mit, da er immer im Dunkeln saß. Er schob gerade seinen Stuhl durch den Raum, und als ich ihn nach dem Grund fragte, antwortete er erzürnt: ›Ich bin die Aussicht leid‹. Was sollte ich tun?« Sie hielt inne, von plötzlicher Reue gepackt. »Die Dienerschaft schlief, und so stellte ich die Kerze ab und half ihm, so gut es ging. Als er zufrieden war, ließ ich ihn im Dunkeln zurück. Seltsam aufgewühlt ging ich wieder zu Bett. Ich konnte nicht schlafen – und kurz darauf vernahm ich ein anderes Geräusch, nicht ganz so laut, aber es hatte etwas an sich … etwas, bei dem mir klar war …« Sie barg das Gesicht in den Händen und beugte sich unter der Last der Erinnerung nach vorn.

Von da an vermochte sie nur noch stockend zu reden, so dass ich ihren Bericht an dieser Stelle zusammenfasse:

Mein Vater hatte einen zweiten Stuhl hereingetragen, der viel leichter war als sein vermeintlicher Thron, und ihn unter den schweren schmiedeeisernen Kandelaber gestellt, der von der Decke hing. Dann stieg er auf die Sitzfläche. Er hatte sich ein Stück Seil besorgt; das knotete er an seine königliche Schärpe mit Juwelen und Orden für seine Siege bei Otranto.

Das Seil befestigte er an einem Arm des Kandelabers, die Schärpe wickelte er sich um den Hals.

Das Geräusch, das meine Mutter vernommen hatte, rührte daher, dass der leichtere Stuhl umgestoßen wurde.

Oft weiß man mit dem Herzen bereits, was der Verstand erst später folgert; das Aufschlagen von Holz auf Marmor versetzte Trusia in einen Alarmzustand, so dass sie ohne Morgenrock oder Kerze in das Gemach meines Vaters lief.

Dort sah sie im schwachen Licht der Sterne und des Leuchtfeuers im Hafen von Messina die dunkle Gestalt ihres Geliebten, die sich langsam an der Schlinge drehte.

Tonlos und ohne Ausdruck verkündete meine Mutter: »Ich finde nun keine Ruhe mehr, denn ich weiß, dass er in der Hölle leidet. Er ist im Wald der Selbstmörder, in dem die Harpyien hausen, denn er hat sich im eigenen Haus erhängt.«

Alfonso, der noch immer vor ihr kniete, ergriff sanft ihre Hände. »Dante ist die reine Allegorie, Mutter. Schlimmstenfalls ist Vater im Fegefeuer, denn er wusste nicht, was er tat. Er wusste nicht einmal, dass er in Messina war, als ich mit ihm sprach. Kein Mensch würde einen anderen für eine unbewusste Tat verurteilen – und Gott ist mitfühlender und weiser als jeder Mensch.«

Meine Mutter schaute bemitleidenswert hoffend zu ihm auf und wandte sich dann an mich. »Sancha, hältst du das für möglich?«

»Natürlich«, log ich. Doch wollte man Dante auch nur im

Ansatz Glauben schenken, so würde König Alfonso II. in diesem Augenblick im siebten Höllenkreis schmoren, im Blutfluss, in dem die Seelen jener ›Tyrannen, die sich mit Blut und Plünderungen befassten‹ sieden. Wenn es denn Gerechtigkeit gäbe, säße er neben seinem Erzeuger Ferrante in der Falle, dem Folterknecht und Schöpfer des Museums der Toten.

Es gab noch einen Platz, wohin er gehörte: in die tiefsten Tiefen der Hölle, in den Rachen Satans, an den Ort, der den größten Verrätern vorbehalten ist. Denn er hatte nicht nur seine Familie verraten, sondern sein ganzes Volk. Dort gab es weder Schwefel noch Feuer noch Hitze – nur die schlimmste Kälte überhaupt, grausam und bitter.

So kalt wie das Herz meines Vaters, so kalt wie der Ausdruck, den ich so oft in seinen Augen gesehen hatte.

Meine Mutter blieb in Neapel und erholte sich erst allmählich von ihrem Kummer. Ich meinerseits betete verzweifelt an einen Gott, an den ich nicht glaubte: *Bewahre mein Herz vor dem Übel; lass mich nicht so werden wie mein Vater.* Immerhin hatte ich bereits einen Menschen umgebracht. Oft wachte ich keuchend auf und spürte, wie mir Blut auf Stirn und Wangen spritzte; ich stellte mir vor, dass ich mir die Augen wischte und erstaunt in die brechenden Augen meines Opfers schaute. *Eine edle Tat,* sagten alle. Ich hatte den König gerettet. Vielleicht hatte ich Ferrandino gerettet, doch es war nichts Edles daran, jemandem das Leben zu nehmen.

Trotz des tragischen Todes meines Vaters – dessen nähere Begleitumstände wir vor der Öffentlichkeit und der Dienerschaft geheim hielten und nie wieder innerhalb der Familie ansprachen – wurde unser Leben in Neapel wieder glücklich. Ferrandino und Giovanna wurden in einer prachtvollen königlichen Zeremonie getraut, der Palast wurde auf Hochglanz gebracht und war wie einst ein luxuriöser Wohnsitz. Die Gärten gediehen wieder. Unter Alfonsos Einfluss wandelte Jofre sich zu einem pflichtbewussten Ehemann.

Fünf Monate gingen ins Land. Bis Mai des Jahres 1496 hatte ich mich gerade in meiner Zufriedenheit eingerichtet und träumte nicht mehr jede Nacht von Kanonenfeuer und warmem Blut, sah nicht jedes Mal, wenn ich die Augen schloss, die Silhouette meines Vaters, wie sie im Dunkeln baumelte. Ich hatte Ferrandinos Versprechen, dass ich mit meinem Gatten in Neapel bleiben würde; ich hatte die Gesellschaft meiner Mutter und meines Bruders – was wollte ich mehr. Zum ersten Mal trug ich mich mit dem Gedanken, meine Söhne und Töchter in Neapel aufzuziehen, in einer großen Familie, die ihnen nur Liebe entgegenbringen würde.

Papst Alexander hingegen hatte andere Pläne.

Ich saß mit meiner Mutter und meinem Bruder beim Abendessen, als Jofre mit einem Stück Pergament in der Hand und ängstlicher Miene eintrat. Mir war sofort klar, dass er verpflichtet war, mir den Inhalt des Briefes mitzuteilen, sich aber vor meiner Reaktion fürchtete.

Dazu hatte er auch allen Grund. Der Brief kam von seinem Vater. Ich lag mit meiner Vermutung richtig, dass die Szene zwischen uns unerfreulich zu werden versprach, und entschuldigte mich daher bei Tisch. Ich ging mit meinem Gemahl hinaus, um die Angelegenheit unter vier Augen zu besprechen.

Alexanders Worten zufolge hatte »der Krieg in Neapel uns an unsere eigene Sterblichkeit und die Zerbrechlichkeit des Lebens im Allgemeinen gemahnt. Wir wünschen, den Rest unseres Lebens im Kreise unserer Kinder zu verbringen.«

Aller Kinder – einschließlich Jofres und insbesondere seiner Gemahlin.

Ich dachte an den Grafen von Marigliano, der mich auf Alexanders Geheiß in Squillace besucht hatte, als ich der Untreue gegenüber Jofre beschuldigt wurde. Er hatte mich diskret davor gewarnt, dass Seine Heiligkeit eines Tages seine Neugier nicht mehr würde zügeln können: Er würde mit eigenen Augen die Frau sehen wollen, die sein Jüngster geheiratet hatte, die Frau, von der es allenthalben hieß, sie sei schöner als *La Bella,* seine Geliebte.

Ich fluchte und fuchtelte mit den Armen vor dem armen, eingeschüchterten Jofre herum. Ich bestand darauf, nicht nach Rom zu gehen, obwohl ich wusste, dass meine Weigerung vergeblich wäre. Ich suchte Ferrandino auf und flehte ihn an, Seine Heiligkeit zu überreden, mich in Neapel bleiben zu lassen – doch wir wussten beide, dass das Wort eines Königs weniger Macht besaß als das eines Papstes. Es war nichts zu machen. Nachdem ich so lange darauf gewartet hatte, dass mir Neapel wieder zurückgegeben wurde, nahm man mir die Stadt aufs Neue.

Ausgehendes Frühjahr 1496

10

Als Jofre und ich am 20. Mai 1496 bei herrlichem Sonnenschein um zehn Uhr morgens in Rom einritten, läuteten die Glocken. Zur Erbauung der versammelten Edelleute und Bürgerlichen zogen wir in einer Parade auf, die von Lucrezia Borgia, dem zweitältesten Kind und einziger Tochter des Papstes, in Empfang genommen und in den Vatikan geführt werden sollte.

Alexander VI. hatte getan, was noch kein Papst vor ihm gewagt hatte: Er erkannte die von ihm gezeugten Kinder offen als seine leiblichen Kinder an, statt sich auf sie als »Nichten« oder »Neffen« zu beziehen, wie es andere Päpste in der Vergangenheit gehalten hatten. Es hieß, er sei ihnen von Herzen zugetan, und das muss wohl tatsächlich der Fall gewesen sein, denn er ließ sie direkt nach seiner Wahl alle in den päpstlichen Palast einziehen. Auch als ich noch nicht mit Jofre vermählt war, hatte ich von Lucrezia gehört: Gerüchten zufolge sollte sie außerordentlich schön sein.

»Wie ist deine Schwester?«, hatte ich Jofre auf unserer Reise nach Norden gefragt.

»Nett«, sagte er nach kurzer Überlegung. »Bescheiden und sehr bezaubernd. Sie wird dir gefallen.«

»Ist sie schön?«

Er zögerte. »Sie ist … hübsch. Natürlich nicht so hübsch wie du.«

»Und deine Brüder?«

»Cesare?« Ein Schatten huschte über das Gesicht meines

Gatten, als er den Bruder erwähnte, den ich vielleicht geheiratet hätte. »Er sieht sehr gut aus.«

»Ich meinte seinen Charakter.«

»Ah. Er ist ehrgeizig. Sehr gescheit.« Erneut entdeckte ich eine Spur von Abneigung, doch Jofre vermochte die Wahrheit schnell zu umgehen, wenn es sich um Unannehmlichkeiten handelte. Als ich ihn allerdings weiter nach seinem Bruder Juan befragte, sagte er mit deutlich finsterem Blick: »Um ihn musst du dir keine Sorgen machen. Er lebt mit seiner Frau in Spanien.«

Große Schönheit hat ihren Preis. So froh ich auch war, dass das Schicksal mich mit feinen Gesichtszügen ausgestattet hatte, so wusste ich doch ob des Neids, den sie in anderen Frauen erzeugten. Deshalb gab ich an jenem Tag Acht, meine Schwägerin nicht zu übertrumpfen: Ich trug das einfache schwarze Kleid einer verheirateten Edelfrau mit den weiten Ärmeln, wie sie im Süden in Mode waren; mein Pferd war schwarz aufgezäumt, und ich ritt in respektvollem Abstand hinter meinem Gatten.

Jofre hingegen war darauf erpicht, Rom und seiner Familie mit dem Nimbus eines Prinzen zu imponieren. Er bestand darauf, dass mich mein gesamter Hofstaat von zwanzig Frauen sowie ein großes Gefolge begleitete, das sogar Hofnarren umfasste, gekleidet in den leuchtendsten Gelb-, Rot- und Purpurtönen.

Wir kamen von Süden her in die Stadt. Ich war noch nie in Rom gewesen; Ehrfurcht erfasste mich, als wir durch die abgenutzten Stadttore ritten und über die sanften Hügel schauten. »Da drüben«, rief Jofre mir über die Schulter hinweg zu und zeigte nach rechts, während wir über die Via del Circo Massimo kamen; dort stand der Triumphbogen von Konstantin, das Vorbild für den Triumphbogen meines Urgroßvaters. Weiter östlich von uns befand sich das große Kolosseum, das steinerne Oval mit den vielen Rängen, in dem so mancher Christ sein Leben lassen musste, sowie das Pantheon, der Tempel für alle Götter mit seinen zahllosen weißen Säulen und der massiven Kuppel, der größten von Rom – ironischerweise viel größer als jede christliche Kirche.

Die einzigen Städte, die ich kannte, bestanden aus ein bis zwei königlichen Palästen, ein paar kleineren Palazzi, einigen Kathedralen und zahlreichen weiß getünchten Gebäuden, die sich auf Hängen oder an Küsten entlang schmaler Straßen drängten. Rom hatte etwas Erhabenes und Ausmaße, wie ich sie bisher noch nie gesehen hatte. Es erstreckte sich bis weit hinter den Horizont, die Gebäude waren so groß, elegant und reich verziert, dass es mir den Atem verschlug. Auf den breiten Straßen drängten sich die Kutschen der Wohlhabenden; die Paläste von Kardinälen und Adelsfamilien waren in klassizistischem Stil rechteckig angelegt; Marmorstatuen und Reliefs mit Motiven aus heidnischer Mythologie dienten als Zierde. Sie waren alle ohne Ausnahme bei weitem edler als Neapels glanzloses braunes Castel Nuovo mit seiner wenig schmeichelhaften, ungleichmäßigen Form.

Allein der breite Tiber war eine Enttäuschung. Als wir an den Ponte Sant'Angelo kamen, die Brücke an der großen Engelsburg, die von einer Statue des Erzengels Michael gekrönt war, sah ich Roms berühmten Fluss zum ersten Mal. Auf dem stinkenden Gewässer schwammen Abfälle, und es war überfüllt mit Handelsschiffen. Doch schon bald lenkte mich der Anblick ab, der vor mir lag: die weite Piazza vor Sankt Peter und dahinter das große Heiligtum selbst, älter als ein Jahrtausend, in dem die Gebeine des ersten Pontifex ruhten. Auf der Nordseite schloss sich direkt der Vatikan an.

Kurz bevor wir die weitläufige Piazza erreichten, wurden wir von scharlachrot gekleideten Kardinälen auf Pferden und der päpstlichen Garde zu Fuß in Empfang genommen; der spanische Botschafter ritt auf Jofre zu und begrüßte ihn. Als unsere Prozession auf den Platz hinaus ritt, sah ich sie von fern und wusste sofort, wer sie war: Lucrezia.

Sie näherte sich auf einem weißen Pferd, während ihr übriges großes Gefolge auf schwarzen oder braunen Rössern ritt. Ihre Begleiter waren in rotgoldenen Brokat gehüllt, während sie ein Gewand aus leuchtend weißem Satin und ein mit Perlen besticktes Mieder aus Goldbrokat trug. Auf dem Kopf saß ein goldenes, mit Diamanten besetztes Netz, und am Hals trug sie eine Kette mit einem großen, von weiteren Diamanten umrahmten Rubin.

Sie ritt auf ihren Bruder zu. Wir drei – ich, Jofre und Lucrezia – stiegen ab; sie schenkte ihm ein Lächeln und küsste ihn zur Begrüßung. Dann wandte sie sich mir zu.

Wie Jofre mir zuvor erklärt hatte, war sie auserkoren worden, uns in Empfang zu nehmen, weil die römischen Einwohner sie besonders ins Herz geschlossen hatten. In ihren Augen war sie wie die Jungfrau Maria: freundlich und rein, erfüllt von der Liebe zu ihren Untertanen. Schon ihr Name war Symbol für Reinheit und Rechtschaffenheit: Sie war nach der Lucrezia des alten Rom getauft worden, die, nachdem sie vom Widersacher ihres Mannes entehrt worden war, den Selbstmord als einzig edlen Ausweg wählte, da sie mit dieser Schande nicht weiterleben wollte.

Hinter den bleichen, nach oben geschwungenen Lippen, hinter der Freundlichkeit, die Lucrezia ausstrahlte, sah ich sogleich die Eifersucht, die dort verborgen war – und den scharfen Verstand. Und sofort glaubte ich alle Geschichten, die ich je über die Verschlagenheit und Schläue des Papstes gehört hatte, denn hier hatte ich sie in seiner Tochter als Spiegelbild vor mir.

Was ihr Aussehen anlangte, so strafte sie ihren Ruf Lügen: Sie war keine Schönheit – obwohl ihre Haltung von Stolz und Selbstvertrauen zeugte, die sie von weitem reizvoll erscheinen ließen. Ihr Gesicht war wenig anziehend, ja hausbacken wie Jofres, mit fliehendem Kinn, darunter eine dicke Halsfalte; die Augen waren groß und von eher farblosem Grau. Das Haar war von hellem Kupfergold, wie das ihres jüngeren Bruders; es war zur Feier des Tages in perfekte Ringellocken drapiert, die ihr offen über Schultern und Rücken fielen, wie es für unverheiratete Frauen Mode war.

Als eine solche hätte sie auch noch durchgehen können.

Jofre hatte mich in Familienklatsch eingeweiht: Lucrezias Gatte, Graf Giovanni Sforza von Mailand, hatte seit ihrer Verehelichung jede denkbare Gelegenheit genutzt, seiner Braut aus dem Weg zu gehen. Im Moment hatte er sich auf seinem Anwesen in Pesaro verschanzt und weigerte sich, dem Ruf des Papstes zu folgen, zu seiner Gattin zurückzukehren, was Lucrezia äußerst peinlich war. Ich war verblüfft, und als ich Jofre fragte: »Warum will er denn nicht zu ihr?«, antwortete mein Gemahl, der in anderen Dingen für gewöhnlich naiv und direkt ist, ausweichend: »Er hat Angst.«

Angst vor dem Zorn des Papstes, hatte ich angenommen. Mailand, wo Sforzas Herzogtum situiert war, hatte mit den Franzosen einen Handel abgeschlossen, um sich zu schützen; die Herrscher der Gegend waren keine Freunde von Neapel. Sforza fürchtete sich wohl vor politischer Vergeltung.

Wenn ich jedoch des Längeren darüber nachdachte, fiel mir ein, dass Sforza schon von Lucrezia Abstand genommen hatte, bevor König Charles auch nur davon träumte, italienischen Boden zu betreten. Ob er seine Frau derart verachtete?

An jenem Morgen auf der Piazza war Lucrezias vorsichtigem, bescheiden freundlichem und dem Anlass angemessenem Tonfall nichts zu entnehmen. »Schwester«, sagte sie so laut, dass alle sie hören konnten, aber leise genug, dass es als zurückhaltend durchgehen konnte. »Willkommen zu Hause.«

Wir umarmten uns feierlich und küssten uns auf beide Wangen. Sie hielt mich an den Armen so fest, dass ich ihr nicht zu nahe rücken konnte: Und in dem Augenblick, als sie sich von mir löste, sah ich blanken Hass in ihren Augen aufblitzen.

Lucrezia, die geliebte Herrin von Rom, führte uns über die Piazza in den Vatikan und den prächtigen Saal, in dem Papst Alexander auf seinem goldenen Thron saß, umringt von den mächtigsten Kardinälen Italiens. Die Ähnlichkeit zwischen ihm und Lucrezia war verblüffend: Auch er hatte ein fliehendes Kinn, allerdings mit vielen Falten darunter (denn er hatte sein sechstes Lebensjahrzehnt erreicht), die Augen hatten dieselbe Form und Größe, wenngleich sie braun waren. Seine Nase war markanter, und sein eisengraues Haar war zur Mönchstonsur rasiert, die Glatze mit einer weißen Kappe bedeckt. Um den Hals hing ihm ein großes, goldenes Kreuz, das knapp über dem Bauch ruhte; an einem Finger trug er den Rubinring Peters. Ihn umgab eine Aura von schierer Körperkraft, denn Brust und Schultern waren breit und muskulös, das Gesicht lebhaft und wach.

Als wir eintraten, strahlte er wie ein liebeskranker Bräutigam. »Jofre, mein Sohn! Und Sancha, meine Tochter! Dann stimmt es also – Ihr seid haargenau die Schönheit, die Jofre in seinen Briefen beschrieben hat! Ihr seid sogar prächtiger, als Worte es je ausdrücken könnten! Schaut!«, forderte er die Versammelten mit Gesten auf. »Ihre Augen sind grün wie Smaragde!«

Ich zögerte nicht. Ich war den Umgang mit Staatsoberhäuptern gewohnt und ließ mich durch das Protokoll nicht einschüchtern. Ohne auf meinen Gatten zu warten, schritt ich vor und stieg die Stufen zum Thron empor. Dort kniete ich nieder und küsste den in einem Satinpantoffel steckenden Fuß des Papstes, wie es das Ritual verlangte. Kurz darauf kniete auch Jofre neben mir nieder.

Alexander war hoch erfreut über meine offen zur Schau getragene Ehrfurcht, meinen Mangel an Schüchternheit. Er legte mir seine große, kühle Hand segnend auf den Kopf, dann deutete er auf ein rotes Samtpolster auf der Marmorstufe gleich links von seinem Thron. »Hier, meine Liebe! Nehmt Euren Platz neben mir ein. Ich habe ihn speziell für Euch reserviert.«

Jofre umarmte seinen Vater und stellte sich dann zu den Kardinälen, während ich mich auf das Samtkissen setzte, wobei mir durchaus bewusst war, dass auf der anderen Seite des Throns ein zweites, dazu passendes Polster lag.

Meine Hofdamen defilierten vorbei und bezeugten dem

Papst ihre Ehrerbietung. Als alle Förmlichkeiten erledigt waren, stieg Lucrezia die Stufen zum Thron empor und nahm ihren Platz auf dem anderen roten Polster ein.

Ich gab mir die größte Mühe, ihren Blick einzufangen und wurde erneut mit einem sehr raffinierten und flüchtigen Ausdruck unverhohlenen Abscheus belohnt. Damals dachte ich, es handele sich um die Eifersucht einer Tochter; erst später sollte ich den wahren Grund erfahren.

»Gott ist mir wirklich gnädig«, rief Alexander aus vollem Herzen und hob beide Arme, um auf mich und Lucrezia zu zeigen, »mich mit solch schönen Frauen zu umgeben!«

Die versammelte Gesellschaft lachte. Mit vorgetäuschter Scheu lächelte ich über das Kompliment und schaute rasch zu meinem Gatten hinüber, um mich zu vergewissern, ob er mit meiner Vorstellung zufrieden war.

Das war er. Doch neben ihm stand ein anderer, ebenso erfreut – wenn nicht sogar noch mehr. Einer der Kardinäle, ein Mann in meinem Alter, geschmeidig, bärtig, mit dunklen Augen und blauschwarzem Haar wie ich. Keck begegnete er meinem Blick. Ich spürte, wie ich rot wurde; ich schlug die Augen nieder, mein Lächeln war zittrig geworden.

Doch ich konnte nicht anders, ich musste dem gut aussehenden jungen Kardinal noch einen verstohlenen Blick zuwerfen – nur um festzustellen, dass er mich noch immer mit unverzeihlichem Interesse betrachtete. *Wie kann er es wagen?*, fragte ich mich und versuchte, Empörung und Verachtung aufzubringen. *Hier vor den Augen meines Gatten und Seiner Heiligkeit, er als Priester, als Kardinal gar …*

Früher, als ich fünfzehn war, hatte ich geglaubt, mich in Onorato Caetani verliebt zu haben. Doch diese Zuneigung war genährt von Onoratos Freundlichkeit mir gegenüber und seiner Liebeskunst.

Das Gefühl, das mich an jenem Morgen des zwanzigsten Mai in Besitz nahm, während ich auf meinem Samtkissen neben dem Papst saß und auf den Mann neben meinem Gatten starrte, kam völlig unerwartet über mich, war unwiderruflich und gewaltig, wie ein Dolch, der mitten ins Herz gestoßen wird. Ich zitterte. Ich wollte es nicht; ich suchte es nicht. Doch es war da, und ich war ihm hilflos ausgeliefert. Und ich wusste nichts über den Mann, der gerade meine Seele geraubt hatte.

Ich war mit dem Wunsch in den Haushalt des Papstes Alexander gekommen, einen günstigen Eindruck zu machen und seinem Sohn Jofre eine gute Frau zu sein – jetzt aber war ich hoffnungslos verloren.

11

Nach der offiziellen Begrüßung wurden Jofre und ich zusammen mit unserer Dienerschaft und dem Gepäck in den Palast Santa Maria in Portico, gleich neben dem Vatikan, geleitet. Es war ein elegantes Gebäude mit hohen Bogenfenstern, zu denen die römische Sonne hineinschien, und war ausschließlich für den sinnlichen Zweck errichtet worden, das weibliche Gefolge Papst Alexanders zu beherbergen. Die Loggia im Hauptstockwerk ging auf die weitläufigen Gartenanlagen hinaus; Alexander hatte für seine Frauen keine Kosten gescheut. Lucrezia wohnte hier ebenso wie Alexanders junge Geliebte, Giulia Orsini, und Adriana, seine Nichte in mittleren Jahren, die ihm seine Geliebten besorgte. Von Zeit zu Zeit waren andere Schönheiten hier untergebracht, auf die Seine Heiligkeit ein Auge geworfen hatte, und ich fand es beklemmend, in das Gebäude geführt zu werden, dessen Ruf ich kannte – auch wenn Jofre mich begleitete.

Noch entmutigender war für mich die Erkenntnis, dass sich das Schlafgemach meines Gemahls in einem anderen Flügel befand als das meine, das neben den Suiten von Lucrezia und Giulia lag. Unter normalen Umständen wäre es für eine Frau nicht weiter beunruhigend, neben anderen Personen gleichen Geschlechts untergebracht zu sein – nur hatte Alexander offenbar eine Vorliebe für verheiratete Frauen. Selbst die außergewöhnlich liebreizende Giulia Farnese fachte seine Leidenschaft nicht so sehr an, dass er sie in den Vatikan holte

– bis er sie mit dem Sohn seiner Nichte Adriana verheiratete, den unglückseligen Mann mit dem überladenen Namen Orsino Orsini. Seiner Heiligkeit machte es besonderen Spaß, die heilige Institution der Ehe anderer Männer anzutasten.

Als Jofre und ich uns trennten, um unsere jeweiligen Gemächer aufzusuchen, blieb ich daher stehen, drehte mich noch einmal zu ihm um und legte ihm eine Hand auf die weiche, jungenhafte Wange. Er sah mich mit strahlendem Lächeln an, hochrot vor Begeisterung über seine prächtige Rückkehr in die Heimatstadt. Er war fünfzehn und endlich so groß wie ich; die lockigen Haare trug er noch lang. Als ich ihm die Hand an die warme Wange hielt, schwor ich mir, niemals zuzulassen, dass sein Vater ihn zum Hahnrei machte.

Gleichzeitig betete ich, nie wieder den eindrucksvollen jungen Kardinal zu Gesicht zu bekommen, dessen Augen eine solch glühende Leidenschaft in mir entfacht hatten.

Mit diesem Gebet verhielt es sich wie mit allen anderen: Gott würde es nicht erhören.

Nach unserer Reise ruhten wir uns ein wenig aus. Ich versuchte zu schlafen, doch es wollte mir nicht recht gelingen, obwohl das Bett mit seinen Brokat- und Samtkissen, den feinen Laken und Felldecken eine wahre Pracht war – viel schöner als alle Betten, in denen ich im Castel Nuovo gelegen hatte. Die Borgias scheuten sich nicht, ihren Reichtum zur Schau zu stellen. Während meine Kammerzofen auspackten und meine Habseligkeiten auf den Raum verteilten, sah ich, dass Donna Esmeralda einen kleinen, abgenutzten Lederband hielt. Ehe sie ihn aus der Hand legen konnte, schnappte ich ihn mir, ließ mich auf einem Polster nieder und begann zu lesen.

Es war Petrarcas *Canzionere*, seine Liebesgedichte, die er der rätselhaften Laura gewidmet hat; das handtellergroße Bändchen hatte Onorato mir geschenkt. Über Petrarca war ich stets geteilter Meinung gewesen: So fand ich es urkomisch, dass er eine solche Gefühlsduselei zum Besten gab, Liebe als einen Pfeil beschrieb, der sich ihm mitten durch das

Herz gebohrt hatte, und dennoch den Tag segnete, an dem ihm diese emotionale Verletzung widerfahren war. Andauernd sprach er von Schmerz, Brennen und Fieberschauern. Zuweilen las ich seine Gedichte meinen Hofdamen vor, wobei ich gerne übertrieben betonte und so viel Sarkasmus hineinlegte, dass ich am Ende nicht mehr lesen konnte und wir alle in Gelächter ausbrachen. »Der arme Petrarca!«, seufzte ich dann. »Ich glaube, er leidet weniger an Liebe, als vielmehr an Schüttelfrost.«

Einige unter ihnen lachten jedoch nicht ganz so laut und sagten schüchtern: »So etwas gibt es. Eines Tages, Madonna Sancha, mag es Euch auch so ergehen.«

Wie habe ich sie verspottet! Doch im Stillen fragte ich mich, ob sie Recht hatten, und sehnte mich insgeheim nach einem solchen Zauber. Meinte Petrarca es ernst, wenn er davon sprach, ein einziger Blick seiner Laura habe ihn gefesselt und von diesem Augenblick an sei er für immer gefesselt gewesen? Petrarca hatte es mit den Augen, immer waren es die Augen.

Am Mittag des zwanzigsten Mai indes saß ich da und begann in meinem üblichen, spöttischen Tonfall meinen Hofdamen vorzulesen, während sie geschäftig durch den Raum liefen. Bis ich bei folgender Zeile anlangte:

Ich fürchte, doch ich hoffe; ich brenne und bin Eis.

Mir versagte die Stimme. Von plötzlich aufwallenden Gefühlen überwältigt, schaute ich zur Seite; ich klappte das Büchlein zu und legte es neben mich auf das Polster. Die Worte beschrieben genau, was ich gespürt hatte, als der gut aussehende Kardinal und ich den Blick nicht voneinander lösen konnten; noch einmal übermannten mich Empfindungen, denen ich wehrlos ausgeliefert war. Die Erinnerung rief mir Mutters Gesicht vor Augen, und ich hörte sie, wie sie mir ausnahmsweise einmal trotzig entgegnet hatte: *Du redest, als hätte ich eine Wahl gehabt*. Endlich begriff ich, was sie gemeint hatte.

Die Frauen hielten in ihren Bewegungen inne und schauten in meine Richtung; ihr Lächeln verwandelte sich in einen Ausdruck der Besorgnis.

»Sie hat Heimweh«, sagte Esmeralda wissend. »Donna Sancha, seid nicht traurig. Jofre ist bei Euch, und wir auch; Euer Herz wird auch bald hier sein.«

Wie sollte ich ihr begreiflich machen, dass mein Herz bereits angekommen war – doch ganz und gar nicht so, wie ich es wollte?

Verärgert darüber, dass ich mich so leicht von einem Fremden hatte hinreißen lassen, erhob ich mich, trat auf den Balkon hinaus und schaute zornig in die Gärten.

Am späten Nachmittag nahmen Jofre und ich an einem Festmahl teil, das Seine Heiligkeit uns zu Ehren gab. Es fand in den päpstlichen Gemächern statt. Flankiert von Wachen und meinen Hofdamen schlenderten wir Arm in Arm wie frisch Verliebte aus dem Palazzo; es herrschte wunderschönes Frühlingswetter, und die tiefer stehende Sonne warf einen goldenen Schimmer auf die große Piazza und die leuchtenden weißen Marmorgebäude, die sie umgaben. Jofre schenkte mir ein stolzes Lächeln. Ich klebte förmlich an ihm – aus Zuneigung, wie er meinte –, und er erwiderte meinen festen Griff mit dem Druck seiner Hand und einem tiefen Blick. Doch ich hatte Angst. Nur zum Teil galt meine Sorge der Frage, wie ich mit möglichen amourösen Avancen des Papstes umgehen sollte; eigentlich beunruhigte mich, dass ich mich zu dem mysteriösen Kardinal hingezogen fühlte.

Wir steuerten die Gemächer der Borgias an. Vom Eingang aus konnte ich einen Blick hinter mich werfen und sah Grünflächen jenseits der imposanten Engelsburg: gepflegte Gärten und Weinberge, die sich ohne Unterbrechung bis zu fernen Bergen hinzogen, und Orangenhaine, mit Immergrün durchsetzt. Blütenduft hing in der kühlen Luft.

Man kündigte uns an, und wir traten ein, gefolgt von unserer Dienerschaft.

Die Gemächer waren nicht groß, aber reich verziert; die Decken waren golden, die Wände frisch mit Fresken von Pinturicchio in Gold bemalt und glasiert, die heidnische ebenso wie christliche Motive darstellten. Unter den Fresken hingen seidene Wandbehänge, und die Böden waren mit Orientteppichen ausgelegt. Überall gab es Sitzgelegenheiten: dicke Polster aus Samt und Brokat, Hocker und Stühle.

Der Papst, der sich ein reinweißes Gewand über die breiten Schultern gelegt hatte, stand lächelnd am Eingang zum Speisezimmer. Im Gegensatz zu Jofre war er so groß, dass er den Türrahmen ausfüllte; zur Begrüßung hatte er die Arme ausgebreitet. Seine kräftigen Schultern, der Hals und die Brust ließen mich an einen mächtigen Bullen denken. »Meine Kinder!«, rief er ohne ein Spur Übertreibung. »Jofre, Sancha, kommt herein!«

Zuerst umarmte er seinen Sohn, dann mich; er küsste mich mit beunruhigender Hingabe auf den Mund. »Jofre, nimm deinen Platz bei Tisch ein. Und was Euch betrifft, Hoheit«, sagte er zu mir, »lasst Euch von mir durch unsere Gemächer führen.«

Ich wagte nicht zu widersprechen; Alexander legte mir einen Arm um die Taille und geleitete mich in einen anderen Raum, in dem wir allein waren.

»Das ist der Saal der Heiligen«, verkündete er, »in dem unsere Lucrezia geheiratet hat.« Er fühlte sich nicht bemüßigt, den Bräutigam auch nur zu erwähnen.

Ich betrachtete meine Umgebung und bemühte mich nach Kräften, meinem Erstaunen nicht laut Ausdruck zu verleihen. Ich war überwältigt wie eine einfache Frau aus dem Volk, die zum ersten Mal das Innere eines Palasts zu sehen bekommt.

Das Castel Nuovo, für mich bis dahin der Inbegriff von Luxus, war in spanischem Stil eingerichtet: weiß getünchte Wände, Bogenfenster und mit dunklem Holz verkleidete Decken. Die einzige Zierde waren Teppiche, düstere Gemälde und Statuen. In meinen Augen war die Einrichtung immer üppig gewesen.

Doch als ich den Saal der Heiligen betrat, war ich so geblendet, als hätte ich direkt in die Sonne geschaut. Noch nie hatte ich solche Farbenpracht, einen solchen Überfluss gesehen.

Das Gewölbe war über und über mit Gemälden bedeckt, die von vergoldeten Holzschnitzereien getrennt waren, in einigen befanden sich Lünetten; die Hintergrundfarbe war ein tiefes Blau, wie ich es noch nie gesehen hatte, aus reinem, pulverisiertem Lapislazuli, vor dem sich leuchtendes Rot, Gelb, Grün und weiteres Gold abhoben. An jeder Wand war ein Fresko, das jeweils einen anderen Heiligen darstellte: Mir fiel die heilige Susanna auf, die in ein blaues, weit wallendes Gewand gehüllt war und der sich vor einer Quelle zwei lüsterne alte Männer näherten; im Vordergrund waren Kaninchen, Symbole der Lust.

»Wir haben Pinturicchio ein hübsches Sümmchen für die Arbeit gezahlt. Schön, nicht wahr?«, fragte mein Gastgeber leise, um dann mit anzüglichem Grinsen hinzuzufügen: »Wenn auch nicht so schön wie Ihr, meine Liebe.«

Ich ging auf Abstand und schritt über gesprenkelten, pastellfarbenen Marmorboden auf die Darstellung von Catherina zu, die vor Kaiser Maximilian mit heidnischen Philosophen diskutierte; im Hintergrund war der Triumphbogen Konstantins zu sehen. Die junge Heilige, wie eine römische Edelfrau in Rot und Schwarz gekleidet, das goldene Haar offen und bis auf die Hüfte reichend, hatte ein unverwechselbares, mir bekanntes Gesicht.

»Ach, das ist ja Lucrezia«, stellte ich fest.

Der Papst lachte vergnügt in sich hinein. »Ja, das ist sie.« Er hatte nichts Frommes an sich, nur eine sehr irdische Liebe zum Leben. Daher war es auch passend, dass er den päpstlichen Namen Alexander angenommen hatte – nicht den Namen eines Christen, sondern den des mazedonischen Eroberers.

Ich schaute zur Decke. Neben anderen Gemälden – der gemarterte heilige Sebastian, der heilige Anton zu Besuch beim Eremiten, Paulus – ragte das eines Heiden und einer Heidin heraus, die auf einen großen Stier zeigten. Da erst fiel mir auf, dass der Stier überall auf kleineren Bildern wieder auftauchte, angereichert mit dem päpstlichen Symbol, der Tiara über den gekreuzten Schlüsseln zum Himmelreich.

»Der Apis«, erläuterte Alexander. »Im alten Ägypten wurde dieser Stier als Inkarnation des Gottes Osiris verehrt. Der Stier taucht auf unserem Familienwappen auf.« Noch ehe ich reagieren konnte, trat er wieder an mich heran und legte mir einen Arm um die Taille. »Er ist ein Symbol für männliche Kraft und Potenz, müsst Ihr wissen.« Plötzlich drückte er mir eine Hand auf die Brust und versuchte, mich zu küssen; ich entzog mich seinem Griff und ging schleunigst auf Abstand. Ich begriff nun, warum der fromme Savonarola den Papst als Antichrist bezeichnet hatte … denn in Alexanders Gemächern überwogen heidnische Symbole die christlichen.

Der Papst ließ mich mit leisem Lachen ziehen. »Ihr seid eine Spröde, meine Liebe. Einerlei, mir gefällt die Jagd.«

»Eure Heiligkeit, bitte«, sagte ich süßlich. »Ich möchte nur Eurem Sohn ein treues Weib sein. Ich habe nicht den Wunsch, zu den Favoritinnen zu gehören, und Ihr habt eine große Auswahl an Frauen …«

»Ah«, sagte er, »aber keine ist so liebreizend.«

»Das schmeichelt mir«, entgegnete ich. »Aber bitte, lasst mich einfach nur Eure getreue Schwiegertochter sein.«

Er lächelte selbstgefällig und nickte, doch offenbar war es mir nicht gelungen, ihn von seinen Plänen mich betreffend abzubringen. Er machte eine weit ausholende Geste. »Wie Ihr wollt. Kommt, wir setzen den Rundgang fort.«

Wir gingen durch verschiedene Gemächer, alle ebenso prächtig wie das erste, ein jedes nach einem anderen Motto gestaltet: der Saal des Credo mit einem großen Wandgemälde, auf dem die Anbetung der Heiligen Drei Könige dargestellt war, der Saal der Sibyllen mit Darstellungen von Propheten aus dem Alten Testament, die Gottes Zorn verkünden, begleitet von ernsten Sibyllen, den heidnischen Seherinnen. Noch nie hatte ich eine solche Zurschaustellung von Pracht und Reichtum gesehen; ich war ganz froh, dass ich die anderen Gemächer besichtigt hatte, ehe wir zu Tisch gingen, sodass ich nicht wie eine Bäuerin in Ehrfurcht gaffen musste.

Seine Heiligkeit unternahm keinen weiteren Versuch, mich

zu verführen, und am Ende schlossen wir uns den anderen zum Essen im Saal der Freien Künste an. Unter einer Darstellung der Rechenkunst – einer blonden Frau in grünem Samtumhang, die einen dicken goldenen Wälzer in Händen hielt – winkte der Papst mich zu sich. »Ihr werdet neben mir sitzen.«

Während er mich an die lange Tafel führte, die mit Kerzenleuchtern und einem üppigen Festmahl gedeckt war – gebratenes Huhn, Kalb, Lamm, Wein und Trauben, Käse und Brot –, kam ich an einigen Kardinälen vorbei, allesamt Borgias, alle in traditionellem Scharlachrot. Ich schaute prüfend in ihre Gesichter, doch mein gut aussehender Mann war nicht unter ihnen.

Am oberen Ende der Tafel stand der Stuhl für den Papst, größer und mit reichhaltigeren Schnitzereien versehen als die anderen; zu seiner Rechten saß Lucrezia. Ich machte einen Knicks; sie nickte gekünstelt, presste die feinen Lippen fest zusammen, machte die Augen halb zu und brachte es auf schlaue Weise fertig, nur mir allein das Ausmaß ihrer Verachtung zu zeigen. Jofre entgingen diese Feinheiten; er küsste seine Schwester und setzte sich neben sie.

Gleich zur Linken des Papstes wartete ein leerer Stuhl auf mich; wieder einmal hatte man mich dazu vergattert, Lucrezias Gegenüber zu spielen. Ich wollte schon Platz nehmen, da hielt mich die Hand des Papstes zurück, die sich fest, aber liebevoll auf meine Schulter legte.

»Wartet! Unsere liebe Donna Sancha hat ihren neuen Bruder noch nicht kennen gelernt!«

Mein Blick folgte der Geste des Papstes zum Stuhl direkt neben mir. Der junge Mann, der dort saß, hatte sich bereits erhoben: ein Mann in meinem Alter. Ein ausgesprochen gut aussehender Mann mit einer schmalen, geraden Nase und energischer, bärtiger Kinnpartie.

»Cesare! Cesare, gib deiner neuen Schwester Sancha einen Kuss!«

Er hatte die Gesichtszüge seiner Mutter und pechschwarze

Haare, so dass ich keinen Borgia in ihm vermutet hatte. Im Gegensatz zu den anderen Kardinälen hatte er einen schlichten, aber eleganten schwarzen Priesterrock angezogen. Die Blicke, die wir tauschten, waren nicht weniger umwerfend als am Morgen, als ich ihn von meinem Sitz neben dem Papstthron erspäht hatte.

Mir war bekannt gewesen, dass Jofre einen älteren Bruder hatte – Cesare, Kardinal von Valencia, von einigen Valentino genannt. An jenem Morgen, bei der päpstlichen Audienz, hatte ich jedoch die Verbindung noch nicht hergestellt, als Jofre sich neben ihm postiert hatte.

Wir umarmten uns höflich, aber familiär, wobei wir uns über den Ellenbogen an den Armen hielten. Ich bot ihm meine Wange dar und war verblüfft, als er sich vorbeugte und mir einen festen Kuss auf die Stirn drückte. Sein Bart war kräftig, männlich, und ich zitterte, als er meine Haut streifte.

»Ihr müsst meine Beichte anhören, Eure Heiligkeit«, sagte er, ohne den Blick von mir abzuwenden. »Ich beneide meinen Bruder; er hat eine wahrhaft schöne Frau erobert.« Alle lachten höflich.

»Ihr seid zu freundlich«, murmelte ich.

Alexander nahm Platz – woraufhin sich auch alle anderen setzen durften – und deutete lächelnd auf Cesare. »Ist er nicht geistreich?«, fragte er stolz und mit ehrlicher Zuneigung. »Ich bin mit den schönsten und klügsten Kindern der ganzen Christenheit gesegnet; ich danke Gott, dass ihr jetzt alle hier und in Sicherheit seid.«

Die Unfähigkeit des Papstes, seine Lust zu zügeln, hatte mich abgestoßen – doch nun merkte ich, wie seine Söhne und seine Tochter unter seinem Lob aufblühten. Offenbar hatte Alexander ein großes Herz, trotz seiner Fehler, und ich fragte mich wehmütig, wie es wohl sein mochte, einen so liebevollen, netten Vater zu haben.

Während der Mahlzeit war ich schweigsam und aß wie ein Spatz, obwohl die anderen lachten und offen redeten; ich hörte die ganze Zeit Cesare zu. Ich kann mich kaum erinnern, was er sagte, doch sein Verhalten, seine Stimme waren wie Samt.

Das Festmahl war auf die Familie beschränkt – einer so ausgedehnten allerdings, dass ich mir viele Namen zu merken hatte. Kardinal Borgia von Monreale kannte ich bereits – er hatte den Vollzug meiner Ehe mit Jofre bezeugt.

Der Mond war längst aufgegangen, als der Papst seine großen Hände auf den Tisch stützte und sich erhob – Anlass für alle anderen, ebenfalls aufzustehen.

»Auf zum Empfang«, sagte er weinselig.

Schon gingen wir hinaus in den größten Raum seiner Gemächer, in dem sich eine kleine Menschenmenge versammelt hatte. Bei unserem Erscheinen spielten Musikanten mit Lauten und Flöten auf. Obwohl man mich ihr nicht vorgestellt hatte, erkannte ich sie sofort, sie, die in Rom *La Bella* hieß – die berüchtigte Giulia mit einem Gesicht wie aus Marmor gemeißelt, hellbraunem, zu Zöpfen geflochtenem und gewundenem Haar, das von einem goldenen Netz zusammengehalten wurde, bis auf die feinen, gedrehten Locken, die das zarte Antlitz umrahmten. Sie trug ein Gewand aus hellrosa Seide mit unendlich vielen Falten; das hauchdünne Material schwang bei jeder Bewegung mit. Giulia hatte große Augen mit schweren Lidern, die dafür, dass sie die Herzdame eines so mächtigen Mannes war, eine eigenartige Scheu ausstrahlten. Ich sah in ihr weder Bosheit noch Täuschung. Die Gunst Seiner Heiligkeit war ihr offenbar ohne eigenes Zutun gewährt worden; sie erweckte den Eindruck eines Kindes, das überwältigt vor einem allzu großen Spielzeug steht.

Ihr Gemahl Orsino Orsini war bei ihr – er hatte einen beunruhigenden einäugigen Blick, da er ein paar Jahre zuvor ein Auge verloren hatte. Orsino war klein und stämmig, hatte eine verdrießliche Miene und eine ergebene Haltung. Seine Mutter, Adriana Mila, die Nichte des Papstes, ließ ihn und seine Frau nicht aus den Augen. Sie war eine untersetzte Matrone mit hinterhältigen, taxierenden Augen und tief eingegrabenen Sorgenfalten auf der Stirn. Adriana war eine erfahrene Taktiererin; sie hatte sich die Gunst des Papstes hauptsächlich dadurch erworben, dass sie ihm nicht nur Giulia vermittelt, sondern auch Lucrezia im Haushalt des Papstes aufgezogen hatte. Jemand, der in der Obhut dieser Frau aufgewachsen war, konnte unmöglich die Kunst des Vertrauens lernen.

Daneben waren noch andere anwesend – Edelleute mit ihren Gemahlinnen, Gefolge des päpstlichen Hofes, weitere Kardinäle sowie Frauen, die verdächtig vernachlässigt wurden und denen man mich nicht vorstellte. Der Empfang ging ausgesprochen ungezwungen vonstatten, ganz und gar nicht so, wie ich es von Neapel oder Squillace her gewohnt war, wo Jofre und ich auf dem Thron saßen und Edelleute mit ihren Angehörigen sorgsam nach Rang und Namen platziert und bedient wurden. Für Seine Heiligkeit wurde ein Thron hereingetragen und so positioniert, dass er den besten Überblick hatte; alle anderen schlenderten frei umher und ließen sich hier und da auf Polstern oder Stühlen nieder, wo immer es ihnen beliebte, um dann wieder ohne weiteres aufzustehen und dem Nächsten Platz zu machen.

Das beunruhigte mich nicht; Sitten und Gebräuche sind von Königshaus zu Königshaus verschieden. Doch dann wurde ein Stuhl für Giulia hereingetragen, damit sie direkt neben dem Papst saß; und als er sie sah, ging er auf sie zu und küsste sie vor der versammelten Menge ohne Hemmungen. Dann bat er sie, an seiner Seite Platz zu nehmen.

Ich war, gelinde gesagt, schockiert. Meine Mutter war die Mätresse eines Prinzen, doch mein Vater hätte sich bei einer öffentlichen Veranstaltung niemals neben sie gesetzt, geschweige denn sie geküsst; und wir waren hier immerhin im Vatikan. Außerdem fand ich es widerwärtig, dass die Hände, die jetzt Giulia liebkosten, noch vor wenigen Stunden spielerisch nach mir gegrapscht hatten. Dennoch erlaubte ich mir keine Reaktion; ich richtete mich nach Jofre. Er nahm das Verhalten seines Vaters als ganz natürlich hin, und ich versuchte, es ihm gleichzutun.

Unterdessen floss der Wein. Ich trank ihn mit Wasser verdünnt, und dann auch nur zwei Kelche.

»Ich war schon einmal in Neapel und kenne es leidlich«, wandte sich Lucrezia an mich, um Konversation zu treiben. »Aber ich war noch nie in Squillace. Erzählt mir davon.« Ähnlich wie ich war sie darauf bedacht, dass der Wein sie nicht beeinträchtigte; sie war zu sehr damit beschäftigt, mich zu taxieren und abzuschätzen, wie stark die Rivalität zwischen uns sein könnte.

»Squillace ist auf seine Weise sehr schön. Es liegt oberhalb der Küste des Ionischen Meeres, und obwohl der Küstenstreifen landschaftlich nicht so beeindruckend ist wie die Bucht von Neapel – schließlich gibt es dort keinen Vesuv –, ist der Hafen wunderschön. Die Stadt hat viele Künstler und viele Handwerker, die für ihre Tonarbeiten und Keramiken berühmt sind.«

»Ist es nicht so groß wie Neapel?«

»In der Tat nicht.« Jofre kicherte leise.

Cesare, der bis dahin geschwiegen hatte, versuchte zu vermitteln. »Aber ich habe gehört, es ist trotzdem zauberhaft. Größe und Schönheit haben nichts miteinander zu tun.«

Lucrezia neigte den Kopf und kniff die Augen leicht zusammen. »Ah. Es gibt Zeiten, da sehne ich mich nach der Schlichtheit der Provinz. Rom ist so weitläufig, und wir werden sehr in Anspruch genommen; es kann überwältigend sein. Dennoch haben wir die Verpflichtung, das gemeine Volk in allen gesellschaftlichen Funktionen zu beeindrucken. Hier, fürchte ich, sind die Menschen viel übersättigter als in Squillace und erwarten mehr.«

Nach dieser subtilen Beleidigung schob ich das Kinn vor: Bezog sie sich damit auf meine Kleidung, die ich absichtlich matronenhaft und gemäßigt gewählt hatte, damit sie, Lucrezia, bei unserer ersten Begegnung einen besseren Eindruck machte? Wenn ja, dann würde mir dieser Fehler nicht noch einmal unterlaufen.

»Lucrezia!«, rief der Papst, offenbar ziemlich angetrunken.

»Tanz uns etwas vor! Tanze mit Sancha!« Er hatte einen Arm um Giulia gelegt; sie kicherte, als er sie an sich zog, sodass ihre Nasen sich berührten, und sie küsste.

Lucrezia warf mir wieder einen ihrer leicht spöttelnden Seitenblicke zu. »Ihr kennt natürlich die spanische Version … oder lernt man die nicht im Süden?«

»Ich bin Prinzessin des Hauses Aragon«, antwortete ich unfreundlich.

Wir reichten uns die Hände. Und während der Papst von Zeit zu Zeit entzückt den Takt mitklatschte und die Musikanten spielten, führten wir einen altmodischen kastilianischen Tanz vor.

In jenem Augenblick war ich froh, bei meinem Vater aufgewachsen zu sein und gelernt zu haben, dass Männer und Frauen sich nach außen hin höflich geben und sich dennoch die Gabe der Falschheit erhalten können; ich spürte, dass Lucrezia zu diesen Menschen gehörte. Während wir also bei unserem kleinen Tanz artig miteinander parlierten, hielt ich Augen und Ohren daher offen. Und prompt kam der Augenblick, da Lucrezia absichtlich einen Tanzschritt ausließ und einen Fuß so stellte, dass ich unweigerlich darüber stolpern und mich blamieren musste.

Ich war darauf vorbereitet. Vielleicht hätte ich so nett sein und das Stolpern einfach umgehen sollen, so tun sollen, als hätte sie eine unbeabsichtigte Bewegung gemacht; doch der Zorn und der Hochmut meines Vaters wallten in mir auf. Mit voller Absicht trat ich ihr auf den Fuß.

Sie stöhnte leise und wandte sich mir abrupt zu; obwohl wir unsere Tanzschritte weiter ausführten, duellierten wir uns mit Blicken.

»Wie hättet Ihr es gern, Madonna?«, fragte ich süßlich, obwohl mein Blick hart war. »Ich bin nicht freiwillig nach Rom gekommen; gewiss bin ich nicht hier, um mir eine Feindin zu machen. Ich habe nur den einen Wunsch, Euch eine gute Schwester zu sein.«

Sich der Zuschauer bewusst, schenkte sie mir ein hübsches

Lächeln; es war der kälteste, furchterregendste Ausdruck, den ich je gesehen hatte. »Ihr seid nicht meine Schwester. Und Ihr werdet mir niemals ebenbürtig sein, Hoheit. Merkt Euch das.«

Ich verstummte und wusste nicht, wie ich ihre Eifersucht mildern sollte.

Während unseres Tanzes kamen Diener mit Tabletts voll köstlicher Schokolade herein. Alexander machte viel Aufhebens darum, Giulia zu füttern, dann fütterte sie ihn. Gerade als unser Tanz zu Ende ging und das Publikum höflich Applaus spendete, warf Alexander – mit breitem, jungenhaftem Grinsen – ein Stück Schokolade quer durch den Raum und traf Cesare.

Der dunkel gekleidete junge Kardinal reagierte mit vollendeter Anmut; er lächelte ohne Überraschung, fing die Schokolade und aß sie mit Behagen, was seinem lachenden Vater gefiel.

Dann ließ Alexander mit ausholender Geste ein Stück Schokolade in Giulias Mieder fallen.

Im ersten Augenblick huschte ein betretener Ausdruck über das Gesicht der jungen Frau. Sie wollte ihr teures Gewand nicht ruinieren.

Ich fing den scharfen Blick auf, den Adriana Mila ihr zuschoss: Es war eine Warnung, eine Drohung.

Sogleich lächelte Giulia, dann kicherte sie mit einem Maß an Echtheit, die ihr nur ein restlos verliebter Mann abnehmen konnte. Auch der Papst kicherte wie ein ungezogener Schuljunge und fischte mit der Hand tief in ihrem Mieder zwischen den schneeweißen Brüsten, wobei er sich ungehörig viel Zeit ließ und lüstern mit den Augenbrauen wackelte, um die Zuschauer zu ergötzen.

Diese brüllten denn auch vor Lachen.

Abrupt trat Adriana neben Alexander und flüsterte ihm etwas ins Ohr; er nickte, wandte sich dann an Giulia, nahm ihr liebreizendes Gesicht zwischen beide Hände, küsste sie auf den Mund und raunte ihr ein Versprechen zu. Ich vermutete, sie verabredeten ein Stelldichein, und fragte mich, ob ein Gerücht, das mir zu Ohren gekommen war, stimmte: dass der Papst einen Gang zwischen dem Palazzo Santa Maria und dem Vatikan hatte bauen lassen, damit er seine Frauen nach Belieben heimlich aufsuchen konnte.

Giulia nickte mit strahlenden Augen und verließ mit dem unglücklichen Orsino den Raum. Adriana ging ihnen voran.

Das war ein Signal für die Gäste, das ich nicht verstand: Im Nu formierte sich eine Reihe von Kardinälen am Thron des Papstes; sie verneigten und verabschiedeten sich. Die meisten Edelleute folgten ihrem Beispiel.

Die Nacht war noch jung, doch die Feier war nun auf den engsten Familienkreis beschränkt – und die unbekannten, extravagant gekleideten Frauen ohne Begleitung.

Freudenmädchen, wurde mir plötzlich peinlich bewusst, noch ehe Seine Heiligkeit ein weiteres Stück Schokolade im Dekolletee der drallsten weiblichen Person im Raum versenkte. Die Hure lachte. Es war ein reizvolles junges Mädchen mit goldenem Haar, doch in ihrem Blick lag trotz ihrer Trunkenheit etwas Hartes. Sie beugte sich vor, um ihren Busen besser zur Geltung zu bringen, und rannte beinahe auf unsicheren Beinen zu Alexander.

Er bereitete sich auf ihren Ansturm vor. Und in dem Augenblick, in dem ihre von Brokat bedeckten Brüste vor ihm auftauchten, stieß er sein Gesicht zwischen sie und begann, nach der verborgenen Nascherei zu suchen, wie ein Hund nach einem Happen, der von des Herrn Tisch gefallen ist.

Sie lachte schrill auf, legte ihm eine Hand in den Nacken und drückte ihn fest an sich. Schließlich zog er sich triumphierend zurück, das Gesicht mit Schokolade beschmiert, die Süßigkeit zwischen den Lippen.

Cesares Ausdruck war reserviert und unverbindlich, während er in seinen Weinkelch starrte. Offensichtlich war er daran gewöhnt, wenn er es auch nicht guthieß.

Ich schaute sofort zu Jofre hinüber; mein kleiner Gemahl lachte – auch er war ziemlich angetrunken – und winkte einen

Diener mit einem Tablett Süßigkeiten zu sich. Ich vergaß mich: Es gelang mir nicht, meinen Abscheu zu verbergen.

Lucrezia merkte es sofort. »Ah, Madonna Sancha, Ihr seid provinziell.« Um zu beweisen, dass sie es nicht war, ließ sie ein Stück Schokolade vom Tablett zwischen ihre Brüste fallen.

Cesare fing die Süßigkeit mit einer Geschicklichkeit, die jeder Ungehörigkeit entbehrte, mit zwei Fingern auf und legte sie wieder auf das Tablett. »Du musst deiner neuen Schwester Zeit lassen, uns kennen zu lernen«, sagte er aalglatt ohne Vorwurf, »damit unsere römische Lebensart sie nicht schockiert.«

Daraufhin lief Lucrezia rot an. Sie stellte ihren Weinkelch auf dem Tablett ab, nahm das halb geschmolzene Stück Schokolade und steckte es sich erneut fest zwischen die Brüste.

Ohne ein Wort zu verlieren, ging sie zu ihrem Vater und gab der kichernden Hure, die inzwischen auf dem Schoß des Papstes saß und mit den Lippen äußerst obszöne Bewegungen machte, durch Gesten zu verstehen, dass sie verschwinden solle.

Die Frau tat, wie ihr geheißen, und verneigte sich anmutig, obwohl deutlich war, dass sie etwas gegen die Einmischung hatte. Lucrezia nahm ihren Platz ein.

Sie setzte sich ihrem Vater auf den Schoß und drückte sein Gesicht an ihre kleinen Brüste; inzwischen war Alexander ganz offensichtlich betrunken – doch er war durchaus noch in der Lage zu merken, dass es eine andere Frau war.

Während er mit Lippen und Zunge nach der Schokolade suchte, wandte sich Lucrezia zu mir um und warf mir unter halb geschlossenen Augenlidern einen Blick zu, in dem sowohl Herausforderung als auch Triumph lagen.

Mit wehenden Röcken drehte ich mich um und ging hinaus.

12

Esmeralda und drei Wachen folgten mir bis zur Tür, doch ich wirbelte zu ihnen herum. »Ich will allein sein!«, forderte ich mit einer Stimme, die selbst die beherzte Donna Esmeralda zum Schweigen brachte. Für gewöhnlich hätte sie mir nicht erlaubt, abends ohne Begleitung umherzulaufen; sie war allerdings klug genug zu wissen, dass meine Entschlossenheit keinen Widerspruch duldete. Im Übrigen hatte ich keine Angst; ich trug stets Alfonsos Stilett bei mir.

Allein trat ich in die römische Nacht hinaus. Die Luft war leicht frostig, die Piazza vor mir lag im Dunkeln; das einzige Licht spendeten der Mond, der von den Marmordächern abstrahlte, und die golden flackernden Fenster der Borgias hinter mir. Ich hob die Röcke und stieg so vorsichtig wie möglich die hohe Treppe zur Straße hinunter; dort wandte ich mich um und benutzte den dämmrigen Schein, der aus dem Parterre des Palazzo Santa Maria drang, als Wegweiser zu meinem neuen Zuhause.

Ich war wirklich nicht prüde. Ich hatte Ausschweifungen am Hofe meines Vaters miterlebt – und an dem meines Gemahls. Dass auf Festen Spielchen mit Kurtisanen getrieben wurden, war nichts Unbekanntes. Doch es geschah diskret und im Beisein nur weniger Vertrauter.

Dieser Papst vertraute allem Anschein nach vielen. Vielleicht wagte aber auch niemand, den Mund aufzumachen. Einerlei, es lag auf der Hand, dass der Mann, der die italienische Gesellschaft zutiefst schockiert hatte, als er sich einigen verheirateten Frauen im Garten einer Kathedrale unziemlich annäherte, sich keinen Deut verändert hatte, seitdem er zum Papst aufgestiegen war.

Ich hätte darüber hinwegsehen können, obwohl ich mehr Diskretion erwartet hatte. Und ich hatte mir eingeredet, nachdem Seine Heiligkeit an jenem Nachmittag ohne Weiteres seine Versuche, mir nachzustellen, aufgegeben hatte, müsste ich ihn nur noch ein paar Mal abweisen, dann würde er mich schon in Ruhe lassen.

Mir war sogar ganz warm ums Herz geworden, als ich sah, wie vernarrt Alexander in seine Kinder war; ich hatte mich nach einer solchen elterlichen Zuneigung gesehnt und mir vorgestellt, wie mein Leben wohl ausgesehen hätte, wenn mein Vater mir gegenüber freundlicher gewesen wäre.

Doch der eigenartig triumphierende Ausdruck in Lucrezias Augen, als sie das Gesicht des Papstes an ihren Busen drückte, erweckte in mir stattdessen das Verlangen nach dem Zuhause, das ich kannte. Ich konnte meinen Ekel vor einer derartigen Szene zwischen Vater und Kind nicht verbergen – einen Augenblick lang nahm mein Vater in meiner Phantasie den Platz Alexanders ein, und ich Lucrezias. Mir lief ein Schauer über den Rücken bei der Vorstellung, ich drückte meine Brüste an Alfonsos Lippen und mein Vater würde trunken nach mir grapschen. Der Gedanke war so widerwärtig, dass ich ihn unverzüglich beiseite schob.

Nun verstand ich Lucrezias Eifersucht nur allzu gut … und es hatte nichts damit zu tun, dass ich sie bei gesellschaftlichen Anlässen in den Schatten stellen könnte.

Ihre Liebe zu Alexander war mehr als die Liebe einer Tochter zu ihrem Vater. Der Blick, den sie mir zugeworfen hatte, war der einer Frau, die einen Geliebten in Besitz nimmt und eine Rivalin herausfordert: *Lass ihn in Ruhe; er gehört mir.*

Das Bild von ihrem jungen, weißen, unbekleideten Fleisch, an den betagten, gebeugten Körper des Papstes gepresst, verursachte mir Brechreiz. Ich taumelte am Rand der Piazza entlang, sog die vom morastigen Geruch des nahen Tiber erfüllte Nachtluft ein, als könnte ich mich von der Erinnerung an das soeben Gesehene reinigen.

Meine Intuition sagte mir, dass Lucrezia ein verdorbenes, verachtenswertes Geschöpf war. Ihr schamloses Verhalten mit der Schokolade ließ auf eine ungeheuerliche Vorstellung schließen: dass sie ihrem leiblichen Vater – dem Papst – sexuell zu Willen war.

Ich holte tief Luft und beruhigte mich wieder. Ich war zynisch, fällte rasch ein Urteil. Kaum war ich eine Weile getrennt von meinem Bruder, schon dachte ich von jedem gleich das Schlechteste. Konnte es sein, dass ich Alfonso zunehmend ähnlicher wurde?, fragte ich mich. Wie würde mein Bruder reagieren?

Bestimmt irrte ich mich, redete ich mir ein. Die beiden konnten es nicht miteinander treiben; ein solcher Gedanke war einfach zu schrecklich. Lucrezia war in ihren Vater vernarrt, wie es bei manchen jungen Mädchen üblich ist – und sie hatte ein aufbrausendes Temperament. Sie war eifersüchtig, dass sie seine Zuneigung bereits mit Giulia teilen musste, und nun kam ich, die nächste Frau, die Alexanders Aufmerksamkeit von ihr ablenkte. Außerdem hatte meine barsche Antwort während unseres Tanzes Lucrezia derart aufgebracht, dass sie die Beherrschung verloren hatte und mich zutiefst schockieren wollte.

So wird es sein, sagte ich mir. *Und vielleicht hat sie mehr Wein getrunken, als mir aufgefallen war. Vielleicht war sie nicht so nüchtern, wie sie schien.*

Dieser Gedanke beruhigte mich einigermaßen; als ich dann den Palazzo Santa Maria erreichte, war ich davon überzeugt, dass Lucrezia aus einem kindischen Impuls heraus zu unkultiviertem Verhalten Zuflucht genommen hatte und Alexander gewiss zu betrunken war, um zu erkennen, dass er am Busen seiner Tochter nuckelte.

Die Wachen erkannten mich sofort und ließen mich ein. Die Loggia war hell erleuchtet, die Korridore im oberen

Stockwerk hingegen waren eine andere Sache, und ich irrte umher, bis ich schließlich den Eingang zu meinen Gemächern fand.

Ich streckte die Hand aus, um die Tür zum Vorzimmer zu öffnen. Da wurde mein Handgelenk mit brutaler Gewalt umklammert.

Ich wirbelte herum. Im Dunkeln hatte sich Rodrigo Borgia hinter mir aufgebaut. Selbst das schwache Licht vermochte seine groben Gesichtszüge nicht zu verbergen – das fliehende Kinn, das in Falten alternden Fleisches verschwand, die hervorstehende, leicht klobige, krumme Nase, die wulstigen Lippen, die jetzt zu einem anzüglichen Grinsen verzogen waren. Die Augenlider waren schwer vom Alkohol. Der goldene Umhang war nicht mehr da; er trug nur seine rote Satinrobe und eine Samtkappe.

Dann stimmt es also, dachte ich, innerlich eigenartig unbeteiligt. Es gibt einen Geheimgang zwischen Santa Maria und dem Vatikan. Wie sonst hätte Seine Heiligkeit das Fest so schnell verlassen und hier auf mich warten können?

Wie ich so neben ihm stand, vermochte ich seinen körperlichen Vorteil nicht zu leugnen: Ich war nicht groß, und im Gegensatz zu seinem Sohn Jofre war Rodrigo ein hochgewachsener Mann und mit seinen sechzig Jahren noch kräftig. Ich reichte ihm gerade bis an die breiten Schultern. Seine Knochen waren groß und dick, meine eher fein: er konnte mit seinen Pranken meine Taille umfassen, und er hätte mir mit Leichtigkeit den Hals umdrehen können.

»Sancha, mein Liebling, mein Traum«, flüsterte er und zog mich an sich; der Druck auf mein Handgelenk nahm zu, bis es schmerzte, aber ich schrie nicht auf. Er lallte. »Den ganzen Tag und den ganzen Abend habe ich auf diese Begegnung gewartet – nein, jahrelang, seit man mir Euch zum ersten Mal beschrieben hat. Aber der Krieg hat uns getrennt … bis jetzt.«

Ich machte den Mund auf, um ihn zurechtzuweisen. Doch noch ehe ich ein Wort über die Lippen brachte, nahm er mich in den Arm, legte eine Hand auf meinen Hinterkopf und zwang mein Gesicht zu sich heran. Ich wehrte mich, allein, es war vergebens. Er küsste mich, die Lippen auf meine Zähne gepresst; beim Geruch nach verwesendem Fleisch, mit Wein vermischt, musste ich würgen.

Er ließ mein Handgelenk los, trat zurück und schaute mich an wie ein junger Liebhaber, der auf eine Reaktion hofft. Die konnte er haben: Mit aller Kraft versetzte ich ihm einen Schlag auf die Wange.

Taumelnd wich er zurück, ehe er halbwegs sein Gleichgewicht wiedergefunden hatte. Vor Überraschung und Zorn kniff er die Augen zusammen; er berührte die getroffene Stelle, ließ dann die Hand sinken und lachte höhnisch. »Ihr seid Euch Eures Wertes zu sicher, liebe Sancha. Ihr mögt ja eine Prinzessin sein – aber vergesst nicht, ich bin der Papst.«

»Ich rufe nach meinen Dienern!«, zischte ich. »Sie sind gleich hinter der Tür.«

»Ruft sie doch.« Er lächelte. »Und ich werde sie entlassen. Glaubt Ihr im Ernst, sie würden mir den Gehorsam verweigern?«

»Sie sind mir treu ergeben.«

»Wenn ja, dann werden sie dafür leiden müssen.« Diese Worte kostete er regelrecht aus.

»Schämt Ihr Euch denn gar nicht?«, fragte ich. »Ich bin die Frau Eures Sohnes!«

»Ihr seid ein Weib.« Auf seinem Gesicht und in seiner Stimme lag plötzlich eine bösartige Härte, die ich zuvor nur im Blick seiner Tochter wahrgenommen hatte. »Und ich bin hier der Herr im Hause. Solange Ihr in meinem Haushalt lebt, seid Ihr mein Eigentum, mit dem ich tun und lassen kann, was ich will.«

Um seinen Worten Gewicht zu verleihen, bewegte er sich überraschend schnell für jemanden, der voll des guten Weines war, schlüpfte mit der Hand in mein Mieder und grabschte nach einer Brust.

»Sancha, mein Liebes«, sagte er gereizt, »bin ich denn so alt, so scheußlich, dass Ihr Euch nicht vorstellen könnt, mich zu lieben? Ich würde Euch anbeten wie kein anderer; nicht einen Wunsch würde ich Euch abschlagen. Ihr müsst nur sagen, was Ihr haben wollt. Sagt es nur! Ich bin immer gut zu allen, die mich lieben.«

Noch ehe er zu Ende gesprochen hatte, packte ich seine Hand und zog sie aus meinem Mieder. Er seinerseits ergriff meine Arme und schob mich rückwärts an die Wand – mit einer solchen Wucht, dass mir der Atem stockte. Mit seiner Körpermasse hielt er mich an die Wand gedrückt; ich schlug um mich, ich trat aus, doch er war zu kräftig. Er hielt meine Handgelenke fest und streckte meine Arme in Schulterhöhe aus – eine barbarische Parodie auf den Gekreuzigten –, dann küsste er mein Gesicht ab.

Ich hustete, spie ihn an; ich erstickte fast, als er mir seine Zunge in den Mund zwängte. Dann hob er meine Arme über den Kopf, nahm sie beide in eine Pranke und drückte sie an die Wand. Mit der anderen schob er meine Röcke hoch, wobei er sich bücken musste. In Anbetracht seines trunkenen Zustands wurde ihm dabei schwindelig, und er geriet ins Wanken.

Ich nutzte die Gelegenheit, um eine Hand zu befreien. Mit einer blitzartigen Bewegung griff ich nach meinem Stilett, das direkt unter dem Mieder verborgen war. Ich gedachte, ihm den Schneid abzukaufen, ich wollte es nicht benutzen. Doch als er merkte, dass ich eine Hand freibekommen hatte, und nach oben langte, um wieder beide zu umklammern, traf er mit der Hand auf die Stilettspitze.

Er schrie auf und zog sich sofort zurück. Meine Augen hatten sich inzwischen an das matte Licht gewöhnt, und ich konnte die Hand sehen, die er in die Höhe hielt; dicke, weit gespreizte Finger. Wir schauten sie beide verwundert an. Das Stilett hatte die Handfläche eingeritzt, ein veritables Stigma, und das Blut rann ihm bereits am Handgelenk herab. Die Verletzung war geringfügig, die Wirkung indes dramatisch.

Er heftete den Blick auf mich. Und mit einem Mal erkannte ich den blanken Hass darin, den ich nur in Lucrezias Augen hatte aufblitzen sehen. Er stieß mit einem Zischen die Luft aus. Abgesehen von seiner Wut spiegelte sich noch eine Empfindung auf seinem Gesicht: Angst.

Er ist ein Tyrann, aber auch ein Feigling, schoss es mir durch den Kopf, *genau wie Vater.* Diese Erkenntnis nutzend, trat ich auf ihn zu, das Stilett noch immer drohend erhoben.

Plötzlich lächelte Rodrigo, der betrunkene Diplomat; er schlug einen einschmeichelnden Ton an, während er die verwundete Hand mit der anderen umschloss. »Es stimmt also, was sie sagen: Ihr habt keine Angst. Ich habe gehört, dass Ihr einen Mann umgebracht habt, um dem König von Neapel das Leben zu retten.«

»Mit eben dieser Waffe«, versetzte ich geradeheraus. »Ich habe ihm die Kehle aufgeschlitzt.«

»Umso mehr Grund, Euch zu lieben«, verkündete er mit aufgesetzter guter Laune. »Sancha, Ihr seid doch bestimmt nicht so dumm, eine solche Gelegenheit auszuschlagen …«

»Doch, Eure Heiligkeit. Jedes Mal, wenn Ihr zu mir kommt, werdet ihr dieselbe Antwort erhalten.« Ich funkelte ihn wütend an. »Ihr seid ein Vater, der behauptet, seine Kinder zu lieben. Was würde Jofre wohl sagen, wenn er uns hier so sähe?«

Rodrigo senkte bei meinen Worten das Haupt und schwieg eine Weile, wobei er leicht schwankte. Zu meiner Verwunderung brach er in Tränen aus und kniete nieder. »Ich bin ein schlechter Mann«, sagte er weinerlich. »Alt und betrunken und närrisch. In Gegenwart von Frauen werde ich schwach; es ist der Fluch meines Lebens. Donna Sancha, Ihr versteht es nicht – Eure überwältigende Schönheit hat mir den Verstand geraubt. Doch jetzt habt Ihr meine Achtung gewonnen, denn Ihr seid nicht nur hübsch, sondern auch mutig. Verzeiht mir.« Er weinte immer heftiger. »Vergebt, wenn ich Euch entehrt habe, und mein armer Sohn …«

Seine Reue, so abrupt sie auch einsetzte, schien ernst zu sein. Ich ließ das Stilett sinken und trat einen Schritt auf ihn zu. »Ich verzeihe Euch, Heiligkeit. Ich werde diesen Vorfall nie erwähnen. Nur lasst es nie wieder so weit kommen.«

Er schüttelte den großen Kopf. »Ich schwöre, Madonna, ich werde nie …«

Ich ging noch näher und wollte ihm schon die Hand reichen, um ihm auf die Beine zu helfen.

Plötzlich schoss er in die Höhe und versetzte mir mit Kopf und Schultern einen solchen Stoß, dass ich zu Boden fiel und mir die Waffe aus den Händen flog. Ich konnte nicht sehen, wo sie landete; mich in meinen Röcken verheddernd, versuchte ich krampfhaft, aufzustehen, denn ich erkannte, wie verwundbar ich war.

Doch meine schweren Röcke und die Samtpantoffeln waren mir alles andere als eine Hilfe. Rodrigos bullige Gestalt ragte über mir auf, und er streckte die Arme aus …

In diesem Augenblick tauchte eine zweite Gestalt auf, genauso groß, aber schlanker, und packte den Papst am Arm.

»Vater«, sagte Cesare ruhig und leichthin, als wecke er den alten Mann aus dem Schlaf, statt ihn bei einer Vergewaltigung zu stören.

Desorientiert wirbelte Rodrigo zu seinem Sohn herum, immer noch kampfbereit. Er holte aus – doch Cesare, viel stärker als sein Vater, packte Rodrigos Arm und lachte, als wäre alles ein herrlicher Spaß. »Vater! Du hast zu viel getrunken – du weißt, wenn du mich schlagen wolltest, wäre es dir im nüchternen Zustand ein Leichtes. Komm, Giulia hat nach dir gefragt.«

»Giulia?« Der Papst sah mich unsicher an. Wie arrogant er doch war, als er sich an mich heranmachte, und nun mit einem Mal war er nur noch ein verwirrter alter Mann.

Cesare deutete flüchtig mit dem Kopf in meine Richtung. »Die da brauchst du nicht. Doch Giulia wird eifersüchtig, wenn du sie nicht bald aufsuchst.«

Der Papst warf mir einen finsteren Blick zu, dann drehte er sich um und schlurfte durch den Korridor davon. Cesare sah ihm kurz nach, und dann – als er sicher sein konnte, dass sein Vater ein gutes Stück entfernt war – eilte er zu mir und kniete neben mir nieder.

»Madonna Sancha, seid Ihr verletzt?«, fragte er ernsthaft besorgt.

Ich schüttelte den Kopf. Schulter und Rippen taten mir weh, meine Handgelenke waren blau angelaufen, doch ich hatte keinen ernsten Schaden genommen.

»Ich werde sicherstellen, dass Seine Heiligkeit am richtigen Ziel eintrifft. Ich muss mich für ihn entschuldigen, Madonna; er ist betrunken.« Er streckte mir beide Hände entgegen und half mir auf die Beine. »Mit Eurer Erlaubnis werde ich gleich noch einmal zu Euch kommen, um eine bessere Entschuldigung vorzubringen. Jetzt muss ich mich um ihn kümmern.«

Und schon war er verschwunden.

Ich fand das Stilett auf dem Marmorboden und steckte es wieder ein; einmal mehr hatte sich das Geschenk meines Bruders als wertvoll erwiesen. Als ich in meine Gemächer kam, begrüßten mich meine Hofdamen mit weit aufgerissenen Augen, ohne etwas zu sagen; erst als ich in den Spiegel schaute, sah ich, dass meine Brüste beinahe aus dem Mieder rutschten, mein Rock war zerrissen und die Haare hingen mir halb aus dem goldenen Netz auf die Schultern herab.

Cesare hielt sein Versprechen. Kurz nachdem er hinter seinem Vater her geeilt war – meine Zofen hatten nicht einmal Zeit, das goldene Netz zu entfernen und mein zerzaustes Haar auszubürsten –, klopfte es leise an der Tür meines Vorzimmers.

Ich rückte mein Mieder zurecht, entließ meine Zofen in ihre Gemächer und ging selbst, um zu öffnen. Ich zitterte noch nach dem körperlich anstrengenden Kampf, was mich überaus ärgerte.

Cesare stand wartend vor der Tür, nüchtern, doch auf eine beherrschte, würdevolle Art besorgt. Ich bat ihn herein; er blieb stehen und lehnte das Angebot ab, sich zu setzen.

»Madonna Sancha, seid Ihr ganz sicher, dass Ihr nicht verletzt seid?«

»Ja.« Ich bemühte mich nach Kräften, seine Würde widerzuspiegeln. In Wirklichkeit machte mir die Gewalt, die sein Vater gerade gegen meine Person gerichtet hatte, nicht so zu schaffen wie die Frage, was Cesare von mir dachte.

»Ich flehe Euch um Vergebung an«, sagte Cesare mit einer Spur von Leidenschaft in seinem ansonsten zurückhaltenden Tonfall. »Seine Heiligkeit versucht oft, die enormen Belange des Staates zu vergessen und im Wein zu ertränken. Er schläft schon fast. Ich vermute, er wird sich an den Vorfall überhaupt nicht mehr erinnern, wenn der Morgen graut.«

Und Ihr schlagt vor, dass ich mich auch nicht mehr daran erinnere, wollte ich schon sagen, doch das wäre undiplomatisch gewesen. Mir blieb nichts anderes übrig, als zu vergessen; der Papst hatte mein Schicksal in der Hand. Er konnte mich unter dem Vorwand des Verrats anklagen und ins Gefängnis der Engelsburg verbannen, wenn er wollte; er konnte mich sogar von einem seiner Handlanger umbringen lassen. Ich war dankbar für Cesares Besorgnis, denn es bedeutete, dass ich einen Verbündeten mehr als den untauglichen Jofre im Haushalt der Borgia hatte.

Stattdessen erwiderte ich: »Es gibt augenscheinliche Beweise für den Vorfall. Ich habe ihn geritzt ... mit einem Stilett. Seine Hand ist verletzt.«

»Es kann keine ernsthafte Wunde sein«, erwiderte Cesare. »Mir ist sie nicht aufgefallen, und er hat sich nicht beklagt.«

»Stimmt. Doch die Waffe hat trotzdem Spuren hinterlassen.«

Cesare dachte eine Weile darüber nach; sein Gesichtsausdruck erinnerte mich an einen See, dessen Wasser vollkommen ruhig ist. Schließlich schlug er vor: »Wenn mein Vater den Vorfall nun gänzlich vergessen hat, dann sollten wir beide hier und jetzt übereinkommen, dass die Wunde aus einer Begegnung mit einer der Kurtisanen resultiert. Ich werde ihm sagen, ich hätte es mit eigenen Augen gesehen, und man habe sich der Frau entsprechend angenommen.«

Ich nickte.

Cesare erwiderte die Geste als Besiegelung unserer Komplizenschaft und verneigte sich. »Ich verabschiede mich, Madonna.«

Er wandte sich schon zum Gehen, blieb dann aber stehen und sah mich über die Schulter hinweg an – wieder mit diesem durchdringenden Blick aus seinen schwarzen Augen, der mir unangenehm war und zugleich ein Prickeln auslöste. »Ihr seid die einzige Frau, die ich kenne, die sich ihm widersetzt hat, Madonna. Das erfordert großen Mut und eine feste Überzeugung.«

Ich schlug die Augen nieder. »Ich bin mit seinem *Sohn* verheiratet.« Damit antwortete ich nicht nur Cesare, sondern rief diese Tatsache auch mir selbst in Erinnerung.

Er schwieg eine Weile. Und schließlich: »Ein Jammer, Madonna, dass Ihr dem Jüngsten vor dem Ältesten begegnet seid.« Er wagte einen weiteren Blick, den ich diesmal kühn erwiderte.

»Wirklich ein Jammer«, sagte ich.

Ein Lächeln huschte über sein Gesicht, dann ging er.

13

Donna Esmeralda wartete mit meinen anderen Hofdamen eine geziemende halbe Stunde, ehe sie vom Fest in meine Gemächer zurückkehrten; in der Zwischenzeit hatten mich die Zofen bis auf das Hemd entkleidet und mir das goldene Haarnetz abgesetzt. Sie lösten die kunstvoll gewundenen Zöpfe und waren gerade mit dem Ausbürsten fertig, als Esmeralda eintrat; ich glaube, ich zitterte noch immer, und ich muss gehetzt ausgesehen haben. Die Zofen hatten gewiss aus meinem aufgelösten Zustand und der zerrissenen Kleidung darauf geschlossen, dass etwas Beunruhigendes geschehen sein musste, doch sie waren klug genug zu sehen, dass ich schlecht gelaunt war, und hielten den Mund.

An der Art und Weise, wie Esmeralda mich mit zusammengekniffenen Augen ansah, merkte ich, dass auch sie Bescheid wusste – doch sie stellte ebenfalls keine Fragen. Es hatte keinen Sinn, ihr zu beichten; das würde ihre Abneigung gegen den Papst und ihren Glauben an Savonarola nur untermauern – eine gefährliche Haltung, wenn man im Vatikan lebte. Im Übrigen würde sie angesichts ihres Talents, an Informationen zu gelangen, noch früh genug erfahren, was vorgefallen war.

Solange ich im Palazzo Santa Maria in Portico wohnte, war ich nicht mehr Sancha von Aragon, Prinzessin und leibliche Tochter eines Königs von Neapel. Ich war nicht mehr Herrin im eigenen Reich, meine Worte waren auf die Goldwaage zu legen, ich konnte mich nicht mehr unbeobachtet und frei bewegen. Ich war Donna Sancha, Gemahlin des jüngsten, unbegabtesten Bastards des Papstes, und ich lebte und atmete, solange es Seiner Heiligkeit gefiel.

Meinen Damen sagte ich nichts, sondern ließ mich in mein prächtiges neues Bett legen und bettete den Kopf auf weiche Federkissen.

Es war ein sorgenschwerer Kopf. Sollte der Papst sich an unsere Begegnung erinnern, war sein Zorn womöglich unermesslich. Cesare hatte gesagt, keine Frau habe sich ihm je widersetzt.

Zugleich ermahnte ich mich: *Du musst nicht um dein Leben fürchten. Rodrigo ist aus Habsucht vielleicht eines politischen Mordes fähig; doch ich bin seine Schwiegertochter, und er weiß, dass Jofre mich liebt. Im Übrigen würde er niemals einer Frau etwas zuleide tun.*

Meine Sorgen um die Reaktion des Papstes waren ebenso gewichtig wie Cesares tausendfach ins Gedächtnis gerufene Worte, die er mir zuletzt gesagt hatte; an das leise Lächeln, das seine Lippen umspielte.

Ein Jammer, Madonna, dass Ihr dem Jüngsten vor dem Ältesten begegnet seid.

Ah, das Prickeln, das mich bei dem Bild überlief, die Freude, die mich erzittern ließ; denn mir war klar, dass ich nicht als Einzige so fühlte. Er war ebenso betört wie ich.

Am nächsten Morgen, es war Pfingstsonntag, stand ich früh auf.

Obwohl ich tags zuvor darauf bedacht gewesen war, mich aus Ehrerbietung vor Lucrezia diskret zu kleiden, ja sogar wie eine Matrone, erfasste mich an jenem Morgen eine eigenartige Wildheit. Ich befahl meinen Hofdamen, mir eines meiner feinsten Gewänder zu holen, eine reizende Kreation aus leuchtend grünem Satin mit tannengrünem Samtmieder, besetzt mit goldener Spitze. Die angebundenen Ärmel waren aus dazu passendem Samt – große Flügel mit schmalen Unterärmeln aus hellgrünem Satin.

Esmeralda beäugte das Ganze misstrauisch mit fest zusammengepressten Lippen, doch sie sagte nichts. Als sie zur Bürste griff und mein Haar glättete, um es in eine gesetzte Rolle aufzustecken, wie sie es jeden Morgen seit meiner Hochzeit gemacht hatte, verscheuchte ich sie mit einer Handbewegung.

»Bürste es nur aus. Ich werde es offen tragen.«

Sie machte ein langes Gesicht und legte missbilligend den Kopf in den Nacken. »Donna Sancha, Ihr seid eine verheiratete Frau.«

»Lucrezia auch. Sie trägt das Haar offen.«

Sie funkelte mich wütend an; ohne Kommentar begann sie, mir die Haare unsanft zu bürsten. Sie stand mir näher als meine eigene Mutter, deshalb beklagte ich mich nicht, noch erlaubte ich mir aufzujaulen, wenn sie ein hartnäckiges Nest fand, an dem sie gnadenlos zerrte.

Sobald sie mit dem Bürsten fertig war, verlangte ich nach Schmuck. Am Hals trug ich ein Hochzeitsgeschenk von Jofre: einen daumengroßen Smaragd, der eng und schwer an meinem Hals anlag; um die Stirn ließ ich mir eine goldene Kopfbedeckung mit einem kleineren Smaragden binden, der direkt unterhalb meines Haaransatzes ruhte. Die Kombination der beiden ließ meine Augen grüner als die Juwelen leuchten.

Ich sah eher aus, als wäre ich auf dem Weg zu einem Ball, statt zu einer Messe.

Auf diese Weise herausgeputzt, suchte ich die Gemächer meines Gemahls auf – und im Korridor vor seiner Tür sah ich, wie eine der Kurtisanen vom Abend zuvor seinen Raum verließ. Offensichtlich hatte sie die Nacht dort verbracht, dann war sie von einem Diener verscheucht worden, denn ihr Abgang war alles andere als feierlich: Die Haare hingen herab, ihre Schuhe trug sie in einer Hand, und das Kleid hatte sie so hastig übergeworfen, dass ihr Hemd nicht ordentlich durch die Ärmelöffnungen gezogen worden war und sich aufbauschte. Ihre kleinen Brüste wollten ihr schier aus dem locker gebundenen Mieder rutschen.

Sie schlich sich derart übertrieben von dannen, kriechend beinahe, dass ich es schon wieder komisch fand. Das Haar, das in wirren Strähnen herabfiel, war von zweifelhaftem Rot, die Augen himmelblau. Sie schaute beunruhigt zu mir auf, als ich stehen blieb und ihr den Weg versperrte. Ich spielte die Rolle der verletzten Gemahlin, richtete mich gerade auf und bedachte sie mit vernichtendem Blick, der einer Lucrezia würdig gewesen wäre.

»Madonna!«, flüsterte sie außer sich; sie welkte unter meinem Blick dahin und verneigte sich anschließend sehr tief. In dieser Haltung entfernte sie sich rückwärts gehend von mir, dann rannte sie über den Korridor davon, die nackten Füße klatschten auf dem Marmorboden.

Nachdem ich taktvoll einen Moment hatte verstreichen lassen, betrat ich das Vorzimmer und wurde von Jofres Diener darüber in Kenntnis gesetzt, sein Herr schlafe nach dem Genuss des Weines noch sehr tief.

Ich frühstückte allein in meiner Suite, dann wurde mir langweilig. Im Palast war es sehr still; kein Zweifel, Jofre war nicht der Einzige, der noch im Bett lag.

Die Messe würde erst in ein paar Stunden beginnen. In Anbetracht der Bedeutung, welche die Kirche diesem Datum beimaß, würde es ein Ereignis mit mehr als dem üblichen Aufwand sein: Am Pfingstsonntag war eintausendfünfhundert Jahre zuvor das Feuer Gottes in die Apostel gefahren, die daraufhin in Sprachen predigten, die sie nie gelernt hatten.

Ein solches Wunder erschien mir an jenem Morgen unwahrscheinlich und belanglos: Ich war wechselweise in Hochstimmung oder zutiefst erschrocken über das, was mir am ersten Tag bei den Borgias widerfahren war. Ruhelos ging ich die Treppe hinunter über die mit Marmor ausgelegte Loggia in den wunderschönen Hofgarten, den ich tags zuvor von meinem Balkon aus gesehen hatte. Die Sonne schien, es war warm, und der Garten duftete herrlich: Kleine Orangenbäume in Terrakottatöpfen säumten einen Weg; die perfekt zu grünen Kugeln beschnittenen Pflanzen trugen eine Fülle duftender weißer Blüten. Auf der anderen Seite standen gepflegte Rosensträucher, die zarte Knospen bildeten.

Ich wanderte allein umher, bis ich außer Sichtweite meines Balkons, außer Sichtweite von allen war – so glaubte ich zumindest. Schließlich setzte ich mich, weil es zu warm wurde, auf eine geschnitzte Bank im Schatten eines Olivenbaums und fächelte mir Luft zu.

»Madonna«, flüsterte eine Männerstimme, und ich erschrak, überzeugt, dass Rodrigo einen Mörder geschickt hatte, um Rache an mir zu nehmen. Ich holte tief Luft und legte eine Hand auf mein Herz.

Neben mir stand ein ganz in Schwarz gekleideter Mann – es hätte ein Priesterrock gewesen sein können, nur waren der Kragen und die Stulpen aus feinem Samt und das Kleidungsstück selbst aus Seide.

»Verzeiht; ich habe Euch erschreckt«, sagte Cesare. Die Strenge der Kleidung betonte noch sein gutes Aussehen. Er ähnelte seinen beiden Geschwistern kaum; er hatte schwarzes, glattes Haar, einfach geschnitten, das ihm fast bis auf die Schultern reichte; dunkle Ponyfransen bedeckten teilweise die hohe Stirn. Der Vollbart war sorgfältig gestutzt, Cesare hatte feine Lippen und Hände, ganz anders als sein Vater; er hatte Rodrigos dunkle Hautfarbe, doch die Schönheit seiner Mutter Vannozza. Er war von einer Eleganz, hatte ein Auftreten und eine Würde, an die kein anderes Mitglied der Familie trotz ihrer Juwelen und ihres Tands heranreichte. Bei Lucrezia und Papst Alexander spürte ich stillschweigende Duldung; bei Cesare atemberaubende Intelligenz.

»Es ist wohl kaum Eure Schuld«, erwiderte ich. »Ich bin seit den Ereignissen von gestern Abend unruhig.«

»Aus gutem Grund, Madonna. Ich schwöre, dass ich alles in meiner Macht Stehende tun werde, damit eine solch schreckliche Verletzung des Anstands nie wieder vorkommen wird.«

Ich senkte den Blick, froh wie eine alberne Göre, dass ich eines meiner feinsten Gewänder trug. »Ich fürchte, Seine Heiligkeit …«

»Seine Heiligkeit schläft noch. Ich versichere Euch, ich erachte es als meine Pflicht, die Beziehung zwischen Euch wieder instand zu setzen. Jetzt, da er älter ist, macht ihn der Alkohol vergesslich. Doch woran er sich auch erinnern mag, ich werde ihn den Weg führen, der Euch zum Vorteil gereicht.«

»Ich stehe in Eurer Schuld«, sagte ich, und dann wurde mir bewusst, dass er aus Höflichkeit in der Sonne verharrt hatte, während ich bequem im kühlen Schatten saß. »Bitte …« Ich bedeutete ihm, sich neben mich zu setzen, und fügte hinzu: »Bisher habe ich nicht gerade einen günstigen Eindruck auf Eure Familie gemacht.«

Noch ehe ich meinen Gedanken fortführen konnte, entgegnete er rasch: »Zumindest einen habt Ihr über alle Maßen beeindruckt.«

Ich lächelte über das Kompliment, blieb aber dabei: »Eurer Schwester bin ich einerlei. Ich kann nicht begreifen, weshalb, und ich würde es gern ändern.«

Cesare schaute einen Moment in die Ferne auf grüne Hänge. »Sie ist eifersüchtig auf jeden, der die Aufmerksamkeit meines Vaters von ihr ablenkt.« Er wandte sich mir mit ernster Miene zu. »Ihr müsst verstehen, Donna Sancha, ihr eigener Mann, Giovanni, will nicht bei ihr wohnen. Das ist ein Quell großer Peinlichkeit, den mein Vater wiederholt aus der Welt schaffen wollte, indem er Giovanni bat, nach Rom zurückzukehren. Im Übrigen war mein Vater schon immer in sie vernarrt, und sie in ihn; doch wenn sie merkt, dass Ihr keine echte Rivalin in Bezug auf seine Zuneigung seid, dann wird sie Euch allmählich vertrauen.« Er machte eine kurze Pause. »Genau so war es bei Donna Giulia; es dauerte sehr lange, bis ihr klar wurde, dass die Liebe eines Vaters zu einer anderen Frau und die zu seiner Tochter nicht ein und dasselbe sind. Damit will ich natürlich nicht andeuten, dass Ihr je auf diese Weise mit Seiner Heiligkeit …«

»Nein«, sagte ich mit fester Stimme. »Niemals. Ich weiß es zu schätzen, dass Ihr mir Einblick gewährt, Kardinal.«

»Bitte.« Er schenkte mir ein strahlendes Lächeln; die Zähne unter seinem Bart waren klein und ebenmäßig. »Cesare. Ich bin Kardinal nicht aus Berufung, sondern weil mein Vater darauf bestanden hat.«

»Cesare«, wiederholte ich.

»Lucrezia kann sehr liebevoll sein«, sagte er zärtlich, »und sehr leidenschaftlich, was ihre Loyalität betrifft. Am liebsten hat sie ihren Spaß, spielt sie wie ein Kind. Sie hatte nicht oft Gelegenheit dazu angesichts der Verpflichtungen, die ihre Stellung ihr auferlegt. Sie hat den Verstand eines Mannes. Mein Vater verlässt sich auf sie als seine Beraterin, mehr noch als auf mich.«

Ich hörte zu, nickte und strengte mich an, mich auf seine Worte und nicht auf die Bewegung seiner Lippen zu konzentrieren, auf die hohen, wohl geformten Wangenknochen, auf die vereinzelten roten Barthaare, die im gesprenkelten Licht glitzerten. Doch während ich neben ihm saß, spürte ich, wie sich mein Schoß erwärmte, als würden die Muskeln, Knochen und Organe meines Unterleibs dahinschmelzen und sich wie Schnee in der Sonne in einen Teich ergießen.

Er verstummte; meine innersten Empfindungen müssen mir ins Gesicht geschrieben gewesen sein, denn ein eigenartiger Ausdruck der Verwundbarkeit und Zärtlichkeit trat in seine Züge. Er beugte sich vor und legte mir sanft eine Hand an die Wange.

»Ihr seht heute Morgen aus wie eine Königin«, murmelte er. »Die schönste Königin der Welt mit den funkelndsten Augen. Gegen Eure Augen sehen die Smaragde blass, ja gewöhnlich aus.«

Ein Schauer überlief mich bei seinen Worten; ich schmiegte meine Wange noch tiefer in seine Hand, wie eine Katze, die liebkost werden will. Was ich für Cesare empfand, war so mächtig, dass ich mein Eheversprechen schlichtweg vergaß.

Im Nu zog er die Hand fort, als hätte er sich verbrüht, und sprang auf. »Ich bin ein Schwein!«, rief er aus. »Sohn einer Hure, der größte Halunke auf Erden! Ihr habt Euch auf mich verlassen, als ich Euch vor dem lüsternen Verhalten meines Vaters beschützte – und nun bin ich nicht besser als er!«

»Da gibt es aber einen Unterschied«, sagte ich, darum bemüht, das Zittern in meiner Stimme zu unterdrücken.

Verstört wirbelte er zu mir herum. »Wie das? Ihr seid die Gattin meines Bruders!«

»Ich bin die Gattin Eures Bruders«, flüsterte ich.

»Was ist dann an meinem Verhalten anders als an dem meines Vaters?«

»Euren Vater liebe ich nicht.« Ich wurde rot, verblüfft über meine eigenen Worte, ihre Kühnheit; offenbar hatte ich die Kontrolle über mich und meine Handlungen verloren. Ich war, so wie meine Mutter damals, völlig hilflos.

Dennoch bereute ich meine Worte nicht. Als ich Verlangen und Freude zugleich in seinen Augen aufleuchten sah, reichte ich ihm eine Hand. Er nahm sie und rutschte auf der Bank näher.

»Ich habe es nicht zu hoffen gewagt …«, stammelte er und fing dann noch einmal an: »Seit ich Euch zum ersten Mal sah, Sancha …«

Er verstummte. Wer von uns beiden zum Kuss ansetzte, weiß ich nicht mehr. Er hielt sich zurück; er drückte mich fest an sich, küsste mich wiederholt, zuweilen knabberte er zärtlich an meinen Lippen. Ich ergriff seine Hand und legte sie mir auf eine Brust.

»Nicht hier«, hauchte er, obwohl er die Hand nicht fortzog. »Nicht jetzt. Das Risiko, gesehen zu werden, ist zu groß.«

»Dann heute Abend«, sagte ich, ob meines Wagemuts zitternd. »Ihr wisst, wo und wann es am sichersten ist.«

»Hier. Zwei Stunden nach Mitternacht.«

Somit nahm unsere Mitschuld ihren Anfang. Damals klangen diese Worte wie Musik in meinen Ohren; vergessen war die Prophezeiung der *strega,* mein Herz könnte alle vernichten, die ich liebte. Selbst wenn ich mich in jenem sonnigen Augenblick im Garten mit Cesare an ihre Vorhersage erinnert hätte, ich hätte sie nicht verstanden, hätte nicht die

Voraussicht gehabt zu erkennen, dass unsere Leidenschaft füreinander sich über die Jahre so entsetzlich und unerbittlich entwickeln könnte.

Als Jofre schließlich aufstand und sich anzog, war es an der Zeit, dass er mich zur Pfingstmesse in den Petersdom geleitete. Er blinzelte im hellen römischen Licht, während wir mit unserem Gefolge zur ehrwürdigen Kathedrale neben dem Vatikan zogen.

Zum Glück hatte ein Übermaß an Alkohol und fremden Frauen Jofre abgestumpft; während er die Pracht meines Kleides nur mit einem einzigen neugierigen Blick bedachte, drängte er nicht weiter in mich ob des plötzlichen Wandels in der Bekleidungstaktik, sondern schwieg. Auch meine neuerliche Überschwänglichkeit schien ihm nicht aufzufallen.

Ich konnte mein Lächeln nicht unterdrücken. Jedes Mal, wenn ich mich an Cesares Kuss erinnerte, war ich von neuem überwältigt. Ich machte mir keine Gedanken mehr darum, was Seine Heiligkeit oder Lucrezia von mir dachten. Es war mir einerlei, ob der Papst sich noch daran erinnerte, dass ich mich ihm verweigert hatte, oder ob er sich rächen wollte: so lange ich noch am Leben blieb, bis ich Cesare im Garten traf, war meine Freude vollkommen. Meine Gedanken, meine Gefühle richteten sich fröhlich auf diesen einen bevorstehenden Augenblick, in dem mein Geliebter und ich allein sein würden.

Wir betraten den Dom. Er war zwölfhundert Jahre zuvor erbaut worden, und der Innenraum spiegelte sein Alter wider. Ich hatte Pracht und Herrlichkeit erwartet, doch die Mauern waren rissig und bröckelten, der Boden so ausgetreten und uneben, dass ich Acht geben musste, nicht zu stolpern. Weder die Kerzen, die zu Hunderten angezündet waren, noch der vergoldete, purpurne Ornat auf dem Altar konnten die Düsternis vertreiben; der wabernde Weihrauchdunst verstärkte noch das Gefühl der Enge, den Mangel an frischer Luft. Es war, als käme man in eine riesige Krypta. Das passte auch, vermute ich, da der Heilige Petrus ja angeblich unter dem Altar begraben war.

Doch nichts von alldem konnte meine Fröhlichkeit dämpfen. Ich trennte mich von meinem Mann, um meinen Platz bei den Frauen der Borgias einzunehmen. Lucrezia war noch nicht da, allerdings die zarte, ätherische Giulia neben der scharfäugigen Adriana und ihren Hofdamen. Wir Frauen standen vorn in der Mitte vor dem Altar, während seitlich ein großer Thron für Seine Heiligkeit aufgestellt worden war; daneben befanden sich Sitze für hochrangige Kardinäle und männliche Angehörige der Borgia-Familie. Viele Kardinäle hatten bereits Platz genommen, ich aber suchte unruhig nur den einen: Cesare.

Er musste noch kommen. Es verging einige Zeit, bis wir Fanfarenklänge vernahmen; endlich erschien Seine Heiligkeit, gekleidet in weißen Satin und dazu passender Kappe, sowie in seinen langen goldenen Umhang. Er lächelte mir gütig zu; falls er Groll gegen mich hegte, so ließ er sich nichts anmerken – und ich meinerseits verneigte mich höchst respektvoll. Hinter ihm kam Cesare, der den Sitz neben dem Thron einnahm; Jofre setzte sich neben ihn, und die übrigen Sitze wurden rasch von Kardinälen besetzt.

Hinter Cesare folgte Lucrezia mit einem Dutzend Begleitern. Sie trug ein blaugraues Seidengewand, das ihre Augen hervorragend zur Geltung brachte. Meine Stimmung war so überbordend, mein Herz so froh, dass ich sie mit strahlendem Lächeln begrüßte, als sie sich neben mich stellte, und sie derart begeistert umarmte, dass sie sprachlos war.

Zu Ehren des Pfingstfestes sollte ein spanischer Prälat, der zu Besuch war, die Predigt halten. Er war verzweifelt bemüht, sein vornehmes Publikum mit seiner Gelehrsamkeit zu beeindrucken, denn er redete endlos in einschläferndem Ton weiter. Mir war nie bewusst, dass das Feuer Gottes, das aus dem Munde von Menschen übernatürliche Weisheiten sprudeln ließ, ein trockenes, äußerst langweiliges Thema sein konnte.

Er redete über eine Stunde – eine unverzeihlich lange Zeit,

in der Seine Heiligkeit zwei Hustenanfälle erlitt und zahlreiche Kardinäle ungeduldig auf ihrem Platz hin und her rutschten. Ein älterer Borgia legte den Kopf in den Nacken und begann, mit offenem Mund hörbar zu schnarchen.

Ich konnte nicht anders. Ich musste kichern. Es gelang mir, den Laut so weit zu unterdrücken, um die Aufmerksamkeit des Papstes nicht auf mich zu ziehen, doch dabei schüttelte ich mich am ganzen Körper. Meine Begegnung mit Cesare hatte mich in eine eigenartig kindische Stimmung versetzt; für gewöhnlich hätte ich mir niemals erlaubt, mich so unwürdig aufzuführen.

Dennoch war mein Kichern so hilflos, dass Lucrezia, dieses vorsichtige Geschöpf, angesteckt wurde. Ich holte tief Luft, begegnete ihrem Blick … woraufhin wir uns gegenseitig abstützen mussten, damit wir nicht auf dem ausgetretenen Steinboden zusammenbrachen.

In diesem Augenblick schoss mir ein hinterhältiger Gedanke durch den Kopf. Hier waren wir armen Frauen nun gezwungen, auf dem unnachgiebigen Stein zu stehen, und unsere Füße wurden im Zuge der endlosen Predigt müde, während die Männer es sich auf ihren Stühlen bequem machten. Zu meiner Linken jedoch führte eine schmale Treppe zum Kirchenstuhl für die Stiftsherren hinauf, die das Evangelium sangen. An diesem besonderen Sonntag waren die Bänke leer. Ich zog Lucrezia sacht am Ärmel und deutete mit dem Blick auf das Kirchengestühl hinter uns. Sie riss die Augen weit auf – zunächst mit gelindem Schreck über die Ungehörigkeit. Ehrfurcht gebot uns, unsere Plätze während der Predigt beizubehalten und vollkommen ruhig zu bleiben; das war besonders wichtig für Verwandte des Papstes. Doch während sie über die Missetat nachdachte, verwandelte sich der Schreck in diebische Freude.

Ich ging an den anderen Damen vorbei und eilte die Stufen hinauf wie ein Mädchen, unfähig, meine Schadenfreude zu verbergen. Dann ließ ich mich äußerst unfein auf der Bank nieder.

Lucrezia folgte mir – obwohl sie die Stufen mit übertriebenem Lärm und großen Schwierigkeiten erklomm, wobei sie mehr Aufmerksamkeit auf sich zog und das Frevelhafte unserer Tat noch verstärkte. Als sie sich setzte, stieß sie einen langen, keuchenden Seufzer aus, sodass der Prälat, der die Predigt hielt, stirnrunzelnd eine Pause einlegte, empört über die Unterbrechung. Unser beider Hofdamen waren verpflichtet, uns zu begleiten – ein Unterfangen, das für den Prälaten keine geringe Geräuschkulisse hervorbrachte, sodass er prompt den Faden verlor und einen Satz dreimal wiederholte, ehe er sich wieder fasste.

Ich warf einen Blick zum Papst hinüber; er grinste freimütig, erfreut über die Verspieltheit seiner Frauen. Ich schaute zu Cesare; er lächelte nicht, doch in seinen dunklen Augen blitzte Belustigung auf.

Ohne sie anzusehen, lehnte ich mich zu Lucrezia und flüsterte ihr zu: »Bitte glaubt mir: Ich hege keinerlei Absichten in Bezug auf Euren Vater. Ich möchte nichts weiter sein als die Gattin Eures Bruders.«

Sie tat so, als hätte sie nichts gehört. Doch nach einer Weile merkte ich, dass sie mich fröhlich und anerkennend ansah. Nun hatte ich also auch eine Freundin im Vatikan.

14

An jenem Abend schickte ich meine vertrautesten Hofdamen aus meinem Schlafgemach unter dem Vorwand, ich wolle die Nacht allein verbringen. Sie waren meine Launenhaftigkeit gewohnt und stellten keine Fragen, sondern zogen sich stillschweigend in einen Nebenraum zurück. Ehe sie gingen, bestand ich darauf, Felicia, meine jüngste Zofe, solle mir ein schwarzes Seidenkleid und einen Schleier herauslegen, da ich Neapel so sehr vermisse und den Rest der Woche nur Trauer zu tragen gedenke.

Ich weiß, ich hätte Donna Esmeralda zu Rate ziehen sollen, die ohne Zweifel bereits Quellen aufgetan und so viel Informationen wie möglich über das Haus Borgia zusammengetragen hatte. Doch ich war so verblendet, dass ich keine Fragen stellte; wenn Cesare ein ebenso lüsterner und unbeständiger Lebemann war wie sein Vater, dann wollte ich davon nichts wissen. Und hätte man es mir gesagt, dann hätte ich die Ohren davor verschlossen.

Kaum hatte ich die Öllampe auf meinem Tisch ausgeblasen, als es leise an der Tür pochte – ich erschrak, denn ich erkannte am Klopfen, dass es Jofre war. Ohne auf eine Antwort zu warten, trat er ein; im gelblichen Licht sah ich sein einfältiges, lüsternes Grinsen.

»Sancha, mein Liebling«, sagte er. »Hast du heute Nacht im Bett Platz für mich?« Er machte die Tür hinter sich zu. Er war unsicher auf den Beinen, und seine Augen waren halb geschlossen; er war betrunken, ein Zustand, in dem ich ihn häufig erlebte, seitdem wir mit seiner Familie zusammen lebten.

Ich wurde blass. »Ich … mir geht es nicht gut«, stammelte ich und hielt mir das Hemd am Hals zu wie eine Jungfrau, damit er nicht zu viel Haut zu sehen bekam.

Jofre schien mich gar nicht zu hören. Vom Wein angeheizt, taumelte er ans Bett, auf dem ich saß, und legte die Hände auf meine Brüste. »Ich habe die schönste Frau der Welt«, lallte er, »und die nehme ich jetzt.«

Zwei Empfindungen stiegen in mir auf: Er tat mir Leid, weil ich seine Gefühle nicht erwiderte, und ich hatte Angst, dass er nach dem Weingenuss in meinem Bett einschlafen würde – just in der Nacht, in der ich ihm zum ersten Mal untreu werden wollte.

Wäre er ein Trunkenbold gewesen, dann wäre ihm der Akt nicht gelungen. Gehorsam legte ich mich aufs Bett und spreizte die Beine. Er wiederum zog sich die Kniehose herunter und schob mir die Unterröcke bis zur Taille hoch, kroch auf mich und drang in mich ein.

Was nun folgte, hätte nicht einmal den überreizten Petrarca inspiriert. Jofre lag auf mir, unfähig, sich auf die Arme zu stützen, das Gesicht zwischen meinen Brüsten vergraben. Einen Moment lang stieß er wie verrückt zu, ungeschickt – dann, nachdem er sich verausgabt hatte, hörte er auf und schnappte keuchend nach Luft.

»Kannst du mich jemals lieben?«, fragte er mit tränenerstickter Stimme. »Meine Sancha, wirst du es je über dich bringen, mich zu lieben?«

»Du bist mein Prinz«, sagte ich. Ich mochte ihn ja mit Cesare betrügen, doch ich konnte ihm nicht ins Gesicht lügen. »Ich mag dich von Tag zu Tag mehr.«

Sein Kopf sank nach vorn; Schlaf drohte ihn zu übermannen.

Ich benutzte einen weiblichen Kunstgriff, den man mir vor meiner Ehe erklärt hatte: Ich setzte die Muskeln ein, die Jofres Glied umfassten, und drückte kräftig zu, was ihn wieder so weit erregte, dass er fortfahren konnte und schließlich, sich der Lust ergebend, zusammenbrach.

Er stöhnte und ließ sich auf den Rücken fallen; ich spürte, dass er wieder nahe daran war, einzuschlafen, zog ihm die Kniehose hoch und richtete ihn auf.

»Du musst rasch wieder in deine Gemächer«, sagte ich ohne weitere Erklärung. »Komm, ich helfe dir.«

Jofre war nach dem Wein und der sexuellen Befriedigung zu schwach, um zu widersprechen. Ich stützte ihn ab, als er zur Tür taumelte.

Wie üblich gab ich ihm einen kleinen Kuss. »Gute Nacht, Liebster.«

Ich ging wieder an mein Bett. Wenn alles stimmte, was ich von Gott wusste, dann war ich verdammt, und mit Recht; Schuldgefühle überwältigten mich. Ich wollte meinen Mann nicht betrügen, doch mein Herz ließ nichts anderes zu. *Du bist schlecht*, sagte ich mir. *Gemein. Wie kannst du zu jemandem so grausam sein, der dich liebt?* Doch selbst als meine Beine vom Samen meines Gemahls klebten, träumte ich noch von seinem Bruder und der bevorstehenden Begegnung. Mein Gefühl für Cesare war so stark, dass ich keine andere Wahl hatte. Es war absurd, dass so etwas Verwirrendes, Köstliches wie die Liebe zu spät zugeschlagen hatte, nachdem beide Partner Gelübde eingegangen waren, die den Vollzug verboten.

Mit einem Tuch wischte ich mich ab. Schließlich war es an der Zeit; ich stand auf und zog mich im Dunkeln mühsam an.

Die anderen Damen schliefen alle ungestört – doch Donna Esmeralda war nicht darauf hereingefallen. Als ich mich mühte, mein Mieder mit ungeübten Fingern zu schließen, kam die stämmige alte Matrone, nur mit ihrem weißen Leinennachthemd bekleidet, in mein Zimmer.

Sie sagte nichts. Da kein Licht brannte, konnte ich ihren Ausdruck nicht sehen, doch ich spürte ihre Missbilligung und konnte mir ihren zornigen Blick gut vorstellen.

»Ich konnte nicht einschlafen«, sagte ich leichthin. Da Esmeralda auch weiterhin schwieg, forderte ich: »Dann helft mir wenigstens mit dem Mieder.«

Esmeralda gehorchte und zerrte nicht gerade freundlich an dem Kleidungsstück. »Das wird nur weiteren Ärger geben, Madonna.«

Ich war zu ungestüm, zu flatterhaft in meinem Verliebtsein, um die Wahrheit hinzunehmen. »Ich habe Euch doch gesagt, dass ich nicht einschlafen kann! Ich will ein bisschen frische Luft schnappen.«

»Es ziemt sich nicht für eine junge Dame, zu dieser Stunde allein auszugehen. Lasst mich mitgehen, oder ruft einen Leibwächter«, sagte sie mit Nachdruck.

»Schnürt mir das Mieder zu und dann geht! Gestern Abend habe ich das Fest allein verlassen und bin sicher in meine Gemächer gekommen, oder nicht? Ich kann mich selbst beschützen.«

Zunächst erwiderte sie nichts, brachte ihre Arbeit zu Ende und trat einen Schritt zurück. Schließlich holte sie tief Luft; sie kannte mich zu gut, um mit ihrer Meinung hinter dem Berg zu halten.

»Das stimmt wohl nicht ganz, Madonna. Ihr habt gestern Abend eine Menge Hilfe gebraucht.«

Ich war so verblüfft, dass ich nicht antworten konnte. Wie war es möglich, dass jemand außer Cesare und mir von der Taktlosigkeit Seiner Heiligkeit wusste? Wenn Donna Esmeralda bereits in Einzelheiten eingeweiht war, dann konnte ich nicht darauf hoffen, eine Affäre mit Cesare innerhalb des päpstlichen Hofes geheim zu halten.

Ich redete mir ein, es sei mir einerlei.

»Ich werde es Euch gegenüber nie wieder erwähnen«, sagte Esmeralda schließlich. »Ich weiß, Ihr seid eigenwillig und Vernunftgründen nicht zugänglich. Doch hört mir zu, wenn Ihr könnt: Das hier wird Euch in noch größere Gefahr bringen, als Ihr sie gestern Abend erlebt habt, liebe Sancha. Nicht weniger. Ihr seid die Eva im Garten Eden – und Ihr habt die Schlange in Person vor Euch.«

»Lasst mich in Ruhe«, befahl ich und zog mir den Schleier über das Gesicht.

Nach der Sommerhitze am Tag war der Abend nur leicht abgekühlt; ich war den Dunst und Nebel der Küste gewohnt, doch Rom hatte diesen Mantel nicht zu bieten. Ich verließ mich auf die Dunkelheit und meinen Schleier, dass sie mich auf diesem meinem ersten Seitensprung tarnten.

Der zunehmende Mond verschwand zeitweise hinter Wolken. Bei dieser schwachen Beleuchtung, noch dazu behindert durch die dünne schwarze Seide vor den Augen, waren meine Schritte unsicher wie die einer halb Erblindeten. Der Garten erschien mir gänzlich ungewohnt, die hellen Farben des Laubs waren zu grauen Schatten verblasst, Rosen und Orangenbäume mit einem Mal Fremde. Zögernd blieb ich auf dem Pfad stehen und kämpfte gegen aufsteigende Panik an. Wenn ich mich verliefe, würde Cesare glauben, ich hätte ihn zum Narren gehalten und den Garten empört verlassen?

Oder hatte er mich an der Nase herum geführt?

Ich schalt mich ob meiner Befürchtungen; meine Liebe zu Cesare gefiel mir nicht, weil sie mich schwach machte.

Ich atmete tief durch, um mich zu beruhigen, traf eine Entscheidung und bog um die nächste Ecke. Dabei fiel mein Blick auf die Steinbank unter dem Schattenbaum und etwas Dunkles, das sich von dem blassen Stein abhob: die Gestalt eines Mannes.

Cesare. Am liebsten hätte ich wie ein kleines Mädchen gejuchzt und wäre auf ihn zugerannt, doch ich zwang mich, langsam und in königlicher Haltung zu gehen: Er würde es erwarten.

Auch er war in Schwarz gekleidet, nur Gesicht und Hände leuchteten hell im Dunkel der Nacht.

Er wartete, groß und würdevoll, bis ich bei ihm war – dann ließen wir alle Zurückhaltung fahren. Ich kann nicht sagen, wer den Anfang machte; vielleicht beide zugleich, doch für mich verging keine Zeit zwischen dem Augenblick, in dem ich vor ihn trat und dem Augenblick, als mein Schleier nach hinten geworfen wurde und wir uns in den Armen lagen – Mund an Mund, Körper an Körper, mit einer Intensität und Heftigkeit, dass ich das Gefühl hatte, in ihm aufzugehen. Die Hitze war so stark, dass ich ohnmächtig hintenüber gefallen wäre, hätten wir uns nicht aneinander festgehalten.

Zu meinem Entsetzen riss er sich von mir los. »Nicht hier«, sagte er mit heiserer, verzweifelter Stimme. »Du bist keine beliebige Küchenmagd, die nebenbei auf dem dreckigen Boden genommen wird. Vertrau mir; ich habe alles in die Wege geleitet. Wir sind sicher.«

Ich zog den Schleier wieder über; er nahm mich bei der Hand. Sein Schritt war sicher, er kannte seinen Weg gut. Er führte mich hinten um den Palast herum an einen unbewachten Eingang, der in einen mir unbekannten Korridor mündete. Dieser wiederum endete vor einer schweren Holztür, hinter der ein weiterer Korridor lag ... lang und von neuerer Bauart, noch im Rohzustand und ohne Wandschmuck. Er war augenscheinlich dazu da, geheimen Zugang zu gewähren, mehr nicht. Fackeln erhellten unseren Weg.

Kurz darauf kamen wir wieder an eine Tür, die Cesare mit Schwung öffnete. Verwirrt runzelte ich die Stirn. Vor uns lag eine große Kapelle, sehr alt und reich verziert; Votivkerzen flackerten auf dem Altar, und ein großer Papstthron stand auf einer Seite, daneben Nischen für Kardinäle.

Cesare schmunzelte. »Die Sixtinische Kapelle«, sagte er, als er mir durch die Tür half. »Wir befinden uns im Petersdom.«

Mein Schleier wehte mir sacht über den Mund, der mir vor Verwunderung offen stand. Das also war der Gang, den Seine Heiligkeit benutzte, um rasch in den Palazzo Santa Maria zu gelangen.

»Komm«, sagte Cesare. Rasch durchquerten wir die Kapelle, gingen durch den Dom und dann in die Flure des Vatikan. Keine einzige Wache begegnete uns; Cesare hatte sich die allergrößte Mühe gegeben, damit wir unter uns waren.

Er führte mich in die Gemächer der Borgias, die ich von der Festveranstaltung tags zuvor wieder erkannte. Der Gedanke, dem Papst so nah zu sein, war mir nicht gerade angenehm. Zum Glück schlug Cesare eine andere Richtung ein und stieg eine Treppe hinauf; schließlich kamen wir an ein unbewachtes Gemach, dessen Türen er schwungvoll öffnete.

»Ich habe Euch an mein Bett geführt und der Dienerschaft bis morgen früh freigegeben«, sagte er und machte die Türen hinter uns zu. »Wie lange Ihr bleiben wollt, liegt an Euch, Madonna.«

»Für immer«, hauchte ich.

An Ort und Stelle sank er vor mir auf die Knie und umarmte meine Röcke, umschlang meine Beine, das Gesicht mir zugewandt. Mit absoluter Ernsthaftigkeit verkündete er: »Sag nur, dass du es willst, Sancha, und ich gebe das Priesteramt auf. Mein Vater will, dass ich Papst werde, und deshalb muss ich Kardinal sein – doch ich bin nicht für eine solche Berufung geschaffen. Seine Heiligkeit wird tun, was ich von ihm verlange; er würde deine Ehe mit Jofre annullieren. Du weißt ja sicher, dass dein Gemahl nicht sein leiblicher Sohn ist …«

Jofre nicht der Sohn des Papstes? Diese Enthüllung verblüffte mich nur am Rande, der kleine, losgelöste, stumme Teil meiner selbst, der nicht von Cesares Vorschlag überwältigt war und sehnlichst zustimmen wollte. »Wessen Sohn ist er dann?«, flüsterte ich.

»Der leibliche Abkömmling meiner Mutter Vannozza und ihres Gemahls.« Cesare lächelte.

Ich schwankte und dachte an Cesare und mich, dass es uns frei stand, uns zu lieben und Kinder zu zeugen. Doch ich war mit Jofre verheiratet; mein Vater und ein Kardinal der Borgias hatten den körperlichen Vollzug bezeugt. Es konnte keinen Grund für eine Annullierung geben.

Ich drückte Cesare fest die Finger auf den Mund, um seinen Wortfluss einzudämmen. »Die Ehe wurde unter Zeugen vollzogen und kann nicht rückgängig gemacht werden«, sagte ich. »Doch jetzt ist nicht die Zeit, um über die Zukunft zu sprechen; jetzt ist es an der Zeit, dass du mich mit in dein Bett nimmst.«

Damit war er einverstanden. Er stand auf und führte mich rückwärts gehend, die Fingerspitzen unter die meinen gelegt, weiter in sein Schlafgemach.

Die Fensterläden waren geschlossen, doch der Raum erstrahlte im Schein zahlreicher Kerzen, die auf goldenen Kandelabern im Raum verteilt waren. An der Wand war ein halb fertiges Gemälde mit heidnischem Motiv zu sehen, und auf dem Bett lag eine scharlachrote Samtdecke. Felle bedeckten den Boden, und auf einem schön geschnitzten Nachttisch stand eine Weinkaraffe neben zwei goldenen, mit Rubinen verzierten Kelchen. Das war das Schlafgemach eines Prinzen, nicht das eines Priesters.

Ich war darauf vorbereitet, mich auf das Bett zu werfen und die Röcke für ein flüchtiges Erlebnis zu heben, so wie ich es von Jofre gewohnt war. Doch als ich auf das Bett zuging, hielt Cesares Stimme mich zurück.

»Darf ich dich ansehen, Sancha, so wie Gott dich schuf?«

Ich zog den Schleier ab und drehte mich zu ihm um, denn sein Wunsch überraschte mich. Ich zitterte beinahe vor Verlangen; Cesares Lippen zuckten. Die Eindringlichkeit seines Blickes grenzte an Wahnsinn, doch die seines Tonfalls und seines Verhaltens war feinfühlig und sanft.

Entschlossen schob ich das Kinn vor. »Nur, wenn du mir dieselbe Gunst erweist.«

Daraufhin öffnete er seine Priesterrobe und streifte sie ab; darunter kam eine schwarze Tunika aus sich abwechselnden schwarzen Satin- und Samtstreifen zum Vorschein, an der Hüfte hing ein Dolch in der Scheide, dazu trug er eine schwarze Kniehose – die Kleidung eines römischen Edelmanns. Rasch und anmutig zog er zuerst die Schuhe, dann die Tunika aus, wobei er eine kräftige, muskulöse Brust mit spärlichem, dunklem Bewuchs in der Mulde entblößte; er war schlank, und Schlüsselbein, Hüften und Rippen traten deutlich hervor, während er sich die Kniehose über die wohlgeformten Oberschenkel streifte. Als er fertig war, stand er auf und ließ sich demütig von mir in Augenschein nehmen.

Vor Ehrfurcht blieb mir der Mund offen stehen. Noch nie hatte ich einen nackten Mann gesehen. Selbst der lustvolle Onorato hatte nie seine Tunika abgelegt und die Kniehose bei unseren Tändeleien nur so weit heruntergezogen, wie es unbedingt nötig war. Jofre zog seine Tunika nie aus, bis auf unsere Hochzeitsnacht, in der wir dem Brauch entsprechend nackt sein mussten – ich glaube, er hatte die Kniehose erst einmal ganz abgestreift. Dem unbekleideten Zustand am nächsten kam ich mit Jofre an Abenden wie diesem, wenn ich mein Gewand bereits abgelegt hatte und nur noch mein Unterhemd trug. Und selbst dann fanden unsere Begegnungen stets unter einer Decke statt.

Doch nun stand Cesare vor mir, vollkommen entblößt und prächtig anzusehen. Ich kam nicht umhin, auf die Stelle zwischen seinen Beinen zu schauen, wo sein erigiertes Glied aus dichtem, pechschwarzem Haar in deutlich steilem Winkel auf mich zeigte. Es war größer als Jofres, und ich streckte die Hand aus, um es zu berühren.

»Noch nicht«, flüsterte Cesare. Er stellte sich wie eine Zofe hinter mich und öffnete mit überraschendem Geschick die Schleifen meiner Ärmel. Ich streifte sie ab und lachte beim plötzlichen Gefühl der Freiheit auf; dann schnürte er mir das Mieder auf.

Danach zog ich mein Kleid herunter und stieg hinaus. Sie sind so schwer, diese Kleidungsstücke! Ich hatte es eilig, mir das Unterhemd über den Kopf zu ziehen, doch Cesare gebot mir erneut Einhalt.

»Stell dich vor die Kerzen – hier hin.« Er neigte den Kopf zur Seite, und seine dunklen Augen leuchteten vor Bewunderung. »Die Wirkung ist zart und leicht, als schaute man durch Schleierwolken hindurch auf einen Engel.«

»Los!« Ich zog das Unterhemd aus und warf es zu Boden. »Ins Bett!«

»Nein«, entgegnete er so nachdrücklich wie ein Künstler,

der sein Meisterwerk bewundern lassen will. »Schau dich an«, hauchte er. »Gottes Weisheit steht außer Frage.«

Darüber musste ich schmunzeln – teils über seine Schmeichelei, teils über meine Eitelkeit. Ich war damals noch jung und hatte noch nie ein Kind gestillt; Onorato hatte meine Brüste vollkommen genannt, weder zu groß noch zu klein, mit fester, erfreulicher Form. Außerdem wusste ich, dass ich weiblich runde Hüften hatte und nicht zu dünn war.

Er trat hinter mich und begann, mir die Haare zu lösen, die zu einem dicken Zopf geflochten waren, damit sie mich im Schlaf nicht störten. Als sie offen waren, schüttelte ich den Kopf und ließ sie ungehindert bis zur Taille herab fallen; er fuhr mehrfach mit den Fingern hindurch und seufzte; dann stellte er sich wieder vor mich und musterte mich wie ein Maler, der sein eigenes Werk einschätzt.

Und wieder überraschte er mich. Während ich mich von ihm in Augenschein nehmen ließ, kniete er mit der Ehrerbietung eines Pilgers vor dem Schrein vor mir nieder und küsste den dunklen Venushügel zwischen meinen Beinen. Ich zuckte leicht zusammen – dann noch mehr, als er meine Schamlippen mit den Daumen auseinander drückte und die Gegend mit der Zunge zu massieren begann.

Scham kämpfte gegen Entzücken an. Ich zuckte, trat von einem Bein auf das andere, versuchte, als mich die Empfindung einen Moment lang überwältigte, mich zurückzuziehen, doch er legte mir beide Hände in den Rücken und hielt mich fest.

»Hör auf«, bat ich ihn, denn ich taumelte rückwärts, fiel beinahe. Daraufhin hob er mich an und drückte mich an die Wand. »Hör auf«, flehte ich noch einmal, denn das Gefühl war fast nicht auszuhalten …

Erst als ich zu betteln aufhörte und zu stöhnen begann, hob er das Gesicht, auf dem ein selbstzufriedenes, boshaftes kleines Lächeln lag, und sagte: »Und jetzt das Bett.«

Er fuhr nicht fort, mich mit der Zunge zu verwöhnen, wie ich gehofft hatte; stattdessen küsste er mich auf den Mund, Bart und Zunge mit meinem Geruch behaftet. Zum ersten

Mal erlebte ich, wie es war, wenn Haut an Haut gedrückt wird, von Kopf über Brust über das Geschlecht bis zu den Zehen, und zitterte: Was konnte daran Sünde sein und nicht göttlich?

Wir rangelten miteinander. Ich konnte mich nicht wie bei Onorato nach hinten legen und mich passiv seiner Aufmerksamkeit überlassen: Noch während Cesare mir Lust verschaffte, versuchte ich, dasselbe für ihn zu tun. Ich sehnte mich mit jeder Faser meines Körpers danach. Eine nie gekannte Kraft strömte durch meinen Leib, tierisch und heilig zugleich. Mir war, als würde ich von Flammen verzehrt – nicht von einem fernen Gott gesandt, sondern sie erfüllten mich von innen her und brachen sich dann von meiner Schädeldecke aus Bahn, wie bei einem Apostel zu Pfingsten, wie eine der Kerzen, die in der Wandhalterung neben Cesares Bett standen.

Er wollte nicht in mich eindringen: Er ließ mich warten, fordern, betteln. Erst als ich endlich dem Zustand der Raserei erlag, gab er meinem Betteln nach, und ich hing an ihm, Beine und Arme so fest um ihn geschlungen, dass er stöhnte, doch das machte mir nichts – jetzt hatte ich ihn und würde ihn nicht entkommen lassen. Er lachte leise über die Kraft, mit der ich ihn hielt, doch er war ganz bei der Sache. In seinen dunklen Augen spiegelte sich meine eigene Wildheit wider: Wir waren einander ausgeliefert. Ich war für ihn ebensowenig eine normale Geliebte, wie er für mich ein normaler Geliebter war. Wir waren von einer Leidenschaft besessen, deren Gnade nicht allen Männern und Frauen im Leben zuteil wird.

Er ritt auf mir – oder ich auf ihm, ich kann es nicht sagen, denn wir bewegten uns im Einklang – abwechselnd ungestüm und dann wieder sanft. Wenn er sich langsamer in mir bewegte, wurden seine Augen schmal, der Atem langsam und gequält. Ich versuchte, nach vorn zu stoßen und ihn zu gröberem Vorgehen zu ermutigen, doch er hielt mich fest, die Arme hoch über den Kopf gelegt und flüsterte: »Geduld, Prinzessin …«

Erneut brachte er mich so weit, dass ich bettelte – was ich für keinen anderen Mann getan hätte. Ich lechzte danach, mich völlig zu verausgaben, es endlich hinter mich zu bringen; Cesare aber war entschlossen, mich auf den Höhepunkt nie gekannter Verzweiflung zu treiben.

Wie viel Zeit vergangen war, seitdem ich seine Gemächer betreten hatte, konnte ich nicht sagen. Vielleicht Stunden.

Als ich es nicht mehr aushielt, riss er sich von mir los. Das löste das größte Entsetzen in mir aus – das konnte ich nicht zulassen. Er war stärker als ich, und mit sanft angewandter Kraft und ruhigen Worten, mit denen man vielleicht ein nervöses Tier besänftigt, redete er mir gut zu, mich nach hinten zu legen, und machte sich mit Zunge und Fingern an dem Delta zwischen meinen Beinen zu schaffen.

Ich dachte, ich hätte bereits Lust erfahren; ich dachte, ich hätte leidenschaftliche Hitze erlebt. Doch die Empfindung, die Cesare in jener Nacht in mir auslöste, setzte langsam ein, baute sich dann auf wie ein Funke zu lodernden Flammen. Es schien außerhalb meines Körpers anzufangen, irgendwo in den Himmeln über meinem Kopf, und ich spürte es über mich kommen, eine unsägliche, heilige Macht, unentrinnbar, alles verschlingend. Der Raum vor mir: Das Bett, meine nackte Haut, Wände und Decke, das flackernde Licht – selbst Cesares Gesicht über mir, die geweiteten Augen, die vor Vorfreude brannten – verschwanden.

Gewiss werde ich für meine Worte in der Hölle landen, doch auf der ganzen Welt schien es nichts außer Gott zu geben, nichts außer Segen, wie auch immer man das extreme Gefühl nennen mag, bei dem alle Grenzen zwischen dem Selbst und der Welt verschwinden. Selbst ich existierte nicht mehr …

Doch obwohl ich nicht mehr in der Wirklichkeit war, spürte ich wieder, wie Cesare sich mit mir vereinigte. Er hatte sich mitten in meiner Ekstase auf mich gelegt, sich damit verbunden und zugestoßen, bis unsere Stimmen eins wurden.

In der Vergangenheit war ich es gewohnt, meine Schreie

der Lust zu unterdrücken und auf Flüsterton zu reduzieren, damit es niemand mitbekam. Diese Erfahrung aber entlockte mir einen Schrei, den ich unmöglich zurückhalten konnte. Doch es war nicht nur ich zu hören; Cesare stimmte ein. Dennoch hätte ich den einen vom anderen nicht unterscheiden können; wir beide gaben einen Laut von uns – der ganz gewiss bis in jede Ecke der päpstlichen Gemächer drang.

Eine Weile lagen wir auf dem Bett, ohne etwas zu sagen; ich konnte es einfach nicht, denn mir brannte die Kehle, und ich war erschöpft, die langen Haare klebten an den Armen, am Rücken, an den Brüsten. Schließlich und endlich drehte Cesare sich zu mir um und strich mir zärtlich Haarsträhnen aus der Stirn und von den Wangen.

»Etwas so Unglaubliches habe ich noch nie mit einer Frau erlebt. Ich glaube, ich habe noch nie Liebe kennen gelernt, Sancha.«

Ich hustete, dann gelang es mir, zu flüstern: »Mein Herz gehört dir, Cesare. Und wir werden beide dafür verdammt.«

Er richtete sich auf, um mir den Weinkelch zu holen. Und mit einem Mal überkam mich eine Ausgelassenheit – dieselbe Albernheit, die sich im Petersdom bereits Luft verschafft hatte –, vielleicht aufgrund des Gefühls der Freiheit, das ich durch die ekstatische Erlösung verspürte. Den besten Liebhaber, den ich je hatte, sagte ich mir, würde ich mir nicht wieder nehmen lassen, zumindest nicht so bald, nachdem ich von ihm besiegt worden war. Als er gerade aufstehen wollte, schlang ich beide Arme um seinen Oberschenkel.

Er lachte – der würdige, stets beherrschte Cesare gluckste vor hilfloser Überraschung, da es so unerwartet kam. Dennoch versuchte er, an die Weinkaraffe zu kommen, wohl davon ausgehend, dass ich nicht mit diesem kindischen Verhalten fortfuhr.

Kichernd verstärkte ich den Griff; er wiederum ließ sich von seinem Vorhaben nicht abbringen.

Ich hielt mich auch noch fest, als er sich erhob, und blieb auch dann noch an seinem Bein hängen, als er mich dabei vom

Bett auf den mit Fellen bedeckten Boden zog. Erheitert und erstaunt ob meiner Hartnäckigkeit holte er Luft und tat dann ein, zwei Schritte; die ganze Zeit ließ ich mich mitschleifen.

Schließlich gab er nach und fiel auf mich, und wir kicherten und kugelten uns auf dem Boden wie die Kinder.

Als ich später in mein eigenes Bett schlüpfte, lag ich eine ganze Weile da, horchte auf Esmeraldas leisen, schnaufenden Atem und starrte in die Dunkelheit. Zunächst dämmerte ich in einen Zustand der Euphorie und durchlebte die Momente der Seligkeit und Wonne mit Cesare noch einmal … dann überfielen mich erneut Schuldgefühle, und ich war wieder hellwach und klar im Kopf.

Wie meine Vorfahren war auch ich zu Grausamkeit und Täuschung nur allzu fähig – vor allem, wenn ich dem guten, heilsamen Einfluss meines Bruders entzogen war. Erst zwei Tage bei den Borgias, und schon war ich eine Ehebrecherin. Was sollte nur aus mir werden, wenn ich den Rest meines Lebens in Rom verbringen würde?

Sommer 1496

15

Der Mai in Rom war noch ein angenehmer Monat, im Juni wurde es schon merklich wärmer, und im Juli stiegen die Temperaturen noch weiter; der August war dann unerträglich, verglichen mit dem Klima, das ich von den Küstenstädten her kannte, in denen ich gelebt hatte. Bei Seiner Heiligkeit und seiner Familie, sowie bei allen Wohlhabenden, war es üblich, sich in diesem Monat in kühlere Gegenden zurückzuziehen. Dieser spezielle August aber stand im Zeichen der Rückkehr des Papstsohnes Juan vom spanischen Königshof – daher war der Anlass trotz der Hitze von prächtigen Festen und Veranstaltungen begleitet.

Trotz meiner Befürchtungen hatte ich nicht unter weiteren Avancen durch Alexander zu leiden; ich konnte mich des Eindrucks nicht erwehren, dass Cesare seinen Vater überredet hatte, mich in Ruhe zu lassen. Cesare wollte nicht darüber sprechen; er riet mir nur, ich solle es, wenn möglich, vermeiden, mich bei festlichen Anlässen, wenn viel Wein getrunken wurde, neben Seine Heiligkeit zu setzen. Außerdem sollte ich mich in seiner Gegenwart bescheiden verhalten und kleiden, und wenn ich spürte, dass Alexander zu viel trank, solle ich auf Abstand gehen.

Daran hielt ich mich. Dennoch saß ich bei vielen Audienzen Seiner Heiligkeit noch immer mit Lucrezia rechts und links des Papstthrons, eine jede auf ihrem Samtkissen. Ich glaube, Alexander gefiel es, wenn wir zu zweit zugegen waren, die eine dunkel, die andere blond, als weibliche Zierde seines Thrones.

Cesare zufolge war Lucrezia eine hoch angesehene Beraterin ihres Vaters; häufig unterbrach sie einen Bittsteller, um Alexander einen Rat zuzuflüstern. Sie hatte auch einen eigenen kleinen Thron, auf dem sie Bittschriften entgegen nahm. Ich hörte ihr einige Male zu und war beeindruckt von ihrer Intelligenz. Sowohl sie als auch ihr Vater waren versierte Diplomaten; ungeachtet der Machenschaften, mit denen Rodrigo Borgia die Papstwürde erlangt hatte, erfüllte er seine Pflichten auf bewundernswerte Weise.

Meine Affäre mit Cesare ging weiter; wir frönten unserer Leidenschaft stets in seinen Privatgemächern. Ich strahlte vor Glück; es war schwierig, eine solche Freude vor anderen zu verbergen und Cesare nicht vor aller Öffentlichkeit meine Zuneigung zu zeigen. Unterdessen sprach er immer wieder davon, er wolle das Priesteramt niederlegen.

Eines Abends, als wir nach unseren Liebesspielen erschöpft voneinander ließen, wandte er sich mir zu und strich mir liebevoll eine lose Haarsträhne hinter das Ohr. »Ich will dich heiraten, Sancha.«

Seine Worte sandten mir wohlige Schauer über den Rücken; dennoch konnte ich die Tatsachen nicht leugnen. »Du bist Kardinal«, sagte ich, »und ich bin bereits verheiratet.«

Er berührte meine Wange. »Ich möchte Kinder von dir haben. Ich würde dich nach Neapel ziehen lassen – ich weiß, wie sehr es dir fehlt. Wir könnten dort leben, wenn es dich glücklich machen würde. Ich müsste nur ein paar Mal im Jahr nach Rom zurück.«

Ich war den Tränen nahe; Cesare hatte mein Herz und meine Gedanken gelesen. Er hatte Recht – nichts würde mich glücklicher machen. Doch so etwas schien derzeit schlichtweg unmöglich. Deshalb brachte ich ihn jedes Mal, wenn er das Thema anschnitt, zum Schweigen, denn ich wollte keine falschen Hoffnungen nähren; auch wollte ich, dass Jofre durch Gerüchte verletzt würde. Cesare lernte rasch, mich nicht zu drängen. Doch es war deutlich, dass er seiner Rolle als Kardinal zunehmend überdrüssig war.

Am zehnten August schließlich traf Juan, der zweitälteste Sohn des Papstes, in Rom ein, eine schwangere Ehefrau und einen kleinen Sohn in Spanien zurücklassend. Nach der Invasion der Franzosen hatte Alexander häufig davon gesprochen, er sehne sich danach, alle seine Kinder bei sich zu haben, weil er sich seiner Sterblichkeit und der Zerbrechlichkeit des Lebens immer stärker bewusst geworden sei. Aus diesem vorgeschobenen Grund war Jofre nach Rom beordert worden – und nun, mit Juans Auftauchen, war Alexanders Wunsch erfüllt. Alle vier Kinder waren zu Hause. Mir kam es sonderbar vor, dass Juan seine Familie nicht mitgebracht hatte, obwohl die anderen Borgias es als nicht erwähnenswert erachteten.

Es gab noch einen weiteren Grund für seine Ankunft: Juan, Herzog von Gandia, war auch Generalkapitän der Kirche, Kommandeur der päpstlichen Armee, und sein Vater hatte ihn nach Hause gerufen, um das Geschlecht der Orsinis zu strafen, das während des Krieges die Franzosen unterstützt hatte. Juans Armee sollte jedes abtrünnige Adelshaus in Rom angreifen und unterwerfen, um an jedem ein Exempel für die Rache der Borgias zu statuieren. Solange Alexander Papst war, würde Frieden in den Papststaaten herrschen.

Alle Kardinäle der Stadt fanden sich ein, um den jungen Herzog von Gandia bei seiner Ankunft zu empfangen – er kam hoch zu Ross auf einem mit goldenen und silbernen Glöckchen behängten Pferd. Juan selbst indes war von seinem Pferd nicht zu übertreffen: Seine rote Samtkappe und die braune Samttunika waren über und über mit Juwelen und Perlen bestickt; unter all dem Staat schmolz er in der Augustsonne zweifelsohne dahin. Von einem Fenster im Palazzo Santa Maria sah ich zu, wie Cesare seinen Bruder begrüßte und zu seinem neuen Zuhause führte, dem apostolischen Palast.

An jenem Abend musste gefeiert werden – was meine Anwesenheit erforderlich machte, so wie die der restlichen Familie. Ich kleidete mich in dezentes Schwarz; Esmeralda war rasch bei der Hand mit allen Gerüchten, die sie gehört hatte: Juan sei ein Schurke der schlimmsten Sorte. Vielleicht hatte sie Angst, ich könnte ihre Warnungen in den Wind schlagen, so wie ich mich geweigert hatte, ihre unfreundlichen Bemerkungen über Cesare anzuhören.

Das Festessen wurde zunächst im engsten Familienkreis eingenommen, gemeinsam mit verwandten Kardinälen. Ich hatte gelernt, diskret in einiger Entfernung vom Papst Platz zu nehmen, um keine unerwünschte Aufmerksamkeit auf mich zu ziehen. An jenem Abend saßen Juan und, wie immer, Lucrezia neben ihm. Ich selbst saß zwischen Jofre und Cesare.

Wie soll ich Juan am besten beschreiben? Eine Sternschnuppe mit verblüffendem Charme, der nachließ, sobald die wahre Persönlichkeit des Mannes zum Vorschein kam. Er erschien spät auf der Bildfläche – er dachte sich nichts dabei, Seine Heiligkeit warten zu lassen, und Alexander verlor kein Wort über die Unannehmlichkeit, die ihn bei jedem anderen gekränkt hätte.

Juans Erscheinung war strahlend: die Augen funkelten vor Fröhlichkeit (wenn der Blick auch verschlagen war), ein breites Lächeln (wenn auch arrogant), und ein Lachen, das durch die Korridore hallte. Seine Lippen waren dick und wulstig, wie die seines Vaters, seine Haare weder hell noch dunkel; er war sauber rasiert und sah nicht so gut aus wie Cesare, war aber weniger reizlos als Lucrezia. Er hatte einen Freund bei sich – einen hoch aufgeschossenen Mohren (später erfuhr ich, dass es der Türke Djem war, eine königliche Geisel am päpstlichen Hof) –, und beide trugen einen Seidenturban und eine Satinrobe mit leuchtend roten und gelben Streifen. Um den Hals hingen ihm so viele goldene Ketten, dass ich mich wunderte, wie er bei ihrem Gewicht überhaupt aufrecht gehen konnte.

Auf Juans Turban saß in der Mitte ein Rubin von zweifacher Augengröße, aus dem eine Pfauenfeder ragte.

Alexander bebte vor Entzücken, als hätte man ihm gerade

eine weitere Jungfrau zur Defloration geschenkt. »Mein Kind!«, seufzte er. »Mein liebster, liebster Sohn! Oh, wie finster waren doch die Tage ohne dich!« Überglücklich klatschte er in die Hände, damit Juan zu ihm kam.

Juan drückte sein Gesicht an die Wange des Alten, womit er dem Papst die Sicht nahm, selbst aber die Reaktion seiner Geschwister aus halb geschlossenen Augen beobachtete. Wir alle waren aufgestanden, als Juan den Saal betreten hatte, und die plötzliche Anspannung in Lucrezias Gesichtsausdruck entging mir ebenso wenig wie die Tatsache, dass ihr Lächeln nur schmallippig und aufgesetzt war.

Auch den Blick, den Juan und Cesare austauschten, fing ich auf – der hämische Triumph in Juans Miene, die berechnende Gleichgültigkeit in Cesares. Neben mir ballte mein Geliebter indes die Hand zur Faust.

Wir setzten uns. Während der gesamten Mahlzeit sprach Seine Heiligkeit mit niemand anderem als mit Juan, und Juan unterhielt uns bereitwillig mit lustigen Anekdoten über das Leben in Spanien und warum er froh war, wieder in Rom zu sein. Fragen nach seiner Gattin, Maria Henriques, der Kusine des spanischen Königs, wurden mit Schulterzucken und der gelangweilten Auskunft beantwortet: »Schwanger. Dauernd krank, diese Frau.«

»Ich hoffe nur, du behandelst sie gut«, sagte Alexander in einem Tonfall, der Vorwurf mit Nachsicht vermischte. Juans Eskapaden mit Kurtisanen waren landauf, landab bekannt – zweimal hatte er zwei Jungfrauen von edler Abstammung kurz vor der Hochzeit entführt und entehrt. Nur die Gelder der Borgias retteten ihn vor dem Tode durch die männlichen Verwandten der Frauen.

»*Sehr* gut, Vater. Du weißt doch, dass ich mir deine Worte stets zu Herzen nehme.«

Falls in jener Antwort Sarkasmus mitschwang, hatte Seine Heiligkeit es geflissentlich überhört. Er lächelte, ganz der milde Vater.

Beim Essen hielt Juan Hof; er wandte sich an jeden einzelnen von uns und erkundigte sich nach dessen Leben. Von Jofre wollte er wissen: »Was, Bruder? Was hast du gemacht, um eine so wunderschöne Braut für dich zu gewinnen?«

Noch ehe der errötende Jofre sich eine geistreiche Antwort überlegen konnte, beantwortete Juan seine eigene Frage.

»Natürlich. Es ist, weil du ein Borgia bist und deshalb Glück hast; so wie wir Borgia-Kinder alle glücklich sind.«

Jofre verstummte, und seine Miene verfinsterte sich leicht; mir fiel ein, dass Cesare einmal eher beiläufig erwähnt hatte, mein Gemahl sei kein leiblicher Sohn des Papstes, womit Juans Kommentar eine versteckte Stichelei war.

Juan lachte herzhaft darüber – er war bereits angetrunken, denn er war dem Alkohol noch mehr zugetan als sein Vater. Alexander gluckste, verstand er die Bemerkung doch als Kompliment für sich, Lucrezia, Cesare und ich verzogen indes kaum eine Miene. Unter dem Tisch legte ich meinem Gemahl tröstend eine Hand auf den Oberschenkel.

Lucrezias Unterhaltung mit Juan war erfreulicher und angeregter; Cesares Diskussion mit seinem Bruder war kurz, aber höflich. Dann wandte der Herzog von Gandia sich mir zu.

»Wie findet Ihr Rom?«, fragte er mit glitzernden Augen und warmherzigem, begeistertem Ausdruck. In jenem Moment war es leicht, die kontaktfreudige Natur seines Vaters in ihm zu erkennen.

Ehrlich antwortete ich: »Mir fehlt das Meer. Doch Rom hat einen ganz eigenen Reiz. Die Gebäude sind prächtig, die Gärten schön, und die Sonne …« Ich zögerte noch und suchte nach den rechten Worten, um das Wesen des Lichts einzufangen, das alles gold färbte, sodass es von innen her zu glühen schien.

»… ist im August elendig heiß«, beendete Juan kurz auflachend meinen Satz.

Ich schenkte ihm ein dünnes Lächeln. »Es ist in der Tat elendig heiß im August. Ich bin an die Küste gewöhnt, wo das Klima im Sommer gemäßigter ist. Aber das Licht hier ist schön. Es überrascht mich nicht, dass es so viele Künstler angeregt hat.«

Das gefiel allen am Tisch, besonders Alexander.

»Habt Ihr Heimweh?«, fragte Juan spitz.

Ich hakte mich bei Jofre unter. »Wo mein Gemahl wohnt, da bin ich zu Hause: Und er ist hier – wie kann ich also Heimweh haben?«

Das stieß auf noch mehr Beifall. Meine Geste entstammte zum Teil einer Trotzhaltung: Ich mochte diesen Mann nicht, weil er Jofre vor seiner Familie beleidigt hatte. Meine Liebe zu Cesare erfüllte mich mit Schuldgefühlen; ich wusste, meine Worte waren pure Heuchelei. Doch auch wenn ich meinen Gemahl nicht liebte, so fühlte ich mich ihm dennoch verbunden.

Das allgegenwärtige arrogante Lächeln verschwand von Juans Lippen: Eine überraschende Nachdenklichkeit trat in seine Miene. »Gott hat dir ein Lächeln geschenkt, Bruder«, sagte er ruhig zu Jofre, »mit einer solchen Frau. Ich sehe, dass sie ein Quell großen Glücks für dich ist.«

Der Papst strahlte, zufrieden mit den Reaktionen. Die Unterhaltung wandte sich anderen Themen zu, und schließlich, als wir alle gesättigt waren, ließ Alexander den Tisch abräumen. Wir traten hinaus in den Saal des Credo, wo erneut Wein eingeschenkt wurde. An der Wand prangte ein nahezu vollendetes Fresko von Pinturicchio und seinen Schülern, auf dem der Papst kniend den Auferstandenen anbetete.

Alexander saß auf dem bereitgestellten Thron und bedeutete den Musikern, das Spiel aufzunehmen. An jenem Abend gefiel es ihm, Juan und Lucrezia tanzen zu sehen. Als eine muntere Melodie angestimmt wurde, führte Juan seine Schwester auf die Tanzfläche, sie zu seiner Rechten, und die beiden setzten zu einer schnellen *piva* an: ein kurzer Schritt nach links, ein halber Hüpfer nach rechts, ein weiterer nach links, dann eine Pause. Die beiden waren außergewöhnlich anmutig, und Juan waren die einfachen Bewegungen bald zu langweilig. Nach dem dritten Schritt wirbelte er herum, damit er vor seiner Partnerin stand, um sie dann, Handflächen an Handflächen, in einer *voltatonda* zu führen, bei der derselbe Grundschritt der *piva* gegen den Uhrzeigersinn im Kreis herum getanzt wurde. Alexander klatschte Beifall.

Errötet und verschwitzt kamen die beiden Tanzenden wieder.

»Und jetzt«, sagte Juan zu mir, »seid Ihr an der Reihe, mit mir zu tanzen.« Er verneigte sich tief, zog mit großer Geste den Turban, warf ihn dann beiseite, als wäre er aus Lumpen und nicht aus Seide und Edelsteinen. Die kurzen, dunklen Haare waren schweißnass und klebten an Kopf und Stirn.

Die Musiker spielten eine träge, beinahe traurige Melodie; Juan entschied sich für eine langsamere *bassadanza,* und wir bewegten uns bedächtig in einem feierlichen Prozessionsstil von vier Schritten durch den Saal. Eine Zeit lang redeten wir nicht, sondern gaben unsere Vorstellung so gut wir konnten, um Seiner Heiligkeit zu gefallen.

Nach einer Weile bemerkte Juan: »Es war mir sehr ernst, als ich sagte, mein kleiner Bruder sei glücklich zu schätzen, eine solche Frau zu haben.«

Bescheiden senkte ich den Blick. »Ihr seid zu freundlich.«

Er lachte. »Dessen werde ich selten beschuldigt. Ich bin alles andere als freundlich; aber ich bin ehrlich, wenn es mir passt. Und Ihr, Donna Sancha, seid die schönste Frau, die ich je gesehen habe.«

Ich sagte nichts.

»Ihr seid auch kühn genug, Euren Gemahl in der Öffentlichkeit zu verteidigen – er selbst hingegen ist dafür zu schwach. Es ist Euch bewusst, dass Seine Heiligkeit Jofre nicht für seinen Sohn hält, aber so freundlich war, seiner Mätresse Glauben zu schenken?«

Ich war zu wütend, um Juan in die Augen zu schauen. »Das ist mir durchaus zu Ohren gekommen. Es spielt aber keine Rolle.«

»Natürlich spielt es eine Rolle. Seht, Jofre wird sein kleines Fürstentum in Squillace haben, und mehr nicht. Die Ehre, die man ihm hat zukommen lassen, wird für den Rest seines Lebens reichen müssen – und ich bin sicher, eine Dame mit Eurem Scharfblick hat erkannt, dass er nicht die Intelligenz eines echten Borgia besitzt.«

Unsere Hände waren während des Tanzes fest aneinander gedrückt; am liebsten hätte ich mich von ihm zurückgezogen, um ihn wegen seiner Verunglimpfungen zu tadeln. Doch der Papst sah zu und nickte im Gleichklang mit der Musik.

»Ihr, mein Herr«, erwiderte ich mit zornbebender Stimme, »habt gerade durch Eure arroganten Bemerkungen gezeigt, dass Ihr selbst nur wenig von dieser Intelligenz besitzt. Wenn Ihr auch nur ein Quäntchen Verstand hättet, würdet Ihr Euren Bruder für seine Aufrichtigkeit und sein gutes Herz schätzen, so wie ich.«

Er lachte, als hätte ich etwas bemerkenswert Charmantes gesagt. »Ich muss Euch einfach bewundern, Sancha. Ihr sagt, was Ihr denkt, ohne darauf zu achten, wem Ihr damit zu nahe tretet. Ehrlichkeit und Schönheit sind eine unwiderstehliche Verbindung.« Er machte eine Pause. »Kommt schon. Ich kann verstehen, warum Jofre Euch Leid tut und warum Ihr ihn nicht verletzen wollt. Aber es gibt so etwas wie Diskretion. Auch ich halte mit meinen Ansichten nicht hinter dem Berg, Sancha. Ich will Euch. Ihr wäret gut beraten, Euch mit mir zu verbünden – denn ich bin dem Papst das liebste seiner Kinder. Ich bin der Kapitän seiner Armee – und eines Tages werde ich der weltliche Herrscher über alle Papststaaten.«

Ich vermochte meine Gereiztheit nicht länger zu unterdrücken, sondern ließ meine Hand sinken und hörte auf zu tanzen. »Nie könnte ich jemanden lieben, der so verachtenswert ist wie Ihr.«

Da war das sarkastische Grinsen wieder; seine leicht schräg stehenden Augen wurden schmal, als er erwiderte: »Spielt hier nicht die Selbstgerechte, Madonna. Ihr habt bereits mit zwei Brüdern geschlafen.« Eifersucht flackerte in seinen Gesichtszügen auf, was weniger mit mir als mit seiner Rivalität zu Cesare zu tun hatte. »Was macht es da schon, wenn Ihr auch noch mit dem dritten ins Bett geht?«

Ich zog meinen Arm zurück und schlug ihm so fest auf die Wange, dass meine Hand brannte.

Beunruhigt erhob sich Alexander halb von seinem Sitz; Lucrezia legte eine Hand auf den Mund – ob aus Belustigung oder Überraschung war mir nicht klar.

Juan zog einen Dolch aus seinem Gürtel; der mörderische Blick in seinen Augen zeigte mir, dass mein letztes Stündlein geschlagen hatte. Sein Zorn war wild und ungehemmt, weit entfernt vom kühlen, berechnenden Hass, den ich zuerst in den Augen seiner Schwester gesehen hatte.

Doch Cesare eilte herbei und trat zwischen uns. Schnell packte er Juan am Handgelenk und drehte es herum, sodass der andere aufschrie; der Dolch fiel auf den Steinboden.

»Ich werde die Hure umbringen!«, flüsterte Juan heiser. »Wie kann sie es wagen …«

Nun war es an Cesare, seinem Bruder ins Gesicht zu schlagen. Als ihre Begegnung in eine lautstarke Rauferei ausartete, eilte ich schnellstens hinaus, meine Zofen im Schlepptau.

16

Als ich in meine Gemächer im Palazzo Santa Maria zurückkehrte, hatte sich meine Erregung noch gesteigert. Die Tatsache, dass ich den Lieblingssohn des Papstes vor aller Augen geschlagen hatte, kam mir vollends zu Bewusstsein, sowie die Erkenntnis, dass Juan nicht eher ruhen würde, bis er Rache genommen hatte.

Schlimmer noch, Cesare war als mein erzürnter Beschützer in Erscheinung getreten – Cesare, und nicht mein Gemahl. Die leidenschaftliche Reaktion des Ersteren würde am Hofe für Gesprächsstoff sorgen … und derartige Gerüchte würden Jofre zutiefst verletzen. Sie würden nicht nur meine Ehe vernichten, sie würden Alexander erzürnen und meine Freundschaft mit Lucrezia zerstören.

Am meisten fürchtete ich mich davor, die Neuigkeit könnte nach Neapel durchdringen, bis hin zu Alfonso … und ihn anzulügen wäre ich nicht imstande, selbst in einem Brief nicht. Meinen Ehebruch meinem lieben Bruder eingestehen zu müssen, würde mich am meisten beschämen.

Zum Glück hatte ich mich zu einem späteren Zeitpunkt mit Cesare im Garten verabredet, und darauf konzentrierte ich mich nun, um mich zu beruhigen. Cesares beispiellose diplomatische Fähigkeiten würden mich vor Juans Zorn retten, so wie sie mich vor Alexanders ungewollter Aufmerksamkeit bewahrt hatten; ungeduldig wartete ich, die Angelegenheit mit ihm zu besprechen.

Schließlich war es Zeit für mich, aufzubrechen. Statt mich

mit einem Kleid, Mieder und Ärmeln abzumühen, die zuzubinden waren, hatte ich mir angewöhnt, ein schwarzes Seidenhemd mit Überkleid zu tragen, in die ich ohne Umstände hineinschlüpfen konnte. Dann wiederum hatte ich immer noch den Schleier, der mich davor schützte, erkannt zu werden – und das Stilett, falls man mich belästigen sollte.

Auf diese Weise getarnt, trat ich leise in den Korridor hinaus. Es war so spät, dass nur wenige Kerzen brannten, doch ich fand meinen Weg durch die Dunkelheit mit Leichtigkeit, denn ich kannte mich aus. Wie immer hatte Cesare die Wachen bestochen, sodass ich niemandem begegnete.

Doch als ich an dem Korridor vorbeikam, der zu den Gemächern von Giulia und Lucrezia führte, hörte ich eine Frau aufschreien, als hätte sie Schmerzen.

Rückblickend gesehen hätte ich klüger sein sollen; ich hätte mich innerlich verhärten und weitergehen sollen – schließlich stand meine Affäre mit Cesare auf dem Spiel. Doch der Laut rief zugleich Besorgnis und Neugier in mir wach. Und so kam es, dass ich den unwiderruflichen Weg in den falschen Korridor einschlug.

Noch im selben Augenblick ließ mich eine Eingebung auf der Stelle erstarren, obwohl ich zunächst nichts damit anfangen konnte, was ich vor mir sah. Bald jedoch konnte ich Lucrezias mondfarbenes Gesicht im Dämmerlicht ausmachen. Sie steckte noch in dem Gewand, das sie auf Juans Empfang getragen hatte, von dem sie offenbar gerade zurückkehrte; sie hatte die Augen geschlossen, den Mund halb geöffnet und stöhnte in regelmäßigen Abständen auf.

Sie war nach vorn gebeugt, schwankte, bestimmt angetrunken und vielleicht nahe davor, sich zu erbrechen. Ich wollte ihr zu Hilfe eilen und behaupten, ich hätte nicht einschlafen können; vielleicht würde sie sich am darauf folgenden Tag an nichts oder nur wenig erinnern.

Zum Glück ließ mich der gesunde Menschenverstand an Ort und Stelle stehen bleiben – denn im nächsten Augenblick wurde mir bewusst, dass ich nicht nur Lucrezia vor mir hatte, sondern Lucrezia mit einem anderen. Große männliche Hände umfassten ihre Brüste, die aus ihrem Mieder gerutscht waren, und das Schwanken wurde von einer großen, dunklen Gestalt hinter ihr hervorgerufen, die heftig an der Stelle zustieß, an der ihre Röcke nach oben geschoben waren.

Ein Liebhaber, dachte ich, und wollte mich schon davonschleichen. Ich konnte Lucrezia kaum etwas vorwerfen, das ich selber machte – vor allem, seitdem ihr eigener Mann sie vor aller Öffentlichkeit verlassen hatte.

Dann schrie sie in trunkener, lustvoller Hemmungslosigkeit auf: »Oh, Papa …!«

Mir wurde eiskalt. Sogleich erkannte ich die klobige Gestalt – die weiße Robe, die Kappe und das Gesicht, dem Lucrezia so sehr ähnelte.

Das ist Vergewaltigung, versuchte ich mir einzureden. *Vergewaltigung. Ich sollte mich mit dem Stilett hinter ihn schleichen … Das arme Mädchen muss zu betrunken sein, um zu wissen, was sie tut …*

»Papa!«, schrie sie erneut mit dem Entzücken einer Geliebten auf, und ich dachte an den Abend, als sie versucht hatte, mich zu schockieren und ihrem Vater die Brüste dargeboten hatte.

Ich hob eine Hand an meinen hinter dem Schleier verborgenen Mund und hätte mich beinahe übergeben. Zum Glück geschah es lautlos, und meine Armbewegung wurde von den beiden Liebenden nicht bemerkt, die von ihrem eigenen Stöhnen abgelenkt waren. Liebende, sage ich, doch der Begriff ist an dieser Stelle lästerlich; mir fiel die Textpassage im Buch der Offenbarung ein: die bunt bemalte Hure Babylon rittlings auf dem großen gehörnten Tier. Das Gewirr aus Fleisch und Stoff, das hier im Dunkeln pulsierte, war in der Tat ähnlich ungeheuerlich.

»Mein Liebling«, hörte ich das Tier flüstern. »Meine Lucrezia, mein Ein und Alles. Du gehörst zu niemandem außer mir.«

Er sprach klar und deutlich, ohne zu lallen. Das war kein

trunkener Ausrutscher, sondern eine bewusst gewählte Umarmung.

Mir kam die Galle hoch; Tränen stiegen mir in die Augen. Ich drehte mich um und floh vor dem Anblick so leise, wie ich gekommen war.

Ich war beinahe geneigt, in meine Gemächer zurückzukehren, mich still dem Ekel über das Gesehene hinzugeben. Doch dieses Geheimnis war so abscheulich, dass man es nicht allein ertragen konnte; ich sehnte mich nach Cesares Trost. Und wenn ich Lucrezias Familie angehörte, wollte ich die Wahrheit wissen. Ich wollte glauben, so wie Alfonso es hätte glauben wollen, dass sie jung und verwirrt war – und dass Rodrigo sich das zunutze machte. Als älterer Bruder musste Cesare eingreifen, um sie zu schützen. Er erschien von allen Borgias derjenige mit dem größten Verantwortungsgefühl zu sein, er war derjenige, der seine Gefühle am besten zu beherrschen wusste; er würde am besten wissen, wie in dieser schrecklichen Situation zu verfahren war.

Ich eilte aus dem Korridor und verließ den Palazzo durch einen unbewachten Hintereingang. Mit raschen, gehetzten Schritten huschte ich über den Gartenweg: Nun verstand ich viel besser, warum Lucrezia auf mein Erscheinen in Rom eifersüchtig gewesen war. Es war nicht die mädchenhafte Schwärmerei, die ich mir unbedingt hatte einreden wollen, oder einfach nur der Neid, dass man mir mehr Aufmerksamkeit schenkte; nein, sie sah mich tatsächlich als echte Rivalin für Rodrigos sexuelle Vorlieben. Auch Cesare hatte eine Bemerkung fallen lassen, die mir jetzt Kopfzerbrechen bereitete: *So war sie auch bei Donna Giulia; sie hat lange gebraucht, um zu begreifen, dass die Liebe eines Mannes zu einer Frau und zu seiner Tochter zwei verschiedene Dinge sind.*

Ja, aber sie hatte es nie begriffen – ebenso wenig wie ihr Vater.

Ich konnte nur beten, dass weder der Papst noch Lucrezia mich gesehen oder unter meinem Schleier erkannt hatten.

Schließlich kam ich zur Gartenbank unter dem Baum und

war erleichtert, als ich Cesare dort sah, der wie immer auf mich wartete. Sonst umarmten wir uns und küssten uns leidenschaftlich, doch an jenem Abend ergriff ich seine Hände.

Zwischen seinen dunklen Augenbrauen bildete sich eine Falte. »Madonna, was ist passiert?«

Ich konnte meine Erregung nicht verbergen. »Erstens muss ich wissen – ist alles in Ordnung mit dir? Als ich ging, hast du mit Juan …«

»Juan ist ein Narr«, sagte Cesare hartherzig. »Man hat ihn in seine Schranken verwiesen. Wenn er dich je wieder ärgert, komm sofort zu mir. Zum Glück ist er ja nicht lange hier; in Kürze führt er Vaters Armee in eine Schlacht.« Er neigte den Kopf und musterte mich eindringlich. »Aber hier geht es um viel mehr als um einen Hanswurst wie Juan.« Er streifte meinen Schleier nach hinten und legte mir sanft eine Hand auf die Wange. »Sieh dich an, Sancha. Du zitterst ja.«

»Ich habe gesehen …«, hob ich an und konnte nicht weiterreden.

»Setz dich. Setz dich, ehe du umfällst.« Er zog mich zu sich auf die Gartenbank.

»Dein Vater und deine Schwester …«, fing ich noch einmal an und verstummte.

Mehr brauchte ich nicht zu sagen.

Er ließ meine Hände fallen, als wären es stechende Nesseln, und wandte rasch das Gesicht ab, doch zuvor konnte ich noch einen Ausdruck des Schmerzes und der Demütigung erkennen. »Du hast sie gesehen«, flüsterte er und stöhnte auf. Kurz darauf fügte er hinzu: »Ich hatte gebetet, gehofft – dass es aufhörte.«

»Du hast es gewusst.« Es lag kein Vorwurf in meinem Tonfall, nur Verwunderung.

Er schaute in seinen Schoß, so dass ich im Dämmerlicht sein Profil sah; seine Gesichtszüge waren verhärtet, und beim Reden zuckte in seinem Unterkiefer ein Muskel. »Mein Vater lässt nicht vernünftig mit sich reden, Madonna. Ich habe es versucht. Ich habe es versucht …« Über dem letzten Wort brach seine Stimme. Dann sammelte er sich und schaute mit plötzlichem Entsetzen zu mir auf. »Sag mir, dass sie dich nicht gesehen haben!« Er ergriff meine Hände, die Augen sorgenvoll aufgerissen.

»Nein.«

»Gott sei Dank.« Er sackte in sich zusammen und stieß einen Seufzer der Erleichterung aus, der nicht lange vorhielt. »Du hast doch hoffentlich mit niemandem darüber geredet? Nicht einmal mit Donna Esmeralda?«

»Mit niemandem außer dir.«

Cesare entspannte sich wieder. »Gut. Gut.« Zärtlich fuhr er mir mit einem Finger über die Schläfe und am Unterkiefer entlang. »Es tut mir Leid, dass du so etwas mit ansehen musstest …«

»Kannst du deinen Vater nicht zwingen, damit aufzuhören?«, fragte ich. »Ihm sagen, du wirst es dem Kardinalskollegium erzählen und dafür sorgen, dass es an die Öffentlichkeit kommt?«

Sein Ausdruck verriet den inneren Aufruhr; schließlich sagte er: »Du musst mir schwören, dass du alles, was ich dir jetzt sagen werde, geheim halten wirst.«

»Du kannst mir dein Leben anvertrauen«, erwiderte ich.

Er lächelte bitter. »Genau das bin ich im Begriff zu tun.« Nach reiflicher Überlegung begann er. »Mein Vater … ist ein guter Mann. Er liebt seine Kinder über alles. Du hast gesehen, wie großzügig er seine Zuneigung verteilt.« Er hielt kurz inne. »Seine Liebe ist echt und geht tief … ähnlich ist es mit seinem Hass. Wenn man ihn provoziert, ist er außergewöhnlich gefährlich. Selbst … wenn es seine Kinder sind, die ihn herausfordern.« Als er spürte, wie ich mich neben ihm anspannte, legte er mir zum Trost eine Hand auf den Arm und sagte: »Ja, er hat sich vage an die Begegnung mit dir erinnert. Aber du musst dich nicht fürchten. Er fand es amüsant und betrachtet es als ein unterhaltsames Liebesspiel. Er zieht es vor, wenn seine Frauen gefügiger sind – nicht so ›heißblütig‹, wie er es nannte. Mit anderen Worten, du hast ihm etwas zu viel Schwierigkeiten bereitet und ihn nicht genügend bewundert, wie es seinem Stolz angemessen gewesen wäre. Ich bezweifle, dass er dich je wieder belästigen wird.« Seine Miene verfinsterte sich. »Aber wenn es um Politik geht, um wahren Gewinn oder Verlust – dann kann er tödlich sein. Es waren zwar Gerüchte in Umlauf, doch wenn man sein Verhältnis mit Lucrezia tatsächlich bekannt gäbe, würde es seine politische Stellung gefährden. Verstehst du, was ich meine, Sancha?«

»Hat er dich mit dem Tode bedroht, als du ihn wegen deiner Schwester zur Rede gestellt hast?« Übelkeit erregender Hass stieg in mir hoch. Was musste das für ein Mann sein, der seine Tochter auf diese Weise missbrauchte und dann noch davon sprach, den eigenen Sohn umzubringen? Ich sprang auf. »Es tut mir Leid, dass ich ihn nicht mit dem Stilett getötet habe!«

»Hüte deine Zunge«, warnte Cesare und zog mich zu sich hin, sodass ich vor ihm stand; er legte mir die Finger auf den Mund. »Das ist der Preis dafür, mit einem über alle Maßen ehrgeizigen Mann zusammenzuleben. Ich kann dir nicht anders beibringen, wie wichtig es ist, Stillschweigen zu bewahren, als mit dem Hinweis: Es sind schon Menschen aus geringfügigerem Anlass ums Leben gekommen. Dieses Geheimnis musst du für den Rest deines – und meines – Lebens hüten.« Er schaute mich durchdringend an. »Deine Gefühle gehen sehr tief, Sancha, und du reagierst allzu hastig, leidenschaftlich. Du musst lernen, diesen Impuls zu dämpfen, wenn du hier überleben willst.«

»Ich habe ein Gerücht gehört«, sagte ich ruhiger, »über den Tod von Rodrigos Bruder, dessen Wahl zum Papst sicher war …«

Er hielt meinem Blick stand, als er sagte: »Es ist kein Gerücht.«

»Wie erträgst du das nur?«, flüsterte ich. Mein Vater war ein Tyrann gewesen – doch selbst er hätte nicht im Traum daran gedacht, sich eines Mitglieds seiner Familie durch einen Meuchelmord zu entledigen. Und ganz sicher hätte er sich nie an mir vergriffen und dann Alfonso mit dem Tode gedroht, falls dieser sich hätte einmischen wollen.

Cesare zuckte mit den Schultern; sein Blick wurde hart. »Das ist der Preis dafür, ein Borgia zu sein.«

In jener Nacht war ich nicht in der Stimmung, mit Cesare zu schlafen; er verstand mich, und wir trennten uns verbittert, obwohl wir beide es nicht wollten. Unwillkürlich fragte ich mich, wie mein Bruder auf diese schockierende Dekadenz reagiert hätte – doch ich wagte nicht, diese Neuigkeit an ihn weiterzuleiten, da es ihn zu sehr in Unruhe versetzen würde, wenn er die Wahrheit über mein Leben in Rom erführe.

Später in meinem Bett träumte ich von der Karte, die ich bei der *strega* gezogen hatte: das von zwei Schwertern durchbohrte Herz – von Gut und Böse. Rodrigo Borgia stand vor mir, lächelte und öffnete seine weiße Satinrobe über der Brust, um das rote Herz zu entblößen, das darin schlug, aufgespießt von zwei gekreuzten Schwertern.

Das eine Schwert war viel größer als das andere; ich trat einen Schritt vor und zog es heraus. Es war blutverschmiert, doch unter den hellroten Flecken konnte ich die Inschrift auf der Klinge gut lesen.

DAS BÖSE.

Herbst 1496 – Frühsommer 1497

17

Cesare und ich setzten unsere Rendezvous in den nächsten Monaten fort. Außer in jener beunruhigenden Nacht im Garten, als ich über Lucrezia und Alexander gesprochen hatte, verhielt sich Cesare wie gehabt – immer öfter redete er davon, er könne das Leben als Kardinal nicht länger ertragen. Er träume davon, mich zu heiraten, sagte er, und von einem Haus voller Kinder. Ich hörte ihm mit unerträglichem Verlangen zu – und zugleich mit großen Schuldgefühlen. Mein Gemahl wusste offenbar nichts von meiner Affäre mit seinem Bruder, und seine glückliche Unschuld zerrte an meinem unaufrichtigen Herzen.

Ich konnte nur annehmen, dass Cesares Kampf mit seinem Bruder Juan Letzteren entmutigt hatte, denn Juan hat mich in den heißen Monaten August und September nicht wieder belästigt.

Dann, als mit Beginn des Oktobers die Hitzeperiode vorbei war, erhielt ich einen Brief von meinem Bruder, der viel Kummer in sich barg.

Meine liebste Schwester,
mit unaussprechlicher Trauer muss ich Dir das Ableben unseres Halbbruders, Seiner Majestät König Ferrante II., mitteilen. Er starb an einer schweren Entzündung der Gedärme – und seine Gemahlin, Königin Giovanna, liegt vor Kummer danieder, wie wir alle. Man hat ihn bereits vorübergehend in einem Grab in Santa Chiara

beigesetzt, während die Grundsteine zum Bau seiner Krypta gelegt werden.
Es fällt mir schwer, Dir diese traurige Botschaft schreiben zu müssen. Dennoch hoffen Mutter und ich, Dich in den kommenden Monaten bei der Krönung Seiner Majestät, unseres geliebten Onkels Federico zu sehen.

Ich ertrug es nicht, noch weiter zu lesen, sondern ließ die Seiten zu Boden fallen. Das Schicksal erschien mir launisch und brutal, das den jungen Ferrandino so lange und schwer um den Thron hatte kämpfen lassen, nur um ihm diesen so bald wieder zu entreißen. Schlimmer noch, er hatte mit Giovanna keine Erben gezeugt, so dass die Krone zwangsläufig eine Generation zurückgereicht wurde, an Federico.

Nun hatte ich einen Vorwand, nach Neapel zurückzukehren, meinem Zuhause. Unter anderen Umständen hätte ich die Gelegenheit beim Schopf ergriffen – doch den Gedanken, unter dem Deckmantel von Ferrandinos Tod zurückzugehen, konnte ich nicht ertragen. Außerdem war ich nicht erpicht darauf, Cesare zu verlassen, nicht einmal für einen Augenblick. So kam es, dass ich in Rom blieb und meiner Familie aus der Ferne kondolierte.

In dem Monat, in dem ich von Ferrandinos Ableben erfuhr, wurde Juan Borgia in den Krieg geschickt. Mit seinem juwelenbesetzten Schwert und dem Titel des Generalkapitäns der Kirche ritt er aus Rom hinaus, begleitet von der päpstlichen Armee und einer beträchtlichen Zahl an Fanfarenstößen.

Bald war ihm Erfolg beschieden – sehr zu Cesares Ärgernis. (»Gott macht sich über mich lustig, dass er meinen geistlosen Bruder durch Zufall gewinnen lässt, nicht aufgrund seines Könnens!«) In rascher Folge eroberte die päpstliche Armee zehn aufständische Burgen, auf denen die französische Fahne wehte. Der Papst war ausgelassen vor Freude; bei Tisch las er Juans Eilbotschaften vor – die ausnahmslos vor Eigenlob strotzten. Lucrezia setzte ihr zurückhaltendes Lächeln auf und nickte ihrem Vater aufmunternd zu, wenn er in höchste Erregung geriet; Cesares Lippen spannten sich an, wurden immer dünner, bis sie schließlich nicht mehr zu sehen waren.

Dann ließ Gott Juan Gerechtigkeit widerfahren in Form ciner stämmigen, furchtlosen Edelfrau namens Bartolommea Orsini. Sie hatte das Kommando über eine ihr treu ergebene, mächtige Armee, die ihre imposante Festung in Bracciano, einen guten Tagesritt von Rom entfernt, über dem nach der Stadt benannten großen See beschützte. Die päpstliche Armee hatte ein besonderes Interesse daran, die Orsinis zu besiegen: Ihr verräterischer Pakt mit den Franzosen und die Entführung von Giulia hatten es Charles ermöglicht, nach Rom einzumarschieren und Alexander veranlasst, Ferrandinos Rückzug nach Neapel zu befehlen. Es sei höchste Zeit, hatte Seine Heiligkeit beschieden, den frankophilen Orsinis eine Lektion zu erteilen. Es gab noch weitere abtrünnige Adelsfamilien, denen Ländereien innerhalb der Papststaaten gehörten – und die Orsinis sollten ein Exempel dafür sein, was jenen zustieß, die dem Papst nicht als kirchlichem und weltlichem Oberhaupt huldigten.

Cesare schilderte mir das Ereignis in allen Einzelheiten und mit großem Vergnügen. Juans anfänglicher Erfolg im Krieg erfüllte den Herzog von Gandia, Generalkapitän der Kirche, mit grenzenloser Selbstüberschätzung. Er schrieb Bartolommea einen Brief; sie lachte laut auf und spuckte darauf. Er richtete herrische Botschaften an ihre Armee und verlangte die Kapitulation, wobei er ihnen Sicherheit versprach, falls sie ihre Posten verließen und an der Seite der Papststaaten kämpften.

Bartolommeas Männer johlten bei dieser Vorstellung.

»Komm«, sagten sie. »Komm und kämpfe. Komm doch, Generalkapitän, und koste den wahren Krieg.«

Juan betrachtete die massiven Brustwehren der Burg von Bracciano; er schmiedete sogar harmlose Schlachtpläne zur Erstürmung der Wälle. Doch – so Cesare, der den Brief des Generalkapitäns an Seine Heiligkeit gelesen hatte – am Ende habe Juan erkannt, dass die Lage hier eine ganz andere war: Es bestand die Möglichkeit, dass seine Armee unterlegen war.

So kam es, dass seine Truppen prunklos bei Nacht und Nebel von Bracciano abzogen und stattdessen nach Norden zu einer weniger imposanten Festung in Trevignano marschierten, die von einer weniger beeindruckenden Armee verteidigt wurde. Die siegreiche Bartolommea ließ die französische Fahne gehisst.

In Trevignano trugen Juans Männer eine heftige Schlacht aus, während er von der Seitenlinie her Anweisungen erteilte. Es war nicht leicht, doch Alexanders Heer eroberte die Burg und plünderte die Stadt.

Zum Ausruhen war keine Zeit, denn unterdessen hatten sich weitere Mitglieder der Orsinis, unter Führung des Patriarchen Carlo, von den Franzosen Geld geliehen und eine Armee aus Toskanern und Umbriern zusammengestellt. Sie zogen gen Süden zur Festung Soriano, die in der Hand eines Kardinals der Orsinis war; dieser vertrat die Ansicht, der Papst solle seine Macht auf die Kirche beschränken und die Finger von den weltlichen Belangen des Adels in den päpstlichen Staaten lassen.

Juans Armee war verpflichtet, sich dort den Feinden zu stellen, ein paar Tagesritte nördlich von Rom. Die Orsinis waren kluge Strategen; rasch trennten sie durch eine List einen Teil der Truppen des Generalkapitäns von den anderen, überwältigten sie und gingen zum Gegenangriff über. Diesmal wurde Juan mitten in die Kampfhandlungen hineingezogen und war nicht in der Lage, sich in die Sicherheit der Seitenlinien zu flüchten. Er trug eine leichte Wunde an der Schulter davon und verlor fünfhundert Männer.

Mit diesem Ausgang hatte er offenbar nie gerechnet. Umgehend zog er sich mit seiner Armee zurück und kapitulierte.

Nun kochte Alexander bei Tisch vor Wut; es hielt ihn nicht länger auf seinem Platz, er schritt auf und ab und schimpfte – auf Juan wegen seiner Dummheit, auf sich, weil er nicht in mehr Männer, mehr Pferde und mehr Schwerter investiert hatte. Er schwor, er wolle jede Truhe in Rom leeren, er wolle sogar seine Tiara verkaufen …

Doch letzten Endes war Seine Heiligkeit ein praktisch denkender Mann. Er ließ sich auf einen Handel mit den Orsinis ein und akzeptierte fünfzigtausend Golddukaten sowie zwei weitere Festungen im Tausch gegen das päpstliche Versprechen, keinen weiteren Krieg anzufangen. Alexander stimmte auch zu, meinen Onkel, König Federico, zu bitten, die Orsinis zu entlassen, die in Neapel gefangen gehalten wurden.

Unterdessen rief er Juan nach Rom zurück.

Die Herbsttage in Rom sind kühl, ein Zeichen für den nahenden Winter. Viele in Italien würden solche Temperaturen als mäßig bezeichnen, denn Schnee hat die alten Gebäude und Plätze nur selten überzuckert. Ich aber war an Winter gewöhnt, die sich kaum von den Sommern unterschieden, sodass ich der folgenden Jahreszeit mit gelinder Angst entgegensah.

Bis zum Spätherbst war ich dazu übergegangen, möglichst viel Zeit ohne meine Hofdamen für mich allein zu verbringen: Ich habe mich noch nie gut verstellen können, und meine Entdeckung der wahren Beziehung zwischen Lucrezia und ihrem Vater hatte mich in Unruhe versetzt. Insgeheim wuchs mein Zorn auf Cesare an: Wäre ich ein Mann gewesen, sagte ich mir, hätte ich Alexander schon längst erschlagen, um Lucrezia zu beschützen, ungeachtet der Folgen.

In Wirklichkeit traf auch mich ein Teil der Schuld – behielt ich das Geheimnis doch für mich, um meine eigene Haut zu retten. Ich war auch nicht besser: eine Ehefrau, die ihren Gemahl betrog. Ich gab mir alle Mühe, Lucrezia eine Freundin zu sein; mit der Zeit traute sie mir halbwegs, obwohl ich nun verstand, warum sie niemandem vollkommenes Vertrauen schenken konnte. Auf Festen tanzten wir zusammen, lachten, spielten Schach (Lucrezia war eine Meisterin und gewann immer), und zuweilen ritten wir gemeinsam in den Kiefernwäldern Roms aus, begleitet von Wachen und Hofdamen.

Trotzdem nagte unsere Kameradschaftlichkeit an mir; ich konnte nicht vergessen, wie eifersüchtig sie gewesen war, als ihr Vater mir seine Zuneigung zeigte – konnte die anscheinend echte Lust in ihrer Stimme nicht vergessen, als ich sie beim Geschlechtsakt mit Alexander gesehen hatte.

Im Stillen versuchte ich alles zu rechtfertigen, wie es Alfonso getan hätte: Vielleicht hatten sich für sie die Grenzen zwischen Gut und Böse verwischt, nachdem sie so viele Jahre in einem verruchten Haushalt gelebt hatte. Womöglich war ihr ekstatisches Stöhnen auch nur geheuchelt, um sich vor Alexanders Zorn zu schützen.

Ich aß nur wenig, verlor an Gewicht und wandelte bei Tage durch die weitläufigen labyrinthischen Gärten hinter dem Palazzo di Santa Maria wie ein Gespenst – wie ein schwarzer Geist in den Nächten, in denen ich mich dort mit Cesare traf.

Und wieder ritt Juan, der ruhmreiche Herzog von Gandia, der gefeierte Generalkapitän der Kirche, in Rom ein – diesmal mit noch mehr Fanfaren und Festlichkeiten, als brächte er einen Sieg und keine Niederlage mit.

Seine Heiligkeit hatte nur Worte des Lobes für seinen unfähigen Sohn; alle Flüche, die Alexander während des Krieges gegen ihn ausgestoßen hatte, waren nun vergessen. Bei Tisch hörten wir uns an, wie der Papst zu Juan sagte, er sei die größte Hoffnung des Papsttums: Nun werde er dem Hause Borgia Ruhm bringen, sobald es ihm so gut gehe, dass er wieder in die Schlacht ziehen könne. Juan seinerseits antwortete mit seinem anmaßenden kleinen Lächeln. (Wann Juan genau »genesen« könnte, wurde nie erwähnt; und ich habe nie einen Beweis für die Wunde gesehen, die ihn dazu veranlasste, vor dem Feind zu fliehen.)

Ich kannte Cesare als einen Mann mit festem Willen – doch seine Eifersucht auf den Bruder quälte ihn derart, dass er es nicht ganz verbergen konnte. Eines Nachts in seinem Schlafgemach, nachdem wir uns geliebt hatten, erklärte mir Cesare in allen Einzelheiten, wie leicht man Bartolommea hätte besiegen können; in einer anderen Nacht, als wir auf dem Rücken lagen und an die vergoldete Kuppeldecke schauten, fuhr er fort und beschrieb mir, wie man das Gebiet der päpstlichen Staaten noch erweitern könne.

»Wenn wir eine viel stärkere Armee in der Hinterhand hätten«, verkündete Cesare, »könnte die Romagna uns gehören. Hier.« Mit dem Zeigefinger umriss er an der Decke einen gespornten Stiefel – Italien – und deutete auf die obere linke Ecke. »Da ist die Ostgrenze Frankreichs«, sagte er, »und gleich rechts liegt Mailand. Fast genau im Osten ist Venedig« – er fuhr mit dem Finger nach unten –, »dann hinunter nach Florenz. Südlich davon liegt das Gebiet der Romagna, im Nordwesten von Rom, direkt in der Mitte. Es geht einfach darum, die Barone in den Papststaaten zur Loyalität zu zwingen, doch dafür fehlt Juan die notwendige Härte und Gerissenheit – mir nicht.« Plötzlich richtete er sich begeistert auf, die Augen noch immer nach oben auf noch zu erobernde Länder gerichtet. »Wenn die Papststaaten erst einmal vereinigt sind – und wenn wir Unterstützung von Spanien bekommen, und vielleicht« – er schoss mir einen verschlagenen Seitenblick zu – »von Neapel, könnten wir die gesamte Romagna einnehmen.«

Er spreizte die Hand und deutete auf das breite Gebiet, das sich im Nordosten Roms bis zur Küste hin erstreckte. »Imola, Faenza, Forli, Cesena … Die Burgen würden eine nach der anderen vor uns einknicken.«

»Was ist mit den d'Estes?«, unterbrach ich ihn beiläufig. Es war eine äußerst mächtige Familie, die seit Generationen eine Grafschaft in der Romagna hatte. Ercole, der älteste Sohn, war ein frommer Mann und stand treu zur Kirche.

Cesare dachte darüber nach. »Die Armee der d'Estes ist zu mächtig, um sie zu besiegen; ich zöge es vor, mich mit ihnen zu verbünden, damit sie an unserer Seite kämpfen.«

Ich nickte zufrieden. Die d'Estes waren meine Vettern und Kusinen mütterlicherseits.

Cesare fuhr fort. »Dann nehmen wir Florenz ein. Es hat sich nie vom Verlust Lorenzo Medicis erholt; politisch herrschen dort noch chaotische Zustände. Solange unsere Armee stark genug ist, die Franzosen zu schlagen …«

»Und Venedig?«, fragte ich belustigt und neugierig. Ein solches Feuer kannte ich in ihm bisher nur, wenn wir miteinander schliefen, und ich war überrascht über das Ausmaß seines Ehrgeizes. »Dort hast du keine Familie zu schlagen, keine Barone. Die Bürger sind an viel Freiheit gewöhnt; sie werden ihren ernannten Rat nicht einfach ausliefern und einen einzelnen Herrscher akzeptieren.«

»Das wird schwierig«, gab er mit ernster Miene zu, »aber möglich ist es, mit genügend Männern. Wenn sie erst einmal unsere anderen Erfolge sehen, öffnen sie uns womöglich die Tore.«

Ich lachte – nicht, um mich über ihn lustig zu machen, sondern vor Verwunderung über seine Entschlossenheit. Er hatte offenbar lange darüber nachgedacht; er redete, als hätte er es bereits geschafft. »Ich vermute, du willst an Frankreichs Hintertür klopfen und den Sforzas Mailand wegnehmen«, sagte ich. »Du bist ein ausgesprochen selbstbewusster Mann.«

Er schaute auf mich herab und lächelte breit. »Madonna, du hast keine Ahnung.«

»Wenn du so sehr damit beschäftigt bist, Kriege zu führen«, sagte ich halb im Scherz, denn ich hatte Cesares Worte nicht vergessen, die mir so ans Herz gegangen waren, »wann wirst du die Zeit finden, mich nach Neapel zu bringen und Kinder mit mir zu zeugen?«

Die Wildheit in seinen Augen nahm ab; sein Tonfall wurde zärtlich. »Für dich, Sancha, würde ich Zeit finden.«

Doch Alexander hatte beschlossen: Cesare sollte ihm auf den Papststuhl folgen, während Juan dem Hause Borgia weltliche Macht sichern sollte, ungeachtet dessen, dass Ersterem die Wahl des Vaters nicht schmeckte und Letzterer keine Begabung besaß. Alexanders Entschluss stand endgültig fest.

An einem frostigen Nachmittag war ich weit in den Garten hinausgegangen und befand mich plötzlich in einem Labyrinth aus Buchsbaumhecken und Rosensträuchern.

An jenem Tag drehten sich meine Gedanken wieder einmal um Kinder – vielmehr um die Tatsache, dass ich keine hatte. Zu Anfang, als ich in Rom war, hatte Alexander seinen Sohn Jofre und mich ständig aufgezogen, wann wir denn Kinder haben würden – doch nach geraumer Zeit, als sich keine einstellten, ließ er von seinen Bemerkungen ab. Jofre schien es nicht übermäßig zu beunruhigen, doch ich glaube, insgeheim beäugte einer den anderen, und wir fragten uns: War ich unfruchtbar? Oder lag es daran, dass sich Jofres linker Hoden nie ganz gesenkt hatte?

Die Wahrheit war, dass ich im ersten Jahr unserer Ehe keine Kinder hatte haben wollen und ständig Gebrauch von Wasser und Zitronensaft gemacht hatte. In den vergangenen Monaten jedoch war mir aufgegangen, dass mir ein Kind nicht nur zu einem höheren Status in den Augen Seiner Heiligkeit verhelfen würde, sondern vielleicht auch zu einem gewissen Maß an körperlichem Schutz.

Während im Hause Borgia ein jeder wusste, dass Jofre kein legitimer Abkömmling Alexanders war, hatte man ihn in einer päpstlichen Bulle als Erben anerkannt – daher würde man seine Kinder als Rodrigos Enkel ansehen und ihnen alle Rechte zusprechen. Im Übrigen war der äußere Schein bei den Borgias wichtiger als Tatsachen.

Ich bewunderte Cesare so sehr, dass der Gedanke, ein Kind von ihm zu haben, etwas Zauberhaftes hatte; Liebe verwandelte die Vorstellung, Mutter zu sein, von der Pflicht in ein Privileg.

Ich bog um eine Ecke des Irrgartens und befand mich auf einmal in einer Sackgasse, in der ein bronzener Cherub Wasser aus einem großen Krug in ein Marmorbecken goss.

Ich musste auch feststellen, dass ich nicht allein war. Vor mir stand Juan, gekleidet in scharlachroter Tunika aus Satin und safrangelber Kniehose; ausnahmsweise trug er einmal weder Kappe noch Turban. Er hatte sich seit Beginn seines trostlosen Feldzugs einen Schnurrbart wachsen lassen, doch sein Gesichtshaar wuchs, ähnlich wie bei Jofre, nur spärlich.

Er betrachtete mich, die Hände in die Seiten gestemmt, breitbeinig und mit dem üblichen Grinsen. »So, so«, sagte er mit hämischem Unterton, »ein herrlicher, sonniger Tag. Ein bisschen kühl … Um so besser für eine Romanze.«

»Dann solltet Ihr lieber woanders hingehen«, antwortete ich. Meine Rechte fuhr instinktiv an mein verborgenes Stilett. »Mit mir werdet Ihr sie nicht haben.«

Sein Ausdruck veränderte sich, wurde härter. »Ich bin ein entschlossener Mann«, sagte er in einem Tonfall, der es mir geraten erscheinen ließ, mich nach Hilfe umzuschauen. »Sagt, Donna Sancha« – er kam einen Schritt näher, woraufhin ich einen Schritt zurückging –, »wie kommt es, dass Ihr Euch so zu Cesare hingezogen fühlt und für mich nur Verachtung übrig habt?«

»Cesare ist ein Mann.« Das letzte Wort betonte ich besonders stark.

»Und ich nicht?« Fragend breitete er die Arme aus. »Cesare ist nichts als ein Bücherwurm. Er träumt von einer Schlacht, aber er kennt sich nur im Kirchenrecht aus. Lasst ihn über Strategie schwadronieren – doch er bringt nichts anderes zustande, als Latein zu deklamieren. Er hat sich nie im Kampf bewähren müssen wie ich.«

»Stimmt«, erwiderte ich. »Ihr seid geprüft und für zu leicht befunden worden. In dem Augenblick, als Euch ein Schwert in die Schulter piekte, seid Ihr weggelaufen wie ein Kind.«

Er zog die Mundwinkel nach unten; er bewegte sich rascher, als ich erwartet hatte, und seine Faust traf mich mit voller Wucht im Gesicht, woraufhin ich nach hinten ins Gestráuch fiel. »Hure«, sagte er. »Ich werde dich lehren, Höherstehende zu respektieren. Was ich will, bekomme ich auch – und weder du noch dein Cesare können es mir vorenthalten.«

Ich schlug um mich; die holzigen Dornen schnitten mir in die Haut und zerrissen mein Kleid. Ehe ich das Gleichgewicht wiedererlangt hatte, war Juan bereits über mir; er packte mich an beiden Armen, zog mich aus dem Gebüsch und warf mich auf den Kiesweg.

In dem Moment, bevor er sich auf mich stürzen konnte, zog ich mein Stilett und schlitzte ihn mit weit ausholender Bewegung von der linken Brust bis an die rechte Schulter auf. Die Waffe ging leicht durch den feinen Satin, und ich spürte, dass sie auf Fleisch stieß; ein Aufschrei von Juan und ein dunkler, sich ausbreitender Fleck auf seiner Tunika bestätigten es.

Ich rechnete damit, dass er fliehen würde, wie schon im Krieg; tatsächlich wich er im ersten Augenblick zurück und berührte die Wunde mit Entsetzen und schwächlichem Selbstmitleid, dann schaute er prüfend auf die Finger, ob Blut zu sehen war. Und obwohl es in der Tat nur wenig war, loderte Hass in seinen Augen auf, und er rief mit heiserer Stimme einen Namen.

»Giuseppe!«

Der Buchsbaum raschelte, und ein Diener tauchte auf. Giuseppe war doppelt so breit und gut und gerne zwei Köpfe größer als Juan. Da geriet ich wirklich in Panik. Ich richtete mich ruckartig auf und fuchtelte, auf dem Boden sitzend, wild mit meinem Stilett herum. Giuseppe lachte, doch sein Blick war besorgt.

In Windeseile drückte er mich nieder und packte meine Handgelenke so fest, dass mir zumute war, als würden die Knochen zermahlen; ich war gezwungen, die Waffe fallen zu lassen. Ich holte tief Luft und schrie ihm die reine Wut ins Gesicht, zugleich inständig darum betend, jemand möge in der Nähe des Gartens sein oder von der Loggia herabschauen – doch die einzige Antwort war das Gurgeln des Wassers im Cherubsbrunnen.

Giuseppe ging hinter meinem Kopf in die Hocke und hielt mir die Hände fest, während ich mit den Beinen strampelte und um mich trat; die ganze Zeit ragte Juan über mir auf und öffnete triumphierend seinen Hosenladen.

»So, so«, scherzte er mit seinem Gefolgsmann, »die Stute ist noch nicht gezähmt? Wir werden sie trotzdem reiten.«

Ich machte es ihm weder leicht noch angenehm; er musste mich mit dem vollen Körpergewicht niederdrücken, und er war kleiner gebaut und schmaler als Cesare, sodass es ihn große Mühe kostete. Doch am Ende war er der Stärkere; ich war schwächer, weshalb es ihm gelang, mir Gewalt anzutun. Er zwang mir die Beine auseinander, grub die Finger tief in meine Oberschenkel und quetschte mich. Dann stieß er mit einer Brutalität in mich, dass ich mir auf die Lippen beißen musste, um ihm nicht die Befriedigung zu verschaffen, vor Schmerz aufzuschreien.

Während Giuseppe meine Arme zu Boden presste, arbeitete Juan sich an mir ab, grunzte, fluchte, gab mir Namen, die kein Mann der niedrigsten Hure geben würde, und sein Druck presste mir die Kieselsteine in den Rücken. Das Ganze schien eine Ewigkeit zu dauern. Ich zwang mich unterdessen, innerlich Abstand vom grauenhaften Geschehen zu wahren, mich von einer Wut zu distanzieren, die an Wahnsinn grenzte: *Ich bin nicht hier,* sagte ich mir. *Ich bin nicht hier, und das geschieht eigentlich nicht* … Ich bemühte mich nach Kräften, nicht zu schreien, sondern versuchte stattdessen, mir Erinnerungen aus der Kindheit ins Gedächtnis zu rufen, an mich, wie ich in Sicherheit und glücklich mit meinem Bruder Alfonso spielte.

Die Entwürdigung, die Juan mich fühlen ließ, erregte ihn über alle Maßen; in Wirklichkeit dauerte es nicht lange, bis er einen explosiven Schrei ausstieß und sich mit flackernden Augenlidern auf mich warf.

Mit einem tiefen Seufzer zog er sich absichtlich grob aus mir zurück; seine warme Flüssigkeit floss aus mir heraus über meine Beine. »So, du Hure. Jetzt kannst du sagen, dass du einen Mann gehabt hast.« Er zog meine Hand aus Giuseppes Griff und schaute gebannt auf meinen kleinen Finger, an dem ich einen schmalen Goldring trug, den mir meine Mutter geschenkt hatte.

»Ein Andenken«, sagte er grinsend. »Das brauche ich von meiner neuen Geliebten, sodass ich mich immer an diesen

Augenblick erinnern kann.« Er nahm ihn mir ab, erhob sich, triumphierend, schwankend. »Jetzt, Donna Sancha, wenn Ihr auch nur ein Jota Verstand in Eurem weiblichen Kopf habt, werdet Ihr Cesare verlassen und mich auf Knien um mehr anflehen.«

Statt ihm zu antworten, spie ich ihn an. Leider hielt Giuseppe mich noch fest, sodass meine Spucke ihr Ziel nicht erreichte. Juan lachte, als er seine Kniehose zumachte, dann sagte er zu seinem Diener: »Nimm sie, wenn du willst. Für mich spielt es keine Rolle. Eine Fotze ist wie die andere.«

Dann stolzierte er von dannen, ein eitler Pfau.

Was den Diener betraf: Ich schob den Kopf in den Nacken, damit ich ihm besser in die Augen schauen konnte, und flüsterte: »Rührt mich an, und ich schwöre, Euer Leben ist verwirkt.«

Zu meiner Verwunderung antwortete er: »Verzeiht, Madonna. Um mein Leben zu retten, habe ich geholfen – doch ich werde Euch nicht weiter verletzen und Gott jeden Tag um Vergebung bitten, obwohl ich sie von Euch nicht erwarte.«

Mit diesen Worten verschwand er.

Ich rollte mich auf die Seite und nahm sofort mein Stilett an mich: Während der brutalen Tat hatte ich die Stelle im Kies nicht vergessen, an der es lag. Zitternd steckte ich es wieder in mein staubiges Mieder. Wut, Scham und Schmerz überfluteten mich, dass ich kaum aufrecht stehen konnte; irgendwie gelang es mir jedoch, mich nicht nur zu erheben und mich so weit zu sammeln, dass mein Gesicht nicht eine einzige Maske des Grauens war, sondern meine zitternden Beine dazu zu bringen, sich in Bewegung zu setzen.

Ich kehrte in meine Gemächer zurück und entließ alle Hofdamen – alle außer Donna Esmeralda. Ich erlaubte ihr, mich zu baden und Salbe auf die schlimmsten Prellungen aufzutragen. Anschließend ließ ich mir von ihr ein sauberes Nachthemd anziehen.

Danach begann ich so heftig zu zittern, dass ich schon

fürchtete, es würde meinen Körper zerreißen; dann setzte ein Keuchanfall ein, wie ein Sturm. Doch ich wollte nicht weinen, weil ein Mann mich verletzt hatte; ich wollte nicht weinen, obwohl ich Donna Esmeralda am Ende alles erzählte. Dabei hielt sie mich die ganze Zeit in den Armen, wie eine Mutter ihr Kind.

Sommer 1497

18

An jenem Abend schickte ich durch Esmeralda eine verschlüsselte Botschaft, die nur Cesare verstehen würde: die Dame in Schwarz sei krank. Ich war nicht in der Stimmung, mit jemandem über den Vorfall an diesem Tag zu reden, weshalb ich die Nacht allein verbrachte, bis auf die gute Esmeralda, mit der ich das Bett teilte, und deren ruhige, unerschütterliche Gegenwart mir ein großer Trost war. Aus Rücksicht auf mein Elend ergriff Esmeralda nur einmal das Wort – leise, doch mit einer Grausamkeit, die mich nicht weniger frösteln ließ: »Keine Angst, meine Sancha. Gott ist Zeuge des Verbrechens, das an Euch begangen wurde, und Er wird beizeiten dafür Rache üben.«

Am nächsten Morgen war ich mir nicht einmal sicher, ob ich meinem Geliebten das Vergehen seines Bruders berichten sollte. Ich sorgte mich, Cesare könne außer sich geraten und mit Gewalt reagieren – obwohl ich davon träumte, Juan eigenhändig umzubringen. Doch der Herzog von Gandia war Alexanders Liebling – und nachdem ich erfahren hatte, dass Cesares Vater ihn bedroht hatte, fürchtete ich, Seine Heiligkeit würde jeden Schaden rächen, der Juan zugefügt würde.

Zwei Tage lang täuschte ich Krankheit vor und schickte Jofre unter demselben Vorwand weg. Dann übermittelte Cesare durch Esmeralda eine Botschaft, in der er mich bat, dass wir uns an der üblichen Stelle trafen, falls es mir so weit wieder gut gehe.

Ich antwortete, dass ich ihn sehen wollte, denn er fehlte mir; doch ich hatte mir bereits eine Ausrede zurechtgelegt, warum ich in jener Nacht nicht mit ihm schlafen wollte. Die blauen Flecke auf meinem Rücken – Abdrücke eines jeden verfluchten Kiesels des Weges, auf dem Juan mich genommen hatte – waren leicht zurückgegangen, ebenso wie die Spuren auf Oberschenkeln und Handgelenken, aber noch sichtbar genug, um Fragen herauszufordern.

So kam es, dass ich mich, schwarz verschleiert, zur vereinbarten Zeit am vereinbarten Ort einfand und zum ersten Mal feststellen musste, dass ich allein war. Cesare wartete nicht auf mich, wie sonst immer; tatsächlich tauchte Cesare nie auf.

Meine erste Reaktion – schließlich war ich von königlichem Geblüt und von Natur aus ungeduldig – war Zorn. Wie konnte er es wagen, mich so zu kränken?

Meine zweite Reaktion war Furcht. Wenn er nun von Juans Vergehen erfahren hätte und bei seinem Versuch, Gerechtigkeit walten zu lassen, verletzt oder getötet worden wäre?

Unschlüssig stand ich im Dunkeln und hoffte, Cesare träfe mit einer Erklärung ein, die meine Zweifel zerstreuen würde; aber er kam nicht, und ich kehrte zutiefst besorgt in mein Schlafgemach zurück.

Am nächsten Tag hatte Cesare geschäftlich im Vatikan zu tun und erschien nicht bei der gemeinsamen Mahlzeit der Familie. Ich schickte ihm einen neutralen Brief, in dem ich ihn fragte, ob ein Missverständnis vorliege, doch es verging ein Tag, dann der nächste, ohne dass ich eine Antwort erhielt.

Meine Verwirrung nahm zu. Selbst wenn Cesare von Juans Verbrechen an mir erfahren hätte, läge kaum ein Grund für sein plötzliches Schweigen vor. Wenn überhaupt, dann würde er sich beeilen, mir Trost zu spenden und Rache an Juan zu schwören.

Auf einem der zahlreichen Feste, die Lucrezia veranstaltete, sollte ich schließlich meine Gelegenheit bekommen. Stattfinden sollte es auf der großen Loggia des Palazzos Santa Maria, die groß genug war, um dort ausgiebig tanzen zu können. Seine Heiligkeit saß auf einem Thron und machte sich einen Spaß daraus, vorzuschreiben, wer mit wem zu tanzen hatte.

Dann forderte er, dass Cesare und ich zusammen tanzten.

Zum Glück war die Musik laut, und wir waren nicht die einzigen auf der Tanzfläche. Das gab mir die Gelegenheit, Cesare offen anzusprechen.

Lucrezia hatte sich eine Maskerade gewünscht; ich trug eine Maske aus blau gefärbten Federn, während Cesare eine aus vergoldetem Leder aufgesetzt hatte. Mit oder ohne Verkleidung – in seinem Gesicht hätte man nicht lesen können.

Kühl ergriff er meine Hand und beschränkte unseren Kontakt nur auf die für den Tanz notwendigen Berührungen. Die von glänzendem Leder umrahmten Augen waren undurchdringlich.

»Du hast meine Botschaften nicht beantwortet«, sagte ich während der ersten Tanzschritte. Es fiel mir schwer, meine Qual nicht offen zu zeigen; ich fühlte mich doppelt verletzt, doppelt betrogen. »Warum hast du nicht reagiert?«

»Ich verstehe nicht«, sagte er mit einer Kälte, die mir das Blut in den Adern gefrieren ließ. »Donna Sancha, Ihr stellt eine Frage, deren Antwort Ihr bereits kennt.«

»Ich weiß nur«, entgegnete ich mit bebender Stimme, »dass du mich nicht sehen willst. Dass du mich beschämt hast, als du mich auf dich warten ließest, obwohl du gar nicht die Absicht hattest zu kommen. Was ist der Grund für diese plötzliche Grausamkeit?«

Der Abscheu in Cesares Verhalten und Tonfall war unerträglich. »Fragt Juan.«

Ich blieb wie angewurzelt stehen; Cesare musste mich auffordern, weiter zu tanzen. »Er hat dir gesagt, was er mir angetan hat?« Ich glaubte es nicht. »Dann sag mir doch bitte, Kardinal, warum du auf *mich* wütend bist?«

Mit unbeschreiblicher Verachtung blickte er auf mich herab und schwieg zunächst. Schließlich ließ er sich herab: »Ich verstehe Euren Standpunkt nicht, Madonna. Ihr lasst Euch auf eine Affäre mit meinem Bruder ein und fragt mich nach dem Grund für meine Wut?«

»Eine Affäre?« Ich wich zurück, als hätte man mich geschlagen. »Er hat mir gegen meinen Willen Gewalt angetan!«

Cesare blieb ungerührt. »Es gibt einen Zeugen, der etwas anderes sagt.«

»Und du würdest das Wort dieses Menschen über mein Wort stellen?«

»Madonna, Juan trägt den goldenen Ring Eurer Mutter an einer dünnen Kette um den Hals – ein Liebesbeweis. Er trägt ihn verdeckt, sodass man ihn nicht sieht, aber mir ist er aufgefallen. Er hat mir seine Liebe zu Euch eingestanden und Eure für ihn – ohne zu wissen, dass wir beide zusammen waren.«

Ich keuchte entsetzt. Zunächst war ich sprachlos – zu empört, viel zu verletzt, um zu wissen, wie ich mit der Rache, die Juan an mir genommen hatte, umgehen sollte; eine in der Tat schwere Vergeltung für eine Abfuhr und eine einzige Ohrfeige in aller Öffentlichkeit. Mit seinen Unwahrheiten hatte er das Einzige zerstört, das mir Glück beschert hatte, seitdem ich in Rom war.

»Das ist eine teuflische Lüge!«, rief ich aus. »Was für ein Mann …« Ich verstummte und kämpfte tapfer um Contenance, denn ich hatte gänzlich aufgehört zu tanzen und die Stimme erhoben. Andere Tänzer neben uns schauten herüber und raunten sich etwas zu; meine Wut war so groß, dass es mir einerlei war, obwohl uns Alexander stirnrunzelnd beobachtete.

Etwas leiser zischte ich: »Ich weiß, was für ein Mann. Dein Bruder ist eine Schlange, die bösartigste, niedrigste Kreatur … Er hat nicht nur meine Ehre beschmutzt, er hat die gemeinste Falschheit begangen, um mich dafür zu strafen, dass ich ihn vor aller Augen geschlagen habe. Er hat mir den Ring *gestohlen*. Ich bin in jener Nacht nicht zu dir gekommen, weil ich gepeinigt war, zutiefst verzweifelt … und Angst hatte, dass du etwas Unüberlegtes tun könntest. So unüberlegt, dass ich um dein Wohl fürchtete. Jetzt sehe ich, dass das ein großer Irrtum war.«

Die Lippen unterhalb seiner Maske zuckten leicht, doch es kam keine Erwiderung.

»Bring deinen ›Zeugen‹ her – es ist Giuseppe, nicht wahr? Er soll mir in die Augen schauen, und dann wollen wir sehen, ob er fähig ist, die Lüge aufrechtzuerhalten – denn er war es, der mich zu Boden gedrückt hat. Setz ihn unter Druck, dann wird die Wahrheit herauskommen.«

»Giuseppe ist schon seit Jahren mein vertrauter Diener«, sagte Cesare. »Er verachtet Juan. Es gibt nichts, was ihn dazu bringen könnte, meinem Bruder bei einer solchen Tat zu helfen.«

»Etwas hat ihn aber doch dazu gebracht, Kardinal.« Ich hielt inne, allerdings nur im Reden, denn mein Körper vollzog auch weiterhin die belanglosen Ränke des Tanzes, dem Rhythmus einer Musik folgend, die ohne Töne zu sein schien. »Und Juan lügt, wenn er vorgibt, nicht von unserer Affäre zu wissen. In Wirklichkeit habe ich ihn an jenem ersten Abend geschlagen, weil er sagte, ich könne doch ebenso gut mit ihm ins Bett gehen – da ich ja bereits mit seinen beiden anderen Brüdern geschlafen habe.«

Cesare zögerte – doch dann überkam ihn verletzter Stolz, und er erwiderte: »Ich lasse mich nicht zum Hahnrei machen, Madonna. Es gibt keinen Grund, noch weiter darüber zu disputieren.«

»Ach so«, entgegnete ich leise, mit einer Würde und Haltung, die ich nicht spürte, »du hast dich also entschieden, Juan mehr zu glauben als mir.«

Er schwieg.

»Dein Bruder, Cesare, hat dich zum Narren gehalten, nicht ich.«

Wir führten unseren Tanz zu Ende, ohne ein weiteres Wort zu wechseln.

In jener Nacht unternahm ich nicht einmal den Versuch, mich ins Bett zu legen. Die Liebe hatte mich jeglicher Selbstachtung beraubt; sosehr ich meine Mutter auch ob ihrer unvernünftigen Hingabe an meinen Vater gescholten hatte – jetzt befand ich mich in der gleichen Lage. Gedemütigt zog ich den schwarzen Umhang und den Schleier an und ging allein durch den Geheimgang zwischen Santa Maria und Petersdom. Die Wachen wussten genug, um mich vorbeizulassen; als der Soldat vor Cesares Gemächern mich sah, entfernte er sich diskret ein Stück den Korridor hinunter, während ich an der schweren Holztür klopfte.

Es war spät. Cesare kam selbst an die Tür, noch vollständig angezogen, und mit Erleichterung sah ich, dass auch er Schwierigkeiten gehabt hatte, einzuschlafen. Noch größer war die Erleichterung darüber, dass er allein war.

Bei meinem Anblick – verschleiert und mit zusammengepressten Lippen – blieb er stumm, sah mich nur kurz stirnrunzelnd an; dann bedeutete er mir mit einer knappen Geste einzutreten.

Ich zog den Schleier zurück. »Cesare«, sagte ich, »ich ertrage es nicht, von dir getrennt zu sein. Ich bin bereit, mich zu erniedrigen, nur um dein Vertrauen zurück zu gewinnen.«

Er wartete auf weitere Erklärungen, das gut aussehende, bärtige Gesicht skeptisch zur Seite geneigt, die Arme vor der Brust verschränkt. Doch ich sagte nichts, ich handelte. Ich schlüpfte aus dem schweren Umhang und zog mir das schwarze Hemd über den Kopf; im Nu stand ich nackt vor ihm und streckte ihm die Arme entgegen.

»Hier, meine Handgelenke, an denen Giuseppe mich festhielt«, sagte ich und drehte sie langsam, damit er die sich gelblich verfärbenden Male besser sah; dann drehte ich mich um und entblößte meinen Rücken, auf dem laut Esmeralda noch immer zahlreiche Abdrücke von dem Kiesweg waren. Ich rechnete schon halb damit, dass Cesare sein Mitleid äußern, seinen Bruder verfluchen würde – doch hinter meinem Rücken herrschte nichts als Schweigen.

Ich drehte mich wieder zu ihm um; Zweifel standen ihm ins Gesicht geschrieben, und so kam es, dass ich mich bis aufs Äußerste demütigte und die Beine spreizte. »Hier.« Ich deutete auf die Oberschenkel, auf die dunklen Blutergüsse, die Juans grobe Hände auf der ansonsten bleichen Haut hinterlassen hatten.

Ein langes Schweigen setzte ein. Hitze stieg mir zu Kopf; langsam sammelte ich meine Gewänder ein und zog mich wieder an. Dennoch brachte ich es nicht über mich, zu gehen. Verzweifelt wartete ich mit klopfendem Herzen auf das leiseste Anzeichen, dass ich sein Vertrauen zurückerlangt hatte.

Schließlich sagte er bedächtig: »Das könnten auch einfach die Spuren großer Leidenschaft sein.«

So erschüttert, dass mir die Worte fehlten, schaute ich zu ihm auf. Rasch verließ ich seine Gemächer, damit er nicht sah, wie verletzt ich war.

Ich ging nicht ins Bett. Stattdessen suchte ich die dunkle Einsamkeit des Gartens auf, und dort saß ich, vor Schmerz erstarrt, bis die Nacht dem ersten Morgenlicht wich.

19

Bei Gelegenheiten, an denen wir uns nicht ausweichen konnten, gingen Cesare und ich unterkühlt höflich miteinander um. Juan wiederum sorgte dafür, dass sich Gerüchte über unsere »Affäre« in ganz Rom verbreiteten. Ansonsten ließ er mich in Ruhe – bis auf den gelegentlichen, triumphierenden Blick, den er mir zuwarf, wenn er sah, dass Cesare und ich schweigend aneinander vorbeigingen. Offenbar reichte es Juan, mich einmal erniedrigt zu haben – er musste die Kränkung nicht wiederholen.

Obwohl Jofre die Gerüchte vernommen hatte, verhielt er sich mir gegenüber unverändert freundlich – was meine Melancholie nur noch verschlimmerte. Ich schlief schlecht, aß kaum etwas. Mein Gemahl schickte Ärzte zu mir, die mich untersuchten und mir Heiltränke verabreichten; doch für die Krankheit, unter der ich litt, hatten sie keine Arznei.

Stets hatte ich Cesares Bild vor Augen; ich konnte mich der Gedanken an ihn nicht erwehren. Was sollte ich denn noch tun, um ihn zurückzugewinnen? Ich hatte mich vor ihm gedemütigt wie noch vor keinem anderen Mann; und ich begriff nicht, wie er an meiner Liebe oder Treue überhaupt zweifeln konnte. Wie war es möglich, dass er mir nicht glaubte, hatte er doch die Prellungen mit eigenen Augen gesehen? Wie konnte er mich für so falsch halten?

Die Antwort fiel mir häufig ein, doch jedes Mal versuchte ich sie zu verdrängen: *Nur ein Mensch, der selbst des Hochverrats fähig ist, würde ihn einem anderen zutrauen.*

Ich war derart außer mir, dass ich die Gesellschaft anderer vollkommen mied. Bei jeder Gelegenheit zog ich mich ins Bett zurück. Briefe von meiner Mutter und Alfonso stapelten sich ungelesen und unbeantwortet auf meinem Nachttisch.

Lucrezia fiel meine Traurigkeit auf – und zu meiner Überraschung mühte sie sich nach Kräften, mich zu trösten. Sie lud mich zu Mittagessen ein, bei denen Gerichte aufgetragen wurden, die meinen nachlassenden Appetit anregen sollten; sie nahm mich auf Ausritte und Landpartien mit. Ihre Bemühungen rührten mich. Wenn wir beide allein waren, versuchte sie, mein Vertrauen zu gewinnen, um den Quell meiner Trübsal zu erfahren.

Doch mein Schweigen war beharrlich; Cesare hatte mir den Zusammenhang von Überleben und Stillschweigen über die Angelegenheiten der Borgias gut eingeschärft. Ich lächelte also und nahm Lucrezias Freundschaft an, gab jedoch keine Erklärungen.

Eines Tages kam Lucrezia mit zwei ihrer Hofdamen zu mir. »Komm!«, verkündete sie. »Wir geben den Armen Almosen!«

Ich hatte es mir im Bett bequem gemacht, lustlos und gelangweilt. »Mir ist zu kalt«, klagte ich. In Wahrheit war der Himmel wolkenlos, und es herrschte strahlender Sonnenschein.

»Pah!«, sagte Lucrezia. Sie trat an mein Bett, nahm mir das Buch aus den Händen und zog mich in die Höhe. »Es ist herrlich draußen! Komm, wir suchen dir ein passendes Kleid aus!«

Wir gingen an meinen Schrank, und als wäre sie Donna Esmeralda, die mich für einen Ball einkleidete, suchte sie eins meiner schönsten Gewänder aus, ein Traum aus tannengrünem Samt und feiner meergrüner Seide; die Ärmel waren mit Goldbändern verziert. Als wir beide passend angezogen waren – sie in Saphirblau –, sagte sie:

»Ach, Sancha! Du bist viel zu schön, um so traurig zu sein!

Sieh dich doch nur an – die schönste Frau Roms. Wenn die Menschen dich sehen, werden sie glauben, sie hätten eine Göttin vor sich!«

Ich konnte über ihre Freundlichkeit nur lächeln. Es fiel mir schwer zu glauben, dass dies dieselbe Frau war, die mich mit solchem Misstrauen und Hass beäugt hatte, als ich nach Rom kam – doch ihre Sorge um mich schien echt zu sein. Womöglich schenkte sie ihr Vertrauen aus vollem Herzen, sobald man es einmal gewonnen hatte; es mochte sein, dass ich sie falsch eingeschätzt hatte und sie sich insgeheim nach einem guten, schlichten Leben sehnte.

So kam es, dass wir in die Stadt fuhren – in einer schönen, offenen Kutsche, deren lackierte Tür mit dem Wappen der Borgias verziert war: einem wilden roten Stier.

Wir waren noch nicht weit gekommen, als uns die Leute bereits entdeckt hatten und mit Segensrufen auf die Kutsche zugelaufen kamen. Lucrezia beugte sich zu mir und schüttete die »Almosen«, die ich zu verteilen hatte, aus einem Samtbeutel in meinen Schoß.

Fassungslos schaute ich auf den glitzernden Haufen. »Lucrezia – das sind ja Golddukaten!« Mit einem einzigen Dukaten konnte sich ein Bauer Haus und Hof kaufen … Das war unglaublich großzügig.

Sie lächelte übermütig. »Umso mehr Grund haben sie, uns zu lieben.« Sie erhob sich und warf eine Hand voll Münzen in die wartende Menge.

Bald ertönten kraftvolle *Vivat*-Rufe.

Ich schaute sie an – ihr Gesicht war von der Sonne leicht gerötet und die Augen strahlten vor Freude darüber, andere glücklich zu machen.

Wie sollte ich ihr etwas abschlagen? Ich lächelte, nahm eine Hand voll Dukaten und warf sie ins Gedränge.

Lucrezias Gemahl, Giovanni Sforza, der lange durch Abwesenheit geglänzt hatte, war im Januar eingetroffen. Offenbar konnte er die immer dringenderen Aufforderungen des

Papstes nicht länger übergehen, er solle zurückkehren und Lucrezia ein ordentlicher Gemahl sein.

So wurde Sforza in Rom willkommen geheißen – ohne die Fanfarenklänge, die den Kindern des Papstes vorbehalten waren, und erst recht ohne Feierlichkeiten. Giovanni, Graf von Pesaro, machte eine insgesamt blasse Figur. Er war schlaksig und ohne Anmut, hatte einen übergroßen Adamsapfel und weite, hervortretende Augen, so dass es stets den Anschein hatte, als wäre er verblüfft. Seine Persönlichkeit war ähnlich unangenehm: Er war an den falschen Stellen überschwänglich, duckte sich an anderen; Alexander hatte ihn wohl auserkoren, weil er formbar war. Lucrezia dürfte es nicht schwer gefallen sein, mit ihm umzugehen.

Doch niemand hatte damit gerechnet, wie tief Giovannis Furcht saß – und er war klug genug, die Borgias zu fürchten –, besonders seitdem sein Heimatstaat Mailand, in dem seine mächtige Familie herrschte, so unklug gewesen war, den französischen König Charles während der Invasion zu unterstützen. Zumindest wurde sein Unbehagen offiziell diesem Tatbestand zugeschrieben.

Drei Monate lang gab Giovanni den Gemahl Lucrezias – ziemlich nervös, denn den Worten seiner Dienerschaft zufolge hatte Seine Heiligkeit ihn vor die Wahl gestellt, entweder zu seiner Braut zu kommen, oder ein ungewisses Schicksal zu erleiden. Die Eheleute verkehrten in der Öffentlichkeit höflich miteinander, und man sah sie nur dann zusammen, wenn die Umstände es verlangten. Doch falls Zuneigung zwischen ihnen existierte, so ist sie mir entgangen. Lucrezia spielte ihre Rolle als Ehefrau mit großer Würde, obwohl es sie zutiefst beschämt haben muss, dass Giovanni allem Anschein nach lieber woanders gewesen wäre. Ich versuchte nach Kräften, Lucrezia mit kleinen Abenteuern von dieser Schmach abzulenken, so wie sie es bei mir gemacht hatte.

Doch Giovanni blieb unbeschadet. Der Papst und seine Kinder sorgten dafür, dass Sforza sich leidlich willkommen und geehrt fühlte; bei allen Feierlichkeiten stand er im Rang direkt unter Juan und Cesare. An Palmsonntag war Giovanni sogar unter den Wenigen, welche die heilige, von Seiner Heiligkeit gesegnete Palme erhielten.

Am Karfreitagmorgen jedoch brach Giovanni zu Pferd auf und floh in seine Heimatstadt Pesaro, aus der er nicht wieder hervorzulocken war.

Die Gerüchteküche brodelte. Einmal hieß es, Sforzas Diener habe mit angehört, wie Lucrezia und Cesare planten, ihn zu vergiften; dieses Gerücht hielt sich am längsten.

Die grausamsten Worte waren indes nicht von den Klatschmäulern zu hören, sondern von Giovanni selbst – Anschuldigungen, die er nur aus der Sicherheit seiner Festung in Pesaro vorzubringen wagte. Seine Gattin sei »schamlos« gewesen, behauptete er in Briefen, die er öffentlich in Umlauf brachte. Es gebe Hinweise darauf, dieser Mangel an Anstand sei bis zum Äußersten barbarisch, etwas, das kein normaler Ehemann auch nach gutem Zureden erdulden könne.

Mir war sogleich klar: Sforza hatte gesehen, was ich zwischen dem Papst und Lucrezia mitbekommen hatte. Er wusste, was ich wusste – hatte offenbar sehr bald nach seiner Heirat mit der Tochter des Papstes von deren illegitimer Beziehung erfahren. Und seine Nerven hatten es ihm nicht erlaubt, unter einer solchen Anspannung zu leben.

Ich konnte dem Mann keine Vorwürfe machen. Lucrezia aber tat mir von Herzen Leid. Anscheinend war sie erleichtert gewesen, ihn wieder bei sich zu haben – und jetzt verursachte seine Flucht einen Wirbel an Gerüchten, der sie umklammerte. Niemand wagte, Schlechtes über Seine Heiligkeit zu sagen, oder ihn gar des Inzests zu beschuldigen; Lucrezia aber wurde nicht verschont. *Hure,* nannte man sie, *Tochter und Frau des Papstes.*

In Florenz wetterte Savonarola mit ungewöhnlicher Härte gegen die Sünden Roms und ging sogar so weit, zur Gewalt gegen den Papst und seine Kirche aufzurufen. Der reformeifrige Priester schrieb an die Herrscher verschiedener Nationen und drängte sie, sich Alexanders Tiara zu bemächtigen; er rief den französischen König Charles dazu auf, über Italien hinweg zu fegen und noch einmal »Gerechtigkeit walten zu lassen«.

Der Papst setzte sich sogleich daran, Lucrezias Ehe annullieren zu lassen … und exkommunizierte Savonarola im Mai.

Lucrezia ertrug alles so gut es ging; dann, im Juni, ohne Wissen oder Einverständnis Seiner Heiligkeit, sammelte sie ein paar Hofdamen um sich und zog sich in das nahe gelegene Dominikanerkloster San Sisto zurück. Sie wolle, so sagte sie ihrem Vater, Nonne werden. Sie sei mit der Ehe und den Männern fertig.

Alexander kochte. Eine heiratsfähige Tochter war ein nützliches politisches Werkzeug, das er nicht aufzugeben gedachte. Ein paar Tage nach Lucrezias Eintreffen im Kloster schickte er ein Kontingent bewaffneter Männer und verlangte von den Nonnen, Lucrezia auszuliefern, »da es das Beste sei, wenn sie unter der Obhut ihres Vaters stehe«.

Woraufhin die Mäuler in Rom noch schneller plapperten. *Was hab ich gesagt? Er hält es nicht einen Tag lang ohne sie aus.*

Die Äbtissin des Klosters, eine gewisse Schwester Girolama, trat den Männern allein entgegen. Ohne Zweifel war sie eine tapfere und höchst eloquente Frau, denn die Soldaten verließen San Sisto ohne ihre Beute, sehr zu Alexanders Empörung.

Lucrezia wollte nicht zurückkehren. Ich nahm allmählich an, dass man sie zu der inzestuösen Beziehung mit ihrem Vater gezwungen hatte. Ich hatte tiefes, ehrliches Mitleid mit der Frau.

Mit der Zeit verrauchte Alexanders Wut, und er ließ Lucrezia in San Sisto. Er dachte, das Klosterleben würde sie langweilen und sie würde sich wieder nach ihren Festen sehnen.

Eines wusste er aber nicht, und das sollte ich bald erfahren.

Unerkannt ging ich Lucrezia in San Sisto besuchen und wurde schweigend von einer der weiß gewandeten Schwestern zu ihrem Gemach geleitet. Lucrezias Quartier war alles andere als spartanisch; es waren üppig ausgestattete, große Räume, speziell für adlige Besucher eingerichtet, und Lucrezia hatte sich einen Großteil ihrer Möbel bringen lassen, um weniger von Heimweh geplagt zu werden.

Aber sie war nicht da; Pantsilea nahm mich in Empfang, die kaum älter als Lucrezia war, jedoch wesentlich reifer wirkte. Pantsilea war hübsch, eine warmherzige, nachgiebige Person, rank und schlank. Das schwarze Haar war nach hinten gekämmt, sodass ihr herzförmiger Haaransatz zur Geltung kam; an diesem Tag war ihre für gewöhnlich glatte Stirn in tiefe Sorgenfalten gelegt.

»Wie geht es ihr?«, fragte ich beunruhigt, als ich ihren Gesichtsausdruck sah.

»Madonna Sancha«, sagte sie unglücklich und küsste mir den Handrücken. Sie sprach offen, da wir beide allein waren; die beiden anderen Zofen waren mit Lucrezia in der Kapelle, und Perotto war in die Küche geschickt worden. »Ich bin so froh, dass Ihr gekommen seid. Ich habe sie noch nie derart außer sich erlebt. Sie isst nicht, sie schläft nicht. Ich fürchte ... Madonna, ich habe wirklich Angst, dass sie etwas Drastisches unternimmt.«

»Was meint Ihr damit?«, fragte ich scharf.

»Ich meine, sie könnte ...« Pantsilea senkte die Stimme und flüsterte: »... sie könnte versuchen, sich das Leben zu nehmen.«

Die Bemerkung versetzte mir einen solchen Schock, dass ich keine passenden Worte fand – was auch gut war, denn in diesem Moment vernahmen wir sich nähernde Schritte. Schon ging die Tür auf, und Lucrezia stand vor mir, flankiert von ihren beiden anderen Hofdamen.

Sie war ganz in Schwarz gekleidet und blasser, als ich sie jemals gesehen hatte; tiefe Schatten lagen unter ihren Augen. Alle Anzeichen ihrer einstigen Fröhlichkeit waren verschwunden, einem Trübsinn gewichen, bei dessen Anblick mir das Herz brach.

»Donna Sancha!«, sagte sie und schenkte mir ein gespenstisches Lächeln. Wir umarmten uns, und ich spürte ihre vorstehenden Rippenknochen; sie hatte stark abgenommen. »Wie schön, dich zu sehen!«

»Ich habe dich vermisst«, sagte ich wahrheitsgemäß. »Ich wollte nachsehen, wie es dir geht.«

Lucrezia entließ ihre Hofdamen mit einer Handbewegung ins andere Zimmer, sodass wir unter vier Augen miteinander reden konnten. »Nun«, sagte sie, noch immer das unglückliche dünne Lächeln auf den Lippen, »dann sieh nach.«

Sie setzte sich auf ein großes Bodenkissen; ich ließ mich neben ihr nieder und nahm ihre Hand. »Lucrezia, bitte, ich mache mir Sorgen um dich. Selbst Pantsilea ist schrecklich besorgt. Du hast mir so viel Freundlichkeit erwiesen, und ich kann es nicht ertragen, dass die bösen Worte anderer Menschen dir so zusetzen.«

Sie verblüffte mich noch mehr, als sie in Tränen ausbrach. Ich hielt sie eine Weile fest, damit sie sich an meiner Schulter ausweinen konnte, und versuchte, mich in ihre Lage zu versetzen, die in der Tat sonderbar und entsetzlich war!

Dann verblüffte sie mich vollends, als sie den Kopf hob und sagte: »Es ist schlimmer, als du denkst, Sancha. Ich bin schwanger.«

Mir blieben die Worte im Halse stecken.

»Giovanni ist nicht der Vater«, fuhr sie mit zitternder Stimme fort, »Wenn ich dir sagen müsste …«

Abwehrend hob ich eine Hand. »Ich weiß, wer der Vater ist.«

Sie schaute mich verwundert an.

»Aber wir werden seinen Namen nicht aussprechen«, fügte ich hinzu. »Denn dann müsste ich um mein Leben fürchten. Lass uns also darin übereinkommen, dass ich für deine Lage Verständnis habe – aber wir wollen auch übereinkommen, dass ich den Namen des Vaters niemals laut ausgesprochen habe. So kann nicht mit Sicherheit gesagt werden, dass ich die Wahrheit kenne.«

»Sancha, wie hast du …?«

»Ich mache dir keinerlei Vorwürfe, Lucrezia. Mir bricht das Herz, wenn ich dich in dieser schwierigen Lage sehe. Ich kann dir nur meine Freundschaft und Hilfe anbieten.«

Ich konnte beobachten, wie ihre Neugier schwand und erneut dem Kummer nachgab. Ich drückte sie an mich, dankbar dafür, dass mein Leben nicht so elendig war.

Schließlich gelang es ihr, sich zu fassen. Sie richtete sich auf und betrachtete mein Gesicht. »Würdest du mir einen Gefallen tun?«, fragte sie in einer Art, die beunruhigend nach dem letzten Willen einer Sterbenden klang. »Wirst du Cesare verzeihen, dass er dir Unrecht getan hat?«

Ich erstarrte. Ich war verletzt und wütend zugleich, dass Cesare sich jemandem über unsere Affäre und bestimmt auch über meine entsetzliche Begegnung mit Juan anvertraut hatte – auch wenn dieser Mensch seine Schwester war.

»Du sollst wissen, dass Cesare ohne dich unglücklich ist«, beharrte sie. »Er war ein Narr, weil er oft von Frauen betrogen worden ist … und deine Schönheit macht ihn unendlich eifersüchtig. Doch ich habe ihn noch nie so verliebt gesehen wie bei dir. Hab Mitleid mit ihm, Sancha.«

»Cesare soll für sich selbst sprechen«, erwiderte ich kühl. »Erst dann werde ich ihm antworten.«

An jenem Abend kehrte ich in den Palazzo Santa Maria zurück. Keine Sekunde glaubte ich daran, dass Cesare einen Gesinnungswandel durchgemacht hatte; ich hatte den Eindruck, Lucrezia war nur freundlich und versuchte aus einem Gefühl der Loyalität heraus, die Wogen zwischen uns zu glätten.

Doch die Sonne war noch keine Stunde untergegangen, als es an meine Tür klopfte; eine junge Dienerin hinterließ bei Donna Esmeralda einen versiegelten Brief.

Begierig nahm ich ihn entgegen und las ihn allein auf dem

Balkon über dem Garten. Er war in Cesares gestochen scharfer, ebenmäßiger Handschrift verfasst:

Meine liebste Sancha,
ich war der größte Narr auf Erden, deine Worte anzuzweifeln, und ich verdiene nicht weniger als die Strafen des innersten Kreises der Hölle. Diese werden mir gewiss in diesem Leben schon zuteil, wenn du keine Gnade mit mir hast und dich heute Abend nicht mit mir triffst … Doch sie sind das Mindeste, was ich verdiene. Ich werde auf dich warten – mit meinem Herzen in der Hand als Geschenk. Solltest du dich entschließen, nicht zu kommen, kann ich es durchaus verstehen und verbleibe,
auf ewig dein Cesare.

Ich wollte ihn nicht sehen. Ich wollte ihn strafen, ihn warten lassen, so wie ich hatte warten müssen, während meine Hoffnung langsam dahin schwand und sich in Schmerz verwandelte.

Ich wollte ihn sehen. Das Herz sollte ihm bei meinem Anblick vor Freude übergehen, nur um mitten entzwei gerissen zu werden, wenn ich ihm ins Gesicht spie.

Ich wollte ihn sehen, wollte die Arme um ihn schlingen und mich freuen, dass er wieder mir gehörte, wollte ihm unsterbliche Liebe schwören.

Kurzum: ich ging zu ihm.

Cesare wusste, was zu tun war, um jemanden auf seine Seite zu ziehen. Als er mich erblickte, sank er auf die Knie und drückte die Stirn in den Kies. »Ich stehe erst auf, wenn du es mir befiehlst, Madonna.«

Ich betrachtete ihn und dachte an Juan, dachte an die Spuren, die solche Kieselsteine bei mir hinterlassen hatten, an die Würdelosigkeit und den Schmerz, die ich seit jenem Tag erfahren hatte. Schließlich sagte ich: »Steh auf.«

Und schlug den Schleier zurück.

20

An jenem Abend nahm meine Affäre mit Cesare mit all ihrer früheren Leidenschaft einen neuen Anfang. Er schwor, sich an Juan zu rächen – doch »zu einem angemessenen Zeitpunkt und an einem geeigneten Ort«. Ich brachte ihn zum Schweigen. Was konnten wir schon gegen Juan unternehmen, den Augapfel des Papstes, ohne uns selbst zu gefährden? Ich wollte von Cesare nur die Zusicherung, dass ich für immer vor Juans Berührung gefeit war, und das schwor er mir mit einer Vehemenz, die geradezu beängstigend war.

Am darauf folgenden Morgen ritt ich wieder nach San Sisto, um Lucrezia einen Besuch abzustatten. Diesmal war ich mit Pasteten und anderen Leckereien bewaffnet, die ihren heiklen Gaumen anregen sollten. Es war Anfang Juni, und das Wetter war außergewöhnlich schön; jede duftende Blume stand in voller Blüte. Nach der vorangegangenen Nacht mit Cesare war ich wie verzaubert – so sehr, dass mich mein Gewissen plagte, als ich Lucrezia besuchen wollte, deren Leben zutiefst unglücklich war.

Ich kam zu Lucrezias Klostergemächern und musste feststellen, dass sie wieder in der Kapelle war: Pantsilea empfing mich, noch beunruhigter als beim letzten Mal. Sie entließ die anderen Diener, und erst als wir allein waren, zeigte sie mir das offizielle Dokument, das auf einem Tisch lag.

Latein war mir einigermaßen geläufig, und ich las das Dokument schweigend und mit zunehmender Verwunderung.

Es hieß darin, Lucrezia sei drei Jahre in Sforzas Familie gewesen.

Et ultra translata absque alia exus permixtione steterat nulla nuptiali commixtione, nullave copula carnali conjuxione subsecuta, et quod erat parata jurara et indicio ostreticum se subiicere.

Darunter stand Lucrezias zaghafte Unterschrift.

Es war ein Antrag auf Scheidung, der nach päpstlichem Recht erlaubt war, wenn, wie es in dem Dokument hieß, die Ehe innerhalb von drei Jahren nicht vollzogen worden sei. Darüber hinaus erklärte Lucrezia sich mit einer körperlichen Untersuchung durch Hebammen einverstanden, die ihre Jungfräulichkeit feststellen sollten.

Pantsileas große dunkle Augen blickten gehetzt. »Seine Heiligkeit nimmt bereits Heiratsanträge entgegen. Er denkt in dieser Hinsicht nur politisch, ohne auf Lucrezias Gefühle Rücksicht zu nehmen. Sie hat mir gesagt, sie wolle lieber sterben, als noch einmal zu heiraten. Sie hat ganz merkwürdig geredet, Madonna, als wolle sie sich verabschieden …«

Sie kam näher und flüsterte: »Für das, was ich Euch jetzt sage, Donna Sancha, setze ich mein Leben aufs Spiel, aber ich riskiere es, wenn ich damit Lucrezias Leben retten kann. Sie ist im Besitz von *canterella*, von dem sie etwas mit hierher gebracht hat …«

Ich runzelte die Stirn, denn der Begriff war mir unbekannt. »*Canterella*?«

Sie war überrascht ob meiner Unwissenheit. »Das Gift, für das die Borgias berühmt sind. Garantiert tödlich. Ich befürchte, Lucrezia will es selbst einnehmen – schon sehr bald. Sie hat geweint, als sie das Dokument unterzeichnet hat, Donna Sancha. Ich glaube, sie ist jetzt in der Kapelle, um ihren Frieden mit Gott zu schließen.«

Ich war entsetzt. »Warum erzählst du mir solche Geheimnisse? Was soll ich tun?«

»Ich habe in Windeseile nach dem Gift gesucht, um es von ihr fern zu halten, doch ich konnte nicht entdecken, wo sie es versteckt hat. Helft Ihr mir?«

Ich war fassungslos. Sie bat mich, mein Leben in Gefahr zu bringen – doch, so rief ich mir ins Gedächtnis, es war Lucrezia zuliebe, Lucrezia, die so nett zu mir gewesen war, als mich die schiere Verzweiflung gepackt hatte. Ich nickte zustimmend.

»Es ist in einer kleinen, zugepfropften Phiole aus grünem venezianischem Glas«, fuhr Pantsilea eindringlich fort. »Ich habe ihre Truhe durchsucht, ihren Schmuck – aber es besteht auch noch die Möglichkeit, dass sie es in ein Kleid gesteckt hat.« Sie deutete auf den großen Schrank.

Ich öffnete dessen Türen und machte mich an die Arbeit, während Pantsilea noch einmal eine Truhe aufklappte. Lucrezia hatte nur vier freudlose Gewänder mitgenommen; sie war nicht hier, um sich gesellig zu geben oder lange zu verweilen. Ich verstand das Bedürfnis der Edelfrau, sich zu tarnen und zu schützen; meine Kleider hatten alle ein kleines Futteral im Mieder. Vielleicht hatte Lucrezia etwas Ähnliches entworfen …

Um die Gewänder richtig durchsuchen zu können, musste ich in den Schrank steigen. Die Ärmel waren am besten als Versteck geeignet, sodass ich mit ihnen begann.

Kaum hatte ich die Hände über den Stoff des ersten Ärmels gleiten lassen, als ich im Korridor eine männliche Stimme vernahm – eine sehr vertraute, die nach Lucrezia rief. Noch ehe ich reagieren konnte, schloss Pantsilea die Schranktüren hinter mir und zischte: »Keine Bewegung, kein Wort.«

Es war lächerlich. Ich musste nur aus dem Schrank steigen, die Türen schließen und eine Unschuldsmiene aufsetzen – sich darin zu verstecken würde nur Misstrauen hervorrufen, sollte ich entdeckt werden. Warum wollte Pantsilea meine Anwesenheit geheim halten?

Doch es ließ sich nicht mehr rückgängig machen; ich hielt still und lugte durch den schmalen Schlitz zwischen den

Schranktüren, als Cesare das Zimmer betrat und das Scheidungsdokument mit flüchtigem Blick streifte.

»Ruf Lucrezia«, sagte er kurz angebunden zu Pantsilea, »und dann sorg dafür, dass wir allein sind.«

Sie nickte. Nachdem sie hinausgegangen war, hätte ich mich um ein Haar bemerkbar gemacht; ich wollte Cesare erzählen, ich habe mich im Scherz versteckt, um ihn zu überraschen, als ich seine Stimme im Korridor vernommen hatte. Doch je mehr Zeit verstrich, umso weniger würde mein Auftauchen als Scherz empfunden; schließlich hatten wir uns gerade erst versöhnt. Cesare und Lucrezia würden eine solche Albernheit misstrauisch beäugen, und so blieb ich auf meinem peinlichen Posten.

Cesare durchschritt den Raum, entschlossen und ernst. Offenbar war er auf Geheiß seines Vaters hier, fand aber kein Vergnügen daran.

Dann kam Lucrezia mit ihren Damen. Als sie Cesare erblickte, hellte sich ihre bis dahin düstere Miene auf; sie entließ ihre Begleiterinnen sofort und ergriff die Hände des Bruders.

Sie schauten beide auf das Scheidungsdekret.

»Es ist also vollbracht«, sagte Cesare.

Lucrezia seufzte unglücklich – doch ganz gewiss nicht zum Tode bereit, wie Donna Pantsilea befürchtete. Aus ihrem Tonfall sprach schlichte Resignation. »Ja, es ist vollbracht.«

Cesare streichelte ihr tröstend die Wange. »Ich werde dafür sorgen, dass du einen annehmbaren Mann bekommst. Jemand, der höher steht als Sforza. Einen jungen diesmal; einen gut aussehenden und charmanten.«

»Niemand ist bezaubernder als du.« Sie legte ihm die Hände auf die Schultern, und er umfasste ihre Taille; sie küssten sich. Das war keine Umarmung zwischen Bruder und Schwester.

Ohne mich zu rühren, tat ich in der Erkenntnis, die mich wie ein Schwert durchbohrte, einen langen, stillen Atemzug. Ich schwankte unter einer Woge unsäglichen Ekels; wie betäubt streckte ich vorsichtig eine Hand aus. Geräuschlos drückte ich sie an poliertes Holz, um nicht zu stürzen.

Als sie voneinander ließen, sagte Lucrezia: »Ich will, dass das Kind in der Familie bleibt.«

»Der alte Mistkerl ist davon überzeugt, dass es sein Kind ist«, erwiderte Cesare. »Ich habe ihn bereits überredet, eine geheime Bulle zu unterzeichnen. Das Kind wird ein Borgia sein mit allen Rechten. Du weißt, ich werde sicherstellen, dass stets gut für das Kind gesorgt wird.«

Sie lächelte und nahm seine Hand; er küsste sie auf die Handfläche.

»Arme Lucrezia«, sagte er. »Das ist nicht leicht für dich.«

Sie zuckte traurig mit den Schultern. »Du hast auch deine Schwierigkeiten.«

»Juan ist ein Hanswurst. Es ist nur eine Frage der Zeit, bis er eine Möglichkeit für uns schafft, ihn loszuwerden.«

»Du bist zu streng mit ihm«, schalt sie ihn zärtlich.

»Ich bin zu ehrlich«, erwiderte er. »Und der einzige Borgia, der intelligent genug für den Posten des Generalkapitäns ist.«

»Der einzige *männliche* Borgia«, korrigierte Lucrezia ihn, und er lächelte.

»Stimmt. Wärst du ein Mann, hätte ich keine Aussicht auf den Posten; du würdest mich übertrumpfen, noch ehe ich einen Versuch wagte.« Er ließ ihre Hand los, rollte das Dokument zusammen und band es sorgfältig mit einer Schleife zu. »Ich bringe es Seiner Heiligkeit. Sehe ich dich morgen?«

Sein Tonfall ließ keinen Zweifel aufkommen, dass der Besuch mehr als brüderlich sein würde.

»Ja, bitte.« Lucrezia bekam Grübchen. Dann fügte sie nach kurzer Pause mit dünnem Stimmchen hinzu: »Sei nett zu Sancha.«

Verwirrt runzelte er die Stirn. »Aber gewiss bin ich nett zu Sancha. Warum auch nicht?«

»Sie war gut zu mir.«

»Ich werde nett sein«, sagte Cesare und fügte dann in leichtem Tonfall hinzu: »Aber wenn ich König von ganz Italien bin, wissen wir, wer wirklich meine Königin sein wird.«

»Ich weiß«, erwiderte Lucrezia. Offenbar hatten sie bereits über dieses Thema gesprochen; dennoch fühlte sie sich bemüßigt, als Cesare zur Tür ging, zu wiederholen: »Sei nett zu Sancha.«

Es dauerte nicht lange, bis Pantsilea zurückkam und sich eine Ausrede ausdachte, um Lucrezia aus ihren Gemächern zu locken, damit ich entkommen konnte.

Ich sagte Pantsilea nicht, was ich gesehen und gehört hatte. Für mich stand zweifelsfrei fest, dass sie mich gerade deshalb in den Schrank gesperrt hatte, damit ich Wahrheiten entdeckte, die noch gefährlicher waren als die Enthüllung über *canterella*.

In dem Augenblick, bevor ich ging, ohne Lucrezia zu sehen, entdeckte ich eine kleine Glasphiole in einer Tasche, die in den Ärmel eines ihrer Gewänder genäht war. Ich verbarg sie in meinem Mieder, ohne irgendjemandem etwas zu sagen. Auf dem Rückweg in meine Gemächer in Santa Maria dachte ich lange Zeit darüber nach, ob und wie ich es einsetzen sollte.

21

An jenem Abend schickte ich Cesare ein Briefchen, in dem ich ihm mitteilte, ich sei krank. Ich war tatsächlich krank – an der Seele. Mein instinktiver Verdacht, dass Cesare an mir gezweifelt hatte, weil er selbst des Verrats fähig war, hatte mich nicht getäuscht. Doch ich hätte mir nie vorstellen können, wie tief seine Falschheit ging; er hatte mit solchem Schmerz, solcher Empörung über den Inzest seines Vaters mit Lucrezia gesprochen, obgleich er desselben Vergehens schuldig war. Nichts von dem, was Cesare je gesagt hatte, konnte man glauben.

Nun war Alexander hinters Licht geführt worden und dachte, Lucrezias Kind sei von ihm – obwohl es tatsächlich das ihres Bruders war. Ein Gedanke ging mir nicht aus dem Kopf, während ich von meinem Balkon in die dunklen Gärten starrte:

Was für eine ungeheuerliche Familie ist das nur?

Ich konnte keinem von ihnen trauen; selbst Lucrezia gegenüber wurde ich vorsichtig. Während es durchaus möglich war, dass sie mich ehrlich mochte und deshalb ihren Bruder gebeten hatte, nett zu mir zu sein, so war ihre Vorstellung von Liebe und Loyalität weit über das Begreifbare hinaus verworren. Sie hatte mich gedrängt, mich mit Cesare zu versöhnen und wollte doch seine Buhle bleiben.

Ich war an jenem Abend so sehr von Kummer erfüllt, ja, dem Wahnsinn nahe, dass ich die Phiole *canterella* fest in die Hand nahm und überlegte, ob ich nicht den gesamten Inhalt schlucken sollte. Ich hasste Cesare von ganzem Herzen ... zugleich begehrte ich ihn noch mit jeder Faser meines Körpers. Diese Erkenntnis ließ Hoffnungslosigkeit in mir aufkommen. Wie hatte mir sein verräterisches Wesen nur entgehen können? Es musste doch Hinweise gegeben haben – ein Hauch von Kälte in seinem Blick vielleicht, eine flüchtige Grausamkeit auf den Lippen ... Gerade ich hätte es sehen müssen, kannte ich es ja bereits von Augen und Lippen meines Vaters; und obwohl es bei Ferrante nicht offen zutage trat, hatte ich es in seinem bösen Herzen gespürt.

Ich verließ den Balkon und stahl mich leise durch das Schlafgemach, in dem Esmeralda schlief, ins Vorzimmer hinaus. Dort suchte ich mir behutsam meinen Weg im Dunkeln, schenkte mir einen Kelch voll Wein ein und versuchte mit zitternden Händen die Phiole zu öffnen.

Die Schatten vor mir setzten sich zu einem Bild wie aus einem Traum zusammen: die Leiche meines Vaters, die an einem großen schmiedeeisernen Leuchter hing, im Hintergrund der Hafen von Messina.

Meine Lippen wurden schmal; ich richtete mich auf und schaute mit Abscheu auf die Phiole. In jenem Moment schwor ich mir, dass nichts und niemand – und ganz gewiss nicht Cesare Borgia – mich dahin bringen würde, mir das Leben zu nehmen. Niemals würde ich so feige sein wie mein Vater.

Den Rest der Nacht verbrachte ich auf dem Balkon und verfluchte mich, weil ich nicht in der Lage war, meine Gefühle für Cesare zu beherrschen. Ich wusste nicht, wie lange sie anhalten würden – doch war ich entschlossen, ihnen nicht mehr nachzugeben, solange ich lebte.

Im ersten Morgenlicht schrieb ich ihm einen Brief, dass wir in Anbetracht der Gerüchte, die sich um die »Familienangehörigen« des Vatikans rankten, unsere Rendezvous am besten einstellten – zumindest vorläufig, um nicht noch mehr zu den Skandalgeschichten beizutragen. Donna Esmeralda überbrachte den Brief einem seiner Diener.

Er antwortete nicht, weder persönlich noch schriftlich; falls ihn meine Bitte verletzt hatte, so ließ er es sich nicht anmerken, sondern behandelte mich höflich.

An den nächsten beiden Tagen ging ich nicht mit der Familie zu Tisch und sagte Lucrezias Einladungen ab. Ich ertrug es nicht, sie zu besuchen, nachdem ich erfahren hatte, was sie wusste. Tagsüber lag ich im Bett, obwohl ich nicht schlief. Auch nachts fand ich keine Ruhe; stattdessen saß ich draußen im Dunkeln, schaute in den sternenklaren Himmel und wünschte mir, mein Schmerz möge ein Ende haben.

Diese Nachlässigkeit mit mir selbst behielt ich bei, bis Donna Esmeralda zu später Stunde im Nachthemd auf dem Balkon erschien.

»Donna Sancha, Ihr müsst damit aufhören. Ihr macht Euch krank.«

»Vielleicht bin ich schon krank«, sagte ich leichthin.

Sie runzelte die Stirn, doch ihre Miene verriet weiterhin mütterliche Besorgnis. »Ich mache mir Gedanken um Euch«, sagte sie. »Ihr benehmt Euch wie Euer Vater, wenn ihn die Umnachtung überkam.«

Damit verschwand sie wieder im Schlafgemach.

Wie vom Donner gerührt, starrte ich ihr nach. Dann schaute ich wieder in den Himmel, als suchte ich dort nach einer Antwort. Ich dachte an Jofre, meinen Gatten, einen Menschen, dem ich Besserung schuldete. Er mochte zwar einen schwachen Charakter haben, doch er blieb mitten in der Verruchtheit freundlich, und im Gegensatz zu seinen so genannten Brüdern wollte er niemandem etwas zuleide tun. Er verdiente eine gute Ehefrau.

Ich dachte auch an Neapel und alle, die ich dort liebte.

Schließlich erhob ich mich. Ich legte mich nicht ins Bett in der Hoffnung, Schlaf zu finden, sondern ging ins Vorzimmer und zündete eine Kerze an, dann fand ich Feder und Pergament.

Lieber Bruder,
es ist viel zu lange her, seitdem ich von dir etwas über das Leben in Neapel erfahren habe. Sag mir bitte, wie es dir und Mutter geht. Lass keine Einzelheit aus …

Was Juan betraf, so hatte Cesare Recht gehabt, als er sagte, es werde nicht lange dauern, bis er der Familie eine Gelegenheit bot, ihn loszuwerden.

Nur wenige Tage nachdem ich Cesare den Brief geschrieben hatte mit der Bitte, wir sollten uns nicht mehr treffen, gab Kardinal Ascanio Sforza – der Bruder Ludovico Sforzas, des Herrschers von Mailand, verwandt mit dem in Ungnade gefallenen Giovanni Sforza – einen großen Empfang im Palast des Vizekanzlers in Rom. Viele erlauchte Persönlichkeiten waren eingeladen. Lucrezia war noch immer hinter den Mauern von San Sisto, doch Jofre bat mich inständig, ihn zu begleiten. Da ich eine folgsame Ehefrau sein wollte, war ich einverstanden – auch wenn die Gästeliste zwei Männer beinhaltete, denen ich aus dem Weg gehen wollte: den Herzog von Gandia und seinen Bruder, den Kardinal von Valencia.

Der Palast des Vizekanzlers war unleugbar pompös: Das Gelände war so weitläufig, dass wir in Kutschen vorzufahren hatten; wir traten in die Große Halle – dreimal so groß wie die des Castel Nuovo – und wurden sogleich namentlich angekündigt. Wir Borgias trafen zusammen ein und wurden in der Reihenfolge unserer Wichtigkeit für den Papst präsentiert: zuerst Juan, der seine Kappe mit Feder zückte und zu den Jubelrufen für den Generalkapitän über der Menge schwenkte; dann Cesare, ganz in schwarz und schweigend; zuletzt Jofre und ich, Prinz und Prinzessin von Squillace.

Die Umgebung war atemberaubend; innen war ein imposanter Springbrunnen mit drei Stufen errichtet worden. Hunderte flackernder Kerzen umsäumten ihn, deren Licht jeden einzelnen Wassertropfen golden färbte. Die Böden waren mit Rosenblättern bestreut, deren Duft in der Luft hing;

er wurde einzig vom Aroma der Gerichte übertroffen, die auf goldenen Tabletts von Dienern herumgereicht wurden. Der Raum war so weitläufig, dass selbst die großen weißen Marmorstatuen – prächtige nackte Männer und Frauen, offenbar alte Römer – klein davor wirkten.

Ich brachte ein Lächeln zustande, nach dem mir nicht war, und begrüßte jene Würdenträger, die ich bereits kannte, und ließ mich Unbekannten vorstellen. Vor allem gab ich mir die größte Mühe, Cesare aus dem Weg zu gehen.

Während ich Arm in Arm mit meinem Gatten durch die Gesellschaft schritt, trafen wir auf Giovanni Borgia, den Kardinal von Monreale, der ehedem Zeuge unserer Hochzeitsnacht gewesen war. Der Kardinal hatte an Leibesfülle zugenommen, und der Haarkranz unter seiner roten Kappe war fast grau, an seinen Fingern aber blitzten nach wie vor Diamanten.

»Hoheiten!«, rief er mit einer Begeisterung, die mich an seinen Vetter Rodrigo erinnerte. »Wie schön, Euch beide zu sehen!« Verstohlen ließ er den Blick über meinen Busen wandern, dann zwinkerte er Jofre zu und stieß ihn mit dem Ellenbogen in die Seite. »Wie ich sehe, blühen die Rosen noch immer.«

Jofre lachte, peinlich berührt durch die Anspielung, erwiderte aber: »Sie ist noch schöner geworden, nicht wahr, Eure Heiligkeit?«

Der Kardinal grinste. »So ist es. Und du, Jofre, bist ein richtiger Mann geworden … zweifellos deshalb, weil du eine richtige Frau zum Weibe hast.«

Ich lächelte höflich; Jofre gluckste. Wir waren im Begriff, uns weiter durch die Umstehenden zu schieben und die anderen zu grüßen, als Cesare sich zu uns gesellte – sehr zu meinem Entsetzen.

»Don Giovanni«, sagte er herzlich. »Ihr seht wie immer gesund und munter aus.«

Der Vetter des Papstes lächelte. »Das Leben meint es gut mit mir … und wie ich sehe, auch mit euch beiden Brüdern.

Aber Jofre« – er schlug einen leisen, verschwörerischen Ton an – »füttere deine Frau mit ein paar Köstlichkeiten. Sie ist ein bisschen dünn geworden. Nimmst du sie zu sehr ran, mein Junge?«

Bestürzt machte Jofre den Mund auf und wollte schon etwas entgegnen; zum Glück wurde der Kardinal in diesem Moment abgelenkt, als unser Gastgeber, Ascanio Sforza, ihn ansprach.

Mein Gatte schaute mich an; er hatte sich in letzter Zeit besorgt um meine Gesundheit gezeigt, freundlich und fürsorglich. »Das werde ich tun«, verkündete er. »Ich suche einen Diener und hole dir etwas zu essen.« Schon war er verschwunden und ließ mich mit Cesare allein.

Ich wollte gerade eine andere Gruppe ansteuern, da stellte Cesare sich mir in den Weg und zwang mich, bei ihm stehen zu bleiben.

»Nun bist du unfreundlich zu mir, Madonna«, sagte Cesare im Tonfall des schmachtenden Liebhabers. »Ich habe deinen Brief verstanden und weiß deinen Wunsch nach Diskretion angesichts der Lage meiner Schwester zu schätzen, aber …«

Ich unterbrach ihn. »Es geht um mehr. Juan hat Gerüchte über uns in Umlauf gesetzt; wir müssen alles tun, um sie zu zerstreuen.« Ich versuchte, meinen Gesichtsausdruck zu beherrschen; es fiel mir schwer, so zu tun, als machte ich es uns zuliebe und nicht, weil ich ihn verabscheute.

Zugleich aber sehnte sich ein Teil meiner selbst nach ihm – etwas, das mich mit Scham und Selbsthass erfüllte. Ich betrachtete ihn, so gut aussehend, so selbstbeherrscht, so elegant und so böse.

Er trat einen Schritt näher; instinktiv wich ich zurück und dachte daran, wie er die Arme um Lucrezia geschlungen und verkündet hatte: *Und du sollst meine Königin sein …*

»Wenn bereits Gerüchte existieren, warum sollen wir dann leiden? Warum sollen wir nicht weitermachen wie bisher? Wir haben seit unserer Versöhnung nur eine Nacht miteinander verbracht …« Er senkte den Kopf, seufzte und schaute dann wieder auf. »Ich weiß, du hast Recht, Sancha, aber es fällt so schwer. Schenk mir wenigstens Hoffnung. Sag mir, wann ich dich wiedersehen kann.«

Glücklicherweise kam Jofre in diesem Moment zurück; eifrig wandte ich mich meinem Gatten zu, der mir einen Teller mit gezuckerten Mandeln und Gebäck reichte. Ich widmete mich den Süßigkeiten und wich Cesares Blick aus, so gut es ging.

Während ich aß, wurde unsere Aufmerksamkeit in eine andere Ecke gelenkt, aus der ein lauter, trunkener Schrei ertönte; ich erkannte die Stimme, und wir alle drehten uns zu dem Störenfried um.

»Seht euch nur die faulen Vielfraße an!«, lallte Juan. Begleitet von einem seiner Offiziere – der gerade versuchte, ihn zu beruhigen –, deutete er mit weit ausholender Gebärde auf einen der Gäste: den beleibten Antonio Orsini, verwandt mit Giulias Mann und Kardinal Sforza. Orsini saß an einem Tisch neben seiner drallen Frau und zwei Söhnen – beides Bischöfe – und stopfte sich gerade ein großes Stück Entenbraten in den Mund. Er war kugelrund – so beleibt, dass er die Hände kaum vor dem dicken Bauch falten konnte; sein aufgedunsenes, fleischiges Gesicht mündete unter dem Kinn in mindestens drei Speckfalten, die nicht einmal sein dunkler Bart verbergen konnte.

»Don Antonio«, rief Juan mit nicht zu überhörender Stimme, »wenn Ihr nicht zu lange an den Tischen Eurer wohlhabenderen Verwandten verweiltet, wärt Ihr vielleicht nicht so fett!«

Hier und da wurde gekichert.

Don Antonio legte das restliche Fleisch auf einen Teller und machte eine wegwerfende Bewegung mit seinen von Fett triefenden Händen. »Don Juan, und wenn Ihr nicht so schnell vor Euren Feinden davon liefet, wärt Ihr vielleicht nicht so schlank.«

Ein Raunen ging durch die Menge.

Juan zückte sein Schwert und taumelte auf den Spötter zu.

»Eure Beleidigung soll Euch teuer zu stehen kommen, mein Herr. Ich würde Euch zu einem Duell herausfordern – doch da ich ein Edelmann bin, kann ich jemanden, der auf solch groteske Weise nicht zu körperlicher Betätigung in der Lage ist, ja schlecht übervorteilen.«

Don Antonio erhob sich und trat vor; selbst diese kleine Anstrengung brachte ihn außer Atem. »Ich bin sehr wohl imstande, auf Eure Herausforderung zu reagieren, Herr – aber Ihr seid kein Edelmann. Ihr seid nichts weiter als ein Feigling und ein gewöhnlicher Bastard.«

Wütend kniff Juan die Augen zusammen – es war derselbe unbeherrschte Zorn, den er einst gegen mich gerichtet hatte. Ich rechnete damit, dass er zuschlagen würde; stattdessen drehte er sich, wortlos und mit bleichem Gesicht, auf dem Absatz um und ging mit langen Schritten aus dem Palast.

Orsini lachte laut. »Sage ich doch, ein Feigling. Er rennt schon wieder davon.«

Ascanio Sforza, als Gastgeber eifrig darum bemüht, Unstimmigkeiten beizulegen, gab den Musikanten ein Zeichen, aufzuspielen. Der Tanz begann; ich erhielt einige Aufforderungen, lehnte jedoch alle ab. Kurz darauf flüsterte ich Jofre zu, ich sei müde und wolle nach Hause gehen. Er suchte Kardinal Sforza, um sich zu verabschieden.

Doch dann entstand mit einem Mal Lärm und Unruhe am Eingang: Zur großen Verwunderung der Anwesenden marschierte ein Kontingent von zwölf bewaffneten päpstlichen Wachen mit gezücktem Schwert und finsteren Mienen ein.

»Wir suchen Antonio Orsini«, verkündete der Befehlshabende.

Kardinal Sforza eilte vor. »Bitte, bitte«, sagte er, »es handelt sich um eine private Wohnung und einen Disput zwischen zwei Gästen – noch dazu einen belanglosen, hervorgerufen durch Alkohol. Es besteht kein Anlass für eine solch überzogene Reaktion.«

»Ich bin hier auf Anordnung Seiner Heiligkeit Papst Alexander«, erwiderte der Offizier. »Der Generalkapitän und

Seine Heiligkeit wurden verleumdet. Ein solches Vergehen kann nicht hingenommen werden.«

Er führte seinen Trupp an dem erstaunten Kardinal vorbei; wir alle sahen zu, wie sie den glücklosen Don Antonio ergriffen. »Das ist empörend!«, schrie er, während seine Gattin händeringend jammerte. »Empörend! Ich habe nichts getan, wofür man mich ins Gefängnis werfen könnte!«

Doch die Soldaten hatten nicht die Absicht, jemanden gefangen zu nehmen. Stattdessen zerrten sie ihr Opfer hinaus auf das Gelände, wo zwei ihrer Kameraden bereits ein Seil an einen alten Olivenbaum geknüpft hatten. Zu beiden Seiten brannten zwei große Fackeln: Dieses Ereignis sollte vor Zeugen stattfinden. Wir Gäste folgten fassungslos.

Beim Anblick der Schlinge, die ihn erwartete, fiel Don Antonio auf die Knie und stieß einen Schrei aus. »Ich entschuldige mich! Bitte, lasst es gut sein! Richtet dem Generalkapitän aus, dass ich ihn um Vergebung bitte, dass ich damit an die Öffentlichkeit trete, wenn er es wünscht!«

Damit dürfte diese Tollheit wohl beendet sein, dachte ich. Doch der Befehlshabende sagte nichts, sondern nickte seiner Truppe nur zu. Der stöhnende, zitternde Don Antonio wurde seinem Schicksal zugeführt. Unter Schwierigkeiten halfen ihm die Soldaten auf einen Hocker unter dem Baum.

Bis zum letzten Moment glaubte ich nicht daran, dass es passieren würde; so erging es vermutlich allen. Ich packte Jofres Arm, Cesare stand auch neben mir. Zu dritt starrten wir wie gebannt auf die Szene.

Die Schlinge musste gelockert werden, damit sie um Don Antonios dicken Hals passte; er schluchzte hemmungslos, als sie angezogen wurde.

Plötzlich gab der Befehlshabende das Zeichen, den Stuhl zur Seite zu treten.

Ungläubig hielt die Menge den Atem an. Nur Cesare blieb ungerührt.

Don Antonio pendelte in der kühlen Nachtluft vor uns hin und her, die hervortretenden Augen weit aufgerissen, leblos.

Es wurde so still, dass nur der unter der Last des schweren Körpers ächzende Ast zu hören war.

Ich wandte den Blick ab – zunächst zu Jofre, dessen freundliche Gesichtszüge zu einer Maske puren Entsetzens versteinert waren. Dann schaute ich Cesare an.

Der Blick des Kardinals war gespannt, nachdenklich, der eines ehrgeizigen Verstandes bei der Arbeit. Er starrte direkt auf Don Antonios Leiche – doch er schaute durch sie hindurch auf eine sich eröffnende Gelegenheit.

Eine Woche danach, Mitte Juni, als Lucrezia knapp zwei Wochen in San Sisto gewesen war, richtete Vannozza Cattanei ein Familienfest zu Ehren ihrer Söhne aus. Jofre und ich nahmen teil, zusammen mit Cesare und Juan in seiner arroganten Pracht, sowie Kardinal Borgia von Monreale.

Die Veranstaltung fand unter freiem Himmel statt, um das herrliche Wetter zu nutzen – in einem Weinberg, der Vannozza gehörte. Man hatte einen großen Tisch aufgestellt, an dem wir nebst unseren Höflingen Platz hatten; er war mit Blumen und goldenen Kandelabern geschmückt und von zahlreichen Fackeln umgeben – obwohl das Fest schon am Nachmittag begann, sollte es wohl bis in den Abend hinein dauern.

Ich hatte mich bei Jofre untergehakt, als man uns auf das Anwesen führte. Während er sich noch immer auf Kurtisanen und viel Wein einließ, verschloss ich die Augen vor seinem Verhalten; stattdessen konzentrierte ich mich auf seine Güte und hatte entschieden, ihm nach bestem Vermögen zu gefallen, denn ich wusste nicht, welchen Sinn ich meinem Leben sonst noch geben sollte.

Bei unserer Ankunft wurde ich zum ersten Mal seiner Mutter vorgestellt. Sie war eine hübsche Frau mit kastanienbraunem Haar, heiter und selbstsicher; die Geburt der Kinder hatte ihr eine füllige Taille beschert, doch sie war noch immer von reizvoller Gestalt mit vollem Busen und langgliedrigen, zierlichen Armen und Händen; ihre Augen waren so hell wie

Lucrezias. Vom Gesicht her glich sie Cesare – ausgeprägte Kieferpartie, wohl geformte Wangen und eine gerade Nase. An jenem Tag trug sie taubengraue Seide, die ihre Augen und das glänzende Haar betonten.

Ich ließ Jofres Arm los und nahm Vannozzas Hände, die sie mir entgegenstreckte; sie betrachtete mich auf eine Art, die sowohl berechnend als auch warmherzig war. »Hoheit, Donna Sancha.« Wir umarmten uns. Dann wich sie zurück, um mich zu mustern, und wartete, bis Jofre außer Hörweite war. »Mein Sohn liebt Euch abgründig. Ich glaube, Ihr seid ihm eine gute Frau.«

Ich erwiderte ihren Blick offen und ernst. »Ich gebe mir Mühe, Donna Vannozza.«

Sie lächelte stolz über ihre drei Söhne, als Jofre Juan und Cesare begrüßte und einen Weinkelch von einem Diener entgegennahm. »Sie haben es alle gut gemacht, nicht wahr?«

»Ja, Donna.«

»Wir wollen uns zu ihnen gesellen.«

Mir fiel sofort auf, dass Cesare nicht in seinem üblichen schwarzen Priesterrock erschienen war, sondern in einer prächtigen, scharlachroten, mit Goldfäden durchwirkten Tunika; Juan war wie immer auffällig in Rubinrot, Goldbrokat und hellblauen Samt gekleidet, doch der Kardinal von Valencia fiel noch mehr auf.

Ich trat neben Jofre und begegnete seinen beiden älteren Brüdern mit dem erforderlichen Lächeln und Nicken. »Eure Heiligkeit«, sagte ich zu Cesare und wandte den Blick ab, als er mich auf beide Wangen küsste, wie es unter Familienangehörigen üblich war. »Generalkapitän«, sagte ich zu Juan. Zu meiner Überraschung lag in seinen Augen weder Hass noch Herausforderung oder beherrschte Wut; sein Kuss war höflich distanziert. Er verhielt sich wie ein Geläuterter.

Ich begrüßte die anderen Gäste. Als es an der Zeit war, am Tisch Platz zu nehmen, ergriff Vannozza meinen Arm und sagte bestimmt: »Hier, Sancha. Ich habe die Sitzordnung festgelegt.«

Entsetzt musste ich feststellen, dass sie mich zwischen Juan und Cesare platziert hatte.

Zum Glück waren wir zu Beginn der Mahlzeit von Trinksprüchen abgelenkt; den Anfang machte die Matriarchin Vannozza. Juan war der Erste, auf den wir anstießen. »Auf den Generalkapitän«, verkündete Donna Vannozza genüsslich, »der uns allen Frieden und Wohlergehen bringen wird.«

Das veranlasste Juans Diener zu Jubelrufen; er verneigte sich großspurig wie ein huldvoller Herrscher.

»Auf den klugen und gelehrten Kardinal von Valencia«, verkündete Vannozza dann. Es folgte höfliches Raunen. Schließlich kam der letzte Trinkspruch.

»Auf den Prinzen und die Prinzessin von Squillace.« Dies wurde mit stillem Lächeln quittiert.

Die Mahlzeit, die sich für mein Empfinden zwar unendlich in die Länge zog, verlief nicht so schlecht, wie ich anfangs befürchtet hatte. Juan redete kein Wort mit mir: Er wandte sich an Kardinal Giovanni Borgia, der zu seiner Rechten saß. Cesare wiederum schenkte mir gelegentlich einen schmerzvollen, flehentlichen Blick. Einmal versuchte er, mir ins Ohr zu flüstern, während die anderen abgelenkt waren, doch ich schob ihn sacht von mir weg und sagte: »Es ist nicht der richtige Zeitpunkt, Kardinal. Wir wollen uns nicht weiteren Schmerz zufügen und über unsere Lage reden.«

Eindringlich flüsterte er seinerseits: »Sieh dich doch an, Sancha – dein Gesicht ist angespannt, du bist dünn geworden. Gib es zu: Du bist ebenso unglücklich wie ich. Aber ich sehe, wie du dich jetzt an Jofre hängst; erzähl mir nicht, dass du unsere Liebe von lächerlichen Schuldgefühlen zerstören lässt.«

Betroffen schaute ich ihn an. Ich konnte meinen Kummer nicht leugnen – doch die Ursache lag viel tiefer, als Cesare vermutete. Ich wandte mich von ihm ab.

Danach wechselten wir kein Wort mehr miteinander. Schließlich ging die Sonne unter, Kerzen und Fackeln wurden angezündet.

Da gesellte sich ein Fremder zu unserer Gruppe, ein groß gewachsener, schlanker Mann, dessen Gesicht vollständig hinter einer in bunten venezianischen Farben bemalten Keramikmaske verschwand. Mit Löchern für die Augen und einem Schlitz für den Mund brachte sie einen feierlichen Ausdruck zur Geltung; auf die Stirn war das Symbol der Waage gezeichnet. Das Kopfhaar und der gesamte Körper des Mannes waren in einen Kapuzenmantel gehüllt, der seine äußere Erscheinung gänzlich verbarg. Unser Besucher kannte alle in der Gruppe und begrüßte sie mit Namen, doch er verstellte seine Stimme und sprach tiefer; neugierig geworden, versuchten wir herauszubekommen, wer es wohl sein mochte. Es war zur Zeit des Karnevals, und in der Stadt fanden viele Maskenbälle statt; wir gingen alle davon aus, dass unser Gast von dort kam.

Vannozza bat ihn an den Tisch, und die Diener brachten ihm einen Stuhl, der zu meiner großen Freude zwischen mich und Juan gestellt wurde.

Juan war von unserem Überraschungsgast recht angetan und fragte ihn des Langen und Breiten aus, um seine Identität herauszufinden. Der Fremde wickelte ihn mit seinem Charme ein, denn je später der Abend wurde, umso enger steckten die beiden die Köpfe zusammen, und ich bekam mit, wie sie weitere Abenteuer nach dem Fest planten. Dann stand Juan irgendwann auf, um sich zu erleichtern, und Jofre und ich verabschiedeten uns, denn wir wollten nach Hause.

Ehe ich mich erhob, wandte ich mich jedoch an den Unbekannten an meiner Seite und fragte *sotto voce*: »Ich gehe jetzt, mein Herr. Ich bin neugierig: Wollt Ihr mir nicht Euren Namen nennen? Ich verspreche, ich werde es keiner Menschenseele verraten.«

Er warf mir einen kurzen Blick zu, und ich sah etwas Merkwürdiges in den dunklen Augen hinter der Maske aufblitzen. »Nennt mich Gerechtigkeit, Madonna«, erwiderte er leise. »Denn ich bin hier, um Dinge gerade zu rücken.«

Bei seiner Antwort lief es mir eigenartig kalt über den Rücken. Ich betrachtete ihn schweigend, dann stand ich auf und trat rasch an die Seite meines Gatten. Als wir uns von Vannozza verabschiedeten, sie umarmten und küssten, kehrte Juan wieder an den Tisch zurück und entschied, es sei für ihn und seinen rätselhaften Freund an der Zeit, sich auf die Suche nach käuflichen Frauen zu begeben.

Die beiden brachen abrupt auf, ohne sich von ihrer Gastgeberin zu verabschieden. Ich drehte mich zu Cesare um.

Der Kardinal hob gerade seinen Kelch an die Lippen, doch ich konnte seine Augen sehen. Sie waren starr auf Juan und den Fremden gerichtet, mit derselben distanzierten Anspannung, mit der sie den korpulenten Körper Antonio Orsinis am Olivenbaum betrachtet hatten.

Niemandem – nicht einmal Seiner Heiligkeit – fiel am nächsten Morgen auf, dass Juan nicht da war. Es war seine Art, wenn er im Bett einer Fremden aufwachte, mit seiner Rückkehr in den Vatikan auf die schützende Dunkelheit zu warten.

Doch aus dem Abend wurde Nacht. Jofre und ich waren vom Papst zum Essen eingeladen worden und hörten uns seine Sorgen an. Während wir bei Tisch saßen, tauchte Juans Offizier auf und verkündete, der Generalkapitän habe tagsüber nicht an dringlichen Geschäften teilgenommen.

Alexander rang die Hände. »Wo mag er nur sein? Warum bereitet er seinem armen Vater solche Sorgen? Wenn ihm etwas zugestoßen ist …«

Jofre erhob sich und legte Alexander eine Hand auf die Schulter. »Es ist nichts passiert, Vater. Du weißt, wie Juan ist, wenn er eine neue Frau gefunden hat. Er kann sich einfach eine weitere Liebesnacht nicht verkneifen … aber ich bin sicher, morgen kommt er zurück.«

»Ja, ja …«, murmelte Alexander, der diesen Trost nur zu gern annahm.

Ich sagte nichts, sah aber andauernd das Bild des maskierten Fremden, der sich Gerechtigkeit nannte, vor mir.

Nachdem Seine Heiligkeit hinlänglich beruhigt war, zogen wir uns zurück in unsere getrennten Gemächer. Ein paar Stunden später wurde ich von einem bewaffneten Soldaten aus dem Schlaf gerissen und in den Vatikan geführt. Der Papst saß nicht auf seinem Thron, um den traditionellen Begrüßungskuss auf seinen Pantoffel entgegenzunehmen; er schritt unruhig auf und ab, schaute aus dem Fenster auf die Fackeln auf dem Platz darunter. Damals wusste ich es noch nicht, doch es war die Spanische Garde, die auf der Suche nach ihrem vermissten Befehlshaber durch die Straßen patrouillierte. Jofre stand neben Alexander und versuchte, dem aufgelösten Vater tröstend einen Arm um die Schultern zu legen.

Später erst wurde mir bewusst, dass Alexander nicht nach Cesare gerufen hatte, der ihm Trost spenden sollte.

»Was ist, Heiligkeit?«, fragte ich; die Situation war nicht auf Förmlichkeit angelegt. »Was ist geschehen?«

Alexander wandte sich zu mir um, die große, breite Stirn in tiefe Falten gelegt. Unvergossene Tränen standen ihm in den Augen. »Juan ist verschwunden. Ich befürchte das Schlimmste.«

»Vater«, beschwichtigte Jofre ihn, »du machst dich selbst krank vor Sorge. Juan hat sich einfach bei einer Frau vergessen – wie gesagt, morgen früh ist er bestimmt wieder da.«

»Nein.« Alexander schüttelte den Kopf. »Ich habe das alles verursacht. Ich habe dummerweise einen Schlag gegen Ascanio Sforzas Gast geführt – ich hätte ihn nie aufknüpfen lassen sollen. Gott straft mich damit, dass er mir meinen liebsten Sohn nimmt.«

Jofre zu Ehren muss gesagt werden, dass er bei diesen Worten seines Vaters nicht einmal zuckte.

Kalte Gewissheit legte sich über mich. Juan war tatsächlich tot, doch nicht aus dem Grund, den Alexander annahm.

Ich bemühte mich, Mitleid aufzubringen: Alexander hatte mich rufen lassen, damit ich ihn tröstete. Lucrezia war nicht mehr da, um die sanfte Anwesenheit einer Frau zu bieten, die seiner Seele gut tat; und Jofre war freundlich, anders als Cesare. Wie sollte ich fertig bringen, wozu man mich gerufen hatte?

Dem Beispiel meines Gatten folgend, legte ich behutsam eine Hand auf Alexanders Schulter. »Eure Heiligkeit, jetzt liegt alles in Gottes Hand. Sich zu sorgen ist zwecklos; wir werden über Juans Schicksal etwas erfahren, wenn die Zeit gekommen ist. Jofre hat Recht: Wir dürfen uns vor morgen früh keine Sorgen machen.«

Er wandte sich mir zu. »Ach, Sancha. Ich bin froh, dass ich Euch habe rufen lassen; Ihr seid sehr klug.« Er umfasste meine Hände mit seinen großen Pranken. Tränen tropften auf meine Haut.

»Vielleicht sollten wir Juan zuliebe den Rosenkranz beten«, schlug Jofre allen Ernstes vor. »Ob er zu Schaden gekommen ist oder nicht, es kann nur gut für seine Seele sein.«

Der Papst und ich sahen ihn skeptisch an; als ich Alexander betrachtete, fiel mir auf, dass er ebenso wenig wie ich an die Wirkung von Gebeten glaubte. Doch seine Verzweiflung war so groß, dass er seinen Sohn umarmte. »Bete du an meiner statt, Jofre. Mein Herz ist zu traurig, aber es wird mir gut tun, dich zu hören.«

Jofre schaute mich fragend an. Ich schenkte ihm einen Blick, der deutlich machte, dass ich mich ihm nicht anschließen würde. Selbst wenn ich eine gute Christin gewesen wäre, hätte ich mich nicht an der Heuchelei beteiligt, für jemanden wie Juan zu beten; ein Teil meiner selbst wünschte sich noch immer, sich an diesem Mann zu rächen.

In der Erkenntnis, dass er allein beten musste, holte Jofre einen Rosenkranz aus seiner Tunika – was mich überraschte – und begann mit aller Ernsthaftigkeit zu beten:

O Vergin benedetta, sempre tu
Ora per noi a Dio, che ci perdoni
E diaci grazia a viver si quaggiu
Che'l paradiso al nostro fin ci doni.

»Heilige Maria, bitte für uns Sünder, jetzt und in der Stunde unseres Todes.«

Die Situation war zu grausam für mich, um noch Erstaunen zu zeigen; ich war jedoch überrascht, dass mein Gatte die *Vergin Benedetta* wiederholte, die das gemeine Volk bevorzugte, und nicht die lateinische Version, *Ave Maria, gratia plena,* die sein eigener Vater als die »richtige« Version bezeichnet hatte. Im Gegensatz zum Papst schien Jofre tatsächlich an Gott zu glauben; das Gebet war ihm offenbar von einem frommen Diener beigebracht worden, und er gab diesem gegenüber dem Ave Maria den Vorzug, das er während seines Lateinunterrichts hatte lernen müssen.

Falls Alexander der Unterschied auffiel, ließ er sich nichts anmerken; er trat wieder an die Fenster und fuhr fort, auf und ab zu schreiten.

Jofre wiederholte das Gebet immer und immer wieder; es heißt, der heilige Dominik habe einhundertfünfzig Wiederholungen am Tag empfohlen, und Jofre war dieser Zahl schon recht nahe, ehe er unterbrochen wurde. Der besänftigende, monotone Klang seiner Stimme brachte Alexander und mir eine gewisse Ruhe, denn am Ende ging Seine Heiligkeit wieder an seinen Thron zurück und setzte sich.

So traurig es war, die Stille wurde durch einen Soldaten zerstört, dessen Uniform mit Blut beschmiert war. Entsetzt drehten wir uns zu ihm um.

»Eure Heiligkeit«, stieß er atemlos hervor und kniete vor dem Fuß des Papstes nieder. Alexander war nicht imstande, etwas zu sagen, sondern bedeutete dem Mann mit wilden Gesten, aufzustehen und zu berichten.

»Wir haben den Diener des Herzogs von Gandia gefunden«, sagte der Soldat, »in einer Gasse am Tiber. Er wurde mehrfach mit dem Schwert durchbohrt; er stirbt und kann kein Zeugnis mehr ablegen.«

Alexander vergrub den Kopf in beiden Händen und rutschte vom Thron auf die Knie.

»Geht jetzt«, befahl Jofre. »Kommt wieder, wenn Ihr etwas Neues über den Herzog wisst.«

Der Soldat verbeugte sich und ging, während wir den weinenden Alexander umarmten, der sich unglücklich auf den Stufen hin und her wiegte. Als gute Schwiegertochter machte ich, was von mir erwartet wurde; dabei stellte ich überrascht fest, dass ich ihn zwar verachtete, unwillkürlich jedoch auch Mitleid mit dem alten Mann empfand.

»Es ist meine Schuld, o Gott«, rief er mit derart herzzerreißender Stimme, dass ich keinen Zweifel hatte, sie würde direkt in den Himmel aufsteigen. »Ich habe meinen Sohn getötet, meinen geliebten Sohn! Lass mich jetzt sterben – lass mich an seiner Stelle sterben!«

Sein Gejammer ging noch eine Stunde so weiter, bis die nächste Papstwache eintrat, begleitet von einem Bauern.

»Eure Heiligkeit«, rief der Wachsoldat. »Ich habe hier einen Zeugen, der sagt, er habe Verdächtiges im Zusammenhang mit dem Verschwinden des Herzogs gesehen.«

Alexander riss sich mit bewundernswertem Willen zusammen. Er erhob sich, wobei er sich von Jofre und mir nicht helfen lassen wollte, schritt mit vollendeter Würde zu seinem Thron hinauf und ließ sich nieder.

Der Zeuge – ein Mann in mittleren Jahren mit dunklem Vollbart und dichtem Haar, gekleidet in zerrissener, schmutziger Tunika, deren übler Geruch ihn als Fischer auswies – zog seine Mütze und stieg zitternd die Stufen empor, um den dargebotenen Papstschuh zu küssen. Dann ging er hinunter, verdrehte die Mütze in den Händen und fuhr zusammen, als der Papst befahl: »Sag mir, was du gesehen und gehört hast.«

Seine Geschichte war einfach. In der Nacht, in der Juan abhanden kam, war der Fischer in seinem Boot auf dem Tiber gewesen, in Ufernähe. Halb im Nebel verborgen, sah er zu, wie ein Mann auf einem weißen Pferd sich aus einer Gasse dem Fluss näherte. Das war an sich kein Grund zur Neugier, doch was dem Fischer ins Auge fiel, war der Körper, der quer über dem Pferderücken lag, vorsichtig festgehalten von zwei Dienern. Als der Reiter an den Fluss kam und das Pferd seitwärts treten ließ, nahmen die beiden Diener den Körper und ließen ihn in den Fluss gleiten.

»Ist er untergegangen?«, fragte der Mann zu Pferde.

»Ja, Herr«, erwiderte einer der Diener.

Doch die Leiche verweigerte sich; der Diener hatte kaum zu Ende gesprochen, als sich der Mantel des Leichnams mit Luft füllte und ihn wieder an die Wasseroberfläche trieb.

»Macht, was getan werden muss«, befahl der Herr. Seine Diener bewarfen den leblosen Körper mit Steinen, bis er schließlich unter Wasser verschwand.

Ich hielt Jofre fest in beiden Armen, während er entsetzt zuhörte. Seine Heiligkeit wiederum nahm das alles mit erstarrter Miene auf.

Als der Fischer seinen Bericht beendet hatte, fragte er ihn: »Warum hast du nicht gleich Bericht erstattet?«

Die Stimme des Mannes zitterte. »Eure Heiligkeit, ich habe mehr als hundert Mal gesehen, wie Tote in den Tiber geworfen wurden. Nie hat sich jemand Sorgen um die gemacht.«

So erstaunlich diese Bemerkung auch war, ich zweifelte nicht an ihrer Wahrhaftigkeit. Nacht für Nacht geschahen mindestens zwei oder drei Morde in Rom, und der Tiber war die beliebteste Stelle, an der man sich der Opfer entledigte.

»Nehmt ihn mit«, befahl Alexander mit belegter Stimme. Die Wache gehorchte und geleitete den Fischer hinaus. Erneut vergrub der Papst das Gesicht in beiden Händen.

Jofre stieg die Stufen zum Thron hinauf. »Papa«, sagte er und legte einen Arm um den Vater. »Wir haben von einem Mord gehört. Wir wissen noch immer nicht, ob Juan das Opfer ist.«

Niemand wagte zu erwähnen, dass Cesares Lieblingspferd ein weißer Hengst war.

»Vielleicht nicht«, stammelte Alexander. Mit einem Hoffnungsschimmer im Blick schaute er zu seinem jüngsten Sohn auf. »Vielleicht ist unser Trauern vergeblich.« Er lachte zittrig. »Wenn, dann müssen wir uns eine schreckliche Strafe für Juan ausdenken, dass er uns solche Sorgen bereitet!«

Er schwankte zwischen Hoffnung und Verzweiflung. Wir

blieben noch eine Stunde bei ihm, bis eine dritte päpstliche Wache eintrat.

Beim Anblick des Soldaten heulte Alexander auf. Jofre brach in Tränen aus; das Entsetzen in den Augen des jungen Soldaten offenbarte, was er uns zu verkünden hatte. Er wartete, bis die kummervollen Laute so weit abgeebbt waren, dass man ihn verstand.

»Eure Heiligkeit ... Die Leiche des Herzogs von Gandia wurde gefunden. Man hat sie ins Castel Sant' Angelo gebracht, wo sie für die Beisetzung gewaschen wird.«

Alexander ließ sich nicht zurückhalten, war keinen Vernunftgründen zugänglich: Er bestand darauf, Juans Leiche zu sehen, auch wenn sie noch nicht ansehnlich hergerichtet war, denn sonst glaube er nicht, dass sein Sohn tot sei.

Jofre und ich begleiteten ihn. Von uns beiden flankiert betrat er den Raum, in dem sich die Frauen versammelten, um die Leiche zu waschen; sie verbeugten sich, erstaunt, Seine Heiligkeit zu sehen, und ließen uns rasch allein.

Juans Leiche war mit einem Tuch abgedeckt; Jofre zog es ehrfürchtig zurück.

Sogleich stieg uns der Gestank in die Nase. Die Leiche war mitten im Sommer eine Nacht und einen Tag lang im Fluss gewesen.

Juan war auf groteske Weise wieder zu erkennen. Das Wasser hatte seinen Körper auf die doppelte Größe anschwellen lassen; die Kleidung war zerrissen, der Bauch wölbte sich unter der Tunika hervor. Seine Finger waren dick wie Würste. Es fiel schwer, ihn so anzusehen: Die geschwollene Zunge trat zwischen den Zähnen hervor, die Augen waren offen, überzogen von einem milchigen Film, die schmutzverkrusteten Haare klebten ihm am Kopf. Er war mehrfach durchbohrt, ausgeblutet, die Haut hatte die Farbe von Marmor. Am schlimmsten war, dass man ihm die Kehle von einem Ohr zum anderen aufgeschlitzt hatte, und die klaffende Wunde hatte sich mit Schlamm, Blättern und Holzstücken gefüllt.

Alexander schrie auf und brach zusammen. Jofre und mir gelang es nicht, ihn wieder auf die Beine zu stellen.

Aufgrund der Hitze wurde Juan begraben, sobald er gewaschen und wieder angekleidet war. Der Sarg wurde von Angehörigen des herzoglichen Haushalts und Juans engsten Vertrauten getragen, dann folgte eine Abordnung Priester. Jofre und ich sahen von den päpstlichen Gemächern aus zu, wie sich der von Fackeln erhellte Leichenzug auf die Kathedrale Santa Maria del Popolo zubewegte, in der Juan neben der Krypta seines längst verstorbenen Bruders Pedro Luis beigesetzt wurde.

Der Papst nahm nicht teil – doch er weinte so laut, dass Jofre und ich die anderen Trauernden nicht hören konnten. In jener Nacht blieben wir bei ihm; wir konnten ihn nicht überreden zu essen, zu trinken oder zu schlafen. Und weder damals noch später ließen wir eine Bemerkung über die verdächtige Abwesenheit von Cesare fallen.

Herbst 1497

22

Juans Tod zog eine Ermittlung nach sich, die von Alexanders prominentesten Kardinälen, einschließlich Cesare, geleitet wurde. Letzterer machte viel Aufhebens und griff die Verdächtigen verbal an.

Der Erste, der untersucht wurde, war Ascanio Sforza, der Kardinal, dessen Gast Juan beleidigt hatte und dafür gehängt worden war. Cesare verleumdete Sforza, doch der Kardinal war klug: Er fuhr angesichts der Anschuldigungen nicht aus der Haut, sondern arbeitete bereitwillig mit und beteuerte unentwegt, er habe nichts zu verbergen – ein Tatbestand, der sich bald bestätigte. Cesare entschuldigte sich zähneknirschend.

Andere Feinde – und Juan hatte sich viele gemacht – wurden überprüft, doch weder Zeit noch Beharrlichkeit gaben irgendeinen Aufschluss.

Vielleicht aber offenbarten sie zu viel; knapp drei Wochen nach dem Verbrechen stellte Alexander die Suche nach dem Mörder ein. Ich glaube, er wusste insgeheim, wer der Schuldige war, und hatte schließlich aufgegeben, sich vom Gegenteil überzeugen zu wollen.

Wohlweislich hielt Cesare sich in dieser Zeit zu offiziellen Geschäften außerhalb Roms auf und leitete als Kardinalslegat die Krönung meines Onkels Federico zum neuen König von Neapel. Unter anderen Voraussetzungen hätte ich die Gelegenheit beim Schopfe ergriffen und Alfonso und Madonna Trusia besucht; doch Papst Alexander war nicht der Einzige, der trauerte. Jofre war zutiefst betrübt über den Mord an seinem Bruder, ungeachtet seiner Eifersucht auf Juan, den der Vater stets bevorzugt hatte. Ich fühlte mich verpflichtet, bei ihm zu bleiben.

Jofre dachte nicht nur an seinen Kummer; er bat mich, Lucrezia zu besuchen. »Bitte«, flehte er mich an. »Sie ist so allein in San Sisto, und ich bin zu niedergeschlagen, um sie zu trösten. Sie braucht den Beistand einer anderen Frau.«

Ich traute Lucrezia nicht; ihre freundliche Haltung mir gegenüber hatte nicht zu einer Beendigung ihres Verhältnisses mit Cesare geführt, obwohl sie wusste, dass ich ihn liebte. Sie war auch über seinen Ehrgeiz, Generalkapitän zu werden, im Bilde und mit Juans Tod womöglich einverstanden – oder hatte ihre Hand im Spiel.

Trotzdem suchte ich aus Respekt vor den Wünschen meines Gatten das Kloster auf. Ein weiteres Mal wurde ich von der jungen Pantsilea an der Tür zu Lucrezias Gemächern in Empfang genommen; wieder hatte die Magd ihre schöne olivfarbene Stirn in verzweifelte Falten gelegt. »Das *cantarella* mitzunehmen war nicht gut, Madonna«, flüsterte sie. »Schaut nicht so überrascht – ich weiß, dass Ihr es genommen habt, denn Lucrezia hat wie eine Verrückte danach gesucht und kann es nicht finden. Jetzt hungert sie sich zu Tode – und das, obwohl sie hochschwanger ist. Seit einer Woche hat sie nichts gegessen, seit zwei Tagen kein Wasser mehr getrunken.«

Pantsilea führte mich in den inneren Raum, wo Lucrezia, nur mit einem Nachthemd bekleidet, obwohl bereits Mittag war, im Bett aufgerichtet saß, Beine und der geschwollene Bauch mit feinem Leinen bedeckt. Sie war so blass, wie ich sie noch nie gesehen hatte, Augen und Wangen waren eingefallen, und ihr Ausdruck war vollkommen teilnahmslos. Sie sah mich desinteressiert an und drehte das Gesicht zur Wand.

Ich trat zu ihr und setzte mich neben sie. »Lucrezia! Pantsilea sagt, du nimmst weder Mahlzeiten noch Wasser zu dir, aber du musst! Ich weiß, du bist traurig über den Verlust deines Bruders – doch er würde nicht wollen, dass du dir oder deinem Kind etwas antust.«

»Zum Teufel mit mir«, murmelte Lucrezia. »Und zum Teufel mit dem Kind. Es liegt bereits ein Fluch über ihm.« Sie warf Pantsilea einen scharfen Blick zu. »Geh – und steh nicht lauschend an der Tür herum. Du weißt schon viel zu viel: Es wundert mich, dass du so lange überlebt hast.«

Pantsilea hörte zu, die Hand auf dem Mund – nicht vor Schreck über die Worte ihrer Herrin, sondern beunruhigt über Lucrezias Hoffnungslosigkeit. Sie drehte sich um, die Schultern unter der Sorgenlast gebeugt, ging hinaus und machte leise die Tür hinter sich zu.

Lucrezia wandte sich mit Grabesstimme an mich. »Du sagst, du weißt, wer der Vater des Kindes ist. Ich versichere dir, Sancha, du weißt es nicht. Du weißt nicht, wie grausam du getäuscht wurdest …«

Ich zögerte nicht. Wenn sie bereit war, gefährlich ehrlich zu sein, dann wollte ich es auch. »Es ist von Cesare.«

Sie schaute mich lange an, wobei ihre Augen sich bestürzt weiteten; ihr Gesicht verzog sich zu einer Maske aus Kummer, Wut und Entsetzen gleichermaßen. Sie packte meine Hände mit der plötzlichen Wildheit einer Frau in den Wehen, dann stieß sie verzerrte, kehlige Laute aus, die ich zunächst nicht als Schluchzer erkannte.

»Mein Leben … ist eine einzige Lüge«, keuchte sie, als sie zu Atem kam. »Zuerst habe ich in Furcht vor Rodrigo gelebt« – sie sagte nicht: *vor meinem Vater* –, »und jetzt leben wir alle in Angst und Schrecken vor Cesare.« Sie deutete mit einem Kopfnicken auf ihr ungeborenes Kind. »Glaube nicht, dass ich es aus Liebe getan habe.«

»Er hat dich gezwungen?«, fragte ich. Ihr Elend saß zu tief, als dass es vorgetäuscht sein konnte.

Lucrezia schaute über meine Schulter hinweg an die gegenüberliegende Wand. »Mein Vater hatte vor mir bereits eine Tochter«, sagte sie geistesabwesend. »Sie ist vor vielen, vielen

Jahren gestorben, weil sie seinen Avancen nicht bereitwillig nachgab.« Sie lachte plötzlich bitter auf. »Ich habe ihm nun so lange etwas vorgespielt, dass ich inzwischen meine wahren Gefühle nicht mehr kenne. Ich war eifersüchtig auf dich; du warst eine Rivalin für mich, als du nach Rom kamst.«

»Aber *ich* habe mich deinem Vater widersetzt und lebe trotzdem noch«, platzte es aus mir heraus. Dann hielt ich inne, denn ich merkte, dass mein Eingeständnis ihren Schmerz nur vergrößerte.

Lucrezia wirkte gefasst, ihr Blick war kalt bei dieser Eröffnung. »Du lebst noch, weil Cesare seinen Vater umgebracht hätte, wenn er dir noch einmal zu nahe getreten wäre. Wenn auch nicht sofort, so doch zu einem Zeitpunkt, der für Cesare vorteilhaft gewesen wäre. Du lebst noch, weil mein Bruder dich liebt.« Ihr Gesicht verzerrte sich erneut für einen Moment. »Doch er wollte Juans Stellung … und Juan hat dich verletzt, deshalb ist er tot. Selbst Vater wird es nie wagen, Cesare zu beschuldigen, obwohl er die Wahrheit kennt. Und ich bin in Sicherheit, weil ich jederzeit eine Ehe eingehen kann, die politisch von Vorteil ist. Ich habe keinen Grund zu leben.« Sie sah elend aus und schloss die Augen. »Lass mich einfach sterben, Sancha. Du tätest mir einen großen Gefallen. Lass mich sterben und flieh mit Jofre nach Squillace, wenn du kannst.«

Ich betrachtete sie. Ich hatte ihre spontane Bemerkung gegenüber Cesare nicht vergessen, er solle nett zu mir sein.

Meine schlimmsten Befürchtungen, was Cesare anbetraf, waren gerade bestätigt worden. Mein Leben war in Gefahr; ein falscher Schritt – und der Mann, der mich liebte, könnte ebenso gut unzufrieden mit mir sein und mich umbringen. Ich lebte oder starb, wie es Cesare beliebte, und ich würde ihn nicht ewig von mir fern halten können.

Doch ich war nicht die Einzige, die zu bemitleiden war; Lucrezia trug eine sehr viel größere Last. Sie war seit ihrer Kindheit von zwei unsäglich grausamen Männern manipuliert worden und hatte keine Möglichkeit zu entkommen. Sie war gewiss die unglücklichste Frau der Welt und brauchte dringend eine Freundin.

Ich drückte sie fest an mich. So unterschiedlich und verzweifelt unsere jeweilige Lage auch war, wir konnten einander Trost spenden. »Ich werde dich weder sterben noch allein lassen«, schwor ich. »Ich werde diesen Raum nicht eher verlassen, bis du etwas gegessen und getrunken hast.«

Dank meiner regelmäßigen Besuche und meiner Aufmunterung nahm Lucrezias Appetit wieder zu, sie sah besser aus und erholte sich. Jedes Mal versprach ich ihr, sie nicht im Stich zu lassen, und sie ihrerseits schwor mir ewige Freundschaft.

Während meiner Besuche in San Sisto erhielt Alexander eine unverblümte Epistel von Savonarola, der trotz des päpstlichen Breve noch predigte. Der Brief drückte Bedauern über den Tod des Sohnes Seiner Heiligkeit aus, während er den Papst zugleich für sein sündhaftes Leben geißelte. Falls Alexander Reue zeige, könne die Apokalypse abgewendet werden. Sonst werde Gott noch mehr Leid über ihn und seine Familie bringen.

Zum ersten Mal nahm sich Seine Heiligkeit Savonarolas Worte zu Herzen. Er schickte seine Frauen fort – und seine Kinder. Cesare und Lucrezia waren bereits weg, und so erhielt Jofre das gebieterische Dekret, er solle mit mir nach Squillace zurückkehren, bis es Alexander gefalle, uns wiederzuholen.

Jofre war niedergeschlagen, denn er empfand es als Strafe; mir tat es Leid, Lucrezia in ihrer schwersten Stunde allein zu lassen, und ich hatte ein schlechtes Gewissen, dass ich über die Nachricht erleichtert war. Wir packten und begaben uns auf die Reise an die Südküste, wo wir zwei Monate blieben – August und September –, frei von der erdrückenden Hitze und den Skandalen Roms. Squillace war noch genau so felsig, kahl und provinziell, wie ich es in Erinnerung hatte; nun, da ich die Pracht Roms gesehen hatte, erschien mir unser Palast erbärmlich rustikal, Essen und Trinken abscheulich. Dennoch genoss ich die fehlende Pracht in vollen Zügen: Die nackten, weiß getünchten Wände waren erfrischend, ebenso die fehlenden Goldverzierungen. Ich schlenderte gemächlich durch die kargen kleinen Gärten unter der grellen Sonne, ohne Angst zu haben, in den Büschen könnte sich ein Angreifer verstecken; ich streifte durch die Korridore, ohne Sorge vor einem grässlichen Anblick. Ich schaute über das blaue Meer – es war mir einerlei, dass ich von meinem Balkon aus nur einen Bruchteil davon sehen konnte –, und mir gefiel, was ich sah, auch wenn es nicht so schön war wie die Bucht von Neapel. Ich aß einfach zubereiteten Fisch mit Oliven und Zitronensaft und fand ihn köstlich wie ein Festmahl im päpstlichen Palast.

Am schönsten war, dass Alfonso zu Besuch kam.

»Wie hast du dich verändert!« Ich lachte, drückte ihn zunächst fest an mich, hielt ihn dann mit ausgestreckten Armen von mir weg, um ihn gebührend zu bewundern. Er war zu einem großen, gut aussehenden Achtzehnjährigen herangewachsen mit sauber gestutztem blondem Bart, der in der Sonne glitzerte. »Wie ist es nur möglich, dass du noch nicht verheiratet bist? In Neapel musst du doch alle Frauen in den Wahnsinn treiben!«

»Man tut, was man kann«, sagte er lächelnd. »Aber sieh dich doch selbst an, Sancha – du hast dich so verändert! Du siehst großartig aus! Eine Dame von Welt!«

Ich schaute an mir herab. Ich hatte vergessen, dass man sich im Süden schlicht kleidet; da stand ich nun, behängt mit Diamanten und Rubinen um den Hals und im Haar, in silbergrünem Gewand mit dunkelrotem Besatz – und das ausgerechnet in Squillace! Diese unnatürliche Pracht spiegelte wider, bis zu welchem Grad ich mich von den Borgias hatte korrumpieren lassen. Ich sehnte mich nach Alfonsos läuternder Gesellschaft, damit er das Gute in mir wieder zum Vorschein brachte, das unsichtbar geworden war. Ich zwang mich zu einem Lächeln. »In Rom wird nicht viel Schwarz getragen.«

»Wegen der Hitze, ohne Zweifel«, entgegnete er munter,

und mir wurde klar, wie sehr er mir gefehlt hatte. Es war ein Segen, wieder mit einer liebevollen, harmlosen Seele zusammen zu sein, und ich genoss seine Anwesenheit Tag für Tag, so lange er sie gewähren konnte. Ich wusste, man würde uns nicht erlauben, ewig in Squillace zu bleiben; es war nur eine vorübergehende Atempause. Ich lebte, als wären meine Tage gezählt, denn meine nächste Begegnung mit Cesare konnte nicht bis in alle Ewigkeit aufgeschoben werden.

Doch in Gegenwart von Alfonsos Güte begann meine Seele zu genesen, die von Juans Brutalität und Cesares Falschheit so verletzt worden war: Oft dachte ich an Lucrezia, und ich schrieb ihr viele aufmunternde Briefe.

Unglücklicherweise langweilte Alexander sich mit seiner neu entdeckten Liebe zur Frömmigkeit und rief uns bald nach Rom zurück.

Im Spätherbst, kurz bevor der Winter hereinbrach, kehrten wir zurück. Cesare war bereits zu Hause – noch immer Kardinal, obwohl er Alexander überredet hatte, das Kirchenrecht schrittweise so zu ändern, dass es ihm möglich war, die scharlachrote Robe abzulegen. Zum Glück nahmen ihn die rechtlichen Angelegenheiten in Anspruch, und er war von der Teilnahme an den gemeinsamen Mahlzeiten der Familie entbunden. In jener Zeit sah ich ihn nur selten.

Lucrezia blieb unterdessen in San Sisto bis kurz vor Weihnachten, als sie vor den Kardinälen zu erscheinen hatte, die ihre Scheidung genehmigen sollten.

Ich besuchte Lucrezia in ihren Zimmern, als Pantsilea sie einzukleiden versuchte – sie war allerdings schon einige Monate schwanger, und selbst ein dick mit Hermelin besetzter Umhang über ihrem Kleid vermochte die Tatsache nicht zu verbergen. Wir umarmten uns, und ich küsste sie zur Begrüßung; sie lächelte, aber ihre Unterlippe bebte.

»Sie werden tun, was immer dein Vater ihnen sagt«, rief ich ihr ins Gedächtnis, doch ihre Stimme zitterte trotzdem.

»Ich weiß.« Sie klang unsicher.

»Es wird alles besser«, fuhr ich fort. »Bald wird deine Gefangenschaft vorbei sein, und wir werden wieder zusammen ausgehen. Du bist sehr tapfer gewesen, Lucrezia. Dein Mut wird sich auszahlen.«

Sie beruhigte sich ein wenig und legte mir eine Hand auf die Wange. »Ich habe recht daran getan, dir zu vertrauen, Sancha. Du warst eine gute Freundin.«

Man sagte mir, sie habe sich vor dem Konsistorium bewundernswert gehalten und keine Miene verzogen, als verkündet wurde, die Hebammen hätten festgestellt, dass sie eine *virgo intacta* sei. Nicht ein einziger Kardinal erwähnte, Gott habe es somit zum zweiten Mal in der Geschichte gefallen, eine Jungfrau zu schwängern.

Von diesem Zeitpunkt an führte Lucrezia im Palazzo Santa Maria das Leben einer Einsiedlerin. Es gehörte sich nicht, dass sie, hochschwanger wie sie war, während der Audienzen neben dem Thron des Vaters saß, weshalb sie in ihren Gemächern blieb.

In Abwesenheit seiner Tochter bat Alexander mich gelegentlich, mich auf das Polster zu setzen, das er für mich vorgesehen hatte; ich konnte nicht ablehnen, denn es war eigentlich ein Befehl.

Eines Morgens saß ich pflichtschuldig auf meinem Platz und hörte einem Edelmann zu, der Seine Heiligkeit um eine Annullierung der Ehe seiner ältesten Tochter bat. Ich langweilte mich ebenso wie Alexander, der ein paarmal gähnte und sich immer wieder die Hermelinstola um die Schultern zog, um sich vor der winterlichen Kälte zu schützen. Betagte Kardinäle standen über den Raum verteilt und froren trotz des lodernden Feuers im Kamin.

Plötzlich hörten wir Rufe aus anderen Zimmern.

»Bastard! Hurensohn! Wie kannst du es wagen, sie anzurühren!«

Rohe, hemmungslose Wut lag in der Stimme – es war Cesare.

Der Edelmann, der sich des Langen und Breiten ausgelassen hatte, verstummte; wir alle starrten mit weit aufgerissenen Augen in die Richtung, aus welcher der Lärm kam.

Eilige Schritte näherten sich; Cesare jagte hinter jemandem her, der direkt auf uns zusteuerte.

»Ich bringe dich um, Mistkerl! Was glaubst du denn, wer du bist, dass du sie angerührt hast?«

Ein junger Mann rannte so schnell er konnte in den Thronsaal; ich erkannte in ihm Perotto, einen Diener, der mich stets nach San Sisto begleitet hatte, als Lucrezia noch dort eingesperrt war.

Cesare folgte ihm mit hochrotem Gesicht, das Schwert gezückt und seine Wut ungewöhnlich offen zur Schau tragend.

»Cesare …?«, fragte der Papst, der so verblüfft war, dass er nur im Flüsterton zu sprechen vermochte. Er räusperte sich und bemüßigte sich größerer Autorität. »Was geht hier vor?«

»Helft mir, Eure Heiligkeit!«, rief der verstörte Perotto. »Er ist wahnsinnig geworden, er tobt und gibt Albernheiten von sich – und er wird sich erst zufrieden geben, wenn er mich umgebracht hat!« Er kam die Stufen zum Thron herauf, warf sich Alexander zu Füßen und grapschte nach dem Saum seines Wollmantels. Ich war so befremdet, dass ich mich ohne Erlaubnis erhob und von den Stufen herab in Sicherheit brachte.

Cesare schoss mit dem Schwert auf ihn zu.

»Halt ein!«, befahl der Papst. »Cesare, erkläre dich!«

Eine solche Erklärung war erforderlich, ebenso wie das Einstellen der Feindseligkeiten, denn wer den Saum des päpstlichen Gewandes ergriff, vollführte einen heiligen Akt, der mehr Schutz gewährte, als hätte man Zuflucht in einer Kirche gesucht.

Statt einer Antwort sprang Cesare vor, drehte den sich krümmenden, stöhnenden Perotto um und schlitzte ihm die Kehle auf.

Ich fuhr zusammen und hob instinktiv einen Arm, um

mich zu schützen. Alexander schnappte nach Luft, als Blut auf seine weiße Robe, den Hermelin, ja sogar in sein Gesicht spritzte.

Perotto gurgelte, wand sich einen schrecklichen Moment lang in Zuckungen, dann blieb er still auf den Stufen zum Thron liegen, alle Viere von sich gestreckt.

Cesare sah mit grimmigem Vergnügen zu; sein Kiefer zuckte. Als Perotto in ewiges Schweigen versank, sagte Cesare schließlich: »Lucrezia. *Er* ist der Vater. Als ihr Bruder konnte ich ihm nicht erlauben, weiterzuleben. Ich war moralisch verpflichtet, Rache zu üben.«

Alexander schienen die Erklärungen weniger zu beschäftigen als das Blut auf seinen Wangen. »Holt sofort ein Tuch«, befahl er an niemand Bestimmten gerichtet, und dann schaute er angewidert auf Perottos Leiche. »Und bringt das hier in Ordnung.«

Am nächsten Morgen fand man Perottos Leiche im Tiber, an Händen und Füßen gefesselt. Der Brauch verlangte eine symbolische Geste, die zeigte, was aus jemandem wurde, der die Tochter des Papstes verletzte.

Daneben trieb Pantsileas lebloser Körper. Ihre Gliedmaßen waren nicht gefesselt; man hatte sie erwürgt und ihr einen Knebel in den nunmehr schweigenden Mund gestopft – ein deutlicher Hinweis für andere Diener der Borgias, was mit jenen geschah, die zu viel wussten und erzählten.

Frühjahr 1498

23

Lucrezia gebar ihr Kind zu Beginn des Frühjahrs. Vor ihrer Niederkunft brachte man sie heimlich aus Santa Maria fort, damit ihre Schreie während der Wehen Rom nicht das »Geheimnis« offenbarten, das schon längst bekannt war. Angefacht von Gerüchten, nahmen Savonarolas Angriffe bösartige Züge an: Er forderte ein internationales Gremium, das Alexander absetzte.

Das Kind war ein Junge – Lucrezia bestand darauf, ihm den Namen Giovanni zu geben. Unwillkürlich fragte ich mich, was Giovanni Sforza, ein inzwischen in Ungnade gefallener, geschiedener Mann, für den die Borgias nur tödliche Verachtung übrig hatten, wohl von dem Kind dachte, das nach ihm benannt wurde, als wäre es sein eigener Sprößling.

Das Kind kehrte unter der Obhut einer Amme in den Palazzo zurück. Es wurde in einem entfernten Flügel untergebracht, damit es die erwachsenen Bewohner nicht mit seinem Geschrei störte. Lucrezia besuchte den Kleinen, so oft man es ihr erlaubte, was ihr bei weitem nicht ausreichte. Wenn wir allein waren, gestand sie mir häufig ihr Herzeleid darüber, dass sie nicht als die Mutter des Jungen auftreten dürfe. Zuweilen weinte sie, untröstlich vor Kummer.

Sobald sie entbunden hatte, standen die Freier Schlange, die um ihre Hand anhielten. Entweder glaubten sie die Anschuldigungen nicht, die von Sforza vorgebracht wurden, oder sie ließen sich davon nicht abschrecken. Schließlich war der zu erwartende politische Vorteil enorm.

Der Papst und Cesare berieten sich ausgiebig über diese Männer; einige Namen trugen sie Lucrezia vor, die sie wiederum an mich weitergab. Da war zum einen Francesco Orsini, der Herzog von Gravina, und ein Graf, Ottaviano Riario. Am besten schnitt Antonello Sanseverino ab, ein Neapolitaner – aber ein Anhänger des Hauses Anjou, der Frankreich unterstützte. Eine solche Verbindung würde mir innerhalb der Familie zum Nachteil gereichen.

Meine Rolle als Freundin und Vertraute Lucrezias machte mir zu schaffen. Ich hatte das Schicksal Pantsileas und des unschuldigen Perotto miterlebt und wusste, dass die Borgias jahrelange Loyalität nicht honorierten, wenn sie nicht in ihre Pläne passte. Falls jemand zum Schweigen gebracht werden musste – und sei er noch so beliebt und vertraut –, dann wurde er auch zum Schweigen gebracht.

Pantsileas Tod verursachte mir Albträume. Ich hatte die Leiche nicht zu Gesicht bekommen; Esmeralda, die inzwischen über ein beträchtliches Netzwerk an Informanten und Spionen verfügte, hatte sie mir in allen Einzelheiten beschrieben. Ich wurde oft keuchend wach, nachdem das Bild der Leiche vor mir aufgetaucht war – wie ein Korken stieg sie aus den dunklen Tiefen des Tibers an die Oberfläche, und ihre toten Augen öffneten sich langsam, um mich anzusehen. Ihr aufgedunsener Arm hob sich, um einen anklagenden Finger emporzustrecken: *Du. Du bist der Grund für meinen Tod …*

Denn ich hatte das *canterella* an mich genommen, das Gift, das in Lucrezias Kleid verborgen gewesen war. Und ich wurde den Gedanken nicht los, dass die arme Dienerin ermordet wurde, weil das Gift nicht mehr an Ort und Stelle war. Ich vermutete, Cesare hatte Lucrezia das Gift mit entsprechenden Anweisungen aufgezwungen. Und als Cesare darum bat, hatte Lucrezia zugeben müssen, dass es fehlte.

Natürlich fiel der erste Verdacht sogleich auf Pantsilea.

In den Augenblicken, in denen mich weniger Gewissensbisse plagten, redete ich mir ein, die junge Zofe sei aus dem

Grund gestorben, der durch den Knebel in ihrem Mund symbolisiert wurde: Sie hatte zu viel gewusst und musste daher zum Schweigen gebracht werden. Hatte sie mich schließlich nicht in den Schrank gestoßen, damit ich herausbekam, was sie nicht laut sagen konnte: die Wahrheit über die Beziehung zwischen Lucrezia und Cesare?

Lucrezia war in jenem Frühjahr und Sommer nicht die Einzige, die an Heirat dachte.

Eines Tages wurde ich in den Vatikan beordert – in Cesares Büro. Die Notiz war unterzeichnet mit »Cesare Borgia, Kardinal von Valencia«.

Ich saß mit dem Stück Pergament in der Hand auf meinem Bett. Der Augenblick, vor dem ich mich am meisten gefürchtet hatte, war gekommen. Cesare würde um das Ausmaß meiner Liebe und Loyalität wissen wollen; er würde keine weiteren Ausflüchte gelten lassen.

In der eitlen Hoffnung, eine Gegenüberstellung unter vier Augen zu vermeiden, nahm ich Esmeralda und zwei meiner jüngeren Zofen mit; zu Fuß gingen wir über die Piazza zum Vatikan. Dort wurden wir von zwei Wachen zum Büro des Kardinals eskortiert; am Eingang scheuchte ein Soldat meine Damen mit einer Handbewegung fort. »Seine Heiligkeit Valentino wünscht, die Prinzessin von Squillace allein zu sprechen.«

Esmeralda runzelte angesichts der Ungehörigkeit die Stirn, doch man führte meine Damen in einen Warteraum, und ich betrat das Arbeitszimmer des Kardinals ohne Begleitung.

Cesare saß an einem großen, mit Intarsien versehenen, vergoldeten Schreibtisch aus Ebenholz. In Leder gebundene Bände Kirchenrecht füllten die Regale hinter ihm; auf dem Schreibtisch flackerte eine Öllampe. Als der Soldat mich hinein brachte, erhob sich Cesare und bedeutete mir mit einer Geste, auf dem samtgepolsterten Stuhl ihm gegenüber Platz zu nehmen.

Ich setzte mich. Der Soldat wurde entlassen, und schon

kam Cesare hinter seinem Schreibtisch hervor und kniete vor mir nieder. Er trug sein offizielles Käppchen und die scharlachrote Robe; der seidige Saum raschelte über den Marmorboden.

»Donna Sancha«, sagte er. Monate waren vergangen, seitdem wir zuletzt miteinander geschlafen hatten, doch trotz des förmlichen Anlasses sprach er mit der vertrauten Zuneigung eines Liebhabers. »Ich habe die offizielle Mitteilung von meinem Vater erhalten, dass ich bald von der Last des Klosterlebens befreit bin.«

Ich war nicht so dumm, meine Bestürzung zu zeigen; stattdessen sagte ich in herzlichem Tonfall: »Das freut mich für dich. Das ist gewiss eine große Erleichterung.«

»Mehr als das«, sagte er. »Es ist eine großartige Gelegenheit … für uns.« Zärtlich nahm er meine Hand und hielt sie mit einer Hand fest; noch ehe ich reagieren konnte, streifte er geschwind einen kleinen Goldreif über meinen kleinen Finger.

Der Ring hatte meiner Mutter gehört; es war der Ring, den Juan mir an jenem Tag gestohlen hatte, als er mich vergewaltigte. Mit äußerster Selbstbeherrschung gelang es mir, nicht zurückzufahren. »Woher hast du den?«, flüsterte ich.

»Spielt das eine Rolle?«, fragte er lächelnd. »Donna Sancha, du weißt, dass du die große Liebe meines Lebens warst und noch immer bist. Mach mein Glück vollkommen. Sag, dass du mich heiraten willst, wenn ich frei bin.«

Ich schaute zur Seite, überwältigt von Ekel, doch gezwungen, eine ganz andere Empfindung zu vermitteln. Ich schwieg eine Weile und suchte vorsichtig nach den richtigen Worten – allein es gab keine, die mir das Leben retten konnten. »Auch ich bin nicht frei«, sagte ich schließlich. »Ich bin an Jofre gebunden.«

Er zuckte die Schultern, als sei das eine zu vernachlässigende Größe. »Wir können Jofre den Kardinalstitel anbieten; ich gehe fest davon aus, dass er ihn nimmt. Die Ehe ist leicht zu annullieren.«

»Nicht ganz«, erwiderte ich in neutralem Ton. »Kardinal Borgia von Monreale hat unseren ersten ehelichen Akt mit eigenen Augen gesehen. Es besteht kein Zweifel, dass die Ehe vollzogen wurde.«

Die ersten Spuren der Verärgerung schlichen sich in seine Stimme, als ihm klar zu werden begann, dass er keine Erfolgsaussichten hatte; und er hatte keine rechte Ahnung, warum, was ihn noch mehr erzürnte. »Kardinal Borgia ist in unserer Hand. Er wird uns nach dem Mund reden. Liebst du mich denn nicht? Willst du nicht meine Frau werden?«

»Das ist es nicht«, erwiderte ich mit aller Ernsthaftigkeit. »Ich will Jofre nicht bloßstellen. So etwas würde ihn bestimmt erledigen.«

Er starrte mich an, als wäre ich eine Wahnsinnige. »Jofre wird sich erholen. Noch einmal, da gibt es die Kardinalswürde, eine Stellung, die ihm Macht und Reichtum beschert, was seinen Schmerz lindern wird. Wir würden ihn nach Valencia entsenden, damit die Situation weniger peinlich ist; ihr beide würdet euch nie wieder unter die Augen kommen.« Er machte eine Pause. »Madonna, du bist nicht dumm. Ganz im Gegenteil: Du bist außerordentlich gescheit. Du hast erkannt, dass ich Generalkapitän der Armee meines Vaters werde.«

»Das habe ich«, antwortete ich leise.

»Ich bin nicht so ein untauglicher Tölpel wie Juan. Ich sehe die Möglichkeiten, die eine solche Stellung bietet. Ich habe die Absicht, die päpstlichen Staaten auszudehnen.«

»Ich wusste schon immer, dass du ein sehr ehrgeiziger Mann bist«, sagte ich ebenso neutral.

»Ich habe die Absicht«, sagte er mit fester Stimme und entschlossener Miene, als er sich näher zu mir beugte, »Italien zu vereinen. Ich will sein Herrscher sein. Und ich bitte dich, meine Königin zu werden.«

Ich war gezwungen, mich überrascht zu zeigen, so zu tun, als hätte ich nicht bereits ähnliche Worte vernommen, während ich mich in Lucrezias Schrank versteckte.

»Liebst du mich denn nicht?«, fragte er enttäuscht und ließ die Kraft seiner Empfindungen durchblicken. »Sancha, ich hatte gedacht, dass ... Bestimmt habe ich mich doch nicht getäuscht, was die Tiefe unserer Gefühle füreinander betrifft.«

Seine Worte durchbohrten meine Abwehr. Ich senkte den Kopf. »Nie habe ich einen Mann mehr geliebt«, gestand ich kleinlaut ein. Ich kannte mein Herz: Ich war leicht zu korrumpieren und durchaus imstande, die böswillige Königin des Königs Cesare zu spielen.

Das gab ihm neue Hoffnung; er streichelte mir mit der Rückseite eines Fingers die Wange. »Dann ist es abgemacht. Wir werden miteinander verheiratet. Du bist Jofre gegenüber zu zart besaitet; glaube mir, er ist ein Mann. Er wird sich erholen.«

Ich entzog ihm mein Gesicht und sagte mit Bestimmtheit: »Du hast mich nicht verstanden, Kardinal. Meine Antwort lautet nein. Ich bin beeindruckt und gerührt. Doch ich bin nicht die Frau, die du für eine solche Rolle suchst.«

Mit hochrotem Kopf ließ er die Hand sinken und erhob sich mit unterdrückter Wut, was an den angespannten Bewegungen abzulesen war. »Das bist du offenbar nicht, Madonna. Du kannst gehen.«

Er versuchte nicht weiter, mich zu überreden; sein verletzter Stolz erlaubte es nicht. Doch als ich aufstand und zu meinen Hofdamen ging, sah ich ihm an, dass er nach meiner Abweisung höchst verwirrt, ja sogar verletzt war. Den von mir genannten Grund – Sorge um Jofre – konnte er nicht als die Wahrheit annehmen.

Ich war erleichtert, dass er den wahren Grund anscheinend nicht ahnte – mein Wissen, dass er ein Mörder war.

Ich rechnete mit Vergeltung für meine Weigerung. Mein Stilett legte ich griffbereit unter mein Kissen; dennoch schlief ich in jener Nacht unruhig. Jede raschelnde Brise am Fenster, jedes Knacken im Korridor war für mich das Geräusch eines nahenden Meuchelmörders. Ich hatte Cesare zurückgewiesen und hielt mein Leben für verwirkt. Ich erwartete nicht, die nächsten Tage zu überleben; jeden Morgen erhob ich mich in dem Bewusstsein, dass es mein letzter war.

Ich sagte Lucrezia, dass ich den Antrag ihres Bruders abgelehnt hatte. Mir war nicht ganz wohl, als ich es ihr gestand, angesichts ihres offensichtlichen Talents für Falschheit – ich hatte sogar Donna Esmeralda hinsichtlich ihrer Glaubwürdigkeit konsultiert, doch selbst Esmeraldas Informanten waren sich über Lucrezias wahren Charakter nicht einig. Dennoch musste ich versuchen herauszufinden, bis zu welchem Ausmaß ich mit Vergeltung von seiten Cesares zu rechnen hatte.

Sie hörte sich meine Neuigkeiten mit ernster Miene an. Sie war ehrlich – sie sagte nicht, dass mich keine Rache treffen würde. Doch etwas konnte sie mir versichern. »Du musst eines wissen«, sagte sie. »Ich habe danach mit meinem Bruder gesprochen. Er hegt die Hoffnung, dass du zur Vernunft kommst. Ich glaube nicht, dass er fähig ist, dir körperlich etwas anzutun; er ist noch immer hoffnungslos in dich verliebt.«

Das war ein gewisser Trost – dennoch war ich besorgt, wann immer ich mir überlegte, welche Rache Cesare nehmen würde, wenn ihm erst einmal klar wurde, dass ich niemals nachgeben würde.

Lucrezia und ich setzten unsere Freundschaft fort und trafen uns beinahe jeden Tag. Eines Morgens im späten Frühjahr kam sie zu mir mit der Bitte, sie auf einem Spaziergang durch die Gärten zu begleiten, und ich stimmte gern zu.

Als wir außer Hörweite unserer Hofdamen waren, die ein paar Schritte hinter uns gingen und in ihre eigene Unterhaltung vertieft waren, begann Lucrezia schüchtern: »Du hast doch von deinem Bruder Alfonso gesprochen und behauptet, er sei einer der bestaussehenden Männer Italiens.«

»Das ist keine Behauptung«, erwiderte ich gut gelaunt. »Es ist die Wahrheit, bei Gott. Er ist ein goldener Gott, Madonna. Ich habe ihn im vergangenen Sommer in Squillace getroffen, und er ist nur noch hübscher geworden.«

»Ist er nett?«

»Einen lieberen Mann gibt es nicht.« Ich blieb wie angewurzelt stehen und schaute sie an, ergriffen von einer plötzlichen, wunderbaren Überzeugung. »Du weißt doch das alles; ich habe schon so oft von ihm gesprochen. Lucrezia, sag, wird er uns in Rom besuchen?«

»Ja!«, sagte sie und klatschte wie ein ausgelassenes Kind in die Hände; ich packte diese Hände und lächelte glücklich. »Aber Sancha, es kommt noch besser!«

»Was kann besser sein als ein Besuch von Alfonso?«, wollte ich wissen. Wie dumm ich doch war; wie unwissend!

»Er soll mich heiraten.« Sie wartete lächelnd auf meine überschwängliche Reaktion.

Ich hielt die Luft an, denn ich hatte das Gefühl, in einen schrecklichen schwarzen Schlund hinabgezogen zu werden, in eine erstickende Charybdis, aus der ich mich nicht wieder herauswinden konnte.

Dennoch gelang es mir. Ich lächelte nicht – das gelang mir nicht –, doch ich rettete die Situation damit, dass ich Lucrezia feierlich an mich drückte.

»Sancha«, sagte sie mit gedämpfter Stimme an meiner Schulter, »Sancha, du bist so lieb. Ich habe dich noch nie so gefühlvoll erlebt.«

Sobald ich mich gefasst hatte, zog ich mich mit gezwungenem Lächeln zurück. »Hast du mir dieses Geheimnis lange verschwiegen?«

Im Stillen verfluchte ich Alfonso. Er hatte mir nichts von dem Heiratsantrag gesagt. Wenn ja, dann hätte ich die Gelegenheit gehabt, ihn zu warnen, ihm den sonderbaren Höllenkreis zu schildern, in den er einzutreten gedachte. Doch ihm zu schreiben stand außer Frage; meine Briefe würden bestimmt ausgesondert und von Alexander und Cesare überprüft werden, wenn man die politische Bedeutung dieser Verbindung betrachtete. Ich war gezwungen abzuwarten, bis er nach Rom kam – als Bräutigam.

Hatte er denn nichts von Giovanni Sforzas Anschuldigungen gehört? War er ein solcher Narr, sie nicht zu glauben? Außerdem wusste ganz Italien, dass Lucrezia gerade ein Kind bekommen hatte. Ohne Zweifel glaubte Alfonso die Lüge, Perotto sei der Vater gewesen, und war bereit, über Lucrezias jugendlichen Leichtsinn hinweg zu sehen.

Das alles war meine Schuld, sagte ich mir, weil ich Alfonso die elende Wahrheit über das Leben in Rom verschwiegen hatte. Ich hatte ihn beschützen wollen. Und wie eine gute Borgia hatte ich gelernt zu schweigen.

»Noch nicht so lange«, erwiderte Lucrezia. »Vater und Cesare haben es mir erst heute Morgen gesagt. Ich bin ja so glücklich! Endlich werde ich einen Mann in meinem Alter haben – einen, der gut aussieht und nett ist. Ich bin die glücklichste Frau Roms! Und dein Bruder ist damit einverstanden, hier zu wohnen. Wir werden alle hier in Santa Maria leben.« Sie ergriff meine Hand. »Noch vor wenigen Monaten war ich so verzweifelt, dass ich mir das Leben nehmen wollte. Aber du hast mich gerettet, und dafür werde ich dir ewig dankbar sein. Jetzt habe ich wieder Hoffnung.«

Cesare hätte keinen besseren Weg wählen können, mich zu zwingen, den Mund zu halten, mein Benehmen zu überdenken und mich so zu verhalten, wie er es wünschte. Er wusste, wie sehr ich Alfonso liebte – ich redete bei gemeinsamen Mahlzeiten oft über ihn, ebenso wie während unserer Rendezvous. Cesare wusste, dass ich alles tun würde, um meinen kleinen Bruder zu schützen.

»Ich freue mich für dich«, brachte ich heraus.

»Ich weiß, wie sehr er dir gefehlt hat. Vielleicht haben auch Vater und Cesare das in Betracht gezogen, als ihre Wahl auf ihn fiel.« Die Naivität ihrer Bemerkung erstaunte mich.

»Daran habe ich keinen Zweifel«, sagte ich, wohl wissend, dass Lucrezia die Ironie in meinen Worten entgehen würde.

In jener Nacht kam ich in mein Schlafgemach und fand Donna Esmeralda in Tränen aufgelöst vor ihrem Schrein des heiligen Gennaro knien.

»Das Ende der Welt kommt nun doch noch«, klagte sie und klammerte sich an das kleine goldene Kruzifix, das ihr um den Hals hing. »Sie haben ihn umgebracht. Sie haben ihn getötet, und wir alle werden dafür bezahlen.«

Ich zog sie in die Höhe und setzte sie auf die Bettkante. »Wen, Esmeralda? Von wem sprichst du?«

»Savonarola«, sagte sie. »Alexanders Chargen. Er wollte nicht aufhören zu predigen, deshalb haben sie ihn gehängt und dann seine Leiche verbrannt.« Sie schüttelte den Kopf und flüsterte: »Gott wird Alexander einen Schlag versetzen, Madonna. Denkt an meine Worte: Selbst ein Papst kann nicht so gottlos weitermachen.«

Ich legte ihr die Hände auf die Schultern. »Hab keine Angst um dich, Esmeralda: Wenn es stimmt, dass Gott in alle Herzen schaut, dann sieht er das deine und weiß, dass du eine gute Frau bist. Er hätte nie einen Grund, dich zu strafen.«

Was ich von mir kaum behaupten konnte.

Als Esmeralda schließlich eingeschlafen war, dachte ich stundenlang über die Lage meines Bruders nach. Mir fielen die Worte meines Großvaters Ferrante ein: *Wenn du ihn liebst, gib auf ihn Acht. Wir Starken müssen uns der Schwachen annehmen, weißt du. Sie haben nicht den Mut zu tun, was notwendig ist.*

Ich würde alles tun, um meinem Bruder das Leben zu retten – und Cesare war sich dieser Tatsache sehr wohl bewusst. Ich nahm an, dass seine Wahl eines Bräutigams für Lucrezia Teil eines Plans war, mich zu einer Heirat mit ihm zu zwingen.

Die Vorstellung, die mich einst entzückt hätte, jagte mir nun einen Schauer über den Rücken … denn ich wusste, dass ich den armen Jofre verlassen und einen Mörder heiraten müsste, um Alfonso zu schützen.

Sommer 1498

24

Mitten im Sommer ritt Alfonso in Rom ein; und ich, verzweifelt darum bemüht, allein mit ihm zu reden, spielte die übereifrige Schwester und ritt seinem Gefolge allein entgegen, noch ehe sie den Ponte Sant'Angelo überquert hatten, die Brücke, die direkt auf den Vatikanhügel führt.

Er saß hoch zu Ross vor seiner Entourage, begleitet von einigen Reitknechten, während ganze Wagenladungen mit seiner Habe und den Brautgeschenken weiter hinten folgten; der goldblonde Haarschopf war im hellen Sonnenlicht leicht auszumachen. Ich gab meinem Pferd die Sporen, und als er mich erkannte, rief er laut auf und galoppierte mir entgegen.

Wir stiegen ab und umarmten uns; trotz meiner Sorge über seine bevorstehende Heirat musste ich unwillkürlich vor Freude über seinen Anblick lächeln. Er sah prächtig aus wie immer, gekleidet in hellblauen Satin. »Alfonso, du Lieber.«

»Ich bin hier, Sancha! Endlich hier! Ich muss dich nie wieder verlassen.«

Seine Reitknechte gesellten sich zu uns. »Kann ich einen Moment mit meinem Bruder allein reden?«, bat ich zuckersüß.

Sie fügten sich und ritten zu den langsamen Wagen zurück.

Ich legte meine Wange an Alfonsos Gesicht. »Alfonso«, flüsterte ich ihm ins Ohr, »so glücklich ich auch bin, dich zu sehen, du darfst diese Ehe nicht eingehen.«

Er lachte ungläubig. »Sancha«, sagte er laut, »jetzt ist wohl kaum der rechte Zeitpunkt oder Ort dafür.«

»Hier und jetzt ist die *einzige* Gelegenheit. Wenn wir erst einmal im Vatikan sind, werden wir nie mehr offen reden können.«

Mein Tonfall war so heftig, so eindringlich, dass er ernst wurde. »Ich habe mich bereits verpflichtet. Den Vertrag jetzt zu brechen wäre skrupellos, feige ...«

Ich holte tief Luft. Ich hatte nicht viel Zeit, meinen Standpunkt darzulegen, und mein Bruder war sehr vertrauensselig. Wie sollte ich auf die Schnelle das Ausmaß an Verrat schildern, das ich mit angesehen hatte? »Moral ist hier nicht von Nutzen. Du kennst die Zeilen von aragonesischen Dichtern über Lucrezia«, sagte ich. Schuldgefühle plagten mich bei der Vorstellung, wie es ihr wohl ginge, wenn sie wüsste, was ich ihrem zukünftigen Bräutigam gerade sagen wollte.

»Bitte.« Er wurde rot, denn er wusste genau, worauf ich anspielte.

Ich zitierte Sannazaro: »*Hic jacet in tumulo Lucretia nomine, sed re Thais: Alexandri filia, sponsa, nurus.*« Diese Grabinschrift war für Lucrezia vorgeschlagen worden. »Hier ruht eine, die Lucrezia heißt, tatsächlich aber Thais ist: Alexanders Tochter, Gattin, Schwiegertochter.« Pantsila, oder wer auch immer, musste Cesares Inzest mit Lucrezia anderen weitererzählt haben, denn selbst die Dichter in Neapel und Spanien schrieben schon beißende Verse über Lucrezia (in diesem Fall wurde sie mit der altägyptischen Hetäre Thais verglichen, die ihre inzestuösen Beziehungen bereut hatte).

Ich brauchte nicht zu sagen, dass die Gerüchte den Tatsachen entsprachen; Alfonso war sofort klar, warum ich die Zeilen zitierte.

»Sancha«, sagte er rasch mit leiser, angespannter Stimme. »Selbst wenn alle Anschuldigungen gegen sie wahr sind, bin ich nicht frei. Ich habe geschworen, es Neapel zuliebe zu tun. Andere Männer mit Bindungen an Frankreich haben um ihre Hand angehalten – und wir können keinen französischen Einfluss auf Seine Heiligkeit zulassen. Ohne uneingeschränkten päpstlichen Beistand ist das Haus Aragon dem Untergang geweiht. Der neue französische König hat sich bereits als Herrscher über unser Gebiet ausrufen lassen; wir müssen den Papst im Falle einer erneuten Invasion auf unserer Seite haben.«

Ich gab mir die größte Mühe, mir meine Qual nicht anmerken zu lassen; Alfonsos Gefolge konnte nur Glück von meinem Gesicht ablesen. »Du verstehst mich nicht – du wirst dir jeden einzelnen Schritt überlegen müssen. Sie sind Mörder«, flüsterte ich mit freudiger Miene, als sprächen wir über das prächtige Wetter.

»Wie die meisten Herrscher, darunter auch unsere Verwandten«, entgegnete er. »Bin ich denn nicht bezaubernd, Sancha?«

»Der bezauberndste Mann, den ich je kennen gelernt habe – beinahe.« Er versuchte, mich wieder zum Lächeln zu bringen, doch ich war voller Verzweiflung.

»Ich werde sogar die Borgias bezaubern. Ich werde ihr Vertrauen gewinnen. Ich bin kein Narr; sie werden keinen Grund bekommen, mich loszuwerden. Und die Heirat hat unserer Familie einen großen Gewinn beschert: das Herzogtum Bisceglie.« Er hielt inne; sein Tonfall wurde neckisch, als er versuchte, meine Bestürzung wieder in Freude zu verwandeln. »Ist Lucrezia denn ganz und gar grausam? Wird sie mich schlecht behandeln? Ist sie eine gemeine Hexe?«

»Nein, nein und nochmals nein.« Ich stieß einen zutiefst unglücklichen Seufzer aus, da ich meine Niederlage erkannt hatte. Nichts würde die Heirat verhindern.

»Du hast in deinen Briefen geschrieben, dass du mit ihr befreundet bist. Anscheinend hast du bisher ja überlebt.«

»Mehr schlecht als recht, ja.« Ich hielt inne. »Lucrezia war tatsächlich ganz nett zu mir.«

»Dann ist sie kein herzloses Ungeheuer. Und ich bin nicht hier, um über sie zu urteilen. Ich werde sie anständig behandeln und ihr ein guter Ehemann sein, Sancha. Ich denke, das ist der beste Weg, ihren Vater und ihren Bruder für mich zu gewinnen.«

Ich legte ihm eine Hand auf die bärtige Wange. »Du könntest gar kein anderer Ehemann sein, kleiner Bruder. Ich bete zu Gott, dass du aufpasst.«

Ich ritt mit ihm zusammen in die Stadt ein. Cesare wartete vor dem Vatikan auf ihn, um ihn in Empfang zu nehmen. Das Verhalten des Kardinals von Valencia war herzlich und kühl zugleich; er taxierte den Mann, der einen ungünstigen Einfluss auf seine Schwester ausüben könnte, und ich glaube, er war zu Recht besorgt. Ich gab mir die größte Mühe, mir meinen inneren Aufruhr nicht anmerken zu lassen.

Schließlich stiegen wir ab, und ich folgte meinem Bruder, der die Stufen zum Vatikan erklomm und ins Gebäude selbst geführt wurde. Alexander wartete im Thronsaal auf ihn, ganz in weißen Satin gekleidet, das schwere Kruzifix aus Gold und Diamanten auf der Brust.

Lucrezia saß auf dem Samtpolster neben ihm. Wie ihr baldiger Ehemann trug sie Hellblau – in ihrem Fall ein seidenes Gewand mit silbernem Besatz und Staubperlen auf dem Mieder sowie einer dazu passenden Kappe; ihre Wangen waren gerötet, und sie sah mit den goldenen Locken, die auf ihre Schultern fielen, beinahe hübsch aus. Beim Anblick von Alfonso hellte sich ihre Miene auf wie ein Leuchtturm; sie hatte sich auf den ersten Blick in ihn verliebt.

Auch Alexander schien hingerissen. Er lächelte selig und sagte: »Der Bräutigam und neue Herzog von Bisceglie! Willkommen, Alfonso! Sei willkommen in unserer Familie, lieber Sohn! Lucrezia, du siehst, die Gerüchte sind wahr – dein zukünftiger Gatte ist ein ausnehmend gut aussehender Mann!«

Alfonso kniete pflichtgemäß vor dem Papst nieder, um ihm den Schuh zu küssen; nachdem diese Formalität erledigt war, erhob Alexander sich sogleich, stieg die Stufen hinab und legte seinem Schwiegersohn in spe einen Arm um die Schultern.

»Komm, komm. Wir haben ein vorzügliches Mahl anrichten lassen – obwohl ich glaube, wir sollten nicht allzu viel zu uns nehmen, denn morgen wird die Hochzeit gefeiert!«

Er lachte, und Alfonso lächelte. Unterdessen erhob Lucrezia sich von ihrem kleinen Polster und ging die Stufen hinunter. Als Alfonso ihr begegnete, verbeugte er sich und küsste ihr die Hand.

»Madonna Lucrezia«, sagte er – und nur mein Bruder brachte es fertig, mit solcher Ernsthaftigkeit zu sprechen, dass die nun folgenden Worte überzeugt klangen: »Ihr leuchtet wie ein Stern bei Nacht. Verglichen mit Eurer Schönheit versinkt alles um Euch herum in der Dunkelheit.«

Sie kicherte wie ein kleines Mädchen; Alexander strahlte anerkennend ob dieser hübschen Worte. Er legte Alfonso erneut eine Hand auf die Schulter, und die beiden machten sich auf den Weg in die päpstlichen Gemächer zum Bankett, während Lucrezia mit verträumtem Blick folgte. Dann schloss sich Cesare an, mit freudigen Gesichtszügen, aber stechendem Blick; ich kam als Letzte, ein erstarrtes Lächeln auf den Lippen.

Die Hochzeit wurde im Saal der Heiligen abgehalten, in dem die verhängnisvolle Heirat mit Giovanni Sforza stattgefunden hatte. Es gab nur wenige Gäste, hauptsächlich der Haushalt des Vatikans und ein paar Kardinäle.

Lucrezia sah wunderbar aus in ihrem Gewand aus schwarzem Satin und goldenem, mit Diamanten besetztem Mieder. Mit ihren goldblonden Locken und den hellen Augen hätte man sie und Alfonso fälschlich für Geschwister halten können – so wie man mich ironischerweise für die Schwester des dunkelhaarigen Cesare hätte halten können, der dem Anlass entsprechend in schwarzen Samt gekleidet war. Aus Achtung vor der Braut hatte ich die in Neapel übliche düstere Kleidung angelegt.

Während der Eheschließung stand ich neben Jofre – Cesare in unmittelbarer, unangenehmer Nähe, direkt auf der anderen Seite meines Gatten. Als Kardinal Giovanni Borgia Braut und Bräutigam um ihren Schwur bat, zog der amtierende Generalkapitän der päpstlichen Streitkräfte, Juan Cervillon, ein mit Juwelen verziertes Schwert und hielt es über den neuen Herzog und die Herzogin von Bisceglie. Es war ein Symbol dafür, dass diese beiden aus keinem Grund zu trennen seien; ich starrte die glitzernde Klinge an und dachte an die Karte der *strega* – das von zwei Schwertern durchbohrte Herz. Ich hatte diesen Vorfall weitgehend aus dem Gedächtnis gestrichen, doch nun kehrte beim Anblick des Schwertes ein Großteil davon mit beklemmender Macht zurück.

Niemals werde ich vom Bösen Gebrauch machen!, hatte ich hochmütig verkündet. Gewiss konnte ich mir in diesem Augenblick kein schlimmeres Übel vorstellen, als Cesare unter Zwang zu heiraten.

Dann verdammst du jene zum Tode, die dir am meisten am Herzen liegen, hatte die *strega* gesagt.

Angesichts der Zeremonie empfand ich nichts als Furcht.

Alfonso und Lucrezia lächelten indessen ununterbrochen. Die beiden hätten glücklicher nicht sein können; verzweifelt klammerte ich mich an diese Erkenntnis, in der Hoffnung, das würde meinem Bruder den Schmerz ersparen, den ich durch die Hand der Borgias erfahren hatte.

Alfonso antwortete mit sicherer, kräftiger Stimme, Lucrezia hingegen war leise und schüchtern, während sie in ehrlicher Hingabe zu ihm aufschaute. Ein Blick in ihre und in Alfonsos Augen, und ich wusste: Sie waren vom selben Blitz getroffen, der mich an jenem Tag verwundete, als ich den Kardinal von Valencia zum ersten Mal sah.

Kurz darauf erklärte der leitende Legat das Paar zu Mann und Frau. Strahlend gingen Alfonso und Lucrezia der Prozession voraus aus dem Saal, gefolgt von Hauptmann Cervillon und Kardinal Borgia.

Leider kam es zu einer Auseinandersetzung, als wir restlichen Anwesenden uns von der privaten Kapelle zum Empfang begeben wollten. »Die Prinzessin von Squillace ist die

Schwester des Bräutigams, und ihre Gesellschaft folgt als Nächstes«, beharrte Donna Esmeralda mit schneidender Stimme, woraufhin sie einen Diener Cesares zur Seite schob; seine Dienerschaft forderte den Vorrang vor meiner. Es ist unmöglich, persönliche Empfindungen vor dem Personal geheim zu halten, und Cesares und mein Gefolge lag sich im Nu in den Haaren. Ein Diener Jofres trat vor und forderte: »Lasst den Prinzen und die Prinzessin von Squillace durch!«

Die Antwort war ein schneller Haken unter das Kinn, sodass er nach hinten in die Arme seiner Mitstreiter fiel. Donna Esmeralda und meine Zofen hoben ein Geschrei an; es ließ sich nicht vermeiden, dass das Gefolge Seiner Heiligkeit auch hineingezogen wurde.

Weitere Fäuste flogen, Schwerter wurden gezogen; die Diener des Papstes waren so entsetzt, dass sie hinter den Altar liefen und aus der Kapelle flohen, Alexander dabei mitten im Getümmel ohne Schutz zurücklassend. »Haltet ein!«, rief er und fuchtelte mit den Armen, wobei sein goldener Mantel beinahe von einer Klinge durchbohrt wurde und ihm von den Schultern zu rutschen drohte. »Es reicht! Es ist doch ein freudiger Anlass!«

Seine Bitten gingen im Geschrei unter. Jofres Diener erholte sich so weit, dass er seinen Angreifer zu Boden ringen konnte; die beiden blockierten den Weg, sodass niemand vor oder zurück konnte.

»Aufhören!« Auch Jofres Schrei trug nur zur allgemeinen Kakophonie bei. »Hört sofort mit diesem Theater auf!«

Die Aufgabe fiel Cesare zu. Wortlos zückte er einen Dolch und beugte sich in einer einzigen raschen Bewegung so über die beiden Kämpfenden, dass die Spitze der Klinge beider Kehlen zugleich bedrohte. Sein wilder Blick überzeugte die beiden Ringenden, dass er nicht zögern würde, Blut zu vergießen, selbst hier und jetzt, am Hochzeitstag seiner Schwester.

Schweigen senkte sich über den Raum. »Lasst voneinander ab«, sagte Cesare mit tödlich leiser Stimme, die jedoch alle hörten.

Die Diener rollten auf die Seite und standen mit weit aufgerissenen Augen und voll Selbstgefälligkeit auf.

»Wo ist das Gefolge Seiner Heiligkeit?«, fragte Cesare im selben ruhigen, leisen – wenn auch durch und durch furchterregenden – Tonfall.

Sein Diener wies auf den Altar und die Treppe, die zu den päpstlichen Privatgemächern führte. »Sie haben sich verkrochen, Eure Heiligkeit.«

»Hol sie. Er ist der Nächste in der Prozession und muss begleitet werden.«

Der Diener eilte zum Altar und die Treppe hinauf. Cesare hatte den Dolch noch gezückt, die Hand jedoch inzwischen gesenkt; er warf Jofres Diener, dem zweiten an der Auseinandersetzung Beteiligten, einen Blick zu. »Er braucht ohne Zweifel Hilfe«, sagte der Kardinal.

Mit übertriebenem Eifer gehorchte Jofres Diener. Es dauerte eine Weile, bis das gesamte Gefolge da war, doch zu guter Letzt konnte der Papst die Kapelle angemessen verlassen. Großzügig – vielmehr mit nach außen gezeigter Großmut – bestand Cesare darauf, dass mein Gefolge als Nächstes hinausging.

Dem feierlichen Akt folgte ein ausgedehntes Mahl, dann wurde getanzt. Alfonso strahlte wie stets Charme und Fröhlichkeit aus, von der sich sogar die Borgias anstecken ließen. Zum ersten Mal, seitdem ich in Rom war, tanzte der Papst – zuerst mit Lucrezia, dann mit mir. Trotz seiner Körpergröße besaß er dieselbe athletische Anmut wie sein Sohn Cesare.

Ich war besonders froh zu sehen, dass keine Kurtisanen anwesend waren – nicht einmal Giulia, die Geliebte des Papstes. Offenbar versuchte er, Alfonso davon zu überzeugen, dass die Gerüchte um den Skandal mit Sforza und die Niederkunft Lucrezias nicht der Wahrheit entsprachen; dessen ungeachtet war ich erleichtert, als die Feier nicht in die übliche Lüsternheit der Borgias abglitt. Der Papst trank viel weniger Wein als sonst, ausnahmsweise einmal um Lucrezias Glück bemüht. Selbst Cesare war aufgeräumt.

Alfonso und ich führten einen neapolitanischen Tanz für Seine Heiligkeit vor, und die Augen meines Bruders leuchteten, sein Lächeln war echt. Zum Teil entsprang seine Freude dem Wissen, dass wir beide wieder zusammen sein würden – doch ich sah auch, dass sein Entzücken über Lucrezia ernst gemeint war. Sie hatten, wie Alexander es während des Festmahls scherzhaft geäußert hatte, »Gefallen aneinander gefunden. Seht euch die beiden an! Es ist, als gäbe es uns andere gar nicht. Sollen wir uns alle still zurückziehen, um sie nicht zu stören?«

Ich verstand nicht, warum mein kleiner Bruder, der schönere und ehrenwertere Frauen hätte haben können, sich in Lucrezia verliebte; ich hoffte nur, dass er glücklich würde.

Nach ausgiebigem Tanz wurden auf einer kleinen Bühne in der Empfangshalle Stücke aufgeführt. In einer Darstellung ging es um eine wunderschön gekleidete Maid, die ein Einhorn dazu überredete, seinen Kopf in ihren Schoß zu legen. Das Mädchen wurde von keiner Geringeren als Giulia gegeben, der Geliebten des Papstes; doch das war nicht die größte Ironie, denn ich erkannte schließlich am Körper und den Bewegungen den Mann hinter der schweren Maske des Einhorns, mit goldenem Horn und Löchern für Augen und Mund.

Es war Cesare Borgia, der das Symbol für Keuschheit und Treue schlechthin spielte.

Als die Dämmerung hereinbrach, zogen sich Lucrezia und Alfonso gemeinsam zurück; Giovanni Borgia folgte ihnen mit anzüglichem Grinsen. Mein armer Bruder sollte derselben unwürdigen Behandlung wie ich unterzogen werden – er musste zulassen, dass der lüsterne Kardinal seine erste körperliche Vereinigung mit seiner Braut begutachtete. Zumindest, überlegte ich mir, hatte Alfonso nicht die zusätzliche Peinlichkeit zu erdulden, dass sein eigener Vater ebenfalls als Zeuge zugegen war. Ich fragte mich, ob der Kardinal einen Kommentar über Rosen abgeben würde.

Ein paar Wochen nach der Hochzeit wurde Cesare gewährt, was er sich seit Jahren schon erträumt hatte: die Möglichkeit, seinen Fall vor dem Kardinalskollegium darzulegen und sie zu bitten, ihn von einem Ruf zu erlösen, für den er nie geeignet war. Als Gegenleistung dafür schwor er, sich in den Dienst der Kirche zu stellen und nach Frankreich zu gehen, wo er alles Notwendige zu unternehmen gedenke, Italien vor einer weiteren Invasion durch einen französischen König zu bewahren.

Es stand ebenso wenig außer Zweifel, dass man Cesare die Bitte gewähren würde, wie es außer Zweifel gestanden hatte, dass Lucrezia zur *virgo intacta* erklärt worden war.

Cesare bekam, was er wollte. Kaum war sein Wunsch erfüllt, begann er, sich nach einer geeigneten Gefährtin umzusehen. Ich wappnete mich für das Schlimmste, denn ich erwartete, erneut zu ihm gerufen zu werden: Wie erstaunt war ich da, als ich von Lucrezia erfuhr, er habe sich für Carlotta von Aragon entschieden – für meine Kusine, die eheliche Tochter meines Onkels Federico, des Königs von Neapel.

Ich war begeistert; ich dachte, ich hätte Cesare unterschätzt. Lucrezia hatte mir gesagt, er trage Sorge um mich – und vielleicht wollte er mich deshalb nicht zwingen oder mir etwas zuleide tun. Besser noch, seine Brautwahl sicherte Alfonsos Position als Prinz von Neapel im Hause Borgia noch stärker ab.

Carlotta war zu jener Zeit in Frankreich und wurde am Hofe der frommen Katholikin und Borgia-Anhängerin Königin Anne von Bretagne ausgebildet, der Witwe Charles' VIII., der im Frühling jenes Jahres gestorben war. Cesare zog seine besten Gewänder an und ritt auf seinem weißen, in Silber aufgezäumten Pferd gen Norden. Er war überzeugt, Carlotta für sich zu gewinnen, denn der neue König Louis XII. wünschte sich sehnlichst die Scheidung von seiner verkrüppelten, unfruchtbaren Frau, Königin Jeanne, um Anne zu heiraten, die er liebte.

Und Cesare war derjenige, der als Sohn des Papstes eine

Scheidungsurkunde direkt an Louis aushändigen konnte – was aber seinen Preis hatte.

Mit einem Seufzer der Erleichterung sah ich ihm nach und glaubte, die Sorgen meines Landes hätten zu guter Letzt ein Ende.

Herbst – Winter 1498

25

Ein heißer, unerbittlicher Sommer wich schließlich dem Herbst, der in einen milden Winter überging. Mein Leben in Rom war angenehm wie nie zuvor; Juan war tot, Cesare war mit Politik und Brautschau in Frankreich beschäftigt und ließ mich in Gesellschaft meines Gatten, meines Bruders, Lucrezias und Alexanders zurück.

Fern von Cesares und Juans herabsetzenden Sticheleien war Jofre umgänglicher und freundlicher. Alfonso war von Natur aus gut gelaunt, und seine Liebe zu Lucrezia machte ihn noch aufgeräumter und bezaubernder; er brachte in Lucrezia eine Liebenswürdigkeit zum Vorschein, die ich zuvor nur ansatzweise erlebt hatte, die nun aber zu ihrem Wesen gehörte. Und Alexander war glücklich, weil seine Familie glücklich war. Seine Tochter war eine gute Verbindung eingegangen und nun Herzogin statt nur Gräfin; sein ältester Sohn war im Begriff, eine noch bessere Partie zu machen, womit die Aussicht auf legitime Enkel bestand.

Da wir unsere Liebe zu Alfonso teilten, standen Lucrezia und ich uns so nahe wie nie zuvor. Ich plauderte Alfonsos kleine Eigenarten aus, und Lucrezia lauschte entzückt Geschichten über seine Kindheit – wie er versucht hatte, dem Schoßhund der Königin den Schwanz anzuzünden, um zu sehen, ob er wie eine Kerze brennen würde; wie er einmal mit vier Jahren ins Meer hinaus gespült worden war und beinahe ertrunken wäre. Und sie verriet mir hinter vorgehaltener

Hand, dass er schnarchte, die Luft in großen Zügen einatmete, anhielt und schließlich in einem sonoren Zug wieder ausstieß.

Ich vergaß das *canterella*, das ich in meinem Schlafgemach beim Schmuck versteckt hatte. Ich vergaß, woher ich das Gift hatte; ich vergaß sogar den Anblick Lucrezias in der lüsternen Umarmung des Vaters, den leidenschaftlichen Kuss, den sie mit dem eigenen Bruder ausgetauscht hatte. (Lucrezia berichtete mit großer Erleichterung, der Papst habe sie seit ihrer Schwangerschaft in Ruhe gelassen, entweder, weil ihm das hohe Alter das Feuer genommen habe, oder weil er die Gerüchte über das uneheliche Kind, das er angeblich mit ihr gezeugt hatte, nicht länger nähren wolle.) Sie gestand mir auch, dass Alfonso jede Nacht bei ihr im Schlafgemach verbringe, dass er sie immer wecke und sich nur selten in seinen Gemächern im Männerflügel des Palazzos aufhalte. »Ich hätte nie zu hoffen gewagt«, gab sie nachdenklich zu, »dass mein Gatte auch mein glühender Liebhaber sein könnte.«

An einem Wintermorgen, als die strahlende Sonne der Luft den Frost genommen hatte, beschlossen wir Frauen, einen Ausflug zu Kardinal Lopez' Weinberg zu machen. Der Tag war zu schön, um drinnen zu bleiben, und Lucrezia war von einer freudigen Unruhe gepackt, die ich nicht ganz verstand, bis sie sich neben mir in der Kutsche niederließ und mir anvertraute: »Ich habe ein Geheimnis. Ich habe es noch niemandem gesagt, nicht einmal Alfonso – aber dir muss ich es sagen.«

Genießerisch hielt ich das Gesicht in die Sonne. »Ein Geheimnis?« Lucrezias bedeutungsvollem Lächeln nach musste es wohl etwas Schönes sein. Ich vermutete ein Fest oder ein Geschenk, das sie für ihren neuen Ehemann erworben hatte.

»Ich bin schwanger. Zwei Monate habe ich meine monatlichen Blutungen nicht mehr gehabt.«

»Lucrezia!« Hocherfreut packte ich sie an den Schultern. »Bist du dir sicher? Gibt es keinen anderen Grund?«

Sie lachte, entzückt über meine Reaktion. »Ich bin sicher.

Meine Brüste sind so angespannt, dass ich es kaum ertragen kann, wenn Alfonso sie berührt. Und ich muss die ganze Zeit nur essen – oder ich werde so krank, dass ich den Geruch von Essen nicht ertrage. Du musst so tun, als wüsstest du von nichts und darfst es niemandem sagen – ich habe vor, ihn heute Abend beim Essen damit zu überraschen.«

»Er wird ganz aufgeregt sein. Und dein Vater auch.« Ich lächelte bei dem Gedanken, Tante zu werden.

Am Weinberg bot sich uns die vollendete idyllische Szene: ein Wäldchen aus hohen Kiefern an einer Lichtung mit Gras und Wildblumen, dann die zahlreichen Reihen aus Rebstöcken, deren knorrige Äste weder Laub noch Früchte trugen. Der Abhang verlief sanft nach unten, und wir hatten eine herrliche Aussicht. Man hatte einen Tisch mitgenommen, und während die Dienerinnen damit beschäftigt waren, das Essen und den Wein auszuladen, schaute Lucrezia sich um, ließ ihren Hermelinumhang nachlässig ins Gras fallen und sagte: »Der ideale Tag für ein Rennen.«

Ich lachte. Es war ein durch und durch kindischer Vorschlag – doch als ich Lucrezias boshaftem Blick begegnete, sah ich, dass es ihr damit ernst war. »Dein Zustand, Madonna«, sagte ich leise.

»Mach dich nicht lächerlich!«, entgegnete sie. »Gesünder kann ich kaum sein! Und ich bin so aufgeregt, es Alfonso zu sagen – wenn ich nicht irgendetwas mache, werde ich verrückt vor Tatendrang.«

Grinsend betrachtete ich sie: Lucrezia hatte zugenommen, seitdem sie meinen Bruder geheiratet hatte, und strotzte vor Kraft. Sie war daran gewöhnt, viel zu laufen und zu reiten; ein kurzes Wettrennen würde sie nicht anstrengen, ob schwanger oder nicht. »Dann lauf, Herzogin«, sagte ich. Ich betrachtete die kerzengeraden Reihen der Weinstöcke und sagte: »Es ist tatsächlich der ideale Platz dafür.«

»Dann los.« Lucrezia deutete auf die erste Lücke in den Weinstöcken. »Das ist unser Ziel; wer zuerst ankommt, hat gewonnen.«

Ich schlüpfte aus meinem Cape und dem Umhang; beide waren zu lang und würden mich behindern. Auch Lucrezia legte das Cape ab, während ich fragte: »Und was gibt es zu gewinnen?«

Sie runzelte die Stirn, überlegte, und dann zog sie einen Mundwinkel nach oben. »Einen Diamanten. Entweder du nimmst einen von mir oder ich einen von dir.«

»Aber wer darf wählen?«, wollte ich wissen.

»Die Verliererin«, sagte sie, plötzlich verzagt.

Ich verschränkte die Arme und schüttelte den Kopf, und sie lachte.

»Schon gut, schon gut, die Siegerin. Ich vermute, dann muss ich wohl gewinnen.«

Wir rafften unsere Röcke und riefen nach Donna Esmeralda, sie solle das Zeichen geben – und schon liefen wir los.

Der Wettlauf war nicht ganz gerecht. Ich war größer, hatte längere Beine und gewann spielend, wobei ich große Staubwolken aufwarf. »So«, spottete ich, »dann werde ich mir deinen schönsten Diamanten aussuchen.« Lucrezia verdrehte die Augen und spielte die Besorgte, wenngleich wir beide wussten, dass ich nicht die Absicht hatte, meinen Gewinn einzufordern.

Lucrezia verlangte Revanche; als ich ablehnte (denn ich wollte nicht, dass sie sich überanstrengte), bestand sie darauf, gegen die jüngeren Zofen anzutreten. Dann hatten sich auf einmal vier Damen aufgestellt, die auf Donna Esmeraldas Zeichen warteten – jeweils zwei in einer breiten Reihe.

Ich war etwas in Sorge, denn Lucrezia hatte einen hochroten Kopf, und sie begann trotz der kühlen Luft zu schwitzen. Ich beschloss darauf zu bestehen, das Essen solle aufgetragen und jegliche Strapaze beendet werden, da gab Donna Esmeralda den Läuferinnen auch schon den Start frei.

Als das letzte Rennen anfing, entfernte ich mich von den Weinstöcken und trat zu Donna Esmeralda an den Tisch, der jetzt mit verlockenden Gerichten beladen war; Lucrezia hätte bestimmt nach ihrer sportlichen Betätigung Hunger.

Ich schaute gerade nicht hin, als ich das feine, beunruhigende Geräusch vernahm, wenn Fleisch und Knochen auf Erde aufschlagen. Dann ertönte ein Schrei. Ich drehte mich um und sah, wie Donna Esmeralda so schnell auf zwei Frauen zwischen den Weinstöcken zulief, wie es ihre Körperfülle erlaubte. Im selben Moment erblickte ich die zweite Frau mitten im Fall; die grünen Brokatröcke bauschten sich über ihr auf. Auch ich rannte los, bis ich mit Esmeralda neben Lucrezia und der jungen Zofe stand, die über sie gestürzt war und sich nun langsam von ihrer Herrin erhob.

»Lucrezia!«, schrie ich auf und kniete neben ihr nieder. Sie war ohnmächtig und erschreckend bleich. Anklagend schaute ich zu der armen Zofe auf, die zitternd dastand, die Fingerknöchel an den Mund gepresst. »Was ist passiert?«

»Ich weiß nicht, Madonna«, sagte sie mit tränenerstickter Stimme. »Sie lief, und ich glaube, sie ist über ihren Schuh gestolpert. Sie stürzte, und ich konnte nicht rechtzeitig bremsen …« Sie starrte uns an, in ihr Gesicht stand heillose Angst vor Vorwürfen und Strafe geschrieben; doch sie interessierte uns nicht weiter, da sie unverletzt war. Lucrezia hatte die volle Wucht ihres Sturzes abbekommen.

Ich gab Lucrezia mehrfach einen Klaps auf ihre kalten Wangen, doch sie blieb bewusstlos. Besorgt blickte ich zu Donna Esmeralda auf.

»Die Herzogin von Bisceglie ist schwanger«, sagte ich. »Wir müssen sie umgehend in den Palazzo zurückbringen und einen Arzt und eine Hebamme rufen.«

Donna Esmeralda holte bei diesen Neuigkeiten tief Luft, dann lief sie, um die jungen Kutscher zu holen, die auf die Jagd gegangen waren. Nach einer halben Stunde saßen wir wieder in der Kutsche. Donna Esmeralda und ich legten uns Lucrezia über den Schoß, und ich hielt meine Hand auf ihrer Stirn, besorgt, sie könnte Fieber bekommen. Ich machte mir die größten Vorwürfe, überhaupt das erste Wettrennen zugelassen zu haben.

Als wir wieder am Palazzo eintrafen, war Lucrezia zu sich gekommen – obwohl sie etwas durcheinander war und wir sie an den Sturz erinnern mussten.

»Der verdammte Schuh!«, fluchte sie, wobei sie versuchte, den Kutscher zu verscheuchen, der darauf bestand, sie in den Palazzo zu tragen. Am Ende gab sie jedoch nach. Als er sie anstandshalber vor der Tür zu ihrem Schlafgemach absetzte, nahmen wir Frauen sie in unsere Mitte und stützten sie bis zu ihrem Bett ab.

Jeder einzelne Schritt verursachte Schmerzen. »Es ist nur mein Rücken«, sagte sie leichthin, »und Kopfschmerz. Morgen geht es mir wieder besser.«

Die Hebamme wartete auf sie, und Lucrezia stimmte kleinlaut einer Untersuchung zu. Als die ältere Frau schließlich aus dem Schlafgemach trat, sprangen Donna Esmeralda und ich von unseren Stühlen auf, um sie nach dem Befund zu fragen.

»Die Herzogin hat ernsthafte Stöße am Kopf und im Rücken erlitten«, berichtete die alte Frau. »Sie hat kein Fieber, blutet nicht und auch sonst gibt es keine Hinweise darauf, dass sie das Kind verliert – aber um das mit Sicherheit sagen zu können, ist es noch zu früh.«

Donna Esmeralda und ich berieten uns mit Lucrezias erster Hofdame, und ich entschied, dem Arzt abzusagen. Sein Eintreffen könnte von anderen bemerkt werden, da sein Auftauchen stets auf eine bedenkliche Erkrankung hindeutete, wohingegen die Hebamme häufig wegen kleinerer weiblicher Gebrechen zu Rate gezogen wurde. Es gab keinen Grund, den Papst und Alfonso zu beunruhigen. Wir würden die Hebamme dabehalten und Lucrezias Zustand in den nächsten Stunden beobachten.

Inzwischen war es Nachmittag geworden. Zum Glück war für den Abend kein Familienessen vorgesehen, da man uns Frauen erst später vom Ausflug zurückerwartete.

Auf Lucrezias Bitte hin setzte ich mich neben sie. Ihr war schlecht, und sie wollte weder essen noch trinken; sie litt unter starken Kopfschmerzen und bekam kaum die Augen auf. Dennoch behielt sie standhaft ihre Fröhlichkeit bei und wollte sich beharrlich mit mir unterhalten, die Stirn mit kühlen, feuchten Tüchern bedeckt.

»Der ganze Ärger nur wegen eines dummen Schuhs«, sagte sie. »Der Linke saß zu locker; ich war nahe dran, ihn auszuziehen und barfuß zu laufen. Das hätte ich besser tun sollen. Dann hätten wir uns das ganze Theater erspart.«

»Donna Esmeralda hätte es bei kaltem Wetter nie erlaubt«, entgegnete ich leichthin und ebenso gut gelaunt, obwohl mich Schuld und Besorgnis innerlich zerfraßen. »Sie hätte befürchtet, du könntest dich erkälten. Du hättest also trotzdem den verflixten Schuh anziehen müssen.«

»Alfonso wird sich so beunruhigen«, flüsterte sie. »Hast du es ihm gesagt?«

»Noch nicht.«

»Gut.« Sie schloss die Augen. »Dann muss die Überraschung eben warten, bis es mir besser geht.« Sie seufzte. »Er wird ohnehin bald von meinem Sturz erfahren. Kurz nach Einbruch der Dunkelheit wird er hier auftauchen.«

»Er ist jung und stark«, sagte ich. »Er wird sich von dem Schreck erholen.«

Sie lächelte schwach und verstummte dann. Kurz darauf sank sie in einen leichten Dämmerschlaf. Ich war erleichtert, denn ich dachte, ihr Unwohlsein habe sich gelegt, und sie würde sich erholen. Doch die Hebamme bestand darauf, in der Nähe zu bleiben.

Ein paar Stunden nach Sonnenuntergang wurde Lucrezia mit tiefem, furchterregendem Stöhnen wach. Ich beugte mich vor und umfasste ihre Hand. Ihre Zähne schlugen aufeinander; sie litt so stark, dass sie nicht sprechen konnte.

Die Hebamme hob die Decken und untersuchte Lucrezia; dann warf sie mir einen düsteren Blick zu, der mir das Herz zerriss, und schüttelte den Kopf.

»Sie blutet«, berichtete sie. »Wir müssen mit dem Schlimmsten rechnen.« Sie wandte sich an Donna Esmeralda und ließ sich mehrere Handtücher bringen, ein Laken und eine Schüssel Wasser. Dann schaute sie mich wieder mit einer grimmigen Miene an, die Jahren trauriger Erfahrung entsprang. »Es wäre besser, Donna Sancha, wenn Ihr hinausginget.«

»Nein!«, schrie Lucrezia stöhnend. Sie war schneeweiß, in Schweiß gebadet. »Sancha, lass mich nicht allein!«

Ich verstärkte meinen Händedruck. »Ich gehe nicht«, sagte ich mit einer Festigkeit und Kraft in der Stimme, die ich nicht empfand. »Ich bleibe hier, bis du mich fort schickst.«

Sie entspannte sich nur kurz; schon bald schwappte die nächste Schmerzwoge über sie hinweg, und sie drückte mir mit aller Macht die Hand.

Esmeralda kam zurück, nachdem sie die verlangten Gegenstände von den Dienerinnen hatte besorgen lassen. »Rufe Seine Heiligkeit und den Herzog von Bisceglie ins Vorzimmer«, trug ich ihr auf. »Es ist an der Zeit, dass man sie in Kenntnis setzt.«

»Sancha!«, keuchte Lucrezia. »Sie werden sich solche Sorgen machen … Wirst du es ihnen sagen?«

»Ja«, beruhigte ich sie und nahm ihr das Tuch von der Stirn. Die Seite, die auf ihrer Haut gelegen hatte, war warm geworden, daher drehte ich es auf die kühlere Seite und tupfte ihr damit sanft über die Stirn. »Ich werde es vorsichtig angehen und dafür sorgen, dass sie sich nicht zu sehr grämen.«

»Ja, ja. Sie grämen sich so sehr …«, flüsterte Lucrezia. Dann biss sie die Zähne zusammen, als der nächste krampfhafte Anfall sie überwältigte.

Da Alfonso im Palazzo wohnte, kam er als Erster; ich schickte Donna Esmeralda ins Vorzimmer hinaus, damit sie ihm mitteilte, Lucrezia sei auf dem Weinberg gestürzt und ich würde hinauskommen und Neues berichten, sobald Seine Heiligkeit eingetroffen wäre. Esmeralda war eine geschickte Heuchlerin und spielte ihre Rolle bewundernswert; ich bekam einzig ihre ruhige, gelassene Stimme mit, als sie mit Alfonso sprach.

Sie trat wieder ins Zimmer und nickte zuversichtlich; ohne Zweifel dachte mein Bruder, seine Frau habe sich nur den Knöchel verstaucht.

Doch Lucrezias Schreie wurden bald so laut, dass Alfonso sie draußen im Vorzimmer bestimmt hörte. Sie mussten ihn bis ins Mark getroffen haben, deshalb befreite ich mich aus Lucrezias Griff, um die Lage zu schildern. Zum Glück traf der Papst gerade in dem Augenblick ein, als ich meinen Bruder umarmte.

Beim Anblick unserer erregten Gesichter reagierte Alexander seinem übertrieben gefühlvollen Wesen entsprechend; sogleich stiegen ihm Tränen in die Augen.

»Du lieber Gott! Das klingt, als läge sie im Sterben! Ich hätte nicht gedacht, dass es so ernst ist … Sancha, was ist mit unserer Tochter geschehen?«

Ich löste mich aus der Umarmung mit Alfonso. »Lucrezia ist jung und stark; sie wird zweifellos überleben. Allem Anschein nach war sie schwanger, aber das Kind hat sie mit Sicherheit jetzt verloren. Sie hat mit ihren Zofen auf dem Weinberg ein Wettrennen veranstaltet …«

»Einen Wettlauf auf dem Weinberg! Wer hat das zugelassen?«, wollte Alexander mit einer aus Kummer geborenen Wut wissen. »Wusste sie, dass sie schwanger war?«

»Ich glaube ja. Es war einfach ein Unfall, Eure Heiligkeit. Die sportliche Ertüchtigung hätte ihr nichts anhaben können. Ihr Schuh hatte sich gelockert, sie ist darüber gestolpert, und eine andere junge Dame ist auf sie gefallen.«

»Wer?« Alexanders Tonfall wurde rachedurstig.

Alfonso achtete unterdessen nicht auf das Toben seines Schwiegervaters; er vernahm die Neuigkeit, schlug die Hände vors Gesicht und flüsterte: »Schwanger …« Im selben Augenblick, als Alexander den Namen der Schuldigen forderte, hob Alfonso den Kopf und fragte: »Bist du sicher, dass es Lucrezia gut gehen wird?« Er schaute besorgt in die Richtung, aus der das Stöhnen seiner Frau drang.

Ich legte meinem Bruder eine Hand auf die Schulter. »Es ist

schwer jetzt, doch die Hebamme sagt, sie sei jung und werde es überleben, so Gott will.« Alexander belog ich. »Ich weiß nicht einmal mehr, welche junge Frau gestürzt ist, Eure Heiligkeit. Es war Gottes Werk und nicht die Schuld der jungen Frau, dass Lucrezias Schuh sich gelockert hatte.«

Der Papst bedeckte das Gesicht mit den Händen und klagte so wehleidig, als wolle er mit seiner Tochter wetteifern. »Oh, meine arme Tochter! Meine arme Lucrezia!«

»Seid tapfer«, sagte ich zu beiden. »Lucrezia hat mich gebeten, bei ihr zu bleiben. Aber ich werde wieder zu Euch kommen, wenn es etwas Neues zu berichten gibt.«

Ich ließ sie stehen, damit sie sich gegenseitig Trost spenden konnten, und kehrte zu Lucrezia zurück.

Lucrezias Leiden dauerte noch zwei weitere Stunden; dann brachte sie ein kleines, blutiges Kind zur Welt; ich sah das armselige, kaum als Mensch erkennbare Geschöpf mit eigenen Augen, als die Hebamme es auf ein Tuch legte und untersuchte. Es war noch zu früh, um sagen zu können, ob es ein Sohn oder eine Tochter gewesen wäre.

Zum Glück hörte Lucrezia sogleich auf zu stöhnen, doch sie weinte, als ihr klar wurde, dass sie kein Kind mehr unter dem Herzen trug. Die nachfolgenden Blutungen waren spärlich, was ein gutes Zeichen war, und am Ende sank sie in den Schlaf, den die Hebamme als heilend ansah.

Mir oblag die Pflicht, Vater und Ehemann die schlechte und die gute Nachricht zu überbringen: dass Lucrezia eine Fehlgeburt hatte, dass kein bleibender Schaden entstanden war, und dass sie sich wahrscheinlich bald erholen würde.

Ich hielt mein Versprechen: Ich ging wieder zu Lucrezia, wo ich auf einem großen Samtkissen ruhte, während sie die Nacht hindurch schlief. Ich verließ sie erst am nächsten Morgen, nachdem ich mich überzeugt hatte, dass alles in Ordnung war.

Frühjahr 1498 – Winter 1499

26

Glücklicherweise war die Vorhersage der Hebamme richtig: Lucrezia erholte sich vollends, und mit der Zeit ärgerte sie sich über die Betulichkeit, mit der ihr Vater, Alfonso und ich sie schamlos überhäuften. Obwohl Donna Esmeralda und Lucrezias neue Erste Hofdame, Donna Maria, eifersüchtig aufeinander waren, hatten sie sich nun zusammengetan und sorgten dafür, dass die Herzogin von Bisciglie immer warm, behütet und überfüttert war.

In nur zwei Monaten wurde unsere Fürsorge belohnt. Eines Abends nach dem Essen, als wir vom Vatikan zurück zum Palazzo schlenderten, führte Lucrezia mich außer Hörweite des Gefolges und flüsterte: »Ich bin wieder schwanger. Aber wir dürfen vorläufig niemandem etwas sagen, bis ich sicher sein kann, dass das Kind gesund ist.«

»Keine Wettrennen«, zischte ich zurück, und sie hatte immerhin so viel Sinn für Humor, dass sie mir ein schiefes Lächeln schenkte.

»Keine Rennen«, stimmte sie mir zu.

Wir lächelten uns zu und hakten uns unter, erwärmt von unserem gemeinsamen Geheimnis. Rom erschien mir in jener Nacht wie ein sicherer Hafen mit den Laternen der Boote, die unter uns auf dem Tiber blinkten, und dem goldenen Schimmer, der aus den anmutigen Bogenfenstern des Palastes drang, dem wir uns näherten.

Unterdessen verlief in Frankreich nicht alles nach Cesare Borgias Plan. Das Schreiben sollte von Cesare überbracht und dem König vorgelegt werden, nur wenn Cesare dafür Carlotta von Aragon zur Frau bekäme.

Auf diese Weise gerüstet, war Cesare nach Frankreich aufgebrochen. Ich verdrängte die Angelegenheit, denn ich war voller Zuversicht, dass Alfonsos und mein politischer Status im Hause Borgia nunmehr gesichert sei.

Bei Cesares Ankunft in Frankreich wurde er von Carlotta und ihrem Vater, König Federico, angewiesen, Louis um Erlaubnis anzuflehen, sie zu heiraten: Der König aber, der Cesare höflich empfing, weigerte sich, über das Thema zu reden. Unterdessen bestand Louis darauf, dass man ihm die Scheidungsurkunde überreichte – derart vehement, dass Cesare um seine Sicherheit zu fürchten begann. Er hielt den König so lange wie möglich hin, doch am Ende fügte er sich Louis' Forderung und gab ihm das Schreiben.

Sobald Louis in Händen hatte, was er wollte, hatte Cesare sämtliche Trümpfe verspielt, und der französische König wollte von Carlotta nichts mehr hören.

Enttäuscht wandte Cesare sich erneut an Carlottas Vater, Federico von Neapel – der, nachdem er ihm die meiste Zeit ausgewichen war, Cesares Angebot rundweg ablehnte. In der ihm eigenen Freimütigkeit erwähnte Onkel Federico angewidert, er wolle seine Tochter nicht mit einem Mann verheiraten, der als »Abenteurer« bekannt sei. Mit anderen Worten, er hebe seine Tochter für einen legitimen Nachfolger auf, nicht für den Bastard des Papstes, der sich so leicht seiner priesterlichen Weihen entledigt hatte, und schon gar nicht für einen Mann, dem ein gewisser Hang zum Morden nachgesagt wurde.

Cesares Bittgesuche an Louis wurden ignoriert. Inzwischen waren Monate ins Land gegangen. Cesare drohte damit, nach Italien zurückzukehren, und der Papst ließ verlauten, er wolle ihm eine italienische Frau suchen – doch der Herzog von Valencia erhielt nicht die Erlaubnis, Frankreich zu verlassen, nicht einmal den königlichen Hof.

Stattdessen bot man ihm die Hand mehrerer französischer Prinzessinnen an; im Lauf der Zeit wurde ihm eine ganze Palette französischer Schönheiten offeriert, und am Ende muss er wohl die Wahrheit erkannt haben. Obwohl man ihn gut behandelte, war er ein Gefangener des Königs, bis er sich Louis' Plan fügte: eine französische Gemahlin für Papst Alexanders Sohn.

Der Winter neigte sich dem Ende zu, und der Frühling wollte gerade Einzug halten, als Don Garcia, Cesares persönlicher Bote, aus Frankreich in Rom eintraf. Die Nachricht war so wichtig, dass Seine Heiligkeit Garcia einlud, gemeinsam mit uns zu Abend zu speisen – wenngleich Garcia seinen Fall im Stehen vortrug.

Cesare sei verlobt, und der König von Frankreich habe zugestimmt. Die Braut sei Charlotte d'Albret, Tochter des Königs von Navarre und Kusine des Königs.

Alfonso, der neben mir saß, hörte genau zu, und seine Miene verriet nichts von dem inneren Aufruhr; Jofre zu meiner anderen Seite applaudierte für seinen Bruder. Es kam ihm nicht in den Sinn, dass seine Gemahlin und sein Schwager nun politisch in höchstem Maße gefährdet waren.

Nach Juans Tod war Lucrezia Alexanders Lieblingskind; doch ein Sohn wird einer Tochter immer vorgezogen, sodass der Papst Cesare seine Loyalität – und seine Angst – schuldete. Und Cesare hatte beschlossen, sich mit Frankreich zu verbünden – aus Trotz und aus dem Wunsch, sich an mir zu rächen, vielleicht sogar an dem Hause Aragon, nachdem Carlotta ihm nur allzu öffentlich einen Korb gegeben hatte.

Was Seine Heiligkeit betraf, er zeigte rührselige Freude. »Bald sind alle meine Kinder verheiratet«, seufzte er, »und vielleicht werde ich schon in Kürze Großvater.«

Lucrezia schenkte mir ein verschwörerisches kleines Lächeln, das ich kaum zu erwidern vermochte, denn mir war das Herz schwer geworden.

Nach dem Abendessen gelang es mir, ein paar Minuten mit Alfonso in seinen Gemächern allein zu sein, bevor er zu Lucrezia ging. Mein Unbehagen und mein Misstrauen waren so stark, dass ich Alfonso aufforderte, alle Diener hinaus zu schicken – einschließlich der Vertrauten, die ihm jahrelang in Neapel gedient hatten. Ich bestand darauf, dass wir uns in sein Schlafgemach zurückzogen, nachdem wir die Tür zum Korridor hinter uns geschlossen hatten, denn ich war besorgt, dass jemand eine Unterhaltung im Vorzimmer belauschen könnte.

Noch ehe Alfonso die Möglichkeit hatte, ergriff ich das Wort.

»Wenn Cesare damit durchkommt, ist eine französische Invasion nicht mehr zu vermeiden – und wir sind dem Untergang geweiht. Du weißt, wie leicht Lucrezia sich ihres ersten Gatten entledigt hat.« Schaudernd saß ich auf einer gepolsterten Ottomane und zog mir die Pelzstola fester um die Schultern.

Alfonso stand mit dem Rücken zu mir vor seinem Balkon. Er hatte die Fensterläden zurückgeklappt und sog die kalte Winterluft ein, während er in die Nacht hinaus starrte. Die Dunkelheit umrahmte seinen goldblonden Schopf und seine breiten, muskulösen Schultern, die in blassgrünen Brokat gehüllt waren. Dem Anschein nach war er stark und entschlossen, unbesiegbar, doch als ich seine Haltung näher betrachtete, las ich Besorgnis darin, eine Anspannung, die vor dem Abendessen noch nicht existiert hatte.

Sehr sorgfältig schloss Alfonso die Fensterläden und wandte sich vom Balkon ab – Bewegungen, die von einer für ihn uncharakteristischen Wut zeugten. Seine Miene verriet nervliche Belastung; ich wusste, meine Bemerkung hatte ihn gereizt, doch ich wusste auch, dass ich nicht der einzige Grund für seinen Zorn war.

»Das war *nicht* ihre Schuld. Sie kämpfte mit allen ihr zur Verfügung stehenden Mitteln gegen die Scheidung an und ist noch heute beschämt. Ihr Vater hat sie gezwungen.«

»Trotzdem macht sie, was man ihr sagt.«

Sein Verhalten wurde kühl, was sonst nicht seine Art war. »Sei dir nicht so sicher. Wir lieben uns, Sancha. Lucrezia ist von ihrem Vater zu viele Jahre lang missbraucht worden, und ihre Loyalität zu ihm hat gelitten. Doch sie weiß, dass *ich* sie nie verletzen oder verraten würde.«

»Ich kann nur hoffen, dass du Recht hast. Aber es gibt andere, über deren Schicksal ich nicht zu reden wage ...« Ich dachte an Perotto, Pantsilea ... vor allem jedoch an Juan, dessen Blutsverwandtschaft ihn nicht zu retten vermocht hatte.

Alfonso brauste auf. »Ich will davon nichts hören. Lucrezia ist meine Frau. Und sie kann nicht einmal einer Fliege etwas zuleide tun.«

Ich gab mich versöhnlich. »Ich liebe Lucrezia als Schwester und Freundin. Ich werfe ihr nichts vor. Aber Cesare ...« Ich senkte augenblicklich die Stimme. »Wenn er die päpstliche Armee mit Frankreich verbünden will ...«

Alfonsos Ärger verflog und machte Trübsinn Platz. »Ich weiß. Ab sofort müssen wir uns vorsehen. Es wird Spione geben; wir dürfen nicht wagen, offen zu reden, selbst vor unseren eigenen Dienern, und wir müssen darauf achten, was wir niederschreiben.« Er hielt kurz inne. »Ich werde mich mit dem spanischen und dem neapolitanischen Botschafter unter vier Augen treffen. Es gibt Kardinäle mit starken Bindungen an Spanien und Neapel, denen man vertrauen kann und die beim Papst Gehör finden.« Er zwang sich zu einem ermutigenden Lächeln. »Ärgere dich nicht, Sancha. Die Heirat ist noch nicht vollzogen; ich werde alles daran setzen, sie zu verhindern. Und ich werde auch auf Lucrezia einwirken, mit ihrem Vater zu reden; sie hat mehr Einfluss auf ihn als jeder andere.«

»Lucrezia!«, rief ich. »Alfonso, untersteh dich, ihr auch nur irgendetwas von dem zu sagen, worüber wir hier reden!«

Er schaute mich aus einer Mischung zwischen Verletztheit und Empörung an. »Ich rede mit Lucrezia über alles«, stellte er sachlich fest. »Sie ist mein Leben, meine Seele. Ich könnte nichts vor ihr verbergen.«

Verzweiflung packte mich, als wäre um mich herum urplötzlich die Nacht hereingebrochen. »So versteh doch, kleiner Bruder. Lucrezias Loyalität wird immer zuerst ihrer Familie gehören.« Und als er den Mund aufmachte, um zu protestieren, hob ich eine Hand. »Das zeugt nicht von Charakterschwäche, sondern von Stärke. Gib es doch zu, Alfonso: Wem fühlst du dich mehr verbunden? Dem Hause Borgia oder dem Hause Aragon?«

Er seufzte. »Du hast nicht ganz Unrecht, Schwester. Ich werde bei dem, was ich mit meiner Frau bespreche, umsichtig sein. Und du sei unterdessen unbesorgt: Ich werde mit allem, was mir zur Verfügung steht, gegen diese französische Ehe angehen.«

Ich versuchte, mir keine Sorgen zu machen. Alfonso ging wie versprochen vor, und die Repräsentanten sowohl des spanischen als auch des neapolitanischen Königs warnten den Papst vor ernsten Konsequenzen, falls er Cesares Heirat mit der Verwandten des französischen Königs erlaube. Alexander schenkte ihnen offenbar Gehör.

Doch eines Morgens Mitte Mai, als Lucrezia und ich auf unseren Samtpolstern neben Alexanders Thron saßen, während er sich Petitionen anhörte, wurde ein Besucher angekündigt. Don Garcia, Cesares Bote, war gerade nach einem harten Viertageritt aus Blois in Frankreich vom Pferd gestiegen.

Er hatte eine Botschaft für Seine Heiligkeit, frohe Kunde, wie der Page meldete, doch bitte er um Alexanders Nachsicht: Er habe kaum geschlafen und könne sich nicht auf den Beinen halten. Er wünsche erst nach ein paar Stunden Ruhe Bericht erstatten zu dürfen.

In seiner Aufregung wollte Alexander davon nichts hören. Er entließ die Bittsteller, rief Jofre, Alfonso und den erschöpften Reiter vor den Thron. Die Familie traf ein, dahinter Don Garcia – er stützte sich schwer auf einen Diener, denn ohne Hilfe vermochte er nicht zu gehen.

»Eure Heiligkeit, verzeiht«, bat Garcia. »Ich sage Euch Folgendes: Euer Sohn, Cesare Borgia, Herzog von Valencia, ist nunmehr seit vier Tagen glücklich mit Charlotte d'Albret, Prinzessin von Navarre, verheiratet, und die Ehe wurde vor König Louis persönlich vollzogen.«

Ich hörte mit ausdruckslosem Gesicht zu. Alexander klatschte begeistert in die Hände. Später erfuhr ich, dass er schon Monate zuvor dazu beigetragen hatte, die Ehe zu besiegeln, als er Charlottes Bruder den Kardinalshut gewährte – sogar als er angeblich den Spaniern und Neapolitanern Gehör schenkte.

»Nun ist es also vollbracht!« Er betrachtete den schwankenden, ausgelaugten Boten und befahl: »Man bringe einen Stuhl! Ich erlaube Euch, Don Garcia, in meiner Gegenwart zu sitzen – solange Ihr einen vollständigen Bericht über die Hochzeit abliefert. Lasst keine Einzelheit aus.«

Ein Stuhl wurde herbeigeschafft; Garcia ließ sich nach einem Moment des Zögerns darauf nieder und berichtete geschlagene sieben Stunden lang mit eintöniger Stimme – angetrieben von den Fragen des Papstes. Nach ein paar Stunden brachte man dem Sprecher und seinen Zuhörern etwas zu essen und zu trinken. Ich saß und lauschte, wobei mein Entsetzen in dem Maße zunahm wie Alexanders Begeisterung.

Ich hörte, wie Cesare und seine Braut – »ganz hübsch, mit blasser, zarter Haut und hellem Haar«, so Garcia – in einer feierlichen Zeremonie die Ringe tauschten. Cesare hatte seine Manneskraft unter Beweis gestellt und die Ehe vor König Louis ganze sechs Mal vollzogen, der danach applaudierte und ihn »einen besseren Mann als ich« nannte. So viele auserlesene Gäste, einschließlich König mitsamt Gefolge, nahmen am daran anschließenden Empfang teil, dass nicht für alle Platz vorhanden war und sie gezwungen waren, das Fest nach draußen auf eine Wiese zu verlagern.

Der Papst hatte seine helle Freude an Cesares Verbindung. Jeder Besucher des Vatikans musste sich des Langen und Breiten die Geschichte über Cesares Hochzeit anhören, dazu die Berge von Juwelen ansehen, die Seine Heiligkeit seiner neuen Schwiegertochter zu schicken gedachte, und die er Stein für Stein ans Licht hielt, damit der jeweilige Besucher sie bewunderte.

Alfonso und ich konnten nur versuchen, den Schaden in Grenzen zu halten. Ascanio Sforza, ein Kardinal, den Alfonso um Hilfe gebeten hatte, sondierte in einer Unterhaltung mit dem Papst über kirchliche Angelegenheiten vorsichtig die Lage. Er glaube nicht, so sagte Kardinal Sforza Seiner Heiligkeit, dass Louis wirklich die Absicht habe, in Neapel einzufallen, da Königin Anne und ihre Verwandten dagegen seien. Im Übrigen hätten die Franzosen ihre Lektion bereits erteilt bekommen, als König Charles gezwungen gewesen war, demütig den Rückzug anzutreten.

Der Papst lachte Sforza höhnisch ins Gesicht. König Federico solle Acht geben, bemerkte Alexander grinsend, sonst wäre er ganz plötzlich in derselben Lage wie mein Vater, der auch die ganze Zeit geglaubt habe, die Franzosen würden nie kommen, und dann geflohen sei, als sich Charles' Armee den Toren Neapels genähert habe.

Als ich das hörte, verlor ich alle Hoffnung – obwohl Alfonso seine Geheimdiplomatie fortsetzte. Schadenfroh registrierte ich die Meldung, dass Studenten der Universität in Paris Parodien auf Cesares Hochzeit aufführten; das römische Verständnis von Größe und Pracht war nach französischen Maßstäben vulgär und ausufernd. Cesares silbern aufgezäumte Pferde hatten ihn zum Gespött der Menschen gemacht.

Jofre merkte schließlich, dass ich nicht mehr in der Gunst Seiner Heiligkeit stand, und entschied, es sei wohl das Beste für ihn, sich als ein wahrer Borgia zu erweisen, wie schon seine Brüder. In Gesellschaft Spanischen Garden streifte er des Nachts durch die Straßen, betrunken und das Schwert schwingend, ein blasser Abklatsch von Juan, doch Jofres freundliches Wesen hatte ihn nicht für den Kampf ausgerüstet.

Er behielt dieses Verhalten bei, obwohl ich ihn bat, damit

aufzuhören. Ich glaube, meine Sorge verlieh ihm das Gefühl, männlicher zu sein. Ich kann es ihm nicht verübeln: Er wollte mir helfen; und vielleicht hätte sein Vater ihm Gehör geschenkt, wenn Jofre das Ansehen seiner Geschwister gehabt hätte. Doch das hatte er nicht – und er konnte nichts tun, um Seine Heiligkeit zu meinen Gunsten zu beeinflussen.

Zumindest aber konnte er anfangen, sich wie ein Borgia zu benehmen. Ohne Zweifel hatte er das in der Nacht vor, als mich ein Ruf vor meinem Schlafgemach weckte.

»Donna Sancha! Donna Sancha!«

Ich richtete mich im Bett auf, die Hand auf das pochende Herz gelegt, aufgeschreckt nach Stunden tiefen Schlafs durch eine männliche Stimme in meinem Vorzimmer. Donna Esmeralda neben mir war sofort wach; meine anderen Hofdamen schrien erschrocken auf.

»Wer ist da?«, fragte ich mit herrischer Stimme. Ich befreite mich von meinen Decken, während eine der Damen hastig eine Lampe anzündete.

»Federico, ein Wachtmeister bei den Spanischen Garden, einer der Männer Eures Gatten. Don Jofre ist ernsthaft verletzt. Wir haben ihn ins Bett gebracht und einen Arzt rufen lassen; wir dachten, Ihr solltet benachrichtigt werden.«

»Ernsthaft? Wie ernsthaft?«, verlangte ich zu wissen, und meine Stimme wurde vor Panik immer lauter. Inzwischen hatte ich mir meinen Samtumhang übergezogen und war ins Vorzimmer gelaufen, wo Federico mit einer Laterne in der Hand stand. Er trug zivile Kleidung, war etwa achtzehn Jahre alt, schwarz wie ein Mohr, und das schweißnasse Haar klebte ihm an der Stirn. Die untere Hälfte seiner Tunika hing herab, sauber aufgeschlitzt von einer Klinge, der es nicht gelungen war, in seine Haut einzudringen; das klaffende Loch legte einen Teil seines nackten Bauches und den Hosenbund frei. Seine schwarzen Augen glänzten von übermäßigem Weingenuss.

Seine Stimme jedoch war fest, und er stand sicher auf den

Beinen; die Angst hatte ihn ernüchtert. »Er hat einen Pfeil in den Oberschenkel abbekommen, Madonna.«

Eine solche Wunde konnte leicht tödlich enden. Ohne nach einer Begleitung zu rufen, lief ich barfüßig in den Korridor hinaus. Ich kann mich nicht mehr daran erinnern, wie ich durch das Gebäude kam oder die Treppe zu Jofres Gemächern hinaufging; ich weiß nur noch, dass Männer sich verbeugten und Türen öffneten, bis ich an der Seite meines Gatten war.

Bleich und in Schweiß gebadet lag er auf dem Bett, die braunen Augen im Schmerz weit aufgerissen. Seine Diener hatten ihm die Beinkleider aufgeschnitten, um die Wunde bloßzulegen; der halb abgebrochene Pfeil steckte mit der Spitze fest im Schenkel meines Gatten. Das Fleisch im Bereich des Einschusses war dunkelrot und geschwollen, die Wunde blutete stark, Rinnsale liefen zu beiden Seiten des Beines herab. Man hatte ein Laken ein paar Mal gefaltet und unter die Wunde geschoben; es war mit Blut durchtränkt.

Jofre war hellwach, und ich nahm seine Hand; sein Griff war schwach, aber dankbar, und er versuchte, mich anzulächeln, heraus kam jedoch nur eine klägliche Grimasse. »Liebling«, sagte ich; mehr brachte ich nicht hervor.

»Sei nicht böse, Sancha«, flüsterte er. Sein Atem und seine Kleider rochen nach Alkohol – mir wurde klar, dass man ihm offenbar Wein auf die Wunde gegossen hatte, um sie zu reinigen. Trotzdem waren er und sein Gefolge ziemlich betrunken gewesen, was ohne Zweifel die derzeitige Krise heraufbeschworen hatte.

»Nein«, sagte ich, »niemals.« Jofre war ganz und gar ohne Arglist. Wenn er etwas Falsches gemacht hatte, dann nur in der Hoffnung, mir am Ende zu helfen. »Wer hat dir das angetan?«

Jofre war zu schwach, um mir zu antworten; stattdessen hörte ich Federicos Stimme hinter mir; der junge Soldat hatte mit mir Schritt gehalten und war hinter mir ins Zimmer seines Herrn gekommen, doch ich war zu verstört gewesen und hatte es nicht bemerkt. »Ein wachhabender Soldat, Madonna

Sancha. Wir überquerten gerade die Brücke am Castel Sant' Angelo, als der Wachtmeister uns aufforderte, stehen zu bleiben, um uns zu überprüfen. Don Jofre wies sich als Prinz von Squillace aus, doch der Wachtmeister schenkte ihm keinen Glauben, Madonna, und ...« Er hielt inne und kürzte die Geschichte mir zuliebe ab. »Es gab einen Wortwechsel. Offenbar hatte einer der Soldaten das Gefühl, der Prinz beleidige den Wachtmeister, denn er schoss einen Pfeil ab, und das Ergebnis seht Ihr hier.«

Ich war empört. »Ist der Wachtmeister festgenommen worden? Und der Soldat, der den Pfeil abgeschossen hat?«

»Nein, Madonna. Wir haben uns zu sehr um das Wohl des Prinzen gesorgt. Wir haben ihn umgehend hierher gebracht.«

»Es muss etwas geschehen. Die Verantwortlichen müssen bestraft werden.«

»Ja, Madonna. Leider haben wir nicht die Befugnis.«

»Wer denn?«

Federico dachte darüber nach. »Sehr wahrscheinlich Seine Heiligkeit.«

Der Arzt des Papstes erschien, ein älterer, schwerfälliger Mann, fein gekleidet wie alle Borgias, augenscheinlich mitten aus dem Schlaf gerissen. Als er mich sah, zog er vorwurfsvoll die dichten schwarzen Augenbrauen zusammen.

»Keine Frauen. Ich muss den Pfeil entfernen und kann keine Ohnmachten gebrauchen.«

Ich erwiderte seinen finsteren Blick. Ich ließ mich nicht derart abfällig behandeln – wichtiger noch, ich würde nicht zulassen, dass man mich gewaltsam von Jofres Seite verdrängte.

»Ich bin keine verzärtelte Jungfer«, beharrte ich. »Macht Ihr Eure Arbeit, und lasst mich ihn trösten.«

Diesmal brachte Jofre ein mattes Lächeln zuwege.

Ich hielt seine Hand und wischte ihm den Schweiß von der Stirn, während der Arzt die Wunde untersuchte, drückte und schließlich schnitt. Starker Wein wurde gereicht; ich hielt Jofre den silbernen Kelch an die zitternden Lippen und drängte ihn, etwas zu trinken.

Als er so viel zu sich genommen hatte, dass der Arzt zufrieden war, begann das Schlimmste. Der Arzt packte den Schaft mit beiden Händen und zog. Jofre biss die Zähne zusammen und stöhnte, war zuletzt aber so schwach, dass er so laut klagte wie eine Frau bei der Niederkunft.

Nach mehreren Versuchen war der Pfeil draußen, und Jofre fiel kraftlos nach hinten, immer noch mit starken Schmerzen. Er verlor viel Blut, was der Arzt für gut befand, da damit der gefährliche Rost herausgeschwemmt und die Möglichkeit einer Infektion verringert würde. Die Wunde wurde noch einmal mit starkem Wein gereinigt und anschließend verbunden.

Ich blieb in jener Nacht bei Jofre und wagte nicht zu schlafen, auch als er schließlich trotz seines Elends eindöste.

Frühling – Sommer 1499

27

Am Morgen verließ ich meinen schlummernden Mann, zog ein sauberes Kleid an und suchte sehr früh die Gemächer Seiner Heiligkeit auf, ehe er für die Tagesgeschäfte die Örtlichkeit wechselte.

Er empfing mich in seinem Schreibzimmer, hinter einem großen, vergoldeten Schreibtisch sitzend. Ich machte einen Knicks und sagte dann eindringlich: »Eure Heiligkeit. Euer Sohn Jofre wurde bei einer heftigen Auseinandersetzung mit dem Wachtmeister verwundet.«

»Verwundet?« Er erhob sich, sogleich in Sorge. »Ist es schlimm?«

»Es ist letzte Nacht geschehen, Heiligkeit. Jofres Schenkel wurde von einem rostigen Pfeil durchbohrt; er hat dank der Gnade Gottes die Nacht überstanden. Fieber ist noch nicht aufgetreten; der Arzt ist zuversichtlich, was seine Genesung anbelangt. Aber sein Zustand ist noch ernst.«

Ich sah, dass er sich entspannte. »Wie ist das passiert?«

»Jofre war noch sehr spät mit einigen seiner Männer unterwegs; sie überquerten die Brücke bei Sant' Angelo, als der Wachtmeister sie anhielt und fragte, was sie dort zu suchen hätten.«

»Wie es seine Pflicht ist«, sagte Alexander. »Ich habe mit Jofre über seine nächtlichen Eskapaden gesprochen. Er ist mit seinen Spaniern umhergezogen und hat einen Kampf geradezu gesucht. Es hat ganz den Anschein, als wäre es ihm letzten Endes gelungen.«

Sein Tonfall war herablassend; ich starrte ihn ungläubig an und holte tief Luft. »Eure Heiligkeit, die Männer, die für die Verwundung von Jofre verantwortlich sind, müssen vor Gericht!«

Alexander setzte sich, ganz offensichtlich interessierte ihn die Angelegenheit nicht mehr; er schaute mich mit seinen großen braunen Augen an – Augen, die gütig wirkten und doch eine so hinterhältige Seele verbargen. »Es klingt so, als hätten sie nur ihre Pflicht getan. Ich kann sie dafür nicht ›bestrafen‹, wie Ihr es gern hättet. Jofre hat bekommen, was er verdient.« Er schaute auf ein Papier auf dem Schreibtisch und beachtete mich nicht weiter.

»Er ist Euer *Sohn*!«, rief ich laut und versuchte nicht länger, meine Wut zu zügeln.

Er warf mir einen kalten Blick zu. »Da hat man Euch etwas Falsches gesagt, Madonna.«

Mein Temperament bemächtigte sich meiner Zunge, noch bevor mein Verstand es vermochte. »Ihr habt aller Welt das Gegenteil erzählt«, entgegnete ich scharf, »womit Ihr als Lügner und Hahnrei zugleich dasteht.«

Bei diesen Worten erhob er sich erneut – blitzschnell und mit einer Wut, die der meinen ebenbürtig war, doch noch ehe er reagieren konnte, kehrte ich ihm den Rücken, bat bewusst nicht darum, mich entfernen zu dürfen, und stürmte aus dem Raum, die Tür hinter mir zuschlagend.

Danach war ich davon überzeugt, dass ich die Lage für Alfonso und mich erheblich verschlechtert hatte. Bereits am Nachmittag war ich über meine Missetat derart außer mir, dass ich mich auf die Suche nach meinem Bruder begab und ein paar Stunden auf ihn warten musste, bis er von der Jagd zurückkehrte.

Wir trafen uns wie immer heimlich – in Alfonsos innerem Heiligtum, die Tür zum Vorzimmer geschlossen. Während mein Bruder, nach einem harten Reittag auf einem Stuhl sitzend, zuhörte – er war selbst zu erschöpft, das Cape abzulegen, ehe er Platz nahm –, schritt ich vor ihm auf und ab und gestand ihm meine Dummheit und meine Schuldgefühle ein.

Nachsichtig schüttelte er den Kopf und seufzte. »Sancha, du musst einsehen, dass deine Wutausbrüche Alexander mächtig ärgern, doch letzten Endes versteht er, dass du deinen Ehemann nur verteidigt hast. Eure Begegnung wird keine bösen Folgen nach sich ziehen.« Es war sinnlos, ihn vom Gegenteil überzeugen zu wollen; er war es gewohnt, stets nur das Gute im Menschen zu sehen. Und wenn er noch so lange in Rom bliebe, er würde nie die verräterische Gabe der Borgias begreifen.

Ich seufzte; doch dann fügte Alfonso hinzu: »Du hast unsere Lage nicht verschlimmert. Sie kann eigentlich nicht schlechter werden.«

Dann teilte er mir schließlich mit, was er ein paar Tage lang vor mir verheimlicht hatte: dass die Repräsentanten des spanischen Königs Ferdinand mit zunehmender Empörung auf Alexanders Handlungsweise reagierten. Tatsächlich seien sie gerade im Begriff, mit dem Schiff nach Spanien zu fahren, um Ferdinand persönlich aufzusuchen. Ihre Abreise sollte ein bewusster Affront gegen den Papst sein, und noch ehe sie sich verabschiedeten, übermittelten sie Seiner Heiligkeit, sie glaubten, dass die päpstliche Armee Munition von Frankreich erhalten habe, in Weinfässern ins Land geschmuggelt.

Alfonso eröffnete mir dies mit einer Niedergeschlagenheit, die viel tiefer ging als körperliche Erschöpfung. Er stützte die Schläfe auf eine Faust und sagte matt: »Und dem Papst ist es gelungen, die Spanier mit seiner ständigen Schmeichelei des Königs von Frankreich so gründlich zu erzürnen, dass die Botschafter Alexander offen beleidigten. Garcillaso de Vega hatte sogar den Mut, Seiner Heiligkeit ins Gesicht zu sagen: ›Ich hoffe, Ihr seid gezwungen, mir nach Spanien zu folgen – als Flüchtling, auf einer Barkasse, nicht mit einem so schönen Schiff wie dem meinen.‹«

Unwillkürlich entfuhr mir vor Vergnügen ein Juchzer bei der Vorstellung, wie de Vega den Papst in seine Schranken verwies; gleichzeitig war mir aber auch bewusst, dass eine solche Offenheit Rache nach sich ziehen würde. »Was hat der Papst gesagt?«

»Er hat gestottert«, sagte Alfonso. »Er sagte, Don de Vega habe ihn entehrt, als er ihn der Komplizenschaft mit Frankreich bezichtigte. Er sagte, seine Loyalität zu Spanien bleibe unverändert bestehen.«

Schweigend betrachtete ich meinen Bruder. Ich fürchtete, Lucrezia beeinflusste ihn noch immer so sehr, dass er die Abreise der spanischen Botschafter als Überreaktion abtun würde; doch das war nicht der Fall. Sein Ausdruck blieb ernst und besorgt.

Nach einem Moment des Schweigens ergriff Alfonso erneut das Wort, diesmal im Tonfall offen eingestandener Niederlage. »Ich habe regelmäßig mit Ascanio Sforza gesprochen. Er wies mich darauf hin, dass Lucrezia mich zwar liebe, doch ihre Stimme in dieser Angelegenheit ungehört bleibe, soweit es den Papst betreffe. Sie habe ihrer Scheidung von Giovanni Sforza vehement widersprochen, doch am Ende habe es nichts genutzt.«

Ich hielt den Mund und war so gnädig, nicht zu erwähnen, dass ich dasselbe schon Wochen zuvor gesagt hatte und nur auf Unglaube und Empörung gestoßen war. Stattdessen sagte ich: »Alexander schenkt niemandem Gehör außer Cesare. Der stellt die größte Gefahr für uns dar.«

Alfonso dachte darüber nach und fuhr fort: »Sforza denkt daran, Rom zu verlassen. Er weiß nicht, wie lange es für Anhänger des Hauses Aragon noch sicher ist, hier zu bleiben.«

Ich erstarrte. Ich wusste, dass Cesares politische Schachzüge mit den Franzosen meinen Bruder und mich in eine schwierige Lage versetzten. Doch die tatsächliche körperliche Bedrohung – dass die Borgias versuchen könnten, Alfonso umzubringen – war bis zu jenem Augenblick nie real gewesen, da ich meinen sanftmütigen Bruder anschaute und erkannte, was Cesare getan hatte: Das Haus Aragon war in ernster Gefahr. Die Allianz mit Frankreich hatte sogar dem

Papst die Kühnheit verliehen, mir gegenüber die Vaterschaft von Jofre abzustreiten.

War Cesares Behauptung, er wolle Carlotta von Aragon heiraten, nur eine List gewesen? Hatte er von Anfang an beabsichtigt, eine Braut zu ehelichen, die König Louis auserwählt hatte, und sich mit dem ärgsten Feind meines Landes zu verbünden? Wenn er sich an mir rächen wollte, könnte er keinen besseren Weg finden, als Alfonso zu bedrohen; das Leben meines Bruders lag mir mehr am Herzen als mein eigenes.

Stünde die französische Armee dem Papst zur Verfügung, könnte Cesare mir mehr nehmen als Alfonso: Er könnte Neapel erobern.

Im Nu fühlte ich mich in längst vergangene Zeiten versetzt. Ich saß in der dunklen Höhle der *strega* am Vesuv, sah, wie ihre hübschen Gesichtszüge hinter einem Schleier aus schwarzer Gaze mild wurden, und hörte sie mit klangvoller Stimme verkünden:

Gib Acht, sonst wird dein Herz alle zerstören, die du liebst.

Cesare, dachte ich in einem Anfall rasender Furcht und legte instinktiv eine Hand an das Stilett, das immer in meinem Mieder verborgen war. *Cesare, mein Herz ... Mein schwarzes, böses Herz. Ich kann nicht zulassen, dass du meinen Bruder zerstörst.*

Jofre erholte sich vollends und gab seine dummen nächtlichen Streifzüge auf. Alfonso und ich blieben sogar im Juli in Rom, nachdem Ascanio Sforza nach Mailand abgereist war, um seinen Bruder, Herzog Ludovico Sforza, zu unterstützen. Die französische Armee hatte bereits die Alpen überquert und sammelte sich für einen Angriff auf die Stadt im Norden.

Meine Sorge galt allein Alfonso: Er war männlich und demnach fähig, politisch Einfluss zu üben. Ich als Frau wurde nur als lästige Gemahlin betrachtet, nicht als eine direkte Bedrohung. Wir versuchten, uns gegenseitig zu versichern, wir seien nicht in Gefahr, vor allem, da Lucrezia im fünften Monat schwanger war und Alexander aufgeregt die Geburt des ersten legitimen Enkels erwartete – Erbe der beiden Häuser Aragon und Borgia.

Der Papst wiederholte ständig, König Louis werde niemals in Neapel einmarschieren; der französische König sei nur an dem Gebiet um Mailand interessiert, beharrte er, weiter nichts. Hätte Louis Mailand erst einmal fest in der Hand, werde er mit seiner Armee abziehen.

Verzweifelt wollten wir Alexanders Geschichten glauben.

Doch Alfonso vermochte ihnen nur bedingt Glauben zu schenken. Er hielt etwas vor mir geheim, was ich ihm noch immer nicht verzeihe, auch wenn ich weiß, dass er das nur machte, um mich zu schützen.

In jenem Juli des Jahres 1499 gelang es König Louis, Mailand ohne Schwierigkeiten zu erobern; die Bürger, die um ihren Hals fürchteten, strömten auf die Straße hinaus, um ihn willkommen zu heißen. Herzog Ludovico und sein Vetter, Kardinal Sforza, hingegen waren nicht imstande, genügend Unterstützung um sich zu versammeln, um einen Einmarsch zu verhindern. Aufgrund dieser Erkenntnis flohen sie, noch ehe die Stadt ihre Tore für die französische Armee öffnete.

Mit dem König ritt Cesare Borgia ein.

Der August war erst zwei Tage alt, und am Morgen war es noch angenehm kühl, als Lucrezia mich zu einem Essen auf der Loggia des Palazzos einlud. Wir waren in glückliche Frauengespräche vertieft, die sich ergeben, wenn eine von beiden ein Kind erwartet, als unsere Unterhaltung jäh unterbrochen wurde. Zwei päpstliche Begleiter traten auf die Loggia, dann Seine Heiligkeit.

Er schritt mit ungewöhnlicher Eile und Zielstrebigkeit auf uns zu, die breiten Schultern nach vorn gebeugt. Sein Anblick erinnerte mich an das Wappen der Familie Borgia, denn

Alexander glich haargenau einem wütenden, angreifenden Bullen.

Er kam näher; seine weiße Satinrobe hob sein hochrotes, rundes Gesicht noch hervor, die dunklen, zusammengekniffenen Augen. Sein Blick, der zwischen Lucrezia und mir hin und her schoss, war bohrend wie eine Klinge; es lag auf der Hand, dass wir beide etwas getan hatten, was ihn zu Wut und Verachtung trieb.

Wir standen auf, Lucrezia etwas schwerfällig aufgrund der Last, die sie trug; doch Alexander bedeutete uns sogleich durch Gesten, sitzen zu bleiben.

»Nein!«, rief er. »Setzt euch – ihr werdet es nötig haben.« Sein Tonfall war barsch, sein Gesichtsausdruck verhieß nichts Gutes. Sobald er an unseren Tisch kam, schleuderte er ein Sendschreiben auf Lucrezias Teller. Ich saß wie versteinert da und wagte kaum zu atmen.

Lucrezia erbleichte – vielleicht vermutete sie, was ich vor Verblüffung nicht erfasste –, nahm den Brief an sich und fing an zu lesen. Sie stieß einen Laut des Erschreckens aus, dann ein eigenartiges, nervöses, ungläubiges Lachen.

»Was ist es?«, fragte ich leise, um den Zorn Seiner Heiligkeit nicht weiter zu schüren.

Sie schaute mich verwirrt an; ich dachte, sie würde in Ohnmacht fallen. Doch sie fasste sich und begann zu reden; ich hörte ihr an, dass sie den Tränen nahe war. »Alfonso. Er sagt, er sei in Rom nicht mehr sicher. Er ist nach Neapel gegangen.«

»Und er fleht dich an, mit ihm zu kommen!«, brüllte Alexander und deutete mit weit ausholender Geste auf den Brief; Lucrezia fuhr zusammen, als fürchte sie, er könnte sie schlagen. »Es stünde dir gut an, bei Gott zu schwören, dass du davon nichts wusstest.«

Lucrezia blinzelte rasch und flüsterte: »Ich wusste nichts, das schwöre ich.«

Alexander tobte weiter. »Was für ein Verräter ist das, der seine eigene Familie – mich – der Untreue bezichtigt und dann seine arme, schwangere Frau im Stich lässt? Schlimmer noch: was für ein Schwein bringt seine Frau in eine solche Lage, dass er sie bittet, ihr eigen Blut zu verlassen, obwohl er ihre Verantwortung gegenüber Familie und Politik kennt?«

In diesem Moment war ich versucht, ihn zu schlagen. Ich war zornig auf ihn, dass er meinen Bruder beleidigte – einen Mann, der anständiger war, als Alexander es sich überhaupt vorzustellen vermochte; genauso wütend war ich allerdings auf Alfonso, dass er aus Rom geflohen war, ohne mir etwas zu sagen.

Gleichzeitig begriff ich, warum er geschwiegen hatte; ein solches Geheimnis hätte mein Leben gefährdet. Indem er mich zurückgelassen hatte, die ich offenbar in seine Pläne nicht eingeweiht war, hatte Alfonso dafür gesorgt, dass die Borgias mich für harmlos hielten.

»Du wirst natürlich nicht antworten«, befahl Alexander seiner Tochter barsch, gänzlich ungerührt von den Tränen, die ihr über die Wangen liefen und auf das Pergament tropften, das neben ihrer halb verzehrten Mahlzeit lag. »Ab sofort wirst du in diesem Haus auf Schritt und Tritt beobachtet, denn du wirst ohne meine Erlaubnis nirgendwohin gehen, das versichere ich dir!«

Er wandte sich an mich. »Was Euch betrifft, Donna Sancha – Ihr könnt noch in diesem Augenblick anfangen, Eure Truhen zu packen. König Federico will sicher nichts hier lassen, was ihm gehört, also werdet Ihr Eurem Bruder nach Neapel folgen.«

Blut schoss mir in die Wangen. Ich erhob mich und sagte mit kalter, doch vor Wut bebender Stimme: »Ich werde tun, was mein Gatte mir sagt.«

»Euer Gatte« – Alexander kam mir bedrohlich nahe – »hat in diesem Hause nichts zu melden, wie Ihr sehr wohl wisst. Ich erwarte, dass Ihr den Palazzo spätestens morgen verlasst, und nehmt Euer aragonesisches Temperament und Eure Arroganz mit.« Er machte auf dem Absatz kehrt und stapfte mit dem Elan eines sehr viel jüngeren Mannes davon, sodass seine Pagen Mühe hatten, ihm zu folgen.

Lucrezia saß verstört da und starrte auf den Brief, geschrieben von dem Mann, der ihr am nächsten stand und nunmehr so weit entfernt war. Ich trat zu ihr, kniete nieder und schlang die Arme um sie. Ich schloss die Augen, denn ich ertrug es nicht, ihr ins Gesicht zu sehen und darin abzulesen, wie ihr das Herz brach.

»Sancha«, sagte sie und holte tief Luft. »Warum kann ich nicht einfach ein glückliches Leben an der Seite meines Mannes führen? Bin ich denn so eine schlechte, schreckliche Frau, eine so entsetzliche Ehefrau, dass die Männer die Flucht vor mir ergreifen?«

»Nein, meine Liebe«, sagte ich ihr wahrheitsgemäß. »Das sind politische Angelegenheiten, die alles mit deinem Vater und Cesare zu tun haben und nichts mit dir. Ich weiß, wie sehr Alfonso dich liebt. Er hat es mir oft genug gesagt.«

Meine Worte bereiteten ihr nur noch größeren Kummer. »Ach, meine Sancha, sag mir nicht, dass du mich jetzt auch noch verlassen wirst.«

»Liebe Lucrezia«, murmelte ich an ihrer Schulter. »Manchmal sind wir gezwungen, das zu tun, was wir am wenigsten wünschen.«

Jofre stritt mit seinem Vater, aber wir sahen ein, dass es zu nichts Gutem führen würde. Im Gegensatz zu Alfonso bat ich meinen Partner nicht, mir zu folgen: Ich glaube nicht, dass Jofre so viel Selbstvertrauen besaß, um auf das einzige Privileg zu verzichten, das er je hatte – ein Borgia zu sein, wenn auch nur dem Namen nach.

An jenem Morgen befahl ich meinen Dienerinnen zu packen.

Mit Einbruch der Dunkelheit kam Jofre in meine Gemächer und schickte Esmeralda und die Dienerinnen fort. »Sancha«, sagte er, und seine Stimme bebte vor Rührung. »Es ist schrecklich, was Vater dir angetan hat. Ich werde ihm nie verzeihen. Und ich werde nie wieder glücklich werden ohne dich. Ich war ein erbärmlicher Ehemann; ich bin weder ehrgeizig noch sehe ich gut aus oder bin willensstark wie Cesare – aber ich liebe dich von ganzem Herzen.«

Als er Cesare erwähnte, wurde ich rot und fragte mich, ob Jofre von der Affäre wusste. Es war unmöglich, in Rom zu leben, ohne die Gerüchte mitzubekommen, doch ich hatte gehofft, dass mein Gemahl – der stets das Beste von den Menschen glauben wollte – sie überhört hatte.

»Ach, Jofre«, erwiderte ich. »Wie kommt es nur, dass du inmitten all der Falschheit eine so arglose Seele geblieben bist?« Ich schloss ihn in die Arme, und in jener Nacht schlief er mit mir, womöglich zum letzten Mal.

Vor Tagesanbruch ging Jofre. Gegen Mittag des darauf folgenden Tages hatten meine Dienerinnen alles in Truhen verpackt, was ich mitnehmen wollte; einen Großteil meines Putzes und meiner Garderobe ließ ich zurück.

Auf dem Weg von meinen Gemächern zur bereitstehenden Kutsche tauchte Lucrezia mit rot geränderten Augen vor mir im Korridor auf.

»Schwester!«, rief sie im Näherkommen. Ihre Schritte waren bereits langsamer, bedingt durch die Schwangerschaft. »Geh nicht, ohne dass ich mich von dir verabschiede!«

Als sie mich in die Arme nahm, flüsterte ich ihr zu: »Das darfst du nicht. Die Diener werden es sehen und dem Papst berichten – er wird außer sich sein.«

»Zur Hölle mit Vater«, sagte sie aufbrausend, während wir uns in den Armen lagen.

»Es ist tapfer von dir, dass du gekommen bist«, sagte ich. »Es bricht mir das Herz, Lebewohl sagen zu müssen.«

»Kein Lebewohl. Nur auf Wiedersehen«, entgegnete sie. »Ich schwöre dir, wir sehen uns wieder. Noch in diesem Leben werde ich dafür sorgen, dass du und Alfonso wieder in Gnaden in dieser Familie aufgenommen werdet. Ich werde euch nicht fallen lassen.«

Ich drückte sie an mich. »Meine liebe Lucrezia«, murmelte ich, »ich werde ein Leben lang deine Freundin bleiben und zu dir stehen.«

»Und ich zu dir«, verkündete sie feierlich.

Wir lösten uns voneinander, um uns zu betrachten, und sie stieß ein gekünsteltes Lachen aus. »Nun aber genug der Traurigkeit. Wir werden uns wiedersehen, und du wirst an meiner Seite sein, wenn das erste Kind deines Bruders zur Welt kommt. Denk an die bevorstehende glückliche Zeit, so wie ich, jedes Mal, wenn uns der Kummer überfällt. Das wollen wir einander versprechen.«

Ich brachte ein Lächeln zustande. »Ich verspreche es dir.«

»Gut«, sagte sie. »Ich lasse dich jetzt gehen, wissend, dass unsere Trennung nur von kurzer Dauer sein wird.« Sie drehte sich so mutig und entschlossen um, dass ich mich aufrichtete.

Es war das Jahr 1499. Im gemeinen Volk ging das Gerücht und von den Kanzeln wurde es leidenschaftlich verkündet, dass es Gott für angebracht halte, der Welt im kommenden Jubeljahr ein Ende zu setzen. Ich hatte das Gefühl, als ich mich anschickte, den Palazzo Santa Maria beschämt zu verlassen, dass meine Welt bereits zu Ende ging … doch in Wirklichkeit trafen die Gerüchte zu. Das Ende meiner Welt kam, allerdings erst im Jahre 1500.

Spätsommer 1499

28

Hoch erhobenen Hauptes verließ ich Rom. Ich weigerte mich, auch nur eine Spur verlegen zu sein angesichts der Tatsache, dass Alexander mich so grob von dort vertrieben hatte, wo ich mich am Ende zu Hause gefühlt hatte. Schande gebührte nicht mir oder meinem Bruder, die wir uns nichts hatten zuschulden kommen lassen, sondern Cesare und seinem wankelmütigen Vater. Dennoch wurde mir das Herz schwer bei dem Gedanken, Lucrezia und Jofre zurückzulassen; es lag eine gewisse Ironie darin, dass ich, die ich einst so unglücklich gewesen war, nach Rom zu kommen, nun so unglücklich war, diese Stadt zu verlassen, die mir mittlerweile am meisten bedeutete.

Am zweiten Reisetag sichteten wir die Küste und das Meer; wie immer war der Anblick ein Tonikum für mich. Als ich in Neapel eintraf, hatte sich mein Kummer ein wenig gelegt, und ich war froh, zu Hause zu sein; doch meine Freude wurde gedämpft, als ich sah, wie bekümmert Alfonso war. Ich hatte die Betroffenheit in Lucrezias Zügen noch deutlich vor Augen an dem Tag, da ihr Vater ihr mitteilte, dass Alfonso abgereist war. Doch sosehr sie meinen Bruder auch liebte, Alfonso betete sie geradezu an – und an jedem Tag in Neapel war ich gezwungen, in ein noch besorgteres, leidvolleres Gesicht zu schauen.

Sie korrespondierten regelmäßig – die Briefe wurden sowohl von den Spionen Seiner Heiligkeit als auch von denen unseres Königs Federico gelesen – und versicherten sich gegenseitig der immerwährenden Liebe, und mein Bruder bat Lucrezia ein ums andere Mal, zu ihm zu kommen; auf dieses Thema ging sie niemals ein.

Wir erfuhren bald, dass Lucrezia mit dem Titel Gouverneur von Spoleto »geehrt« worden war – eine Stadt weit im Norden von Rom, und somit noch weiter von Neapel entfernt. Dass einer Frau der Titel eines Gouverneurs verliehen wurde, war noch nie da gewesen, ja geradezu grotesk; es musste einiges an Unruhe im Kardinalskollegium ausgelöst haben. Dennoch war das Vertrauen Alexanders in den Verstand und das Urteilsvermögen seiner Tochter so groß, dass er niemals in Erwägung zog, meinem Gemahl, von dem er nichts hielt, dieses Gouverneursamt zu gewähren. Oder es lag daran, dass der Papst es nicht ertragen konnte, eines seiner Kinder zu übergehen, um einem Kind, das nicht das seine war, eine Gefälligkeit zu erweisen.

Doch diese »Ehre« war ganz und gar keine Auszeichnung, sondern eine raffinierte Möglichkeit für Alexander, seine beiden Kinder als Gefangene zu halten, damit sie nicht in die Arme ihrer Partner flohen. Jofre schrieb mir einen gespreizten Brief, in dem er erklärte, er sei stets von sechs Pagen begleitet, »die schwören mussten, mich Tag und Nacht nicht aus den Augen zu lassen und zu beschützen«. Mit anderen Worten, er konnte gar nicht entkommen und zu mir fahren, selbst wenn er es gewollt hätte. Ich bezweifelte nicht, dass Lucrezia in ähnlicher Weise auf Schritt und Tritt »begleitet« wurde.

Alexanders Vorsichtsmaßnahmen überraschten mich nicht; Alfonso erzählte mir, dass er an dem Morgen, als er aus Rom floh, gezwungen gewesen sei, schneller als die Vatikanpolizei zu reiten. Sie hatten ihn bis zum Einbruch der Dunkelheit verfolgt, als es ihm schließlich gelang, bis Genazzano zu kommen, einem Staat, der von Freunden unseres Königs Federico beherrscht wurde; da erst hatten die päpstlichen Truppen die Verfolgung eingestellt, und, so Alfonso, »wenn sie mich ergriffen hätten, dann bin ich mir nicht sicher, ob ich noch am Leben wäre und diese Worte aussprechen könnte«.

Die Enthüllung erschreckte mich, und mir war bei dem Gedanken nicht wohl, dass mein Bruder und Lucrezia sich in Rom wieder vereinen würden. Ich war zerrissen: Fern von Lucrezia fiel mir Cesares Verschlagenheit wieder ein. Während sie alles in ihrer Macht Stehende tat, um ihren Gemahl zu schützen, gab es nichts, was Cesare daran hindern konnte, ihm etwas zuleide zu tun.

Cesare verachtete ausnahmslos jeden Abkömmling des Hauses Aragon aus persönlichen und nun auch aus politischen Gründen.

Nur zwei Wochen nach unserer Ankunft in Neapel ritt ich an einem Morgen mit meinen Damen aufs Land. Die Luft war kühl und feucht von der Meeresbrise, doch die Sonne sorgte für ausreichend Wärme; unwillkürlich musste ich an die elende Hitze denken, unter denen die Einwohner Roms zu leiden hatten.

Ich kam in unseren Palast zurück und stellte fest, dass Alfonso einen ehrenwerten Gast empfing: den spanischen Hauptmann Juan de Cervillon, der an der Hochzeitsfeier von Lucrezia und Alfonso teilgenommen hatte. Während die Stellung des Hauptmanns de Cervillon es erforderlich machte, dass er in Rom lebte, wohnte seine Frau mit den Kindern auf dem Familiensitz in Neapel. Ich ging davon aus, dass er aus privaten Gründen in den Süden gekommen war und uns einen Anstandsbesuch abstattete.

Ich traf ihn, als er gerade am Eingang zum Großen Saal von Alfonso begrüßt wurde; ich war auf dem Weg in meine Gemächer gewesen, wo ich mich umziehen wollte, blieb nun aber bei ihnen stehen und hieß ihn willkommen.

Er war in den Vierzigern und hatte einen dunklen Teint – ein gepflegter, gut aussehender Soldat. In seiner Uniform gab er eine schnittige Figur ab, dekoriert mit einer Reihe von Orden für seinen schon viele Jahrzehnte andauernden, heldenhaften Dienst an Seiner Heiligkeit sowie an anderen Päpsten und Königen. Als ich mich zu ihnen gesellte, verbeugte er sich tief, wobei sein Schwert an der Hüfte nach hinten schwang, und küsste mir die Hand. »Hoheit, es ist mir stets eine Ehre und ein Vergnügen, Euch wiederzusehen. Ihr seht gut aus.«

»Neapel bekommt mir gut«, entgegnete ich in aller Offenheit. »Es ist immer schön, Euch zu sehen, Hauptmann. Welchem glücklichen Umstand haben wir Eure Anwesenheit zu verdanken?«

Er stand mit dem Rücken zu Alfonso, sodass er den warnenden Blick meines Bruders nicht mitbekam; ich war besorgt und neugierig. Ich hatte also vom Besuch de Cervillons nichts wissen sollen. Diese Erkenntnis bestärkte mich noch in dem Entschluss, zu bleiben und an der Unterhaltung zwischen meinem Bruder und dem Hauptmann teilzuhaben, wie sie auch aussehen mochte.

»Ich bin auf offizielle Bitte des Königs Federico hier«, antwortete de Cervillon ehrlich. »Seine Majestät ist mit Seiner Heiligkeit, Papst Alexander, in Verbindung getreten, der eifrig darauf bedacht ist, über die Rückkehr des Herzogs von Bisceglie nach Rom zu verhandeln. Natürlich«, fügte er hinzu für den Fall, dass ich gekränkt sein sollte, »würde dies auch Eure Rückkehr einschließen.«

»Verstehe.« Ich zwang mich, mir meine Beunruhigung nicht anmerken zu lassen. Ich drehte mich um und bedeutete meinen Hofdamen mittels Handzeichen, mich allein zu lassen und in meine Gemächer zu gehen, dann wandte ich mich wieder meinem missbilligenden Bruder und Hauptmann de Cervillon zu. »Wenn dem so ist, sollte ich erst recht an dieser Unterhaltung teilnehmen. Bitte, meine Herren.« Ich bat meinen Bruder und den Hauptmann mit einladender Geste in den Empfangssaal. »Ich will den Verlauf des Gesprächs nicht aufhalten.«

Alfonso warf mir einen Blick zu, der wütend und nachsichtig zugleich war; wütend, weil ich meine Grenzen überschritt und mich in ein Gespräch drängte, das die beiden Männer unter vier Augen führen wollten; und nachsichtig, weil er wusste, es wäre zwecklos gewesen, mich ausschließen zu wollen. Er seufzte und rief nach einem Diener, der Hauptmann de Cervillon etwas zu trinken und zu essen bringen sollte; dann bat er uns in den Empfangsraum.

Dass der Papst seine Haltung gegenüber Neapel zum Guten änderte, bereitete mir Kopfzerbrechen – und, so komisch es klingen mag, ich wollte nicht, dass er meinen Bruder und mich wieder nach Rom einlud; so traurig Alfonso auch war, ich wusste, zu Hause war sein Leben weniger in Gefahr. Alexanders neuerlicher Gesinnungswandel hatte sich als Reaktion auf einen wütenden Brief des Königs Federico eingestellt, der außer sich darüber war, dass Sforza geflohen war und Louis Mailand erobert hatte. Unser König hatte Alexander eine Botschaft gesandt: *Wenn Ihr Neapel nicht verteidigt, werde ich in den Türken Verbündete finden.*

Das war eine verblüffende, schwerwiegende Drohung, denn die Türken waren die von Rom am meisten gefürchteten Feinde. Federicos Herausforderung hatte den gewünschten Erfolg: Alexander beeilte sich, ihm zu versichern, Rom sei Neapels treuester Beschützer und werde es immer bleiben. Alfonso und ich saßen, wie es unserer Stellung entsprach, während de Cervillon mit der steifen Haltung eines Soldaten stand und seinen Bericht abgab.

»Hoheiten, König Federico ist es am Ende gelungen, ein Abkommen mit Seiner Heiligkeit zu schließen, das er für zufrieden stellend hält.«

Alfonsos Miene war zu entnehmen, dass er von diesen Verhandlungen gehört hatte und über ihren Inhalt unterrichtet war, ich hingegen nicht.

»Welches Abkommen?«, fragte ich. Mir, einer Frau, stand es nicht zu, mich in die Unterhaltung einzumischen, doch sowohl mein Bruder als auch de Cervillon kannten mich und dachten sich nichts dabei.

»Seine Heiligkeit legt persönlich die Hand für die Sicherheit des Herzogs von Bisceglie ins Feuer – und auch für Eure Sicherheit, Hoheit –, wenn er zu seiner Frau, der Herzogin, nach Rom zurückkehren will.«

»Was Ihr nicht sagt!« Ich vermochte meinen Sarkasmus nicht zu zügeln. »Wir wissen doch alle, dass Alexander König Louis zur Christmette in den Petersdom eingeladen hat. Sollen wir mit ihm daran teilnehmen?«

»Sancha«, entgegnete Alfonso scharf. »Du weißt, dass Seine Heiligkeit nach der Reaktion König Federicos seine Haltung geändert hat. Er hat sich entschuldigt und Neapel seiner Unterstützung versichert.«

»Trotzdem muss ich darauf bestehen, hier offen zu reden«, sagte ich. »Wer hat die Verhandlungen in die Wege geleitet? König Federico, Seine Heiligkeit … oder Cesare Borgia?«

De Cervillon schaute mich verständnislos an.

»Lucrezia«, antwortete Alfonso mit empörtem Unterton. »Sie hat ihren Vater seit ihrer Ankunft in Spoleto ständig bearbeitet; sie war über den neapolitanischen Botschafter auch in Verbindung mit König Federico. Sie hat die Hoffnung nie aufgegeben.«

»Verstehe.« Ich ließ den Kopf sinken. Ich wollte nicht undankbar für Lucrezias Hilfe erscheinen; ich sehnte mich selbst danach, sie und Jofre wieder zu sehen. Dennoch glaubte ich aus Furcht vor Cesare nicht einen Augenblick daran, dass mein Bruder und ich ungefährdet nach Rom zurückkehren konnten.

Alfonso brach das Siegel und entrollte das Pergament; Überraschung zeichnete sich auf seinen Gesichtszügen ab, als er das Dokument zu Ende las. »Das ist die Unterschrift Seiner Heiligkeit.«

»Ja«, bestätigte de Cervillon.

Ich bestand darauf, das Schreiben selbst zu lesen, obwohl ich wusste, dass alle darin enthaltenen Versprechungen wertlos waren. Es garantierte mir und Alfonso Sicherheit, falls wir uns entschließen sollten, zu unseren Ehepartnern in Rom zurückzukehren. Darüber hinaus sollte Alfonso ein

»Ausgleich« für alle Unannehmlichkeiten gewährt werden in Form von fünftausend Golddukaten, und ihrem gemeinsamen Besitz in Bisceglie sollten zusätzliche Ländereien, die einst der Kirche gehört hatten, hinzugefügt werden.

Mir, die ich nur Jofres Gemahlin war, wurde nichts angeboten.

Mit einem Gefühl des Grauens reichte ich das Dokument wieder an Alfonso. Der liebeskranken Hoffnung in seinen Augen entnahm ich, dass er sich bereits entschieden hatte, zurückzukehren. Es war nur eine Frage der Zeit gewesen.

Mein Bruder rollte das Pergament wieder zusammen. »Ich weiß es zu schätzen, Hauptmann, dass Ihr uns dieses Schreiben zur Kenntnis gebracht habt. Bitte, dankt dem König für seine Mühe um unseretwillen; doch diesmal brauche ich eine gewisse Zeit, um das Angebot Seiner Heiligkeit zu überdenken.«

»Selbstverständlich.« De Cervillon schlug forsch die Hacken zusammen und verbeugte sich erneut. Als er sich aufrichtete, sagte er: »Ich möchte Eure Hoheiten meiner tiefen Verbundenheit und Achtung versichern. Ihr sollt wissen, dass ich gern mein Leben gäbe, um Euch zu beschützen. Ein solches Angebot würde ich Euch nicht überbringen, wäre ich nicht von seiner Echtheit überzeugt.« Sein Blick und sein Tonfall waren integer und zeugten von einer Bescheidenheit und Güte, die mich überzeugten, dass er jedes Wort von Herzen ehrlich meinte. Er war zu freundlich, dachte ich, ein zu außergewöhnlicher Mensch, um Borgias und ihresgleichen dienen zu müssen.

»Danke, Hauptmann«, sagte ich.

»Ihr seid ein ungewöhnlich feiner Mann«, versicherte ihm Alfonso, »und wir werden Euch immer hoch zu schätzen wissen.« Er erhob sich, um anzudeuten, dass das Gespräch beendet war. »In wenigen Tagen werde ich König Federico und Seine Heiligkeit über meinen Entschluss in Kenntnis setzen. Und ich werde beide über Eure ausgezeichnete Haltung und Euren Diensteifer unterrichten, Hauptmann.«

»Danke.« De Cervillon verbeugte sich noch einmal. »Der Herr möge Euch beistehen.«

»Euch auch«, erwiderten wir einstimmig.

Alfonso konnte es nicht ertragen, auch nur die paar Tage zu warten, die er de Cervillon gegenüber erwähnt hatte. Bereits in jener Nacht entwarf er drei Briefe – einen an König Federico, einen an Seine Heiligkeit und einen an seine Frau –, um mitzuteilen, dass er zu Lucrezia zurückkehren wolle, sobald der Papst ihm die Erlaubnis erteile.

Am darauf folgenden Morgen ritt ich wieder aus – diesmal allein; absichtlich entwischte ich Donna Esmeralda, meinen Zofen und Wachen. Für das, was ich mir vorgenommen hatte, konnte ich keine Gesellschaft gebrauchen.

Ich ritt ins Landesinnere, fort vom Hafen und dem Geruch des Meeres, dorthin, wo das Land mit dem Laub der Obsthaine übersät war. Ich ritt auf den Vesuv zu, den nunmehr stillen Vulkan, der sich dunkel und massiv vor dem blauen Himmel abzeichnete.

Zweimal bog ich um die falsche Ecke; im Laufe der Jahre hatte sich die Landschaft verändert. Doch mein Instinkt führte mich schließlich zu der verfallenen, in einen Berg hinein gebauten Hütte. Kein Esel schrie, nur ein stilles Maultier stand dort, und noch mehr Hühner als damals spazierten ungehindert zum offenen Eingang ein und aus.

Ich stellte mich auf die Schwelle und rief nach der Hexe: »*Strega*! *Strega*!«

Keine Antwort. Ich trat ein und zog ob der niedrigen Decke den Kopf ein; durch die offenen Fenster strömte Sonnenlicht. Ich versuchte die Spinnweben in jeder Ecke und die Hühner auf dem grob zusammengezimmerten Esstisch zu übersehen; alles war mit Hühnerdreck übersät, auch die Strohmatratze in der Ecke.

»*Strega*!«, rief ich noch einmal, doch es war still; enttäuscht kam ich zu dem Schluss, dass sie wohl vor Jahren gestorben war.

Ich drehte mich um und war im Begriff zu gehen; zuvor jedoch gab mir meine innere Stimme ein, es noch ein letztes Mal zu versuchen. »*Strega*, bitte! Eine Edelfrau braucht dringend Eure Dienste. Ich werde auch ein hübsches Sümmchen bezahlen.«

Im inneren Raum, der in den Berg hinein gebaut war, rührte sich etwas. Ich hielt die Luft an und wartete, bis die *strega* auftauchte.

Noch immer ganz in Schwarz gekleidet und verschleiert, stand sie im dunklen Durchgang, der in die Höhle führte. Im Licht des vorderen Raumes sah ich, dass sie abgemagert war. Das Haar war silbergrau, und ein Auge war trüb und milchig weiß, während das andere noch bernsteinfarben leuchtete.

Die Frau betrachtete mich mit dem gesunden Auge. »Ich brauche Euer Geld nicht, Madonna.« Sie hielt eine Öllampe in der Hand; ohne weiteren Kommentar drehte sie sich um und kehrte wieder in die Höhle zurück. Ich folgte ihr. Abermals kamen wir an einem Federbett vorbei – wie eh und je sauber und prächtig ausgestattet – und einem großen Marienschrein, dessen Altar von dornigen Rosen bedeckt war.

Auf ihren Wink hin nahm ich an dem mit schwarzer Seide bezogenen Tisch Platz. Die *strega* stellte die Lampe neben uns ab.

»Madonna Sancha«, sagte sie. »Vor langer Zeit wurde Euch Euer Schicksal vorausgesagt. Hat es sich so zugetragen?«

»Ich weiß es nicht«, erwiderte ich. Ich war sprachlos, dass sie mich wieder erkannte – doch dann kam ich zu dem Schluss, dass sie wahrscheinlich noch nie ein Mitglied des Königshauses bewirtet hatte, bevor ich sie aufsuchte. Bestimmt würde sie sich an den Besuch einer Prinzessin ebenso erinnern, wie ich mich an sie.

»Und Ihr habt … Sorgen.«

»Ja«, antwortete ich. Mir graute vor der Rückkehr nach Rom – ich hatte Angst vor dem Schicksal, das mich und meinen Bruder dort womöglich erwartete.

»Ich werde nicht aus Eurer Hand lesen«, sagte sie. »Ich

habe beim letzten Mal bereits alles erfahren, was mir möglich war.«

Stattdessen holte sie schweigend ihre Karten hervor und fächerte sie mit der Vorderseite nach unten auf der schwarzen Seide aus. Sie verlor dabei kein Wort, sondern schaute mich nur hinter ihrem Gazeschleier mit dem gesunden Auge an, das andere, umwölkte Auge starrte auf einen Punkt in der Ferne, in die Zukunft.

Wähle, Sancha. Wähle dein Schicksal.

Die Karten waren noch schmutziger und abgenutzter. Ich holte tief Luft, hielt den Atem an und tippte auf die Karte, die am weitesten von mir weg lag, als könnte ich mich durch diese Wahl von dem distanzieren, was auf mich zukam.

Die *strega* hielt meinen Blick fest und drehte die Karte um, ohne sie anzusehen.

Es war ein Herz, von einem einzigen Schwert durchbohrt.

Die Schärfe und die tödliche Länge der Klinge ließen mich zusammenfahren.

Sie lächelte schwach. »Ihr habt also die eine Hälfte Eures Schicksals erfüllt. Nun bleibt nur noch eine Waffe zu schwingen.«

»Nein«, flüsterte ich, wie vom Donner gerührt. Lebhaft tauchte eine Erinnerung vor mir auf: das Gefühl, mein Stilett in der Hand zu halten, während es sich in den Hals des Mannes bohrte, der Ferrandino nach dem Leben trachtete. Ich wusste noch, wie der Griff erzitterte, als die schmale Klinge in Knochen und Knorpel vordrang, wie warm das Blut war, das mir über Stirn und Wangen rann. Wenn diese Tat der erste Teil meines Schicksals war, welcher zweite entsetzliche Akt wurde dann von mir verlangt?

Freundlich umschloss sie meine Hände; ihr Griff war stark und warm. »Habt keine Angst«, sagte sie. »Ihr besitzt alles, was Ihr braucht, um Eure Aufgabe zu erfüllen. Aber Ihr seid zerrissen. Ihr müsst Euch im Verstand und im Herzen Klarheit schaffen.«

Ich entzog mich ihren Händen, erhob mich und warf einen Golddukaten auf den Tisch, den sie anstarrte, als wäre er etwas gänzlich Kurioses; sie machte keine Anstalten, ihn zu berühren. Unterdessen eilte ich aus der Hütte, ohne ein Wort zu verlieren, und ritt in wütendem Galopp nach Hause.

Ich war eine Närrin damals; vielleicht war aber auch mein Verstand einfach durch Angst außer Kraft gesetzt, so tief saß der Schock über die Vermutung der *strega,* ich könnte in der Hand der Borgias etwas anderes als hilflos sein. An jenem Abend ging ich früh zu Bett, starrte aber noch stundenlang in die Finsternis, denn eine kalte, nicht nachlassen wollende Panik hatte mich fest im Griff.

Ich schloss die Augen und sah mein eigenes Herz vor mir, rot und pulsierend, nunmehr durchbohrt von einem einzigen Schwert. Ich sah mich, wie ich vortrat und das Schwert in einem Anfall blanken Hasses über dem Kopf schwang: Hass auf Cesare Borgia.

»Nein …«, flüsterte ich so leise, dass weder die schlafende Esmeralda noch die anderen Damen es hören konnten. »Ich kann und darf keinen Mord begehen, sonst werde ich wie Ferrante, wie mein Vater … Ich werde wahnsinnig. Es muss einen anderen Weg geben.«

Ich hatte noch einen Grund, vor einer solchen Greueltat zurückzuschrecken. Was ich mir selbst damals nicht eingestehen wollte, war, dass mein Herz nach wie vor für Cesare schlug. Ich verabscheute ihn zutiefst … doch ein Teil von mir war ihm noch immer zugetan und konnte ihm kein Leid zufügen. Auf mir lastete ein Fluch wie auf meiner Mutter: Ich war nicht imstande, meine Liebe zum grausamsten aller Männer vollständig zu leugnen.

Mit Lügenmärchen lullte ich mich in den Schlaf: Cesare habe keinen Grund, mir oder meinem Bruder nach dem Leben zu trachten, der Papst würde sich an seine Vereinbarung halten …

Herbst – Winter 1499

29

Mitte September kehrte ich nach Rom zurück, und Alfonso ritt weiter in den Norden nach Spoleto, wo seine inzwischen hochschwangere Frau auf ihn wartete. Dort blieben sie einen Monat lang, und ich kann es ihnen nicht verdenken; sie genossen eine Freiheit und Sicherheit, die sie in Rom nicht hatten.

Sobald ich mich nach meiner langen Reise frisch gemacht hatte, kam Jofre zu mir, über das ganze Gesicht strahlend. »Sancha! Jedes Mal, wenn ich dich sehe, merke ich, dass ich vergessen habe, wie schön du bist!«

Ich schenkte ihm ein Lächeln, dankbar für seinen warmherzigen, liebevollen Empfang unter diesen unangenehmen Umständen, und umarmte ihn. »Du hast mir gefehlt, Jofre.«

»Und du mir – schrecklich. Es gibt so viel Neues, worüber wir reden müssen, aber das heben wir uns für das Essen heute Abend auf. Komm, ich will dich zu Vater und Cesare bringen. Ich weiß, sie sind begierig, dich zu sehen.«

Ich lächelte freundlich, ohne ihn an meinen Zweifeln teilhaben zu lassen.

Stolz führte er mich am Arm, ohne die brisante politische Lage zu durchschauen, die allein meine Person darstellte. Als ich mit ihm vom Palazzo Santa Maria über den Platz vor dem Petersdom ging, merkte ich, dass ich die Weitläufigkeit und die Pracht Roms vermisst hatte. Die Abenddämmerung hatte eingesetzt, und das schwindende Sonnenlicht färbte den weißen Marmor des Papstpalastes und des Petersdoms leuchtend rosa;

rings um die großen Gebäude lagen herrliche Gärten, noch immer in voller Blüte. Selbst die weiten, silbrig schimmernden Windungen des Tiber besaßen einen gewissen Zauber.

Ich klammerte mich an Jofres Arm, derweil wir den Papstpalast betraten und von der Überfülle an Gold in den Gemälden förmlich geblendet wurden. Als ich diesmal den Thronsaal des Papstes betrat und mich verbeugte, um Alexanders Satinpantoffel zu küssen, wurde ich mit weitaus weniger Begeisterung empfangen denn bei meiner ersten Ankunft in Rom. Cesare, der in der Uniform des Generalkapitäns neben seinem Vater stand, verfolgte die Begrüßungsgeste mit Adleraugen.

»Willkommen, meine Liebe«, sagte Alexander mit gekünsteltem Lächeln. »Ich hoffe, Eure Reise verlief ohne Zwischenfälle. Verzeiht, wenn wir heute Abend nicht mit Euch speisen können; Cesare und ich müssen strategische Gespräche führen. Jofre kann alle familiären Dinge mit Euch gemeinsam machen.«

Er schnippte kurz mit dem Finger, und ich war entlassen. Als ich mich von ihm abwandte, trat Cesare vor, nahm meine Hände und drückte mir einen förmlichen Kuss auf die Wange. Dabei hauchte er mir ins Ohr: »Von ihm wirst du erfahren, dass es ein Fehler war, meinen Antrag abzulehnen, Madonna. Die Zeit wird deine Dummheit noch unterstreichen.«

Ich zeigte keine Reaktion, lächelte ihm nur flüchtig zu, so wie er mir.

Beim Abendessen, das ich mit Jofre gemeinsam einnahm, sprudelte mein Mann vor Neuigkeiten geradezu über; er sprach ununterbrochen, sodass er das Essen kaum anrührte.

»Vater und Cesare schmieden Pläne«, verkündete er stolz. »Es ist natürlich alles streng geheim. Cesare wird unsere Armee in die Romagna führen. Das ist nicht nur für das Papsttum, sondern auch für die Borgias gut …« Er beugte sich über den Tisch und flüsterte mir verschwörerisch zu: »Die gesamte Romagna soll Cesares Herzogtum werden. Vater hat eine

Bulle an die Herrscher herausgegeben, die nicht rechtzeitig ihren Zehnten entrichtet haben – es sind fast alle. Entweder sie übereignen ihr Land der Kirche … oder sie müssen es mit ihrer Armee aufnehmen.«

Ich stellte meinen Kelch ab, unfähig, zu essen oder zu trinken. Die Erinnerung versetzte mich in jenen Augenblick zurück, als ich nackt auf Cesares Bett gelegen und ihm zugesehen hatte, wie er mit weit ausholender Geste eine imaginäre Landkarte an der Decke entwarf und auf das große Gebiet nordwestlich von Rom gezeigt hatte. »Imola«, sagte ich plötzlich. »Faenza, Forli, Cesena.«

Jofre warf mir einen neugierigen Blick zu. »Ja«, bestätigte er. »Und Pesaro – besonders da Giovanni Sforza bei der Scheidung diese bösen Anschuldigungen gegen Lucrezia und Vater vorgebracht hat.«

»Sie werden alle ohne weiteres an Cesare und seine Armee fallen, daran zweifle ich nicht«, sagte ich und kniff listig die Augen zusammen. »Jetzt erst recht, da König Louis ihn mit Truppen versorgt hat.«

Mein Mann trank seinen Wein zu hastig und verschluckte sich, was einen Hustenanfall hervorrief. Ich sah schweigend zu. Ich war dazu übergegangen, mich auf Donna Esmeralda und ihr Netzwerk an spionierenden Dienerinnen zu verlassen, wenn ich etwas erfahren wollte; sie hatte mir vor kurzem eine höchst unerfreuliche Wahrheit zugetragen: Seit seiner Verehelichung mit Charlotte d'Albret hatte Cesare geplant, seine militärischen Dienste in Mailand anzubieten, falls die Franzosen ihm als Gegenleistung bei der lang ersehnten Eroberung von Italien beistünden. In der Nacht, in der er die Landkarte an der Zimmerdecke entwarf, hatte er gesagt, zur Erreichung seines Ziels brauche er nur eine Armee, die stark genug sei, Frankreich zu besiegen. Vielleicht hatte er erkannt, dass es eine solche Armee nie geben würde, denn er hatte sich an den Feind selbst um Hilfe gewandt.

»Es ist nur ein Handel«, sagte Jofre schließlich und wischte sich die Augen am Ärmel ab. »Cesare hat ihnen in Mailand geholfen; jetzt helfen sie ihm in der Romagna. Aber sie haben klargestellt, dass sie keinerlei Absichten auf Neapel haben. Selbst wenn, so würde Cesare es niemals zulassen.«

»Natürlich«, erwiderte ich und versuchte nicht einmal, so zu klingen, als glaubte ich auch nur ein Wort.

Das versetzte Jofres Begeisterung einen Dämpfer; unsere Mahlzeit verlief danach ruhig, und wir achteten darauf, kein Wort mehr über Politik zu verlieren.

Zu der Zeit, als Alfonso und Lucrezia Mitte Oktober nach Rom zurückreisten, war die Bulle öffentlich verkündet worden, und Cesare drang mit seiner Armee – die inzwischen auch an die sechstausend Mann umfasste, die ihm König Louis zur Verfügung gestellt hatte – in die Romagna ein.

Wir alle – Lucrezia und Alfonso, Jofre und ich – mussten uns unweigerlich jeden Abend bei Tisch Cesares neueste Eroberungen anhören. Im Gegensatz zu seinem Vorgänger Juan hatte Cesare einen klaren, strategischen Verstand und war ein ausgezeichneter Befehlshaber, und Alexander konnte seinen ältesten Sohn gar nicht genug loben. An Tagen, an denen die Nachrichten von der Front gut waren, vermochte er seine Freude kaum zu unterdrücken, und wenn sie schlecht ausfielen, hielt er mit seinem Zorn nicht hinter dem Berg.

Anfangs waren die Meldungen gut. Die erste Herrscherin, die ihren Zehnten nicht rechtzeitig entrichtet hatte und von Cesare zu Fall gebracht wurde, war Caterina Sforza, eine Französin, Regentin von Imola und Forli, sowie eine Nichte des besiegten Ludovico. Die Stadt Imola ergab sich sogleich kampflos, überwältigt von der Größe der Armee Cesares. Forli, in dessen Festung sich Caterina verschanzte, hielt drei Wochen stand. Am Ende stürmten Cesares Mannen über die Mauern; Caterinas Selbstmordversuch misslang; sie wurde in Gewahrsam genommen.

Seine Heiligkeit ließ einen Teil des Berichts über Caterinas Gefangennahme aus, den Teil, den ich aus Donna Esmeraldas Munde erfahren sollte.

»Sie ist tapfer, die Gräfin von Forli, obwohl sie von den Franzosen abstammt«, verkündete Esmeralda später an jenem Abend, als wir beide allein in meinem Schlafgemach waren. »Viel mutiger als der Bastard, dessen Gefangene sie nun ist.« Beim Gedanken an Cesare presste sie die Lippen zusammen, dann fuhr sie mit ihrem Bericht fort. »Die Mutigste in der ganzen Romagna. Als ihr Mann von Rebellen ermordet wurde, führte sie ihre Soldaten hoch zu Ross den Mördern entgegen und sah zu, wie einer nach dem anderen erschlagen wurde. Und sie ist schön, hat goldblondes Haar und Hände, weich wie Hermelin, heißt es. Sie war so mutig, dass sie sich, als Cesare und die Franzosen kamen, auf die Stadtmauer von Forli stellte, ohne sich von Rauch und Flammen abschrecken zu lassen, und die Verteidigung selbst anführte. Sie versuchte, sich das Leben zu nehmen, ehe man sie gefangen nahm – doch Cesares Männer waren zu schnell. Sie verlangte, König Louis übergeben zu werden … und die französischen Soldaten bewunderten sie so sehr, dass sie ihr die Freiheit gewähren wollten. Don Cesare aber …« Sie verzog angewidert das Gesicht und schaute mich durchdringend an. »Habe ich Euch nicht gewarnt, Madonna, dass er nur Böses ausrichten würde? Dieser Mann ist vom Teufel besessen.«

»Ja, du hast mich gewarnt«, sagte ich leise. »Du hattest Recht, Esmeralda. Es vergeht kein Tag, an dem ich mir nicht wünsche, ich hätte auf dich gehört.«

Besänftigt fuhr sie fort. »Der Schweinehund wollte sie für sich. Sie reist mit ihm überall hin, Madonna. Tagsüber wird sie gefangen gehalten, und nachts lässt er sie dann in sein Zelt bringen. Er behandelt sie wie eine gewöhnliche Hure, zwingt sie zu den verderbtesten Handlungen und nötigt sich ihr auf, wann immer es ihm beliebt. Und das einer Edelfrau … Es heißt, sogar König Louis sei aufgebracht und habe Cesare für sein verachtenswertes Verhalten gegenüber einer Gefangenen gescholten.«

Ich wandte mich ab, bemüht, meine Wut und meinen

Schmerz vor Esmeralda zu verbergen. Cesare hatte sich als ebenso brutal erwiesen wie der Bruder, den er ermordet hatte. Ich schloss die Augen und rief mir jenen entsetzlichen Moment hilflosen Zorns ins Gedächtnis, als Juan in mich drang, und wünschte plötzlich, um Caterinas willen zu weinen. Für Cesare empfand ich unsägliche Verachtung – und Wut über mich selbst, da sich auch Eifersucht in mir regte.

»Pesaro ist das nächste Ziel«, fuhr Esmeralda fort. »Und für die Einwohner gibt es keine Hoffnung, da der Feigling Giovanni Sforza sie längst im Stich gelassen hat. Cesare wird die Stadt mit Leichtigkeit einnehmen.« Sie schüttelte den Kopf. »Nichts kann ihn aufhalten, Donna. Er und die Franzosen werden durch ganz Italien marschieren, bis nichts mehr davon übrig ist. Ich fürchte um die Ehre einer jeden Frau, die in der Romagna lebt.«

In unserem angespannten Haushalt gab es jedoch einen Grund zur Freude: Lucrezia sollte jeden Augenblick gebären, und sowohl sie als auch das Kind – das in ihrem Bauch kräftig strampelte – strotzten vor Gesundheit. Alfonso und ich klammerten uns an diesen einzigen Quell, der Glück und Hoffnung verhieß, denn ein Enkel, in dem das Blut der beiden Familien Borgia und Aragon floss, würde Alexander gegenüber Neapel freundlicher stimmen.

In der letzten Oktobernacht war schließlich der Zeitpunkt gekommen. Ich schickte mich gerade an, zu Bett zu gehen. Meine Hofdamen hatten mir bereits das Kleid und die Haartracht ausgezogen und bürsteten mir die Haare aus, als an der Tür zum Vorzimmer ein Ruf erscholl. Ich erkannte die Stimme auf Anhieb. Es war Donna Maria, Lucrezias Erste Hofdame.

»Donna Sancha! Bei meiner Herrin ist es so weit, und sie hat nach Euch gerufen!«

Esmeralda holte mir sogleich einen Umhang; hastig schlüpfte ich hinein und eilte mit Donna Maria davon.

Im Schlafgemach der Herzogin von Bisceglie hatte man

bereits ein Kissen in eine leere Wiege gelegt, die auf die Ankunft eines neuen jungen Adligen wartete.

In einer Ecke des Raumes hatte man einen alten, reichlich verzierten Geburtsstuhl aufgestellt, der bereits von Rodrigo Borgias Mutter benutzt worden war. Dort saß Lucrezia mit hochroten Wangen und schweißnasser Stirn. Im Kamin loderte ein Feuer, doch sie trug noch eine schwere Robe gegen die Kälte; die Kleidung war ihr bis an die Hüften hochgezogen worden, bis über die Öffnung im Geburtsstuhl, sodass ihre Weiblichkeit von der Hebamme untersucht werden konnte. Neben ihren bloßen Beinen lag eine Felldecke, mit der sie sich entweder aus Gründen der Behaglichkeit oder der Schicklichkeit zudecken konnte.

An ihrer Seite kniete dieselbe Hebamme, die ihr ein Jahr zuvor bei ihrer Fehlgeburt geholfen hatte. Die alte Frau lächelte; als ich das sah, war ich zutiefst erleichtert.

Lucrezia indes schaute mit Panik und Angst um sich, die alle jungen Frauen in den Wehen erleben; doch es lag auch Freude in ihren Augen – denn diesmal, das wusste sie, würde ihr Leiden zu einem guten Ende führen.

»Sancha!«, keuchte sie. »Sancha, du wirst bald Tante!«

»Lucrezia«, erwiderte ich fröhlich, »du wirst bald Mutter!«

»Komm her!« Sie löste ihren Klammergriff von den Armlehnen und streckte mir beide Hände entgegen. Zum zweiten Mal nahm ich sie fest in meine eigenen. Diesmal gab es keine Schuldgefühle, keine Sorge, nur freudiges Geflüster über das zu erwartende wunderbare Ereignis.

Ihre Wehen dauerten bis weit nach Mitternacht, bis kurz vor dem Morgengrauen. Sie waren stark, aber nicht übermächtig; die Hebamme erklärte, das Kind liege richtig und werde leicht zur Welt kommen, da Lucrezia zuvor schon einmal erfolgreich niedergekommen sei.

Ehe die Sonne am ersten Tag des Novembers aufging, stieß Lucrezia einen durchdringenden Schrei aus und presste mit aller Kraft – und das einzige Kind meines Bruders kam schreiend heraus, aufgefangen von den starken, wettergegerbten Armen der breit grinsenden Hebamme.

»Lucrezia!«, rief ich, als sie keuchte und noch einmal presste, da die Nachgeburt kam. »Das Kind ist da! Es ist *da*!«

Erschöpft ließ sie den Kopf nach hinten an die Stuhllehne sinken; sie seufzte tief und lächelte dann, während Donna Maria nach der Amme schickte.

Dann berichtigte mich die Hebamme, die das Kind bereits badete. »*Er* ist da«, verkündete die alte Frau stolz, als wäre sie für diese Tatsache mit verantwortlich. »Ihr habt einen Sohn, Madonna.«

Lucrezia und ich schauten uns an und lachten laut auf vor Entzücken.

»Alfonso wird ja so stolz sein«, sagte ich. In Wahrheit war ich so stolz und voller Bewunderung für das Kind, als wäre es mein eigenes – vielleicht weil ich vor langer Zeit erkannt hatte, dass ich nie Mutter werden würde.

Sobald das Kind gewaschen war, wickelte die Hebamme es fest in eine weiche Wolldecke. Sie hob es hoch, um es Lucrezia zu übergeben, doch ich drängte mich eifersüchtig dazwischen, nahm ihr den Säugling kurzerhand ab und wiegte ihn in den Armen.

Seine Gesichtszüge waren noch platt gedrückt nach der Geburt, die kleinen Augen fest geschlossen; auf dem Kopf hatte es goldblonden, feuchten Flaum. Gewiss konnte es so früh noch niemandem ähneln, doch ich schaute auf seine Fäustchen, lachte leise, als es den winzigen Mund öffnete und gähnte, und sah nur Alfonso vor mir. Ich war bereits überzeugt davon, dass das kleine Herz, das in seiner Brust schlug, ebenso freundlich und gut wie das seines Vaters war.

Ein Gefühl der Liebe überkam mich, so stark, wie ich es nie für möglich gehalten hätte – denn in diesem Augenblick wurde mir klar, dass ich dieses Kind mehr liebte als mein Leben, mehr sogar als meinen Bruder. Für dieses Kind würde ich alles tun.

Alfonso, dachte ich voller Zuneigung, *kleiner Alfonso.* Es war Brauch, die Söhne nach den Vätern zu nennen, und ich legte das Kind vorsichtig in Lucrezias Arme und wartete auf die Verkündigung, die mir so viel Stolz und Freude bereiten würde.

Lucrezia blickte auf ihren neugeborenen Sohn mit seliger Liebe und Freude herab; es stand außer Frage, dass sie die liebevollste Mutter der Welt sein würde. Unendlich zufrieden schaute sie zu uns auf, die wir erwartungsvoll um sie herum standen, und sagte: »Er soll Rodrigo heißen, nach seinem Großvater.«

Sogleich widmete sie ihre volle Aufmerksamkeit wieder dem Kind.

Ich war froh, dass sie nicht sah, wie empört ich war: Sie hätte mir genauso gut einen Schlag ins Gesicht verpassen können. So erfuhr ich also, dass die Mutter meines lieben Neffen ihn mehr der Familie der Borgia zurechnete als dem Hause Aragon.

Mein Bruder war außer sich vor Freude und nahm die Nachricht über den Namen des Kindes viel gefasster auf als ich. »Sancha«, sagte er mir unter vier Augen, »nicht jedes Kind hat den Papst zum Großvater.«

Die Geburt des Kindes schien Alfonso und mich vollends zu rehabilitieren: Die Ankunft des kleinen Rodrigo wurde in einer Weise gefeiert, die eines Prinzen würdig gewesen wäre. Alexander war vollkommen vernarrt in den Enkel und beschrieb ihn allen Besuchern ebenso begeistert und stolz wie zuvor Cesares Eroberungen; er besuchte das Kind oft und nahm es wie ein erfahrener Vater auf den Arm. Ohne Zweifel war seine Zuneigung echt, und so kam es, dass er mit Alfonso und mir plötzlich längere Unterhaltungen über die Wunder des kleinen Rodrigo führte. Ich begann, mich in Rom wieder sicher zu fühlen.

Schon zehn Tage nach der Geburt des Kindes wurde es mit großem Pomp getauft: Lucrezia lag im Palazzo Santa Maria, in einem Bett aus rotem, mit Gold eingefasstem Satin, und hieß eine Menge prominenter Besucher willkommen, die an ihrem Bett vorbei defilierten, um ihr zu gratulieren.

Danach wurde der kleine Rodrigo – eingewickelt in mit Hermelin abgesetztem Goldbrokat – auf den starken Armen des pflichtbewussten Hauptmanns Juan de Cervillon in die Sixtinische Kapelle getragen. Mir wurde klar, wie sehr mein Bruder in Neapel gelitten hatte: Er hatte ganz offensichtlich befürchtet, sein Kind nie zu Gesicht zu bekommen.

Dank de Cervillon waren sie beide imstande, die Taufe mit anzusehen; eine schöne, feierliche Zeremonie. Dem Hauptmann folgten in der Prozession der Gouverneur von Rom, der Kaiserliche Gouverneur und die Botschafter von Spanien und Neapel; deutlicher hätte Alexander seine Unterstützung für das Haus Aragon nicht zur Geltung bringen können.

Der kleine Rodrigo benahm sich vorbildlich; er blieb während der gesamten Zeremonie schläfrig. Die Vorzeichen standen gut: Alfonso und ich waren sehr froh, nach langer Zeit endlich wieder entspannt und zutiefst erleichtert.

Das heißt, erleichtert bis zu dem Tag, an dem Cesare Borgia seine Armee vor den Toren Pesaros verließ und sich entschied, zusammen mit dem bevorzugten Begleiter aller Borgias, Don Morades, unerkannt nach Rom zu kommen.

An den ersten beiden Tagen nach seiner Ankunft bekam ich weder ihn noch seinen Vater zu sehen; sie hatten sich in ein Privatgemach im Vatikan zurückgezogen und besprachen Schlachtstrategien und Politik. Niemandem konnte man trauen – selbst Diener, die schon jahrelang beim Papst waren, wurden aus dem Raum geschickt, damit sie keine Silbe des Gesprächs aufschnappten.

Lucrezia sagte nichts, doch Cesare hatte ihr nicht einmal einen flüchtigen Besuch abgestattet oder die Geburt des Kindes überhaupt zur Kenntnis genommen, und mir war klar, dass es sie zugleich schmerzte und erleichterte. Obwohl sie Lucrezia grausam missbraucht hatten, schien sie noch an ihrem

Bruder und ihrem Vater zu hängen und wollte die beiden um jeden Preis erfreuen. Ich glaube, ich habe ihre Beweggründe verstanden; schließlich hatte ich mich immer nach der Liebe meines Vaters gesehnt, sosehr ich ihn auch verachtet hatte.

Seit Rodrigos Geburt hatte Alexander ihn jeden Tag gesehen und uns zu Familienmahlzeiten eingeladen, bei denen das Kind das beherrschende Thema war. Nun waren wir ausgeschlossen.

Erst spät am dritten Tag nach seiner Ankunft tauchte Cesare auf.

Lucrezia war eine hingebungsvolle Mutter. Statt das Kind in die Kinderstube und somit unter die Obhut der Amme zu geben, wie es die meisten Edelfrauen machten, bestand sie darauf, die Wiege in ihrem Schlafgemach stehen zu lassen, wo auch die Amme schlief. Vielleicht befürchtete sie, dem Kind könne etwas zustoßen, wenn es zu lange ihrem Blickfeld entzogen wäre – doch zumindest teilweise geschah es aus reiner Zuneigung. Für sie war das Kind wie Alfonso: ein Geschöpf, das sie nur lieben wollte, im Gegensatz zu den anderen Männern in ihrem Leben.

Meine Tage – und zuweilen auch die Nächte – verbrachte ich in Lucrezias Zimmer, trug den kleinen Rodrigo herum und half, ihn zu versorgen, auch wenn es Sache der Dienerinnen war.

An dem Nachmittag, als Cesare schließlich erschien, waren wir Frauen erschöpft und ruhten uns aus, wie es häufig der Fall ist, wenn Kleinkinder da sind. Lucrezia saß schlafend in ihrem Bett, mit Kissen abgestützt; ich hatte mich auf einen gepolsterten Stuhl daneben gesetzt und döste, das Kinn auf der Brust. Die Amme kauerte auf dem Boden und schnarchte, und Rodrigo lag in seiner Wiege und gab keinen Laut von sich.

Das leise Geräusch vorsichtiger Schritte weckte mich – noch im Halbschlaf wusste ich, wer es war: Cesare. Ich hob weder den Kopf, noch veränderte ich die Atmung, sondern blinzelte mit fast geschlossenen Augenlidern, um den Mann zu betrachten.

Er trug noch immer Schwarz – keinen Priesterrock mehr, sondern einen eigens angefertigten Samtanzug, der seine muskulöse Gestalt zur Geltung brachte. In der Zeit, in der er Krieg geführt hatte, war er geschmeidiger und brauner geworden; der Bart war voller, das schwarze Haar länger – es reichte ihm bis auf die Schultern.

Da er sich unbeobachtet fühlte, stahl er sich katzengleich ins Zimmer, ohne sich zu verstellen, ohne seine Gesichtszüge zu kontrollieren. Ich war erstaunt über die Härte und die Kälte in seinen Augen.

Verstohlen trat er an die Wiege, in der das Kind schlief. *Jetzt,* dachte ich, *jetzt wird sein Ausdruck weicher; selbst ein Soldat, ein Mörder, kann das Kind nicht ansehen, ohne gerührt zu sein.*

Er neigte den Kopf zur Seite und betrachtete das Kind.

Als ich Lucrezia zum ersten Mal begegnete, hatte ich gedacht, nie wieder einen solchen von Eifersucht und Hass erfüllten Blick zu sehen; ich hatte mich geirrt.

In Cesares Augen stand Mord. Er beugte sich über die Wiege, die Hände auf den Knien abgestützt, eine Lippe zuckte grausam.

Furcht packte mich. Für mich gab es keinen Zweifel, dass er das Kind im nächsten Moment erwürgen oder ihm die Hand fest auf die winzige Nase und den Mund drücken würde. Ich sprang mit einem Satz auf, die Hand am verborgenen Stilett, bereit, es zu ziehen, und rief laut aus:

»Cesare!«

Seine Nerven waren aus Stahl, sein Verhalten so glatt, dass er sich nicht rührte, nicht zusammenfuhr; stattdessen verwandelte sich sein Gesichtsausdruck im Nu und zeigte nichts als Zuneigung und Freundlichkeit. Er lächelte auf das Kind herab, als hätte er es von Anfang an gemacht, dann drehte er sich langsam zu mir um und richtete sich auf.

»Sancha! Wie schön, dich zu sehen! Ich habe gerade deinen neuen Neffen bewundert. Erstaunlich, wie er Lucrezia gleicht, als sie noch klein war.«

»Cesare?« Lucrezia räkelte sich verschlafen. Beim Anblick ihres Bruders kam Leben in sie. »Cesare!«, rief sie, freudig erregt. Sie übte sich weder in Zurückhaltung, noch zeigte sie verletzten Stolz über Cesares mangelndes Interesse an ihrem Wohlergehen oder an seinem Neffen.

Cesare ging zu seiner Schwester und bedeutete ihr, im Bett zu bleiben. »Bleib liegen«, sagte er. »Du hast es verdient.« Lächelnd umarmten sie sich, dann trat Cesare ein Stück zurück, drehte sich zu mir um und küsste mir die Hand.

Die Berührung seiner Lippen erregte mich, zugleich aber zog sich meine Haut zusammen. Dem äußeren Anschein nach war er der liebevolle Bruder: keine Spur mehr von dem Ungeheuer, das sich über die Wiege gebeugt hatte.

»Du hast einen schönen Sohn, Lucrezia«, sagte Cesare, woraufhin sie vor Stolz strahlte. »Ich habe Sancha gerade gesagt, er sieht aus wie du, als du noch klein warst, was noch nicht allzu lange her ist.«

»Du hast mich auch damals schon beschützt«, sagte Lucrezia glücklich. »Sag, wirst du eine Weile bei uns bleiben?«

»Leider nicht«, erwiderte Cesare. »Ich hatte nur so viel Zeit, um wichtige Angelegenheiten mit Vater zu besprechen. Ich muss sofort wieder aufs Schlachtfeld. Pesaro wartet.«

Leichte Röte überzog ihre Wangen, als er die Stadt ihres früheren Ehemanns erwähnte. Dann sagte sie: »Oh, aber du musst bleiben! Du musst ein wenig Zeit mit dem Kind verbringen!«

Cesare seufzte und zeigte auf beeindruckende Weise, wie sehr er es bedauerte. »Es zerreißt mir das Herz«, sagte er. »Aber ich bin nur gekommen, um guten Tag und auf Wiedersehen zu sagen; ich bin schon unterwegs zu meinen Männern. Natürlich«, fügte er fürsorglich hinzu, »konnte ich nicht aufbrechen, ohne dich und den kleinen Rodrigo gesehen zu haben.« Er streifte mich mit einem flüchtigen Blick und fügte im Nachsatz hinzu: »Und Sancha auch.«

»Na schön«, sagte Lucrezia traurig. »Dann gib mir einen Kuss, und dem Kleinen auch, bevor du gehst.« Sie machte eine Pause. »Ich werde für deine Sicherheit und deinen Erfolg beten.«

»Ich freue mich über deine Gebete«, sagte Cesare. »Ich kann sie gebrauchen. Der Herr sei mit dir, kleine Schwester.« Er umarmte sie noch einmal und küsste sie feierlich auf beide Wangen; sie tat es ihm nach, und so verabschiedeten sie sich.

Cesare wandte sich an mich, unsicher; ich reichte ihm nicht die Hand, sondern nickte ihm stattdessen zu. »Auch ich werde beten«, sagte ich, obwohl ich mich nicht näher darüber ausließ, was diese Bitten beinhalten würden.

»Danke«, sagte Cesare und machte sich auf den Weg zur Wiege.

Ich beeilte mich, vor ihm zur Stelle zu sein, und hielt den kleinen Rodrigo fest in den Armen, als sein Onkel sich vorbeugte und dem Kind einen Kuss gab.

Am Ende wurden meine Gebete, nicht Lucrezias, erhört.

Cesare ritt nach Norden und kehrte unversehrt in sein Lager zurück; doch noch ehe er vor den Toren von Pesaro ankam, zog König Louis seine französische Armee ab. Herzog Ludovico hatte genug Streitkräfte um sich versammelt, um einen gewaltigen Versuch zu unternehmen, Mailand zurückzuerobern (was Caterina Sforza, Cesares schöner Gefangenen, ohne Zweifel Schadenfreude entlockt hat).

Seiner Soldaten beraubt und im Stillen auf die Franzosen fluchend, war Cesare gezwungen, seine Hoffnungen fahren zu lassen, Pesaro einzunehmen.

Beim Essen wurde Seine Heiligkeit dunkelrot vor Zorn, als er die Geschichte wiedergab, und schimpfte auf die Unzuverlässigkeit des französischen Königs.

Ich musste mich sehr beherrschen, um ein zufriedenes Lächeln über die Nachricht zu unterdrücken.

Winterende 1499

30

Vom Schlachtfeld kam die Kunde, Cesare habe widerstrebend einen Waffenstillstand mit Giovanni Sforza in Pesaro ausgehandelt und kehre nach Hause zurück, begleitet von der päpstlichen Armee und seiner lieblichen Gefangenen, Caterina Sforza, die man hinter die dicken Steinmauern des Castel Sant'Angelo verbannen würde. Mir graute vor seiner Ankunft.

Donna Esmeralda brachte beständig neue, beunruhigende Gerüchte mit. Rings um Rom war ein neuer Ausdruck in Mode gekommen: »Der Schrecken der Borgia«. Das war die Geisteshaltung all jener, die das Pech hatten, den Borgias zu dienen und in ihre Geheimnisse eingeweiht zu werden, denn der Preis dafür trat immer deutlicher zutage.

Im Allgemeinen galt es als Tatsache – die von der Familie im Übrigen skrupellos übersehen wurde –, dass Cesare seinen Bruder Juan umgebracht hatte, weil er den übermächtigen Wunsch hegte, sich ganz Italien zu Eigen zu machen. Es war Schicksal, kein Zufall, dass er nach den Kaisern des alten Rom benannt worden war.

Daher war niemand überrascht, als der spanische Wachtmeister der Garde – ein Mann, dem Cesare einst vertraut und den er geehrt hatte, der jedoch die Gunst seines Herrn verwirkt hatte – eines Tages im Tiber schwamm. Die Hände waren ihm auf dem Rücken gefesselt, und der Körper war in einen Sack gesteckt worden.

Mit Lucrezia oder Jofre sprach ich nicht über derlei Dinge,

auch Seine Heiligkeit erwähnte nichts dergleichen bei Audienzen oder bei unseren gelegentlichen gemeinsamen Mahlzeiten, nicht einmal, um die hinterhältigen Anschuldigungen gegen seinen Lieblingssohn anzuprangern. Es war, als hätte sich der Vorfall mit dem armen Wachtmeister nie ereignet, als hätte der Mann nie existiert.

Es gab weitere Todesfälle, von denen Esmeralda mir berichtete: Zwei traten unter mysteriösen Umständen in Cesares Lager auf.

Der erste war das rätselhafte Dahinscheiden des Bischofs Ferdinando d'Almaida. D'Almaida – dem der Ruf vorausging, ebenso boshaft und ehrgeizig zu sein wie die Borgias – beschattete Cesare unablässig von dem Augenblick an, in dem er Charlotte d'Albret heiratete, bis hin zum Schlachtfeld in der Romagna. Viele hatten ihn in Verdacht, König Louis' Spion zu sein.

Eines Tages verkündete Cesare seinen Männern, d'Almaida habe »während der Schlacht« einen tödlichen Schlag erlitten – doch niemand durfte die Leiche sehen, und ein hastiges Begräbnis folgte. Diener, welche die Leiche gewaschen hatten, berichteten, der Bischof habe keine einzige Wunde davongetragen; die Todesursache sei vielmehr das »Borgiafieber« – ein Zustand, der durch ein stahlblaues Pulver hervorgerufen wurde.

Canterella: ein zweiter neuer Ausdruck kam in Mode, den man sich in ganz Rom zuflüsterte.

Kurz darauf gab es ein weiteres Opfer: Kardinal Giovanni Borgia, bekannt als »der Geringere«. Dieser Kardinal war ein junger Vetter der Borgias und entstammte einem anderen Zweig der Familie des Kardinals Giovanni Borgia von Monreale, »dem Größeren«, der einst meine Hochzeitsnacht bezeugt hatte.

Was immer dieser unglückliche Giovanni wusste, das ihn in Gefahr brachte, kann ich nicht sagen. So viel indes weiß ich: Der Mann stand hoch in der Schuld seiner mächtigeren

Verwandtschaft. Er war in Rom aufgebrochen, um sich mit Cesare unter vier Augen in der Romagna zu treffen – angeblich, um ihm zu seinen Eroberungen in Imola und Forli zu gratulieren.

Doch noch ehe Giovanni Cesares Lager erreichte, hatte er einen plötzlichen Fieberanfall – zweifelsohne das »Borgiafieber«; die Symptome nach Einnahme von *canterella* wurden bekannt als hohes Fieber und blutiger Durchfall. Der Kardinal verstarb kurz darauf. Seine Leiche wurde nach Rom zurückgeschickt, wo man sie rasch in der Kathedrale von Santa Maria del Popolo beisetzte. Das Grab erhielt keine Inschrift.

Eines Abends beim Essen ließ Jofre die Bemerkung fallen, das Hinscheiden des Kardinals sei eine Schande gewesen.

Seine Heiligkeit warf die Gabel mit solcher Wucht auf den Tisch, dass wir alle zusammenfuhren; ich schaute von meinem Teller auf und sah, dass er hochrot im Gesicht war und die Stirn runzelte.

»Erwähne den Namen in meinem Beisein nie wieder«, schalt Alexander seinen Sohn mit einer Heftigkeit, die uns alle längere Zeit still werden ließ.

»Habe ich schon gesagt, was der kleine Rodrigo heute Mittag gemacht hat?«, fragte Lucrezia fröhlich, um das peinliche Schweigen zu durchbrechen.

Das besänftigte Seine Heiligkeit; er wandte sich an seine Tochter und lächelte erwartungsvoll.

»Er ist so kräftig – strampelt immer mit Armen und Beinen –, und ich weiß, er ist ja noch viel zu jung, aber heute hat er so fest an meinem Arm gezogen, dass ich schon dachte, er würde sich allein zum Sitzen aufrichten.«

Alexander wurde sogleich nachsichtig. »Du warst auch ein kräftiges Kind«, sagte er mit väterlichem Stolz. »Du und Cesare. Ihr beiden habt euch früh zum Sitzen aufgerichtet und konntet schon früh laufen; ja, ich hatte dich schon vor mir im Sattel, als du noch keine zwei Jahre alt warst.«

Lucrezia erwiderte sein Lächeln, erleichtert, dass Alexanders schlechte Laune verflogen war.

Am Ende der Mahlzeit ging Lucrezia zu ihrem Vater und sagte leise: »Du musst Jofre verzeihen. Ich weiß, er wollte dich nicht mit traurigen Gedanken verärgern.«

Der Ausdruck des Papstes nahm erneut bedrohliche Züge an; er kniff die Augen zusammen. »Gespräche über den Tod beim Essen«, blaffte er kurz angebunden, »sind schlecht für die Verdauung.«

Kurz nach Rodrigos Taufe bat Hauptmann Juan de Cervillon Alfonso und mich förmlich um Audienz. Ich war hoch erfreut, ihm die Bitte zu gewähren, denn er war so nett zu uns gewesen und hatte uns großartige Dienste geleistet.

Wir empfingen ihn in Alfonsos Vorzimmer an einem hellen, sonnigen Wintermorgen, und ich musste unwillkürlich an unsere Begegnung im Sommer zuvor in Neapel denken. Ich hoffte, die Nachrichten, die er uns brachte, wären ebenso gut, denn solange Alfonso und ich de Cervillon zum Freund hatten, wusste ich, er würde unaufhörlich in unserem Sinne daran arbeiten, die bestmöglichen Beziehungen zwischen Neapel und dem Papst aufrechtzuerhalten.

Er erschien vor uns, wieder adrett gekleidet, den Säbel in einer Scheide an der Hüfte, das dunkle Haar von silbernen Strähnen durchzogen, und verbeugte sich, als wir uns setzten.

Ich lächelte und reichte ihm die Hand zum Kuss. »Hauptmann, Ihr seid fröhlich heute Morgen. Ich hoffe, Ihr bringt gute Nachrichten.«

»Gute und traurige zugleich«, sagte er, allerdings mit einer Freude, die er nicht ganz verbergen konnte, trotz seines förmlichen militärischen Auftretens.

»Sprecht, lieber Freund«, forderte Alfonso ihn neugierig auf.

»Hoheiten, ich wollte mich in aller Form von Euch verabschieden, ehe ich nach Neapel aufbreche.«

»Ah!«, erwiderte Alfonso. »Dann besucht Ihr Eure Familie über Weihnachten?«

»Es ist kein Besuch«, sagte de Cervillon. »Seine Heiligkeit hat mich auf Dauer beurlaubt, damit ich in meine Heimatstadt zurückkehren kann.«

Ich hatte zwei Empfindungen: Ich war aufrichtig betrübt, dass der gute Hauptmann ging, und verspürte selbstsüchtige Angst. Wenn de Cervillon fort war, wer wäre dann unser Vorkämpfer?

Mein Bruder brachte nur Trauer über den Verlust eines Freundes zum Ausdruck. »Lieber Hauptmann«, sagte er. »Ich bin traurig um unseretwillen, da Ihr uns fehlen werdet; doch für Euch freut es mich. Ihr seid zu viele Jahre von Eurer Frau und Euren Kindern fort gewesen, um Seiner Heiligkeit zu dienen.«

De Cervillon nickte zustimmend. »Ich habe ein Gesuch bei König Federico eingereicht mit der Bitte, ihm zu dienen.«

»Dann hat Neapels König Glück«, sagte ich schließlich. »Und der Papst hat einen seiner besten Männer verloren.« Obwohl ich mir die größte Mühe gab, konnte ich meine Enttäuschung nicht verbergen. De Cervillon sah es und sagte:

»Ah, Hoheit, verzeiht, wenn ich Euch traurig mache.«

»Ich bin traurig und glücklich zugleich«, sagte ich ihm und rang mir ein schwaches Lächeln ab. »Ihr werdet mir fehlen, doch es ist für einen Mann nicht gut, von seiner Familie getrennt zu sein. Im Übrigen bin ich sicher, dass wir uns wiedersehen werden; Ihr werdet Rom besuchen, und ich werde eines Tages auf einen Besuch nach Neapel kommen.«

»Das ist wahr«, stimmte de Cervillon zu.

Mein Bruder erhob sich; an unsere letzte Begegnung in Neapel anknüpfend, sagte er: »Der Herr stehe Euch bei, Hauptmann.«

»Und Euch auch«, erwiderte de Cervillon. Er verbeugte sich erneut und ging. Schweigend schauten wir ihm eine Weile hinterher.

»Wir werden ihn nie wiedersehen«, sagte Alfonso schließlich und sprach damit meine Gedanken aus.

Die Worte meines Bruders waren prophetisch; doch nicht auf die Weise, wie ich es mir vorstellte. Hier ist die Geschichte, so wie Esmeralda sie mir erzählt hat:

Am selben Abend noch, vor seiner geplanten Abreise am nächsten Morgen, nahm der Hauptmann an einer Feier teil, die sein Neffe ausrichtete. Als er durch die Straßen nach Hause ging, erwärmt von Wein und den Gedanken an die Heimat, wurde er angesprochen.

Wenn es denn Zeugen gegeben hat, so haben sie sich nicht gemeldet: Seine blutüberströmte Leiche, an mehreren Stellen von Messerstichen durchbohrt, wurde auf der Straße liegend aufgefunden. Der Angriff war schnell vonstatten gegangen; ich bin überzeugt, dass de Cervillon denjenigen, der ihn überfiel, gekannt hat oder sogar mit ihm befreundet war, denn wer immer es sein mochte – der Hauptmann hatte nicht einmal seinen Säbel gezogen.

Wie bei anderen Opfern der Borgias nahmen offizielle Vertreter der Kirche die Leiche sogleich in Verwahrung. Wieder wurde die sonst übliche Leichenschau verweigert; tatsächlich verging keine Stunde nach dem Fund des leblosen Körpers, da wurde de Cervillon auch schon beerdigt.

Einen ganzen Tag lang trauerte ich um ihn und wollte weder essen noch trinken. Eigentlich galt meine Trauer uns allen.

Winter 1499 – Frühsommer 1500

31

Am Vorabend des Jahres 1500 wurde im Saal der Heiligen ein großes Fest veranstaltet; die Familie und viele mächtige Kardinäle und Edelleute waren eingeladen. Eine riesige Tafel für die Gäste war aufgestellt worden, gedeckt mit Delikatessen im Überfluss. Würzwein wurde in Mengen ausgeschenkt, die leicht den Tiber gefüllt hätten. Ich hatte mich an die übermäßige Pracht des Papstpalastes gewöhnt, doch an jenem Abend erschien sie mir wieder einmal beeindruckend, ja geradezu magisch. Der Kaminsims und der Tisch waren mit immergrünen Girlanden behängt und mit orangefarbenen Duftkugeln verziert, die einen süßlichen Geruch verströmten; Wände und Fensterstürze waren mit Goldbrokat geschmückt. Im großen Kamin brannte ein Feuer, und unzählige Kerzen waren angezündet worden, die den Raum in ein so warmes Leuchten tauchten, dass das Licht auf unseren goldenen Kelchen, den vergoldeten Decken und den polierten Marmorböden tanzte; selbst das blonde Haar der heiligen Katherina funkelte.

Seine Heiligkeit war äußerst aufgeräumt, trotz seiner Gebrechlichkeit. Er war in letzter Zeit merklich gealtert: Die Augen hatten sich nach einer Gelbsucht verfärbt, das Haar war schneeweiß. Die Hautfalten unter dem fliehenden Kinn hingen schlaff herab, und Wangen und Nase waren von geplatzten Adern gerötet. Dennoch war er prachtvoll in einen Mantel aus goldweißem, mit Diamanten besetztem Brokat gekleidet und trug eine Kappe aus reinem Goldfaden, die eigens für diesen Anlass gewebt worden war.

Als er seinen Kelch hob, zitterte er leicht. »Auf das Jahr 1500!«, rief er der versammelten Menge zu, die sich am Tisch um ihn scharte. »Auf das Jubeljahr!«

Er strahlte, ganz der stolze Patriarch, als wir seinen Trinkspruch für ihn wiederholten. Dann setzte er sich und forderte uns durch Gesten auf, es ihm gleichzutun.

Zu diesem bedeutsamen Anlass fühlte Alexander sich bemüßigt, eine kleine Ansprache zu halten. »Das christliche Jubeljahr«, verkündete er, als wäre uns dieser Begriff nicht bereits vertraut, »wurde vor zweihundert Jahren von Papst Bonifaz VIII. eingerichtet. Es beruht auf dem alten israelischen Brauch, alle fünfzig Jahre ein heiliges Jahr zu begehen – eine Zeit, in der alle Sünden vergeben wurden. Es ist nicht abgeleitet«, fügte er mit schalkhafter Pedanterie hinzu, »vom lateinischen *jubilare*, rufen, wie die meisten Lateingelehrten annehmen, sondern vom hebräischen *jobel*, dem Widderhorn, mit dem der Beginn einer Feier angekündigt wurde.« Er breitete die Arme aus. »Bonifaz hat den Zeitraum von fünfzig Jahren auf einhundert verlängert … und jetzt sind es nur noch wenige Stunden hin bis zu einem Ereignis, für das die meisten nicht lange genug leben, um es zu begehen.«

Stolz mischte sich in seinen Ton. »Die schwere Arbeit, die wir im vergangenen Jahr verrichtet haben – die Verbreiterung der Straßen, die Instandsetzung von Toren und Brücken, die Reparatur der Schäden am Petersdom –, hat sich nunmehr gelohnt.« An dieser Stelle legte er eine Pause ein, während die Kardinäle applaudierten, von denen viele mit der Aufsicht über die Arbeiten betraut waren. »Rom ist bereit, so wie wir alle, für eine Zeit großer Freude und Vergebung. Ich habe eine Bulle herausgegeben, dass allen Pilgern, die Rom und den Petersdom in diesem heiligen Jahr besuchen, die Sünden erlassen werden. Wir gehen davon aus, dass über zweihunderttausend Seelen diese Reise unternehmen.«

Ich saß neben meinem Bruder und Lucrezia und hörte

lächelnd zu, denn es fiel schwer, sich nicht von der Aufregung und Vorfreude der Anwesenden mitreißen zu lassen; doch meine Freude war von Sorge getrübt, mein Wunsch, zu vergeben, von Schmerz vereitelt. Ich wusste nicht, was das neue Jahr bringen würde, denn just in jenem Augenblick kämpfte Cesare Borgia an der Seite der Franzosen in Mailand. Ich warf Alfonso einen Blick zu; er nahm meine Hand und drückte sie tröstend in stillem Einvernehmen.

Lucrezia indes entging unsere Besorgnis. Sie lauschte ihrem Vater mit grenzenloser Begeisterung; nun, da sie sowohl ihren Mann als auch ihr Kind bei sich hatte, badete sie förmlich in Glück. Ich glaube nicht, dass sie sich gestattete, auch nur an die Möglichkeit zu denken, ihr Bruder könnte sich einmischen; man hatte ihr lange Zeit ein normales Leben vorenthalten, sodass ich ihr nicht verübeln konnte, wenn sie von allem nichts wissen wollte. Ihre Zufriedenheit war ihr in jener Nacht anzusehen: ich habe sie nie so schön erlebt wie in jenen Tagen mit Alfonso.

Zum Glück hielt der Papst seine Ansprache kurz, sodass wir bald mit dem Essen beginnen konnten. Nachdem dann die Teller abgeräumt waren, wohnte ich den Feierlichkeiten nur so lange bei, wie es die Höflichkeit erforderte.

Ich kehrte in mein Schlafgemach zurück, wo Donna Esmeralda vor ihrem Schrein des heiligen Gennaro kauerte.

»Esmeralda! Was ist passiert?«

Sie schaute zu mir auf, das dunkle Gesicht, umrahmt von grauem Haar unter einem schwarzen Schleier, war tränenüberströmt. »Ich bete zu Gott, er möge die Welt nicht untergehen lassen.«

Ich stieß einen tiefen Seufzer aus und beruhigte mich wieder, leicht verärgert über ihren Aberglauben. Viele Priester auf dem Lande hatten sich den Gedanken zu Eigen gemacht, das Jahr 1500 – ein von Menschen festgelegtes Datum – sei Gott so wichtig, dass Er es für die Apokalypse auserwählt habe. Ich hatte schon andere Dienerinnen furchtsam über diese Möglichkeit untereinander wispern hören. »Warum sollte Gott so etwas machen?«, fragte ich. Mein Tonfall war nicht gerade mitfühlend; ich war überzeugt, Esmeralda keinen Gefallen zu tun, wenn ich ihre unbegründete Angst schürte.

»Es ist ein besonderes Datum. Ich spüre es in den Knochen, Donna Sancha; Gott wird sein Urteil nicht länger hinauszögern. Erst vor zwei Jahren hat der Papst Savonarola ermordet … und jetzt ist die Zeit gekommen, dass Alexander seine Strafe erhält. Und ganz Italien wird mit ihm zu leiden haben.«

»Italien leidet bereits«, antwortete ich leise – doch das Land litt unter Cesares, nicht unter Gottes Hand.

Ich ließ Esmeraldas Schulter los, zog mich aus und ging zu Bett, wo ich bis spät in die Nacht ihren angstvollen Gebeten lauschte.

Am ersten Tag des neuen Jahres wachte ich auf und stellte fest, dass die Welt nicht im Schwefel untergegangen war, wie es die Priester prophezeit hatten. Stattdessen war ein kalter Wintertag angebrochen, und eine finster dreinblickende Donna Esmeralda zog mir die besten Gewänder an, da ich in der Öffentlichkeit aufzutreten hatte. Alfonso, Jofre, Seine Heiligkeit und ich fuhren in respektvollem Abstand in einer Kutsche hinter Lucrezia her über die Brücke Sant'Angelo in die Stadt. Sie war hoch zu Ross unterwegs zur Johanneskathedrale im Lateran; ihr voran ritt ein Gefolge von vier Dutzend Reitern, die den Weg für sie frei machten.

Auf den Stufen der Kathedrale angelangt, ließ Lucrezia, gekleidet in blendend weißen, mit Perlen bestickten Satin und ein langes Hermelincape, Scharen von Albinotauben frei. In ihren goldblonden Locken, die ihr über den Rücken fielen, war sie ein herrlicher Anblick; die Arme weit ausgestreckt und wie zu einer demütigen Bitte nach oben gerichtet, das Gesicht von der Kälte gerötet, schaute sie hinauf in den bewölkten Himmel.

Sie sprach ein kurzes Gebet zu Gott, jenen Pilgern, die nach Rom kommen würden, besondere Gunst zu erweisen.

Nach wenigen Wochen trafen die ersten fußkranken Pilger ein. Auf der Brücke des Castel Sant'Angelo drängten sich die Massen auf dem Weg zum Petersdom und zurück. Alle, die sich den Luxus eines Gasthofs nicht leisten konnten – oder die keine Zimmer fanden, weil immer mehr Menschen kamen –, brachten Decken mit und schliefen auf den Stufen des Petersdoms. Jedes Mal, wenn wir die Piazza überquerten oder in einer Prozession zur Messe schritten, trafen wir auf die Gläubigen und gewöhnten uns bald an den Anblick, sodass sie uns nicht mehr auffielen.

Das war nur ein Zeichen dafür, wie sehr der Papst darauf achtete, seiner Tochter besondere Gunst zu erweisen – seine Methode, Lucrezia zu zerstreuen, damit sie sich in dem Glauben wiegte, mit ihrer kleinen Familie sei alles in Ordnung. Alexander gewährte Lucrezia viele neue Besitztümer, darunter ein Anwesen, das der Familie Caetani aus Neapel gehörte – der Familie, der meine verflossene Liebe Onorato entstammte.

Wenn sie Angst um Alfonso hatte, so lenkte sie sich mit einer platonischen, höfischen Liebesaffäre mit dem Dichter Bernardo Accolti aus Arezzo ab, der sich selbst hochmütig als »L'Unico«, der Einzigartige, bezeichnete.

An Accoltis Minneliedern war indes wenig Einzigartiges. Er schickte Lucrezia Unmengen Papier, auf dem er seine unsterbliche Leidenschaft für sie erklärte und Lucrezia als seine Laura darstellte, sich selbst als den leidenden Petrarca.

Lucrezia zeigte mir die Gedichte ziemlich kleinlaut. Als sie sah, dass ich meine Verachtung nicht ganz zu verbergen vermochte, lachte sie mit mir darüber – doch sie fühlte sich durch sie geschmeichelt. Der Vorfall inspirierte sie, selbst Reime zu schreiben, die sie mir ebenso schüchtern vorlegte.

Ich sagte ihr – und meinte es auch so –, sie sei eine wesentlich bessere Dichterin als Accolti. Zumindest neigte sie in ihren Versen viel weniger zu Ohnmachtsanfällen, Tränen und Seufzern.

Während Lucrezia sich nach Herzenslust zerstreute, fand

die zweite Schlacht um Mailand statt. Herzog Ludovico griff die französischen Streitmächte an und wurde gefangen genommen, verdammt zu lebenslanger Gefängnisstrafe; auch sein Bruder, Kardinal Ascanio Sforza, konnte nicht entkommen.

Nachdem das Haus Sforza ein für alle Mal besiegt war, schauten die Franzosen gen Süden nach Neapel, jenes glitzernde Meeresjuwel, das sie so lange schon begehrten.

Die Beteuerungen Seiner Heiligkeit wurden von der Stimme aller anderen Italiener übertönt, die ständig in meinen Ohren als stiller Schrei widerhallte: Die Franzosen würden Neapel einnehmen. Es war nur eine Frage der Zeit.

Für mich stand außer Zweifel, dass Cesare Borgia mit ihnen reiten würde.

Einen Monat später kehrte Cesare zurück, und ganz Rom wurde Zeuge seines prunkvollen Einzugs. In einem Anfall von Scharfsinn entschied er, die Gerüchte über seinen Hochmut und Ehrgeiz nicht zu schüren, sondern achtete vielmehr darauf, nicht allzu siegessicher zu erscheinen.

Von der Loggia unseres Palazzos sah ich zu, wie die Parade durch die Straßen zog. Vorweg fuhren mindestens hundert schwarze Kutschen, deren Pferde schwarz aufgezäumt waren. Schon bald war klar, dass es sich um einen Leichenzug handelte: ein Zeichen, dass das Haus Borgia um seinen kürzlich verstorbenen Angehörigen, Kardinal Giovanni den Geringeren, trauerte, der Cesare hatte »gratulieren« wollen und unterwegs so plötzlich und unter mysteriösen Umständen verschieden war.

Kein Bote verkündete die Rückkehr des Generalkapitäns – die Trompeten blieben stumm. Es gab keine Farben, keinen Festzug; keine Trommeln wurden geschlagen, keine Flöten gespielt. Die Soldaten – Hunderte, ebenfalls ganz in Schwarz – marschierten in einer Stille, die nur vom Rumpeln der Wagenräder und dem Klappern der Hufe durchbrochen wurde.

Der Nächste in der Prozession war Jofre, hoch zu Ross,

hinter ihm Alfonso, dazu gezwungen, an dieser feierlichen Komödie teilzunehmen.

Zuletzt kam Cesare – wieder einmal schlicht, aber höchst elegant in einem gut sitzenden, schwarzen Samtanzug.

Dann entstand eine Lücke in der Prozession, und danach folgten die weniger bedeutenden Mitglieder des Haushalts und des Adels.

Die Parade kam an der Festung Castel Sant'Angelo zum Stillstand, in der die Gefangene Caterina Sforza bereits versteckt gehalten wurde. Dort fand die gedämpfte Parade abrupt ein Ende, als von der Turmspitze Raketen in die Luft gefeuert wurden.

Das Feuerwerk, das sich im Tiber widerspiegelte, war verblüffend. Es war zeitlich so abgestimmt, dass die Explosionen – wenn man seine Phantasie einsetzte – den Kopf, den Rumpf und die Gliedmaßen eines Mannes bildeten. (Cesare habe beabsichtigt, einen Krieger darzustellen, wie Jofre mir später berichtete.)

Das Schauspiel hielt eine Weile an; jede neue Salve zauberte ein noch eindrucksvolleres Bild an den Himmel und versetzte die Menge in immer größeres Erstaunen.

Caterina hat von ihrem Gemach im Castel Sant'Angelo aus gewiss zugesehen.

Dann kam der *coup de grace*. Etwa zwei Dutzend Raketen wurden zugleich abgefeuert. Die darauf folgenden Explosionen waren so laut, dass ich mir die Ohren zuhalten musste; die offenen Fensterläden klapperten so entsetzlich, dass ich schon befürchtete, sie würden zu Boden fallen.

Cesare Borgia war zu Hause, und ganz Rom sollte es wissen.

An jenem Abend fand im Saal der freien Künste ein Fest zu Ehren des Generalkapitäns statt. Die Pflicht verlangte, dass ich daran teilnahm; zum Glück war die Zahl der Gäste überwältigend, und ich konnte Cesare weitestgehend ausweichen. Offensichtlich aus Neid auf den Bruder gelang es Jofre, sich schon bald zu betrinken, und er widmete seine Aufmerksamkeit einer der Frauen, die zur Unterhaltung der männlichen Zecher angestellt waren. Das versetzte mir einen Stich; ich hatte gehofft, mich mit der Zeit an Jofres Tändeleien zu gewöhnen – es erschien mir für eine Frau aus dem Königshaus unangebracht, in solchen Dingen Eifersucht zu zeigen, sodass ich sehr darauf bedacht war, den beiden aus dem Weg zu gehen.

Stattdessen erwies ich Seiner Heiligkeit und den meisten seiner Kardinäle aus dem Kollegium, sowie den Adligen meine Referenz. Sehr zu meiner Überraschung war Vannozza Cattanei ebenfalls anwesend, denn ich hatte sie noch nie zuvor bei offiziellen Anlässen in der päpstlichen Residenz gesehen. Wir begrüßten einander wie alte Freundinnen.

Als es an der Zeit war, verabschiedete ich mich von Alexander und eilte zur Tür, dankbar, entkommen zu können, ohne dem Ehrengast gegenüberzutreten. Ich gab Donna Esmeralda und meinen anderen Hofdamen ein Zeichen, mich zu begleiten und eine Eskorte zu rufen, die uns über die belebte Piazza führte.

Sobald ich jedoch in den Korridor hinaustrat, packte mich jemand am Handgelenk, sanft, aber bestimmt. Ich schaute zu Cesare auf, der gerade Esmeralda und den anderen bedeutete, uns einen Moment allein zu lassen.

Mein Herz schlug schneller. Es erregte mich nicht mehr, wenn er mich berührte; inzwischen war alles, was ich empfand, nur Widerwillen – und Sorge, dass meine Gefühle mich dazu hinreißen könnten, ihn barsch abzukanzeln, was Alfonso und Neapel in noch größere Gefahr brächte.

Cesare führte mich ein Stück den Gang hinunter, fort von den lärmenden Gästen. Als er sicher war, dass uns niemand hörte, sagte er in gewohnt selbstherrlichem Tonfall: »Vielleicht siehst du jetzt, was für ein Leben du abgelehnt hast.« Er betrachtete mich eingehend. »Es ist noch nicht zu spät, du kannst es ändern.«

Ein Laut des Erschreckens entfuhr mir, der in ungläubigem Auflachen endete. »Willst du mir etwa einen Antrag machen?«

Sogleich war er auf der Hut. »Und wenn …?«

Ich entzog mich seinem Griff; meine Lippen zitterten so, dass ich keiner Antwort fähig war. Es hatte einmal eine Zeit gegeben, ehe er Juan ermordete, da wäre ich überglücklich gewesen zu wissen, dass er mir noch Zuneigung entgegenbrachte. Nun aber war ich nur noch angewidert.

Meine Reaktion blieb ihm nicht verborgen; als er wieder das Wort ergriff, spöttelte er: »Aber gewiss, du bist Jofre noch immer treu. Wie eine gute Ehefrau hast du darüber hinweggesehen, dass er bereits Arm in Arm mit einer Kurtisane verschwunden ist.«

Ich lächelte kühl, ohne auf seine Sticheleien einzugehen. »Wie ich hörte, kommst du immer stärker auf deinen Bruder Juan heraus. Keine Frau in der Romagna ist vor deiner unerwünschten Liebe sicher – am wenigsten Caterina Sforza.«

Er verzog den Mund zu einem grausamen Grinsen. »Sind wir eifersüchtig, Madonna?«

Ja, ein Teil von mir war es – doch der größere Teil kannte nur Ekel. Ich konnte nicht an mich halten. »Eifersüchtig, Generalkapitän? Auf die Geschwüre, die Ihr unter Eurem Bart zu verbergen sucht? Auf das Geschenk, das die französischen Huren Euch gemacht haben? Ich bin sicher, Eure neue Gemahlin wird entzückt sein, wenn sie erfährt, welches Geschenk Ihr von Euren Reisen mitgebracht habt.«

Immerhin stand ich so nahe bei ihm, um die Narben und frischen roten Papeln auf seinen Wangen zu sehen. Bei uns in Neapel hieß es »der französische Fluch«; die Franzosen versuchten es natürlich auf die Prostituierten zu schieben, denen sie in Neapel begegnet waren. Es tröstete mich nur wenig, dass die Krankheit sein Leben verkürzen würde; in späteren Jahren könnte sie ihn sogar in den Wahnsinn treiben.

Wut flackerte in seinen Augen auf; es war mir gelungen, ihm einen erfolgreichen Schlag zu verabreichen. Zufrieden drehte ich mich um und ging zu meinen Hofdamen zurück.

Hinter mir vernahm ich leise, doch in keiner Weise zärtliche Worte: »Ich musste es noch ein letztes Mal versuchen, Madonna. Jetzt weiß ich, wo ich stehe; jetzt weiß ich, welche Richtung ich einzuschlagen habe.«

Ich gab mir nicht die Mühe, etwas zu entgegnen.

Wie durch ein Wunder ging der Frühling ohne Zwischenfall in den Sommer über; König Louis machte keine Anstalten, nach Neapel zu marschieren, und das Leben im Haushalt der Borgias verlief ereignislos.

Dringende Belange der Armee und politische Angelegenheiten als Entschuldigung nutzend, hielt Cesare sich von unseren Mahlzeiten mit dem Papst fern. Nach jenem ersten Abend seiner Rückkehr redete ich nicht mehr mit ihm und sah ihn nur im Vorbeigehen, wobei wir kalte Blicke tauschten. Donna Esmeralda wusste zu berichten, dass Cesare, wenn er nicht mit seinem Vater oder den französischen Repräsentanten zusammen war, die Nächte bei Kurtisanen oder der oft missbrauchten Caterina Sforza verbrachte, die er von ihrer Zelle im Castel Sant'Angelo in seine Gemächer schmuggelte. Ihre Wachen sagten, sie sei schön, flüsterte Esmeralda, sie habe Haare, heller als Stroh, und eine so milchige Haut, dass sie in der Nacht wie Opal schimmere. Vor ihrer Gefangennahme sei sie rundlich gewesen, doch nachdem Cesare sich an ihr vergangen habe, sei sie abgehärmt und dünn geworden.

Ich habe die Frau nie gesehen, aber es gab Zeiten, da ich meinte, ihren Trübsinn und ihre Schmach in den Korridoren zu spüren, durch die ich einst zu Cesares Privatgemächern geschlichen war. Ich war ein wenig eifersüchtig auf sie, zugegeben; das beherrschende Gefühl aber war das der Verbundenheit.

Außerdem gab sich Cesare weder in der Öffentlichkeit noch im Privatbereich den Anschein, Alfonso oder das Kind auch nur wahrzunehmen. Doch trotz Cesares Herablassung gegenüber dem Hause Aragon behandelte Seine Heiligkeit uns weiterhin zuvorkommend und sorgte dafür, dass Alfonso bei allen Zeremonien eine herausragende Stellung einnahm. Ich glaubte, dass Alexander im tiefsten Innern in Wirklichkeit Neapel und Spanien unterstützte und die Franzosen verabscheute, ungeachtet seiner nach außen gezeigten Freude über die Heirat seines ältesten Sohnes mit Charlotte d'Albret. Doch ich konnte mich auch noch gut daran erinnern, wie Lucrezia, als sie mit dem Kind ihres Bruders schwanger war, mir unter verzweifelten Tränen gestanden hatte, wie sehr sich selbst der Papst vor Cesare fürchtete. Die Frage war, ob Seine Heiligkeit die Willensstärke aufbrächte, weiterhin die Rolle des Beschützers von Neapel zu spielen.

Im Frühsommer erlitt Alexander einen leichten Schlaganfall, der ihn mehrere Tage lang schwächte und ans Bett fesselte.

Zum ersten Mal überlegte ich, welches Schicksal wohl uns erwartete, die wir Rodrigo Borgia überlebten. Alles hing davon ab, ob Cesare zuvor die Möglichkeit hatte, sich fest als weltlicher Herrscher Italiens zu etablieren. Sollte dies der Fall sein, dann würden Alfonso und ich zumindest verbannt, im schlimmsten Falle ermordet; wenn nicht, dann ging es um die Frage, wer aus dem Kardinalskollegium zum Papst aufsteigen würde. Stünde er auf Seiten Neapels und Spaniens – und alle Anzeichen deuteten darauf hin –, dann könnte Alfonso ohne Furcht mit Lucrezia nach Neapel gehen, während Jofre und ich ins Fürstentum Squillace zurückkehren würden. Letztere Vorstellung war allemal erstrebenswerter als unsere derzeitige Lage.

Und Cesare wäre plötzlich eine *persona non grata* in Italien. Er müsste sich auf die Gnade des französischen Königs verlassen, ob dieser ihm erlaubte, zu seiner schon lange leidenden Braut heimzukehren.

Ich muss gestehen, in der Woche, als der Papst krank daniederlag, habe ich mich seit Jahren wieder an Gott gewandt; meine Gebete in jener Woche waren finster und befleckt.

Bitte, nimm Seine Heiligkeit jetzt zu Dir, wenn damit Alfonso und das Kind gerettet sind.

Natürlich erholte sich Alexander wieder.

Erneut hatte Gott mich enttäuscht; doch schon bald erhob Er auf unerwartete Weise vehement die Stimme.

Am vorletzten Junitag – St. Peter, dem Gedenktag an den ersten Papst – lud Alexander uns alle, auch seinen kleinen Namensvetter Rodrigo, in seine Gemächer ein.

Es war ein ungewöhnlich warmer Tag, und der Himmel hatte sich mit schnell dahinjagenden schwarzen Wolken bezogen, die schon bald jede blaue Stelle auslöschten. Der Wind kam in Böen. Als wir – Lucrezia, Alfonso, Jofre und ich – mit unseren Begleitern vom Palazzo zum Vatikan gingen, bekam ich bei einem plötzlichen kalten Windstoß an Armen und Hals eine Gänsehaut; gleichzeitig donnerte es laut.

Der kleine Rodrigo – zehn Monate alt und kerngesund – jammerte vor Schreck bei dem Lärm und strampelte so heftig in den Armen seiner Amme, dass Alfonso ihn ihr abnehmen musste. Wir beschleunigten unsere Schritte, doch es gelang uns nicht, dem Wolkenbruch zu entgehen; kalter, harter Regen, vermischt mit stechenden Hagelkörnern, prasselte auf uns hernieder, während wir die Treppe zum Vatikan hinauf hasteten. Alfonso barg den Kopf des Kleinen unter dem Arm und beugte sich über ihn, um ihn so gut es ging zu schützen.

Nass und völlig aufgelöst passierten wir die Wachen und gelangten durch die großen Türen in die Empfangshalle. Während Alfonso sein greinendes Kind auf dem Arm hielt, versuchten Lucrezia und ich den Kleinen mit viel Aufhebens zu beruhigen und mit Ärmeln und Rocksäumen abzutrocknen.

Wir standen noch am Eingang, da ließ ein lauter Knall die Türen und sogar den Boden unter unseren Füßen erzittern; wir waren allesamt erschrocken, und das Kind schrie ohne Unterlass.

Alfonso und ich schauten uns beunruhigt an, denn wir dachten an die Gräuel, die wir in Neapel erlebt hatten. Wie aus einem Munde flüsterten wir: »Kanonen.«

Einen Augenblick lang kam mir der verstörende Gedanke,

die Franzosen griffen die Stadt an; doch das war verrückt. Wir wären gewarnt worden; es hätte Berichte über eine Armee im Vormarsch gegeben.

Dann vernahmen wir aus dem Innern des Gebäudes aufgeregte Männerstimmen. Ich konnte ihre Worte nicht verstehen, doch die Hysterie war deutlich herauszuhören.

Lucrezia drehte sich in die Richtung, aus der der Lärm kam, und riss plötzlich die Augen weit auf. »Vater!«, schrie sie, raffte ihre Röcke und lief los.

Ich folgte ihr, ebenso Jofre und Alfonso, der zuerst sein Kind an die Amme weiterreichte. Wir eilten so schnell wir konnten die Treppe hinauf – die Männer überholten uns sogleich, da sie nicht von langen Gewändern behindert wurden.

Auf dem Korridor, der auf die Gemächer der Borgias zulief, empfing uns dunkler Rauch, der in Augen und Lungen stach; da ich mich direkt hinter Alfonso und Jofre hielt, blieb auch ich vor Schreck in dem Bogengang stehen, der in den Saal des Credo führte, in dem Seine Heiligkeit auf seinem Thron sitzen und uns erwarten sollte.

Die Stelle, an welcher der Thron gestanden hatte, war nur noch ein großer, verstaubter Haufen aus Holzbalken, zerbrochenen Steinen und Mauerwerk: Die Decke war eingestürzt und hatte Teppiche und Möbel aus dem Stockwerk darüber mitgerissen.

Die Teppiche und das Mobiliar kannte ich, denn ich hatte sie in so mancher Nacht in Cesares Zimmer gesehen. Schlagartig kam mir eine verrückte Hoffnung: Wenn Cesare und der Papst tot wären, könnte ich meine Ängste um meine Familie und Neapel mit ihnen zu Grabe tragen.

»Heiliger Vater!« »Eure Heiligkeit!« Die beiden Begleiter des Papstes, der Kammerherr Gasparre und der Bischof von Padua, riefen verzweifelt nach ihm, während sie sich über die Trümmer beugten und versuchten, darunter nach Lebenszeichen Ausschau zu halten. Ihre Schreie hatten wir gehört – und jetzt fielen auch Lucrezia und Jofre in ihr Rufen ein.

»Vater! Vater, sprich zu uns! Bist du verletzt?«

Aus dem entsetzlichen Schutthaufen drang kein einziger Laut. Alfonso begab sich auf die Suche nach Hilfe und kehrte kurz darauf mit sechs Arbeitern zurück, die Schaufeln mitgebracht hatten. Ich hielt Lucrezia fest; sie schaute entgeistert auf die Trümmer, davon überzeugt, dass ihr Vater tot war; auch ich war mir dessen sicher und schwankte zwischen Schuldgefühlen und freudiger Erregung.

Bald schon war klar, dass Cesare nicht in seinem Zimmer gewesen war, denn von ihm war keine Spur zu sehen. Doch auf den Papst waren mindestens drei Stockwerke gestürzt. Die Schuttmenge war beträchtlich; eine Stunde lang standen wir da und sahen den Arbeitern zu, die unter Alfonsos Anleitung kräftig anpackten.

Schließlich konnte Jofre, der immer verwirrter wurde, nicht mehr an sich halten. »Er ist tot!«, schrie er. »Es besteht keine Hoffnung mehr! Vater ist tot!«

Gasparre, der Kammerherr, war ebenso aufgewühlt; in seiner Verzweiflung rang er die Hände und fiel in Jofres Rufe ein: »Der Heilige Vater ist tot! Der Papst ist tot!«

»Ruhe!«, befahl Alfonso mit einer Grobheit, die ich bei ihm noch nie erlebt hatte. »Ruhe, ihr alle beide, sonst stürzt ihr ganz Rom ins Chaos!«

Tatsächlich vernahmen wir unter uns die eiligen Schritte der päpstlichen Garde, die den Eingang zum Vatikan eilends umstellten; wir hörten auch die Stimmen von Dienern und Kardinälen, die den Ruf wiederholten.

»Der Papst ist tot!« »Seine Heiligkeit ist tot!«

»Komm«, überredete ich Jofre und zog ihn vom Schutt fort an meine Seite. »Jofre, Lucrezia, ihr müsst jetzt stark sein und dürft euch nicht gegenseitig quälen!«

»Du hast Recht«, sagte Jofre in dem kläglichen Versuch, Mut zu zeigen; er nahm seine Schwester an die Hand. »Wir müssen jetzt auf Gott und die Arbeiter vertrauen.«

Wir drei hakten uns unter und zwangen uns, trotz des hektischen Geschreis im Stockwerk unter uns, ruhig auf das Resultat zu warten.

Von Zeit zu Zeit hörten die Arbeiter auf zu schaufeln und riefen nach dem Papst: keine Antwort. Bestimmt war er verschieden, beruhigte ich mich im Stillen. In Gedanken war ich bereits zurück in Squillace.

Nach einer Stunde gelang es ihnen, sich so tief ins Mauerwerk vorzuarbeiten, dass sie ein Stück des goldenen Papstgewandes entdeckten.

»Heiliger Vater! Eure Heiligkeit!«

Noch immer kein Laut.

Doch Gott hielt uns alle nur zum Narren. Am Ende, nachdem sie Holzbalken und vergoldete Wandbehänge beiseite geräumt hatten, fanden sie Alexander – sprachlos vor Schreck saß er kerzengerade auf seinem Thron, staubbedeckt, die großen Hände fest um die geschnitzten Armlehnen geklammert.

Die Wunden und Prellungen waren so geringfügig, dass wir sie damals nicht einmal bemerkten.

Gasparre führte ihn an sein Bett, während Lucrezia den Arzt holen ließ. Alexander wurde zur Ader gelassen und bekam leichtes Fieber; außer seiner Tochter und Cesare wollte er niemanden sehen.

Eine Untersuchung wurde eingeleitet. Zunächst ging man davon aus, ein aufständischer Edelmann habe eine Kanonenkugel abgeschossen – tatsächlich jedoch hatte ein Blitzeinschlag in Verbindung mit heftigem Sturm das Dach zum Einsturz gebracht. Es war reiner Zufall, dass Cesare sein Zimmer nur wenige Augenblicke zuvor verlassen hatte.

Das sei eine Warnung Gottes, flüsterten viele, dass die Borgias ihre Sünden büßen sollten, andernfalls werde Gott ihren Sturz herbeiführen. Savonarola hatte aus dem Grab gesprochen.

Doch für Cesare war es eine Mahnung, dass er erst recht mit dem Sündigen beginnen sollte, um sich seinen Platz in der Geschichte zu sichern, solange sein Vater noch am Leben war.

Sommer 1500

32

In Anbetracht seiner kräftigen Konstitution erholte sich Alexander recht bald. Der Donnerschlag Gottes vermittelte Seiner Heiligkeit ein Gespür für Sterblichkeit und eine neue Wertschätzung des Lebens; er verbrachte weniger Zeit mit Cesare, um über neue Eroberungsstrategien nachzudenken, und mehr Zeit mit seiner Familie – die aus Rodrigo, Lucrezia, Alfonso, Jofre und mir bestand. Erneut aßen wir jeden Abend mit dem Papst zusammen an einem Tisch, und er sprach über häusliche Angelegenheiten statt über Politik. Zwischen Cesare und Alexander tat sich eine Kluft auf, was Loyalität betraf; ich hoffte nur, dass der Papst mächtig genug war, daraus als Sieger hervorzugehen.

Mein persönlicher Weltuntergang begann am fünfzehnten Juli, knapp zwei Wochen nach dem rätselhaften Sturz der Decke auf den Papstthron. Wir aßen mit Seiner Heiligkeit zu Abend, und Lucrezia und ich verwickelten ihren Vater in ein unverfängliches Gespräch, das wir nur ungern aufgaben, als Alfonso sich erhob und verkündete:

»Mit Eurer Erlaubnis, Eure Heiligkeit, ich bin heute Abend müde und möchte früh zu Bett gehen.«

»Aber gewiss doch.« Alexander, noch ganz ins Gespräch vertieft, entließ ihn flüchtig, aber höflich mit einer Handbewegung. »Möge Gott dir eine gute Nachtruhe schenken.«

»Danke.« Alfonso verbeugte sich, küsste Lucrezia und mir

die Hand und ging. Ich kann mich nicht mehr erinnern, worüber wir plauderten, doch ich weiß noch, dass ich zu ihm aufschaute und von der Müdigkeit angerührt war, die ihm ins Gesicht geschrieben stand. Rom und seine boshaften Intrigen hatten ihn altern lassen; der Anblick förderte eine vage Erinnerung zutage: Ich war eine freche, wagemutige Elfjährige in Ferrantes Palast und hänselte meinen kleinen Bruder wegen des Leichenmuseums unseres Großvaters.

Wie hältst du das nur aus, Alfonso? Willst du denn nicht wissen, ob es stimmt?

Nein, weil es wahr sein könnte.

Es gab vieles, von dem ich wünschte, ich hätte es nie entdeckt; vieles, vor dem ich meinen Bruder in Rom gern beschützt hätte, damit er in seliger Unwissenheit leben konnte. Doch das war nicht möglich gewesen.

In jenem Augenblick überkam mich das eigenartige Verlangen, meine Unterhaltung mit Lucrezia zu unterbrechen und Alfonso nach Hause zu bringen – doch das wäre unhöflich gewesen. Rückblickend muss ich mich unwillkürlich fragen, wie sich unser Leben verändert hätte, wenn ich mit ihm gegangen wäre. Stattdessen schenkte ich ihm ein Lächeln, als er mir die Hand küsste; nachdem er fort war, ließ ich alle vorherigen Gedanken als unnötige Sorgen fallen.

Etwa zwei Stunden später hatten Lucrezia, der Papst und ich unser Gespräch in den Saal der Heiligen verlegt; unsere Stimmen hallten von den Wänden des weiten, fast leeren Raumes wider. Ich war müde und im Begriff, mich zu verabschieden, als wir donnernde Schritte und aufgeregte Männerstimmen auf uns zukommen hörten. Noch ehe ich gemerkt hatte, was vor sich ging, hatten Soldaten den Raum betreten.

Ich schaute rasch auf.

Ein päpstlicher Wachsoldat, begleitet von fünf Männern aus seinem Bataillon, trat zu Alexander. Er war noch jung, nicht älter als achtzehn, seine Miene war verstört, seine Gesichtshaut aschfahl vor Angst. Das Protokoll verlangte, dass er sich verbeugte und um Erlaubnis bat, Seine Heiligkeit ansprechen zu dürfen; der junge Mann machte den Mund auf, brachte jedoch keinen Laut hervor.

Auf den Armen trug er meinen Bruder, schlaff und bleich wie der Tod. Sogleich fiel mir das Bild der Jungfrau ein, die den durchbohrten, verschiedenen Christus umschlang.

Blut strömte aus Alfonsos Stirn, färbte seine goldblonden Locken rot und verdunkelte eine Gesichtshälfte. Der Mantel, den er kurz zuvor noch getragen hatte, fehlte – er war ihm entrissen worden –, und sein Hemd war an den Stellen, an denen es nicht mit Blut an der Haut klebte, aufgeschlitzt. Ein Hosenbein war ähnlich rot durchtränkt.

Er hatte die Augen geschlossen; sein Kopf sackte auf dem Arm des Soldaten nach hinten. Ich hielt ihn für tot. Ich konnte nichts sagen, nicht einmal atmen; meine größte Angst war schließlich Wirklichkeit geworden. Mein Bruder war vor mir aus dieser Welt gegangen; ich hatte keinen Grund mehr zu leben, keinen Grund, mich nach der Moral anständiger Menschen zu richten.

Zugleich wurde mir schlagartig meine Dummheit bewusst: Hatte ich nicht immer im tiefsten Innern gewusst, dass Cesare versuchen würde, meinen Bruder umzubringen? Es war die größtmögliche Rache, die er an mir nehmen konnte, dafür dass ich ihn zurückgewiesen hatte – größer noch, als wenn er mir das Leben genommen hätte.

Hatte er das bei unserer letzten Begegnung nicht angedroht?

Jetzt weiß ich, wo ich stehe; jetzt weiß ich, welche Richtung ich einzuschlagen habe.

Lucrezia schoss von ihrem Sitz hoch und fiel dann lautlos in Ohnmacht.

Ich ließ sie am Boden liegen und eilte zu meinem Bruder. Ich hielt ihm ein Ohr an den geöffneten Mund und verlor beinahe selbst das Bewusstsein, als ich mit gequälter Dankbarkeit seinen Atem vernahm. *Gott,* schwor ich im Stillen, *ich werde alles tun, was Du von mir verlangst. Ich werde nicht länger vor meinem Schicksal davonlaufen.*

Hinter mir war Alexander von seinem Thron herabgestiegen und versuchte, seine Tochter wach zu bekommen.

Ich glaube, Entschlossenheit und die Erkenntnis, dass sie dringend gebraucht wurde, ließen Lucrezia sofort wieder zu sich kommen. »Es ist alles in Ordnung!«, rief sie, wütend über sich selbst, dass sie in diesem Augenblick Schwäche gezeigt hatte. »Lasst mich zu meinem Gemahl! Lasst mich gehen!«

Sie wand sich aus der Umarmung des Vaters und stellte sich neben mich, um mit mir zusammen Alfonsos Wunden zu stillen. Ich wollte schreien, wollte wie Lucrezia in Ohnmacht fallen. Am liebsten hätte ich Seine Heiligkeit erwürgt, der dort stand und Unschuld vortäuschte, denn ich zweifelte nicht daran, dass er von dem geplanten Überfall gewusst hatte.

Entgeistert betrachtete ich Alfonsos schlaffe, schöne Gestalt; ähnlich wie seine Frau zwang ich mich zu übernatürlicher Ruhe. In Gedanken vernahm ich die Stimme meines Großvaters. *Wir Starken müssen uns der Schwachen annehmen.*

»Wir können ihn nicht transportieren«, sagte Lucrezia.

Ich nickte. »Wir brauchen hier einen Raum, in diesen Gemächern.«

Lucrezia warf ihrem Vater einen Blick zu – nicht mit der gewohnten Bewunderung und Fürsorglichkeit, sondern mit untypischer Stärke. In ihren grauen Augen stand eine klare Drohung, falls ihr Befehl nicht ausgeführt würde. Alexander knickte sofort ein.

»Hier entlang«, sagte er und bedeutete dem Soldaten, der Alfonso trug, ihm zu folgen.

Er führte uns nach nebenan in den Saal der Sibyllen, wo der Soldat Alfonso sacht auf eine mit Brokat bezogene Bank legte. Lucrezia und ich folgten so nah, dass wir den Soldaten zwischen uns fast erdrückten.

»Ich werde meinen Arzt rufen lassen«, sagte Alexander, doch seine Worte gingen unter, als Alfonso plötzlich zu husten begann.

Die Augenlider meines Bruders flatterten, dann schlug er die Augen auf. Er schaute zu Lucrezia und mir auf, die sich tief über ihn beugten, und flüsterte: »Ich habe gesehen, wer mich überfallen hat. Ich habe gesehen, wer sie angeführt hat.«

»Wer war es?«, drängte Lucrezia ihn. »Ich werde den Mistkerl eigenhändig umbringen!«

Ich wusste, was mein Bruder sagen würde, noch ehe er das Wort aussprach.

»Cesare«, sagte er und verlor erneut das Bewusstsein.

Ich fluchte.

Lucrezia zuckte zusammen, umschlang ihre Taille mit beiden Armen und knickte nach vorn ein, als spürte sie einen Schwertstreich; ich fing sie am Ellenbogen ab, um sie zu stützen, denn ich fürchtete, sie könnte vornüber fallen.

Ich irrte mich. Sie fasste sich und wandte sich, ohne sich über diese entsetzliche Offenbarung zu wundern, in ruhigem, geschäftsmäßigem Ton an ihren Vater, als wäre er ein Untergebener.

»Du kannst deinen Arzt rufen lassen. Doch unterdessen werde ich nach dem Arzt des Königs von Neapel schicken. Und die Botschafter von Spanien und Neapel müssen sofort herbeizitiert werden.«

»Lasst Wasser holen«, fügte ich hinzu, »und Verbandszeug. Wir müssen tun, was wir können, bevor der Arzt hier ist.«

Da mein Bruder noch immer blutete, knöpfte ich mir die Ärmel an den Schultern ab und zog sie aus, um den schweren Samtstoff an die stark blutende Stirnwunde zu pressen. Ich rief mir die Gefühlskälte und Abgebrühtheit meines Vaters ins Gedächtnis und war zum ersten Mal dankbar dafür, dass ich sie besaß.

Lucrezia folgte meinem Beispiel; auch sie entfernte einen Ärmel und legte ihn auf die Wunde an Alfonsos Schenkel.

»Lasst Alfonsos Diener kommen – und meine Hofdamen!«, verlangte ich. Plötzlich wünschte ich mir nichts sehnlicher als die tröstliche Gegenwart von Donna Esmeralda, sowie die Gesellschaft unserer Vertrauten aus Neapel.

In unserer Verzweiflung entging Lucrezia und mir, dass der Papst persönlich die meisten unserer Wünsche entgegennahm und der Dienerschaft weitergab. Zwei päpstliche Garden versuchten, unseren Befehlen Folge zu leisten, doch ich schaute streng zu ihnen auf. »Bleibt hier! Wir benötigen euren Schutz. Das Leben dieses Mannes steht auf dem Spiel, und er hat Feinde im eigenen Hause.«

Lucrezia widersprach mir nicht. Als ihr atemloser Vater zurückkehrte, sagte sie: »Ich brauche ein ständiges Kontingent von mindestens sechzehn Bewaffneten vor dem Eingang zu diesen Gemächern.«

»Du glaubst doch nicht …«, hob ihr Vater an.

Sie betrachtete ihn kalt und ließ keinen Zweifel daran, *dass* sie es glaubte. »Ich werde sie bekommen!«

»Schon gut«, sagte Alexander mit eigenartig ruhiger Stimme – vielleicht nagten Schuldgefühle an ihm, als er sah, welchen Kummer Cesare mit seiner, des Papstes, Erlaubnis Lucrezia zugefügt hatte. Zum ersten Mal zeigte Alexander in aller Öffentlichkeit, wie feige er war: Sein Wankelmut war nicht so sehr das Ergebnis politischer Ränke, sondern vielmehr der Tatsache geschuldet, dass er zwischen seinen Ratgebern und Kindern hin und her gerissen war.

Bald waren wir in unserer Zufluchtsstätte von den Botschaftern Neapels und Spaniens, dem Arzt und Chirurgen des Papstes, Alfonsos und meiner Dienerschaft sowie einem Kader bewaffneter Wachen umringt. Ich bestand darauf, dass Matratzen geholt wurden – nicht einen Augenblick wollte ich von Alfonsos Seite weichen, Lucrezia ebenso wenig. Außerdem verlangte ich nach einem Kochaufsatz für den Ofen. Das *canterella* im Hinterkopf, hatte ich die Absicht, meinem Bruder die Mahlzeiten eigenhändig zuzubereiten.

Ein paar Stunden später kam Alfonso so lange zu sich, dass er die Namen der Männer preisgeben konnte, die ihn begleitet hatten, als er überfallen wurde: sein Knappe Miguelito und ein Kammerdiener, Tomaso Albanese.

Lucrezia ließ sogleich nach beiden Männern schicken.

Albanese wurde noch vom Chirurgen behandelt und war nicht transportfähig, doch Miguelito, der Knappe, kam im Nu.

Alfonsos Lieblingsknappe war noch ein junger Mann, aber groß gewachsen und muskulös. Er hatte eine Schulter verbunden, und sein rechter Arm ruhte in einer Schlinge. Er entschuldigte sich, dass er nicht früher nach seinem Herrn geschaut habe, doch seine bleiche Gesichtsfarbe und seine Schwäche machten deutlich, dass auch er schwere Verletzungen davongetragen hatte. Er war so unsicher auf den Beinen, dass wir ihn drängten, sich zu setzen; er nahm mit einem dankbaren Seufzer auf dem Stuhl Platz und lehnte den Kopf an die Wand.

Lucrezia ließ ihm ein Glas Wein reichen; er trank von Zeit zu Zeit einen Schluck, während er erzählte, was wir zu hören verlangten.

»Wir drei – der Herzog, Don Tomaso und ich – gingen vom Vatikan zum Palazzo Santa Maria hinüber. Dafür mussten wir natürlich am Petersdom vorbei – wo bereits viele Pilger auf der Treppe schliefen. Wir dachten uns nichts dabei, Madonna; vielleicht hätte ich dem Herzog zuliebe wachsamer sein sollen …« Schuldgefühle huschten über sein offenes, markantes Gesicht.

»Aber wir gingen an einer Gruppe vorbei, die nach ganz gewöhnlichen Bettlern aussah – sechs, glaube ich, alle in Lumpen gekleidet. Ich nahm an, sie hätten Armutsgelübde abgelegt. Wie gesagt, wir beachteten sie nicht; der Herzog und Don Tomaso waren in eine Unterhaltung vertieft, und ich muss gestehen, ich war nicht auf der Hut. Plötzlich sprangen die Bettler auf den Stufen neben uns auf und zogen die Schwerter. Sie hatten dem Herzog aufgelauert, denn ich hörte, wie einer von ihnen den anderen etwas zurief, als wir vorbeigingen. Im Nu waren wir von ihnen umstellt. Es war klar, dass es ausgebildete Soldaten waren; zum Glück – wie Ihr sehr wohl wisst, Donna Sancha – waren wir ebenfalls der neapolitanischen Schwertkunst kundig. Euer Bruder – Euer Gatte, Donna Lucrezia – war der Geschickteste und Tapferste unter uns. Obwohl wir zahlenmäßig weit unterlegen waren, kämpfte Don Alfonso so gut, dass er seine Feinde eine Zeit lang in Schach zu halten vermochte. Auch Don Tomaso kämpfte gut und hart und zeigte bewundernswerten Mut bei der Verteidigung des Herzogs. Was mich betrifft – ich gab mein Bestes, doch mir bricht das Herz, wenn ich den edlen Herzog dort so bleich und still liegen sehe.« Er schluckte.

»Trotz unserer Bemühungen, ihn zu beschützen, wurde der Herzog verwundet. Dennoch kämpfte er weiter, auch nachdem er furchtbar aus Bein und Schulter blutete. Erst als er den entscheidenden Schlag an den Kopf bekam, stürzte er zu Boden. Da drangen seine Angreifer auf ihn ein. Andere Männer – dunkel gekleidet, ihre Gesichter konnte ich nicht erkennen – hatten Pferde geholt, und die Angreifer versuchten, Alfonso dorthin zu ziehen. Don Tomaso und ich nahmen erneut den Kampf auf, denn uns war klar, dass es das Ende für unseren Herrn bedeuten würde, wenn man ihn mitnähme. Wir riefen um Hilfe und richteten uns zunächst an die Wachen vor dem Palazzo Santa Maria. Ich hob meinen Herrn auf, um ihn in Richtung Palazzo zu tragen, während Don Tomaso heldenhaft mit dem Schwert gegen die Angreifer vorging, die stehen blieben – es waren inzwischen ihrer drei. Dann sah ich zwei weitere Männer vor dem Palazzo warten, die den Zugang zu den Wachen am Tor versperrten. Der eine war ein Meuchelmörder zu Fuß, der sein Schwert gezogen hatte und wartete, der andere saß auf einem Pferd …«

An dieser Stelle senkte der junge Miguelito die Stimme zu einem Flüstern, bis er ganz verstummte. Zunächst dachte ich, Erschöpfung und Blutverlust hätten einen Schwächeanfall hervorgerufen, das Sprechen habe ihn über alle Maßen angestrengt; ich drängte ihn, noch mehr Wein zu trinken.

Dann schaute ich ihm in die Augen; nicht Erschöpfung, sondern schiere Angst lähmte ihm die Zunge.

Ich wechselte einen kurzen Blick mit Lucrezia und wandte

mich dann wieder an den Knappen. »Dieses Pferd«, sagte ich langsam. »War es weiß mit silbernem Zaumzeug?«

Verzweifelt schaute er erst mich an, dann Lucrezia.

»Euer Herr hat Cesare bereits als seinen Angreifer genannt«, sagte sie mit einem Gleichmut, den ich nur bewundern konnte. »Ihr seid hier unter Freunden aus Neapel, und ich stehe tief in Eurer Schuld, da Ihr meinem Mann das Leben gerettet habt. Ich schwöre, dass Euch nichts geschehen wird, wenn Ihr die Wahrheit wiederholt.«

Der junge Knappe nickte erleichtert und gestand dann heiser: »Ja. Auf dem Pferd saß Don Cesare, der Herzog von Valencia. Ich hatte Angst um meinen Herrn, deshalb schlug ich die andere Richtung ein, zurück zum Vatikan, während Don Tomaso die Meuchelmörder in Schach hielt. Wir beide riefen, bis die päpstlichen Garden die Tore öffneten und uns einließen; in dem Augenblick sind unsere Angreifer geflohen.«

»Danke«, sagte Lucrezia frei heraus und mit tiefer Stimme, wie ich es noch nie bei ihr gehört hatte – ihrer echten Stimme, ungekünstelt und furchtlos. »Danke, Miguelito, dass Ihr die Wahrheit gesagt habt.«

In den nächsten Tagen wurde der Raum in den Gemächern der Borgias – von Soldaten und Alfonsos Vertrauten ständig bewacht – zu einer eigentümlichen Höhle. Wir stellten Wandschirme auf, teilten den mit herrlichen Fresken ausgestatteten Saal der Sibyllen in ein inneres und äußeres Zimmer, sodass wir abgeschiedener waren. Möbel wurden herbeigeschafft, und mit unseren Begleitern, darunter auch Donna Esmeralda, richteten wir innerhalb unserer luxuriösen Umgebung ein primitives Lager ein, so als befänden wir uns im Krieg.

Knapp eine Stunde, nachdem man ihn gerufen hatte, traf der Arzt des Papstes ein. Er untersuchte Alfonso und verkündete, sehr zu meiner und Lucrezias Erleichterung, mein Bruder werde angesichts seiner Jugend und der guten Gesundheit überleben, »solange seine Wunden sorgfältig versorgt werden«.

Das stand außer Frage, denn es gab auf der ganzen Welt keine Krankenschwestern, die fürsorglicher gewesen wären als Lucrezia und ich. Eigenhändig säuberten und verbanden wir die Wunden; unter Esmeraldas Anleitung kochte ich Alfonsos Lieblingsgerichte aus seiner Kindheit, und Lucrezia hielt ihm Tasse und Löffel an die Lippen. In unserer Hingabe an ihn waren wir vereint, so sehr, dass wir auch ohne Worte wussten, was die andere brauchte.

Alfonso erholte sich rasch, obwohl seine Wunden so schwerwiegend waren, dass sie einen schwächeren Mann umgebracht hätten. An jenem ersten schrecklichen Tag wurde er bei Anbruch der Dunkelheit wach und fragte zusammenhängend nach dem Zustand seines Knappen Miguelito und Tomaso Albaneses. Als er hörte, dass beide überlebt hatten, seufzte er dankbar auf.

»Lucrezia«, sagte er plötzlich eindringlich (obwohl er noch zu schwach war, sich aufzurichten), »Sancha – ihr beide könnt nicht hier bei mir bleiben. Es ist nicht sicher. Ich bin dem Tode geweiht.«

Lucrezias Wangen röteten sich. Mit einer Heftigkeit, die uns abschreckte, sagte sie: »Ich schwöre bei Gott, dass du hier vor Cesare sicher bist. Und wenn ich meinen Bruder mit eigenen Händen erwürgen muss, werde ich nicht zulassen, dass dir etwas geschieht.« Und sie bemühte sich, Alfonso zuliebe nicht in Tränen auszubrechen.

Ich hielt sie in den Armen; und während ich sie wiegte und ihr wie einem Kind auf den Rücken klopfte, erläuterte ich Alfonso alle Vorsichtsmaßnahmen, die seine Frau ergriffen hatte: dass der spanische und neapolitanische Botschafter just in diesem Augenblick im Vorzimmer seien und dass mehr als zwei Dutzend Soldaten die Türen bewachten.

Daraufhin nahm er Lucrezias Hand, so schwach er auch war, küsste sie und setzte eine muntere Miene auf. Sie wiederum löste sich matt lächelnd aus meiner Umarmung. Es war schmerzhaft mit anzusehen, wie die beiden versuchten, dem anderen zuliebe tapfer zu sein.

Beide waren entsetzt; beide wussten, dass das provisorische Schlafgemach im Saal der Sibyllen der einzige helle Fleck im dunklen, schattengleichen Rom war, wo Cesare Borgia lauerte und nur darauf wartete, noch einmal zuzuschlagen.

Am zweiten Tag ging es Alfonso wieder so gut, dass er etwas essen konnte; am dritten Tag war er imstande, sich wieder aufzusetzen und länger zu reden. Am vierten Tag trafen die Ärzte aus Neapel ein: Don Clemente Gactula, der Arzt des Königs, und Don Galeano da Anna, der Chirurg des Königs. Ich hieß beide Männer herzlich willkommen, denn ich kannte sie noch aus Kindertagen; sie hatten auch meinen Großvater Ferrante gepflegt. Lucrezia befragte sie, wie bald damit zu rechnen sei, dass Alfonso wieder laufen, auf einem Pferd sitzen und schließlich selbst wieder reiten könnte. Mehr sagte sie nicht, doch wir alle verstanden, was es zu bedeuten hatte. Je eher Alfonso in der Lage war, aus Rom in die Sicherheit Neapels zu fliehen, desto besser. Und gemessen an Lucrezias Haltung ihrem Bruder und Vater gegenüber, hegte ich keine Zweifel, dass sie diesmal ihren Gatten begleiten würde.

Alfonsos Gesundheitszustand verbesserte sich von Tag zu Tag, und er bekam kein Fieber. Entweder Lucrezia oder ich blieben die ganze Zeit im Raum – die meiste Zeit waren wir beide anwesend; wir schliefen nur wenige Handbreit von Alfonsos Bett auf dem Boden, und wir nahmen unsere Mahlzeiten zu dritt ein.

Jederzeit war ich wachsam und wartete auf den nächsten Anschlag auf meinen Bruder.

Eines Nachmittags, als ich mich wie eine Küchenmagd über den Herd beugte und drei Fasane mit Bast umwickelte, vernahm ich im Vorzimmer laute Männerstimmen.

Lucrezia saß neben dem Bett und las ihrem Mann Gedichte vor; wir drei schauten bei dem Lärm auf, gerade rechtzeitig, um Cesare Borgia zu sehen, wie er – flankiert von zweien unserer Wachleute – ins Schlafgemach trat.

Lucrezia schleuderte ihr kleines, in Leder gebundenes Buch zu Boden und sprang auf, das Gesicht vor Zorn verzerrt. »Wie konntet ihr nur!«, rief sie. Zunächst dachte ich, sie meinte ihren Bruder, bis sie fortfuhr: »Wie konntet ihr nur ausgerechnet *ihm* hier den Eintritt gewähren!«

»Er hat es verlangt, Madonna«, erwiderte eine der Wachen unterwürfig. »Wir haben ihn nach Waffen durchsucht; er trägt keine bei sich.«

»Das spielt keine Rolle!« Lucrezias Stimme bebte vor blinder Wut. »Ihr dürft ihn nie wieder hier hereinlassen!«

Cesare hörte sich das Gezeter seiner Schwester gelassen an; selbst der hasserfüllte Ausdruck auf Alfonsos Gesicht focht ihn nicht an. Ich erhob mich und stellte mich zwischen Cesare und meinen Bruder.

»Lucrezia«, sagte Cesare besänftigend, »ich verstehe ja, wenn du wütend bist. Glaube mir, wenn ich sage, dass ich deine Wut teile – und dass ich sehr verwirrt war, Don Alfonso, als ich von dem Mordversuch an Euch hörte. Doch Euer Knappe – Miguelito Herrera, so heißt doch der Junge, nicht wahr? – hat mich bösartig und fälschlich beschuldigt. Ich versichere Euch, ich bin vollkommen unschuldig in dieser Sache. Ich verwehre mich gegen die Unterstellung, ich würde einem Verwandten etwas antun. Ich werde eine Untersuchung veranlassen, damit ich meinen Namen reinwaschen und Euer Vertrauen wieder zurückgewinnen kann.«

Als Cesare seine nette kleine Ansprache beendet hatte, setzte ein unheilvolles Schweigen ein.

»Narr«, flüsterte Alfonso.

Ich drehte mich um. Die Augen meines Bruders funkelten hasserfüllt.

»Ihr seid ein *Narr*«, wiederholte Alfonso, und seine Stimme wurde mit jedem Wort lauter. »Ihr dachtet, nur weil ich gestürzt bin, hätte ich Euch nicht dort auf Eurem feinen weißen Ross mit den feinen silbernen Beschlägen erkannt!«

Cesares Miene verfinsterte sich bedrohlich.

»Ich habe Euch gesehen«, konstatierte Alfonso hitzig, »ebenso Don Tomaso – und er befindet sich unter schwerer Bewachung an einem sicheren Ort. Ihr seht also, es hätte keinen Zweck, wenn Ihr Miguelito ermordet. Wir alle haben Euch gesehen – und alle hier wissen Bescheid.«

»Ich habe versucht, Frieden zu schließen«, sagte Cesare mit leiser Stimme und schickte sich an, den Raum zu verlassen. Die Wachen eskortierten ihn hinaus, als Lucrezia ihm voller Gehässigkeit nachrief:

»Ja, geh nur, du Mörder!«

Doch Alfonso war mit den Worten an seinen Schwager noch nicht fertig, obwohl Cesare bereits ins Vorzimmer ging. »Jetzt müsst Ihr uns also umbringen!«, schrie Alfonso ihm hinterher. »Die Botschafter, die Ärzte, die Diener, die Wachen – alle!«

Ich folgte Cesare bis an die Türen, mein Hass auf ihn wirkte wie ein Magnet.

Kurz bevor die Wachen von seiner Seite wichen, um ihn gehen zu lassen, rief ich ihn beim Namen.

Er drehte sich um und sah mich an, erwartungsvoll, unsicher.

Einen Moment lang erwog ich, mein Stilett zu ziehen und ihn auf der Stelle zu töten – doch ich wusste, ich hatte keine Chance. Ich wäre von ihm oder einem seiner Begleiter aufgehalten worden, noch ehe ich ihm Schaden hätte zufügen können … und man hätte später immer behaupten können, ich hätte auf Geheiß meines Bruders agiert. Es würde Alfonso und Neapel nichts nützen, hier und jetzt zu handeln.

Stattdessen spuckte ich ihm direkt ins Gesicht. Der Speichel erwischte ihn am Bartrand und tropfte auf die feine schwarze Seide seiner gut sitzenden Tunika.

Er kam bedrohlich auf mich zu, so plötzlich, dass zwei Wachen ihr Schwert zogen. In seinen dunklen Augen stand pure Mordlust geschrieben. Wären wir allein gewesen, hätte er mich erschlagen und daran noch seine Freude gehabt.

So aber beugte er sich nur vor, strich mir eine verirrte Locke hinter das Ohr und flüsterte:

»Was beim Mittagessen misslang, hat beim Abendessen Erfolg.«

Er wich zurück und lächelte – zärtlich, böse – über die Reaktion, die seine Worte in mir auslösten.

Dann drehte er sich abrupt um und schritt selbstsicher durch die Reihen der Wachen.

33

Nachdem Cesare gegangen war, blieb ich im Vorzimmer stehen, wie betäubt und viel zu schockiert über seine tödliche Mordandrohung, um mich in Bewegung zu setzen. Obwohl ich mich körperlich nicht regte, arbeitete mein Verstand wie nie zuvor. Für mich stand zweifelsfrei fest, dass Cesare meinen Bruder umbringen würde, wenn wir nicht ernsthafte Maßnahmen träfen. Ich konnte die Augen nicht länger vor der Wahrheit verschließen und blind auf ein gutes Ende hoffen.

Seine Worte wirkten auch auf meine Sinne belebend: Ich sah meine Umgebung mit außergewöhnlicher Klarheit, und zum ersten Mal verstand ich ihre Bedeutung.

Wir befanden uns im Saal der Sibyllen. An den Wänden vor mir waren die Propheten des Alten Testaments abgebildet, in Gewändern in lebhaften Rottönen, Lapis Lazuli und Gold, die meisten trugen weiße Bärte; sie hatten die Gesichter gen Himmel erhoben und deuteten zum Jüngsten Gericht empor, das kommen würde, die Menschen zu strafen.

Darunter waren Sibyllen dargestellt, die mit grimmigem Blick in den Versammlungsraum starrten.

Ich dachte an Savonarola, der von seiner Kanzel herunter Schmähreden geführt und Alexander als Antichrist bezeichnet hatte. Donna Esmeralda fiel mir ein, wie sie vor dem Heiligen Gennaro auf Knien gelegen und geweint hatte, weil das Jahr der Apokalypse angebrochen war.

Mein Blick fiel auf das Gesicht einer ganz bestimmten

Sibylle – mit goldblondem Haar und hellhäutig, nicht dunkel und verschleiert. In diesem Augenblick kam die Prophezeiung der *strega* Wort für Wort über die Lippen jener Sibylle, als würde sie sie noch einmal wiederholen.

Denn in Eurem Herzen liegt das Schicksal von Menschen und Nationen. Diese Waffen in Euch – das Gute und das Böse – müssen weise eingesetzt werden, und zur rechten Zeit, denn sie werden den Lauf der Dinge verändern.

Und ich hatte ausgerufen: *Ich werde nie auf das Böse zurückgreifen*! Einst hatte ich mir einzureden versucht, das schlimmste Übel, das mir widerfahren könnte – welches ich abgelehnt hatte –, sei eine Ehe mit Cesare Borgia.

Die *strega* hatte ruhig geantwortet: *Dann verurteilt Ihr alle, die Euch am meisten am Herzen liegen, zum Tode.*

Als ich zum zweiten Mal bei ihr war, hatte sie mir mein Schicksal erneut klar vor Augen geführt. Eine Waffe habe ich bereits eingesetzt, sagte sie; mir bleibe nur noch eine. Die Bedeutung war mir immer klar gewesen. Ich hatte sie mir nur nicht eingestehen wollen.

Dort, im Saal der Sibyllen, wurde mir bewusst, dass ich die Wahl hatte. Ich konnte mich auf Diplomatie verlassen, auf das Wohlwollen des Papstes, auf Glück oder auf die unwahrscheinliche Hoffnung, dass Cesares Drohung leeres Gerede war, dass er nicht noch einmal zuschlagen würde.

Dann würde Alfonso sterben.

Oder ich konnte mich damit abfinden, dass das Schicksal das kalte, berechnende Blut meines Vaters und des alten Ferrante in meine Adern hatte einfließen lassen. Ich konnte mich damit abfinden, dass ich stark war und fähig, Aufgaben zu übernehmen, die Menschen mit gütigerem Herzen nicht auszuführen vermochten.

Da traf ich eine Entscheidung: Aus Liebe zu meinem Bruder beschloss ich, Cesare Borgia umzubringen.

Den Rest des Tages war ich innerlich kühl und unbeteiligt, erledigte meine Krankenpflege, lächelte, redete mit meinem

Bruder und Lucrezia, während ich insgeheim überlegte, wie ich am besten gegen den Generalkapitän vorging.

Dass ein Versuch, den man zu uns Neapolitanern zurückverfolgen konnte, nicht in Frage kam, verstand sich von selbst; auch durfte er dem Angriff auf Alfonso nicht zu bald folgen – der Papst würde sofort meinem Bruder die Schuld geben und diesen Vorwand dankbar nutzen, ihn exekutieren zu lassen. Schlüge mein Versuch fehl, würde Cesare triumphieren. Sosehr ich mich auch danach sehnte, die Tat mit meinem eigenen Stilett zu begehen, sosehr es mich auch nach baldiger Rache dürstete, war doch Raffinesse geboten. Wir mussten abwarten. Am besten wäre es, zurückzuschlagen, wenn es Alfonso wieder so gut ging, dass er in Sicherheit fliehen könnte.

Die Lösung, entschied ich, war ein gedungener Mörder, zu dem ich über eine Reihe von Kanälen Verbindung aufnehmen würde, um die Suche nach dem Auftraggeber zu erschweren.

Jofre um Hilfe zu bitten kam mir nicht einmal in den Sinn. So eifersüchtig er auch auf seinen älteren Bruder sein mochte, er hatte nicht den Nerv, den Mund zu halten. Auch Lucrezia fragte ich nicht, obwohl sie solche Kontakte sicher kannte; ihren Mann zu beschützen war das eine, sie zu bitten, ihren Bruder umzubringen, stand auf einem anderen Blatt. Ich wollte ihre Loyalität nicht zu sehr strapazieren.

Es gab eine Person, die mehr Menschen kannte als wir alle, die einem Netzwerk angehörte, aus dem sie intimes Wissen über jedes Ereignis oder jeden Menschen erhielt – und sie war die Einzige, die ebenso integer war wie Alfonso. Sie sollte das erste Glied in meiner Kette sein.

In jener Nacht lagen Alfonso und Lucrezia nebeneinander; ich rollte mich auf die Seite, stand auf und ging ein paar Schritte zu der kleinen Matratze, auf der sich Donna Esmeralda ausgestreckt hatte und schlief.

Ich kniete mich neben sie und flüsterte dicht an ihrem Ohr ihren Namen; sie schlug die Augen auf, fuhr hoch und gab einen Laut des Erschreckens von sich. Ich legte ihr eine Hand auf den Mund.

»Wir müssen draußen miteinander reden«, sagte ich leise und deutete auf die Türen, die zum kleinen Balkon führten.

Verschlafen und verwirrt gehorchte sie und trat auf den Balkon hinaus, wo sie wartete, bis ich die Türen hinter mir geschlossen hatte.

»Was ist los, Madonna?«, zischte sie.

Ich stellte mich so nah neben sie, dass mein Mund ihr Ohr berührte, und flüsterte mit kaum hörbarer Stimme: »Du hattest Recht, Cesare ist böse, und die Zeit ist gekommen, ihm Einhalt zu gebieten. Heute hat er mir ins Gesicht gesagt, dass er die Absicht hat, seine Untat zu Ende zu führen – Alfonso zu töten.«

Sie schrak zusammen und gab einen gequälten Laut von sich; ich legte warnend einen Finger an die Lippen.

»Wir müssen äußerste Ruhe bewahren. Ich bin sicher, du kennst Diener, die Kontakt zu jemandem aufnehmen können ... zu einem Mann, dessen Dienste wir kaufen können.«

Sie riss die Augen weit auf und bekreuzigte sich. »Ich kann nicht Teil eines Mordkomplotts sein. Das ist eine Todsünde.«

»Die Schuld liegt allein bei mir. Ich gebe dir den Befehl; Gott weiß, dass du nicht verantwortlich bist.« Ich ließ meine Worte auf sie wirken. »Verstehst du, Esmeralda? Letzten Endes tun wir Savonarolas Werk. Wir setzen dem Bösen ein Ende. Wir sind die rächende Hand Gottes gegen die Borgias.«

Sie wurde ganz still, als sie darüber nachdachte.

Ich ließ ihr einen Moment Zeit, dann drängte ich erneut. »Ich schwöre vor Gott; ich flehe Ihn an. Dieses Blut klebt nur an meinen Händen, an niemandes sonst. Denke an die Sünden, die Cesare begangen hat – wie er den eigenen Bruder ermordet hat, wie er Caterina Sforza und unzählige andere Frauen vergewaltigt hat, wie brutal er Italien in seine Hand gebracht und Neapel verraten hat ... Wir sind hier nicht die Verbrecher. Wir sind Werkzeuge der Gerechtigkeit.«

Immer noch war sie still. Schließlich verhärtete sich ihre Miene; sie hatte sich entschieden.

»Wie bald soll es geschehen, Madonna?«

Ich lächelte in der Dunkelheit. »Wenn es Alfonso so gut geht, dass er entkommen kann. Sagen wir in einem Monat – später nicht.« Ich wusste, dass Cesare denselben Einschränkungen unterlag wie ich; falls er meinen Bruder zu früh erneut überfiele, selbst mit betrügerischen Mitteln, würden alle ihn für schuldig halten. Und Neapel und Spanien würden so laut aufschreien, dass Alexander es nicht überhören könnte.

»Gut, dann in einem Monat«, bekräftigte sie. »Möge Gott uns bis dahin beistehen.«

Zwei Wochen verstrichen; der Juli ging in den August über. In dieser Zeit leitete Donna Esmeralda alles Notwendige in die Wege, obwohl sie mir keine Einzelheiten nannte, um mich zu schützen. Eine Zofe unseres Vertrauens holte ein Schmuckstück aus meinen Gemächern; damit sollte unser unbekannter Meuchelmörder bezahlt werden.

Trotz der feuchten Hitze in Rom traten bei Alfonso weder Infektionen noch Fieber auf – das Ergebnis der unermüdlichen Fürsorge, die Lucrezia und ich ihm angedeihen ließen. Mit der Zeit verheilte die tiefe Wunde in seinem Schenkel so weit, dass er kürzere Strecken zu Fuß zurücklegen konnte; er trat oft auf den Balkon hinaus, von wo aus er über die üppigen Gärten des Vatikans blickte. Schließlich zogen wir Polsterstühle und Ottomanen auf den Balkon, sodass er das verwundete Bein hochlegen konnte; dort saß er häufig in der Sonne.

Eines Nachmittags war ich mit ihm in ein Gespräch vertieft; Lucrezia hatte ihrer Anspannung und Erschöpfung nachgegeben und lag tief schlafend auf ihrer Matratze. Die Sonne ging gerade zwischen rot glühenden Wolkentürmen unter. »Ich war ein Narr, dass ich wieder nach Rom zurückgekehrt bin«, gestand Alfonso voller Bitterkeit ein. Seine angeborene Fröhlichkeit gehörte der Vergangenheit an; neuerdings hatte sich Härte in seine Stimme eingeschlichen, ein Zeichen der Niederlage. »Du hattest Recht, Sancha. Ich hätte in Neapel bleiben und darauf bestehen sollen, dass Lucrezia zu mir kommt. Jetzt sind wir alle wegen mir in Gefahr.«

»Lucrezia nicht«, entgegnete ich müde, »und der kleine Rodrigo auch nicht. Der Papst würde nie zulassen, dass seinem eigenen Blut etwas angetan wird.«

Alfonso sah mich ernüchtert an. »Der Papst hat keine Macht mehr über Cesare. Vergiss nicht, dass er ihn nicht davon abhalten konnte, Juan umzubringen.«

Ich schwieg. Ich hatte ihn nicht in meinen Plan eingeweiht, Cesare umbringen zu lassen; das hätte er nie gutgeheißen. Das Geheimnis teilte ich nur mit Esmeralda.

Eine der Wachen kam – leise und darauf bedacht, Lucrezia im Schlaf nicht zu stören – auf den Balkon hinaus und verbeugte sich. »Donna Sancha«, sagte er, »Euer Gemahl, der Prinz von Squillace, hat um Erlaubnis gebeten, Euch zu besuchen. Er wartet an der Tür zu den Gemächern.«

Ich zauderte und warf Alfonso rasch einen unsicheren Blick zu.

Die ganze Zeit hatte mein Mann keinen Kontakt zu mir aufgenommen. Ich wusste, dass er Cesares Tat nicht unterstützt hatte – zweifellos beklagte er sie. Doch ich wusste auch, dass er von Natur aus darauf bedacht war, seinen älteren Bruder nicht zu verärgern.

»Durchsucht ihn«, befahl Alfonso.

»Wir haben uns bereits die Freiheit genommen, Herzog«, teilte der Soldat ihm mit. »Er hat keine Waffen bei sich. Er möchte nur vorgelassen werden, um mit seiner Frau zu reden.«

Ich erhob mich und gab meinem Bruder zu verstehen, er solle sitzen bleiben. »Ich werde mit ihm sprechen.«

Geräuschlos durchquerte ich das Schlafgemach und ging ins Vorzimmer. Letzteres war nicht so voller Menschen wie in den ersten Tagen nach dem Mordversuch an Alfonso. Die Botschafter aus Spanien und Neapel waren fort und hatten ihre Vertreter zurückgelassen; doch die neapolitanischen Ärzte blieben in Bereitschaft.

Als ich mich den geöffneten Türen näherte, traten die Soldaten, die den Zugang versperrten, zur Seite, sodass ich Jofre sah.

»Sancha, bitte«, sagte er unglücklich. »Kann ich dich kurz sprechen?«

»Soll ich hinauskommen?«, fragte ich. Alfonso war das Ziel; um mich hatte ich keine Angst.

Meine Frage machte Jofre sichtlich nervös. »Nein«, sagte er. »Drinnen wird es für uns angenehmer sein.« Mit einem Kopfnicken deutete er auf das Vorzimmer.

Ich überlegte. Im ersten Moment kam mir der Gedanke, Cesare habe seinen kleinen Bruder in der sehr unwahrscheinlichen Rolle eines Mörders geschickt; ich ließ ihn augenblicklich wieder fallen. Ich wusste, wie es in Jofres Herz aussah; er mochte zwar oft schwach werden, doch böswillig war er nicht.

»Lasst ihn passieren«, befahl ich den Wachen.

Jofre trat ein und nahm mich sogleich in den Arm. Echte Leidenschaft und Besorgnis sprachen aus ihm, als er mir ins Ohr flüsterte: »Verzeih. Verzeih, dass ich nicht früher gekommen bin. Cesare hat mir gedroht, mich umzubringen, wenn ich zu dir ginge, und selbst Vater hat mir den Besuch untersagt. Ich habe es schon einmal vergeblich versucht, doch ich musste dich unbedingt sehen.«

Ich lehnte mich zurück und betrachtete ihn. Seine Stimme, seine Miene und seine Gesten waren von Grund auf ehrlich, und so glaubte ich ihm.

Glaube war aber nicht dasselbe wie Vertrauen. Er meinte es gut, war aber nicht so stark, dass ich Geheimnisse mit ihm teilen konnte. Ich beschloss, ihm weder von unseren Plänen, Alfonso so bald wie möglich nach Neapel zu schmuggeln, noch von unserem geheimen Briefwechsel mit König Federico etwas zu sagen. Auf gar keinen Fall würde ich ihm meinen schrecklichen Anschlag auf Cesare verraten. Doch die Sorge in seinen Augen veranlasste mich, ihn weiter in den Raum hinein zu ziehen, sodass wir außer Hörweite der Wachen und Botschafter waren, vorbei an der schlafenden Lucrezia und hinaus auf den Balkon, auf dem Alfonso saß.

»Don Alfonso«, sagte Jofre, als er ihn erblickte. »Lieber Bruder, verzeiht mir die Sünden meiner Verwandten. Es ist oft genug geflüstert worden, ich sei kein echter Borgia – nein, kein Protest, Sancha, ich habe die Gerüchte vernommen. Keiner meiner Brüder ist für seine Freundlichkeit gerühmt worden; sie haben mich, was das betrifft, gnadenlos verhöhnt. Vielleicht ist es auch gut so, denn ich will nicht, dass in meinen Adern Blut fließt, das eines solch scheußlichen Verbrechens fähig ist.«

Bevor Jofre zu seiner kleinen Ansprache ansetzte, hatte Alfonso ihn mit Misstrauen beäugt; doch sobald mein Bruder die Worte vernahm, wurde sein Ausdruck milder, und er streckte Jofre die Hand entgegen. Mein Gemahl drückte sie fest und wandte sich dann wieder an mich.

»Sancha, du hast mir so gefehlt. Mir gefällt es nicht, von dir getrennt zu sein. Ich kann es nicht ertragen, dass du und dein Bruder Gefangene im eigenen Hause seid.«

Traurig schüttelte ich den Kopf. »Was sollen wir tun?«

»Cesare hört natürlich auf niemandes Rat. Er hat auch weiterhin nur Verachtung für mich übrig. Ich habe versucht, mit Vater zu reden, doch es hat keinen Sinn. Tatsächlich ...« Er senkte die Stimme. »Ich bin gekommen, um dich zu warnen.«

Alfonso lachte sarkastisch. »Wir sind uns der Gefahr, in der wir schweben, durchaus bewusst.«

»Hör auf zu lachen«, sagte ich. »Lass uns anhören, was mein Mann uns zu sagen hat.«

»Ich will von euren Plänen nichts wissen, will davon nichts hören«, sagte Jofre. »Ich bin nur gekommen, um meiner Sancha zu sagen, dass ich sie liebe und alles für sie tun werde; und ich bin gekommen, um Euch, Alfonso, wiederzugeben, was mein Vater zum Botschafter Venedigs gesagt hat.«

Alfonsos Miene verfinsterte sich. »Was habt Ihr gehört?«

Venedig war mit Neapel befreundet und ein Feind Frankreichs. »Während einer Audienz bei Seiner Heiligkeit erwähnte der Botschafter, er habe Gerüchte vernommen, denen zufolge Cesare verantwortlich für den Anschlag auf Euch sei«, antwortete Jofre. »›Tatsächlich‹, sagte Vater. ›Nun, wir sind Borgias. Die Leute verbreiten immer müßiges Gerede über uns.‹ Woraufhin der Botschafter aus Venedig erwiderte: ›Das stimmt, Heiligkeit. Doch ich würde gern wissen, ob *Ihr* es nur für ein Gerücht haltet … oder für eine Tatsache.‹ An dieser Stelle lief mein Vater rot an und fragte: ›Beschuldigt Ihr meinen Sohn des Anschlags auf Alfonso?‹ – ›Nein‹, sagte der Venezianer. ›Ich frage Euch, ob der Generalkapitän ihn angegriffen hat oder nicht.‹«

»Schließlich«, berichtete Jofre, »rief mein Vater außer sich: ›Wenn Cesare Alfonso überfallen hat, dann hat Alfonso es auch verdient!‹«

Wir dachten lange darüber nach.

Am Ende sagte mein Bruder leise: »Jetzt wissen wir also, wo Seine Heiligkeit steht.«

Angst packte mich. Wenn der Papst insgeheim Cesare unterstützte und nur vorgab, Lucrezia zu helfen, um sie zu beeinflussen, dann konnten wir es uns vielleicht nicht leisten, mit dem Mord an Cesare zu warten. Doch würde er zu diesem Zeitpunkt umgebracht, könnte der Papst Vergeltung an meinem Bruder üben … Die Lage schien aussichtslos.

»Ich wollte, dass Ihr es wisst«, sagte Jofre.

Trotz meiner Angst war ich von Jofres Loyalität beeindruckt. »Was du getan hast, erforderte beträchtlichen Mut«, sagte ich ihm. Dort auf dem Balkon gab ich ihm aus Dankbarkeit einen Kuss.

Er konnte nicht bleiben; mir war klar, dass sein Leben auf dem Spiel stand. Ich nahm ihn an der Hand und geleitete ihn zurück an die Tür, wo wir uns flüsternd verabschiedeten.

»Ich möchte nur wieder bei dir sein«, sagte Jofre. Ich verletzte ihn nicht mit der Wahrheit: dass ich mich nicht nach ihm, sondern nach Neapel sehnte und erst wieder frei atmen könnte, wenn Cesare tot und Alfonso und ich zu Hause waren, richtig zu Hause, am Meer.

Zögernd teilte Alfonso seiner Frau mit, was Jofre uns bezüglich ihres Vaters weitergegeben hatte. Die Nachricht beunruhigte sie im ersten Moment zutiefst; doch dann gestand sie ein, nicht sonderlich überrascht über Alexanders Wankelmut zu sein.

Bald wurden unsere geheimen Absprachen mit König Federico von Neapel bestätigt: In den Stunden vor der Morgendämmerung würde ein Kontingent unserer Soldaten Alfonso und Lucrezia hinunter an einen selten benutzten Seiteneingang bringen, der auf eine Gasse hinaus führte. Die päpstlichen Wachen an diesem Eingang – Männer im Dienste des Papstes, die Alarm schlagen könnten – waren bereits von Lucrezia in unsere Gemächer geschmuggelt worden, wo sie ihnen den kostbaren Schmuck gezeigt hatte, der ihnen gehören würde, solange sie den Mund hielten und kooperierten. Die Amme, die sich um den kleinen Rodrigo kümmerte – der nachts im Kinderzimmer war, getrennt von seinen Eltern –, durfte sich von Lucrezias Edelsteinen etwas aussuchen und wählte den kostbarsten Rubin. Als Gegenleistung würde sie in der festgesetzten Nacht das Kind zu den Eltern bringen.

Sobald Alfonso, Lucrezia und das Kind außerhalb des Vatikans wären, würde eine Gruppe aus zwei Dutzend bewaffneten Neapolitanern mit Pferden und Kutsche warten und sie aus Rom eskortieren, noch ehe Cesare oder der Papst ihr Verschwinden bemerkten.

Ich hatte bereits beschlossen, mich ihnen anzuschließen und Donna Esmeralda mitzunehmen, obwohl ich Jofre nicht in meine Pläne einweihte.

Die Flucht sollte in einer Woche stattfinden – vorausgesetzt, Alfonso würde weiterhin genesen.

So hoffnungslos ich auch gewesen war – eingesperrt in einen einzelnen Raum im Vatikan, umgeben von Wachen und beständig in Angst um das Leben meines Bruders –, die Erkenntnis, dass unsere Gefangenschaft bald ein Ende haben würde, gab mir Auftrieb. Auch Lucrezias Laune besserte sich, je näher der Zeitpunkt rückte, vor allem als klar wurde, dass es Alfonso gut genug ging, um zu reisen.

Oft betrachtete ich die Sibyllen, besonders die mit dem goldenen Haar. Sie schaute mit abweisendem, finsterem Blick in eine ferne, Furcht erregende Zukunft.

Unterdessen besuchte uns der venezianische Botschafter persönlich, der Jofres Erzählung bestätigte. Er war so freundlich, uns seine Unterstützung anzubieten; wir bedankten uns und sagten ihm, dass wir uns bei Bedarf an ihn wenden würden.

Ganz offenkundig bereitete seine Anwesenheit in unseren Gemächern Seiner Heiligkeit Kopfzerbrechen, denn Lucrezia wurde kurz darauf zu einer Audienz bei ihrem Vater geladen.

Sie kehrte erschüttert, aber entschlossen zurück. Alfonso sah es auf den ersten Blick und fragte nach.

»Mein Vater hat mir seine Unterredung mit dem Botschafter geschildert«, sagte Lucrezia. »Er hat behauptet, er habe aufgrund des aggressiven, hitzigen Tonfalls des Mannes die Geduld verloren und sich falsch ausgedrückt.« Das überraschte mich ganz und gar nicht, denn der Papst wusste vom Besuch des Venezianers bei uns. »Er bedauerte seine Bemerkung, Alfonso habe verdient, was Cesare ihm auch hatte antun wollen. Er hat mich sogar gebeten, dir seine persönliche Entschuldigung zu übermitteln.«

»Wenn Seine Heiligkeit sich bei mir entschuldigen will«, entgegnete Alfonso kühl, »warum kommt er dann nicht selbst?«

Lucrezia schaute ihren Mann an, und ich sah Qual in ihren Augen aufflackern. Trotz ihrer Empörung über den Mordversuch an ihrem Gemahl wünschte sich ein Teil von ihr – der Teil, der sich nach normaler väterlicher Zuneigung sehnte –, ihrem Vater zu glauben. Verzweiflung überkam mich. »Vielleicht schämt er sich für Cesare«, brachte sie vor. »Vielleicht ist er nicht gekommen, weil es ihm peinlich ist.«

»Lucrezia«, hob Alfonso an, doch sie unterbrach ihn hastig.

»Er hat außerdem darauf hingewiesen, dass wir von *seinen* Wachen beschützt werden, und dass uns die ganze Zeit nichts widerfahren ist. Der Gedanke, dass wir glauben, er habe einen Überfall auf dich befürwortet, schmerzt ihn. Er hat uns jede Hilfe zugesichert, die wir brauchen.«

»Du kannst ihm nicht trauen, Lucrezia«, sagte Alfonso mit sanfter Stimme.

Sie nickte, doch auf ihrem Gesicht spiegelte sich die innere Zerrissenheit.

Am darauf folgenden Tag – als hätte er Alfonsos Worte vernommen – tauchte der Papst auf. Die Wachen traten zur Seite, ohne unseren Besucher zu befragen oder ihn anzukünden; schließlich standen sie in seinen Diensten.

Zu unserer Überraschung kam Alexander ohne jegliche Begleitung – und als Alfonso, Lucrezia und ich in Gesellschaft der neapolitanischen Ärzte Galeano und Clemente im Vorzimmer zu ihm aufblickten, hob er die große, knorrige Hand und bedeutete uns, sitzen zu bleiben. Die Ärzte standen respektvoll auf, verneigten sich und gingen hinaus.

»Ich bin nicht in meiner Eigenschaft als Papst hier«, sagte Alexander dann, »sondern als Vater.« Und mit leichtem Stöhnen und Ächzen – denn das Alter forderte seinen Tribut – ließ er sich uns gegenüber nieder und beugte sich vor, die Hände auf die in weißen Satin gekleideten Knie gestützt.

»Alfonso, mein Sohn«, sagte er. »Ich bat Lucrezia, meine Entschuldigung zu übermitteln und meine übereilten Worte an den venezianischen Botschafter zu erklären. Rückblickend ist mir deutlich geworden, dass sie falsch ausgelegt werden können. Ich möchte klarstellen, dass ich mit Cesare, obwohl er mein Sohn und der Generalkapitän meiner Armee ist, häufig Meinungsverschiedenheiten habe. Ich habe ihm ernste Vorwürfe für seine Beteiligung an dem Anschlag auf dich gemacht – obwohl er weiterhin leugnet, damit etwas zu tun zu haben. Cesare ist Soldat und kaltherzig, nicht so wie ich.« Er richtete seine gelblichen Augen starr auf meinen Bruder. »Du musst verstehen, dass *ich* niemals eine Hand gegen mein eigen Blut erheben könnte. Es liegt mir nicht, und ich würde es niemals gutheißen. Mir brach – wieder einmal – das Herz, als ich hörte, was Cesare dir angetan hat.«

Mit diesem letzten Satz gestand er indirekt Cesares Schuld an Juans Tod ein. Ich wusste, dass der alte Mann unter dem Mord an Juan wirklich gelitten hatte – und zum ersten Mal kam mir in den Sinn, dass Alexander womöglich die Wahrheit sagte. Vielleicht hatte er vorher nichts von dem Mordkomplott gegen meinen Bruder gewusst. Schließlich hatte er alles getan, worum Lucrezia und ich gebeten hatten. Wenn er Cesare wirklich unterstützte, hätte er sich nur weigern müssen, seinen Arzt zu rufen oder Lucrezia Soldaten zur Verfügung zu stellen, die unsere Türen bewachten. Er hätte uns zwingen können, zuzusehen, wie Alfonso verblutete.

Nein, sagte ich mir, entsetzt darüber, dass mich Alexanders Argumentation zunehmend ins Wanken brachte. *Nein, er macht es, weil er merkt, dass er seine Tochter verliert, und er wird alles daran setzen, sie in Rom festzuhalten.*

Er hielt inne; keiner von uns ergriff das Wort, denn seine Offenheit hatte uns alle verblüfft.

»Ich bete jeden Abend zu Gott, er möge meinem Sohn das, was er getan hat, vergeben«, fuhr Alexander traurig fort. »Und ich bete zu Gott, er möge Mitleid mit mir haben, dem alten Narren, der es nicht fertig gebracht hat, schreckliche Dinge zu verhindern. Ich hoffe, Alfonso, dass du mir meine Nachlässigkeit eines Tages verzeihen kannst. Unterdessen sollst du wissen, dass ich dir mit Freuden jeglichen Schutz und jegliche Hilfe gewähre, solange du unter meinem Dach weilst.« Er erhob sich, wieder leise stöhnend, und mit ihm Alfonso – was Seine Heiligkeit veranlasste, ihn durch Gesten zu bewegen, sitzen zu bleiben. »Nein«, beharrte Alexander. »Setz dich. Ruh dich aus.«

Doch Alfonso blieb standfest. »Danke, Eure Heiligkeit, für Euren Besuch und Eure Worte. Der Herr sei mit Euch.« Sein Tonfall war unbestreitbar höflich, doch ich kannte meinen Bruder. Er hatte dem Papst kein Wort geglaubt.

»Und mit dir.« Alexander segnete uns mit dem Kreuzzeichen und ging.

Nach dem Besuch ihres Vaters wurde Lucrezia zunehmend trauriger und war nicht aufzumuntern. Vielleicht hatte sie letzten Endes erkannt, dass sie mit ihrer Familie auf immer brechen würde, wenn sie nach Neapel ginge, und ihren Vater nie mehr lebend wiedersähe. Sie tat mir Leid, doch zugleich vermochte ich meine Erleichterung darüber, bald frei von den Ränken der Borgias zu sein, nicht länger zu unterdrücken; ich freute mich geradezu auf den Augenblick, in dem ich von Cesares Tod Nachricht erhielte.

Am zwanzigsten August sollten wir in den frühen Morgenstunden abreisen.

Der achtzehnte August begann als ein ruhiger Morgen – ich war rundum zufrieden. In Gedanken hatte ich schon alle Besitztümer, die ich in Rom angesammelt hatte, hinter mir gelassen. Ich wagte nicht, Jofre zu bitten, mir etwas zu bringen, das ich mit nach Neapel nehmen wollte. Es war zu riskant. Er wäre verletzt, wenn ich ihn verließe – doch wenn er mich wirklich liebte und mir folgen wollte, würde er einen Weg finden.

Unterdessen genügten mir die beiden Kleider, die ich bei mir hatte. Es war mir einerlei, ob ich meinen Schmuck je wiedersehen würde.

So kam es, dass ich an diesem Morgen guter Dinge war, Alfonso ruhelos und Lucrezia Trübsal blies, denn ich glaube, sie vermisste ihre Familie und Rom bereits. Wir verhielten uns so natürlich wie möglich, damit kein Besucher den Verdacht schöpfte, dass unser Aufenthalt im Saal der Sibyllen dem Ende zuging. Lucrezia bat darum, den kleinen Rodrigo zu uns zu bringen, und wir spielten den ganzen Morgen mit ihm: Es war die ideale Ablenkung, denn er konnte inzwischen laufen – rennen vielmehr, und wir mussten hinter ihm her sein, damit er keinen Unsinn anstellte. Schließlich schlief der Kleine in den Armen seines Vaters ein, und Lucrezia schaute die beiden eine Stunde lang mit einer so innigen Liebe an, dass ich ganz gerührt war.

Gegen Mittag jedoch schickte sie Rodrigo zurück ins Kinderzimmer, damit er gefüttert wurde, und wir waren unserer Gedankenwelt überlassen.

Am Nachmittag war ich nach der schlaflosen Nacht, in der mir Neapel nicht aus dem Kopf ging, müde, und so zog ich mich mit Lucrezia ins Schlafgemach zurück, wo wir uns auf die Matratzen legten. Ich schlief sogleich ein, bezweifle allerdings, dass Lucrezia Schlaf fand; ich weiß noch, dass sie sich unruhig hin und her warf, bevor ich einschlummerte.

Schritte im Marschtempo weckten mich auf, eine Männerstimme rief einen Befehl – dann erneut das Geräusch schwerer Schritte von Soldaten, die sich entfernten. Das Getrampel rief eine solche Panik in mir hervor, dass mein Herz wie rasend zu schlagen begann, noch ehe ich voll bei Bewusstsein war. Ich rappelte mich von meiner Matratze auf und lief schnurstracks ins Vorzimmer.

Die päpstlichen Garden, die uns beschützt hatten, waren allesamt fort, an ihre Stelle war eine Gruppe unbekannter Soldaten getreten sowie ein dunkelhaariger Befehlshaber in rotem Cape mit würdevollem militärischem Auftreten, der mich an den verstorbenen Juan de Cervillon erinnerte.

Die meisten Soldaten hatten ihr Schwert gezogen. Zwei von ihnen gingen zu Don Clemente und Don Galeano und fesselten den Ärzten die Hände mit Ketten hinter dem Rücken.

»Madonna Sancha«, sagte der Befehlshaber in höflichem Tonfall und verbeugte sich tief. »Darf ich fragen, wo sich Euer Bruder, der Herzog, aufhält?«

»Ich bin hier«, sagte Alfonso.

Ich drehte mich um. Mein Bruder stand auf der Schwelle, eine Hand an die Wand gelehnt. In der anderen hielt er seinen Dolch, und in seinen Augen war der Blick eines Mannes, der bereit war, bis zum bitteren Ende zu kämpfen.

Lucrezia eilte aus dem Vorzimmer und stellte sich vor ihren Mann. »Don Micheletto«, sagte sie mit unverhohlener Geringschätzung, »Ihr hattet nicht das Recht, unsere Wachen zu entlassen – sie waren auf Anordnung Seiner Heiligkeit hier. Ruft sie sofort zurück und nehmt Eure Männer mit.«

Ich erkannte den Namen, wenn auch nicht das Gesicht – Micheletto Corella war Cesares stellvertretender Kommandeur.

»Donna Lucrezia«, sagte er mit ausgesuchter Höflichkeit, als hätten seine Männer Obst und Blumen als Geschenk und keine Schwerter bei sich, »ich fürchte, ich kann nicht gehorchen. Ich habe Befehle von meinem Herrn, dem Generalkapitän, und ich bin gehalten, ihnen Folge zu leisten. Ich soll alle Männer hier in Haft nehmen, auch den Herzog, weil sie der Verschwörung gegen das Haus Borgia beschuldigt werden.«

Eine zugleich kalte und brennende Übelkeit erfasste mich. Das Mordkomplott gegen Cesare war offenbar aufgedeckt worden – und wurde meinem Bruder zur Last gelegt.

»Das ist eine Lüge«, sagte Alfonso, »die Euch sehr wohl bewusst ist, Don Micheletto.«

Micheletto ließ sich nicht in die Defensive drängen. »Ich erfülle nur meine Pflicht, Don Alfonso. Man hat mir gesagt, dass Ihr gemeinsam mit anderen Verschwörern plant, sowohl Don Cesare als auch den Heiligen Vater umzubringen. Ich soll Euch ins Gefängnis des Castel Sant'Angelo bringen.«

»Das wird mein Vater nie gutheißen!«, entgegnete Lucrezia. »Er hat Don Alfonso seinen Schutz gewährt. Mehr noch, er hat sich in dieser Angelegenheit bereits gegenteilig zu Cesare geäußert und wäre wütend, wenn er wüsste, dass Ihr hier seid und versucht, meinen Mann zu inhaftieren. Wenn Ihr

Hand an ihn legt, wird es Euch das Leben kosten! Dafür werde ich persönlich sorgen!«

Micheletto überdachte ihre Worte sorgfältig; Unsicherheit schlich sich in seine Miene. »Ich habe nicht den Wunsch, Seiner Heiligkeit gegenüber ungehorsam zu sein, denn er ist mein oberster Befehlshaber. Ich würde gern warten, falls Ihr ihn zu Rate ziehen wollt.« Das war nicht unvernünftig, da sich Alexander in jenem Moment nur zwei Türen von uns entfernt aufhielt. »Wenn Seine Heiligkeit uns entlässt, bin ich bereit, ohne meine Gefangenen abzuziehen.«

Lucrezia schritt auf die jetzt unbewachten, offenen Türen zu. Als sie an mir vorbeiging, packte sie mich beim Ellenbogen. »Komm«, befahl sie, »wir beide werden meinen Vater überzeugen. Er wird ganz bestimmt mit uns kommen und direkt mit Don Micheletto sprechen.«

Ich entzog mich ihrem Griff, erschrocken über ihre Naivität: Hielt sie, die kluge Lucrezia, es denn wirklich für sicher, Alfonso ohne Begleitung zurückzulassen, da er nur einen Dolch und ein paar unbewaffnete Diener hatte, um sich gegen Cesares Männer zur Wehr zu setzen?

»Ich bleibe hier«, beharrte ich.

»Nein, du kommst mit«, sagte sie. »Zu zweit können wir ihn in jedem Fall überreden.«

Ein weiteres Mal versuchte sie, meinen Arm zu packen.

Sie ist verrückt, dachte ich. *Verrückt oder dümmer, als ich je gedacht hätte*. Ich wich vor ihr zurück und sagte: »Lucrezia, wenn nicht eine von uns bei meinem Bruder bleibt, ist er verloren.«

»Komm«, wiederholte sie mit hohler Stimme. Erneut wollte sie nach mir greifen, und diesmal tastete ich mit der Hand nach meinem Stilett, da ich das Spiel durchschaute und das dumpfe Gefühl hatte, dass hier ein unaussprechlicher Verrat vorlag.

Panik ergriff mich: Der Dolch, den Alfonso mir vor langer Zeit zum Schutz geschenkt hatte, war fort. Jemand hatte ihn mir gestohlen – als ich schlief oder anderweitig abgelenkt war –, jemand, der wusste, dass Corella nahte, und dass sich genau diese Szene abspielen würde.

Doch nur drei Menschen wussten von der Existenz des Stiletts: Alfonso, der es mir gegeben hatte, Esmeralda, die mich ankleidete … und Cesare, der mich in der Nacht gerettet hatte, als ich die Waffe gegen seinen betrunkenen Vater richtete.

Rasend vor Zorn über ihren Verrat funkelte ich Lucrezia an; sie wandte den Blick ab.

Ich warf mich zwischen Micheletto und meinen Bruder. Mir blieb nur, Alfonso mit meinem Körper zu schützen.

Im Nu waren zwei Soldaten bei mir. Sie schoben mich an Don Micheletto und seinen Männern vorbei in den Gang. Ich geriet ins Straucheln und fiel hart auf den kalten Marmor.

In meinen Röcken verfangen, versuchte ich mühsam, auf die Beine zu kommen; es gelang mir erst, nachdem Lucrezia aus dem Zimmer getreten war.

Die Türen hinter ihr fielen mit einem Knall zu, der durch den langen Korridor des Vatikans hallte.

Bei dem Geräusch des Riegels, der sich auf der anderen Seite des dicken Holzes an seinen Platz schob, sank sie langsam auf die Knie.

Wütend starrte ich sie an, unfähig, die Ungeheuerlichkeit ihres Handelns zu begreifen, doch sie wich meinem Blick aus. Ihre Augen, auf einen Punkt in weiter Ferne gerichtet, waren tot – bar jeglichen Lichts oder jeder Hoffnung.

Ich schrie sie so laut, so heftig und zornig an, dass mir die Lunge brannte und meine Kehle kratzte.

»Warum?«

»WARUM?«

Ich sprang vor und sank vor ihr auf die Knie, sodass wir in Augenhöhe waren; hätte ich mein Stilett noch besessen, dann hätte ich sie umgebracht. Stattdessen bearbeitete ich sie mit beiden Fäusten – kraftlos, denn der Kummer hatte mich meiner Energie beraubt, meine Gliedmaßen waren schwer und taub.

Sie zeigte nur schwache Reaktionen, wie eine Leiche, und machte keinerlei Anstalten, sich zur Wehr zu setzen.

»Warum?«, schrie ich noch einmal.

Sie kam wie aus weiter Ferne wieder zu sich und flüsterte: »Rodrigo.«

Nachdem dieses eine Wort aus ihr heraus war, begann sie zu weinen – still, mit ausdruckslosem Gesicht, wie schmelzendes Eis.

Im ersten Augenblick dachte ich, sie meinte den Papst, und zog mich angewidert zurück: War das Ganze womöglich eine Verschwörung, die sie mit ihrem Geliebten, ihrem Vater angezettelt hatte?

Dann, als ich erkannte, dass ihr Kummer echt war, wurde mir mit jähem Entsetzen klar, dass sie ihr Kind meinte.

Der Kleine. Cesare musste ihr mit dem Einzigen gedroht haben, das sie dazu bringen konnte, ihren Gemahl zu verraten – denn es gab nur einen, den Lucrezia mehr als Alfonso liebte.

In dem Augenblick, in dem ich sie am meisten hasste, verstand ich sie am besten.

Den Namen meines Bruders schreiend, hob ich beide Arme und schlug vergeblich gegen die schweren Türen, bis meine Hände mit Blutergüssen übersät waren und fürchterlich schmerzten, während Lucrezia leise vor sich hin weinte.

34

Ein langes, grausames Schweigen kam aus dem verschlossenen Raum, durchbrochen nur von meinen Rufen nach Alfonso und dem leisen Schluchzen von Lucrezia.

Da gingen die Türen auf, und Don Micheletto erschien.

Ich stand auf und versuchte, an ihm vorbeizugehen, um mich mit eigenen Augen von dem unvermeidlichen Ergebnis der Rückkehr meines Bruders nach Rom zu überzeugen – doch Soldaten versperrten mir den Zugang und die Sicht.

»Donna Lucrezia«, sagte Micheletto in besänftigendem, schmerzvollem Ton, »ein unglückseliger Unfall ist passiert. Ihr Gemahl ist gestürzt, sodass eine Wunde aufplatzte. Ich bedaure, Euch diese schlechte Nachricht überbringen zu müssen, doch der Herzog von Bisceglie ist an einer plötzlichen Blutung gestorben.«

Hinter ihm funkelten die Sibyllen stumm auf das grässlichste aller Verbrechen hernieder.

»Lügner!«, kreischte ich völlig außer mir. »Mörder! Ihr seid so ein Teufel wie Euer Herr!«

Micheletto war selbstbeherrscht wie Cesare; er überhörte meine Worte, als hätte ich sie nie ausgesprochen, stattdessen richtete er seine Aufmerksamkeit auf Lucrezia.

Sie reagierte nicht, rührte sich nicht trotz der Unruhe ringsum. Wie betäubt blieb sie mit dem Rücken zu Micheletto auf dem Boden sitzen; stille Tränen rannen noch immer über ihre Wangen.

»Wie furchtbar!«, murmelte der Befehlshaber. »Sie hat einen Schock erlitten.« Er wollte ihren Arm ergreifen, um ihr auf die Beine zu helfen; ich beugte mich vor und schlug ihm ins Gesicht.

Verblüfft wich er zurück, war aber zu kaltblütig, um rot zu werden; er nahm sofort wieder Haltung an.

»Rührt sie nicht an!«, schrie ich. »Ihr habt kein Recht dazu – Ihr seid der letzte Dreck, und Eure Hände sind noch besudelt vom Blut ihres Mannes.«

Kaum merklich zuckte er mit den Schultern und sah in aller Ruhe zu, wie ich Lucrezia aufhalf. Sie ließ es wie eine Puppe mit sich geschehen, ohne eigenen Willen; der war ihr schließlich und endlich von Bruder und Vater genommen worden.

Unterdessen führten Soldaten die inhaftierten Ärzte Clemente und Galeano ab sowie Alfonsos männliche Diener. Die Vertreter der Botschafter wurden unverblümt entlassen, und als der Neapolitaner sich zunächst weigerte, wurde ihm eine Klinge an die Kehle gehalten, bis er sich fügte.

Dann erschien eine große Gruppe päpstlicher Garden, und diejenigen, die außen gingen, versuchten, die Last zu verdecken, die ihre Kameraden in der Mitte trugen: die Leiche meines Bruders.

Lucrezia wandte sich ab, ich aber drängte mich vor, bemüht, noch einen letzten Blick auf Alfonso zu erhaschen; ich sah nur goldblonde, mit Blut bespritzte Locken und einen schlaff herabhängenden Arm. Als die Männer uns passierten, versuchte ich, ihnen zu folgen, doch zwei Soldaten traten vor und versperrten mir den Weg. Sie schoben mich zurück und bezogen Stellung neben Lucrezia und mir; sie hatten offenbar den Auftrag, uns zu bewachen.

»Das wird der König von Neapel erfahren«, tobte ich. »Es wird Vergeltung geben.« Ich wusste kaum, was ich sagte; ich wusste nur, dass kein Wort jemals stark genug wäre, das hier begangene Verbrechen zu rächen. Don Micheletto gab sich nicht einmal die Mühe, Betroffenheit vorzutäuschen; ein Soldat lachte laut auf.

Donna Esmeralda und Donna Maria traten zu uns; die Wachen warteten, bis Alfonsos Leiche außer Sichtweite war und bedeuteten uns dann, uns in Bewegung zu setzen.

In jenen ersten Momenten weigerte sich mein Verstand anzunehmen, was gerade geschehen war. Wie betäubt vergoss ich keine einzige Träne, während man uns fortbrachte. Sobald wir die Gemächer der Borgias hinter uns gelassen hatten und uns in einem Korridor befanden, der aus dem Vatikan hinaus führte, bot sich mir auf dem Boden ein herzzerreißender Anblick: ein dunkelblauer Samtschuh, den Alfonso in dem Monat seiner Genesung im Vatikan getragen hatte; er war von seinem Fuß gerutscht, als die Soldaten ihn hinaustrugen. Ich bückte mich, hob ihn auf und drückte ihn wie ein heiliges Relikt an die Brust – was er für mich auch war, denn mein Bruder hatte das Herz eines Heiligen.

Die Wachen waren klug genug, ihn mir nicht abzunehmen.

Alfonsos Schuh fest umklammernd, taumelte ich in eine Landschaft hinaus, die durch meine Trauer bedeutungslos und fremd geworden war. Die Stimmen der Pilger auf der Piazza vor dem Petersdom waren barsches, unverständliches Gebrabbel, ihre Leiber zogen verschwommen vorüber. Die Gärten, üppig und grün in der feuchten Sommerhitze, schienen mich zu verspotten, so wie der atemberaubende Marmoreingang des uns erwartenden Palazzos Santa Maria. Ich war zutiefst gekränkt: Wie konnte es die Welt wagen, ihre Schönheit zur Schau zu stellen, wenn gerade das Schlimmstmögliche überhaupt passiert war?

Ich stolperte und war mehrmals kurz davor zu stürzen: Ich glaube, Donna Esmeralda fing mich auf. Ich war mir nur einer rundlichen, schwarz gekleideten Gestalt neben mir bewusst, und zweier vertrauter, weicher Arme.

Die Soldaten sagten etwas: Ich verstand sie nicht. Ich weiß nur, dass ich irgendwann nicht in meinen eigenen Gemächern saß, sondern in Lucrezias, die etwas luxuriöser ausgestattet waren. Sie war auch da, weinend, zusammen mit Donna

Maria; Donna Esmeralda saß neben mir und stellte von Zeit zu Zeit Fragen, die ich nicht beantwortete.

Hätte ich in jenen ersten grauenhaften Stunden mein Stilett gehabt, ich hätte mir die Kehle durchtrennt. Mir war es einerlei, wenn ich der Feigheit nachgegeben hätte, so wie mein Vater: Nichts spielte mehr eine Rolle. Eine Dunkelheit hatte sich meiner bemächtigt, dunkler noch als die in den Gemächern meines Vaters in Messina.

In Gedanken war ich wieder die aufsässige Elfjährige, die ihren Vater rügte, dass er sie mit der Trennung von Alfonso bestrafte. Es sei ungerecht, hatte ich ihm gesagt, dass mein Bruder auch leiden müsse.

Mein Vater hatte grausam gelächelt – so grausam wie Cesare Borgia – und mich verhöhnt. *Wie fühlt es sich an, Sancha? Wie ist es, zu wissen, dass man verantwortlich dafür ist, denjenigen zu verletzen, den man am meisten liebt?*

Denn meine Bemühungen, Alfonso durch den Mord an Cesare zu retten, hatten direkt zum Tode meines Bruders geführt.

Ich habe ihn umgebracht, sagte ich mir bitter. *Ich und Cesare.* Hätte ich nie zugelassen, dass ich mich in Cesare verliebte, hätte ich seinen Heiratsantrag nie abgelehnt, wäre mein Bruder dann noch am Leben?

»Du hast gelogen«, sagte ich der *strega,* ob laut oder in Gedanken, weiß ich nicht. »Du hast gelogen … Du hast gesagt, wenn ich das zweite Schwert einsetze, wäre er sicher. Ich habe nur versucht, mein Schicksal zu erfüllen …«

In meiner Phantasie tauchte die *strega* vor mir auf – groß, mit stolzer Haltung, verschleiert. Wie die Sibyllen in den Gemächern der Borgias blieb sie stumm; es war zum Verrücktwerden. »*Warum?*«, flüsterte ich mit derselben rohen Wut, die ich Lucrezia gegenüber gezeigt hatte. »Warum? Ich habe doch nur versucht, die beste und liebste aller Seelen zu retten …«

Zuletzt ließ der anfängliche Schock nach, und die brutale Wirklichkeit des Todes meines Bruders überfiel mich. In Gedanken verwob ich Cesare und meinen Vater zu dem grausamen, dunkelhaarigen Mann, der mir Alfonso genommen hatte – einen grausamen Mann, den ich hoffnungslos geliebt und zwangsläufig auch gehasst hatte.

Als Kind war ich in Tränen ausgebrochen, als mein Vater mich von meinem Bruder trennte; danach hatte ich mir geschworen, dass mich nie wieder ein Mann zum Weinen bringen würde. Ich hatte keine Träne vergossen, als mein Vater sich erhängt hatte, als Juan mich schändete, als Cesare mich zurückwies. Doch der Kummer, der in mir aufwallte bei der Erkenntnis, dass Alfonso und ich nun für immer getrennt waren, war zu groß, zu tief, zu gewaltig, als dass man ihn hätte leugnen können. Ein tiefes Schluchzen bahnte sich seinen Weg durch meine Kehle, nahm Besitz von meinem ganzen Körper und schüttelte mich. Ich war völlig machtlos dagegen; ich legte das Gesicht auf die Knie und weinte mit einer Hemmungslosigkeit, die mir körperlichen Schmerz verursachte. Mehrere Stunden lang ließ ich den Tränen freien Lauf, die ich fast ein Leben lang unterdrückt hatte, bis meine Röcke völlig durchnässt waren; ich weinte auch dann noch, als Esmeralda mich zärtlich anhob und mir mit einem kühlen Tuch über das Gesicht wischte und anschließend ein Handtuch auf die Knie legte, um die Feuchtigkeit aufzunehmen.

Alfonso, nur um meines geliebten Alfonsos willen würde ich weinen.

Am Schluss war ich erschöpft und ausgelaugt; erst dann drang Lucrezias lautes Jammern zu mir durch. Ich betrachtete sie mit einer Mischung aus Mitleid und glühendem Hass; sie war wie Jofre, schwach. Schwächer noch, als ich vermutet hatte. Ich an ihrer Stelle hätte mich um eine Lösung bemüht, mit der ich sowohl den Mann als auch das Kind gerettet hätte …

Doch womöglich hatte sie es nie wirklich gewollt. Vielleicht war ihre hoffnungslose Liebe zu Cesare noch größer gewesen als meine.

Ohne mir die Wahrheit einzugestehen, sagte ich mir, dass

mir alles genommen war, was meinem Leben Bedeutung verliehen hatte. Ich hatte weder das Herz noch die Kraft, mich um Lucrezias Schwierigkeiten zu kümmern. Und als sie mit den erbärmlichsten Tränen auf mich zukam und versuchte, mich zu umarmen und um Vergebung zu bitten, stieß ich sie nicht grob, aber entschlossen von mir. Ich war mit dem Hause Borgia und seiner Doppelzüngigkeit fertig.

Es dämmerte bereits, als mir schließlich auffiel, dass Donna Esmeralda zur Tür gegangen war und die Wachen anflehte. »Bitte«, sagte sie. »Donna Sancha hat gerade ihren Bruder verloren und Donna Lucrezia ihren Ehemann. Verwehrt ihnen nicht die Gelegenheit, die Leiche zu sehen und an der Bestattung teilzunehmen.«

Die Wachen waren junge Männer, zum Gehorsam gegenüber ihren Herren verpflichtet, doch nicht erfreut über die Ungerechtigkeit unserer Lage. Besonders einer war angesichts unserer Trauer schwer betroffen.

»Verzeiht«, erwiderte er. »Das kommt nicht in Frage. Wir haben den ausdrücklichen Befehl, niemanden aus diesen Gemächern hinauszulassen. Niemand aus dem Haushalt darf die Leiche sehen oder am Begräbnis teilnehmen.« Dann errötete er leicht, denn er hatte gemerkt, dass er mehr offen gelegt hatte, als seinem Befehlshaber recht war, und verstummte.

»Bitte«, flehte Donna Esmeralda. Sie bohrte so lange, bis der Soldat nachgab.

»Dann lasst sie rasch zur Loggia kommen. Wenn sie sich auf den Balkon stellen, werden sie den Leichenzug sehen.«

Als sie das hörte, stand Lucrezia auf. Matt folgte ich ihrem Beispiel und trat hinter den Soldaten in die warme Nachtluft hinaus.

Ich erinnere mich nur noch an Schatten. Etwa zwanzig flackernde Fackeln um einen Sarg, den ein paar Männer auf den Schultern trugen, und die Silhouetten von zwei Priestern. Ich wusste, man hatte die Leiche meines Bruders wie die anderen Opfer der Borgias behandelt: hastig gewaschen und in eine Holzkiste gesteckt.

Alfonso hatte eine großartige Beisetzung verdient mit Hunderten von Trauernden; aufgrund seiner Güte standen ihm die schönsten Gebete und Lobreden zu, ganze Paraden von Päpsten und Kaisern und Kardinälen, aber er wurde eilig im Dunkeln von Männern beerdigt, die ihn nicht kannten.

Ich kam zu dem Schluss, dass Gott, wenn Er denn existierte, der grausamste von allen war – hinterhältiger noch als mein Vater, als Papst Alexander, als Cesare –, denn Er war imstande, einen Mann zu erschaffen, dem nur Liebe und Freundlichkeit zu eigen war, ihn dann niederzuschlagen und sich auf die herzloseste, sinnloseste Weise seiner zu entledigen. Eines stand fest: Es gab weder für die Bösen noch für die Guten Gerechtigkeit.

Lucrezia und ich sahen, dass der Leichenzug nicht den Petersdom ansteuerte, der für meinen Bruder angemessen gewesen wäre, sondern eine kleine dunkle Kapelle daneben, Santa Maria delle Febbri. Dort, so erfuhr ich später, wurde Alfonso ohne Feierlichkeiten in der Erde versenkt und erhielt nur einen kleinen Grabstein.

Donna Esmeralda brachte mir Pergament und Feder und überredete mich, meinem Onkel Federico über den Mord an Alfonso zu schreiben; ich achtete nicht darauf, was später damit geschah, denn ich überließ mich wieder der Finsternis. Ich schlief nicht, aß und trank nichts; vom Weinen ausgelaugt, saß ich nur da, zu überwältigt, um etwas anderes zu tun, als in die Gärten hinauszustarren.

Lucrezia war ähnlich hilflos. Unter der Liebe meines Bruders war sie aufgeblüht; als er verwundet war, hatte sie einen Willen und eine Kraft in sich entdeckt, die niemand in ihr vermutet hätte. Nun war all das in ihr gestorben, und sie hatte nicht die Courage, Rache zu üben. Tag und Nacht weinte sie ohne Unterlass. Nicht einmal um den kleinen Rodrigo kümmerte sie sich. Der Morgen graute, und die Amme erschien an der Tür, den stämmigen Kleinen an der Hand.

»Er hat geweint, Madonna, und nach Euch gefragt«, sagte

sie zu Lucrezia – doch die Mutter lag im Bett, das Gesicht zur Wand, und wollte den Jungen nicht zur Kenntnis nehmen. »Er hat gestern weder Euch noch seinen Vater gesehen, und er ist unruhig.«

Sein leises Schluchzen weckte mich aus meiner Betäubung. Ich blinzelte und stand auf … dann kniete ich nieder und breitete die Arme aus, wobei ich zum ersten Mal Alfonsos Schuh fallen ließ. »Rodrigo, mein Kleiner … Deine Mutter ist heute Morgen müde und braucht noch ein bisschen Ruhe. Aber Tia Sancha ist hier und so froh, dich zu sehen.« Eine unerwartete Gnade erlaubte mir zu lächeln; aufgeheitert lief der Junge zu mir, und ich schloss ihn in die Arme. Als ich das Gesicht in seinen Haaren vergrub, brachte ich mehr Verständnis für Lucrezia auf; in jenem Augenblick hätte ich für dieses Kind alles geopfert.

Doch es musste einen Weg gegeben haben, etwas ähnlich Kostbares nicht zu opfern: Alfonso.

Eine Tränenflut drohte in mir aufzusteigen: Wie er doch meinem Bruder ähnelte, mit seinen Locken und den blauen Augen! Rodrigo zuliebe riss ich mich aber zusammen und behielt ein fröhliches Gesicht bei. »Sollen wir nach draußen gehen? Sollen wir spielen?« Er mochte Wettrennen – wie seine Tante und seine Mutter. Besonders gern lief er mit mir, da ich ihn stets gewinnen ließ.

Die Wachen waren freundlich; sie erteilten uns die Erlaubnis, und einer begleitete uns in einigem Abstand. Ich führte den Jungen in die Gärten hinaus, wo wir um die Wette liefen und in den Hecken Verstecken spielten; in der segensreichen Gesellschaft meines Neffen fand ich einstweilen Ruhe. Doch als es für den Jungen Zeit wurde, wieder ins Kinderzimmer zu gehen, kehrte ich in den Palazzo und zu unbarmherziger Trauer zurück. Ich fand den Schuh meines Bruders an der Stelle, an der ich ihn hatte fallen lassen, und drückte ihn verzweifelt wieder an die Brust.

Zwei Tage lang blieb ich in Lucrezias Gemächern; wir befanden uns beide unter ständiger Bewachung. In dieser Zeit kam Seine Heiligkeit nicht, um sie zu trösten, noch geruhte er, sein Beileid ausrichten zu lassen. Von Jofre hörte ich kein Wort.

Am zweiten Tag nach Alfonsos Tod wurde Lucrezia in den Vatikan gerufen, um ihren Bruder zu treffen.

Es war keine ungezwungene Begegnung, keine schlichte Familienzusammenkunft: Cesare saß mit seiner Schwester an einem Tisch in einem großen Saal, umringt von mindestens hundert bewaffneten Garden des Generalkapitäns.

Das ist alles, was Lucrezia mir von der Besprechung verraten wollte – und auch das nur allmählich im Laufe mehrerer Stunden. Danach kehrte sie so tief erschüttert zurück, dass sie nicht zu weinen wagte. Doch sogleich nach ihrer Rückkehr ließ sie den kleinen Rodrigo in ihre Gemächer bringen, wo er bleiben sollte. Ich zweifelte nicht daran, dass Cesare seine Drohung wiederholt hatte, dem Kind das Leben zu nehmen, falls Lucrezia den Mord an die Öffentlichkeit trage oder Appelle an ihren Vater richte, die Alexander veranlassen würden, mit Neapel zu sympathisieren, statt mit Frankreich, wie Cesare es wollte.

Nach ihrer schrecklichen Begegnung mit Cesare dauerte es keinen Tag, und Lucrezia begann wieder zu weinen. Sie lehnte die Aufforderungen ihres Vaters ab, mit ihm zu speisen oder an Audienzen teilzunehmen, wo sie auf ihrem kleinen Polster auf den Thronstufen wie früher Platz nehmen sollte.

Lucrezia wollte von all dem nichts wissen. Sie hatte kooperiert, um ihr Kind zu retten, doch ihr Leid war zu groß, ihre Wut saß zu tief, um so zu tun, als wäre Alfonsos Mord nie geschehen. Sie lag im Bett und schenkte den Appellen ihres Vaters keine Beachtung.

Alexander wurde bald zornig; es ging so weit, dass er Lucrezia ein Sendschreiben zukommen ließ, in dem er ihr mitteilte, er liebe sie nicht mehr.

Lucrezia zuckte nicht mit der Wimper; das Missfallen ihres Vaters rief in ihr keine verzweifelten Versuche mehr hervor, ihm zu gefallen. Als Antwort kündigte sie an, sie werde sich zusammen mit ihrem Kind auf ihr Landgut in Nepi, nördlich von Rom, zurückziehen.

Es klang, als wolle sie dort für immer bleiben. Niemand wagte ihr zu sagen, was ganz Rom wusste: dass der Papst und Cesare bereits ihre nächste Heirat planten mit dem Ziel, aus dieser Verbindung den größtmöglichen politischen Vorteil für das Haus Borgia zu ziehen. Unterdessen war Donna Maria damit beschäftigt, Lucrezias Habe zu verpacken – mit Ausnahme der schönen vergoldeten und mit Juwelen besetzten Gewänder, die sie in glücklicheren Tagen getragen hatte. In Nepi würde es keine Zeremonien, keine Feiern geben, dort würde nur Schwarz getragen.

Lucrezia wollte mich die ganze Zeit in ihrer Nähe haben; ich fragte mich, warum, da ich ihr nicht länger die rückhaltlose Wärme entgegenbringen konnte wie vor ihrer Beteiligung am Tode meines Bruders. Auch Trost hatte sie von mir nicht zu erwarten: Ich ertrank in meinem eigenen Kummer und war nicht imstande, für jemanden daraus aufzutauchen, es sei denn, für meinen Neffen. Vielleicht wünschte sie sich meine Anwesenheit aus Sehnsucht, etwas bei sich zu haben, was sie an Alfonso erinnerte, vielleicht auch aus Schuldgefühl.

Was immer ihre Gründe waren, sie lud mich ein, sie nach Nepi zu begleiten. Ich nahm nur an, weil der kleine Rodrigo mitging; Donna Esmeralda kümmerte sich darum, meine Habe zusammenzusuchen, die ich während meiner langen Abwesenheit von Rom benötigte.

Während bewaffnete Soldaten vor der offenen Tür zu meinem Vorzimmer standen (seit Alfonsos Tod wurde ich pausenlos für jedermann sichtbar überwacht, Lucrezia weniger auffällig), saß ich im Schlafgemach und beaufsichtigte Esmeralda bei ihrer Arbeit. Es war über einen Monat her, seitdem ich die Räume zuletzt betreten hatte, die so lange Zeit mein Zuhause waren. In meiner Abwesenheit war vieles verschwunden: die feinen Vorhänge, die silbernen Leuchter, die Fellteppiche und die Tagesdecke aus Goldbrokat von meinem Bett.

Wie auch schon zuvor wollte ich nicht viel von Rom mitnehmen: keine üppigen Gewänder, nur die schlichten schwarzen Kleider, die ich als frisch vermählte Braut mitgebracht hatte und die sich als Trauerkleidung besser eigneten. Außerdem meinen zerlesenen Petrarca-Band und den Schuh, der meinem toten Bruder vom Fuß gerutscht war, nicht viel mehr.

Während Esmeralda sich um meine Kleidung kümmerte, ging ich an meinen Schmuckkasten, der sorgfältig in einem Geheimfach im Schrank verborgen war, denn ich dachte, vielleicht sollte ich die wertvollsten Stücke mitnehmen – nicht, weil ich mich jemals wieder damit schmücken wollte, sondern weil ich bereits an eine mögliche Flucht aus Nepi dachte, falls ich Lucrezia überreden könnte, den Jungen mit nach Neapel zu nehmen. Dann brauchte ich etwas, um die Wachen zu bestechen, und Geld, um den Haushalt zu führen.

Diese Gedanken im Kopf, kippte ich meinen Schmuckkasten aus und verbarg die größten und wertvollsten Stücke zwischen meinen Brüsten.

Da fiel mein Blick auf die unschuldig aussehende, schlanke Glasphiole, klein und grün zwischen den glitzernden Edelsteinen.

Das *canterella*.

Mir blieb das Herz stehen. Ich lebte noch immer im Schatten der dunkelsten Trauer, und ich wusste, man ließ mich derzeit nur bei Lucrezia, weil Seine Heiligkeit seiner Tochter gegenüber nachsichtig war. Wenn Cesare seinen Vater erst überzeugt hatte, würde ich entweder in Gefangenschaft geraten oder ermordet werden. Ich hatte kein Verlangen, als Gefangene der Borgias zu leben – und ich würde Cesare nicht die Freude machen, mir von ihm das Leben nehmen zu lassen. Die Ewigkeit in der Hölle als Selbstmörderin würde ich bei weitem vorziehen.

Ich ließ die kleine grüne Phiole in mein Mieder gleiten; sie passte genau in die spezielle Tasche für mein nun konfisziertes Stilett.

Gott selbst hatte den Zeitpunkt gewählt: Kaum hatte ich die Phiole verborgen, hörte ich auf dem Korridor vor der Tür Marschtritte.

Ich stand auf und war gefasst und ruhig, als ich Cesares Soldaten sah, angeführt von keinem anderen als dem kleinlauten Don Micheletto.

»So«, sagte ich, »am Ende holt Ihr mich doch noch.«

Spätsommer 1500 – Frühling 1501

35

Man geleitete mich zum Castel Sant'Angelo. Don Micheletto ging neben mir, und in einem gewissen Abstand vor uns und hinter uns waren Soldaten, als seien sie allein zu meinem Schutz abgestellt.

Das Ganze hatte etwas Unwirkliches, es war wie ein Traum; alles schien falsch, illusorisch, bis auf eine Tatsache: Alfonso war tot.

Trotzdem rief ich mir ins Gedächtnis, dass ich dem Königshause Aragon abstammte, und bewegte mich inmitten meiner Häscher mit Stolz und Anmut. Die Wachen hielten die gaffenden Pilger fern und schoben die neugierigsten beiseite, als wir über den Petersplatz liefen, dann weiter auf die große Brücke, die zum abweisenden Steinverlies Sant'Angelo hin führte.

Ich drehte mich nicht zum Palazzo Santa Maria um. Mein Leben dort entglitt mir, zusammen mit meiner geistigen Gesundheit, wie ein Handschuh, der von der Hand gestreift wird. Ich war nackt und bloß. Alfonso war nicht mehr da, der kleine Rodrigo war fort, das Vertrauen, das ich in Lucrezia gesetzt hatte, ebenfalls verschwunden. Selbst mein Gemahl – der mir zuvor mit seiner offensichtlichen Loyalität imponiert hatte – ließ mich im Stich.

Wir gingen auf der Brücke über den sich windenden, bleiernen Tiber, der nach den unsichtbaren Toten, den Opfern der Borgias stank. Ich betete, dass ich bald zu ihnen gehören möge.

Micheletto neben mir ergriff das Wort, freundlich und

ehrerbietig. »Seine Heiligkeit dachte, ein Ortswechsel könnte Euren Schmerz ein wenig lindern, Hoheit. Wir haben eine neue Wohnstatt für Euch eingerichtet, von der ich hoffe, dass sie Euch genehm ist.«

Mein Gesicht verzog sich vor Hass. »Sagt, mein Herr, ist das ein Blutfleck an Eurer Hand?«

Unwillkürlich hob er die Hände und spreizte die Finger, um sie zu prüfen; erst nachdem er meine grimmige Schadenfreude sah, ließ er sie sinken, bemüht, seine Verlegenheit darüber zu verbergen, dass er meine Frage wörtlich genommen hatte.

»Ich dachte schon«, sagte ich. »Hat Cesare meinen Bruder von Euch persönlich umbringen lassen, um sicherzugehen, dass die Tat ordentlich ausgeführt wurde?«

Sein Lächeln verschwand; er unternahm keinen zweiten Versuch, sich mit mir zu unterhalten, bis wir unser Ziel erreicht hatten.

Ich war noch nie im Castel Sant'Angelo gewesen und wusste nur, dass es als Gefängnis verrufen war. Ich ging davon aus, in einer dreckigen kleinen Zelle untergebracht zu werden, mit einem Strohlager, Ketten an den unverputzten Wänden und rostigen Eisenstäben statt einer Tür.

Don Micheletto schlenderte mit mir durch gepflegte Gärten zu einem Seiteneingang; dort gab er den Wachen, bis auf zweien, das Zeichen, stehen zu bleiben. Man führte mich durch Korridore, die mich an den Palast erinnerten, in dem ich so lange gewohnt hatte.

Schließlich öffnete mein Begleiter die reich geschnitzten Holztüren meiner »Zelle«. Dahinter lagen meine neuen Gemächer; im Vorzimmer erkannte ich einen Stuhl wieder, der aus meiner Wohnung im Palazzo Santa Maria entfernt worden war; die Böden waren mit meinen Pelzteppichen ausgelegt. Im inneren Zimmer lag meine Tagesdecke auf dem Bett, meine Stoffe und der Silberleuchter hingen an der Wand. Dahinter befand sich ein kleiner Balkon, der auf weitere Gärten hinausging.

Das alles betrachtete ich finster, ohne ein Wort dazu zu sagen. Ich hätte eine unwirtlichere Umgebung vorgezogen, um über meinen schmerzlichen Verlust nachzudenken. Dieser Luxus, diese Vertrautheit konnte mir kein Trost sein.

Ich drehte mich um und stellte fest, dass Micheletto mich anlächelte.

»Donna Esmeralda wird natürlich zu Euch kommen«, sagte er. »Sie holt noch ein paar von Euren Sachen. Es steht Euch frei, jeden Wunsch zu äußern. In Anbetracht der jüngsten Ereignisse bitten wir Euch nur, dass Ihr eine Eskorte verlangt, wenn ihr durch die Gärten spazieren oder Euren Gatten in Santa Maria besuchen wollt.«

»Wer hat das hier angeordnet?«, fragte ich.

Micheletto zog einen Mundwinkel noch weiter nach oben. »Ganz im Vertrauen, Hoheit: Don Cesare. Er bedauert die Erfordernisse der Politik und jeglichen Kummer, den sie Euch bereitet haben. Er will Euch keine weitere Verzweiflung aufbürden.«

Sei lieb zu Sancha, hatte Lucrezia gesagt. Cesare, behauptete sie, liebte mich noch immer.

Doch ich wollte seine Freundlichkeit nicht. Ich wollte nur eines: Rache – und davon abgesehen Vergessen, falls ich den Mut aufbrächte, es zu suchen.

Wie versprochen trafen Donna Esmeralda und eine Gruppe Dienerinnen mit weiteren Habseligkeiten ein; ich ließ den Tumult still über mich ergehen. Unterdessen fasste ich den Entschluss, mir noch in derselben Nacht mit *canterella* das Leben zu nehmen – obwohl ich wusste, dass es mich für immer von Alfonso trennen würde, wenn die Geschichten über das Leben nach dem Tode stimmten. Er war mit Sicherheit im höchsten Kreis des Himmels, wohingegen ich als Selbstmörderin in die Hölle käme.

Ich wusste nicht, wie viel Gift nötig wäre, wie viele Menschen meine kleine Phiole in den Tod befördern könnte; deshalb beschloss ich, das gesamte Behältnis zu leeren. Vielleicht würde ich auf diese Weise schnell sterben, ohne allzu lange unter den legendären Folgen des Pulvers zu leiden. Ich würde warten müssen, bis Donna Esmeralda abgelenkt war, und ich konnte mich auf dem Balkon ihren und den Blicken der Wachen entziehen.

Den Rest des Tages saß ich auf dem Stuhl im Vorzimmer, streichelte den weichen blauen Samtschuh meines Bruders, während die Dienerinnen meine Räume in Ordnung brachten. Als es dämmerte, wurde eine feine Mahlzeit an die Tür geliefert. Ich konnte nichts essen, obwohl Esmeralda mir gut zuredete; sie nahm sich, was sie brauchte, dann räumten Diener die Platten ab.

Doch ich bat um Wein und stellte einen Flakon mit einem Kelch neben mich. Wie schon an jedem Abend nach Alfonsos Tod flehte Esmeralda mich an, zu Bett zu kommen; wie immer weigerte ich mich und sagte, ich würde mich dann niederlegen, wenn ich müde sei. Zum Glück war sie nach der vielen Arbeit erschöpft und schlief früh ein. Als ich ihren gleichmäßigen Atem vernahm, wusste ich, dass meine Stunde gekommen war.

Ich füllte meinen Kelch, stand wie zufällig auf, damit die Wachen vor meiner Tür keinen Verdacht schöpften, und huschte durch das Schlafgemach, in dem Esmeralda schlief. Sie hatte die Kerze für mich brennen lassen; ich nahm sie mit hinaus auf den Balkon und stellte sie auf das Geländer, damit ich etwas sehen konnte, um meine letzte Aufgabe zu erfüllen.

Auch meinen Kelch setzte ich ab, fand dann mit zitternden Händen die Phiole mit *canterella,* die in meinem Mieder verborgen war. Ich zog sie heraus und hielt sie ans Licht.

Das Glas glitzerte leuchtend grün wie ein Smaragd; ich betrachtete es einen Moment lang wie gebannt, überwältigt von der Schwere meines Vorhabens.

Dabei bildete sich im Glas ein Bild heraus, winzig, aber bis in alle Einzelheiten vollständig.

Es war die Leiche meines Vaters, die an der mit Orden bestückten Schlinge hing.

Ich schrie auf und warf die Phiole von mir; sie fiel hinunter, ohne zu zerbrechen, und rollte ein Stück über den Balkon. Mit einem Mal drehte sich alles um mich herum: Mit rudernden Armen sank ich zu Boden und stieß dabei die Kerze über das Geländer, sodass ich plötzlich von vollkommener Finsternis eingehüllt war.

In dieser Finsternis ragte die Leiche meines Vaters überlebensgroß vor mir auf. Dort auf dem Balkon pendelte sie vor meinen Augen hin und her; die kalten, steifen Beine streiften über meine Schultern, mein Gesicht, und ich kroch schluchzend auf Händen und Knien fort.

Nachdem ich mich in eine Ecke zurückgezogen hatte, krümmte ich mich zusammen und versuchte, mich mit den Händen zu schützen. »Du musst es mir versprechen, Alfonso!«, kreischte ich. »Wir müssen einen heiligen Eid schwören, dass wir uns nie wieder trennen … denn ohne dich werde ich wahnsinnig!«

Vor mir stand mein Bruder, so wie an jenem Tag, als er nach Rom gekommen war, um Lucrezia zu heiraten: jung, gut aussehend und lächelnd, in hellblauen Satin gewandet. »Aber Sancha, dein Verstand ist vollkommen gesund.« Sein Tonfall war nüchtern. »Ob mit mir oder ohne mich, du brauchst dich nicht vor dem Wahnsinn zu fürchten. Du hast einfach versucht, den Falschen umzubringen.«

Wieder schrie ich auf und lief taumelnd ins Schlafgemach zurück; eine stämmige Gestalt fing mich auf. Ich wehrte mich verzweifelt, bis ich erkannte, dass es Donna Esmeralda war, die mich laut anschrie:

»Sancha! Sancha!«

Schluchzend lehnte ich mich an sie; sie umschlang mich mit grimmiger Zärtlichkeit. »Ich habe versucht, jemanden umzubringen«, keuchte ich in ihre weiche, kräftige Schulter, »und stattdessen habe ich den eigenen Bruder getötet.«

»Sch«, befahl Esmeralda. »Sch. Ihr habt kein Verbrechen begangen.«

»Gott straft mich …«

»Das ist albern«, beharrte Esmeralda. Ich konnte ihr Gesicht im Dunkeln nicht sehen, doch meine Wange lag an ihrem Schlüsselbein, und ich spürte die Vibration ihrer festen Stimme in ihrer Brust, ihre unerschütterliche Überzeugung. »Gott hat Alfonso geliebt. Er weiß, es ist ungerecht, dass Euer Bruder sterben musste, während Cesare lebt. Die Strafe Gottes wird über die Borgias kommen, Madonna. Weint nicht.« Bei ihren Worten beruhigte ich mich; sie machte eine Pause, um dann ihre Meinung zu äußern. »Savonarola hatte Recht … Dieser Papst *ist* der Antichrist. Alexander wollte Alfonso immer von Cesare umbringen lassen; er wusste es auch, als er in den Saal der Sibyllen kam und das Gegenteil schwor. Er ist ebenso schuldig wie sein Sohn – vielleicht sogar noch mehr, denn er hätte dem ganzen Unheil jederzeit ein Ende setzen können.«

Sie führte mich zum Bett und steckte mich in voller Kleidung hinein. Dann legte sie sich neben mich. »So. Ich werde nicht von Eurer Seite weichen. Wenn Ihr Angst bekommt, dann streckt einfach eine Hand nach mir aus. Ich bin hier. Der Herr ist mit uns, Madonna. Er hat uns nicht aufgegeben.«

Nachdem sie eingeschlafen war, richtete ich mich entsetzt im Bett auf, davon überzeugt, wieder ein kleines Mädchen in Neapel zu sein, mitten unter den Mumien im Museum meines Großvaters, die ich im Dunkeln nicht sehen konnte. Ich schauderte unter den Decken, als vor meinen Augen ein Bild entstand: das hässlich grinsende, lederartige Gesicht Roberts mit glitzernden Marmoraugen, eine dünne Haarsträhne vom runzligen Schädel hängend, während er eine weit ausholende, einladende Geste machte.

Seid willkommen, Hoheit …

Ich weinte. Ich wollte nicht begrüßt werden; ich wollte Ferrantes grauenhaftes Reich der Wahnsinnigen und der Toten nicht betreten.

Als der Himmel gegen Morgen heller wurde, schlich ich auf den Balkon hinaus und fand die Phiole *canterella* wieder, die ich bei meinem Schmuck versteckte, noch ehe Esmeralda aufwachte. Bald, sagte ich mir. Bald werde ich stark genug sein, es zu verwenden.

Ich verharrte in anhaltendem Dämmerzustand. Tagsüber wanderte ich durch das Labyrinth der Gärten, in gebührendem Abstand von einer Wache begleitet, bis ich erschöpft war. Nachts saß ich auf einem Stuhl auf dem Balkon und starrte unentwegt in die Finsternis, hin und wieder von Panik ergriffen, weil ich den Vesuv nicht sah. Esmeralda sagte ich, ich schlummere draußen auf meinem Stuhl – doch ich machte kein Auge zu, und mein Verstand nahm die erschreckende Klarheit und Schnelligkeit einer Wahnsinnigen an.

Eines Tages lief ich mit Riesenschritten und außer mir durch die Gärten, als ich die Glocken des Petersdoms vernahm … und sogleich ergriffen Donna Esmeraldas Worte von meinem Bewusstsein Besitz und ließen es nicht wieder los. In jenem Augenblick wurde mir eine göttliche Offenbarung zuteil: die Erkenntnis, wie man Gottes Strafe über die Borgias bringen könnte. Eine List war erforderlich. Ich blieb wie angewurzelt stehen und wartete auf meinen schwer atmenden Wächter, bis er aufgeholt hatte.

»Ich begebe mich jetzt auf die Loggia«, flötete ich. »Ich möchte gern über die Stadt schauen.«

Rasch ging ich ins Gebäude zurück und stieg die Treppe zur Loggia hinauf, die über die Brücke Sant'Angelo schaute. Auf der breiten Straße drängten sich Pilger und Kaufleute; sie waren so nah, dass ich ihnen etwas zuwerfen konnte. Sie waren in Hörweite.

»Bürger von Rom!«, schrie ich und lehnte mich über das Geländer. »Pilger der heiligen Stadt! Hört mich an! Ich bin Sancha von Aragon; meinen Bruder Alfonso hat Seine Heiligkeit, Alexander VI., vom Generalkapitän Cesare Borgia eigenhändig ermorden lassen! Dieser Papst ist der Antichrist, so wie Savonarola es gesagt hat: Er ist ein Ehebrecher und mehrfacher Mörder! Er hat den eigenen Bruder umgebracht, um an die Tiara zu kommen, hat den Mord an seinem Sohn Juan zugelassen und jetzt Alfonso getötet, den Herzog von Bisceglie und Gatten Lucrezias …«

Eine Wache packte mich am Handgelenk und versuchte, mich vom Geländer fortzuziehen; ich lachte und riss mich mit der Kraft einer Wahnsinnigen von ihm los.

»Pilger! Römer! Gott ruft nach euch, dass ihr Alexander zu Fall bringt! Handelt jetzt! Wie viele müssen noch sterben? Wie viele müssen getötet werden, ehe er für seine Verbrechen bestraft wird?«

Männer und Frauen sammelten sich auf der Straße unter mir und schauten verwundert zu mir empor. Eine alte Nonne, ganz in sommerlichem Weiß verhüllt, bekreuzigte sich und murmelte ein Gebet; ein schwarzberockter junger Priester gab seinem Begleiter ein Zeichen und deutete zu mir hoch. Bürgerliche blieben stehen, manche runzelten die Stirn, andere wiederum lachten.

Warum unternahmen sie nichts?, fragte ich mich. Warum liefen sie nicht sogleich zum Papstpalast und zerrten Alexander auf die Straße? Meine Botschaft war so klar, so unbestreitbar …

Ich tobte noch eine Weile weiter; schließlich gelang es zwei Soldaten, mir Einhalt zu gebieten. Verletzt und verwirrt schaute ich in ihre Augen. »Habt ihr denn nicht gehört, was ich gerade gesagt habe? Könnt ihr das Böse nicht sehen? Ihr habt Waffen – benutzt sie!«

Doch sie setzten ihre Waffen nicht gegen den Papst ein, stattdessen zogen sie mich in mein Gemach. Ich fluchte und trat um mich. Danach erinnere ich mich dumpf an Donna Esmeraldas sorgenvolles Gesicht und an das eines Arztes; man zwang mich, etwas zu trinken, das mich ruhig stellte. Am Ende schlief ich ein.

Als ich wach wurde, kam Jofre. Seither besuchte er mich jeden Abend – öfter noch als zu Zeiten, in denen ich im Vatikan willkommen war. Er machte mir kleine Geschenke – Schmuck, Andenken. Eines Abends schmuggelte er ein Miniaturporträt von Alfonso herein, das Lucrezia gehört hatte. Sie hatte es nicht mit nach Nepi nehmen dürfen.

Donna Esmeralda wich nicht von meiner Seite. Ich durfte nachts nicht mehr auf den Balkon hinaus, sondern musste mich neben sie in mein Bett legen, nachdem ich den bitteren Schlaftrunk zu mir genommen hatte. Ich war auch gezwungen, wenigstens ein paar Happen zu essen, wenn uns etwas gebracht wurde, sodass ich teilweise wieder zur Ruhe kam. Ich lernte, freundlich mit Esmeralda und Jofre umzugehen, wenn es erforderlich war, und in ihrer Gegenwart den Anschein von geistiger Gesundheit aufrechtzuerhalten, auch wenn ich sie nicht vollständig besaß.

So kam es, dass ich meine Tage in Muße verbrachte und in Begleitung einer Wache durch die Gärten streifte. Da erst, getrennt von meinem Gemahl und Esmeralda, gab ich meinem Wahn nach: Bei jedem Schritt murmelte ich leise vor mich hin und führte lange Gespräche mit Alfonso, mit meinem Vater und am häufigsten mit der hinterlistigen *strega*.

Das von einem Schwert durchbohrte Herz: Das hatte ich jetzt, doch meine Bemühungen, es gegen Cesare zu erheben, waren misslungen. Ich spürte dieses Schwert in mir wie einen Dorn; es piekte und schwärte in mir. »Warum habe ich ihn nicht umbringen dürfen?«, fragte ich die *strega*, und die einzige Antwort, die ich erhielt, lautete immer gleich:

Zur rechten Zeit …

Nachts träumte ich – trotz der Arznei des Arztes: Albträume über Alfonsos weißen, aufgeschlitzten Körper, der von lachenden Soldaten davongetragen wurde.

Monate vergingen. Der elende Sommer ging in den Herbst und in den Winter über. Jofre schickte mir einige meiner besten Kleider, unter denen ich eine Auswahl treffen sollte, und ich besuchte mit ihm die Christmette im Petersdom, ganz so, als wäre ich gar nicht die Gefangene der Borgias. Ich ging an dem Papst und an Cesare vorbei, obwohl keiner von beiden meinen herausfordernden Blick erwiderte oder mich auch nur zur Kenntnis nahm. Nach der Messe wurde ich nicht zum Weihnachtsessen im Familienkreis geladen, an dem Jofre teilzunehmen hatte, sondern in meine Gemächer im Castel Sant'Angelo geschickt.

Es war, als wäre ich weder lebendig noch tot, sondern in einer Art Fegefeuer: Als Angehörige des Hauses Aragon hielt man mich für zu gefährlich, um bei den Borgias zu leben und an ihren Geheimnissen teilzuhaben; zugleich war ich als Jofres Gemahlin, die nur wenige dieser Geheimnisse kannte, keine so große Bedrohung für sie, dass sie mich umbringen mussten.

Der Frühling kam. Ich lebte dumpf vor mich hin, ohne Sinn und Verstand. Die Langeweile meiner Tage wurde nur von den Unterhaltungen mit den Toten und den Besuchen meines Gemahls durchbrochen. Jofre gab sich die größte Mühe, meine Laune zu heben; die Zeiten ohne die Zerstreuung durch seine Gegenwart waren in der Tat düster.

Ich ging auch weiterhin stundenlang durch die Gärten und versuchte, mich zu verausgaben, damit ich leichter einschlafen und somit vergessen konnte. Eines Nachmittags, als ich über einen von einer voll erblühten, duftenden Rosenhecke gesäumten Kiespfad schlenderte, erblickte ich eine andere Edelfrau, die geradewegs auf mich zusteuerte, in gebührendem Abstand von einer Wache begleitet.

Mein erster Impuls war, mich umzudrehen und fortzulaufen. Mir war nicht nach Gesellschaft oder seichtem Geplauder; doch noch ehe ich die Flucht ergreifen konnte, kam die Frau näher und begrüßte mich mit einnehmendem Lächeln. Sie wandte sich an ihre Wache und rief: »Wir werden ein Stück zusammen gehen.«

Ihr junger Soldat nickte, und dem meinen war es offenbar einerlei; die beiden Männer kannten sich anscheinend und gaben sich damit zufrieden, uns zu folgen und sich leise zu unterhalten.

Die Frau verbeugte sich. Sie war vielleicht fünfundzwanzig, hatte üppiges schwarzes Haar und das klassische hübsche

Gesicht einer altrömischen Statue. »Ich bin Gräfin Dorotea de la Crema.«

»Ich bin die Verrückte, Sancha von Aragon«, erwiderte ich.

Sie war ganz und gar nicht schockiert; sie schmunzelte belustigt. »Wir hier sind alle Cesares Verrückte. Auch ich gehöre zu seinen Gefangenen.« Ihre Stimme wurde traurig und weich. »Als er seine Armee zwischen Cervia und Ravenna führte, brachte er meinen Mann um und nahm unser Anwesen ein.« Ihre großen dunklen Augen richteten sich starr auf mich. »Es heißt, Ihr wart seine Geliebte.«

Nachdem ich so viele Jahre im Hause der Borgia gelebt hatte, begrüßte ich ihre Offenheit. »Das war ich einmal«, antwortete ich. »Aber ich konnte keinen Mann lieben, der letzten Endes ein Mörder war. Heute verachte ich ihn von ganzem Herzen.«

Sie nickte beifällig. »Dann haben wir etwas gemeinsam. Nachdem er meinen Mann getötet hatte, hat er mich zu seiner Gefangenen gemacht. Er hat mich, ähnlich wie Caterina Sforza, die auch hier ist, fürstlich behandelt, aber jede Nacht vergewaltigt. Ich glaube, wäre ich willig gewesen, hätte es ihm nicht so viel Freude bereitet.« Sie wandte den Blick ab und schaute in den schlammigen Tiber. »Jetzt, da ich hier bin, ist er meiner überdrüssig geworden und lässt mich in Ruhe, wofür ich dankbar bin. Doch solange er nicht besiegt ist – oder solange der Papst nicht stirbt –, sitze ich hier in der Falle.«

»So geht es mir auch«, sagte ich leise. »Es tut mir Leid um Euren Gemahl.«

»Und mir um Euren Bruder«, sagte sie. Offenbar wusste Dorotea alles über mich.

An jenem ersten Tag legten wir ein ganzes Stück gemeinsam zurück; im Laufe der Wochen, die dann folgten, begannen wir, einander mehr anzuvertrauen. Donna Dorotea war ebenso unverblümt wie ich, an den Rand des Wahnsinns getrieben durch die Verbrechen, die an ihr begangen wurden, und nicht mehr an ihrem weiteren Schicksal interessiert. Wir sprachen offen über die Vergehen der Borgias und über unser Leben. Es war eine Erleichterung, mich von der Last schrecklicher Geheimnisse zu befreien – und zugleich belustigend festzustellen, dass Dorotea das meiste von dem, was ich ihr offenbarte, bereits bekannt war.

Bei ihr fand ich tagsüber Erholung von meinem einsamen Wahn; doch wenn ich nicht in ihrer Gesellschaft war, besonders nachts, kehrten die Gespenster zu mir zurück: der mumifizierte Robert, Alfonso, mein Vater, die rätselhafte *strega*. Tag für Tag versuchte ich mit Mühe, die Kraft aufzubringen, mich dem *canterella* zu stellen; Abend für Abend fehlte sie mir.

In dieser Zeit erhielt ich einen Brief von Lucrezia aus Nepi. Das Siegel war gebrochen; lange Zeit saß ich in meinem Vorzimmer mit dem Brief auf dem Schoß und kämpfte mit mir, ob ich ihn den Flammen einer Kerze neben mir übergeben sollte.

Schließlich faltete ich ihn auf und las:

Liebste Sancha,
Zunächst einmal musst du verzeihen, dass ich eine so miserable Briefeschreiberin bin und dir nicht früher geschrieben habe; ich gestehe, in den ersten finsteren Tagen hier hatte ich nicht den Mut, zu einer Feder zu greifen. Doch die Zeit hat einen gelinden Heilungseffekt gehabt, und ich wollte dir mitteilen, sobald es mir möglich war, wie sehr ich deine Gesellschaft vermisst habe. Ohne deine treue Freundschaft und dein gutes Herz sind die Tage lang und einsam.
Auch der kleine Rodrigo vermisst dich; er fragt ständig nach seiner tia Sancha. Du würdest ihn nicht wieder erkennen: Er ist so gewachsen! Mit jedem Tag ähnelt er seinem Vater mehr.
Es gibt wenig Neues zu erzählen: Die Tage sind alle gleich und verschwimmen ineinander. Aber ich muss dir

mitteilen, dass Cesare und seine Armee kurz nach meiner Ankunft eintrafen und für eine Nacht ihr Lager hier aufschlugen. Ich war verpflichtet, ihn und die wichtigeren Männer in seiner Begleitung zu bewirten.
Er reist nun mit dem Künstler und Erfinder Leonardo da Vinci. Don Leonardo kam an jenem Abend zum Essen. Er ist ein freundlicher alter Mann, sieht etwas verschroben aus, hat eine Hakennase, große, verblüffende Augen, lange weiße Haare und einen Bart, beides ungekämmt. Trotz seines Alters ist sein Geist außergewöhnlich rege. Cesare sagt, er sei ein genialer technischer Geist und beim Einsatz von Sprengstoff für die Zerstörung von Brücken von großem Nutzen gewesen. Ich weiß nur, dass er sehr freundlich war und einen feinen Sinn für Humor besaß. Während wir zu Tisch saßen, ließ er sich Pergament bringen und holte Feder und Tinte hervor, die er immer bei sich trägt. Während Cesare des Langen und Breiten über den Feldzug berichtete, setzte sich Don Leonardo daran, eine Zeichnung anzufertigen. Rodrigo tauchte auf und zeigte sich recht interessiert: Ich schickte mich schon an, das Kind wieder ins Kinderzimmer zu bringen und mit ihm zu schimpfen, dass er einen Gast belästigte, doch Don Leonardo war sehr zuvorkommend und ließ Rodrigo auf seinem Knie sitzen und zusehen, wie er seine Skizze entwarf.
Zurück zu Cesare und seinem Feldzug. An dieser Stelle muss ich einen anderen Herrn in seiner Begleitung erwähnen, einen gewissen Niccolo Machiavelli – einen schmallippigen, unangenehmen Mann –, der seine Mahlzeit kaum anrührte, weil er wie wild in ein Tagebuch schrieb, während mein Bruder redete, als wären Cesares Worte Perlen.
Mein Bruder sagte mir, er habe die Besitztümer um Bologna und Florenz mit Leichtigkeit eingenommen; die großen Städte haben ihm Festungen und Ländereien aus Angst vor seiner Armee überschrieben, da sie mit

zehntausend Mann verstärkt wurde, einem Geschenk von König Louis. Cesare sagt nun, er sei unbesiegbar und könne durch Italien marschieren und alles erobern, was er wolle.

Als mein Bruder zum Ende der Mahlzeit mit dem Reden fertig war, reichte Don Leonardo mir eine fertige Skizze. Ich war sehr geschmeichelt, denn sie zeigte mich, wie ich an der Tafel saß; dennoch war ich überrascht über meinen traurigen Gesichtsausdruck, denn ich hatte mir alle Mühe gegeben, für meine Gäste strahlend und lebhaft aufzutreten.

Unter mein Porträt hatte Don Leonardo eine Zeile des Dichters Sannazaro geschrieben:

Per pianto la mia carne si distilla.

Mein Fleisch schmilzt mit meinen Tränen dahin.

Er ist sehr weise, dieser Don Leonardo. Er sieht durch die äußere Erscheinung hindurch bis in die Seele eines Menschen und hat die magische Gabe, nur mit Pergament und Tinte das, was in einem Herzen ist, aufzudecken. Es gibt noch vieles, was ich dir erzählen könnte, doch ein Brief ist nicht dazu angetan, offen zu legen, was ich sagen will. Ich muss damit warten, bis ich dich wieder sehe.

Ich bete jeden Abend für dich, Schwester, und gedenke deiner mit großer Zuneigung. Nie habe ich eine bessere oder vertrauenswürdigere Freundin gefunden. Möge Gott dir beistehen.

Herzlich,

deine Lucrezia

Ich faltete den Brief wieder zusammen und legte ihn zur Sicherheit in meinen kleinen Petrarca-Band. Ich verstand, dass Lucrezia mir ihr Herz nicht ausschütten konnte; ich verstand ihre Anspielungen auf großen Kummer, ihre Hinweise, dass sie von Schuldgefühlen geplagt war, ihre Bemerkung, sie sei »verpflichtet« gewesen, ihren Bruder zu bewirten – was bedeutete, dass sie es nicht freiwillig gemacht hatte. Sie hatte angedeutet, dass sie um Vergebung bat.

Ich konnte und wollte nicht antworten. Welche Neuigkeiten hatte ich schon mitzuteilen? Dass ich vor Kummer wahnsinnig geworden war, was sich teilweise auf ihren Verrat zurückführen ließ? Dass der Gedanke, mich an Cesare zu rächen, das einzige war, was mir Freude bereitete?

Später zeigte ich Dorotea de la Crema den Brief, als wir allein waren. Ihre Lippen wurden schmal, als sie ihn las; schließlich nickte sie. »Cesare erobert Länder, wie es ihm beliebt«, bestätigte sie. »So wie Frauen. Ich habe die neuesten Nachrichten vernommen; wenn er eine weitere Stadt erobert, greift er alle Edelfrauen für seinen Reiseharem auf. Und jede Nacht wählt er eine andere Frau, um sie zu erniedrigen.«

Solche Meldungen fachten meinen Hass an und ließen mich nachts träumen: wie ich das Schwert ergriff, das noch immer mein Herz durchbohrte, dass ich damit ausholen und mit aufblitzender Klinge Cesares Kopf in einem einzigen Schlag vom Körper trennen würde. Wie ich lächelte, wenn der Kopf fiel und vom stürzenden Leichnam fort rollte, wie ich zusah, wenn das böseste Blut, das je in Adern geflossen war, frei strömte wie der Tiber.

Merkwürdig, doch im Traum hörte ich die Stimme meines Bruders, die fröhlich wiederholte: *Du hast einfach nur versucht, den Falschen umzubringen.*

Sommer 1501 – Winteranfang 1503

36

Das Ei ist geknackt, sagte Alfonso. Er war wie immer in hellblauen Satin gekleidet; sein Gesicht war ungewöhnlich ernst – es war eine Warnung. *Und diesmal kann es nicht repariert werden …*

An einem feuchtwarmen Augustmorgen wachte ich keuchend auf, Esmeraldas Schreie aus dem Vorzimmer im Ohr. Ich lief hinaus und sah sie vornüber gebeugt, die Hände auf das Herz gepresst, als wäre sie von plötzlichem Schmerz übermannt.

»Esmeralda!« Ich eilte zu ihr und packte sie an den fleischigen Oberarmen. Sie war älter geworden und ziemlich drall; ich dachte sogleich an Ferrantes Schlaganfall und half ihr auf einen Stuhl. »Setz dich, meine Liebe …« Ich richtete mich auf, fand etwas Wein und goss ihn in einen Kelch, den ich ihr an die Lippen hielt. »Hier, trink. Dann holt die Wache einen Arzt.«

Sie nahm einen Schluck, hustete und schnaufte dann mit wegwerfender Handbewegung: »Kein Arzt!« Sie schaute mit bekümmertem Blick zu mir auf und sagte unglücklich: »Oh, Donna Sancha! Wenn es nur etwas wäre, dem ein Arzt abhelfen könnte …« Sie holte keuchend Luft und fügte hinzu: »Ruft keinen Wachmann. Ich habe gerade mit ihm gesprochen. Er hatte Neuigkeiten …«

»Was ist geschehen?«, fragte ich.

»Unser Neapel«, erwiderte sie und wischte sich mit einem Zipfel ihres weiten Ärmels über die Augen. »Oh, Madonna, es bricht mir das Herz … Euer Onkel Federico wurde entthront und ins Exil geschickt. König Ferdinand der Katholik und König Louis – sie haben sich verbündet und ihre Armeen zusammengeschlossen; jetzt teilen sie sich die Herrschaft über Neapel. Heute weht sowohl die französische als auch die spanische Flagge über dem Castel Nuovo. Ferdinand ist jetzt Herrscher über die Stadt selbst.«

Während ich langsam neben ihr niederkniete, atmete ich schwer aus. Auch wenn Alfonsos Tod mir den Verstand und die Lebensfreude geraubt hatte, war doch immer noch die vage Hoffnung da gewesen, dass ich eines Tages vielleicht nach Hause zurückkehren würde – in den königlichen Palast, zu Federico und den Brüdern und der Familie, die ich gekannt hatte. Nun hatte man mir auch das genommen.

Das Königshaus Aragon existierte nicht mehr.

Ich war zu überwältigt, um zu sprechen. Donna Esmeralda und ich blieben still und trauerten schweigend, bis ich wissend sagte, wobei sich ein Mundwinkel hasserfüllt verzog: »Und Cesare Borgia … er ist mit der Armee des Königs Louis in die Stadt eingeritten.«

Verwundert schaute sie mich an. »Ja, aber Madonna … woher wusstet Ihr das?«

Ich antwortete nicht.

Wieder versank ich in dumpfer Verzweiflung, die selbst Esmeralda und die Arznei des Arztes nicht zu durchbrechen vermochten. Die einzige Erholung verschafften mir meine Spaziergänge mit Donna Dorotea – die jetzt das Reden übernommen hatte, während ich zuhörte, stumm und desinteressiert.

Eines Tages brachte sie Neuigkeiten über Lucrezia, die als Reaktion auf das unerbittliche Drängen des Vaters in jenem Herbst nach Rom zurückgekehrt war. Dorotea gab eine Begegnung zwischen dem Papst und seiner Tochter wieder. Im päpstlichen Thronsaal und in Gegenwart der Hofdamen seiner Tochter, der Diener und des Kämmerers des Papstes hatte

Seine Heiligkeit Lucrezia mitgeteilt, er und Cesare hätten die Männer überprüft, die um ihre Hand angehalten hatten. Sie hatten Francesco Orsini auserwählt, den Herzog von Gravina. Orsini hatte ein paar Jahre zuvor bereits Lucrezia heiraten wollen, war aber zugunsten meines Bruders abgewiesen worden.

Nun setzte Alexander seine Tochter darüber in Kenntnis, dass sie Herzogin von Gravina werde. Politisch gesehen war dies eine sehr kluge Entscheidung.

Nein, hatte Lucrezia ihrem Vater gesagt. Sie wolle mit dem Mann nichts zu tun haben.

Perplex hatte Alexander sie nach dem Grund gefragt.

»Weil alle meine Gatten vom Pech verfolgt waren!«, habe Lucrezia ungehalten verkündet und sei ohne ein Wort des Abschieds aus dem Saal gestürmt.

Dieser Vorfall verbreitete sich wie ein Lauffeuer in Rom. Als der Herzog von Gravina von ihrer Weigerung erfuhr, war er zutiefst gekränkt (vielleicht hatte er sich aber auch überlegt, wie wahr Lucrezias Worte waren) und zog seinen Antrag auf der Stelle zurück.

Kurz darauf konnte ich eines Abends keine Ruhe finden und begann deshalb, durch die Korridore zu wandeln. Es wurde Winter, und ich schlang den Umhang fest um mich, als ich die Loggia ansteuerte, um die erfrischende Nachtluft einzuatmen.

Noch ehe ich vom Treppenabsatz nach draußen gelangte, vernahm ich die Glocken des Petersdoms, die eine Totenklage anstimmten.

Am Rand des Balkons stand eine kleine, schlanke Frau, blass wie der Hermelin, in den sie gehüllt war, begleitet von Wachen, die in gebührendem Abstand warteten. Ich war so sehr vom Glockengeläut abgelenkt, dass ich schon fast neben ihr war, bevor ich sie überhaupt bemerkte.

Sie war eines der schönsten Geschöpfe, die ich je gesehen hatte, schöner noch als die frühere Geliebte des Papstes, die zarte Giulia. Diese Frau hatte Alabasterhaut, goldblonde Haare und blaue Augen, die heller waren als jeder Edelstein; ihre Haltung zeugte von seltener Würde und Anmut, und ihr Blick war zutiefst traurig. Ich verstand sofort, warum Cesare sie hatte besitzen wollen.

»Caterina Sforza«, hauchte ich.

Sie wandte mir ihr eindrucksvolles Gesicht zu und betrachtete mich. In ihrem Blick lag keine Feindseligkeit, keine Herablassung, einzig und allein Kummer, der an Wahnsinn grenzte.

Sie trat ein wenig zur Seite, um mir Platz auf dem Balkon zu machen. Die Einladung war deutlich; ich nahm an und trat neben sie.

Sie schwieg eine Weile und schaute wieder hinaus auf die Piazza vor dem großen Steinbau des Petersdoms, aus dem langsam ein von Fackeln erleuchteter Leichenzug auf die Straße hinaus trat. Ausgehend von der Menge der Trauernden, schloss ich, dass es sich bei dem Verstorbenen um eine wichtige Persönlichkeit handeln musste.

Schließlich stieß Donna Caterina einen Seufzer aus. »Zweifellos der nächste Kardinal«, sagte sie mit einer Stimme, die stärker und volltönender war, als ich erwartet hatte, »niedergeschlagen, um Cesares Kriege zu finanzieren.« Sie hielt kurz inne. »Jedes Mal, wenn ich die Glocken höre, bete ich darum, sie mögen für den Heiligen Vater läuten.«

»Ich bete, es solle für Cesare sein«, entgegnete ich. »Er hat den Tod viel eher verdient.«

Sie schaute mich an, neigte den edlen Kopf zur Seite und musterte mich offen. »Es ist besser, wenn Alexander zuerst stirbt«, erklärte sie. »Denn wenn sein Sohn ihm vorangeht, sucht er sich einfach den nächsten Cesare, der seine Armee anführt, und setzt die Schreckensherrschaft der Borgias fort. Es ist ein Spiel, das sie zusammen spielen: Der Papst täuscht nur vor, er könne Cesares Grausamkeit nicht in Schach halten; doch glaubt mir, eine Hand weiß genau, was die andere macht, die ganze Zeit über. Falls Alexander eines natürlichen

Todes sterben sollte …« Sie beugte sich zu mir und senkte verschwörerisch die Stimme. »Bestimmt habe ich Euch erzählt, was der venezianische Botschafter mir vor langer Zeit über Cesare gesagt hat.«

Freundlich entgegnete ich: »Wir haben noch nie miteinander gesprochen, Madonna.« Ich konnte ihr die Verwirrung nicht zum Vorwurf machen; ich selbst war nicht Herrin meiner Sinne.

Sie schien meine Worte nicht zu hören. »Es war vor einiger Zeit, noch ehe er Lucrezias letzten Gemahl umbrachte. Cesare war damit beschäftigt, die Lage zu sondieren, Spanien gegen Frankreich auszuspielen und Frankreich gegen Spanien, um abzuwarten, welches Bündnis sich als das vorteilhafteste erweisen würde.« Sie lachte leise. »Er war so unentschlossen … Einmal suchte er tatsächlich den venezianischen Botschafter auf und schwor Venedig die Treue. Er sagte, er traue weder Frankreich noch Spanien, dass sie ihn beschützten, falls dem Heiligen Vater etwas zustoße. Der Botschafter seinerseits teilte ihm unumwunden mit: ›Ganz gewiss würdet Ihr Hilfe brauchen, das stimmt; denn wenn Seiner Heiligkeit je etwas zustieße, könntet Ihr Euch keine drei Tage halten.‹« Sie lachte erneut und richtete ihre Aufmerksamkeit wieder auf die Fackeln, die lautlos durch die stillen Straßen Roms zogen.

Ich folgte ihrem Blick und dachte über die winzigen, wandernden Flammen nach und die kleinen schwarzen Gestalten der Trauernden, die in der Dunkelheit der Nacht verschwanden. Ob dem Wahn entsprungen oder nicht, der Geist meines Bruders hatte die Wahrheit gesagt: Ich hatte versucht, den Falschen umzubringen.

Zum ersten Mal, seitdem ich ins Castel Sant'Angelo gekommen war, betrachtete ich das in meinem Besitz befindliche *canterella* nicht als ein Mittel zur Selbstzerstörung, sondern als Lösung für die Probleme, vor denen ganz Italien stand. Ich kehrte in meine Gemächer zurück und brütete stundenlang vor mich hin. Ich besaß die Waffe, aber nicht genügend Kenntnisse über ihren Gebrauch; auch fehlten mir die Mittel, sie an ihr Ziel zu bringen. Ununterbrochen wurde ich beobachtet: Ich konnte ja kaum in den Vatikan gehen und Seiner Heiligkeit einen Becher Wein anbieten. Auch Esmeralda war streng bewacht; sie hatte nicht mehr die Freiheit, einen Meuchelmörder zu verdingen.

»Ich bin bereit«, flüsterte ich der *strega* im Dunkeln zu. »Wenn ich aber meine Bestimmung erfüllen soll, dann musst du mir Hilfe schicken. Das kann ich nicht allein vollbringen.«

Am nächsten Tag saß ich in der Abenddämmerung mit Donna Esmeralda in meinem Vorzimmer und wartete darauf, dass die Mahlzeit gebracht wurde, als die Türen ohne das übliche höfliche Anklopfen aufflogen. Wir drehten uns um; die beiden Wachen neben unserem Eingang verbeugten sich tief, als zuerst Donna Maria, dann Lucrezia selbst eintrat.

Donna Esmeralda erhob sich und starrte die beiden Frauen zornig an, die Arme in stiller Missbilligung unserer Besucherinnen über der Brust verschränkt.

Ich sagte nichts, sondern stand auf und betrachtete Lucrezia. Sie trug blaugrüne Seidenröcke mit Samtmieder und dazu passenden Ärmeln; an ihrem Hals funkelten Smaragde, und im goldenen Haarnetz glitzerten Diamanten. Sie war prächtig gekleidet, wie es in Rom üblich war, während ich wieder zu schmucklosem neapolitanischem Schwarz übergegangen war.

Doch all der Tand vermochte ihre Blässe nicht zu verbergen oder einen Lebensfunken in ihre verstörten, hohlen Augen zaubern. Trübsal hatte an ihr gezehrt; von ihrem hübschen Aussehen war nichts mehr übrig geblieben.

Bei meinem Anblick stahl sich ein vorsichtiges Lächeln in ihre Züge, und sie breitete die Arme aus.

Ich hieß sie nicht willkommen. Ich schaute sie nur unverwandt an und ließ die Arme an den Seiten herabhängen; das Lächeln auf ihren Lippen gerann zu einem leidvollen, schuldbeladenen Ausdruck.

»Warum bist du gekommen?«, fragte ich. In meinem Ton lag kein Groll, nur Offenheit.

Sie bedeutete Donna Esmeralda und Donna Maria durch Handzeichen, in den Korridor hinauszugehen, und nachdem sie draußen waren, befahl sie den Wachen, die Türen zu schließen und uns allein zu lassen.

Sobald sie sicher sein konnte, dass unsere Worte keine Zeugen hatten, antwortete sie: »Ich war in Rom.« Ihre Stimme war sanft, beschämt. »Aber ich werde nicht lange hier bleiben. Ich musste mich mit eigenen Augen davon überzeugen, wie es dir geht. Ich war in Sorge; ich hörte, es ginge dir nicht gut.«

»Es stimmt alles, was geredet wird«, gab ich unumwunden zu. »Ich habe fast den Verstand verloren. Doch ab und zu ist er wieder da.«

»Und was man über mich sagt, stimmt auch alles«, erwiderte sie mit einer Spur Ironie. »Ich bin verpflichtet, wieder zu heiraten.«

Auf eine solche Feststellung hatte ich keine Antwort – nicht, wenn Alfonsos Geist als stiller Vorwurf zwischen uns schwebte.

Lucrezia hatte den Blick nicht auf mich gerichtet, sondern seitwärts auf einen fernen Punkt in der Vergangenheit, als wäre ihre Erklärung eine Entschuldigung an meinen Bruder, nicht an mich. Man sah ihr an, wie sehr sie sich verachtete. »Zunächst habe ich mich geweigert – aber ich bin politisch viel zu wertvoll, um frei entscheiden zu können. Mein Vater und Cesare … Ich muss dir nicht sagen, wie sehr sie mich unter Druck gesetzt haben.« Sie errötete, als eine unausgesprochene Erinnerung ihre Wut anfachte; dann fasste sie sich wieder und schaute mir schließlich direkt in die Augen.

»Aber ich habe sie überredet, dass ich selbst die Wahl treffe und ihnen die endgültige Entscheidung überlasse. Sie waren einverstanden. Ich habe mich entschieden, und sie haben zugestimmt.« Sie holte tief Luft. »Ich habe einen d'Este von Ferrara gewählt.«

»Einen d'Este«, flüsterte ich. Meine Vettern in der Romagna. Cesare hatte nie gewagt, sie anzugreifen; ihre Armee war zu stark. Er hatte mir vor langer Zeit gesagt, dass er sie lieber zu Verbündeten hätte.

»Cesare gefällt die Abmachung, denn er glaubt, das bringt ihm mehr Soldaten ein«, gestand Lucrezia. »Ich wurde gebeten, sie zu besuchen, damit der alte Herzog, mein zukünftiger Schwiegervater, sich überzeugen konnte, dass ich eine ›Madonna mit gutem Wesen‹ sei, wie er es formulierte.« Sie lächelte schief. »Vor den Augen des alten Ercole habe ich bestanden. Was ich Vater oder Cesare aber nicht gesagt habe, ist, dass sich die d'Estes niemals überreden lassen, für das Papsttum zu kämpfen. Es sind gute Katholiken, aber sie sind klug: Sie trauen weder Papst Alexander noch dem Generalkapitän.

Herzog Ercole besteht darauf, dass ich seinen Sohn in Ferrara heirate und danach dort lebe, womit ich sehr einverstanden war. Ich werde nie wieder nach Rom zurückkehren. Ich werde bei meinem neuen Gemahl bleiben, umgeben von einer starken Familie und einer mächtigen Armee, die sich dem Willen der Borgias nicht unterordnet.« Ihre Stimme klang gerührt. »Sein Name ist Alfonso.«

Es dauerte einen Moment, bis mir klar wurde, dass sie den Namen ihres Zukünftigen ausgesprochen hatte: Alfonso d'Este, der Vetter meines Bruders.

»Du siehst also«, fuhr sie fort, »wir begegnen uns heute zum letzten Mal, Sancha.« Sie betrachtete mich mit trauriger Zuneigung. »Wenn es nur etwas gäbe, womit ich dir in deiner Lage helfen könnte …«

»Das gibt es«, antwortete ich sogleich. »Du kannst mir einen letzten Gefallen tun.«

»Was du willst.« Sie schaute mich erwartungsvoll an.

»Du kannst mir sagen, wie viel *canterella* man braucht, um einen Mann umzubringen.«

Zunächst war sie äußerst verblüfft, dann gewann sie ihre Fassung wieder und wurde sehr still. An dem abschweifenden Blick, an ihrem Ausdruck sah ich, dass sie sich ins Kloster von

San Sisto zurückversetzte, wo sie mit Cesares Kind schwanger gewesen und derart verzweifelt war, dass sie ihr Leben beenden wollte.

Da fiel ihr die fehlende Giftphiole wieder ein.

Daraufhin musterte sie mich eingehend, und wir schauten einander unverwandt in die Augen. In diesem wortlosen Austausch wurden wir zu Komplizinnen in einem Komplott, das so solide und zielgerichtet war, als wäre es von ihrem Bruder und ihrem Vater ausgedacht worden. *Um einen Mann umzubringen,* hatte ich gesagt. An meiner entschlossenen Haltung und meinem vorgeschobenen Kinn merkte sie, dass ich nicht die Absicht hatte, den Inhalt der Phiole selbst einzunehmen.

Nie war ich ihrer Loyalität oder Dankbarkeit so sicher.

»Nur ein paar Körner«, erwiderte sie schließlich. »Es ist äußerst wirksam. Etwas bitter, deshalb verteile es aufs Essen – auf etwas Süßes, wie Honig oder Marmelade, oder direkt in Wein. So kann das Opfer es nicht schmecken.«

Ich nickte bedächtig. »Danke.«

Im nächsten Moment war es, als hätten wir über solche Dinge nie gesprochen; ihr Gesichtsausdruck veränderte sich abrupt. Sehnsucht trat in ihre Augen, eine flehentliche Bitte. Ich entgegnete rasch, noch ehe sie die Frage stellen konnte:

»Bitte mich nicht um Verzeihung, Lucrezia, denn die kann ich niemals gewähren.«

Der letzte Hoffnungsschimmer in ihren Augen erstarb wie eine verlöschende Flamme. »Dann werde ich Gott darum bitten«, sagte sie feierlich. »Und dich werde ich nur bitten, mich nicht zu vergessen.«

Da gab ich nach. Ich trat vor und schloss sie fest in beide Arme. »Das geht.«

Sie schlang beide Arme um mich. »Auf Wiedersehen, Sancha.«

»Nein«, antwortete ich traurig, meine Wange an die ihre geschmiegt. »Es ist ein Lebewohl.«

Lucrezias Abreise nach Ferrara gingen zahlreiche Feierlichkeiten in der Stadt voraus. Dorotea und ich sahen in klaren Nächten von der Loggia aus zu, wie alle möglichen prächtig gekleideten Edelmänner und Würdenträger durch die Straßen und über die Plätze zum Vatikan zogen, um der zukünftigen Braut die Ehre zu erweisen. Es gab Feuerwerk und Kanonensalven; Dorotea gefielen die Zerstreuungen, doch sie nährten nur meinen Hass.

Eines Morgens, als ich in meinem Vorzimmer saß und las, gingen die Eingangstüren auf. Verärgert über die unangekündigte Störung, blickte ich auf.

Cesare Borgia stand auf der Schwelle.

Der Krieg und die Syphilis hatten ihn alt werden lassen; selbst sein Bart, der nunmehr Spuren von vorzeitigem Grau aufwies, konnte die deutlichen Narben auf seinen Wangen nicht verbergen. Auch sein schütteres Kopfhaar hatte graue Strähnen, und unter den müden Augen lagen dunkle Schatten.

»Du bist so schön wie am ersten Tag, als ich dich sah, Sancha«, sagte er mit wehmütiger, samtweicher Stimme. Seine Schmeichelei hätte er sich sparen können. Bei seinem Anblick verzog ich den Mund; er konnte nur schlechte Nachrichten bringen.

Dann sah ich den ernsten kleinen Jungen, den er an der Hand hielt, und stieß einen Laut aus, der Lachen und Schluchzen zugleich war. »Rodrigo!« Ich ließ mein Buch fallen und lief auf das Kind zu.

Ich hatte meinen Neffen seit über einem Jahr nicht gesehen, erkannte ihn aber auf Anhieb; seine goldenen Locken und die blauen Augen waren unverwechselbar die meines Bruders. Man hatte ihm eine dunkelblaue Samttunika angezogen, sodass er wie ein kleiner Prinz aussah.

Ich sank vor ihm auf die Knie und breitete die Arme aus. »Rodrigo, mein Kleiner! Ich bin deine tia Sancha, erinnerst du dich noch? Weißt du, wie lieb ich dich habe?«

Der kleine Junge – inzwischen im vierten Lebensjahr –

drehte sich zunächst um und rieb sich verlegen mit den Fäusten die Augen.

»Geh zu ihr«, murmelte Cesare aufmunternd und schob den Jungen auf mich zu. »Sie ist deine Tante, die Schwester deines Vaters … Sie und deine Mutter haben sich sehr gern gehabt. Sie war dabei, als du geboren wurdest.«

Am Ende kam Rodrigo ungestüm auf mich zugelaufen. Ich schloss ihn in die Arme, ohne zu begreifen, warum Cesare diesen kostbaren Besuch gewährte, was mir vorerst aber auch einerlei war. Es war der reine Segen. Ich drückte eine Wange an das daunenweiche Haar des Kindes, als Cesare ungewöhnlich verlegen das Wort ergriff.

»Lucrezia kann das Kind nicht mit nach Ferrara nehmen.« Es war nicht üblich, das Kind aus einer vorhergehenden Ehe im Haushalt eines anderen Mannes aufwachsen zu lassen. »Sie hat darum gebeten, dass du ihn als deinen Sohn aufziehst. Ich fand daran nichts Schlimmes, also habe ich ihn hierher gebracht.«

Trotz meiner Freude konnte ich mir einen Seitenhieb nicht verkneifen. »Ein Kind sollte nicht im Gefängnis groß werden!«

Cesare antwortete mit erstaunlicher Milde. »Für ihn wird es kein Gefängnis sein, sondern ein Zuhause. Er wird alle Privilegien genießen; er kann kommen und gehen, wie es ihm beliebt, kann seinen Großvater und seine Onkel besuchen, wann er will. Alles, was er braucht, wird sofort besorgt, ohne Frage. Ich habe bereits Vorkehrungen getroffen, dass er die besten Lehrer bekommt, wenn es an der Zeit ist.« Er machte eine kleine Pause, um dann in dem kühlen, arroganten Ton fortzufahren, den ich kannte. »Schließlich ist er ein Borgia.«

»Er ist ein Prinz des Hauses Aragon«, versetzte ich hitzig, ohne den Jungen auch nur einen Augenblick loszulassen.

Daraufhin schenkte Cesare mir gnädig ein dünnes Lächeln, in dem jedoch nur Humor lag, kein böser Wille. »Bald werden Diener mit seinen Sachen eintreffen«, fügte er hinzu und ging. Mir blieb nur, darüber nachzudenken, wie menschlich ein solches Ungeheuer zuweilen sein konnte.

Ich rief nach Donna Esmeralda, um mit meinem neuesten, kostbarsten Juwel zu prahlen; wir beide bedeckten das verwirrte Kind über und über mit Küssen.

Lucrezia hatte mich verraten, und Alfonso war gestorben, doch sie hatte mir das größte Geschenk überhaupt hinterlassen: ihren Sohn.

Von diesem Moment an verschwanden alle Spuren meines Wahnsinns. Der kleine Rodrigo verlieh meinem Leben wieder Hoffnung und Sinn. Ich erkannte, dass ich nicht alle zerstört hatte, die ich liebte, und ich begann, den Gedanken zu nähren, mit dem Kind nach Neapel zu fliehen, das nun von König Ferdinand von Spanien beherrscht wurde. Ins Castel Nuovo konnte ich nie mehr zurückkehren, doch ich wäre in der Stadt, für die ich so sehr schwärmte, nicht unwillkommen. Meine Mutter, meine Tanten und selbst Königin Juana lebten noch dort, und ich wäre in einer Familie aufgehoben. Die Frauen, die meinen Bruder gekannt hatten, konnten jetzt seinen Sohn kennen lernen.

Ich besaß die Waffe, um mein Ziel zu erreichen; dank Lucrezia hatte ich das Wissen, wie sie einzusetzen war. Es blieb nur ein Problem: Wie sollte ich es verabreichen? Nun, da meine geistige Gesundheit wiederhergestellt war, übte ich mich in Geduld und war bereit, abzuwarten und sorgfältig zu überlegen, wie ich die Bestimmung erfüllen konnte, welche die *strega* prophezeit hatte.

Derweilen kümmerte ich mich den ganzen Tag um Rodrigo. Es dauerte eine Weile, bis er akzeptierte, dass er seine Mutter nie wieder sehen würde; vor allem fehlte ihm seine Amme, die als Teil des Gefolges mit Lucrezia nach Ferrara gegangen war. Viele Nächte lang hielt er Donna Esmeralda und mich mit Weinen wach – doch in Wirklichkeit schlief ich besser als vor dem Eintreffen des Kindes. Zum Glück hatte Jofre eine ebensolche Freude an der Gesellschaft seines Neffen; er spielte gern mit dem Kind, und an den Abenden, an denen mein Gatte mit uns speiste, brachte er Rodrigo zu Bett.

Ein ruhiges Jahr verging; der Sommer neigte sich rasch dem Ende zu, und wieder wurde es Winter. Der Junge wuchs und gedieh. Cesare war zum Glück die ganze Zeit über bei seiner Armee; ich gab mir große Mühe, geduldig zu sein.

Weihnachten kam und ging, dann Neujahr. Eines Abends, Anfang Januar, tauchte Jofre zum Abendessen auf. Bei dieser besonderen Gelegenheit blieb er blass und erschüttert auf der Schwelle stehen, ohne ein Lächeln; selbst als Rodrigo auf ihn zulief und ihn begrüßen wollte, bückte er sich nicht, wie er es sonst tat, um das Kind hochzuheben, sondern legte dem enttäuschten Jungen nur zerstreut eine Hand auf den Kopf.

»Mein Lieber«, fragte ich besorgt, »geht es dir nicht gut?«

»Doch, doch«, antwortete er, aber es klang nicht überzeugend. »Ich muss heute Abend mit dir unter vier Augen reden.«

Ich nickte und sorgte rasch dafür, dass Donna Esmeralda den Jungen früh zu Bett brachte. Die anderen Dienerinnen, die uns für gewöhnlich bei Tisch bedienten und die Teller abräumten, sollten Essen und Trinken für uns bereitstellen und sich dann ebenfalls zurückziehen.

Sobald alle fort waren, öffnete Jofre die Eingangstüren und entließ die Wachen; dann blieb er eine Weile im leeren Korridor stehen. Er kam zurück und schaute auf den Balkon hinaus, um sicherzugehen, dass wir wirklich allein waren. Dann erst trat er an den Tisch und ließ sich schwer auf einen Stuhl fallen. Das Kerzenlicht glitzerte in seinem kurz gestutzten, kupferroten Bart, der sein fliehendes Kinn nicht verbergen konnte.

Er hielt mir den Kelch hin, damit ich ihm einschenkte; seine Hand zitterte so stark, dass die rubinrote Flüssigkeit über den Rand schwappte, als der Kelch voll war. Er trank einen großen Schluck, dann setzte er den Kelch ab und stöhnte auf.

»Mein Bruder ist der Teufel in Person.« Er lehnte sich vor,

stützte einen Ellenbogen auf den Tisch und legte die zitternden Finger an die Stirn.

»Was hat er jetzt wieder gemacht?«

»Nur die Romagna reicht ihm und Vater nicht mehr. Cesare ist ins Grenzgebiet vormarschiert und hat Senigallia erobert.« Ich war nie in Senigallia gewesen, doch ich hatte davon gehört – eine schöne Stadt im Süden Pesaros an der Ostküste, dessen Strände so weichen, feinkörnigen Sand hatten, dass es hieß, sie seien aus Samt.

»Was überrascht dich daran?«, unterbrach ich ihn in schneidendem Tonfall. »Du wusstest doch schon immer, dass der Ehrgeiz deines Bruders keine Grenzen kennt. Er wäre mit der Romagna allein nie zufrieden.«

Jofre starrte düster auf seinen Teller, ohne das goldbraun gesottene Hühnerbein und die Kastanien anzurühren. »Du hast ja auch noch nicht gehört, *wie* er die Stadt eingenommen hat.«

Ich schüttelte den Kopf.

»Er rief alle *condottieri* der Städte in der Romagna auf, mit ihm zu reiten.« Das waren die Oberhäupter der Häuser, die besiegt worden waren; sie waren gezwungen, als Kommandeure in Cesares Armee zu dienen und ihre eigenen Männer zu führen, wohin die Borgias sie schickten. Sie alle hatten den Treueeid geleistet – mit dem Schwert an der Kehle.

»Sie marschierten also auf Senigallia zu«, fuhr Jofre fort. »Die päpstliche Armee war so mächtig, dass die Stadt die Tore öffnete und sich kampflos ergab. Doch an diesem Punkt wird die Geschichte grässlich …« Er schauderte.

»Ich kann nicht glauben, dass dieser Mann und ich dieselbe Mutter haben; er ist hinterhältiger als die Türken, blutrünstiger als jener aus der Walachei, den sie den *Pfähler* nannten. Cesare wollte mehr als die Stadt erbeuten. Er lud alle *condottieri* in die Stadt ein, da er mit ihnen gemeinsam die Burg inspizieren und speisen wolle, um den großen Sieg zu feiern, sagte er. Die Kommandeure gehorchten; sie hatten keine Veranlassung, etwas anderes als eine Belohnung für ihre Treue zu erwarten. Mein Bruder indes ... Er befahl seinen Männern, sie zu umzingeln. Dann wurden die Stadttore geschlossen, sodass sie von ihren Leuten getrennt waren. Gegen Morgen hatte Cesare sie allesamt umgebracht. Einige waren erwürgt, andere erstochen oder erstickt ...« Er legte den Arm auf den Tisch und barg das Gesicht in der Armbeuge.

Mit versteinerter Miene saß ich ihm gegenüber und versuchte, das Entsetzliche zu begreifen, von dem ich gerade gehört hatte. Stolze, edle Familien, die seit Jahrhunderten geherrscht hatten, waren mit einem Male ihrer Macht beraubt und zerbrochen. Endlich hatten die Borgias die Romagna ganz und gar in ihrer Gewalt.

Jofre murmelte: »Vater und Cesare hatten bereits neue Herrscher auserwählt; sie warteten nur auf ein Zeichen, um das Kommando über jede Stadt an sich zu reißen.« Er hob den Kopf und fügte unglücklich hinzu: »Fast täglich sterben Kardinäle in Rom. Ihr Vermögen fällt an die Schatzkammer der Kirche, und alles wird dazu verwendet, die Kriege zu finanzieren. Vater spricht von nichts anderem mehr. Er ist stolz auf Cesare, stolz auf die Siege ... ich ertrage es nicht.« Er begann so heftig zu zittern, dass der Teller neben ihm klapperte. »Inzwischen sind beide von solcher Arroganz erfüllt, dass nichts und niemand sie aufhalten kann. Nun, da Lucrezia in Ferrara ist, haben sie keinen Einfluss mehr auf sie ... deshalb haben sie mich jetzt ins Visier genommen. Gestern erwähnte Vater mir gegenüber, man brauche etwas von unserem Reichtum ... für die Kriege. Er sprach von Squillace und anderen Besitztümern, die ich in Neapel habe, über meine Edelsteine und das Gold – dass sie Cesare und der Kirche von Nutzen sein könnten. Er klang ziemlich bedrohlich. Seitdem fürchte ich um meine Sicherheit, denn abgesehen von meinem Geld bin ich für sie nutzlos. Wer oder was soll sie davon abhalten, *mich* als Nächstes zu opfern?«

Angesichts seiner Feigheit konnte ich den Mund nicht länger halten. »Warum zitterst du jetzt, Jofre? Warum überrascht dich das so? Du warst doch die ganzen Jahre über bestimmt nicht so dumm, aber du hast dich entschieden, dich blind und taub gegenüber allem zu stellen, was um dich herum geschah! Du weißt so gut wie ich, dass Perotto und Pantsilea unschuldig waren, niedergemetzelt, weil sie zu viel wussten. Du hast, ohne etwas zu sagen, mit angesehen, wie Don Antonio erhängt wurde, zu Gast bei Kardinal Sforza. Du weißt, dass der Tiber jahrelang bis zum Überlaufen mit den Opfern deines Vaters und deines Bruders angefüllt war. Am schlimmsten ist, dass du Cesare deinen Bruder Juan und meine Alfonso hast ermorden lassen und nichts getan hast, um sie zu schützen! Beklage dich nicht bei mir, deiner Gemahlin – ich lebe hinter Gefängnismauern mit Frauen, die alle von Cesare vergewaltigt wurden!«

Er stöhnte gequält auf. »Es tut mir so Leid um alles, was geschehen ist … aber was kann ich denn machen?«

»Wenn du ein Mann wärst, würdest du mich befreien«, sagte ich leise und schroff. »Wärst du ein Mann, hättest du deiner teuflischen Familie schon längst eine Klinge an die Kehle gesetzt.«

Er hatte die Stirn in Sorgenfalten gelegt, doch sein Blick war grimmig; mit sehr leiser Stimme gestand er: »Dann will ich jetzt ein Mann sein, Sancha. Ich möchte frei sein, nach Squillace gehen und dort den Rest meiner Tage in Frieden leben.«

Seine Absicht war so unmissverständlich, seine Worte so nachdrücklich, dass ich verstummte. Hier tat sich ein Weg auf, der mir gangbar schien und auf den ich gewartet hatte; doch ich musste mich von Jofres Standhaftigkeit überzeugen. Lieber hätte ich einen willensstärkeren Komplizen gehabt. Doch je länger ich in seine entschlossenen Augen schaute, umso sicherer war ich mir, dass dies meine Chance war.

Schließlich sagte ich ruhig: »Ich kann dir helfen. Ich weiß, wie man dem Schrecken ein Ende bereiten kann. Aber du musst die Borgias aufgeben und mir allein deine Treue bis in den Tod schwören.«

Er erhob sich, trat rasch an meine Seite, kniete nieder und küsste mir den Schuh. »Bis in den Tod«, sagte er.

Sommer 1503

37

Jofre und ich waren uns einig, dass er sich wappnen und auf Cesares Rückkehr aus dem Krieg warten musste. Sollte Cesare vom Tod seines Vaters erfahren, würde er nach Rom reiten und einen eigenen Papst ernennen, jemanden, der sich seinem Befehl noch leichter fügen würde als sein Vater. Wir konnten unseren Schlag nicht allein gegen Alexander führen.

Die Wartezeit schien endlos, da Cesare seinen Feldzug in den Grenzgebieten nur langsam fortsetzte.

Ein Morgen indes brachte Hoffnung. Ich wachte auf, als in der Ferne Donner grollte; doch als ich aufstand und die Fensterläden öffnete, erblickte ich einen wolkenlosen, strahlend blauen Himmel.

Wieder donnerte es. Mir wurde klar, dass es kein aufziehendes Gewitter war, sondern das Echo von Kanonen in weiter Ferne. Ich ließ Donna Esmeralda schlafen – sie wurde allmählich ein wenig taub – und zog mich an. Dann hob ich Rodrigo aus seinem Kinderbett.

Hand in Hand gingen wir beide ins Vorzimmer, und ich öffnete die Türen. Damals hatte ich nur eine Wache – Giacomo, einen neuen Soldaten, knapp siebzehn Jahre alt, der ebenso gern wie Donna Dorotea plauderte und wusste, dass man mir vertrauen konnte.

Giacomo stand nicht neben der Tür, sondern am Ende des Korridors, und schaute über den Balkon auf einen Punkt in weiter Ferne. Er war schlank und groß, und die Anspannung in seinen langen Gliedmaßen ließ auf leichte Beunruhigung schließen.

»Giacomo!«, rief ich. »Ich höre Kanonen!«

Er wirbelte herum, peinlich berührt, nicht auf dem Posten gewesen zu sein. Er kam sofort zurück. »Verzeiht, Madonna. Es ist Giulio Orsini mit seinen Männern. Der Heilige Vater hat Orsinis Verwandte gefangen genommen, daher führt Don Giulio eine Revolte an. Aber es besteht kein Grund zur Angst. Der Papst hat den Generalkapitän und seine Armee gerufen« – an dieser Stelle senkte er die Stimme und fügte mit verschlagenem Blick hinzu –, »falls man ihn überreden kann zu kommen.«

Monatelang hatte man Cesare nicht bewegen können, sich von seinen Kriegsschauplätzen zu lösen; der Papst war gezwungen, sich mit den wenigen Soldaten zu behelfen, die nicht mit ihrem Generalkapitän gezogen waren. Alexander konnte sich nicht mehr auf die Unterstützung durch den römischen Adel verlassen, der ihm misstraute und verbittert über Cesares Behandlung der *condottieri* in Senigallia war. Warum sollten sie für einen Papst kämpfen, der sie hinterher ohne weiteres umbringen würde?

Giulio Orsinis Streitkräfte nahmen rasch an Stärke zu. Eines Abends schaute Jofre mich über den Tisch hinweg bedeutungsvoll an, während Donna Esmeralda den Wein einschenkte.

Nervös räusperte er sich und sagte dann vermeintlich beiläufig: »Seine Heiligkeit sucht verzweifelt nach Beistand gegen die Orsinis. Tatsächlich habe ich heute vom Kardinal von Monreale erfahren, dass Alexander gedroht hat, Don Cesare zu exkommunizieren, wenn er dem päpstlichen Aufruf nicht Folge leistet und nach Rom zurückkehrt. Cesare zögert noch – wutschnaubend, wie der Kardinal sagte –, aber heute hat Vater die Nachricht erhalten, dass Cesare und seine Männer kommen.«

Ich reichte über den Tisch und ergriff die Hand meines

Mannes; Jofre drückte überraschend entschlossen und kräftig zu. Sollte Esmeralda die Komplizenschaft mit meinem Gemahl etwas befremdlich empfunden haben, so hat sie nichts gesagt.

Monate nach der ersten Aufforderung des Papstes führte Cesare seine Armee schließlich in der größten Sommerhitze nach Rom. Wochenlang war er nicht zu erreichen und kampierte mit seinen Soldaten auf dem Land außerhalb von Rom. Doch Orsinis kleine Armee war den päpstlichen Horden unterlegen; die aufständischen Edelleute Roms wurden rasch abgeschlachtet. Jubelnd befahl Alexander, alle Glocken der Kathedrale zu läuten.

Nach dem Sieg kam mein Gemahl zum Abendessen. Rodrigo lief zur Tür, sobald er die Schritte seines Onkels vernahm. Als Jofre eintrat, hob er den Jungen hoch in die Luft, woraufhin das Kind vor Vergnügen kreischte – dann gab er Rodrigo rasch einen Kuss und setzte ihn wieder ab. Trotz der wiederholten Bitten des Kleinen war Jofre an diesem Abend nicht zu bewegen, mit ihm zu spielen, und ich bat Esmeralda, Rodrigo früh zu Bett zu bringen.

Auf dem Balkon war ein kleiner Tisch aufgestellt worden, sodass wir beim Essen die Sommerabende genießen konnten. Als zwei Dienerinnen die Teller servierten, bat Jofre um einen Kelch Wein. Als er ihn bekam, trank er ihn mit einem großen Schluck fast leer.

Ich erhob mich von meinem Stuhl im Vorzimmer und trat zu ihm. Sein Blick war zerstreut, unstet; er hatte sich an diesem Tag den Bart gestutzt, und nicht einmal gleichmäßig, denn auf seiner Wange war ein kleiner Schnitt, gekennzeichnet durch frisch geronnenes Blut.

»Du hast Neuigkeiten«, bemerkte ich so leise, dass die Frauen auf dem Balkon es nicht hörten.

Unsere Aufmerksamkeit blieb auf die Dienerinnen gerichtet, doch ich hörte Jofre eifrig zu. »Cesare will Rom unbedingt so bald wie möglich verlassen und in die Grenzgebiete zurückkehren. Doch Vater hat ihn überredet, für eine Siegesfeier zu bleiben – ein Festessen, das er morgen Mittag zu Ehren Cesares geben will, ausgerichtet von Kardinal Adriano Castelli. Es wird unter freiem Himmel in einem Weinberg stattfinden.«

»Sorge dafür, dass du zwischen dem Papst und Cesare sitzt«, sagte ich leise. »Dann brauchst du nur den Mundschenk zu bitten, dass du ihnen die vollen Kelche reichst – zum Zeichen deiner Ehrerbietung. Proste ihnen mehrfach zu.« Ich hielt kurz inne. »Wenn die Dienerinnen fort sind, hole ich das Notwendige.«

Die Dienerinnen ließen sich mit dem Tischdecken alle Zeit der Welt, zogen sich aber schließlich doch zurück. Ich ging ins Schlafgemach, wo Donna Esmeralda saß und nähte, während Rodrigo schlief.

»Ich muss etwas aus meinem Schrank holen«, flüsterte ich; sie nickte und machte sich wieder blinzelnd an ihre Arbeit, während ich den Schrank öffnete.

Die offenen Türen versperrten Esmeralda die Sicht, sodass ich ungehindert ein Geheimfach im Boden öffnen und eine Schachtel herausholen konnte. Darin befand sich der Schmuck aus meinen Gemächern im Palazzo Santa Maria und die Phiole *canterella*.

Zuvor hatte ich bereits ein winziges Glasgefäß geleert, das kostbares türkisches Rosenwasser enthielt, ein Geschenk, das ich Jahre zuvor von Jofre erhalten hatte.

Ich nahm einen einzelnen Rubin und die beiden Gefäße, stellte die Schachtel wieder in ihr Versteck, schloss die Schranktüren geräuschlos und zog mich zurück. Donna Esmeralda hatte die ganze Zeit nicht ein Mal aufgeschaut.

Draußen im Vorzimmer schritt Jofre auf und ab. Er hatte sich noch mehr Wein eingeschenkt und das meiste bereits getrunken.

»Du musst dich besser beherrschen«, tadelte ich ihn, »wenn wir Erfolg haben wollen.«

»Ja, ja«, versprach er, warf den Kopf in den Nacken und leerte den Kelch vollständig.

Ich beäugte ihn unsicher, sagte aber nichts. Stattdessen reichte ich ihm den Rubin. »Falls Bestechung erforderlich ist.«

Dann trat ich an die Öllampe und hielt sowohl die smaragdgrüne als auch die klare Phiole gegen die Flamme.

Zur rechten Zeit, hatte die *strega* gesagt. Nie war ich überzeugter, dass der Augenblick endlich gekommen war.

Das grüne Glas glitzerte im Licht der Flamme. Dabei fiel mir das Sonnenlicht ein, das auf dem Wasser in der Bucht von Neapel tanzte; ich dachte an Freiheit.

Das Pulver darin war dunkel, silberblau. *Schönes, wunderschönes canterella*, sagte ich im Stillen. *Canterella, rette mich …*

Ich dachte an den Augenblick, in dem ich den jungen Soldaten umgebracht hatte, der Ferrandino nach dem Leben trachtete. Damals hatte ich kein schlechtes Gewissen gehabt; nun verspürte ich auch keine Schuld – nur eine kalte, hartherzige Freude.

Mit sicherer Hand öffnete ich zuerst die leere Phiole … dann mit äußerster Sorgfalt diejenige mit dem Gift. Jofre schaute mir über die Schulter, nervös in kurzen Stößen atmend, und lehnte sich nach vorn.

»Tritt zurück«, warnte ich ihn. »Wenn ich es verschütte, weiß ich nicht, ob es tödlich ist, wenn man es einatmet.«

Er gehorchte und sah schweigend zu, wie ich das Pulver aus dem größeren in das kleinere Gefäß füllte. *Nur ein paar Körner*, hatte Lucrezia gesagt; ich hatte nie gefragt, woher sie es wusste. Ich gab Jofre Hunderte, Tausende – ein Drittel des Inhalts, genug, um die päpstliche Armee zu dezimieren.

Dann schloss ich beide Phiolen und reichte ihm die kleinere, die jetzt halb durchsichtig, halb graublau war. Er steckte sie in ein unsichtbares Versteck in seiner Tunika.

»Warum gibst du mir nicht alles?« Seine Stimme klang eine Spur verletzt und gereizt.

»Weil wir im Falle der Entdeckung noch etwas für uns selbst brauchen«, erwiderte ich gelassen.

Er wurde bleich, erholte sich aber wieder und nickte.

Ich ließ die smaragdgrüne Phiole in das Versteck unter meinem Mieder gleiten. »Ich trage dies unterdessen die ganze Zeit bei mir, wenn wir also erwischt werden ...«

Er nickte noch einmal, mit Nachdruck diesmal, um anzudeuten, dass ich den Gedanken nicht zu Ende ausführen musste.

Wir drehten uns beide um und schauten auf den Balkon hinaus, wo die Mahlzeit wartete.

»Mir ist jetzt nicht nach essen zumute«, sagte Jofre.

»Mir auch nicht. Ich rufe die Dienerinnen, dass sie es abräumen.«

Er wandte sich zum Gehen, doch ich hielt ihn an der Hand zurück und sagte: »Ich habe kein großes Vertrauen in Gott, aber ich werde für dich beten.«

Er schmunzelte über meine Worte, dann packte er mich plötzlich und küsste mich. Es war nicht der notwendige, übliche Kuss eines lang verheirateten Mannes für seine Frau, sondern der eines jungen Mannes, der seine Frau leidenschaftlich liebte.

Überwältigt wich ich zurück, noch in seinen Armen; in seinen Augen, seinem Gesicht sah ich den schüchternen, kleinlauten Jungen aus unserer Hochzeitsnacht.

»Verzeih, wenn ich dich enttäuscht habe, Sancha«, flüsterte er. »Das soll nicht wieder vorkommen.«

So trennten wir uns. Ich hielt mein Versprechen; in jener schlaflosen Nacht betete ich für ihn, die Hand auf meinem Herzen.

Der nächste Tag – der Tag, an dem das Festessen für Cesare stattfand – verging in quälender Langsamkeit. An jenem Abend hörte ich nichts von Jofre; ich hatte nicht damit gerechnet, denn das *canterella* brauchte Zeit, um zu wirken.

Doch als Jofre auch am zweiten Abend noch nicht bei mir

auftauchte, um zu berichten, begann ich mir Sorgen zu machen. Am dritten Abend war ich erschüttert. Hatte er mich verraten? Hatte man ihn entdeckt und gefangen gesetzt?

Die ganze Nacht über saß ich in meinem Vorzimmer und überlegte, ob ich Gebrauch von der grünen Glasphiole in meiner Hand machen sollte.

Kurz vor dem Morgengrauen übermannte mich schließlich die Erschöpfung. Ich taumelte zum Bett und fiel in einen unruhigen Halbschlaf.

Ich wachte auf und sah etwas sehr Unwahrscheinliches: Zunächst glaubte ich zu träumen. Donna Esmeralda lag reglos neben mir; Rodrigo schlief ruhig in seinem Kinderbett.

Über mich beugten sich Dorotea de la Crema und Caterina Sforza, beide im Nachthemd.

Ich blinzelte, doch die Erscheinungen blieben.

»Der Papst ist vergiftet worden«, zischte Dorotea. »Cesare ebenfalls.«

Grinsend richtete ich mich auf; eine belebende Woge des Jubels durchströmte mich. »Sind sie tot?«

»Nein«, sagte Caterina; ihr bleiches Gesicht strahlte vor Freude. Mir blieb beinahe das Herz stehen, als sie dieses eine Wort aussprach; sie fuhr fort: »Aber sie sind sehr schwer krank und haben Angst vor weiteren Angriffen. Unsere Wachen sind verschwunden.«

»Giacomo ist fort?« Langsam beruhigte ich mich. Gerüchten zufolge brauchte *canterella* zuweilen Tage, um sein Werk zu vollbringen. Dass die Wachen gegangen waren, war ein sehr gutes Zeichen dafür, dass sie nicht mit dem Überleben Seiner Heiligkeit rechneten.

»Fort«, bestätigte Dorotea mit hämischem Gesichtsausdruck.

Ich lief an meinen Schrank und zog einen Umhang über.

»Sie haben an einem Fest teilgenommen«, erzählte Dorotea fröhlich. »Am Abend darauf wurde Alexander von Fieber geplagt. Niemand dachte sich etwas dabei – schließlich haben wir Hochsommer, in dem alle unter solchen Krankheiten leiden –, aber dann, gestern Morgen, wies er alle Symptome des *canterella* auf. Und auch Cesare ist krank. Mein Wachsoldat hat gesagt, es sei vergiftete Marmelade gewesen. Aber kein anderer Teilnehmer des Festes ist bisher erkrankt. Es kann durchaus sein, dass sie nicht dort vergiftet wurden.«

»Kommt und seht es Euch an«, drängte Caterina, ausgelassen wie ein Kind, und nahm mich an der Hand. Sie führte mich nach unten auf die Loggia – das Gebäude war verlassen, kein Kerkermeister in Sicht – und wir schauten über die Piazza zum Vatikan.

Die Tore waren geschlossen, versperrt von einer Reihe bewaffneter Soldaten.

Caterina lehnte sich so weit über den Balkon, dass ich schon fürchtete, sie würde fallen: Ich packte sie am Arm. Ungeduldig stieß sie mich von sich. »Lasst mich.«

»Was habt Ihr vor?«, fragte ich, woraufhin sie mit dem süßesten, reinsten Lächeln, das ich je sah, antwortete:

»Warten, bis ich die Glocken höre.«

Am darauf folgenden Mittag, als Donna Esmeralda Rodrigo versorgte, während ich meine Sachen im Schlafgemach packte – in dem Versuch, mich mit dieser hoffnungsvollen Tätigkeit zu besänftigen –, tauchte Jofre auf. Seine Schultern waren unter einer unsichtbaren Last gebeugt, sein Gesicht abgehärmt. Er hatte keine guten Neuigkeiten; mein Griff um das zusammengelegte Samtcape, das ich gerade in meine Truhe hatte legen wollen, wurde fester.

»Donna Esmeralda«, sagte er. »Ich möchte gern ein Wort mit meiner Frau wechseln, allein.« Seine Worte klangen wie die eines Betrunkenen – doch nicht der Wein brachte ihn zum Lallen, sondern Angst. Sein Mund war so ausgetrocknet, dass die Zunge an Gaumen und Zähnen klebte.

Sie nickte und nahm Rodrigo an die Hand. Als sie an uns vorbeiging, warf sie einen kurzen Seitenblick auf mich. Sie war keine Närrin, meine alte Amme: Ihr rundes, zerfurchtes Gesicht drückte tiefstes Verständnis aus. Ohne Zweifel hatte sie Jofres Aufregung und meine Ruhelosigkeit bemerkt und sie den Vergiftungen im Vatikan zugeordnet.

Ihr kluger Blick enthielt keinen Vorwurf, sondern Zustimmung.

Sobald sie mit dem Kind hinausgegangen war, trat ich zu Jofre und strich ihm mit den Händen über Schultern und Arme. Seine Tunika war feucht; er zitterte leicht. Seine blaugrauen Augen waren von Schlafmangel gerötet und schauten etwas wirr; auf seinem Schnurrbart glitzerten Schweißperlen.

»Sprich.«

Zerstreut fuhr er sich mit den Fingern durch die Locken. »Sie sind nicht tot. Ich fürchte, sie erholen sich.«

»Was ist geschehen?«

»Die Nerven«, erwiderte er so beschämt, dass er mir nicht in die Augen sehen konnte. »Ich – ich habe das Pulver verschüttet. Fast alles. Ich bin mit den Kelchen hinter einen Baum getreten, doch ich kam mit ihnen und der Phiole nicht zurecht … Es blieb nur noch eine Spur übrig.«

»Wie krank sind sie jetzt?« Meine Fragen waren knapp, eindringlich; es blieb keine Zeit, ihn zu trösten.

»Vater geht es am schlechtesten. Manchmal weiß er nicht, wer er ist oder wer gerade bei ihm ist. Doch das Würgen und der blutige Stuhl haben aufgehört, und er war heute Morgen imstande, etwas Brühe zu sich zu nehmen. Beim Fest hat er seinen Wein unverdünnt getrunken – Wein aus Trebbia, sehr stark –, doch Cesare hat etwas davon ausgeschüttet, nachdem ich ihm den Kelch brachte, und mit Wasser aufgefüllt. Er ist auch krank, zu schwach, um aufzustehen – doch nicht so schlimm wie Vater. Er hat mich gebeten, mich an sein Bett zu setzen. Er wird wieder gesund, ich weiß es … Schließlich habe ich mich entschuldigt, ich müsse mich ausruhen.« Plötzlich hielt er sich an meinen Armen fest, da seine Knie nachgaben; ich ließ das Samtcape fallen und half ihm ans Bett, wo er sich setzte.

Er bedeckte das Gesicht mit beiden Händen. »Ich habe

dich enttäuscht, Sancha. Jetzt werden wir uns vergiften müssen …«

Angesichts seiner Schwäche hätte mich die Wut packen können, stattdessen aber war ich unnatürlich ruhig. Eine Überzeugung, die ebenso unvernünftig und rätselhaft wie der Glaube war, hatte mich fest im Griff; jenseits aller Zweifel wusste ich, dass Jofre mir geholfen hatte, die ersten Schritte zur Erfüllung meiner Bestimmung zu tun. Es blieb mir überlassen, sie zu vollenden.

»Nein«, widersprach ich eindringlich. »Uns wird nichts zustoßen. Ich bitte dich nur noch um ein wenig Hilfe. Schildere mir ihre Lage. Sind sie bewacht?«

Jofre schüttelte den Kopf. »Die einzigen Wachen, die jetzt noch da sind, stehen um den Vatikan herum. Der Rest ist geflohen, so wie die meisten Diener … Aber wenn sie hören, dass es Vater und Cesare besser geht, kehren sie womöglich wieder zurück.«

»Dann ist rasches Handeln angezeigt«, sagte ich. »Wer ist jetzt bei ihnen?«

»Don Micheletto Corella saß vorhin bei Cesare …« Jofre verzog das Gesicht vor Hass. »Nicht aus Loyalität. Er wartet wie ein Falke, bereit, zuzuschlagen, sobald Alexander stirbt oder Cesares Zustand sich verschlechtert … dann wird er jeden Schatz und alle Macht stehlen, derer er habhaft wird. Vater ist allein bis auf Gasparre, den Kammerherrn, der wirklich trauert.«

Einen Moment lang war ich verdutzt. Die Bestimmung verlangte, dass der tödliche Schlag von meiner Hand kam – doch Jofre konnte mich kaum als Besucherin an den Wachen vorbei in die Gemächer der Borgias bringen, ohne Verdacht zu erregen.

Aus dem offenen Fenster schaute ich auf die winzigen Gestalten, die sich in der Ferne auf dem Petersplatz bewegten, auf die Hitze, die in dunklen Wogen vom Pflaster aufstieg. Es war Sommer, die Zeit des Karnevals, und plötzlich fühlte ich mich in einen anderen Weinberg versetzt, auf jenes Fest, bei dem ich zwischen Juan und Cesare gesessen hatte. Damals hatte mich das Erscheinen eines verkleideten Gasts neugierig gemacht.

Ich ging zu dem schwarzen Samtcape, das ich zu Boden hatte fallen lassen, und hob es auf. Es hatte eine Kapuze; darunter könnte ich mein Haar verbergen. Ich drehte mich zu meinem Gatten um.

»Ich brauche eine Maske«, sagte ich. »Eine, die mein Gesicht vollkommen abdeckt, und das Kleid einer Kurtisane. Je auffälliger, desto besser.«

Jofre starrte mich verständnislos an.

Mich packte die Ungeduld. »Du kennst doch solche Frauen. Du kannst so etwas auftreiben. Beeil dich, wir haben Zeit bis zum Sonnenuntergang.«

Die Maske, die Jofre mitbrachte, war wunderschön: Sie war aus Leder und so gearbeitet, dass sie wie Schmetterlingsflügel aussah, an den Rändern mit Bronze überzogen und in Dunkelrot und Blaugrün gehalten. Sie bedeckte nur das halbe Gesicht und ließ die Mundpartie frei, sodass mein einfallsreicher Mann einen passenden Fächer aus Pfauenfedern gefunden hatte. Das Satinkleid war aus leuchtendem Hellrot und schamlos tief ausgeschnitten – nichts, was ich je angezogen hätte. Ich bat Esmeralda, ein Stück Stoff vom Saum zu nehmen und eine kleine Tasche zu nähen – »so eine wie für mein Stilett«. Sie folgte, ohne zu fragen; sie sagte auch nichts, als sie mir in das Kleid der Kurtisane half; dann sah sie zu, wie ich die Maske aufsetzte und das schwarze Cape überzog. Sobald ich die Kapuze über die Haare gestreift und den Fächer geöffnet hatte, um dahinter Mund und Kinn zu verbergen, war meine Verkleidung vollständig. Nur eines fehlte: Ich ließ die Phiole mit dem Rest *canterella* ins Kleid gleiten.

Jofre gaffte mich mit unverhohlener Lust an; ich war geschmeichelt und eifersüchtig zugleich, denn seine Reaktion erinnerte mich an all die Huren, die er während unserer Ehe gehabt hatte. Ich unterdrückte meine Wut und bot ihm einen Arm.

»Lasst uns zusammen gehen, Don Jofre«, sagte ich kokett. »Ich bin in der Stimmung, die Nachtluft auf dem Petersplatz zu genießen.«

Er versuchte ein Lächeln, doch ihm war übel vor Angst; mir fiel auf, dass er an jenem Abend seinen Dolch in einer Scheide an der Hüfte trug, für den Fall, dass unsere Bemühungen erneut misslangen. Tröstend hielt ich seinen Arm fest, als wir aus dem unbewachten, stillen Castel Sant'Angelo schritten.

Angesichts meines ungeheuerlichen Vorhabens waren meine Sinne so geschärft, wie ich es während meines Wahns erlebt hatte: Jeder Schritt, den Jofre und ich machten, hallte mit schauderhafter Intensität in mir wider. Auf der Brücke begegneten wir nur wenigen Menschen, zweifelsohne, weil die meisten zu Hause waren aus Angst vor den Verbrechen und der Unruhe, die der Tod des Papstes auslösen würde. Ich sah die fernen Lichter aus den Palästen und die Boote, welche die dunklen Wasser des Tibers teilten; nie zuvor hatte er so modrig und übel gerochen, nie den Gestank eines ganzen Jahrzehnts verfaulenden Fleisches ausgeatmet.

Hinter der Brücke gelangten wir auf den Petersplatz. In dem Jahr, in dem ich nach Sant'Angelo gekommen war – dem Jubeljahr –, hatten sich hier Pilger gedrängt; nun war er bis auf ein paar Versprengte leer gefegt.

Mein Herz schlug schneller, als wir uns den Toren des Vatikans näherten, vor denen mich erschöpfte, mürrische junge Soldaten wachsam beäugten; es waren weniger noch als am Morgen. Ich packte meinen Fächer fester und hielt ihn dichter ans Gesicht. Doch als sie Jofre erkannten, verbeugten sich die Wachen sogleich und öffneten ohne weiteres die Tore.

Ein letztes Mal erklomm ich die Stufen zum Papstpalast.

Es schmerzte mich, durch die vertrauten Säle zu schreiten; die Luft war schwer von Verrat und Trauer. Als ich die Gemächer der Borgias betrat, erschien mir der Überfluss an

Gold und Zierrat nicht mehr atemberaubend oder prächtig, sondern düster und erdrückend.

Ich durchquerte den Saal der Sibyllen, der zwischenzeitlich vom Blut gereinigt und in seinen ursprünglichen luxuriösen Zustand zurückversetzt worden war, seit ich ihn zuletzt gesehen hatte; ich wandte den Blick ab und besann mich der Kälte in meinem Herzen.

»Hier hinein«, sagte Jofre und führte mich in den Saal der Heiligen, der viele Festlichkeiten gesehen hatte. Nun war er in eine Art Krankensaal umgewandelt worden. Man hatte ein großes Himmelbett aufgestellt; auf Tischen standen Wasserschüsseln mit Tüchern, sowie Flakons mit Wasser und Wein, ein Kelch und Arzneien. Wie Jofre gesagt hatte, war Alexander bis auf Gasparre verlassen worden, der am Bett des Papstes auf einem Stuhl saß und schlief.

In der Mitte des Bettes – unter dem bunten Fresko von Lucrezia in der Gestalt der klugen heiligen Katharina – lag der Papst. Man hatte ihm die Kappe abgesetzt und damit einen kahlen Schädel mit einem Kranz aus wirren weißen Haaren freigelegt, die fein und weich wie die eines Kindes waren. Alexander trug nur ein Leinennachthemd; Decken waren über seine spindeldürren Beine und den runden, hervortretenden Bauch gelegt. Auch er döste, obwohl seine Augen einen Spalt breit offen waren; die Augenlider waren aufgedunsen und schwarz; das Gesicht war grau, die Wangen eingefallen, was ihm ein skelettartiges Aussehen verlieh.

Ich ließ Jofres Arm los. Er ging zu Gasparre hinüber, fasste ihn an der Schulter, um ihn zu wecken, und flüsterte dem erschrockenen Kammerherrn etwas ins Ohr. Ich weiß nicht, was er ihm sagte; ich war nur dankbar, dass die Lüge meines Gemahls ihre Wirkung zeigte, denn Gasparre erhob sich und verließ den Raum.

Ich drehte mich zu Jofre um. »Vielleicht ist es besser, wenn du auch hinausgehst.«

»Nein«, erwiderte er mit fester Stimme. »Ich bringe dich sicher wieder hier hinaus.«

Ich trat an den Tisch und legte den Fächer ab, dann schenkte ich etwas Wein in den Kelch. Während Jofre am Eingang Wache hielt, zog ich die grüne Phiole hervor und schüttete den Inhalt zur Hälfte in die Flüssigkeit; dann schwenkte ich den Kelch. Es war eine massive Dosis, die für fünfzig Männer ausreichte, doch obwohl ich kalt genug war, einen Mord zu begehen, war ich nicht grausam. Ich wollte, dass Alexander schnell starb und nicht leiden musste.

Als ich fertig war, nickte ich meinem Gemahl zu.

Er entfernte sich von der Tür, setzte sich zu seinem Vater auf das Bett und legte ihm sanft eine Hand auf den Arm. »Vater«, sagte er.

Alexanders Augenlider flackerten; verwirrt schaute er zu seinem vermeintlichen Sohn auf. »Juan?«

»Nein, Vater, ich bin es, Jofre.« Meinem Gemahl stiegen Tränen in die Augen; sein Gesicht verzog sich in plötzlicher Trauer. Den Kelch in der Hand, trat ich hinter ihn.

Alexander blinzelte und erkannte mich sofort trotz der Maske, welche nur die obere Hälfte meines Gesichts verdeckte. »Sancha?« Seine Stimme war schwach, quäkend, wenn auch mit einer Spur Humor; er schien erfreut, mich zu sehen. »Sancha, Ihr kommt mich besuchen … Ist denn schon Karneval?« Es war, als hätte er den Mord an meinem Bruder und meine Gefangenschaft vergessen. Er sprach mit mir wie mit Lucrezia, weiblichen Trost suchend. »Sancha, wo ist Juan?«

Ich stellte mich vor meinen Mann. »Er schläft, Heiligkeit. Das solltet Ihr auch tun. Hier. Das wird Euch helfen.«

Ich hielt ihm den Kelch an die Lippen; er trank, hustete zuerst, erholte sich dann und trank ein paar Schlucke. Als ich den Kelch entfernte, verzog er das Gesicht. »Es schmeckt bitter.«

»Das ist bei den wirksamsten Arzneien immer so«, erwiderte ich. »Und nun ruht Euch aus, Eure Heiligkeit.«

»Sagt Jofre, er soll aufhören zu weinen«, bemerkte er verdrießlich, dann seufzte er und schloss die schwarzen Augenlider.

Mit dem Handrücken strich ich ihm über die runzlige Wange. Die Haut war weich, dünn wie Pergament.

Auch ich seufzte, und mit dem Ausatmen fuhr mir ein langer, bohrender Schmerz durch die Brust, als zöge jemand ein Schwert heraus. Da wusste ich, dass ich nichts mehr vollbringen musste: Das *canterella* und ich hatten unseren Zweck erfüllt.

»Es ist geschafft«, flüsterte ich Jofre zu. »Ohne ihn hat Cesare keine Macht. Wir können gehen.«

Jofre aber ergriff die Hand des Papstes und sagte: »Ich bleibe bei ihm.«

Daraufhin küsste ich ihn auf den Kopf und ließ ihn dort. Ich hatte die Absicht gehabt, sogleich ins Castel Sant'Angelo zurückzukehren ... doch meine Füße suchten auf merkwürdige Weise einen anderen Weg, die Treppe hinauf – einen Weg, den ich vor vielen Jahren heimlich bei Nacht gegangen war ... zu Cesares Gemächern.

Die Türen zu den äußeren und inneren Räumen standen offen. Ich hielt mir den Fächer dicht vor das Gesicht; für den Fall, dass ich Micheletto Corella dort anträfe, hatte ich mir das Alibi zurechtgelegt, ich sei eine befreundete Kurtisane Cesares und so verliebt in ihn, dass ich mich von seiner Genesung überzeugen musste.

Doch die Räume waren bis auf den Mann auf dem Bett leer. Corella hatte seinen Herrn verlassen, wie zu erwarten war.

Cesare war unbekleidet und stöhnte, die langen Beine und den Körper in den Bettlaken verheddert; seine Füße waren purpurrot, fast auf die doppelte Größe angeschwollen. Eine Kerze brannte auf dem Tisch neben dem Bett, doch selbst das schwache Licht bereitete ihm Schmerz; er blinzelte und hielt sich den Kopf vor Qual.

Ich trat schweigend ein und stellte mich vor das Bett, unsicher, warum ich gekommen war. Ich hatte den Mann noch nie so hilflos und einsam gesehen; entweder die Diener oder Corella hatten sich seinen Zustand zunutze gemacht, denn seine Wandbehänge, die Fellteppiche und goldenen Wandleuchter fehlten. Alle Wertgegenstände waren entfernt worden; nur die vergoldeten Decken und die Fresken waren geblieben. Ich spürte kein Mitleid … nur Verwunderung darüber, dass ich je einen so teuflischen Mann geliebt hatte, Verwunderung, dass man mich so zum Narren gehalten hatte.

Schließlich fiel sein gequälter Blick auf mich – schwarze, tief umrandete Augen in einem garstig weißen Gesicht, umrahmt von schwarzem Haar, das in feuchten, wirren Strähnen herabhing. Er versuchte, seine Blöße zu bedecken und trotz seiner Schwäche Würde aufzubringen; er versuchte, den Kopf zu heben, doch es gelang ihm nicht. Ich begriff, warum es nicht nötig war, ihn umzubringen: Für ihn war es eine größere Qual zu überleben, bar jeder Macht. Ohne Rückhalt durch den Papst würde ihm niemand mehr folgen. Mit seiner Grausamkeit, seinem Verrat an den eigenen Männern hatte er sich selbst erhängt – so sicher wie König Alfonso II. am großen eisernen Lüster auf Sizilien gebaumelt hatte.

»Wer seid Ihr?«, röchelte er.

Mit gedämpfter Stimme sagte ich hinter dem Fächer: »Ihr seid erledigt. Euer Vater ist tot.«

Er stöhnte auf – nicht, weil er trauerte, sondern weil es ihm lästig war.

»Wer seid Ihr?«, fragte er noch einmal. »Wer spricht da?«

Ich ließ den Fächer sinken, streifte die Kapuze ab und hob die Maske, um ihm mein Gesicht zu zeigen; ich zeigte ihm einen königlichen Hochmut, der meines Vaters an seinem Krönungstag würdig gewesen wäre. Jeglicher Unterstützung beraubt, war er nichts weiter als ein wimmernder Feigling.

»Nennt mich Gerechtigkeit«, sagte ich.

38

Rasch ging ich die Treppe hinunter zu Jofre; er saß, von Schuldgefühlen und Kummer in sich zusammengesunken, neben der reglosen Gestalt des Papstes. Ich warf einen Blick auf Alexander: Die Augen standen jetzt halb offen, trüb und blicklos, starr auf einen weit entfernten Punkt jenseits der Wände gerichtet. Die Lippen hatten sich unter dem Druck der schwarz-violetten, geschwollenen Zunge geöffnet. Seine große breite Brust war endlich zur Ruhe gekommen und hob sich nicht mehr.

Zwei Bedienstete – ein Mann und eine Frau – stopften eifrig kostbare golddurchwirkte Wandbehänge in einen Sack; andere würden sich ihnen bald anschließen, und Alexanders Gemächer wären dann so kahl wie Cesares. Doch weder ich noch mein Gemahl machten Anstalten, sie daran zu hindern.

Ich nahm Jofres Hand. Er erwiderte meinen Druck nicht und ließ seine Hand schlaff aus meiner gleiten. Er sprach in einem Tonfall, der jeglichen Gefühls entbehrte, starr auf den Körper des Mannes blickend, der ihn so viele Jahre lang als Sohn angenommen hatte. »Gasparre sagt es den Kardinälen und bereitet alles vor. Jemand wird ihn waschen und ihn anschließend zum Begräbnis mitnehmen.«

Ich blieb eine Zeit lang schweigend stehen und sagte dann sanft: »Ich gehe nach Hause.«

Er verstand, wie ich es meinte, und wandte das Gesicht ab. Die Geste sagte mir, dass er entschieden hatte, nach Squillace zurückzukehren; von nun an würden wir getrennte Wege gehen. Er war nicht stark genug, mit dem Menschen zusammenzuleben, der seinem Vater die tödliche Dosis an die Lippen geführt hatte, nicht stark genug, um tagtäglich an unsere gemeinsame Schuld erinnert zu werden.

Ich beugte mich vor, drückte ihm einen zarten Kuss auf den Kopf und ging.

Als ich wieder an die Tore des Vatikans kam, waren die meisten Wachen geflohen; die wenigen, die geblieben waren, ließen mich ohne Spötteleien passieren. Als sie mich sahen, versanken sie in merkwürdiges Schweigen, als spürten sie meine Macht.

Ich schritt durch die Tore auf den gepflasterten Petersplatz hinaus, ohne Angst vor der Dunkelheit, obwohl ich eine unbewaffnete Frau war. Ich fühlte mich leicht – wie Rom, die Romagna, die Grenzgebiete –, endlich frei vom Fluch der Borgias. Der Geist meines Bruders war gerächt und konnte nun zur Ruhe kommen. Ironischerweise hatte Cesare mir schließlich die Dinge gegeben, die er mir unter heißen Liebesschwüren versprochen hatte: meine Heimatstadt und ein Kind.

In der Ferne stand am anderen Ufer des Tibers das Castel Sant'Angelo, über dessen steinerne Festung der Erzengel Michael die Flügel ausbreitete; einige der winzigen Fenster – die der Frauen, die Cesare in den Wahnsinn getrieben hatte – schimmerten gelb. Ich lächelte, denn ich wusste, dass dort Rodrigo und Donna Esmeralda auf mich warteten.

Hinter mir begannen die Glocken des Petersdoms ihr schmerzvolles Geläut.

Ich trat auf die Brücke und überquerte den dunklen Fluss, diesmal nur frisches Meerwasser in der Nase. Mein Herz war bereits in Neapel, wo die Sonne sich im klaren blauen Wasser der Bucht spiegelt.

Nachwort

Die Einzelheiten über die Leichenschau und das Begräbnis Papst Alexanders VI. sind besonders grausam. Nach seinem Tod wurde seine Leiche gewaschen und eingekleidet und nach altem Brauch im Petersdom aufgebahrt, sodass die Gläubigen von ihm Abschied nehmen konnten. Dabei jedoch schwoll der Körper geradezu monströs an und färbte sich schwarz, bis er so Furcht erregend aussah, dass man ihn abdecken musste. Man munkelte, Alexander sei vom Teufel besessen gewesen oder habe am Ende seine Seele für weltliche Macht verkauft. Begleitet von einer kleinen Gruppe, wurde die Leiche schnell zum Begräbnis getragen, das in der Kapelle Santa Maria della Febbri stattfand, in der nur wenige Jahre zuvor Alfonso von Aragon beigesetzt worden war.

Die Beerdigung an sich war entsetzlich: Alexanders Leiche war derart angeschwollen, dass sie nicht in den Sarg passte und buchstäblich mit Schaufeln hinein geschlagen wurde. Ein großer Stein wurde auf das Grab gelegt, damit der Deckel nicht verrutschte.

Obwohl Cesare sich am Ende erholte, wurde er endgültig von allen im Stich gelassen, die ihn zuvor unterstützt hatten. Der verräterische Don Micheletto Corella bedrohte den Schatzmeister des Papstes mit dem Messer und machte sich mit fast dem gesamten Vermögen des Papstes auf und davon; König Louis ließ Cesare sofort fallen. Ohne Freunde, mit unzähligen Feinden in Italien und ohne Unterstützung aus Frankreich wurde Cesare von König Ferdinand von Spanien gefangen genommen. Der Monarch war jahrelang von Juans Frau beeinflusst worden, die Cesare öffentlich des Mordes an ihrem Mann beschuldigte. Cesare gelang es schließlich jedoch, zu entkommen und sich mit kleineren Geplänkeln abzulenken.

Sancha wiederum kehrte mit ihrem Neffen Rodrigo nach Neapel zurück, während Jofre nach Squillace ging und dort herrschte. Merkwürdigerweise brachte Cesare den römischen Infant Giovanni – seinen unehelichen Sohn, den er mit Lucrezia gezeugt hatte – im Jahre 1503 zu Sancha mit der Bitte, den Jungen großzuziehen. Man kann nur vermuten, dass Cesare sie noch immer mochte und respektierte. Sancha willigte in seine Bitte ein und kümmerte sich um die beiden Kinder, umgeben von ihren überlebenden weiblichen Familienangehörigen. Leider starb sie kurze Zeit später an einer nicht überlieferten Krankheit. Historiker sind sich nicht einig über das Jahr ihres Todes: entweder 1504 oder 1506.

Interessant ist, dass Cesare nicht lange nach ihr starb: im Jahre 1507 in Viani, während er als Söldner diente. Er war so unklug, seinen Truppen so weit voraus zu reiten, dass er im Nu vom Feind umzingelt und getötet wurde. Viele hielten seinen Tod für Selbstmord.

Lucrezia blieb in Ferrara und schenkte Alfonso d'Este vier Kinder. Zum Ende ihres Lebens hin wurde sie zunehmend religiös und ging dazu über, unter ihren prächtigen Kleidern härene Hemden zu tragen. 1518 schloss sie sich dem Dritten Orden des heiligen Franz von Assisi an. Sie starb 1519, nachdem sie ein Mädchen zur Welt gebracht hatte, das gleich nach der Geburt verstarb.

Jofre kehrte nach Squillace zurück. Nach Sanchas Tod heiratete er Maria de Mila und zeugte viele Erben. Er blieb auf seinem Anwesen bis zu seinem Tod im Jahre 1517.

Historiker haben jahrhundertelang Vermutungen darüber angestellt, wer Alexander VI. und seinen ältesten Sohn tatsächlich vergiftet hat. Das Rätsel ist nie gelöst worden.

Sancha von Aragon und die Borgias waren eine echte Goldgrube der Geschichte. Hier sind einige der überlieferten Fakten, die in diesen Roman Eingang fanden: der Wahnsinn Ferrantes I. und Alfonsos II. von Neapel; Ferrantes »Museum« mumifizierter Feinde (ja, er hat mit ihnen gesprochen); das Beisein Alfonsos II. beim Vollzug der Ehe seiner Tochter mit Jofre Borgia; Alfonso II. hat Neapel verlassen und den Kronschatz gestohlen; Savonarolas Prophezeiung, Papst Alexander VI. sei der Antichrist; der lüsterne Umgang des Papstes mit Frauen, einschließlich seiner Vorliebe, Schokolade ins Mieder von Frauen zu werfen und seiner Liebe zu der jugendlichen Geliebten Giulia; Lucrezias uneheliche Schwangerschaft und ihren Inzest mit Vater und Bruder; die Morde an Dutzenden von Kardinälen und Edelleuten, begangen von den Borgias; der Tiber wurde während der »Schreckensherrschaft der Borgias« buchstäblich mit Hunderten von Leichen gefüllt; das Erhängen eines Gastes des Kardinals Ascanio Sforza; Cesares Mord an seinem Bruder Juan, dem Herzog von Gandia; Cesares Vergewaltigungen und barbarische Taten während des Krieges; Don Micheletto Corellas Mord an Alfonso von Aragon im Saal der Sibyllen; Sanchas Arrest und ihre daran anschließende im Wahn gehaltene Ansprache vom Turm des Castel Sant'Angelo. Ich habe zahlreiche andere Morde ausgelassen, um den Leser nicht zu überfordern.